루 쉰 의
사 람 들

# 루쉰의 사람들

주정 저 · 문성재 역

**〈일러 두기〉**

1. 이 책은 2015년 중국 중화서국(中華書局)이 출판한 주정(朱正)의 《루쉰의 인간관계-문화계·교육계에서 정계·군계까지(魯迅的人際關係-從文化界·敎育界到政界軍界)》를 편역한 것으로, 제목은 편의상 《루쉰의 사람들》로 변경하였다.

2. 중국어 인명과 지명의 표기는 원칙적으로 문화관광부가 고시한 중국어 표기법을 따랐다. 다만 1911년 신해혁명(辛亥革命)을 기준으로 그 이전의 인명이나 지명에 대해서는 일률적으로 한국식 발음으로 표기하였다. 또, 지명 속의 행정단위 표기시 이전의 지명은 붙여 썼으나 이후의 지명은 한 칸씩 띄어 썼다. 예) 즈리성(直隸省), 소흥부(紹興府), 허베이 성(河北省), 시짱 남로(西藏南路)

3. 일기나 편지에 특정인의 자(字)나 호(號)가 생소하거나 이름만 제시된 경우에는 편의상 괄호에 잘 알려진 성명을 부기하였다. 예) 멍린(장멍린), 스쥔(石君, 정제스(鄭介石)), 지푸(季茀, 쉬서우창), 서우창(리다자오)

4. 사진과 주석은 특별한 경우가 아닌 한 가급적 루쉰이 생존해 있던 시기를 중심으로 내용을 구성하였다.

5. 주석은 내용과의 연관성을 따져 2회 이상 거론되거나 비중이 있는 사물을 중심으로 달았다. 단, 단순나열된 사물은 맥락상 긴요하거나 특별한 경우가 아니면 "장제스", "마오쩌둥"처럼 지명도가 있더라도 주석을 생략하였다.

6. 원저에는 저자 주석 중 일부가 "인용자 주" 식으로 별도 표기된 경우가 있으나 이 책에서는 일률적으로 괄호로 처리하였다.

7. 이 책에 소개되거나 인용된 도서·논문의 제목은 그 의미대로 의역을 원칙으로 했으나 경우에 따라서는 편의상 직역도 병행하였다. 예) 〈꽃을 보며(看花)〉, 〈잊었던 기념을 위하여(爲了忘却的紀念)〉, 《남강북조집(南腔北調集)》, 《광인일기(狂人日記)》

# 루쉰의 사람들

## 출판 설명

1. 루쉰(1881~1936)은 일생 동안 폭넓은 인간관계를 가졌다. 루쉰의 편지와 일기에는 그 같은 교류에 관한 비교적 상세한 기록들이 남아 있다. 루쉰의 인간관계에 관해서는 주정 선생이 많은 글을 썼고 이를 책으로 엮어 출판하기도 하였다. 이번에 출판하는 《루쉰의 사람들(魯迅的人際關係)》에는 〈루쉰과 쑹칭링〉·〈루쉰과 린위탕〉·〈루쉰과 후스〉 등과 같은 중요한 내용들이 새로 추가되었다. 그러다 보니 분량이 당초보다 대폭적으로 늘어났고 지난번 책에 대한 수정도 여러 군데에서 이루어졌다.

2. 주정 선생은 루쉰 연구의 전문가로 《루쉰 회고록 바로잡기[魯迅回憶錄正誤]》·《루쉰전(魯迅傳)》 등의 중요한 저서들을 출판한 바 있다. 본서를 읽으면 우리는 "그(루쉰)가 교류한 것이 어떤 사람들이었는지 엿볼 수 있을뿐더러, 그가 벗 또는 적으로 여겼던 것이 어떤 사람들이었는지도 엿볼 수 있다."(주정) 그 과정에서 우리는 루쉰의 진면목·성격, 나아가 그가 살았던 시대를 보다 분명하게 엿볼 수 있게 될 것이다. 주정 선생은 역사 문헌 자료들을 통하여 루쉰의 인간관계를 해석했는데 그런 글들은 그 역사 연구의 결정체라고 할 수 있다. 독자들이 선호하는 것은 자료를 통하여 이야기를 들려주는 것이지 특정인을 억지로 해석하려 드는 것은 아니다. 그래서 본서의 작자는 객관적인 증거가 있는 사안에 대해서만 언급하였다.

3. 본서의 본문은 두 부분으로 나뉜다. 첫 번째 부분은 루쉰과 문화계-교육계 인사들 사이의 교류(상황)로, 후스·천두슈·린위탕·푸쓰녠 등 20여 명과의 이러저러한 인연들을 두루 담고 있다. 두 번째 부분은 주로 루쉰과 정계·군부 인사와의 교류(상황)로, 쑹칭링·천이·리뻥중·천껑 등 10여 명과의 인연을 담고 있다. 이와 함께, 본서에는 부록으로 글 두 편을 수록했는데, 하나는 훗날 특정한 시기에 루쉰의 지인들이 겪었던 일들을 추적한 것이고 하나는 동시대 사람들의 루쉰에 대한 시각을 기록한 것이다. ─그러한 시각들은 우리가 루쉰을 보다 총체적으로 이해하는 데에 도움을 줄 것이다.

4. 본서에서는 많은 자료를 인용하고 있는데, 독서과정에서 주석이 야기하는 번쇄함을 줄이기 위하여 편집자는 본서의 주석에 대하여 다음과 같은 처리를 하였다:

   1) 일상적으로 보이는 루쉰의 일기와 편지들에 대해서는 인용문에서 별도의 표시를 하지 않았다. 그 밖의 인용문들에 대해서는 작자가 인용한 후 일률적으로 인용문 뒤에 그 출처를 명시하였다.

   2) 본서에서 출처를 표시해야 할 경우 처음 출현하는 인용문에 대해서는 해당 서적의 제목·출판사·출판일·해당 페이지를 상세하게 밝혔으며, 뒤에서 다시 인용되는 경우에는 제목과 해당 페이지만 표시했다.

## 저자의 말

나는 루쉰의 전기를 쓰면서 이따금 그와 각계 인사들의 인연에 관하여 소개하기도 하였다. 그 사람들은 동지인 경우도 있고, 논적인 경우도 있었다. 루쉰 일생의 사적들은 바로 이들과의 교류과정에서 발생하거나 발전된 것이기에 어떻게 보면 이것이 그의 인격 형성에도 고비마다 심대한 영향을 주었다고 할 수 있다. 그렇게 해서, 루쉰의 인간관계는 당연히 연구해야 할 중요한 주제로 발전하였다.

그래서 나는 이 분야의 글을 지속적으로 썼고, 2010년 그것들을 묶어 『루쉰의 인맥』으로 내었다. 당시 책임 편집인은 이 책의 책임 편집인들 중 한 사람이다.

이제 나는 이 책이 나오게 된 경위를 설명할까 한다. 나는 『루쉰의 인맥』이 출판된 후로도 추가로 새로운 자료들을 입수하여 새 글을 몇 편 더 썼다. 예를 들어, 새로 출판된 《쑹칭링이 천한성에게 보낸 서신》을 근거로 나는 《루쉰과 쑹칭링의 교류》와 《루쉰과 린위탕의 교류》를 완성했고, 《후스 유고 및 비장 서신들》의 자료들을 이용하여 《후스와 루쉰·저우쭤런 형제의 교류》(이상의 글들은 본서에 수록되는 과정에서 제목이 다소 변경되었음)를 썼다. 이렇게 완성된 새 글들은 《신문학 사료》·《영도자》 두 간행물에 각각 발표하였다.

위줘짠(余佐贊, 486p에 선생의 추천 글이 있다.) 선생은 새로 증보한 이 글의 분량이 당초보다 두 배로 늘어난 것을 보고 중화서국에서 그 수정판을 내기를 희망하였다. 그래서 나는 제목을 조금 손질해서 지난번 책과는 내용면에서 다소 차이가 있다는 점을 부각시켰다.

루쉰의 인간관계는 끝이 없는 연구 주제이다. 따라서 앞으로도 추가할 수 있는 인사들이 얼마든지 있다고 본다. 나중에 내가 적합한 자료들을 새로 만날 수 있을지에 대해서는 장담을 할 수가 없다. 그러나 만일이라도 그런 기회가 온다면 이 주제를 다룬 책을 좀 더 많이 쓸 수 있게 되기를 원한다.

2015년 1월 10일
창사에서 주정

루쉰 형제와
후스

1917년 베이징대 교수 시절의 후스(1891-1962)

# 1

　　후스[1]와 루쉰 · 저우쭤런[2]은 모두 5.4 신문화운동[3]의 가장 중요한 활동
가들이자 가장 중요한 영도자들이었다. 당시 그들은 《신청년(新青年)》[4] 잡
지의 기본 방향이 일치하는 동인이었지만 개인적으로도 서로를 존중하는
아주 좋은 친구사이였다.

　　1920년 3월, 후스의 시집인 《상시집(嘗試集)》이 출판되었다. 이 시집의 출
판은 '백화(白話)', 즉 구어체 중국어로도 운문을 지을 수 있다는 것을 입
증하기 위한 실험이었다. 보다 많은 친구들이 이 실험에 동참하기를 바랐
던 그는 〈"상시집" 자서(嘗試集自序)〉에서 이렇게 적고 있다.

1917년 베이징대 교수 초기의 후스와 그의 시집 《상시집》

우리는 구어가 정말 문학으로서의 가능성을 지니고 있으며, 정말 새로운 문학의 유일한 이기(利器)라고 굳게 믿고 있다. 그러나 국내의 대다수 인사들은 한결같이 이를 인정하려 들지 않는다. 그들이 가장 인정하려 하지 않는 것은 구어가 운문을 지을 수 있는 유일한 이기라는 사실이다. 우리에게는 그 같은 의심들, 그러한 반대들에 대응할 만한 뾰족한 방법이 없으며, 유일한 방법이라면 바로 과학자적인 실험뿐이다. 과학자는 현장에서 증명되지 않은 이론을 일종의 가설로 간주하며, 현장에서 실험을 거쳐 그 결과에 근거하여 가설의 가치를 따진다. 우리는 구어로 시를 지을 수 있다고 주장하지만 사람들의 인정을 받지 않아 그저 가설적인 이론이라고 할 수밖에 없었기 때문에 최근 3년 동안은 오로지 이 가설로 다양한 실험들을 하려는 일념뿐이었다. 5언시를 짓는다, 7언시를 짓는다, 엄격한 가사를 짓는다, 다분히 정제되지 않은 장단구(長短句)5를 짓는다, 운율이 있는 시를 짓는다, 운율이 없는 시를 짓는다, 음절을 대상으로 한 갖가지 실험을 한다 하면서 말이다. 그 과정에서 우리는 과연 구어로 훌륭한 시를 지을 수 있는지 확인하려 했고, 구어체 시가 문언체 시보다 좀 더 낫다는 것을 확인하려 하였다. 이것이 우리 구어체 시인들의 "실험정신"이었던 것이다.

나의 이 시집에 수록된 시들은, 시로서의 가치는 둘째 치고 모두가 이러한 실험정신을 대표한다고 할 수 있다. 최근 2년 동안, 북경에 있는 선인 뭐(沈尹黙)·류반농(劉半農)6·저우위차이(周豫才)·저우치밍(周啓明)·푸쓰녠(傅斯年)·위핑붜(兪平伯)·캉바이칭(康白情) 등의 지인들과 미국의 천헝저(陳衡哲) 여사는 모두가 구어체 시를 지으려고 노력해 왔다. 구어체 시 실험실의 실험가들은 점점 늘어갔다. 그러나 대다수의 문인들은 여전히 가벼운 "시도"조차 해 볼 엄두를 내지 못하고 있다. 그들이 영원히 시도하지 않는다면 어떻게 구어체 시의 문제를 판단할 수 있겠는가? 예수는 "수확도 좋지만 일하는 사람이 너무도 적다."고 말한 바 있다. 그런 의미에서 나는 겁도 없이 이 《상시집》을 찍어서 이 선집이 대표하는 "실험정신"을 전국의 문인들에게 바치고, 그들이 모두 이번 시도에 동참하기를 요청하려 한다.[7]

여기서 그는 "구어체 시를 지으려 노력"한 자신의 지인들로 루쉰·저우쮀런 형제의 이름을 함께 올리고 있다. 당시 루쉰 형제는 《신청년》에 새로운 체재의 시들을 발표하고 있었다. 루쉰은 〈꿈〉·〈사랑의 신〉·〈복사꽃〉(이상 제4권 제5호), 〈그들의 꽃밭〉·〈사람과 때〉(이상 제5권 제1호)를 발표했고, 저우쮀런은 〈작은 강〉(제6권 제2호), 〈눈을 쓰는 두 사람〉·〈미명〉·〈길에서 본 것〉(이상 제6권 제3호)을 발표하였다. 후스는 〈새로운 시를 말한다〉라는 글에서 "가장 두드러진 사례가 바로 저우쮀런 씨의 장편시인 〈작은 강〉이다. 이 시는 새로운 시들 중에서도 으뜸가는 걸작이지만, 그처럼 세밀한 관찰, 그처럼 곡진한 이상은 전통적인 시의 체재나 노래 가락으로는 결코 표현해낼 수 없는 것이다."라면서 이 시들을 아주 높이 평가하였다.

후스는 이 글에서 구어체 시의 평측(平仄)[8]과 운율에 대하여 언급하면서 그 예를 저우쮀런의 시들에서 찾았다.

구어의 평측은 시의 각운에서의 평측과는 다른 데가 많다. 똑같은 글자라도 측성(仄聲)만 쓰면 다른 글자들을 연달아 쓰는 것처럼 다른 글자의 일부가 되어 아주 가벼운 평성(平聲)이 돼 버린다. 예를 들어 '적(的)'과 '료(了)'는 둘 다 측성 글자이지만 "掃雪的人(눈을 쓰는 사람)"과 "掃淨了東邊(동쪽을 깨끗이 쓸고 나서)"에서는 측성으로 작동하지 않는다. 우리가 확실히

저우 씨 형제 _ 루쉰(위), 저우쩌런(아래)

말할 수 있는 것은, 구어체 시에서는 가벼움과 무거움, 높이와 낮이만 있을뿐 엄격한 평측은 존재하지 않는다는 것이다. 저우쭤런 씨가 지은 〈눈을 쓰는 두 사람〉의 두 행을 예로 들어보도록 하자.

| | |
|---|---|
| 祝福你掃雪的人! | 축복드립니다 그대 눈을 쓰는 이여! |
| 我從淸早起, | 나는 새벽에 일어나, |
| 在雪地裏行走, | 눈길을 걸으니, |
| 不得不謝謝你. | 님께 감사드릴 수밖에요. |

《신청년》 제6권 제3호)

〈눈을 쓰는 두 사람〉 후반부

"祝福你掃雪的人"에서 앞의 여섯 글자는 전부 측성이지만 읽다 보면 자연스럽게 가벼움과 무거움, 높이와 낮이가 생긴다. "不得不謝謝你"에서 앞의 여섯 글자도 전부 측성이지만 읽을 때 저절로 가벼움과 무거움, 높이와 낮이가 생긴다. 이 시 "一面盡掃, 一面盡下"의 여덟 글자 역시 전부 측성이지만 읽을 때 어색하기는커녕 일종의 자연스러운 음조까지 생긴다. 이렇듯 구어체 시에서 성조라는 것은 평측을 적절하게 조화시키는 데에 있는 것이 아니라 전적으로 이 같은 자연스러운 가벼움과 무거움, 높이와 낮이에 의지한다.

각운 사용법에 관하여 말하자면, 신체시에는 세 가지 자유가 있다. 첫째, 현대적인 운율을 사용하며 전통적인 운율에 구애 받지 않으며 평측에는 더더욱 구애 받지 않는다. 둘째, 평성과 측성도 서로 압운이 가능하다. 이 법칙은 가사나 희곡에서도 통용되어 온 것이며 신체시의 경우만 그런 것은 아니다. 셋째, 운율이 있으면 더할 나위 없이 좋겠지만 그렇지 않더라도 상관이 없다. 신체시의 성조는 애초부터 그 내면에 자연스러운 가벼움과 무거움, 높이와 낮이, 어조에서의 자연적인 구분이 존재하고 있기 때문에, 운율을 사용하지 않아도 문제가 되지 않는다. 저우쭤런 씨가 지은 〈작은 강〉의 경우를 예로 들더라도, 운율이 없지만 읽을 때 자연스럽게 제법 괜찮은 성조가 생기기 때문에 운율이 없는 시처럼 느껴지지 않는 것이다. 또 다른 부분을 예로 들어 보도록 하자.

| … | … |
|---|---|
| 小河的水是我的好朋友, | 작은 강의 물의 나의 좋은 친구, |
| 他曾經穩穩的流過我面前, | 그는 전에 내 앞으로 여유롭게 흘러갔지 |
| 我對他點頭, | 내가 그에게 고개를 끄덕이면, |
| 他對我微笑, | 그는 내게 미소를 지었지. |
| 我願他能够放出了石堰, | 나는 그가 돌 제방을 나가서도, |
| 仍然穩穩的流着, | 변함 없이 여유롭게 흐르며, |
| 向我們微笑 | 우리에게 미소를 짓기를 바라네. |
| … | … |

이번에는 저우 씨의 〈눈을 쓰는 두 사람〉의 한 부분을 예로 들어 보자.

| … | … |
|---|---|
| 一面盡下: | 한편으로는 내내 내려서, |
| 掃淨了東邊, | 동쪽을 깨끗이 쓸고 나면, |

詩

兩個掃雪的人

周作人

陰沉沉的天氣,
香粉一般白雲下的漫天遍地。
天安門外白茫茫的馬路上全沒有車馬蹤跡,
只有兩個人在那里掃雪。

一面儘掃,一面儘下
掃淨了東邊又下滿了西邊;
掃開了高地又填平了窪地。

〈눈을 쓰는 두 사람〉 전반부

又下滿了西邊;
또 서쪽에 가득 내리고,
掃開了高地,
높은 곳을 다 쓸고 나면,
又填平了窪地.
또 낮은 곳을 채우는구나.

이 부분은 시구의 내재율로 음절을 거들어 주는 경우인데, 읽을 때 운율이 없는 시로는 여겨지지 않는다.[9]

주즈칭

후스가 자신의 시집에 "상시집"이라는 제목을 붙였듯이, 저우쬒런의 이 구어체 시들 역시 천 년 넘게 전해져 내려온 중국의 전통적인 시 체재를 넘어서려는 시도였다. 그들은 새로운 체재의 시에 대한 최초의 탐색자들이라고 할 수 있으며, 당시 그 영향은 대단히 컸다. 훗날 주즈칭(朱自淸)은 《중국신문학대계 · 시집(中國新文學大系 · 詩集)》의 〈도언(導言)〉에서 이 시기의 시 작품들에 대하여 "낡은 족쇄를 완전히 떨쳐버린 것은 루쉰 씨 형제뿐이었다. 저우치밍 씨는 전혀 각운을 사용하지 않았으니, 그들은 '서구화'라는 또 다른 길을 간 것이다."[10]라고 평가하였다. 그러나 루쉰은 생각이 달랐다. 그는 《집외집(集外集)》〈서언(序言)〉에서 이렇게 적고 있다.

> 나는 사실 신체시를 짓는 것을 그다지 좋아하지 않았다. 그저 당시 시
> 단이 하도 적막하길래 장단이나 좀 맞추고 분위기나 좀 띄워 보려고 한
> 것뿐이다. 시인으로 불릴 사람들이 등장할 즈음에는 손을 털고 더 이상
> 짓지 않았다.[11]

1920년 연말, 후스는 《상시집》 개정판을 준비하기 위하여 자신이 직접
작품을 추린 원고를 지인들에게 보내 의견을 물었다. 그는 《상시집》 제4
판의 〈자서(自序)〉에서 그 시말을 이렇게 밝히고 있다.

> 시를 추린 것은 민국 9년(1920) 연말의 일이었다. 당시 나는 직접 추리고
> 남긴 원고를 런수용(任叔永)·천사페이(陳莎菲)에게 보내 다시 한번 추려 줄
> 것을 부탁하였다. 이어서 루쉰 선생에게도 보내 추려 줄 것을 부탁하였
> 다. 나중에는 베이징에 들른 위핑붜에게도 추려 줄 것을 부탁하였다. 그
> 들이 작업을 끝낸 후에도 나는 직접 몇 번이나 자세히 살펴본 다음 다
> 시 몇 수를 더 추리는 한편 그들이 빼라고 한 한두 수는 원래대로 수록
> 하였다. 〈강에서[江上]〉 같은 경우는 루쉰과 핑붜가 똑같이 빼라고 했지만
> 나로서는 당시 너무도 인상이 깊었기 때문에 뺄 수가 없었다. 〈예(體)〉(초
> 판·재판에는 없음) 역시 마찬가지였다. 루쉰은 빼라고 했지만, 이 시가 논설
> 조이기는 해도 추상적인 논설은 아니라는 판단에 따라 원래대로 수록하
> 였다. 그러나 때로는 우리들도 상당히 다른 견해를 가지고 있었다. 〈꽃을
> 보며[看花]〉의 경우, 캉바이칭은 서신을 써서 시가 아주 좋다고 했고 핑붜
> 역시 그대로 두어도 좋다고 하였다. 그러나 내 눈에는 이 시가 내내 불만

미국 유학 시절의 후스(1914)

스러웠다. 그래서 재판을 낼 때에는 두 구절을 뺐고, 제4판을 낼 때에는 아예 전부 빼 버렸다.

재판을 낼 때 추가한 여섯 편도 이번에는 그 중에서 루쉰·수용·사페이가 각각 한 수씩 세 수를 뺐다.[12]

이 일은 루쉰의 편지를 통해서도 확인할 수 있다. 루쉰은 1921년 1월 15일 후스에게 다음과 같은 답장을 보냈다.

오늘 귀하의 서신을 받았습니다. 《상시집》도 보았습니다.

제 의견은 이렇습니다.

〈강에서〉는 빼도 됩니다.

〈나의 아들〔我的兒子〕〉은 전부 빼도 됩니다.

〈돌〔周歲〕〉도 빼도 됩니다. 어차피 장수를 기원하는 시일 뿐이니까요.

〈푸르른 하늘〔蔚藍的天上〕〉도 빼도 됩니다.

〈예외(例外)〉는 필요가 없을 것 같습니다.

〈예!(禮)〉도 빼도 됩니다. 〈예!〉를 넣을 바에야 차라리 〈실〔희〕망(失〔希〕望)〉을 넣으십시오.

제 의견은 이 정도입니다. 치밍이 병이 났습니다. 의사는 늑막염이니까 움직이면 안 된다는군요. 그는 제게 "《거국집(去國集)》도 구체 시이니까 필요가 없을 것 같다."고 합니다. 그런데 제가 자세히 본 후 그 시집에는 분명히 괜찮은 작품들이 많다는 생각이 들더군요. 그러니 덧붙여도 좋을 것 같습니다. … 저는 근래에 지으신 작품들 중에는 〈십일월 이십사일 밤〔十一月二十四夜〕〉이 참 좋더군요.[13]

도쿄 홍문관 시절의 루쉰(1904)

이를 통하여 시를 추려 달라는 후스의 부탁을 루쉰이 상당히 진지하게 받아들이고 있었음을 알 수 있다.

후스 역시 루쉰 형제의 의견을 무척 중시하였다. 그는 1921년 2월 14일 저우쭤런에게 보내는 편지에서 이렇게 적고 있다. "제 시에 대한 두 분의 선택과 첨삭에 전적으로 찬성합니다. 다만 〈예!〉의 경우만큼은 개인적으로 논설조이기는 해도 추상적인 논설에 빠지지 않았고, 시어 역시 깨끗해서 남겨 둘 가치가 있는 것 같습니다. 다른 것들은 모두 두 분의 의견을 따라 첨삭하도록 하겠습니다."[14] 이를 통하여 당시 후스는 루쉰 형제를 문단의 지기(知己)로 여기고 있었음을 알 수 있다.

후스는 저우쭤런이 1918년에 발표한 문학 논문인 〈인간적 문학(人的文學)〉에 호감을 가지고 있었다. 그는 《중국신문학대계 · 건설이론집(中國新文學大系 · 建設理論集)》 〈도언(導言)〉에서 "이듬해(민국 7년) 12월 《신청년》(제5권 제6호)에 저우쭤런 선생의 〈인간적 문학〉이 발표되었다. 이 글은 당시 문학 내용의 개혁 문제에 관한 한 가장 중요한 선언이었다."라고 평가한 바 있다.

저우쭤런이 발표한 〈인간적 문학〉의 원문

후스는 1935년의 이 〈도언〉에서 〈인간적 문학〉에 대하여 상세하게 논평하고 있다.

이 글은 가장 소박하면서도 위대한 선언문이다. (그 상세한 항목은 지금 와서도 꼼꼼히 읽어볼 만하다고 본다.) 저우 선생은 우리가 그 시절 제창하려 했던 갖가지 문학 내용들을 모두 하나의 중심된 관념 속에 포괄해 놓았다. 그 관념을 그는 "인간적 문학"이라고 일컬은 것이다. 그는 이 관념으로 중국의 모든 "비인간적 문학"(그는 크게 열 가지를 열거하였다.)을 배척하는 반면 "인간적 문학"을 제창하려 한 것이다. 그가 말한 "인간적 문학"은, 상당히 평범한 것으로, "인간의 감정 내에서의, 인간의 역량 내에서의" "인간적 도덕들"을 주장하는 문학일 뿐이다.

저우쭤런 선생이 배척한 열 가지의 "비인간적 문학"들 중에는 《서유기(西遊記)》·《수호전(水滸傳)》·《칠협오의(七俠五義)》 등이 있는데, 이 점은 주의할 만한 일이다. 우리는 한편으로는 이 구식 소설들의 문학도구(구어)를 격찬하면서도 한편으로는 그것들이 담고 있는 사상내용이 참으로 고명하지 못해서, "인간적 문학"에는 미치지 못하며, 이러한 새로운 기준으로 중국 고금의 문학을 평가한다면 정말로 세계무대에 내세울 수 있는 작품은 아주 적다는 사실 역시 인정하지 않을 수 없다. 그래서 저우 선생은 "외국의 저작물들을 소개, 번역하고 독자의 정신을 확대시켜 눈으로 세계의 인류를 바라봄으로써 인간적 도덕을 육성하고 인간적 생활을 실현할 필요가 있다."는 결론을 내리고 있다.

문학내용에 관한 주장이라는 것은 본래 흔히 개인적 기호와 시대적 조류의 영향을 내포하곤 한다. 《신청년》의 일부 친구들은 당시 이처럼 빈약하고 소박한 "개인주의적 인간 본위"를 제창하면서도 젊은 남녀들의 진취적인 열정을 이끌어내어 "개인〔인성〕 해방"이라고 할 만한 시대를 일

베이징대 총장 시절의 차이위안페이
_ 루쉰과 동향이었던 그는 총장 재임 기간 동안 5.4 신문화운동의 후견인 역할을 하였다.

구어낼 수 있었다. 그러나 우리가 그 같은 사상을 제창할 때 인류는 바야흐로 "비인간적" 혈전으로부터 탈피하고 있었으며 세계에는 바야흐로 격렬한 변화가 일어나고 있었다. 이 격렬한 변화 속에서 많은 제도와 사상들이 예외없이 "재평가"를 받아야 하였다. 십 수 년 동안, 당시 우리의 친구들이 정중하게 제창했던 새로운 문학의 내용은 시간이 흐를수록 새로운 비평가들의 지적을 받았으며, 우리의 친구들 역시 시간이 흐르면서 남들로부터 낙오한 빅토리아 시대의 마지막 대표자들로 일컬어지게 되었다![15]

후스는 이 〈도언〉에서 "국어의 문학, 문학의 국어"를 중국 신문학운동의 첫 번째 작전 슬로건으로, "인간적 문학"을 "중국 신문학운동의 두 번째 슬로건"[16]으로 간주하였다.

1921년 베이징대의 일부 교수와 함께 "세계총서"를 기획한 차이위안페이(蔡元培)[17]는 세계 각국의 명저들만 엄선한 후 상무인서관(商務印書館)[18]에서 출판을 해 줄 것을 제안하였다.

후스는 1921년 8월 30일 저우쭤런에게 편지를 보내 형제에게 원고를 의뢰하였다.

두 분의 소설은 선집을 만들 수 있을 정도의 분량이 되었다고 봅니다. 작품들을 다 모아서 '세계총서사'에 넘겨 출판하시면 안 되겠습니까? 또, 《물방울[點滴]》 이후로 귀하께서 번역한 소설 역시 적잖으니, 그것들도 '세계총서사'에 넘겨 출판하실 수 있으면 좋겠습니다. 《물방울》은 조판과정에서 오류가 너무 많아 상당히 아쉬웠으니까 말입니다. 상무인서관에서 찍는다면 그런 문제는 없을 것입니다.[19]

1924년 중국을 방문한 타고르(가운데)와 나란히 선 후스(왼쪽에서 두 번째)

여기에 언급된 《물방울》은 저우쮀런이 번역한 외국 단편소설집으로 1920년 8월 베이징대 출판부를 통하여 출판되었는데 신조사의 "문예총서"의 하나였다. 이때 저우쮀런은 샹산(香山)[20]의 삐윈쓰(碧雲寺)라는 절에서 요양을 하고 있었으며, 이 편지는 루쉰이 전해 준 것이었다. 루쉰은 1921년 9월 4일 저우쮀런에게 보낸 편지에서 "후스즈(胡適之)에게서 서신이 왔길래 (이 서신은 밀봉도 하지 않았더구나. 웃기는 일이다!) 지금 보낸다. 들리는 말로는 이것 말고도 한 통이 더 있다고 하는데 쑨 공(쑨푸위안(孫伏園))[21]이 감추어 놓고 푸전(浦鎭)에 머무는 중이라는구나. 그는 우리 소설을 찍겠다고 하지만 내가 보기에는 내가 지은 것은 "세계총서"와는 성격이 맞지 않다. 우리가 번역한 작품들 역시 너무 분량이 적은 데다가 다수가 이미 예약이 끝난 상태이니 그걸 따로 번역해서 줄 수밖에 없을 것 같다."[22]라고 적고 있다.

후스가 원고를 의뢰한 것은 이 두 사람의 저서와 번역에 정말 호감을 가지고 있었기 때문이었다. 그러나 루쉰 역시 자신의 작품에 대해서는 진지하게 책임을 지겠다는 입장이었기 때문에 바로 승락하지 않았던 것이다. 창작소설이니 당연히 번역서만 모아 놓 은 "세계총서"와는 성격이 맞지 않을 수밖에 없다. "따로 번역해서 준다."라고 한 그의 말 은 나중에 실천으로 옮겨졌다. 루쉰 · 저우 쮀런 · 저우졘런(周建人)[23] 형제가 함께 번역한 《현대소설역총(現代小說譯叢)》(1922년 5월)과, 루 쉰과 저우쮀런이 번역한 《현대일본소설집》 (1923년 6월 출판)이 모두 "세계총서"로 출판되 었던 것이다.

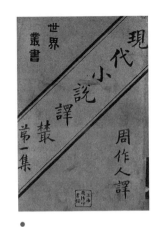

루쉰 삼형제가 공동으로 번역한 《현대소설역총》

후스와 루쉰 · 저우쮀런 이 세 사람의 관 계는 당시 이미 단순한 문단의 인연으로 그치는 것이 아니었다. 저우쮀런 에게 후스는 이미 개인적인 일들을 부탁할 수 있을 정도의 가까운 친구가 되어 있었다. 저우쮀런은 후스에게 직접 나서서 상무인서관 편역소에 동 생(저우졘런)을 추천해 줄 것을 부탁했고, 후스는 그의 기대를 저버리지 않 고 그 일을 해결해 주었다. 그는 1921년 8월 18일 저우쮀런에게 보내는 답 장에서 이렇게 말하였다.

귀하의 동생 분 졘런의 일에 대하여 말씀드리자면, 상무 측에서 벌써 그 를 모시기로 했다고 합니다. 다만 월급이 60원밖에 되지 않는데 너무 적 은 것은 아닌지요? 그가 이 일을 하겠다고 하면 바로 가 보게 하십시 오. 상하이에 도착하면 바오산 로(寶山路)에 있는 상무인서관 편역소로 가서 까오멍딴(高夢旦) 선생과 쳰징위(錢經宇) 선생(《동방(東方)》의 주임)을 찾 으시면 됩니다. 이 일의 해결을 위하여 쳰 씨가 힘을 많이 썼습니다.[24]

이 일이 성사될지 몰라서 속을 졸이던 저우쮀런은 이 답장을 받기 전에 성사 여부를 문의하는 편지를 한 통 더 써 보냈고, 후스는 같은 달 30일 이렇게 답장을 쓰고 있다.

오늘 귀하의 15일자 서신(이 서신은 보름만에 도착했더군요)을 받았는데 동생 분의 일을 언급하셨더군요. 그 일이라면 제가 십수일 전에 이미 귀하께 드린 답장이 있어서 쑨푸위안더러 전해 드리라고 부탁했었는데 미처 부치지 못했나 봅니다. 그 서신의 요지는 동생 분을 즉시 초빙하며 월급은 60원이고 상하이에 도착하시면 먼저 《동방》의 주임인 첸 씨 및 편역소 소장인 까오멍딴 씨를 만나라는 것이었습니다.[25]

1921년 9월, 상하이의 상무인서관 편역소로 간 저우젠런은 장시천(章錫琛)이 편집장으로 있던 《부녀잡지(婦女雜誌)》의 편집부에 배치되었다. 그는 이때부터 상무인서관에 22년 동안 근무하다가 1944년 11월 상무인서관이 인원을 대폭 감축하면서 이직하게 된다.[26]

후스는 저우쮀런이 옌징(燕京)대[27]에서 교편을 잡을 때 추천을 해 주기도 하였다. 1921년 2월 14일 후스는 그에게 이렇게 편지를 썼다.

● 존 레이튼 스튜어트 _ 옌징 대 총장을 지냈으며 1946년 부터 중국이 공산화될 때까지 미국 정부의 주중국 대사로 있었다.

치밍 형께 :

베이징의 옌징대는 교회가 설립한 학교이기는 하지만 이곳 교직원들, 예를 들어 총장 닥터 스튜어트(쓰투(司徒) 박사[28]) 및 교무장 포터(뷔천광(博晨光)[29])는 열린 의식을 가진 분들입니다.

그들은 옌징대를 중국에 이바지하는 학교로 운영하고자 간절히 바라는 분들입니다. 지난 주에 그들은 그 학교의 "중국문(中國文)" 계열을 대대적으로 정비하기로 결의하였습니다. 외국문학을 잘 아는 중국 학자를 한 분 초빙하여 국문문(國文門)[30]의 주임으로 위촉하고 개혁을 기획, 실천할 전권을 위임할 계획이라고 합니다.

그러나 그런 사람은 찾기가 쉽지 않지요! 어제 그들이 제 친구 주워농(朱我農)에게 저를 방문하여 이 일을 상의하도록 부탁했더군요. 주 씨와 저는 귀하께서 가장 적합한 인선이라고 여겨서 주 씨가 절더러 귀하께 이 뜻을 전하고 대신 설득해 줄 것을 당부했습니다. 곰곰이 생각해 보았는데 이 일은 아무리 생각해도 아주 중요한 일입니다. 이 학교의 국문문이 잘 개량되면 분명히 전국의 교회 학교들 및 비-교회 학교들에까지 영향을 미치게 될 것입니다. 가장 중요한 문제, 즉 전권을 위임하고 간섭을 하지 않는 것에 대해서도 이미 제 제안에 동의해 주었습니다. 귀하께서 기꺼이 이 일을 맡아 주신다면 "새 국문문"의 업무를 독자적으로 전담하게 되실 테니 지금 대학에서 강의를 하시는 것보다 훨씬 낫지 않겠습니까?

그들의 조건은 이렇습니다.

1. 급료는 얼마이든 간에 요구대로 지급 가능함. 그들의 급료는 통상적으로 매달 200원이며 여름방학에는 베이따이허(北戴河)[31] 피서비도 추가 지급함.

2. 어떠한 간섭도 받지 않음. 그들은 대단히 간절하게 부탁했고 저 역시 이 제의와 관련하여 그들에게 꼼꼼하게 숙고해 줄 것을 간곡히 요청했습니다. 모쪼록 귀하께서 제게 회신을 주시기 바랍니다.

스가 10년 2월 14일[32]

옌징대로 갈 생각이 있었던 저우쭤런은 이렇게 회신하고 있다.

스즈 형께:

주신 서신 삼가 받아보았습니다. 옌징대 일과 관련하여 두터운 호의에
대단히 감사드립니다. 저 역시 한번 가 보고 싶다는 생각이 제법 있습니
다만 저는 재주가 많이 부족하다는 것을 잘 압니다. 업무 처리 능력이
없고 결단력이 부족한 데다가, 영문만 해도 독해력만 있을 뿐 회화는 많
이 부족합니다. 더욱이 병까지 아직 완쾌되지 않아 지금으로서는 시간이
필요할 것 같습니다. 대학 쪽에도 얽매여 있고 말입니다. 그래서 형께서
몇 가지 일을 대신 좀 문의해 주셨으면 합니다.
1. 근무 여건 및 근무 시간이 어떠한지?
2. 금년 몇 학기부터인지?
3. 어떤 강의들을 병행해야 하는지?
형과 주 선생께 심려를 끼쳐 드립니다만 감사하기 그지없습니다.

저우쭤런 2월 15일

주워농은 후스에게 보낸 편지에서 저우쭤런이 제기한 이 문제들에 대
하여 명확한 답변을 주었다. 후스는 그 답장을 저우쭤런에게 전달하였다.

스즈 형께:

저우치멍(周啓孟) 선생께서 귀하게 문의해 줄 것을 요청한 몇 가지 문제에
대하여 이제 다음과 같이 각각 상세하게 답변드리도록 하겠습니다.
1. 저우 씨의 직무는 중문계 주임입니다. 해당 과의 모든 사무를 총괄할
   권한이 있습니다. (제가 보기에는 이것은 대단히 좋은 일입니다. 저우 씨는 이곳에

18세 때의 후스(1906)
_ 이 무렵 그는 수학시간에 공식 대신 시를 쓰는 문학소년이었다.

서 상당한 규모를 가진 중문계를 구성할 수 있을 것입니다. 모든 것에서 상당한 자유를 누리실 것이며 총장과 교무장은 종교에 반대하는 경우를 제외하고는 그 어떤 업무를 진행하시더라도 절대로 간여하지 않습니다.)

2. 저우 씨의 근무시간은 본인 스스로 정하실 수 있습니다.

3. 여름방학을 마치고 개학할 때(9월 13일)부터가 민국 11년 제1학기입니다. (공고문을 한 부 첨부하오니 저우 씨에게 전해 주시기 바랍니다. 이 공고문은 제가 작성한 것으로, 부득이한 사정 때문에 문언체를 사용했으니 과히 나무라지 마시기 바랍니다.) 그러나 저우 씨를 초빙하는 일자는 대략 8월 또는 그보다 이른 시점이 될 것입니다. 그러면 저우 씨가 해당 과의 조직을 개편할 만한 여유가 있을 것으로 봅니다.

4. 병행하실 과목 역시 저우 씨 스스로 정하실 수 있습니다. 결론적으로 말씀드리자면, 옌징대는 저우 씨가 중문계를 개혁해 주기를 바라는 것입니다. 개혁에 필요한 전권을 저우 씨에게 위임하기를 바라는 것입니다. 저우 씨가 이 중문계를 그의 이상에 따라 운영하고 그의 실험작품으로 삼기를 바라는 것입니다.

제 의사는 이미 분명하게 말씀드린 것 같으니 오늘은 업무가 바쁜 관계로 여기서 그칠까 합니다.

다음 주에 귀하와 저우 씨·스튜어트 씨·포터 씨·류팅팡(劉廷芳)[33] 씨를 초대하여 함께 담소를 나누고 싶군요. 그때 우리는 우리 학교의 바람을 저우 씨와 귀하께 시원하게 말씀드릴 수 있을 것 같습니다. 귀하와 저우 씨는 의견을 내지 않으셔도 좋습니다. 그래도 괜찮으시다면 하루 이틀 뒤 제게 저우 씨를 소개해 주실 수 있으시겠습니까?

워농이 10년 2월 16일[34]

후스는 이 편지를 저우쭤런에게 전달할 때 마지막 구절에 "이 부분에 관해서는 이미 현재 귀하의 병세가 나아지기 시작했지만 시간적으로 유예가 좀 필요하다고 전했습니다."라는 메모를 덧붙였다.

이 일은 저우쭤런의 병 때문에 1년 동안 지체되다가 이듬해가 되어서야 처리되었다. 후스는 1922년 3월 4일자 일기에 "10시 반, 옌징대학 총장 쓰투 레이떵(司徒雷登)과 류팅팡이 내방했고 치밍도 왔다. 옌징대학이 국문부(國文部)를 개혁할 계획으로 작년에 나를 초빙할 생각이었으나 나는 가지 않고 저우치밍을 추천하였다. (치밍이 베이징대에서 포부를 제대로 펼치지 못하고 있는 것이 몹시 안타까워서 그가 베이징대를 떠나 그 학교를 전담하게 하려 한 것이었다.) 치밍은 승락했지만 얼마 후 병으로 쓰러졌다. 이 일은 1년 동안 보류되었는데, 금년에 그들이 다시 그 일을 거론하길래 오늘 그들에게 저우 씨를 소개해 준 것이다. 그들은 상담 후 아주 흡족해 하였다."[35] 이때 직접 상담이 이루어져 이 일이 확정되고 저우쭤런은 그해 가을 개학에 즈음하여 옌징대에서 교편을 잡게 된다.

●
학형파의 대표인물 후셴쑤와 함께한 후스

1922년 1월 출판된 《학형(學衡)》[36] 잡지는 제1기에 후셴쑤(胡先驌)[37]의 글 〈"상시집"을 평한다〉를 싣고 후스의 《상시집》을 완전히 부정하고 나섰다. 당시 후셴쑤의 주장에 반박하고 나선 것은 저우쭤런이었다. 그는 1922년 2월 4일자 《신보부간(晨報副刊)》에 "스펀(式芬)"이라는 필명으로 《〈"상시집"을 평한다〉의 오류를 바로잡는다〉라는 글을 발표하고 후셴쑤의 문제의 글이 "실제와는 다른 부분이 제법 있어서 '학자의 정신'에 위배된다."라고 지적하였다. 글을 본 후스는 이날 일기에 그 내용에 "상당히 합당한 말이 많았으며 마지막 단락은 특히 좋았다."라고 적고 있다.

1922년 창간 50주년을 맞은 《신보(申報)》[38]는 기념문집인 《최근 50년[最近之五十年]》을 펴내기로 하고 저명인사들에게 원고를 청탁했는데, 당시 후스에게 의뢰된 글이 〈50년 동안의 중국의 문학[五十年來中國之文學]〉이었다. 후스는 이 글 마지막 대목에서 "최근 5-6년 사이의 문학혁명운동"을 다루면서 루쉰 · 저우쭤런 형제의 작품을 상당히 높이 평가하였다.

최근 5년 동안의 구어체 문학의 성과에 관해서라면 시기적으로 너무 최근이어서 일일이 평가를 내리기가 쉽지 않을 것이다. 그러나 그 대체적인 추세로 본다면 몇 가지 요점을 지적할 수 있다. 첫째, 구어체 시는 성공의 길을 걷게 되었다고 할 수 있겠다. 시의 체재가 해방된 초기에는 문학도구를 사용하는 데에 서툰 데다가 기술 역시 치밀하지 못한 탓에 과도기적인 결점을 피하기 어려웠다. 그러나 최근 2년 사이에 신체시는 운율이 있든 없든, 또는 새로 부상한 "짧은 시"이든 아니든 간에 아주 완성도가 높은 작품들이 많이 지어졌다. 나는 10년 이내에 분명히 중국의 시단이 찬란한 황금기를 맞을 것으로 전망한다. 둘째, 단편소설 역시 차츰 자리를 잡기에 이르렀다. 이 1년 남짓(1921년 이후)의 기간 동안 《소설월보(小說月報)》는 이미 "창작"된 소설을 제창하는 중요한 기관이 되었으며, 자체적으로도 과거 훌륭한 창작물이 몇 편 나왔다. 그러나 가장 큰 성과를 거둔 사람은 단연 "루쉰"이라는 필명을 가진 작가였다. 4년 전의 《광인일기(狂人日記)》로부터 최근의 《아큐정전(阿Q正傳)》에 이르기까지, 그의 단편소설은 편수는 많지 않아도 훌륭하지 않은 작품이 거의 없을 정도였다. 셋째, 구어체 산문이 상당한 발전을 이루었다. 장편 논설문의 발전이라면 두드러져서 쉽게 알 수 있을 정도이므로 굳이 소개하지 않아도 될 정도이다. 이 몇 년 동안 산문 분야에서 가장 주목할 만한 발전은 바로 저우쭤런 등이 제창한 "소품산문(小品散文)"이었다. 이 소품들은 평범한 이야기를 다루면서도 심오한 의미를 담아냈는데 때로는 상당히 서툴러 보이지만 실제로는 해학적이었다. 이런 작품들의 성공으로 말미암아 "아름다운 글에는 구어를 사용하면 안 된다."라는 미신을 철저하게 타파할 수 있게 된 셈이다. 넷째, 연극과 장편소설 분야의 성과가 가장 나빴다. 연극 쪽은 창작을 시도하는 이가 더러 있지만 장편소설 쪽은 시도하는 이가 없는 것은 물론이고 번역서조차 거의 보이지 않았다![39]

후스는 이 글에서 루쉰과 저우쭤런의 번역을 논평하기도 하였다. 루쉰과 저우쭤런의 최초의 문학활동이라면 일본 유학 당시 출판한 《역외소설집(域外小說集)》[40]이었다.

1909년 루쉰과 저우쭤런이 외국의 소설 작품들을 모아 소개한 《역외소설집》

●
린친난

루쉰은 1932년 1월 16일 마쓰다 와타루(增田涉)[41]
에게 보내는 편지에서 당시 무엇 때문에 이 책을
내려 하는지에 관하여 이렇게 술회하고 있다. "《역
외소설집》은 1907년인가 1908년에 발행되었는데
나와 저우쭤런은 그때까지도 일본의 도쿄에 머무
르고 있었다. 당시 중국에서는 린친난(林琴南)[42]이
고문으로 번역한 외국소설이 유행하고 있었는데,
글은 훌륭했지만 오역이 무척 많았다. 그 점을 불
만스럽게 여긴 우리는 그 오역들을 바로잡을 생각으로 일을 시작했던 것
이다." 후스는 두 사람의 번역이 확실히 린친난의 것보다 훌륭한 것이었다
고 평가하고 있다.

저우쭤런은 그의 형과 함께 고문으로 소설을 번역한 적도 있다. 그들은
고문 실력이 상당히 뛰어난 데다가 두 사람 모두 서양 문자를 이해할 수
있었으므로 그들이 번역한 《역외소설집》이 린 씨가 번역한 소설보다 훨
씬 훌륭할 수밖에 없었던 것이다.[43]

# 2

후스와 루쉰은 중국소설사를 연구하는 일에도 힘썼다. 두 사람은 연구 과정에서 우호적인 협력관계를 유지하여 서로 관련 자료들을 공유하면서 각자의 연구에서 똑같이 훌륭한 업적을 이루었다.

후스는 〈"서유기" 고증〉을 쓰는 과정에서 루쉰으로부터 적잖은 도움을 받았다. 후스는 1922년 8월 14일자 일기에 "위차이가 《서유기》 관련 자료 다섯 장, 서신 두 장을 보내왔다."라고 적고 있다. 그는 〈"서유기" 고증〉에 이 "《서유기》 관련 자료 다섯 장"이 어떤 것들이었는지 모두 소개하였다. 또, 그의 "서신 두 장"은 다음과 같은 내용을 담고 있었다.

스즈 선생께:

《서유기》 작자의 사적에 관한 자료를 다섯 장 초록해 보내 드립니다. 돌려 주실 필요는 없을 것 같습니다. 《산양지유(山陽志遺)》에서 마지막 단락의 판단은 잘못된 것으로, 아마 오산부(吳山夫)는 당시까지만 해도 장춘진인(長春眞人)의 《서유기》를 보지 못한 상태였을 것입니다.

어제 우연히 즈리 관서국(直隸官書局)에서 《곡원(曲苑)》(상하이 고서유통처 석인본)을 한 부 구입했습니다. 거기에 초순(焦循)[44]이 《극설(劇說)》에서 《차여객화(茶餘客話)》를 인용하여 《서유기》 작자 관련 사항을 언급한 대목이 있는데 역시 《산양지유》의 기록과 대체로 일치하더군요. 전번에 제가 본 상무인서관 판 《차여객화》는 이 대목이 빠진 것을 보면 발췌본인 듯합니다. 그 정본은 《소방호재 총서(小方壺齋叢書)》에 들어 있지만 저희 집 판본에는 없군요.

《극설》에서 "원대 사람 오창령(吳昌齡)이 지은 《서유(西遊)》의 대사는 민간에 전해지는 《서유기》 소설과는 차이가 좀 있다."라고도 한 것을 보면 초순은 원대의 판본을 보았던 것 같습니다. "차이가 좀 있다."고 했다는 것은 대체로 일치한다는 의미이니, 사양산인(射陽山人)의 소설이 이전의 소설을 많이 참고했음을 알 수 있는 셈입니다. 《곡원》에 인용된 왕국유(王國維)의 《곡록(曲錄)》에도 역시 《서유기》와 관련된 제목들이 제법 보이더군요. 그 중 하나는 제목이 《이랑신이 제천대성을 가두다〔二郎神鎖齊天大聖〕》인데, 명대 초기의 작품으로 오승은 이전의 것으로 보입니다.

《사양존고(射陽存稿)》를 구입하면 분명히 더 많은 귀중한 자료들을 찾을 수 있겠지만 아마 힘들겠지요. 명대에 중각(重刻)한 이옹(李邕)의 《사라수비(娑羅樹碑)》의 경우, 그 원본은 사양산인이 소장했던 것으로, 그의 시들 중에 〈유적운림화죽을 구입한 기념으로 지음〔買得油漬云林畵竹題〕〉이라는 것도 있는 것을 보면 이 사람도 골동품을 어지간히 즐겼던가 봅니다.

동문국(同文局)에서 찍은 《품화보감(品花寶鑑)》 고증 관련한 소중한 책은 편할 때 한번 빌려 보았으면 싶습니다.

수런(樹人) 올림 8월 14일


8월 21일에도 편지를 보내고 있다.


스즈 선생께:

전번에 제게 책을 많이 빌려 주셨는데 그 후에 또 서신을 주셨더군요. 책은 모두 대강이나마 읽어 보았으니 이제 돌려 드리도록 하겠습니다, 감사합니다.

선생의 원고는 이미 읽어 보았는데 너무도 치밀하여 속이 다 후련해지더군요! 하루속히 출판되기를 간절히 바라는 바입니다. 이러한 역사적인 깨우침은 잡다한 공리공담들보다 훨씬 낫다고 봅니다. 다만 구어체의 생장과 관련해서는 아무래도 《신청년》이 제창했을 때부터를 중대한 관건으로 삼아야 할 것입니다. 입장이 아주 정연하여 이전의 문호들이 이따금 구어를 시나 산문에 사용했던 것과 같아서, 가만히 보면 역시 "남들이 좀처럼 쓰지 않는 전고"를 운용하는 것과 같은 기백이 있다고 여겨지기 때문입니다.

이제 선생의 원고도 함께 돌려 드립니다. 이백원(李伯元)[45]의 생몰 연도는 이미 위쪽에 적어 놓았습니다.

《칠협오의(七俠五義)》의 원본은 《삼협오의(三俠五義)》로, 베이징에서 쉽게 구입할 수 있습니다. 처음에는 목활자본이었던 것 같고, 모두 4벌 24권입니다. 베이징 사람들에게 물어 보면 《삼협오의》만 알더군요. 그러나 남쪽 사람들은 곡원노인(曲園老人)의 수정본만 알고 있으니 그가 정말 괜한 수고를 한 셈입니다.

《납서영곡보(納書楹曲譜)》에 수록된 《서유기》는 이미 그 원본을 알 길이 없게 되었습니다. 《속서유(俗西遊)》의 〈사춘(思春)〉 부분은 어찌 된 영문인지 모르겠습니다. 《당삼장(唐三藏)》의 〈회회(回回)〉 부분은 당나라 삼장법사가 서하(西夏)에 갔을 때 처음에 행패를 부리던 한 회족(回族)이 나중에 불교에 귀의하는 내용을 다루고 있는 것 같은데, 소설에는 그 대목이 없군요. 소설과 가장 유사한 것으로는 〈보유(補遺)〉의 《서유》 대목들이 유일한데, "심원의마(心猿意馬)", "화과산(花果山)", "긴고주(緊箍呪)" 등 없는 것이 없습니다. 〈게발(揭鉢)〉은 소설에는 없지만 "화염산(火焰山)", "홍해아(紅孩兒)"가 여기서 비롯된 것 같습니다. 양장생(楊掌生)이 《서유》를 공연

1912년 전후 도쿄 시절의 루쉰

할 때 여아국 왕(女兒國王)을 맡았다고 필기소설(筆記小說)[46]에 적은 것을 보면 당시까지는 그런 연극이 공연되었던가 봅니다. 어쩌면 지금도 완본 희곡을 찾을 수 있지 않을까 싶군요.

수런 올림 8월 21일

추신 :

《서유기》에서는 "무지기(無支祁)"(또는 무지지(巫枝祇))가 두 번 거론되고 있는데, 《서유기》의 작자가 원대에 성행한 이 이야기의 영향을 받았던 것 같습니다. 그 원형이 《태평광기(太平廣記)》 권467의 "이탕(李湯)"조에 보이는군요.

후스는 루쉰이 자신을 도와 준 일을 〈"서유기" 고증〉에서 몇 번이나 거론하고 있다.

얼마 전에 저우위차이 선생은 《납서영곡보 보유(納書楹曲譜補遺)》 권1에 《서유기》가 네 대목 수록되어 있는데, 그 중 두 곳에서 "무지지"와 "무지기"가 언급되었다고 알려 주었다. 〈정심(定心)〉 대목에서는 손오공이 "여산노모(驪山老母)의 친형제이며 무지기가 자신의 누이동생"이라고 말하고 있다. 또 〈여국(女國)〉 대목에서는 "마치 마등가[47]가 아난을 요산에다 잡아다 놓은 것 같고, 귀자모[48]가 여래불을 영산에서 포위하고, 무지기[49]가 장승을 구산에다 끌어다 놓은 것 같구나! 마왕인 내가 참된 스님을 아득바득 해치려 하는 것이 아니라, 오늘날 절세가인들이 너도나도 스님만 찾기 때문이라네!"라고 적고 있다. 저우 선생은 《서유기》의 작자가 무지기 이야기의 영향을 받았을 수도 있다고 지적해 주었다. 저우 선생의 깨우침에 따라 이 이야기의 유래를 찾아보니, 《태평광기》 권467의 "이탕"조에서

《고악독경(古岳瀆經)》제8권에서 다음과 같이 전하고 있었다. " … . "[50]

저우 선생은 주희(朱熹)가 저술한 《초사변증(楚辭辨證)》〈천문(天問)〉편의 한 단락에서도 다음과 같이 적고 있다고 지적해 주었다. " … . "[51]

지금 《서유기》의 노래들 중 … 〈계발〉 대목은 소설에는 없는데, 저우위차이 선생이 "'화염산' '홍해아'가 여기서 비롯된 것 같습니다."라고 한 것은 아주 대단한 탁견이었다.[52]

.

저우 선생은 《차여객화》의 이 부분이 오(吳) 땅 옥진(玉搢)의 《산양지유》 권4의 기록을 근거로 한 것이라고 고증한 바 있는데, 그 원문은 다음과 같다. " … . "[53]

후스는 1930년 4월 30일 양싱포(楊杏佛)[54]에게 보내는 편지에서 《서유기》 연구와 관련하여 한 가지 흥미로운 사실을 언급하고 있다.

5-6년 전 저우위차이 선생 형제와 한담을 나눈 일이 기억난다. 당시 나는 이런 주장을 피력했었다. "《서유기》에서 '81가지 고난[八十一難]'은 사람들이 가장 불만스러워 하는 대목이다. 그러니 이렇게 뜯어고쳐야 옳다. '불경을 구해 통천하(通天河)까지 돌아온 삼장법사는 꿈에서 황풍대왕(黃風大王) 등의 요괴·마귀들이 자신의 목숨을 빼앗으려 하자 놀라서 꿈에서 깬다. 그리고는 세 제자에게 구름을 타고 불경을 당나라로 가져가도록 지시한 후 자신은 진언을 외워 과거 자신의 고기를 한 점이라도 먹어 3천 년이나 수명을 연장하려 했던 원혼들을 전부 불러내고, 직접 자신의 살점을

발라내 그들에게 먹임으로써 그 고기를 먹은 원혼들이 모두 극락세계에 왕생하게 해 준다. 그렇게 보시를 베푼 삼장법사는 마침내 정과(正果)를 이루어 깨달음을 얻는다.' 이런 식으로 마무리 해야 불교정신에 가장 잘 부합될 것이다."

나는 10여 년 동안 욕을 먹었지만 지금까지 한번도 나를 욕한 사람을 원망한 적이 없었다. 그들이 욕을 제대로 못했을 때에는 내 쪽에서 오히려 그들 걱정을 해 주었고, 그들이 너무 지나친 욕을 하면 그 사람의 인격에 손상이 갈까 싶어서 내가 더 안절부절못했을 정도였다. 만일 나를 욕하는 사람에게 이득이 있다면 나도 그에게 간접적으로 은혜를 베푼 셈이 되므로 나는 당연히 기꺼이 욕을 먹으련다. 만일 누군가가 이 후스의 고기 한 조각을 먹으면 1년 하다못해 여섯 달이라도 수명이 연장된다고 한다면 나는 기필코 기꺼이 스스로 살을 발라내 그들에게 주고 그들이 행복을 누리도록 축복해 줄 것이다.[55]

1934년 6월, 후스는 이 같은 평소의 소신을 글로 써 내었다. 그는 〈"서유기"의 81번째 고난〉 도입부에서 이렇게 적었다.

10년 전 루쉰 선생이 《서유기》의 81번째 고난(제99회)을 언급했을 때 나는 그 대목이 너무 형편없으니 왕창 뜯어고쳐야 대작의 명성에 어울릴 거라고 말했었다. 그러나 그런 생각을 품고만 있을 뿐 내내 그럴 여가를 내지 못한 채 10년이 흘렀건만 《서유기》를 뜯어고치는 일은 지금까지도 실천을 하지 못하고 있다. 며칠 전, 우연히 흥이 난 김에 이 글을 써서 '81번째 고난' 대목, 즉 《서유기》 제99회의 "보살이 이들이 겪은 고난을 적은 장부를 끝까지 훑어 보다."에서부터 제100회의 "각설하고 8대 금강

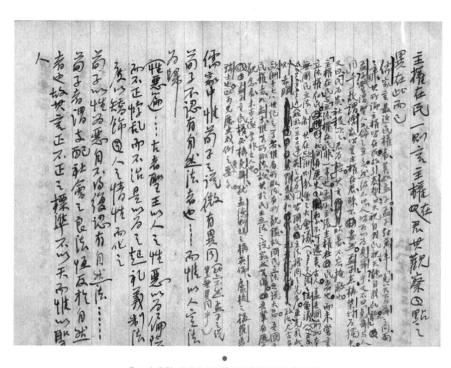

후스가 유학 시절에 작성한 중국철학 관련 육필 원고

이 두 번째 향풍을 써서 그 네 사람을 하루도 되지 않아 동쪽 땅으로 귀환시키는 것이었다."까지 6천 자가 넘는 분량을 전부 완전히 뜯어고쳤다. 그러자 《학문월간(學文月刊)》의 지인들이 원고를 달라길래 이 "위서"를 발표하게 하였다. 이제 이 책에 수록하노니 모쪼록 《서유기》 애독자 여러분께서는 비판하고 지적해 주시기 바란다.

민국 23년 7월 1일 후스 쓰다[56]

1920년 루쉰은 베이징대 국문계에 《중국소설사》 과목을 개설하고 훗날 명저가 된 《중국소설사략(中國小說史略)》(상책은 1923년 12월, 하책은 1924년 6월 각각 초판이 출판됨)을 강의했는데, 그 책의 여러 군데에서 후스의 고증 결과를 인용하였다. 예를 들어 제15편 〈원명대부터 전해진 역사 이야기〉(하)에서 《수호전》의 몇 가지 판본에서 내용에 변동이 있는 원인에 대하여 이야기할 때 후스의 견해를 채택하였다.

간행 과정에서 누락된 이유는 십중팔구가 세태의 변화 때문이었을 것이다. 후스는 "성탄은 도적떼가 세상에 넘쳐나던 시대를 산 인물로, 장헌충(張獻忠)·이자성(李自成) 같은 강도들이 온 나라에 해악을 끼치는 광경을 직접 목도하였다. 그래서 그는 강도는 장려할 것이 아니라 당연히 성토하고 응징해야 할 존재들이라고 여겼다."(《문존(文存)》3)라고 말하고 있다.[57]

그는 제17편 〈명대의 귀신 소재 소설들〉(중)에서 《서유기》의 작자 오승은(吳承恩)에 관하여 언급할 때에도 후스의 논평을 인용하고 있다.

또 작자는 천성적으로 "우스개 이야기에도 뛰어나다 보니" 아무리 변화 무쌍하고 환상적인 일을 기술하는 때라도 늘 우스운 말을 끼워 넣어 신명이나 마귀들이 저마다 인간의 감정을 가지게 하는가 하면 요정이나 도깨비들 역시 세상 물정에 밝게 묘사함으로써 인간 세상을 하찮게 여기는 자신의 의지를 담아내곤 하였다. (자세한 내용은 후스의 《"서유기" 고증》을 참조하기 바란다.)[58]

제24편 〈청대의 인정소설〉에서 소설 《홍루몽(紅樓夢)》[59]의 성격을 분석할 때에도 후스의 견해를 그대로 채택하였다.

그러나 '《홍루몽》이 곧 작자의 이야기를 다룬 것으로 이 책의 서두와도 부합된다.'는 주장의 경우, 그 주장이 나온 것은 사실 가장 먼저이지만 확립된 것은 오히려 맨 나중이었다. 가경(嘉慶) 연간 초기인 원매(袁枚) (《수원시화(隨園詩話)》2) 당시에 이미 "강희(康熙) 연간에 조연정(曹練亭)이 강녕(江寧)의 직조(織造)로 있었는데, … 그 아들 설근(雪芹)이 《홍루몽》이라는 책을 지어 풍월이 넘치던 당시의 성황을 빠짐없이 기술하였다. 그 내용 속에 등장하는 이른바 '대관원(大觀園)'이라는 곳은 사실은 나의 수원(隨園)이다."라고 말한 바 있다. 물론 마지막 말은 과장일 것이고 나머지 부분 역시 자잘한 오류들이 있을 것이다. (예를 들어 '연(棟)'을 '연(練)', '손자(孫)'인데 '아들(子)'이라고 한 것이 그런 것이다.) 다만 설근의 책이라고 분명히 밝히고 있는 것을 보면 기록자가 직접 보고 들은 것이리라. 그러나 세간에서 그 말을 믿는 이는 아주 적어서, 왕국유(王國維)만 해도 《정암문집(靜庵文集)》에서) 그런 식의 주장을 힐난하면서 "직접 보고 들었다고 하는 경우들을 보아도 방관자의 입으로 언급된 경우라고 할 수 있어서 확실히 작자가

극 속의 인물이라고 하기는 어렵다."라고 보았다. 그러던 것이 후스가 고증을 하면서 비로소 그런 대로 분명히 밝혀져서 조설근이 실제로는 태어날 때에는 부귀영화를 누리는 집안 출신이었지만 임종할 때에는 몰락한 신세여서 반평생 인생 역정이 '석두(石頭)'의 경우와 너무도 흡사한 데다, 서쪽 교외에서 책을 저술하다가 미처 완성도 하기 전에 세상을 떠났고, 뒤늦게 완간된 전권은 고악(高鶚)이 그 뒤를 이어 완성한 것임을 알게 되었다.

설근은 이름이 점(霑) 자가 근계(芹溪) 또는 근포(芹圃)로서 정백기 한군(正白旗漢軍) 집안 출신이었다. 조부 인(寅)은 자가 자청(子淸) 호가 연정(棟亭)으로 강희 연간에 강녕의 직조를 지냈다. 청나라 세조(世祖)·성조(聖祖)가 강남을 순시할 때 다섯 번이나 직조의 관청을 행궁(行宮)으로 삼았는데 뒤의 네 번이 모두 인의 재임기간에 이루어졌다. 꽤나 풍류를 즐겨서 일찍이 고서 10여 종을 간행함으로써 당시 사람들의 칭송을 받았으며, 글월에도 능하여 저서로 《연정시초(棟亭詩鈔)》 다섯 권, 《사초(詞鈔)》 한 권(이상 《사고서목(四庫書目)》), 전기(傳奇) 두 편(《재원잡지(在園雜志)》)이 있다. 인의 아들 부(頫), 즉 설근의 아비 역시 강녕 직조를 지냈다. 그런 연고로 설근이 남경에서 태어난 것인데 이때가 강희 연간 말이었을 것이다. 옹정(雍正) 6년, 부가 사임하면서 설근도 북경으로 귀환했는데 이때 나이가 열 살 정도였다. 그런데 무슨 까닭 때문인지는 알 수 없으나, 그 후로 조 씨 집안은 엄청난 변고를 당했던지 집안이 갑자기 몰락하여 설근이 중년에 이르렀을 때에는 서쪽 교외에서 가난하게 살면서 죽으로 연명하는 처지로 전락하고 말았다. 그럼에도 불구하고 오만한 성격은 여전하여 늘 무절제하게 술을 마시고 시를 읊곤 했으니 《석두기(石頭記)》를 지은 것도 역시 아마 이 무렵이었을 것이다. 건륭(乾隆) 27년, 아들이 요절하자 설근은 그때의 속앓이가 병이 되어 그해 그믐에 죽으니 나이가 마흔 남짓(1719?-1763)이었다. 당시 《석두기》는 미처 완성하지 못한 상태여서 지금 전해지는 것도 80회로 그치고 있다. (자세한 것은 《후스문선(胡適文選)》을 참조할 것)[60]

제25편 〈청대에 소설로 두각을 나타낸 학자들〉에서 이여진(李汝珍)의 작품인 《경화연(鏡花緣)》[61]에 관하여 기술할 때에는 작자의 일생을 소개하는 과정에서 후스가 수집한 자료들을 활용하기도 하였다. 후스는 아동도서관(亞東圖書館)의 초판본으로 왕위안팡(汪原放)이 표점을 추가한 《경화연》에 "인론(引論)"을 쓴 일이 있는데, 루쉰이 그 글에 근거하여 간략하게 다음과 같이 기술한 것이다.

여진은 자가 송석(松石)으로 즈리(直隷) 대흥(大興) 사람인데, 어려서부터 영민하기가 남달랐으며 당시 풍의 문체는 그다지 즐기지 않았다. 건륭 47년, 해주(海州)의 임지로 가는 그의 형을 따라갔다가 능정감(凌廷堪)에게 사사했으며, 글을 논하면서 여가가 생기면 음운학까지 섭렵해서 스스로도 "얻은 것이 무척 많았다."라고 했을 정도였는데, 당시 나이가 스물 남짓이었다. 그가 평생 사귄 벗들 중에는 성운학을 연구하는 선비들이 제법 많았으며, 여진 역시 음운학에 특히 뛰어났지만 그 외에도 다양한 문예들까지 섭렵했는데, 예를 들어 임둔(壬遁)·성복(星卜)·상위(象緯)는 물론이고 나아가 서예·바둑에도 통달한 것이 많았다. 다만 벼슬길에서는 뜻을 이루지 못하여 제생(諸生) 신분으로 해주에서 일생을 마치게 되는데, 말년에는 가난하게 지내면서 소설을 지어 소일거리로 삼곤 했는데 10여 년만에 비로소 완성하여 도광(道光) 8년 마침내 간행이 이루어졌다. 그로부터 몇 해 지나지 않아 여진 역시 일생을 마치니 나이가 예순 남짓

(약 1763-1830)이었다. 음운학 방면의 저술로는 《음감(音鑒)》이 있는데, 일상에서의 쓰임새를 위주로 하면서 당시의 발음을 중시했으며 전통적인 학풍을 바꾸는 데에도 거리낌이 없었다. (이상과 관련하여 자세한 것은 신판 표점본 《경화연》 권두에 있는 후스의 〈인론〉을 참조할 것)[62]

루쉰은 이 소설의 주제사상과 관련해서는 후스의 의견에 찬동하는 입장이었다.

책에는 여자에 관한 주장 역시 많다. 그래서 후스는 "여성문제를 논의하는 소설로서, 이 문제에 대한 그의 답안은 남녀는 응당 평등한 대우, 평등한 교육, 평등한 선거제도를 누려야 한다는 것"이라고 여겼다. (자세한 것은 본서의 〈인론〉4를 참조할 것)[63]

후스 쪽에서도 루쉰의 글을 인용하는 일이 많았다. 그는 1922년 아동도서관에서 출판한 왕원방 표점본 《삼국연의(三國演義)》에 서문을 썼는데, 그 글 끝에 "(주) 이 서문을 작성하면서 저우위차이 선생의 《소설사 강의(小說史講義)》 초고를 참고했으나 일일이 주석을 붙일 수 없어서 특별히 여기서 밝히는 바이다."[64]라고 덧붙였던 것이다.

루쉰이 《중국소설사략》 제28편 〈청대 말기의 견책소설〉에서 《관장현형기(官場現形記)》[65]의 작자 이백원(李伯元)의 일생 사적을 소개할 때에는 루쉰과 후스가 서로 상대방의 자료를 인용하는 재미있는 일이 벌어지기도 하였다.

루쉰은 《중국소설사략》에서 이렇게 소개하였다.

'남정 정장(南亭亭長)'은 이보가(李寶嘉)로 자는 백원이며 강소(江蘇) 무진(武進) 사람이다. 어려서부터 제예(制藝)와 시부(詩賦)에 뛰어나 수석으로 입학했으나 매번 과거를 볼 때마다 낙방하였다. 그러자 상해로 가서 《지남보(指南報)》를 창간했지만 곧 중단하고 따로 《유희보(遊戲報)》를 창간하여 해학적이거나 비판적인 글을 싣다가 나중에는 "설비" 일체를 상인에게 매각하고 이번에는 《해상번화보(海上繁華報)》를 창간하고 배우들의 동정을 다루는 한편 시·가사나 소설을 실어서 상당히 호평을 받았다. 저서로는 《경자국변 탄사(庚子國變彈詞)》 몇 권과 《해천홍설기(海天鴻雪記)》 여섯 책, 《이연영(李蓮英)》 한 책, 《번화몽(繁華夢)》과 《활지옥(活地獄)》 각각 몇 책이 있다. 또 당시의 병폐를 집중적으로 비판하기 위하여 지은 《문명소사(文明小史)》라는 책은 《수상소설(繡像小說)》에 분철되어 간행되었는데 특히 유명하였다. 당시가 마침 경자년이어서 국정이 제대로 시행되지 않자 만인이 희망을 잃고 불행과 환난의 원인을 찾아 그 죄인을 비판하는 것을 위안으로 삼으려는 이들이 많았다. 보가도 상인의 부탁을 받고 《관장현형기(官場現形記)》를 지었다. 당초에는 총 10편에 편당 12회씩 짓기로 계획하고 광서(光緒) 27년부터 29년 사이에 세 편을 완성하고 그 후로 2년 사이에 다시 두 편을 완성했으나, 광서 32년 3월 폐병으로 죽으니 나이가 마흔(1867-1906)이었다. 책은 결국 완성되지 못 했고 아들도 없어서 배우 손국선(孫菊仙)이 그의 장례를 대신 처러 줌으로써 《번화보》 시절 자신을 호평해 준 은혜를 갚았다. 일찍이 경제특과(經濟特科)에 응시하도록 추천되었으나 가지 않아 당시 사람들이 지조가 있다고 여겼다. 그는 또 전각(篆刻)에도 뛰어나 《우향인보(芋香印譜)》가 간행되기도 하였다. (저우페이성(周桂笙)의 《신암필기(新庵筆記)》 3, 리쭈졔(李祖傑)가 후스에게 보낸 서신 및 구졔강 (顧頡剛)의 《독서잡기(讀書雜記)》 등을 참조할 것)[66]

여기서 그는 후스의 자료를 인용했다고 밝히고 있다. 후스도 1927년 11월 12일 《관장현형기》의 서문을 쓸 때 이렇게 소개하였다.

《관장현형기》의 저자는 자신을 "남정 정장"으로 일컬었다. 사람들은 그가 이백원이라는 사실은 알지만 그의 내력에 대해서는 아는 이가 많지 않다. 몇 년 전 쟝주좡(蔣竹莊) 선생(웨이챠오(維喬))의 소개로 저자의 조카 리쭈졔 선생의 장문의 서신을 받아 보고 나서야 그 생애의 대체적인 상황을 알게 되었다.

그의 진짜 이름은 이보가요 자는 백원으로 강소(江蘇) 상원(上元) 사람인데 청나라 동치(同治) 6년(1867)에 태어났다. 어릴 때 그는 당시의 문체와 시부를 아울러 공부하였다. 그가 수재에 급제했을 때에는 성적이 수석이었지만, 향시에서는 몇 번이나 응시해도 거인에 급제할 수가 없었다. 그러자 나중에는 상해에서 《지남보》를 창간했다가 얼마 후 정간하고 다시 《유희보》를 창간했는데 상해의 "타블렛판 신문"으로는 가장 빠른 것이었다. 나중에는 《유희보》를 매각하고 따로 《번화보》를 창간하였다. 나는 그가 발행한 《유희보》는 본 적이 없었지만 상해에 갔을 때(1904) 《번화보》는 본 적이 있다. 당시 상해에는 이미 여러 종류의 타블렛판 신문들이 발행되고 있었는데 기생들의 동정, 그 고객들의 소식, 극장의 배우 등에 관한 기사를 전문적으로 다루었다. 《번화보》는 그 타블렛판 신문들 중에서도 필치와 고상함에 있어 단연 일류로 통하였다.

그는 다재다능한 사람이었다. 그가 지은 시·가사나 소품(문)에는 당시 발행되던 각종 타블렛판 신문들이 군데군데 등장한다. 그는 또 도장을 새길 줄도 알아서《우향인보》가 간행되기도 하였다. 그가 장편소설을 지은 것은 아마도 광서제 경자년(1900)의 의화단 사건 이후였던 것으로 보인다.《관장현형기》는 그의 작품들 중 가장 긴 것으로 광서제 신축년(1901)에서 계묘년(1903)까지 앞의 세 편이 완성되었는데 각 편은 12회로 이루어져 있었다. 그 후 2년(1904-1905) 동안 또 한 편을 완성했으나 이듬해(광서제 병오년(1906))에 세상을 떠나고 말았다. 이 책 제5편은 어쩌면 다른 사람이 제60회까지 끌고 가다가 억지로 끝낸 것이 아닌가 싶다. 그가 죽을 때《번화보》에 상해 화류계의 일상을 다룬 그의 장편소설이 실렸는데 그 제목은 기억이 나지 않는다. 그가 죽은 뒤로 이 책은 '구양(歐陽)'씨 집안의 지인이 속편을 쓰게 되었다고 들었지만 나중에는 어떻게 되었는지 들은 바가 없다. 그의 장편소설 중에서《문명소사》만 완성되었는데, 처음에는 상무인서관이 발행하는《수상소설》에 분기별로 간행되다가 나중에는 단행본으로 발행되었다.

이보가는 죽을 당시 겨우 마흔 살로 아들이 없었기 때문에 사후에도 매우 고독하였다. 당시 강남 연극계에서 대단한 명성을 누리고 있던 수생(贅生)[67] 손국선은 이보가에게 '지기(知己)'와도 같은 감정을 가지고 있었기 때문에 그를 위하여 돈을 내어 장례를 치러 주었다. (지금까지 적은 것은 대체로 루쉰의《중국소설사략》제327-328쪽의 내용에 근거한 것이다. 루쉰 선생은 스스로 주석을 붙여 자신이 기술한 것이 저우꿰이성의《신암필기》3 및 리쭈제가 후스에게 보낸 서신에 근거했다고 밝힌 바 있다. 나는 지금 객지에 있어서 리 선생의 당초의 서신을 지니고 있지 않기 때문에 미처 교정을 하지 못하였다.《소설사략》초판본에서는 이(백원) 씨가 광서(光緒) 33년 3월 사망했으며 나이가 마흔이었다고 적고 그 아래에 서기로 "1867-1906"이라고 주석을 붙이고 있다. 그러나 1906년이면 광서 32년 병오년이다. 내가 보기에는 이것은 인쇄 과정에서 33년으로 잘못 찍은 것이 아닌가 싶다. 지금으로서는 교정을 보기 어려우므로 일단 병오년으로 고치고 나중에 리 선생의 서신과 대조해 수정하기로 한다.)[68]

물론, 루쉰의 주장에 이견이 있을 때에는 후스도 문제를 제기하고 토론을 벌이기를 주저하지 않았다. 예를 들어 루쉰은《중국소설사략》제12편 〈송대의 화본〉에서 화본소설을 다음과 같이 소개하였다.

《경본통속소설(京本通俗小說)》

본래 몇 권이었는지는 알 수 없으나 지금 남은 것은 권10에서 권16까지이며 《연옥관음(碾玉觀音)》·《보살만(菩薩蠻)》·《서산일굴귀(西山一窟鬼)》·《지성장주관(志誠張主管)》·《요상공(拗相公)》·《착참최영(錯斬崔寧)》·《풍옥매단원(馮玉梅團圓)》 등과 같이 각 권이 한 편으로 구성되어 있다. 편마다 시작과 끝이 따로 갖춰져 있어서 이야기가 금세 끝나는 것은 오자목(吳自牧)이 기술한 바와 정확히 일치한다. 이 책에서 취한 소재는 다수가 비슷한 시기의 것이며 간혹 다른 소설에서 빌어 쓴 것도 있는데, 오락을 위주로 하고 있지만 권선징악을 다룬 내용도 섞여 있다. 체제는 열에서 아홉이 처음에는 상관 없는 이야기나 다른 사건을 다루다가 나중에 이를 한데 엮으면서 본 줄거리로 들어가는 식이다. … 이 같은 도입 방식은 처음에는 천지개벽 이야기부터 먼저 들려주는 역사 이야기와는 좀 경우가 다르다. 대개는 시나 가사 이외에도 옛날 실제로 있었던 고사를 쓰기도 하는데, 이야기로는 비슷한 것들을 취하기도 하고 서로 다른 것을 취하기도 하지만 그 당시의 일을 다루는 경우가 많다. 서로 다른 것을 취한 경우는 상반된 내용으로 시작하여 본 줄거리로 들어간다. 반면에 서로 유사한 것을 취한 경우는 심도에서 다소 차이를 보이다가 어느 사이에 서로 연결시키면서 주요한 이야기로 전환되는 것이 보통이어서, 이야기가 시작됨과 동시에 작자의 의도가 확연하게 드러난다. 내득옹(耐得翁)이 말한 "설파한다[提破]"나 오자목이 말한 "한데 버무린다[捏合]" 같은 말은 아마도 이를 가리키는 것이리라. 일반적으로 작품의 전반부는 "득승두회(得勝頭回)"라고 하는데, '두회'란 '앞 회'라는 말과 같은 것으로, 이야기를 듣는 사람들 중에 군인이나 민간인이 많다 보니 옛 말을 덧붙여 '득승'이라고 한 것이지 궁궐에 들어가 공연을 해서 그런 이름이 붙은 것은 아니다.[69]

그런데 후스는 자신의 《송인 화본소설(宋人話本小說)》〈서(序)〉에서 루쉰과는 다른 의견을 개진하고 있다.

京本通俗小說

標點宋人平話

商務印書館發行

●
1926년 상무인서관이 펴낸 《경본통속소설》 _ 주로 귀신과의 사랑을 다룬 총 7편의 화본소설이 수록되어 있다.

루쉰 선생은 인자(引子)의 기능을 아주 분명하게 이야기해 주었다. 그러나 그가 설명한 "득승두회(得勝頭回)"는 토론의 여지가 있는 듯하다. 〈득승령(得勝令)〉은 곡조의 명칭이다. 본래 이야기꾼[설서인]이 이야기를 시작하기 전에 청중이 만원이 되기 전에는 늘 북을 쳐서 마당을 열었으므로 〈득승령〉은 당연히 일상적으로 사용되던 북의 곡조였을 것이다. 〈득승령〉은 〈득승회두(得勝回頭)〉라고도 하던 것이 〈득승두회〉로 바뀐 것이리라. 나중에 이야기꾼이 이야기를 시작할 때 늘 청중이 만원이 되기 전에는 언제나 본 줄거리를 천천히 들려주곤 하였다. 그렇다 보니 때로는 시나 가사를 쓰기도 하고 이야기를 쓰기도 함으로써 "되는 대로 득승두회로 삼았다[權做個得勝頭回]." 《연옥관음(碾玉觀音)》에서는 시와 가사를 인자로 삼았고, 《서산일굴귀(西山一窟鬼)》에서는 15수의 가사를 연달아 인자로 쓰고 있다. 그러나 《착참최녕(錯斬崔寧)》에서는 위 진사(魏進士) 이야기를 인자로 쓰고, 《풍옥매(馮玉梅)》에서는 서신(徐信) 부부가 상봉한 이야기를 인자로 쓰고 있는데, 이런 것이 모두 마당을 열 때 쓴 "득승두회"인 것이다.[70]

여기서 후스는 《득승령》 곡조를 자신의 주장의 근거로 들고 있는데 이 해석은 당연히 루쉰의 주장보다 더 훌륭하다고 본다.

루쉰은 《중국소설사략》의 제22편 〈청대의 진·당대 모방 소설 및 그 아류작들〉에서 《요재지이(聊齋志異)》를 지은 포송령(蒲松齡)의 일생에 관하여 이렇게 설명하였다.

그리고 전적으로 기담만 모아 놓은 선집으로 가장 유명한 것은 포송령(蒲松齡)의 《요재지이》이다. 송령은 자가 유선(留仙) 호가 유천(柳泉)으로 산동 치천(淄川) 사람이다. 어릴 때부터 뛰어난 재능을 가지고 있었으나 노년이 될 때까지도 벼슬길에 오르지 못하자 제생(諸生) 신분으로 집에서 학생들을 가르치던 중 강희제 신묘년에 이르러서야 세공생(歲貢生)이 되었고(《"요재지이" 서발("聊齋志異"序跋)》) 4년이 지나자 마침내 일생을 마치니 그때 나이가 86세(1630-1715)였다. 저서로는 《문집》 네 권, 《시집》 여섯 권, 《요재지이》 여덟 권(문집에는 장원(張元)이 쓴 묘표가 부록되어 있다.), 그리고 《성신록(省身錄)》·《회형록(懷刑錄)》·《역자문(曆自文)》·《일용속자(日用俗字)》·《농상경(農桑經)》 등이 있다. (이환(李桓)의 《기헌유징(耆獻類徵)》431)[71]

여기에 소개된 포송령의 생몰 시기는 《요재문집(聊齋文集)》에 부록된 장원(張元)의 묘표(墓表)에 근거한 것이다. 그러나 루쉰은 자신이 고증 근거로 인용한 그 묘표가 장원이 지은 〈유천 포선생 묘표(柳泉蒲先生墓表)〉의 원본이 아니라 《요재문집》·《(요재)시집》을 위조한 사람이 멋대로 고쳐 놓은 위작이라는 사실을 알 리가 없었다. 장원이 쓴 묘표의 원본에서는 포송령이 "사망할 때의 나이가 76세였다."고 적고 있다. 후스는 상당히 정성을 들여 1931년 〈위작을 가리는 사례 소개-포송령의 생년 고찰[辨僞擧例 - 蒲松齡的生年考]〉[72]이라는 글을 쓰고 포송령의 생몰 연도를 1640-1715년으로 확정함으로써 이 문제를 분명하게 고증하였다. 실제로 현재의 《루쉰전집》에는 후스의 견해를 반영하여 포송령의 생몰 연도를 정정한 주석이 새로 추가되어 있다.

루쉰은 《중국소설사략》의 제26편 〈청대의 협사소설〉에서 한자운(韓子雲)(즉 운간화야연농(雲間花也憐儂))의 《해상화 열전(海上花列傳)》을 소개하였다. 그는 여기서 이 책이 협잡을 목적으로 지은 비방서라는 항간의 소문을 그대로 인용하였다. 물론, 루쉰은 신중하게 "전하는 바에 따르면"[73]이라는 표현을 쓰면서 단순히 소문을 소개할 뿐이라는 입장을 보였을 뿐 그 같은 소문의 진실 여부에 대해서는 전혀 입장을 표명하지 않았다. 그런데 후스는 이 소문이 작자 한자운에 대한 무고라고 해석하였다. 그는 아동도서관 판 《해상화 열전》의 서문에서 두 번째 대목이 바로 "작자를 대신하여 무고에 대하여 해명하는[替作者辨誣]" 부분이라고 보았다.

한자운의 내력과 관련하여 우리는 단지 일부만 믿을 만한 자료를 가지고 있으며 그 밖의 것들은 추측성 주장들일 뿐이다. 이 추측성 주장들은 사실 진실을 가릴 필요도 없는 것들이지만, 그런 것들 중 한 가지 소문은 작자의 인격에 대한 무고일 뿐 아니라《해상화》의 가치를 손상시키는 것이기도 하므로 절대로 간과해서는 안 될 것이다. 그 소문은 이러하다.

책에서 조박재(趙樸齋)는 무뢰한이었지만 뜻을 얻어 막대한 자산을 축적한다. 과거 그 신세가 처량하던 시절에는 자기 누이를 기방에 팔기까지 했는데 작자가 그녀를 구제해 주었다고 한다. 그러다가 그 운수가 형통했을 때에는 마치 타관에서 곤궁하게 지내던 작자가 그에게 1백 금을 빌리려다가 좌절하자 격분한 나머지 이 소설을 써서 그를 조롱했다는 것이다. 그런데 그가 장단점을 풍자하거나 칭찬한 것을 보면 번번이 실제의 조 씨보다 지나친 것이었다. 그러나 이 책은 결국 조 씨에게 수난을 당하고 말았다. 조 씨가 거금을 들여 모두 사들여 불태웠으며, 후대 사람들도 해코지를 당할까 두려워 다시 낼 엄두조차 내지 못하는 것이다. (청화판 활자본《해상화》의 허근부(許厪父)의 서문)

루쉰 선생의《중국소설사략》에서도 그 소문을 인용하고 있다. 그는 이렇게 소개하였다:

"등장인물들 역시 다수가 실존인물이지만 그 실명을 모두 숨기면서 유독 조박재의 이름만은 그렇게 해 주지 않았다. 전하는 바에 따르면, 조 씨는 본래 작자의 막역한 친구로서 한때 돈까지 써서 그를 도왔으나 훗날 자신과 인연을 끊자 한씨가 이 책을 써서 그를 비난했다는 것이다. 이 책을 제28회까지 적었을 즈음에 조 씨가 서둘러 거금을 들여 회유에 나서자 그제서야 쓰기를 중단했다고 하는데 책은 이미 널리 퍼진 후였다. 나중에 조 씨가 죽자 다시 나머지 부분을 집필하여 돈을 벌다가

그 누이가 기생이 되는 대목에 이르러 중단했다고 한다."(《중국소설사략》, p.309)

우리가 이 두 부분을 비교해 보면 그 소문은 멋대로 날조된 것임을 확신할 수 있다. 앞의 소문에서는 조박재가 거금을 들여 책을 모두 사들여 불태웠으며 그 내용이 전부 출판될 때까지도 조 씨는 생존해 있었다고 하였다. 그런데 뒤의 소문에서는 조 씨가 사망한 후 남은 부분을 작자가 마저 집필했다고 했으니 이것이 첫 번째 모순이다. 앞의 소문에서는 작자가 조 씨를 구제한 일이 있다고 했는데, 뒤의 소문에서 조 씨를 언급할 때에는 거꾸로 작자를 구제했다고 했으니 이것이 두 번째 모순이다. 앞의 것에서는 조박재의 누이가 과거에는 기생이었다고 했는데 뒤의 소문에서는 "그 누이가 기생이 되는 대목에 이르러 집필을 중단했다."라고 했으니 그녀가 실제로 기생이 된 적은 없으며 작자가 그녀를 기생이라고 무고한 셈이니 이것이 세 번째 모순인 것이다. 이러한 모순들은 그 소문이 추측과 날조에서 비롯된 것임을 분명히 알 수 있게 해 준다. 한대 사람들이 《시경(詩經)》을 강의한 일을 예로 들어 보도록 하자. 너도 학설을 날조하고 그도 학설을 날조하면서 저마다 스승으로부터 전수받았다고 떠벌렸다고 치자. 그러나 우리가 제(齊)·노(魯)·한(韓)·모(毛) 네 학파의 견해를 한 데 늘어놓고 서로 간에 상충되는 가소로운 광경을 보면 순전히 그들이 날조해낸 허튼 소리임을 분명히 알 수 있는 것이다.

사람들은 나의 이 같은 판정을 어쩌면 사람들은 승복할 수 없을지도 모르겠다. 그렇다면 일단 내가 적극적인 측면에서 증거를 내놓고 한자운을 변호해 보겠다. 한자운은 광서제 신묘년(1891)에 상경하여 순천부(順天府)의 향시(鄕試)를 치른 후 손옥성(孫玉聲) 선생과 함께 남쪽으로 귀환하였다. 당시 그의 《해상화》는 원고가 이미 24회까지 작성되어 있었으며,

이듬해인 임진년(1892) 2월, 《해상화》 제1회와 제2회가 출판되었다. 우리가 이 사실을 분명히 기억한다면 한자운이 돈 1백 금을 빌리는 일이 불발되자 25만 자나 되는 책을 써서 복수를 했을 리가 절대로 없다는 사실을 알 수 있을 것이다.

더욱이 《해상화》는 처음 출판된 것이 임진년 2월이고, 같은 해 10월 제28회까지 출판된 후에야 중단된 상태에서 새로 석인본(石印本) 단행본으로 출판되고 있다. 총 64회의 단행본은 광서제 갑오년(1894) 정월에 출판되고 있으니, 집필을 중단한 때로부터 14개월밖에 지나지 않은 시점이었다. 과연 25만 자나 되는 장편소설을 짓고 또 그것을 책으로 찍는 데에 얼마나 시일이 많이 소요되겠는가? 도중에 "거금"을 받았다고 해서 집필을 중단할 틈이 어디 있겠는가? 이런 실정을 이해한다면 "이 책을 제28회까지 찍었을 즈음에 조 씨가 서둘러 거금을 들여 회유에 나서자 그제서야 쓰기를 중단했고, … 조 씨가 죽자 다시 나머지 부분을 집필하여 돈을 벌었다."는 식의 주장이 완전히 터무니 없는 무고라는 것을 분명히 알 수 있는 것이다.[74]


작자 한자운을 변호한 후스의 이 글은 상당히 신빙성이 있는 것으로, 《중국소설사략》에 인용된 근거 없는 소문의 실체를 입증하기에 충분하다.

후스와 루쉰은 서로 자료를 소개해 주기도 하였다. 먼저, 루쉰은 후스가 120회본 《수호전》을 구입할 수 있도록 주선해 주었다. 이는 후스가 1943년 5월 25일 왕중민(王重民)[75]에게 보낸 편지에도 그대로 언급되어 있다.


나는 민국 9년(1920) 《수호전》을 고증한 바 있습니다. 당시 유통되던 《수호전》 판본은 김성탄(金聖嘆)의 71회본이 유일했으며, 장서가들도 소설만큼은 선본(善本)이나 고본(古本)까지 소장할 생각은 없었지요. 그 후 10년 사이에 100회본·120회본·115회본 《수호전》이 잇따라 모습을 나타낸 것은 전적으로 우리 몇 사람이 그것을 고가에 사들이면서부터였습니다. 거액의 상금이 걸리자 고본이 저절로 매물로 나왔던 거지요.

내 기억으로는 루쉰이 120회본 《수호전》을 소개해 주었는데 소유자가 50원을 요구하길래 흥정도 하지 않고 바로 그것을 구입한 적이 있습니다. 다음날 어떤 지인이 와서 "이 책은 치(齊) 아무개가 암시장에서 2원을 주고 산 것입니다. 속으셨어요!"라고 하길래 이렇게 말했습니다. "그렇지 않습니다. 누구든지 제가 50원이나 주면서 기꺼이 고본 《수호전》을 사들인다는 사실을 알면 《수호전》과 다른 소설의 고본들도 쏟아져 나오게 될 것입니다."

나와 마위칭(馬隅卿)·쑨즈수(孫子書) 등 여러 분들이 문학사 방면에 끼친 공헌이라면 그저 교감이나 고증 등의 방법으로 소설을 읽었다는 정도뿐입니다. 소설을 읽을 때에는 고증과 교감이 중요하며, 그래야만 고본과 정본(精本)의 필요성을 느끼게 됩니다. 그렇지 않은 경우라면 김성탄이 촌평을 가한 석인본이 확실히 100회 고본보다 훨씬 수월할 거라고 믿습니다.[76]

다만 한 가지 유념해야 할 것은, 이 편지에서 언급한 말이 실제와는 다소 차이가 있다는 사실이다. 당시 120회본 《수호전》을 양도한 이는 루쉰의 친한 친구이자 교육부의 동료이던 치쫑이(齊宗頤)[77]로 자가 서우산(壽山)인 사람이었다. 루쉰은 1923년 12월 28일 후스에게 보낸 편지에서 "120회본 《수호전》은 동료 치 군 집에서 빌려 읽은 바 있습니다. 그의 말로는 바오딩(保定)의 한 서점에서 그것을 구입했고 명대 판본을 청대에 새로 찍은

1940년대의 푸쓰녠(왼쪽)과 후스
_ 푸쓰녠은 후스의 신도라고 할 정도로 그를 무척 존경하고 따랐다.

것으로 보이는데, 삽화는 있어도 촌평은 간행과정에서 많이 뺀 것 같답니다. 인쇄 상태도 그런대로 양호한 편이어서 다른 곳에서는 이 정도의 것을 구하기가 쉽지 않을 것 같습니다. 치 씨가 매입할 때의 가격은 단 4원이었다는군요."[78]라면서 자신이 《중국소설사략》을 집필할 때 치서우산에게서 참고서적을 빌린 일을 언급하고 있다. 싼값에 귀중본을 매입한 것은 상당한 자랑거리이니 아마 치서우산은 이 책을 루쉰에게 빌려줄 때 그 경위를 무용담 삼아 루쉰에게 들려주었을 것이다. 루쉰이 후스와 편지를 주고받는 과정에서 이 책을 언급할 때에도 역시 무용담을 늘어놓듯이 후스에게 분명하게 알려준 것이다. 치서우산 역시 자신이 자랑거리로 여긴 입수 경위를 많은 사람에게 들려주었을 테니 그 이야기를 이런저런 경로로 전해 들은 사람은 훨씬 더 많았을 것이다. 문제는 당시 루쉰이 후스에게 구입하도록 소개해 준 책은 이 책이 아니라 다른 책이었다는 사실이다. 이 일은 루쉰이 1924년 2월 9일 후스에게 보낸 편지에서도 아주 분명하게 밝히고 있다. "지난번에 120회본 《수호전》을 구입한 치 씨가 제게 귀띔하기를 자신의 고향집에도 이런 《수호전》이 한 부 있다고 합니다. 인쇄 상태는 이보다 더 또렷하지만(물론 그가 구입한 것도 제법 또렷하기는 하지만 말입니다.) 좀 낡아서 장정을 새로 해야 한다는군요. 그런데 그는 책의 가치를 알고 있는지라 50원에 팔려고 한다면서 제게 의향이 있는지 묻더군요. 서신에서는 생각이 없다고 했습니다만 귀하께서는 의향이 있으신지요?"[79] 후스가 매입한 책은 당초 치서우산이 단돈 4원에 구입한 그 책이 아니었던 것이다.

●
1910년대에 '새마을' 운동을
시도한 무샤노코지 사네아쓰

이 무렵, 후스와 저우쭤런은 늘 이런저런 토론을 벌이고 있었다. 1919년 7월, 일본에 들른 저우쭤런은 규슈(九州)의 닛코(日向)에서 무샤노코지 사네아쓰(武者小路實篤)[80]를 방문하고 그가 조성한 '새마을(新しき村)'을 참관하였다.

무샤노코지는 1918년 11월 닛코의 코유 군(兒湯郡) 이시카와우치(石河內)에서 토지를 매입하여 최초의 '새마을'을 조성하고 농사를 짓고 있었다. '새마을'은 19세기에 로버트 오웬(Robvert Owen)[81]이 시도한 새로운 개념의 조화로운 공동체와 유사한 이상향 조직이었는데, 저우쭤런도 여기에 지대한 관심을 가지고 있었다. 그는 7월 6일부터 16일까지 열흘 동안 닛코의 '새마을' 본부와 몇 군데의 지부를 둘러보고 무샤노코지와 그 공동체 구성원들의 환대를 받으면서 '새마을'을 보다 직접적이고 구체적으로 이해할 수 있었다. 귀국 후 그는 〈일본 '새마을' 방문기[訪日本新村記]〉라는 글을 써서 당시 여정의 경과와 소감을 상세하게 기술한 후 1919년 10월 월간지인 《신조(新潮)》 제2권 제1호에 발표하였다. 이 글에서 저우쭤런은 무샤노코지의 '새마을'을 극찬하였다. 그는 자신이 일부 회원과 함께 밭에서 반나절 동안 노동을 하고 "거처로 돌아왔을 때 몸은 피곤했지만 마음만은 오히려 무척 즐거워서 30여 년 사이에 이처럼 알찬 생활은 한 적이 없다고 느낄 정도였으며, 겨우 반나절만에 세간의 선악을 초월하여 '인간 생활'에서의 행복을 조금이나마 알게 되어 엄청난 희열을 느꼈다."고 밝혔다. 그럼에도 불구하고 그는 독자들에게 이 '새마을'이 경제적으로는 만족스러운 자급자족을 이루지 못하고 있었다고 사실대로 전하였다.

새마을에서 농작물이 좀 생산되고 있기는 하지만 자급자족하기에는 아무래도 부족해서 그저 부식을 대는 정도에서 그치는 수준이었다. 앞으로 4-5년 정도 더 지나 토지가 확충되고 농사에 관한 경험도 풍부해지면 자활을 기대해 볼 수도 있을지 모르겠지만 이 몇 년 동안은 외부로부터 기부를 받아야 근근이 지탱할 수 있는 것이 실정이다. 토지 건축·농기구 등에 들어갈 임시 경비는 특별기부금과 무샤노코지 선생의 인세 수입 등의 재원에 의존할 수밖에 없는 듯하다.[82]

이처럼 빈약한 재정으로 어떻게 이 공동체를 유지해 나갈 수 있다는 말인가? 저우쭤런은 이렇게 말을 잇고 있다.

나는 이 '새마을' 정신에 전혀 문제가 없다고 확신한다. 만에 하나 실패한다면 그 잘못은 절대로 이 이상이 충실하지 못해서가 아니라 인간 이성이 성숙되지 않아서일 것이다.[83]

말하자면, 만일 '새마을'이 실패한다면 현실세계의 인간들이 글러먹어서이며, 하느님이 이상적인 인류, 완전히 공평무사한 인류를 창조해낸다면 '새마을'은 실패할 리가 없다는 논리인 셈이다.

그러나 후스는 생각이 달랐다. 그는 1920년 1월 19일 상하이의 《시사신보(時事新報)》에 〈비개인주의의 새로운 생활〉[84]이라는 글을 발표하고 자신은 "현재 뜻있는 일반 청년들이 제창하는, 그러나 내가 '개인주의적'이라고 생각하는 새로운 생활방식에는 찬성하지 않는다."고 입장을 밝혔다. 그는 청년들이 "현 사회에 불만을 가지고 있지만 무슨 뾰족한 수도 없다 보니 그저 이 사회를 벗어나 일종의 현 사회를 초월한 이상적인 생활을 찾을 궁리만 하는 것"이라고 보았다. "근대적인 '새마을' 식 생활" 문제와 관련하여 후스는 "이러한 '새마을' 운동은 현 사회에 불만을 가진 현재의 청년들의 심리에 영합한 것이기 때문에 근래에 중국에서도 많은 사람이 환영하고 찬탄하고 숭배하고 있다. 나 역시 무샤노코지 선생 같은 분들을 존경하는 까닭에 과거에도 이 문제를 자세하게 고찰한 적이 있었다. 그러나 그 고찰의 결과는 이러한 운동에 찬성하지 않는다는 것이다. 나는 뜻을 가진 중국 청년들은 이 같은 개인주의적인 새로운 생활방식은 흉내내서는 안 된다고 생각한다."면서 반대의 입장을 분명히 하였다.

후스는 "이러한 생활은 세상으로부터 도피하는 것이고, 현 사회로부터 도피하는 것이다. 이것은 양보이지 분발이 아닌 것이다. 물론 우리는 '폭력'을 제창해서는 안 된다. 그러나 비폭력적인 분발은 불가결한 것이다."라고 지적하면서 다음과 같이 주장하였다.

그들이 신앙하는 '범-노동주의'는 그다지 경제적이지 못하다. 그들은 '사람이 생존하는 과정에서 필요로 하는 의식주는 원칙적으로 자신의 힘으로 얻어야 남이 그 책임을 대신 져서는 안 된다.'라고 주장한다. 이 같은 주장은 소극적인 측면에서 볼 때, 즉 저 '유민귀족(遊民貴族)'들에 반대하는 입장에서 볼 때, 물론 일리가 있다. 그러나 그들의 적극적인 실천이라는 측면에서 본다면, 그들은 '사람들이 저마다 노동의 의무를 다하여 생활용품들, 즉 의식주를 위한 용품들을 만들어낼 것'을 요구한다.

이것은 '잘못을 바로잡는 데에 집착한 나머지 정도를 넘어서는 격'이다. 현재의 문화적 진보의 추세는 인류로 하여금 생활 속의 분발을 시간이 흐르면서 최저 한도까지 경감시키고, 인류가 조금이라도 많은 기력을 배분해 내어 일상의 의미를 증가시키는 일을 하도록 이끌고 있다. '새마을' 식의 생활은 사람들 모두가 '의식주를 위한 용품들을 만들어내는' 의무를 다할 것을 요구하지만 그것은 분업과 진화의 원리를 근본적으로 부정하는 행위이기 때문에 상당히 비경제적인 발상인 것이다.

후스는 이와 함께 "사회를 개조하려면 개인부터 먼저 개조해야 한다." 라는 저우쭤런의 주장에는 전혀 동의하지 않았다. 그는 오히려 그 주장에 맞서서 "개인은 사회의 수많은 집단들을 통하여 만들어진 것이다. 사회를 개조하려면 사회를 구성하고 개인을 구성하는 이 다양한 집단들부터 먼저 개조해야 한다. 사회를 개조해야 개인이 개조되는 것이다."라고 주장하였다. 그러자 저우쭤런은 1920년 1월 24일자 《신보(晨報)》에 〈새마을 운동에 대한 해명[新村運動的解說]〉[85]이라는 글을 발표하고 답변에 나섰다. 그러

나 이것은 토론회에서 승부를 겨루는 프로그램은 아니었다. 오웬·푸리예(Fourier)를 필두로, 저우쭤런이 참관한 닛코를 포함해서, 심지어 국가적 규모의 실험에 이르기까지, 당시까지 이런 식의 이상향 실험들은 어느 하나도 실패로 끝나지 않은 경우가 없었다. 현실에서의 실천은 후스의 주장이 진리에 보다 근접해 있다는 점을 증명해 주었던 것이다.

코민테른이 중국공산당 창당을 목적으로 파견한 보이틴스키

1920년 연말부터 1921년 연초까지는 《신청년(新青年)》의 동인들이 서로 작별인사를 나누는 시기였

다. 천두슈(陳獨秀)와 리따자오(李大釗)[86]는 코민테른[87]에서 파견된 보이틴스키[88]와 접촉한 후 중국공산당(中國共産黨) 창당작업에 착수했고, 그 과정에서 《신청년》도 급속도로 좌경화 되어 갔다.

1920년 12월 16일 천두슈는 까오이한(高一涵)과 후스에게 다시 편지를 보내 《신청년》을 앞으로 어떻게 운영해 나갈지에 대하여 논의하였다. 그는 이 편지에서도 "《신청년》의 색채가 너무 강하다고들 하는데 저는 근래에도 그렇게 생각하지 않습니다."[89]라고 말하고 있다. 이에 대하여 후스는 답장에서 이 문제의 해결방법을 다음과 같이 세 가지로 제안하였다.

1. 《신청년》이 특정한 정치색을 띤 잡지로 흐르고 있다는 말을 듣고 있다면 철학과 문학을 다루는 잡지를 별도로 창간합니다. 분량은 많을 필요 없지만 자료는 좋은 것이어야 되겠습니다.

2. 《신청년》이 "내용을 바꾸겠다."고 하더라도 "정치는 거론하지 않는다."라는 우리의 초심으로 돌아가지 않는다면 그 목적을 이루기 어렵습니다. 그러나 지금 상하이의 동인들은 이 방법을 선택하는 것을 불편하게 여기는 것 같으며, 천 형께서는 더더욱 그러신 것 같습니다. 남한테 약점을 보이기를 원하지 않으시니 말입니다. 그러나 베이징 쪽 동인들로서는 그렇게 선언하더라도 상관하지 않는 분위기입니다. 따라서 저는 천 형께서 상하이를 떠나는 것을 계기로 《신청년》의 편집부 업무를 제9권 제1호부터 베이징으로 이관하시라고 주장합니다. 베이징 동인들이 제9권 제1호에 새로 선언을 발표하여 제7권 제1호의 선언을 준수하여 학술·사상·예문의 개조에 치중하면서 정치는 거론하지 않겠다는 성명을 내는 것입니다.

3. 잠시 정간합니다.[90]

《노력주보》의 제호

후스는 천두슈가 보낸 편지와 그의 답장을 《신청년》 동인들에게 통보해 주었다. 1921년 1월 3일 오후에 이 통지를 받은 루쉰은 저우쭤런과 상의한 후 즉시 답장을 작성하였다.

두슈에게 부치는 서신과 관련하여, 치멍(啓孟)은 두 번째 방법이 가장 좋다고 하더군요. 치멍은 현재 병중이다 보니 의사는 그가 글을 쓰는 것을 허락하지 않으므로 제가 대신 성명을 내도록 하겠습니다.

제 말씀은 세 가지 방법 모두 괜찮지만 베이징 쪽 동인들은 분명히 계속 존속시키려 할 테니 두 가지만 가능한 셈이며 그렇다면 두 번째 것이 더 합당할 것 같습니다. 정치는 거론하지 않는다고 해명하는 선언을 새로 하는 문제라면 저는 굳이 그렇게까지 할 필요는 없다고 봅니다. 물론 그것이 "남한테 약점을 보이지 않겠다."는 의도도 없다고는 할 수 없겠으나, 사실은 《신청년》 동인들이 지은 작품들이라면 어쨌든 간에 정가에서는 늘 두통거리이다 보니 용납할 리가 없기 때문입니다. 앞으로는 학술·사상·문예의 색채가 두드러지게 운영하면 그만입니다. 제가 아는 몇몇 독자는 그렇게 되기를 바라더군요.[91]

루쉰은 훗날 《자선집(自選集)》 〈자서(自序)〉에서 이렇게 토로하였다. "나중에 《신청년》 단체는 해체돼 버리고 누구는 출세하고 누구는 은퇴하고 누구는 전진하였다. 나는 또 같은 진영에 섰던 동료들이 이렇게 변해 버릴 수 있다는 것을 경험함과 동시에 '작가'라는 이름만 단 채 전처럼 사막을 방황하는 신세가 되고 말았다."[92]

상하이 시절의 루쉰 (1933)

1921년 후스는 《노력주보(努力週報)》[93]에서 부록 간행물인 《독서잡지(讀書雜誌)》를 간행하기로 하고 2월 22일 〈"독서잡지"를 창도하게 된 사연[發起"讀書雜誌"的緣起])을 쓴다.

대략 100년 전 청 왕조의 대학자인 왕염손(王念孫)과 그 아들 왕인지(王引之)는 함께 《독서잡지》라는 불후의 잡지를 창간하였다. 이 잡지는 모두 76권을 내었는데, 100년 동안 얼마나 많이 재판되고 인쇄되었는지 모른다! 상상을 한번 해 보라. 그 두 백발의 학자—한 사람은 여든 몇이고 한 사람은 예순 몇일 때—는 늙지 않는 정신력과 과학적 방법으로 수많은 고서를 교정하고 주석을 붙여 우리에게 도움을 주었다. 저 "백발 노인이 책을 교정하는 그림[白髮校書圖]" 한 폭만으로도 우리 젊은이들을 부끄럽게 만들고 진작시키기에 충분하지 않은가! 나는 고우(高郵) 출신의 이 왕씨 부자를 숭배하는 사람들 중의 하나로서, 이제 이 새로운 《독서잡지》를 창도하노니 독서를 즐기는 벗들께서는 각자 독서과정에서 얻어진 연구 결과들을 이 잡지에 발표해 주시기 바란다. 첫째, 각자가 마음 속으로 터득한 바에 대하여 여러 분들로부터 평가를 받을 수 있으며, 둘째, 어쩌면 국민들에게서 독서에 대한 흥미를 조금이라도 이끌어낼 수 있을 것이다. 다들 허튼 소리들은 작작 떠들고 좋은 책들이나 좀 많이 읽도록 합시다!

이 간행물을 무척 아꼈던 후스는 루쉰·저우쭤런 형제의 협력을 받기를 기대하고 있었다. 그는 3월 2일 〈"독서잡지"를 창도하게 된 사연〉의 인쇄본 한 장을 저우쭤런에게 부칠 때 그 위의 여백에 짧은 사연을 덧붙였다.

치밍 형께:

제가 이제 이 작은 놀잇감을 창도하오니 많은 도움 주시기 바랍니다. 위차이(루쉰) 형께는 귀하께서 말씀 전해 주시고 동참하도록 요청해 주십시오. 이제 거동은 좀 할 수 있으신지요? 저는 지금 수업을 진행 중이라서 어떻게 할지 모르겠습니다만, 아직은 진득하게 앉아 글만 쓰는 일은 못 견디겠군요.

스[94]

3월 5일, 저우쭤런은 그에게 답장을 보낸다.

귀하께서 《독서잡지》를 창도하신다니 저는 적극 찬성하며, 도움이 돼 드릴 수 있기를 간절히 바랍니다만 제 역량이 미흡하지는 않을지 걱정입니다. 이 잡지는 성격이 연구 중심이어서 일반 논설이나 번역으로 때우기가 어렵기 때문입니다. 내실 있는 연구의 역량이라면, 솔직히 말씀드려서, 지금으로서는 아직은 미흡하기 짝이 없습니다. 대학교 월간지에 투고한 적이 없는 것도 바로 그 같은 이유 때문입니다. 그러나 저는 늘 노력할 생각입니다. 어쩌면 일본과 관련된 것들이라면 어느 정도는 할 수 있을 것 같군요.[95]

1922년 3월 초, 중국 사회주의 청년단은 "비-기독교 학생동맹"을 결성하고, 15일에는 〈비-기독교 학생동맹 선언(非基督敎學生同盟宣言)〉을 자체 간행물인 《선구(先驅)》 제4호에 실었다. 그러자 3월 31일, 저우쭤런 · 쳰쉬안퉁(錢玄同) · 선졘스(沈兼士) · 선스위안(沈士遠) · 마위짜오(馬裕藻) 등 다섯 사람이 이에 맞서 연명으로 〈종교신앙의 자유를 주장하는 이들의 선언[主

張信敎自由者的宣言])을 발표하기에 이른다. 베이징에서 발행되는 《신보》에 1922년 3월 31일 실린 선언의 전문은 다음과 같았다.

우리는 어떠한 종교의 신도도 아니다. 우리는 어떠한 종교도 옹호하지 않으며, 도전적으로 종교에 반대하는 데에도 찬성하지 않는다. 우리는 사람들의 신앙은 절대적인 자유를 누려야 하며, 법률적 제재를 제외한 그 누구의 간섭도 받아서는 안 된다고 생각한다. 종교신앙의 자유는 약법(約法)에 명시되어 있으니 지식인 계급에 속한 사람들은 솔선해서 준수해야 하며, 적어도 앞장서서 파괴하려 해서는 안 될 것이다. 우리는 그래서 지금 비-기독교, 비-종교 동맹의 운동에 반대하면서 이에 특별히 선언하는 바이다.

후스의 증언에 따르면, 그 역시 이 선언에 동참했다고 한다. 그가 1953년 6월 16일 주원창(朱文長)에게 보낸 편지에는 이런 내용이 들어 있었다. "종교에 대한 나의 회의론이나 무신론은 철의 장막 속의 숨은 '종교 반대자'들과는 본질적으로 다르다. 나는 이 사회가 나의 무신론을 자유롭게 발표할 수 있도록 관용을 베푼다면 나 역시 똑같이 관용으로 보답해야 한다고 생각한다. 나는 소년기에 '미신 타파'를 주장하면서 포용적이지 못한 주장들을 펼친 적이 있었다. 그러나 25세 이후로는 늘 자신을 절제하면서, 자신에 대한 회의에는 절대로 긴장을 늦추지 않는 반면 타인의 종교신앙에 대해서는 이해하고 관용하려고 노력해 왔다. 그래서 중국에서 반종교운동이 제창되기 시작할 무렵 나는 저우쭤런 등과 함께 단편의 선언서(이 글은 현재 구할 수 없게 돼 버려서 《문존(文存)》에 수록하지 않았다. 그 초고는 저우쭤런이 작성한 것으로 기억하기 때문이다.)를 발표함으로써 우리가 그 같은 불관

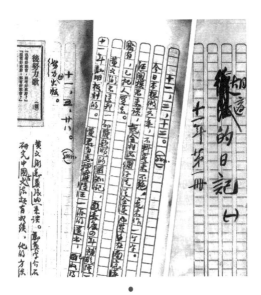

후스가 작성한 일기의 일부(1922년 부분)

용의 태도에 찬성하지 않는다는 것을 표명한 적이 있다."[96] 후스가 이 일에 얼마나 깊이 참여했는지, 왜 선언서에 서명을 하지 않았는지에 대해서는 알 길이 없다. 다만, 여기서 단언할 수 있는 것은 종교신앙의 자유를 주장한다는 점에서 후스는 저우쭤런·첸쉬안퉁·선젠스·선스위안·마위짜오 등과 입장이 같았다는 것이다. 이 선언이 발표되던 당일, 후스는 《신보》에 실린 선언문을 자신의 일기에 스크랩하였다.

1922년 4월 23일 저우쭤런은 《신보》에 '중미(仲密)'라는 필명으로 〈사상계의 경향[思想界的傾向]〉이라는 글을 발표하고 사상계의 당시 상황에 대하여 비관적인 시각을 드러내었다. 그러자 후스는 〈중미 씨의 "사상계의 경향"을 읽고〉를 써서 그와 토론을 벌였다.

어제 신문에 중미 씨의 〈사상계의 경향〉이 실렸는데, 그것을 읽고 제법 느낀 바가 있었다. 내가 보기에 중미 씨는 너무 비관적인 듯하다. 그는 "현재 사상계의 상황은 … 국수주의가 고개를 드는 국면이다. 그의 필연적인 두 가지 경향은 복고와 배타이다."라고 말하였다. 중미 씨는 또 "현재의 상황대로 가다가는 2년도 되지 않아 사람들이 국수주의에 헌신하여 옛날의 의관을 걸치고 옛날의 글자를 쓰고 예악을 만들고 참선을 하고 불로장생약을 만들고 권법을 익히고 점술을 배우고 율시를 짓는 등, 모두들 동양화(東洋化)의 절정으로 치닫게 될 것 같다."라고 말하기도 하였다. 그런 비관적인 추측은 잘못된 것 같다.

중미의 근본적인 잘못은 이미 지나간 또는 장차 지나갈 상황들을 장래에 벌어질 경향들로 인식한 데에 있다. "복고와 배타"의 국수주의는 장래가 아니라 과거에 존재했던 것이다. "옛날의 의관을 걸치고 옛날의 문자를 쓰는" 국수주의도 거의 과거지사가 돼 버렸다. "진신이(金心異)[97] 선생만 해도 과거에 후저우(湖州) 산 비단으로 만든 "심의(深衣)[98]"를 입고 사무실에 행차하신 적이 있었고, 중미 선생만 해도 십 수 년 전 《역외소설집》을 번역할 때 "옛날 글자를 쓴다"는 느낌을 준 적이 있었다. 그러나 그것들도 이제는 모두 과거지사가 돼 버렸다.

중미 씨가 범한 또 하나의 큰 잘못은 바로 "사상계 답지 않은" 상황들을 "사상계"의 상황으로 인식한 데에 있다. 지금 "참선을 하고 불로장생약을 만들고 권법을 익히고 점술을 배우는" 자들이 정말 "사상계"의 인사들인가? 그들은 그림 한 장을 초점 밖에 놓고 찍은 사진을 받쳐 들고 그걸 무슨 여조(呂祖)[99]의 참모습이라도 되는 것처럼 여기면서 기꺼이 경건한 절을 올리기를 마다하지 않는다. 이런 바보들에게 "사상계"라는 고상한 별명을 붙여 예우한다는 것이 가당하기나 한 일인가?

지금 상황에는 "국수주의가 고개를 드는" 일 따위는 전혀 없다. 중미 씨가 거론한 많은 사례는 모두가 그저 바닷물이 쓸려나갈 때 생기는 작은 여파에 불과하며, 음악이 끝난 후에 맴도는 작은 여운에 불과하다. 그 작은 여파가 정말 큰 물결로 변할 수도 있고 여운이 지나간 후 정말 하늘까지 쩌렁거리는 큰 소리가 생길 수도 있을 것이다. 그렇다고 하더라도 우리를 걱정하게 만들지는 못한다.

문학혁명의 건아들이여, 전진하고자 노력하자! 문학혁명이 만일 하나나 열, 또는 백 명의 장타이옌(章太炎)[100]의 강론조차 감당하지 못한다면 그래서야 어디 혁명군이라고 할 수 있겠는가?[101]

당시 후스는 루쉰·저우쭤런 형제와 수시로 내왕하고 있었다. 1922년 3월 4일 그가 남긴 이 기록이 그 증거이다.

치밍·위차이와 번역 문제에 관하여 대화를 나누었다. 위차이는 지금 문학 창작에 종사하는 사람이 너무 적다고 절감하면서 내게 문학 작품을 많이 지으라고 권하였다. 그러나 나는 창작에 대한 야심이 없다. 그저 이따금 충동이 생길 뿐이다. 이 몇 년 동안은 너무도 바쁜 탓에 매번 그 많은 문학적 충동들을 놓쳐 버렸던 것이 상당히 아쉽다. 장래에는 이 방면에 좀더 힘을 쏟아 내 일은 팽개친 채 아무 상관도 없는 남의 일을 해 주는 데에나 매달려서는 안 되겠다.

그는 또 같은 해 8월 11일자 일기에는 이렇게 적고 있다.

소학교 여교원의 강습회에 가서 〈국어를 가르치는 재미〉라는 제목으로 강연을 하고 그들이 문법과 문학에 집중하기 바란다고 당부하였다.

강연을 마친 후 치밍을 보러 가서 오랫동안 대화를 나누고 그의 집에서 식사를 하였다. 식사를 마치자 위차이가 귀가했길래 다시 한참 동안 대화를 나누었다. 저우 씨 형제는 정말 사랑스럽다. 그들의 천부적인 재능은 정말 대단하다. 위차이는 감상력과 창작력을 겸비하고 있다. 반면에 치밍의 경우는 감상력은 훌륭하지만 창작은 좀 적은 편이다. 치밍의 말에 따르면, 그의 조부는 한림(翰林)[102]이셨는데 위차이처럼 익살스러운 분이셨다. 하루는 조부가 은덕을 저버린 친구를 거론하면서 그 친구가 죽은 후 갑자기 긴 털의 모피 외투를 입고 꿈 속에 나타나 "이승에서는 당신에게 보답하지 못했으니 다음 생에서나 보답할 수밖에 없습니다." 하고 말했다고 한다. 조부는 이어서 "나는 그날 꿈에서 그자를 본 후부터 고기를 먹을 때마다 늘 이 고기가 그 작자의 살은 아닐까 하는 의심을 품게 됐단다."라고 하셨단다. 이런 식의 익살은 확실히 위차이와 좀 비슷한 데가 있다.

과거에 위차이는 과거를 한 번 보았고 치밍은 세 번 보았지만 두 사람 다 수재(秀才)[103]가 되지 못했다고 하니 참 이상한 일이다.

# 4

1924년 9월, 제2차 즈·펑 전쟁[104]이 발발하였다. 대군을 이끄는 우페이푸(吳佩孚)가 전선에서 장쭤린(張作霖)의 군대와 대치하고 있는 상황에서 10월 23일 펑위샹(馮玉祥)이 몰래 베이징으로 돌아와 당시 총통(總統)이던 차오쿤(曹錕)을 연금하는 정변이 발생하였다. 11월 1일, 당시 정변에 참여한 황푸(黃郛)(잉바이(膺白))·왕정팅(王正廷)(루탕(儒堂)) 등은 새 정부를 구성한 후, 황푸가 국무원 총리(國務院總理)를 대리하여 교통부와 교육부의 총장(總長)을 겸임하고 왕정팅은 외교부와 재정부의 총장을 겸임하였다. 11월 5일, 펑위샹의 군대는 자금성(紫禁城)을 포위하고 폐위된 마지막 황제 푸이(溥儀)[105]를 궁 밖으로 추방하였다. 그 소식을 접한 후스는 당일 즉시 왕정팅에게 편지를 보내어 그 일에 대하여 강력하게 항의하고 나섰다.

루탕 선생께:

선생께서는 제가 직언을 잘 하는 사람이라는 것을 아실 것입니다. 오늘 저는 선생들께서 구성한 정부에 몇 마디 항의를 제기하려 합니다. 오늘 오후에 펑위샹의 군대가 청 황실의 황궁을 포위하고 청나라의 황제를 추방했다고 하는 소문이 외부에 자자하더군요. 처음에는 믿지 않았지만 나중에 알아보고서야 정말 그런 일이 있었다는 사실을 알게 되었습니다. 저는 청 황실이 황제의 호칭을 그대로 보존하는 데에 찬성하지 않습니다. 그러나 청 황실에 대한 예우[106]는 국제적인 신의이자 조약적인 관계입니다. 조약은 수정할 수도 있고 폐지할 수도 있습니다. 그러나 당당한 민국에서 상대가 약하다고 기만하고 상대가 불행을 당한 틈을 타서 강압과 폭거를 자행한다면, 이는 민국의 역사에 있어 가장 불명예스러운 일이 될 것입니다. 지금 청 황제가 이미 황궁에서 추방되었고, 청 황궁 역시 이미 펑위샹의 군대가 장악하고 있으니, 저는 선생들께서 구성한 정부가 다음의 몇 가지 사항과 관련하여 사람들을 어느 정도 만족시켜 줄 방법들을 제시해 주시기를 바라는 바입니다.

1. 청 황제 및 그 일족의 신변 안전.
2. 청 황궁의 문물들은 당연히 민국에서 정식으로 접수하고 일본이 문물을 보존하는 방법을 모방하여 국가가 "국보"로 선포하고 영원히 보존하되 어떠한 군인이나 정객들도 이 틈을 타서 약탈을 저지르는 불상사가 없도록 해야 할 것입니다.
3. 민국에서는 이 보물 및 기타 청 황실의 재산들에 대하여 공평하게 감정을 진행하고 그 대가를 지급할 것이며, 지정된 금액은 해마다 청 황실이 생활비로 충당할 수 있도록 지급해야 합니다.

저는 이 정변에 대하여 아직 말을 한 적이 없습니다만, 오늘 일시적인 충동에 따라 몇 마디 귀에 거슬리는 말씀을 드리지 않을 수 없습니다. 만일 잉바이 선생을 뵙는다면 선생께서 이 서신을 꼭 보여 드리시기 바랍니다.

후스 삼가 올림 13. 11. 5.[107]

신문에서 이 편지에 관한 보도를 본 저우쭤런은 뜻밖이라고 여겼던지 11월 9일 후스에게 편지를 보냈다.

스즈 형께:

신문에서 왕정팅에게 보내신 서신의 일부를 보고, 귀하께서 청 황실에 대한 정부의 이번 처치에 대하여 상당히 반대하고 있는 것을 알게 되었습니다. 내용 전부를 본 것은 아니어서 귀하의 의견 전부를 알 수는 없습니다. 그러나 귀하께서는 외국인들의 잘못된 논리에 미혹되신 것은 아닌지 우려스럽습니다. 중국에 있는 외국인들 중에는 대체로 궤변을 늘어놓는 자들이 많으며, 중국(물론 새 중국이지요)을 그다지 잘 이해하지 못합니다. 신문사 사람들은 더더욱 그렇습니다. 예를 들어 《순천시보(順天時報)》[108]는 과거에 황실에 대한 예우 조건은 조던[109]이 중간에서 중재한 결과 도출된 것이며, 따라서 이번 정변은 열국이 찬동하지 않을 것이라는 식의 주장을 늘어놓았습니다. 그러나 말은 제법 그럴 듯하지만 사실은 억지를 부리는 꼴입니다. 그 예우 조건이 정말 조던과 열국이 보증을 선 것이었다면 어째서 복벽(復辟)[110] 당시에는 문제를 제기하지 않았던 것일까요? 조약서에 복벽을 허용한다고 명문화 되어 있기라도 했던 것일까요? 당시에는 복벽은 중국의 내정문제이므로 간섭할 수 없다고 해 놓고 이제 와서 어떻게 그런 허튼 소리를 할 수 있습니까? 어쨌든, 제국주의적인(여기서 유행하는 말투를 한 마디 흉내내 보았습니다.) 이 외국인들은 모두가 민국의 친구들이 아니라 복벽을 지지하는 자들입니다. 중국인이 만일 그들의 말을 듣는다면 그것은 곧 그들의 오랜 농간에 놀아나는 격입니다. 청 황실은 이미 복벽을 시도한 바 있으니 더 이상 어떠한 예우도 거론할 자격이 없는 것입니다. 어쩌 보면 당시 당국이 '아녀자의 관용'을 베풀어 청 황실에 대한 특혜의 철회를 즉각 단행하지 않은 것이야말로 민국으로서는 정말 가장 애석한 어리석은 짓이었습니다. 청 황실 쪽에 만일 물정을 아는 사람이 있다면, 또는 진심으로 푸이 씨의 처지를 동정하는 외빈이라면 진작에 방법을 강구하여 스스로 특혜를 이양했어야 옳았으며, 폭력이 가해질 때까지 버티지 말았어야 합니다. 민국에서 복벽을 획책하고도 황제라는 존호를 그대로 유지하고 있는 자를 그대로 방치하고, 중국에 있는 외국계 신문들이 수시로 직간접적으로 복벽을 부추긴다면 이 얼마나 위험한 일이겠습니까! 이럴 때 폭력을 당한다면 그것이 누구의 책임이겠습니까? 바로 당초 이 일을 제대로 매듭 짓지 못한 당국자 돤즈취안(段芝泉)[111] 씨, 자중할 줄 모르는 청 황실, 그리고 복벽을 지지하는 외국인들의 책임이 아니겠습니까? 이번 일을 선비같이 융통성 없는 우리의 머리로 판단하자면 어쩌면 그다지 "인의(仁義)"에 어울리지 않는다, 신사가 할 짓이 아니라고 할 수 있을지도 모르겠습니다. 그러나 20년 동안 변발을 늘어뜨리고 고통스러운 생활을 겪고, 혁명과 복벽의 공포를 겪은 경험이 있는 개인의 눈으로 본다면, 저는 이것이야말로 지극히 당연하고 지극히 정당한 일이라고 생각합니다. 역사상의 영예라고 할 수는 없을지 몰라도 결코 오점이 될 수는 없는 것입니다. (돤즈취안 측으로서는 오히려 고맙게 생각해야 할 것입니다. 이것은 그의 실책을 바로잡는 일인 셈이기 때문입니다.) 따라서 이 점에 있어서는 저도 귀하에게 동의할 수가 없다고 봅니다. 저는 반-제국주의 동맹의 구성원도 아니고 인의를 중시하는 이상가도 아닙니다만, 개인적으로는 공(孔) 노선생이 말한 "올곧음으로 원한을 갚는 것(以直報怨)"이 가장 좋다고 보기에 청 황실 문제와 관련하여 이 같은 견해를 개진하는 것입니다. 저는 청 황실과도 국민당 군대와도 관계가 없으니 어느 한 쪽을 두둔할 생각은 없으며, 그저 느낀 바를 솔직하게 토로하고자 하여 귀하께 글을 드리는 것뿐입니다.

쭤런이 11월 9일[112]

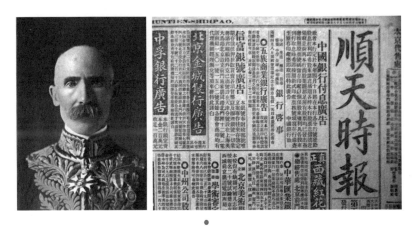

영국 외교가 조던과 일본인이 발행하던 중문 일간지 《순천시보》

저우쭤런이 편지에서 언급한 "외국인들의 잘못된 논리"란 일본인이 운영하는 《순천시보》가 이 문제를 거론한 일을 두고 한 말이었다. 그는 11월 17일 출판된 주간지 《어사(語絲)》[113] 창간호에 〈청 왕조의 옥새[淸朝的玉璽]〉[114]를 발표하고 《순천시보》의 잘못된 주장을 조목조목 반박하였다.

《순천시보》는 외국인이 운영하는 신문이다. 그래서 국민들에게 호의가 없는 것은 아닐지 모르나 우리 정서를 전혀 이해하지 못하는 것은 어쩔 수 없는 사실이다. 그러나 그 신문의 가치관 치고 우리와 상반되지 않는 것이 없는 것은 그것이 아무리 당연한 일이라 해도 상당히 불쾌한 것은 사실이다. 그 신문은 청 황실에 대한 예우 조건은 조던이 중재한 것인데 이제 와서 수정한다면 열국이 좌시하지 않을지도 모른다고 하였다. 그러나 그것은 잘못된 주장일 뿐만 아니라 그야말로 억지를 부리는 꼴이다. 조던과 열국(그리고 《순천시보》의 기자)에게 묻는다. 복벽이 발생했을 때 당신들은 어째서 '그 예우 조건은 우리가 주선해서 결정된 것이니 청 황실이 당초의 조약을 파기하고 복벽을 시도한 일은 용납할 수 없다.'라고 항의하지 않았는가? 만일 당시 '이것은 중국의 내정문제이므로 간섭하지 않는다.'라고 했다고 치자. 그렇다면 이번에는 어떤 근거에 따라 그런 허튼소리를 한 것인가? 설마 청 황실은 아무 이유 없이 조약을 파기하고 복벽을 시도해도 무방하지만 민국은 이미 복벽을 시도한 바 있는 청 황제를 예우하는 조건을 수정하면 안 된다는 것인가? 아무리 외국인이라고는 하지만 이런 식의 망언을 하는 것은 좋아 보이지 않는다.[115]

이 편지를 받은 후스는 10일 즉시 답장을 써서 "귀하의 의견도 충분히 이해합니다. 그러나 분명히 하고 싶은 것은 제가 왕루탕 씨에게 보낸 서신은 5일 저녁에 부친 것으로 문제의 '외국인들의 잘못된 논리'의 영향을 받을 기회는 없었다는 점입니다."[116]라고 해명하였다.

후스는 이어서 11월 12일에도 저우쯔런에게 편지를 보냈다.

귀하의 서신은 저도 충분히 이해할 수 있습니다. 귀하께서는 제가 그 서신을 5일 밤 10시에 보낸 사실을 모르기 때문에 제가 "외국인들의 잘못된 논리에 좀 미혹된 것은 아닌지" 의심하신 것이니까요.

저는 2년 전 푸이 씨를 만난 적이 있습니다. 그는 당시 황제의 존호를 포기하고 황족에 대한 예우 비용을 받지 않겠다고 밝혔습니다. 그리고 리징마이(李經邁)를 불러 이미 황실 재산을 처분하게 했다고 말했습니다. 그 후 그는 정샤오쉬(鄭孝胥) 씨로 교체해 보내면서 전권을 그에게 위임하고 격을 순친왕(醇親王)[117]보다 높였으니, 따지고 보면 성의가 없었다고는 할 수 없는 것입니다. 제삼자들은 이 일을 해결하려면 폭력을 행사하는 길밖에 없으며, 만일 시간을 주었다가는 결국 성사되지 않을 거라고

청나라의 마지막 황제 푸이와 영국인 영어 교사 존스턴

들 합니다. (왕정팅 씨가 제게 그렇게 말하더군요) 그러나 저는 실제로도 그렇다고는 믿지 않습니다. 이번에 만일 차분하게 제안하면서 "신사다운 모습"을 좀더 많이 보여 준다면 이 일 역시 해내지 못할 것도 없다고 봅니다. 귀하와 저의 의견은 이 점에서만 다를 뿐이며, 그 이외에는 저도 전혀 이의가 없습니다.

청 황실과 관계가 있는 외국인이라면 존스턴(Johnston)[118] 씨를 들 수 있습니다. 저도 좀 아는 사이이지만 그들은 전혀 복벽 따위의 허튼 요구는 내세우지 않는 것으로 알고 있습니다. 존스턴 씨는 예우 조건을 취소할 것을 가장 강력하게 주장하는 사람이며, 황실 재산을 처분하고 이화원(頤和園)의 수입을 청산하자는 것도 모두 그의 주장입니다. 이 밖에도, 제가 알고 있기로는, 영자신문들은 복벽을 부추기는 언동을 한 적이 없습니다.

귀하께서는 "이것이야말로 지극히 당연하고 지극히 정당한 일"이라고 보셨지만 서신에서 보여 준 귀하의 감정적인 부분 역시 당초의 제 서신과 별 차이가 없습니다. 우리가 "무엇이 지극히 정당한 일인가" 하는 문제를 놓고 토론을 벌이자면 또다시 장광설을 늘어놓으며 지루한 토론을 벌여야 할 것입니다. 그렇기 때문에 저는 그 말에 대하여 왈가왈부하는 것은 바라지 않으며 단지 이 문제에 대한 저의 입장만 설명드릴 뿐입니다.[119]

11월 13일, 저우쭤런은 후스에게 다음과 같은 답장을 보내었다.

저의 그 서신은 원래 《순천시보》를 비난할 작정으로 쓴 것이었습니다. 나중에 그 양식을 쓰지 않고 그냥 귀하께 보이기 위하여 부쳐드렸지요.

그렇다 보니 그다지 서신 같지 않은 데다가, 그 속에도 대체로 "감정적인 요소들"이 적잖았던 것입니다. 왜냐하면 저는 복벽을 가장 우려하고 있기 때문입니다. 다른 정변들은 대수로울 것이 없지만, 그런 이유로 복벽파 외국인들(《순천시보》는 민주주의는 중국에 어울리지 않는다고 했고, 간접적으로 본 것이기는 하지만 《징·진 테임즈(京津泰晤士)》는 최근 중국은 민국 이전의 상황으로 되돌아가야 한다고 했습니다.)이나 뤄전위(羅振玉)[120] 같은 전 왕조의 신하들에게 상당한 반감을 가지고 있는 것입니다. 물론, 저는 만인(滿人)들(어떤 지역에서는 한인들보다 대륙 국민으로서의 기개가 더 강하다고 생각합니다.), 특히 푸이 씨에 대해서는 상당히 동정하는 입장입니다.[121]

# 5

1924년 베이징에서는 두 개의 간행물이 창간되었다. 루쉰과 저우쭤런이 지지하는 문예주간지 《어사(語絲)》가 11월 17일 창간되었고, 후스 · 천위안(陳源)[122] · 왕스졔(王世傑) · 탕여우런(唐有壬) · 저우껑성(周鯁生) 등을 주요 필진으로 한 주간지 《현대평론(現代評論)》[123]이 12월 13일 창간된 것이다. 두 간행물은 1925~1926년의 두 해 동안 격렬한 논쟁을 벌이게 된다.

1920년대에 격렬한 논쟁을 벌인 《어사》와 《현대평론》

천위안은 《현대평론》에 〈한가한 이야기[閑話]〉 칼럼을 두고 매호마다 문화·사상·시사와 관련된 단평들을 발표하여 여러 차례 루쉰을 공격하였다. 그가 〈한가한 이야기〉 칼럼에서 "대단히 불행하게도, 우리 중국의 비평가들은 때로는 정말 너무도 박학다식하시다. 그들은 몸을 엎드리고 눈을 부라리면서 땅바닥에서 도둑을 찾아 헤맨다. 그러다 보니 자신들이 저지르는 통 표절[124]은 매번 빤히 보면서도 알아차리지 못한다. 예를 들어 볼까?

● 
루쉰의 표절 의혹을
제기한 천위안

역시 말을 하지 않는 것이 좋겠다. 나는 정말이지 '사상계의 권위자'께 또 다시 죄를 짓고 싶지는 않으니까." 하면서 우회적으로 공격한 것이 그러한 경우였다. 천위안이 여기서 거론한 "통 표절"은 루쉰의 《중국소설사략》을 두고 한 말이었다. 루쉰은 이에 대하여 〈서신이 아니다[不是信]〉 등의 글을 통하여 조목조목 반박하고 나섰다.

루쉰과 저우쭤런 쪽에서도 《어사》에 천위안을 공격하는 글을 발표하기도 하였다. 예를 들어 천위안은 〈학문을 하는 도구[做學問的工具]〉라는 글을 쓰고 "한·송·명·청 시대 유가의 많은 주소(注疏) 이론을 연구하지 않고는 《사서(四書)》의 진정한 의미를 깨우치기 어렵다. 짧디 짧은 《사서》이지만 꼼꼼하게 연구하면 수백, 수천 가지 참고서로 활용할 수도 있다."라고 주장하였다. 그러나 천위안은 여기서 상식적인 오류를 범하였다. 《사서》는 남송의 학자 주희(朱熹)가 엮은 책이었기 때문이다. 루쉰은 바로 〈괜한 일에 끼어들기·학문하기·잿빛 등을 함께 논한다[雜論管閑事·做學問·灰色等]〉라는 글에서 이렇게 비판하였다.

그 '짧디 짧은 《사서》'는 나도 읽어 보았지만, 한대 사람들의 《사서》에 관한 주소나 이론 따위는 들어보지도 못한 소리이다. 천위안 교수께서 '그처럼 풍아(風雅)를 제창하는 조정 대신'이라며 추앙해 마지않는 사람들 중의 한 분인 장즈둥(張之洞) 선생께서는 '이제 갓 머리를 묶은 꼬맹이'들을 위하여 지으신 《서목답문(書目答問)》에서 이렇게 말씀하셨다. '《사서》는 남송 이후의 명칭이다.'라고 말이다.[125]

저우쭤런은 1926년 1월 20일 '치밍(啓明)'이라는 필명으로 《신보부간(晨報副刊)》에 〈한가한 이야기의 한가한 이야기의 한가한 이야기[閑話的閑話之閑話]〉라는 글을 발표하고 처음부터 끝까지 천위안을 비판하고 조롱하였다. 그 글에서 그는 이렇게 힐난하였다. "나는 베이징에 있는 새로운 문화, 새로운 문학 방면의 명사 및 명교수를 두 분 알고 있다. (베이징)여자사범대의 앞날이 험난함에 격분해서 장스자오(章士釗)[126]를 앞세우고 양인위(楊蔭楡)[127]를 추종하면서 사람들 앞에서 대놓고 '요즘 여학생들은 술시중을 들어도 된다.'[128]는 말까지 하셨다고 한다." 천위안은 이 글을 보고 당일로 저우쭤런에게 편지를 보내 "선생께서는 두 마디만 분명하게 답변해 주시기 바랍니다. 첫째, 제가 선생이 말씀하신 두 사람 속에 포함되는지요? 둘째, 만일 포함된다면, 제가 어디서 누구 앞에서 대놓고 말했는지요?"라고 따졌다. 이 이야기는 원래 저우쭤런이 장펑쥐(張鳳擧)[129]에게서 들은 것으로 당초 장펑쥐가 남들에게 흘리지 말라고 간곡하게 당부한 내용이었다. 그렇다 보니 저우쭤런은 결국 "전날 제가 말한 여학생도 술시중 정도는 들어도 된다고 대놓고 말했다는 두 사람과 관련하여 방금 확인해 본 결과 선생은 거기에 포함되지 않는다고 합니다."[130]라고 꼬리를 내릴 수밖에 없었다.

베이징 여자사범대 총장 양인위와 북양정부의 사법 및 교육 총장 장스자오
_ 두 사람은 루쉰에게 '물에 빠진 개'로 공격당하였다.

　두 사람이 설전을 벌인 글은 상당히 많은데 훗날 모두 각자의 문집에
수록되었다.
　후스는 두 사람을 화해시킬 생각으로 1926년 5월 24일 루쉰 · 저우쭤
런 · 천위안 세 사람 앞으로 공동서한을 작성하였다.

　위차이 · 치밍 · 퉁버(通伯) 세 분 선생께:
　어제 톈진(天津)의 호텔에서 루쉰의 《열풍(熱風)》[131]을 읽다 보니 33-34쪽
에 이런 내용이 보이더군요.
　"그래서 나는 늘 두렵다. 중국의 청년들이여, 냉담함을 떨쳐 버리고 오로
지 위로만 나아가자. 자포자기하는 자들의 말은 듣지 말기 바란다. 일을
할 수 있는 사람은 일을 하고 소리를 낼 수 있는 사람은 소리를 내자.
조그만 빛이라도 낼 수 있는 열기를 지녔다면. 마치 반딧불이같이, 어두
움 속에서 조금이라도 빛을 내도록 하자. 굳이 횃불을 기다릴 필요는 없
다. 이후로 그래도 횃불이 나타나지 않는다면 내가 바로 유일한 빛이 될

것이기에. 만일 횃불이 나타나고, 거기다 태양까지 나온다면 우리는 물
론 기꺼운 마음으로 사라지자. 터럭만치의 불평도 없이 오히려 기쁜 마
음으로 이 횃불 또는 태양을 예찬해야 하리라. 왜냐하면 그것들은 인류
를 비추기 때문이다. 나조차 포함해서 말이다. 나는 마찬가지로 중국 청
년들이 오로지 위로만 나아갈 뿐 그런 냉소와 모략일랑 아랑곳하지도
말기를 바란다. 니체는 말하였다.

'사실, 인간은 탁류이다. 바다가 되어야 한다. 이 탁류조차 포용하고 정
화시켜 주는. 예끼, 너희 초인들이여. 이것이야말로 바다인 것이다. 그 속
에서는 너희들의 큰 모욕조차 포용 받을 수가 있다.'

설사 얕은 웅덩이에 지나지 않는다 하더라도 큰 바다를 배울 수 있을
것이다. 어쨌든 둘 다 물이어서 서로 소통할 수 있기 때문이다. 돌 몇 개
쯤이야 얼마든지 어두움 속에서 날아오라지, 구정물 몇 방울쯤이야 얼
마든지 뒤에서 뿌려 보라지."

이 힘찬 산문에 무척 감동한 저는 어젯밤 온밤 내내 눈을 붙일 수가 없
었습니다. 수시로 이 글을 떠올리고, 또 베이징에 있을 때 반눙이 나와
나누었던 이야기를 떠올리느라 말입니다. 오늘은 더 이상 참지 못하고
이 서신을 내 친구인 세 분께 올립니다.

세 분은 한결같이 제가 존경하고 사랑해 마지않는 친구들입니다. 그렇
기에 세 분께서 최근 8-9달 동안 벌인 깊은 원한과도 같은 필전(筆戰)을
친구지간에 너무나도 안타까운 일이라고 여기는 것입니다. 저는 세 분
모두 이번 싸움이 바른 도리를 지키는 싸움이라고 믿고 계신다는 것을
너무도 잘 알고 있습니다. 그래서 저는 이 싸움의 원인과 내력을 따지기
를 바라지 않으며, 이 일의 시비·곡직에 대하여 왈가왈부하는 것은 더
더욱 바라지 않습니다. 그럼에도 불구하고 제가 가장 안타깝게 여기는

것은 당일 서로가 양심에 따라 벌인 논쟁들에 한결같이 상대방의 동기에 대한 의심이 섞여 있다는 점입니다. 동기에 대한 이러한 의심으로 말미암아 펜 끝에 감정이 적잖이 묻어났던 것입니다. 그리고 이 펜 끝의 감정들로 말미암아 겹겹의 의심과 겹겹의 오해들이 생겼던 것입니다. 의심이 깊을수록 오해는 심해질 수밖에 없으며, 그 결과는 바로 우정의 파탄입니다. 그리고 당일 서로가 양심에 따라 한 주장들이 시간이 지나면서 어느 사이 상대방을 매도하는 필전으로 변질되고 만 것입니다.

제가 10월에 상하이에 갔을 때 일단의 젊은 친구들이 늘 저를 찾아와 '여러분들이 대관절 무엇 때문에 싸우느냐'고 묻곤 했습니다. 그때만 해도 저는 그런 대로 적당히 둘러댈 수가 있었습니다. 그러나 나중으로 갈수록 여러분의 설전들은 본래의 의도에서 갈수록 멀어져서, 남부의 독자들이 여러분이 이야기하고자 하는 것이 무엇인지 이해하지 못하는 것은 물론이고 베이징 토박이인 저조차 여러분께서 드는 것이 무슨 '전고'인지, 무엇을 위한 싸움인지 번번이 헷갈릴 지경이 되고 말았습니다. 우리 서로 입장을 바꿔서, 수천 리나 떨어져 있거나 4-5년 후의 독자들을 생각해 봅시다. 국내에서 여러분을 존경해 마지않는 무수한 청년들을 생각해 봅시다. 그들이 이런 "밑도 끝도 없는" 싸움에서 무슨 의의를 찾고 무슨 흥미를 느끼겠습니까?

저는 우리가 현재 해야 할 일들이 너무도 많다고 생각합니다! 예수는 "수확은 아주 풍부한데 유감스럽게도 일할 사람이 너무 적구나."라고 말한 바 있습니다. 국내에는 일할 수 있는 사람이 고작 몇몇밖에 되지 않으니 모두가 "조그만 빛이라도 낼 수 있는 열기를 가지도록" 아무리 노력해도 하고자 하는 일의 천만분의 1조차 해내지 못할까 우려스러운 판국입니다. 그런데 우리가 어떻게 서로를 의심하고 서로를 해치면서 스스로 우리 자신의 빛과 열을 고갈시킬 수 있단 말입니까?

저는 자유를 사랑하는 사람입니다. 남이야 아무리 자유주의는 19세기의 유물이라고 비웃는다 해도 말씀입니다. 그런 제가 가장 두려워하는 것은 의심하고 냉혹하고 포용하지 않는 사회입니다. 저는 여러분의 필전에서 쌍방 모두 상대방을 포용하지 않는 태도를 조금씩 가지고 있으며, 그래서 많은 젊은 친구들에게까지 알게 모르게 영향을 주어, 그들이 냉혹하고 포용하지 않는 쪽으로 향하도록 암시를 주고 있다고 절절이 느끼게 됩니다! 이것이 가장 안타까운 일인 것입니다.

그래서 저로서는 《열풍》 속의 그 대목을 잊을 수가 없는 것입니다.

이것이야말로 바다인 것이다. 그 속에서는 너희들의 큰 모욕조차 포용받을 수가 있다.

설사 얕은 물웅덩이에 지나지 않는다 하더라도 큰 바다를 배울 수 있을 것이다. 어쨌든 둘 다 물이어서 서로 소통할 수 있기 때문이다. 돌 몇 개쯤이야 얼마든지 어둠 속에서 날아오라지, 구정물 몇 방울쯤이야 얼마

《열풍》 종간호 표지 _ 루쉰의 캐리커쳐가 표지를 장식하고 있다.

든지 뒤에서 뿌려 보라지.

존경하고 사랑하는 친구들이여, 우리 모두 큰 바다를 배웁시다. "홍수가 용왕의 사당을 덮치는 것은 자기 식구조차 알아보지 못하는 꼴"이라고 했습니다. "그들"의 돌과 구정물조차 포용할 수 있는데 하물며 "우리" 식구의 조그만 오해, 조그만 의심이 무슨 대수이겠습니까?

친애하는 친구 여러분, 우리 이제라도 모두 위를 향하여 나아갑시다. 모두 앞을 향하여 나아갑시다. 뒤로 돌아 사람도 다치게 만들지 못하는 그런 작은 돌에나 한눈을 파는 짓은 하지 맙시다. 뒤로 돌아 서로를 짓밟는 짓은 더더욱 하지 맙시다. 우리의 공동의 적은 우리 앞에 있습니다. 우리에게 '진보'란 위를 향하여 나아가는 것뿐입니다.

저는 이 서신을 쓰면서도 한없는 우호적인 호의와 한없는 희망을 품습니다.

스즈가 15. 5. 24. 톈진의 위중(裕中)호텔에서[132]

● 당시 《신보부간》의 편집을 맡고 있던 쉬즈뭐

1926년 2월 3일자 《신보부간》은 당시 편집자이던 쉬즈뭐(徐志摩)[133]의 〈한가한 이야기는 그만하자, 객쩍은 소리는 그만하자〉라는 글[134]을 싣고 이 필전을 끝낼 것을 호소하였다.

쉬즈뭐는 "우리 모두 이 고약한 싸움은 이로써 끝낼 필요가 있다고 여기고 있다. 이번뿐만 아니라 이후에도 다들 각자 이를 전철로 삼아 감정이 격해지더라도 발표하기 쉽다고 해서 그런 식으로 화근을 만들어서는 안 되겠다. 이것은 신사적이냐 아니냐의 문제일 뿐만 아니라 교육을 받은 사람다우냐 아니냐의 문제이기도 하다."라고 하면서 "멈추시오! 우리는 혼전을 벌이는 쌍방에게 성을 내며 호통을 치는 바입니다. 멈추시오!"[135]라고 외쳤다. 루쉰은 곧 이에 대한 대답으로 2월 7일자 《경보부간(京報副刊)》에 〈나는 그래도 "멈출 수" 없다[我還不能"帶住"]〉라는 글을 발표하였다.

중국에서, 나의 펜이 제법 신랄한 편이라는 것, 말이 때로는 매몰차기 짝이 없다는 것은 나 자신도 잘 알고 있다. 그러나 나는 사람들이 어떤 식으로 공리와 정의라는 그럴듯한 이름, 올바른 군자라는 대단한 존칭, 온화하고 수더분한 가면, 유언비어와 공론이라는 무기, 애매하고 복잡한 표현을 써서 사리사욕을 챙기고 칼도 펜도 가지지 않은 약자를 숨조차 가누지 못할 정도로 몰아붙이는지도 잘 안다. 만일 내게 이 펜이 없었다면 수모를 당하고도 어디 하소연조차 할 수 없는 신세였을 것이다. 나는 이 이치를 깨달았기 때문에 늘 펜을 잡는 것이다. 특히 기린 가죽 아래로 마각을 드러낸 자들에게는 말이다. 만에 하나라도 그 위선자들이 뜻밖에도 조금이라도 고통을 느끼고, 깨닫는 바가 있고, 재주가 다할 때도 있다는 것을 알고, 가식으로 가득한 모습을 덜 꾸미게 된다면, 천위안 교수의 표현대로 그것도 하나의 '교훈'이 될 것이다. 누구든 참된 가치를 드러낸다면, 그것이 아무리 반 푼어치밖에 되지 않더라도, 나는 절대로 반 마디도 경박하게 처신하지 않을 것이다. 그러나 연기라도 하듯이 사람을 우롱하려 든다면 그건 안 될 일이다. 그 정도는 나도 알고 있으니 당신들까지 왈가왈부 거들지 말라.[136]

루쉰은 1926년 8월 4일자 일기에 "펑쥐의 서신을 받았는데 후스의 서신이 들어 있었다."라고 적고 있다. 이 사건이 있은 전후로 후스에게서 루쉰에게 또 다른 편지가 전달된 일은 없었으니, 이를 통하여 장펑쥐가 전달한 것이 후스가 톈진에서 세 사람에게 쓴 편지임을 알 수 있는 셈이다. 루쉰의 일기에는 후스의 이 편지에 답장을 보냈다는 기록은 보이지 않는다. 사실 그로서도 답장을 보낼 필요가 없었을 것이다. 그는 2월에 발표한 〈나는 그래도 "멈출 수" 없다〉에서 자신의 의사를 이미 밝혔기 때문이다. 위에 소개한 내용 또한 후스의 중재에 대한 답변이었던 셈이다. 저우쭤런의 경우, 후스의 이 편지를 읽은 후 답장을 보냈는지에 대해서는 알 수 없지만 천위안과의 관계는 나중에는 조금 개선된 것 같다.

# 6

1927년 4월 12일, 쟝제스(蔣介石)는 우즈훼이(吳稚暉)[137] · 차이위안페이 · 리스쩡(李石曾) 등의 지지를 받아 "청당(淸黨)"[138]의 명목으로 정변을 일으키고 공산당원들을 학살하였다.

그러자 저우쭤런은 《어사》에 다수의 글을 발표하고 이 같은 폭거를 규탄하였다. 그는 6월 26일 발행된 《어사》 제137기에 〈고양이 발톱[猫脚爪]〉이라는 글을 발표하고 우즈훼이를 신랄하게 공격하였다.

우 선생은 차이(위안페이) · 리(스쩡) 두 선생과 함께 "청당"을 발의하여 소란을 일으킨 많은 "빨갱이"들을 숙청하였다. ("숙청"의 방법을 명료하게 규정하지 않은 탓에 어떤 지역의 군민과 지휘관들은 전날의 청(淸) 왕조나 홍헌(洪憲)[139] 시절의 난당(亂黨) 분자 체포령[140]을 내려 많은 유능한 청년들이 억울한 죽음을 당하게 만들었다.) "내가 죽인 것은 아니다."라는 식의 변명을 늘어놓더라도, 세 분은 그 책임

•
쟝제스와 쑹메이링 부부

을 피하기 어려울 것이다. 물론 그 책임은 저승사자도 알아서 세 어른의 수명부에 똑똑하게 적을 테니 우리는 상관하지 않겠다.[141]

저우쭤런은 9월 17일 발행된 《어사》 제149기에 발표한 〈망자를 모욕하는 잔인성[侮辱死者的殘忍]〉(〈우연한 생각 네 가지[偶感四則]〉의 네 번째 편)에서 이렇게 말하였다.

어젯밤 지인이 와서 대화를 나누었는데, 한 달 전 《대공보(大公報)》에 우즈훼이가 왕징웨이(汪精衛)[142]에게 보낸 서한이 실렸는데 장쑤와 저장 두 지역에서 숙청된 이들이 살신성인의 모습은 전혀 보이지 않고 한결같이 굽신거리면서 목숨을 살려줄 것을 구걸하는 것이 참으로 볼썽사납더라고 빈정거렸다는 것이다. 살기를 바라고 죽기를 꺼리는 것은 원래 인지상정이므로 설사 희생자들이 정말 그렇게 했다고 해도 불쌍하게 여겼어야지 조롱거리로 삼는다는 것은 결코 있을 수 없는 일이다. 더욱이 진상은

저우쭤런이 발표한 〈망자를 모욕하는 잔인성〉의 원문

전혀 그렇지 않았음에랴. 지인이 아는 바에 따르면, 자기 친구의 처소에서 마 아무개가 보낸 유서를 보았는데 표현에서 대체로 초연한 모습을 보였다고 한다. 또 상하이에서 알게 된 바에 의하면, 베이징대의 여학생 류쭌이(劉尊一) 역시 피살되는 순간까지 대단히 침착했다고 한다. 이 밖에도 우리가 모르는 사실은 더 많다. 우즈훼이 씨는 남쪽에서 살인을 선동하는 것으로도 모자라 악독한 혓바닥을 놀려 망자들을 모욕했으니, 그 같은 잔인한 행위는 해골에 옻칠을 해서 술잔으로 쓰는 짓과 다를 바가 없다. 문화민족이라면 아무리 복수를 할 때라고 하더라도 상대가 죽으면 행동을 멈추기 마련이다. 시신이나 해골을 모욕하여 내세에서까지 오명을 얻는 것은 지극히 타락하고 야만스러운 자가 아니라면 하기를 꺼리는 짓이다. 우 씨는 뼛속까지 철두철미 전통적인 중국인이다. 우리는 그에게서 영락제(永樂帝)와 건륭제(乾隆帝)의 귀신[143]을 발견하게 된다. 여기서 유전이 얼마나 무서운 것인지, 그리고 중국과 문명의 거리 역시 몇 만 리나 벌어져 있는지 충분히 확인할 수 있는 셈이다.[144]

저우쭤런은 제140기의 〈인력거와 참수형[人力車與斬決]〉이라는 글에서 먼저 쟝쑤·저쟝 일대에서 자행된 "청당"이라는 명목의 잔혹한 학살행위를 질타하였다.

우리는 쟝쑤와 저쟝에서 벌어진 당옥(黨獄)의 실상을 알 수가 없다. 소문으로 전해지는 피해 당사자들에 대한 중상과 고문은 "공(산)당" 측의 유언비어일지도 모르겠으나 살인이 많이 자행된 것만큼은 어쨌든 확실한 것이다. 나의 빈약한 기억만으로도 《청천백일보(靑天白日報)》의 기자 두 명이 탈영병과 함께 참수형에 처해졌고, 닝뷔(寧波)로 간 청당위원은 공(산)

당원 여섯 명을 참수하였다. 상하이에서는 이름이 알려지지 않은 다섯 사람이 총살되고 그 밖에도 따로 총살된 열 명 중에서 여섯 명이 공(산)당원이었으며, 광저우(廣州)에서는 체포된 공(산)당 112명 중에서 13명이 총살된 것으로 알고 있다. … 법 질서를 바로잡는다는 명분으로 자행되는 폭거가 실제로 적잖은 데다가 총살 이외에도 참수까지 자행되고 있는 것이다. …

그는 이 글 뒷부분에서 우즈훼이를 언급하였다.

작년 1월 우즈훼이 선생은 쑨촨팡(孫傳芳)[145]이 적화를 획책했다는 죄목으로 쟝인(江陰)의 교사인 저우강즈(周剛直)를 참수형에 처하여 만인의 공분을 사자 〈빨갱이짓을 하지 않는다면 어느 누가 피를 보려 하겠는가?(恐不赤, 染血成之歟)〉라는 글을 베이징의 모 신문에 발표한 바 있다. 그랬던 우 선생이 이번에는 뜻밖에도 침묵하고 있다. 나는 이 어른께서 그 같은 살인행위를 전적으로 찬성하고 있다고 보지는 않는다. 어쩌면 노동자와 자본가를 중재하는 공무에 하도 바쁘시다 보니 이런 태평한 일에는 관심을 가지실 틈이 없으신지도 모르겠다.[146]

《어사》 제141기에는 〈우 공께서는 어떠십니까?(吳公何如)〉라는 제목으로 독자 룽푸(榮甫)의 편지와 저우쭤런의 답장이 함께 실렸는데, 룽푸의 편지는 이러하였다.

치밍(豈明) 선생께:
《어사》 합철본 제6책 《한가한 이야기 집성10(閑話集成十)》을 보니 선생께서 이런 말씀을 하셨더군요. "청대 말기의 문인들 중에서 글이 혁명사업의 완수에 도움이 된다고 본 사람으로는 우즈훼이 선생만이 처음부터 끝까지 한결 같았다. '노익장'의 기개를 가졌으니 경탄스러울 따름이다." 이것이 정말입니까? 선생께서는 지금도 그렇게 생각하고 계신지요? 선생께서는 우 공이 현재 무슨 짓들을 벌이고 있는지 알고나 계십니까? "청당"(즉 북방에서의 이른바 빨갱이 토벌)을 제의하여 자신들과 사상이 다른 이들을 잔인하게 살해하는가 하면(소문에 따르면 벌써 난징(南京) 한 곳에서만 1,800명이, 상하이에서는 2,000여 명이 죽었다고 합니다.) '밀가루대왕(面粉大王)'[147]을 보호하고 양후(楊虎)[148]가 천두슈의 아들 천옌녠(陳延年)을 붙잡아 죽인 것을 칭찬했습니다. 허허, '노익장'은 틀린 말씀이 아닌 것 같습니다만 처음부터 끝까지 한결 같다는 말씀은 어울리지 않는 것 같군요? 우 공은 그야말로 중국의 구닥다리 문인으로, 오히려 천시잉(陳西瀅)과 아주 비슷한 자인 것 같습니다. 그런데도 선생께서는 경탄스럽다고 하다니 사람 보는 안목이 부족하신 것은 아닌지요?

이에 대한 저우쬐런의 답장은 다음과 같았다.

룽푸 선생께:
제가 한 그 말들은 별로 옳지 않은 것 같군요. 그러나 선생께 양해를 부탁드려야 할 것이 있다면 그것은 작년 겨울의 일이었다는 사실입니다. 《어사》 제106기는 민국 15년 11월 20일에 발행한 것입니다. … 이 정도로 긴 시간이라면 한 인간에게서는 적잖은 변화가 생기기 마련입니다. 그 변화들을 예측하지 못한 저의 잘못이겠지만 아무리 그래도 남들에게 용서를 구할 수는 있지 않을지요? 저는 따지고 보면 절대로 "별 너머에"

●
1920년대의 저우쭤런

물을 정도까지 형편없는 건 아니니 말씀입니다. 우 공이 최근 한 일들
이라면, 다른 것은 변명할 수 있는 것이 없다고 봅니다. 다만 양후를 칭
찬했다는 그 서신 문제라면 아마 그 정도까지 쓰지는 않았을 것입니다.
물론, 그것 역시 장담할 수는 없겠지요. 청당을 해야 하느냐 하는 문제
라면, 우리 같은 제삼자들은 가타부타 훈수를 둘 처지가 못 됩니다만,
"닭을 잡듯이" 사람을 죽이는 잔학한 방식에는 저도 도무지 찬성하기
어렵습니다. 백색테러가 적색테러보다 나을 것은 없으니까요.[149]

실명까지 거론하면서 우즈훼이를 공격한 이 글이 실린《어사》제141기
는 남부지방에서는 발행이 금지되었다.

● 《과학과 인생관》의 표지

후스는 줄곧 우즈훼이를 몹시 존경하고 경탄하는 입장이었다. 1922년 상하이의 《밀러즈 리뷰(Milliard's Review)》[150]는 독자들을 대상으로 "현대 중국의 12대 인물은 누구인가"에 대한 설문조사를 실시한 적이 있었다. 당시 후스가 선정한 12명의 인사들 중에는 우즈훼이도 포함되어 있었다. 후스는 그를 선정한 이유로 "우 선생은 가장 일찍 세계관이란 것을 가진 분이었다. 그의 일생 최대의 성과는 유학을 제창한 데에 있었다."[151]는 점을 들었다. 후스는 "과학과 인생관"을 주제로 한 설전에서도 우즈훼이의 논문 〈새로운 신앙으로서의 우주관 및 인생관〉을 매우 높이 평가하였다. 나중에 그는 《과학과 인생관[科學與人生觀]》의 서문에서 다음과 같이 말하였다.

우리는 매우 진실한 마음으로 우즈훼이 선생께 경의를 표하는 바이다. 그 어른은 이때 자신이 신앙하던 우주관과 인생관을 용감하게 제기하고, 당신의 '온통 칠흑 같은' 우주관과 '인간의 욕망이 넘쳐나는' 인생관을 진술하게 선포했기 때문이다.[152]

후스는 나중에 상하이 동아동문서원(東亞同文書院)에서 이루어진 '최근 300년 사이의 중국의 4대 사상가'라는 강연에서 최근 300년 동안의 "반−이학(反理學)"의 추세를 대표하는 인물로 네 사람을 꼽았다. 이때 그는 우즈훼이를 자신이 평소 존경하던 사상가인 고염무(顧炎武)[153] · 안원(顏元)[154] · 대진(戴震)[155]과 나란히 거론했으니, 우즈웨이가 그의 마음 속에서 차지하는 위상이 어느 정도였는지 짐작할 수 있는 셈이다. 그러나 이 강

1939년 미국 대사 시절의 후스
_ 자신이 수집한 종이성냥을 정리하고 있다.

연 내용을 보충하여 〈몇 명의 반-이학적 사상가들〉[156]이라는 글을 쓴 그도 신문에서 우즈훼이가 양후에게 보낸 편지를 보고 나서는 글을 쓰고 싶은 마음조차 다 달아나버리고 말았다. 후스는 1928년 2월 28일 우즈훼이에게 보낸 편지에서 자신이 "작업을 계속할 흥미를 잃어버린" 이유를 솔직하게 털어 놓았다.

> 그래서 또 이처럼 오랫동안 지지부진했던 것은 첫째, 선생께서 당시 정쟁에 휩쓸려 계셔서 학문을 논술한 글이 남들에게 아부를 하는 것으로 오해 받을 우려가 있었고, 둘째, 7월 초에 항저우(杭州)에서 선생께서 양후에게 보내신 서신에서 천옌녠 사건을 언급한 것을 발견했기 때문이었습니다. 저는 훌륭한 덕이 넘치시는 것으로도 모자라 충심까지 빛나시는 선생 때문에 도무지 마음을 놓을 수가 없었고, 몇 달이 지나서야 이 글을 계속할 마음을 갖게 되었습니다. 이 일을 오늘 다시 거론하는 것은 선생을 경애하는 사람의 하나로서 선생께 일종의 책망을 토로하는 것일 뿐이니 과히 언짢아하지는 마시기 바랍니다.[157]

룽푸 · 저우쭤런 · 후스 세 사람은 편지에서 공통적으로 우즈훼이가 "양후를 칭찬한 서신"을 거론하고 있다. 후스가 자신의 일기책에 스크랩한 문제의 편지는 다음과 같은 내용을 담고 있었다.

샤오톈(嘯天) 선생 귀하:
오늘 귀하께서 천두슈의 아들 옌녠을 붙잡았다는 소식을 들었습니다. "그자는 머리카락이 이마 밑으로 나서 몰골이 몹시 남루했다."고 불현듯 통쾌함을 느낍니다. 선생께서는 참으로 하늘이 내리신 분이십니다! 그 같은 괴수를 붙잡으신 것을 대단히 경하드리는 바입니다. 천옌녠이 잔꾀를 믿고 일삼은 악행은 그 아비의 100배도 넘을 것입니다. 오늘날 공(共)당의 괴수들, 예를 들어 리리싼(李立三)·차이허쑨(蔡鶴孫)·허썬(和森)·뤄이농(羅亦農)은 죄다 천옌녠이 프랑스에 머물면서 길러낸 자들입니다. 놈이 중국에서 가진 세력과 지위는 그 아비와 같다고 할 것이며, 국민당에 출두하지 않는 괴수로는 더더욱 악인 중의 악인에 해당할 것입니다! 상하이에서 그 무리가 세력을 잃은 것은 만리장성을 잃은 것과 같다고 봅니다. 따라서 이자는 이미 심판이 끝났으니 반드시 그 죄상을 선포하고 국법에 따라 극형을 내리신다면 전국의 공산당의 간담을 서늘하게 만들기에 충분할 것으로 사료됩니다. 마침 상하이로 돌아가 있다 보니 바쁜 나머지 미처 찾아뵙고 인사 올리지 못하오나 큰 공을 이루신 것을 다시 한번 삼가 축하드리는 바입니다.

아우 우징헝(吳敬恒)[158]

당시 신문에 이 편지가 공개되면서 우즈훼이의 파렴치하고 흉악한 진면목이 여지없이 드러남으로써 그는 만인의 경멸의 대상으로 전락하였다. 후스가 "선생께서는 훌륭한 덕이 넘치신다."고 한 것은 바로 이런 이유 때문이었다. 후스는 1929년 3월 13일자 일기에 이렇게 적고 있다.

재작년(1927) 7월 1일 신문에 실린 즈훼이가 양후에게 보낸 서신에서 "한 선생께서는 참으로 하늘이 내리신 분이십니다." 같은 말은 당시 그가 즉흥적으로 적은 인사치레 말일 뿐이었다. 나는 재작년 이 말 때문에 크게 화를 냈었는데 사실 굳이 그렇게까지 할 필요는 없었다고 본다.

장제스의 '청당' 운동을 전폭적으로 지지한 우즈훼이

우즈훼이의 이 아침에 대한 후스와 저우쮀런의 시각은 일치하고 있는 것을 알 수 있다. 후스는 저우쮀런이 《어사》에 발표한 그 글들을 상당히 높이 평가하였다.

세월이 흘러 우즈훼이에 대한 불만이 사그라들었던지, 후스는 1947년 중앙연구원(中央研究院)에서 원사(院士)를 선출할 때 우즈훼이를 후보로 지명하였다. 그는 1947년 5월 22일 싸뻔둥(薩本棟)[159]과 푸쓰녠(傅斯年)에게 보내는 편지에서 이렇게 말하고 있다.

제가 추천하고자 하는 원사의 명단을 한 장 보내 드리오니 위원회에서 참고해 주시기 바랍니다. 이 중에서 가장 문제가 되는 것이 "중국문학" 부문입니다. 저는 시장의 평의회나 담화회에서 이 부문에서는 문학창작가는 추천하지 않기로 결정했던 것으로 기억합니다. 이번 알림글에는 설명이 없던데 장래에 공고를 하고 선거를 할 때에는 이 부문에 관하여 부기를 달아 설명함으로써 오해가 발생하지 않도록 해 주시기를 바랍니다. 저는 이 명단에서 세 원로를 지명하고자 합니다.

1. 우징헝. 현존하는 사상계의 원로로서, 그의 사상은 일반 철학교수들보다 훨씬 치밀합니다. 그래서 저는 멍전(孟眞) · 지즈(濟之) 두 형께서 이 어른을 후보 명단에 포함시키는 데에 찬성해 주시기를 바라는 바입니다. (저의 《문존(文存)》 제3집에 수록된 〈300년래의 반-이학 사상가들[三百年來幾個反理學的思想家]〉의 "우징헝" 부분을 참고하십시오.) … 하략 …[160]

# 7


　1929년, 후스는 국민당(國民黨) 정권 하의 중국 내 인권 상황에 대하여 부단히 비판을 제기하였다. 3월 26일 사법원장(司法院長) 왕충훼이(王寵惠)에게 편지를 써서 천더정(陳德徵)이 국민당 3중전회(三中全會) 대회에서 법안을 제출한 일과 관련하여 질문한 것이 그 예이다. 이와 함께 그는 월간지 《신월(新月)》에 〈인권과 약법〉·〈"인권과 약법"에 관한 토론〉·〈우리는 언제쯤 헌법을 가질 수 있는가?―"건국대강"에 대한 의문〉 등의 글을 차례로 발표하는가 하면, 심지어 국민당이 신처럼 떠받드는 창시자인 쑨중산(孫中山)조차 실명까지 거론하면서 비판하기를 서슴지 않았다. 그래서 상하이의 모 국민당 지구당에서는 후스의 중국 공학교(中國公學校) 교장 직무를 중지시켜 줄 것을 교육부에 요구하는 결의안을 통과시키는 일이 벌어지기까지 하였다. 저우쩌런은 신문에서 관련 보도를 본 후 당시 엄청난 압력을 받고 있던 후스에게 이렇게 편지를 썼다.


스즈 형께:

오랫동안 서신을 드리지 못한 것은 일이 바빠서가 아니라 정말 게을러서였을 뿐입니다. 지난겨울 형께서 베이핑[161]에 오셨을 때 우리들 중 몇몇은 형께서 베이핑으로 돌아오셔서 대학으로 돌아가 전처럼 교수로 지내면서 과 주임도 맡고 강의도 하고 책도 쓰시라고 설득했었지요. 어제 신문에는 상하이 당부(黨部)에서 무슨 결의를 했다고 하더군요. 이 일과 관련하여 낙관론을 펼치는 쪽은 별일 없을 테니 진행되는 대로 놓아 두어도 된다고 하고 분개하는 이들은 당연히 항의해야 하지만 흘러 가는 대로 놓아 두어도 나쁠 것은 없다고 했습니다. 그러나 저는 "요즘 같은 시국"에는 아무래도 좀 조심하는 편이 좋다고 생각합니다. 라블레(Rabelais)[162]의 말이 옳습니다. "이 정도면 나도 충분히 달구어졌다. 이제는 더 이상 구워지고 싶지 않다!" 제 생각으로는 형께서도 앞으로는 객쩍은 이야기에는 끼지 마시고 상하이를 떠나시되, 마지막에는 베이핑으로 오시는 것이 좋겠습니다. 객쩍은 이야기는 위험할 뿐만 아니라 귀하의 일을 방해하니까요. 그것은 "상하이에 계실 때"와 마찬가지로 귀하의 일에 지장을 줄 것입니다. 직언을 드리는 것을 양해해 주시기 바랍니다. 저는 늘 형의 일은 강의를 하고 책을 만드는 것(달리 표현하자면 나라에 대한, 후세에 대한 의무이겠지요), 즉 《중국철학사》·《문학사》, 그리고 (《"수호전"고(水滸傳考)》 등) 그 밖의 고증작업을 완성하는 것이라고 생각해 왔습니다. (이 점에 관해서만큼은 저도 천퉁보 선생과 의견이 같습니다.) 그러나 이 일을 하시려면 베이핑으로 돌아오지 않으시면 안됩니다. 만일 상하이에만 계셔서는(설사 객쩍은 이야기를 하서서 불행을 초래하는 일은 없다고 하더라도) 성공할 수 없을 것입니다. 저는 늘 뒤에서 귀하를 비판해 왔습니다.

● 중국 근대의 석학으로 입헌 군주제도를 주장한 량치차오

'스즈는 런궁(任公)[163]보다 못하다. 런궁은 자신의 천부적인 능력을 발휘할 수 있지만 스즈는 그렇지 못하기 때문이다. 나는 런궁이 천부적인 재능을 가진 인물이기는 하지만 외국어와 (새로운?) 사상에 있어서는 아무래도 좀 못하다는 점을 인정한다. 그가 아무리 재정총장·사법총장 및 각종 정치활동을 하지 않는다고 해도 그의 업적의 최대치는 그래봤자 지금 수준을 넘어서지 못

할 것이다. 스즈는 재능을 조금만 펼쳐 보였을 뿐이다. 많은 일을 해야하며, 그리고 그가 아니고는 해낼 수가 없다. 그러나 그는 엉뚱한, 아무 상관도 없는 일들에 정력을 낭비하고 있다. (또 있습니다. 예컨대 제가 위수사령관인데 헌병들을 보내 스즈를 미뭐야(秘魔崖)[164]에서 잘 모시고 싶다는 따위의 황당한 주장을 하는 것이 그런 경우입니다.)'라는 식으로 말입니다. 이런 불경스러운 말을 쉬안퉁 앞에서만도 몇 번이나 했는지 모릅니다. 이제 직접 말씀드리는 바이니 과히 나무라지는 마십시오. 어쨌든, 저는 귀하께서 베이핑으로 돌아와 강의를 하시라고 권하는 바입니다. 이 말씀은 제가 몇 년 동안 품고 있던 생각으로 여태껏 감히 말씀드리지 못하다가 이번에 신문에 난 소식을 들은 기회를 빌어 되는 대로 이 서신을 드린 것입니다. 저 자신이 다소 망설이게 된 것도 어쩌면 가깝지도 않으면서 속내를 털어 놓자니 그런 것일 테지요. 저는 아무래도 그런 생각이 "있는 것" 같기도 하고 없는 것 같기도 하군요. 혹시라도 제가 드리는 말씀에 다소 주제 넘는 구석이 있더라도 너그럽게 이해해 주시기 바랍니다. 만에 하나라도 받아들이실 것이 없지 않으시다면 상하이의 편리함과 번화함을 결연히 팽개치고 적막한 베이핑으로 돌아오셔서 이 고요하고 적막한 환경 속에서 풍부한 업적을 이루시기를 바랄 뿐입니다. 저는 요즘 더욱 나이가 들어 못쓰게 된 것 같다는 생각을 하곤 합니다. 사람을 시켜 판 도장을 보면서 감상하는 데에나 몰두하고 있으니 말씀입니다. 아래에 그 중 한두 개를 찍어 보내오니 보아 주시기 바랍니다. 아들놈 펑이(豊一)는 이번 여름에 콩더(孔德)중학교를 졸업하고 지금은 도쿄로 유학을 떠났습니다. 그러니 이미 서서히 나이가 들어가는구나 하고 느끼는 것도 당연한 일이겠지요. 서둘러 쓰다보니 미진한 구석이 많습니다만 모쪼록 매사에 건승하시기 바랍니다.

18년 8월 30일 쪄런[165]

저우쭤런은 편지 말미에 자신이 근래에 "감상하는" 도장 두 개를 찍어서 보냈는데 거기에는 각각 "산상수수(山上水手, '산 위의 선원'이라는 뜻)"와 "봉황전재(鳳凰專齋)"라는 글자들이 찍혀 있었다.

후스는 편지를 받자마자 바로 답장을 썼다.

치밍 형께:

장문의 서신을 주신 데에 감사드리며, 귀하의 후의에도 더더욱 감사드립니다. 저는 당장은 베이징으로 갈 생각이 없습니다. 여기에는 몇 가지 원인이 있습니다. 첫째, "이사를 해서 쪼들릴 것"이 걱정스러워서입니다. 요즘 제 경제상황은 정말 더 이상 이사비용을 감당할 수 없을 지경이 돼버렸습니다. 둘째, 2년 전부터 물질적 시설이 비교적 잘 갖추어진 상해에 사는 데에 익숙해진 데다가 돌이켜 생각해 보면 베이징의 흙먼지가 좀 두렵기도 합니다. 셋째, 상하이 당부에 저를 공격하는 자들이 도사리고 있는 상황에서 베이징대가 반혁명분자들의 도피처로 연루되는 것도 바라지 않습니다. 며칠 전에 (천)바이녠 형께서 저를 초대하여 베이징으로 돌아가라고 하셨는데, 그날이 바로 상하이 시 당부에서 2차 결의를 통하여 제 안건을 엄격히 처리하겠다고 발표한 날이었습니다. 제가 그 글을 보여드리면서 지금은 돌아가기를 바라지 않는 이유를 설명드렸더니 그분도 이해해 주셨습니다. 장래에 상황이 조금이라도 안정된다면 돌아갈 수 있지 않을까 싶습니다.

쓸데없는 말을 너무 한다, 상관없는 일에 너무 간섭한다는 귀하의 지적은 아주 맞는 말씀입니다. 제가 걸린 병의 뿌리는 "열(정)"에 있으니까요. 런궁이 당초 "음빙(飮冰)"[166]이라는 호를 쓴 것도 그가 열병을 갖고 있었기 때문입니다. 명예나 이익에 관한 한, 저는 터럭만큼도 미련이 없다고 자부합니다. 그러나 때로는 아무리 그래도 좌시하거나 인내할 수 없는 경우가 더러 있더군요. 그런 의미에서 "마음이 용솟음치고 붓을 든 손조차 들뜬다."라고 한 왕중임(王仲任)[167]의 말은 이런 심경을 가장 잘 표현한 것이라고 봅니다. 저는 스스로 "아직 수양이 부족하다."고 개탄하지만 도무지 자제할 도리가 없군요.

근래에는 일부 친구들의 권유 때문에—물론 귀하의 충고와도 대체로 일치합니다만—저도 후회하는 마음이 생겨서 마음을 모질게 먹고 과거에 하던 일을 하고자 하는 생각이 간절합니다. 만일 귀하께서 생각하신 대로 "별일이 생길 염려만 없다면" 저도 싸움을 멈추고 다시 과거처럼 글을 쓰고 싶습니다. 그러나 현실은 그렇게 낙관적일 수 없겠지요. 너무 지나치게 몰아붙이면 저도 반항을 할 수밖에 없고, 그렇게 되면 사태는 더더욱 난처해지겠지요. 그러나 제가 수시로 귀하께서 보내 주신 서신을 읽고 라블레(Rabelais)의 명언을 늘 명심한다면 기름 가마에 내던져지는 위험은 피할 수 있을 거라고 봅니다.

서신에서 "가깝지도 않으면서 속내를 털어 놓는다."고 하신 말씀은 큰 감명을 주었습니다. 삶을 살아가면서 두 분 형제께는 대단히 성실한 경애만 존재하고, 온갖 소외와 인간사의 변화를 맞닥뜨리더라도 이 같은 마음은 언제까지나 조금도 줄어들지 않을 것입니다. 서로 멀리 떨어져 있지만 재회하고자 하는 마음은 몹시 간절합니다. 이번에 주신 서신은 두터운 정이 느껴져서 평소의 바람과 부합되니 기쁘기 그지없으면서도 또 한편으로는 착잡함을 느낍니다. 이것은 진심으로 다시 서신을 받을 수 있기를 바랄 뿐입니다.

"나이가 들어 못쓰게 되었다."는 말씀에는 저 역시 매우 공감하는 바입니다. 지금까지 자신감이 넘치던 젊은 시절에는 책을 10년에 한 권씩 써도 늦지 않는다고 여겼었습니다. 그랬던 것이 작년에 량런궁의 빈소에 다녀온 후로는 별안간 눈가가 촉촉해지면서 인간의 삶이래 보았자 고작 몇 십 년밖에 되지 않으니 기력이 시들해지기 전에 할 수 있고 또 하기 좋아하는 일을 하지 않으면 안 되겠다고 뼈저리게 느꼈습니다. 이번 학년도 모든 교제와 모든 강의를 사절하고 《철학사》를 저술하는 데에만 전념하기로 했습니다. 가을이 지나 베이징에 갈 즈음이면 조금이라도 성과를 전해 드릴 수 있게 될지도 모르겠군요.

서둘러 맺으며 편안하시기를 빕니다. 아울러 옛 친구분들께도 안부 전해 주십시오.

스가 18. 9. 4.[168]


1930년 11월 28일, 후스 일가는 상하이에서 베이징으로 이사하였다. 1931년 1월, 다시 베이징대로 돌아온 그는 문학원 원장 및 중국문학계 주임을 겸임하였다. 저우쭤런에게 보내는 답장에서 "장래에 상황이 조금이라도 안정된다면 돌아갈 수 있지 않을까 싶다."고 한 말이 드디어 실현된 셈이다.

후스는 베이징대에서 문학원 원장과 중국문학계 주임을 겸임하는 동시에 중화교육문화기금 동사회 편역위원회의 업무를 주관했으며, 그것이 계기가 되어 저우쭤런이 번역한 서적들을 그곳에서 출판하곤 하였다. 1932년 6월 15일, 저우쭤런은 후스에게 편지를 써서 "오래전부터 찾아뵙고자 했으나 상의 드릴 세상 일이 있다 보니 손님이라도 와 계시면 말씀드리기 곤란하겠다 싶어서 여태까지 미루었던 것입니다. 함께 보내 드리는 이 원고가 바로 그 '속된 일'이랍니다."라고 밝히고 있다. 여기서 "속된 일"이란 자신이 번역한 《그리스 의곡[希臘擬曲]》의 원고를 그에게 부쳐 준 것을 두고

한 말이다. 이 책은 헤로다스(Herodas)의 작품 7편과 테오크리투스(Theokritus)의 작품 5편 등 모두 12편의 "의곡"으로 이루어져 있었다. "의곡"은 고대 그리스의 통속적인 콩트극의 일종인데, 저우쭤런은 번역서 서문에서 이것이 "아주 점잖지 못한 이교도들의 잡다한 연극"이라고 정의하였다.

그는 후스에게 보내는 편지에서 책의 원고를 이렇게 소개하고 있다.

●
저우쭤런이 번역한 《그리스 의곡》_ 1934년 후스의 도움으로 출판이 성사되었다.

… 모두 원문에 근거하되 두세 가지 영역본을 참조하여 산문으로 번역하고 어제 드디어 본문의 필사를 마쳤습니다. 전체 분량은 서문까지 포함하면 대략 4만 자 정도여서, 사실 따지고 보면 소책자에 지나지 않습니다만, 제가 지금까지 펴낸 역저들 중에서 이 책이야말로 가장 가치 있고 의의가 있다고 생각합니다. 번역과정에서 시간도 공도 무척 많이 들였습니다만 유감스럽게도 시기가 좋지 않아 서점에 넘겨도 많이 팔리지 않을 것이 뻔하기에 전번에 말씀하신 대로 형께 보내 드리오니 한번 읽어 봐 주시기 바랍니다.[169]

후스가 이 원고를 접수하고 원고료까지 먼저 가불해 주자 저우쭤런은 7월 1일 "'속된 일'로 수고를 끼쳐 드렸습니다. 돈은 벌써 전해 받았습니다."[170]라고 답장을 보냈다. 후스는 이 원고를 상무인서관으로 가져가 1934년에 정식으로 출판했는데, 저우쭤런은 번역서 서문에서 그 경위를 이렇게 언급하고 있다.

… 이렇게 또 2년 동안 번번이 "잡았다 놓았다." 하면서 성과를 보지 못하다가 이번에 나의 친구 후스즈의 격려 덕분에 간신히 탈고할 수 있었던 것이다.[171]

1935년 2월 26일 저우쭤런은 후스에게 보내는 편지에 "제가 번역한 《그리스 의곡》을 일전에 편역회에서 몇 권 보내 주셔서 벌써 책이 나왔다는 사실을 알았습니다. 정말 기쁩니다."[172]라고 적었다.

저우쭤런은 이렇게 해서 중화교육문화기금 동사회 편역위원회의 번역자가 되었는데, 이때 번역자들에게는 책이 정식으로 출판되기 전에 소정의 원고료를 지급했던 것으로 보인다. 《후스 유고 및 비장서신》 제29책에 수록된 저우쭤런이 후스에게 보내는 편지들 중 다수가 원고료의 사전 지급에 관한 사항들을 언급하고 있기 때문이다. 1934년 5월 9일자 편지의 경우를 예로 들어 보자.

그리스 신화의 경우 이전에는 400원을 사전 지급 받고 최근부터 번역에 착수했습니다. 전문은 8만 자 정도로 추산되며 얼추 추석 전후면 완성할 수 있을 것 같은데, 음력 4월 말에 일단 15,000-20,000자 분량을 보내드릴 작정입니다. 단오절 이전에 추가로 100-200원을 가불해 주셨으면 하오니 선처해 주시기 바랍니다. 다수의 서적 등의 경비를 지불해야 하는데 학교의 돈은 제때에 수령하지 못할 것 같아서입니다.[173]

또 22일자 편지*에는 이렇게 적고 있다.

* 내용 중에 "듣자니 형께서 곧 남행하신다길래"라는 말이 보이고 후스가 1935년 1월 초에 홍콩대학교 법학과에서 명예박사 학위를 받는 것을 보면 1934년 12월이었을 것이다.

스즈 형께:

부탁드릴 일이 한 가지 있습니다. 1월 말(음력으로는 연말)에 귀 회를 통하여 250원을 추가로 가불해 주실 수 없으신지요? 듣자니 형께서 곧 남행하신다길래 미리 부탁드리는 것이오니 모쪼록 제때에 알려 주시면 다행이겠습니다. 겸하여 편안하시기 바랍니다.

22일 쮜런 올림[174]

이어지는 1935년 1월 30일자 편지의 내용은 다음과 같다.

스즈 형께:

전번에 지급하기로 하셨던 돈을 이미 월초에 편역회에서 보내왔더군요. 다만 전번에 부탁드린 금액은 250원이었는데 이번에 보내온 것은 150원이었습니다. 음력으로 금년 내에 100원을 추가로 가불해 주실 수는 없겠는지요. 대단히 감사합니다. 서둘러 글을 맺느라 많이 적지 못합니다. 겸하여 편안하시기 바랍니다.

1월 30일 쮜런 올림[175]

이 이외에도 4월 2일자* 편지도 보인다.

전번에 부탁드린 일은 베풀어 주신 후의 덕택에 허가를 받았습니다. 정말 감사합니다. 그 돈은 형께서 남행하시기 전에 주실 수 있다면 가장 좋을 것 같습니다. 모쪼록 다시 수고하셔서 제 의사를 전달해 주시면 감사하겠습니다. 특별히 이 일을 부탁드리는 바입니다.[176]

1935년 홍콩대에서 명예법학박사 학위를 받은 후스

1월 17일자* 편지에는 이렇게 적고 있다.

전번에 음력 연말까지 사전 가불해 주십사 부탁드린 200원을 이번 주 중에 지급해 주실 수 있다면 대단히 감사하겠습니다.[177]

지금까지 살펴본 이 편지들을 통하여 후스가 주관하던 중화교육문화 기금 동사회 편역위원회가 저우쭤런의 든든한 수입원이 되어 주었다는 사 실을 알 수 있는 셈이다.

---

* 정확한 연도에 대해서는 고증이 필요하다.

## 8

1932년 12월 상하이에서 중국민권보장동맹(中國民權保障同盟)이 결성되었으며, 발기인은 쑹칭링(宋慶齡)·차이위안페이(蔡元培)·양취안(楊銓, 양싱포)·리자오환(黎照寰)·린위탕(林語堂) 등이었다. 얼마 후, 루쉰과 후스 역시 이 동맹에 동참하게 되는데, 이때 루쉰은 상하이 분회의 9명의 집행위원들 중 한 사람으로,[178] 후스는 베이핑 분회의 집행위원 및 주석으로 각각 추대되었다. 이 동맹은 사실은 코민테른이 중국에서 체포된 비밀공작원 뉴란(牛蘭), 즉 힐레르 놀랑(Hilaire Naulens)[179]의 구명을 목적으로 결성한 것이었다.

놀랑은 본명이 야코브 마트비예비치 루니크였으며, '뉴란'은 소련 치카(KGB의 전신) 소속의 공작원이었던 그가 중국에서 사용한 수많은 가명들 중의 하나였다. 당시 코민테른의 동방부는 상하이에 극동국을 개설했는데 그는 이 극동국의 연락부에서 근무하면서 비밀 방송국의 관리·교

코민테른이 파견한 공작요원이었던 '뉴란' 힐레르 놀랑 부부

통·경비 지출 등의 업무를 전담하고 있었다. 그의 또 다른 신분은 홍색
공회(紅色工會) 국제분소의 범태평양 산업동맹 비서처의 비서였는데, 코민테
른의 밀사인 요세프가 싱가포르에서 체포되고 자신까지 거기에 연루되면
서 상하이에서 체포되었던 것이다. 체포될 당시 놀랑 부부는 여러 나라의
여권들을 소지하고 상하이 여러 곳에 거처를 둔 것으로 확인되었는데, 가
택 수색과정에서 그 거처들에서 그가 간첩임을 입증하기 충분한 코민테
른의 문서들이 다수 발견되었다. 8월 10일 중국 측의 신병 인도로 14일 난
징으로 압송되어 "민국에 위해를 끼쳤다."는 죄목으로 재판을 받은 그는
그 후로 옥중에서 단식을 하면서 중국 당국의 판결에 항의하였다.

《중국민권보장동맹 발기선언》에는 동맹의 세 가지 회칙이 공개적으로
천명되었다:

1. 국내 정치범의 석방 및 불법적인 구금·혹형·사형의 폐지를 위하
   여 투쟁한다. 본 동맹은 무엇보다도 대다수의 무명이거나 사회의 주
   목을 받지 못하는 죄수들을 위하여 힘쓰고자 한다.
2. 국내 정치범에게 법률 및 기타 방면의 도움을 주는 한편, 감옥의 실
   태를 조사하고, 국내에서 민권을 억압하는 사례에 관한 사실을 공
   포함으로써 사회적 여론을 환기시킨다.
3. 집회결사의 자유·언론의 자유·출판의 자유 등 다방면의 민권을
   위하여 노력하는 일체의 투쟁에 협력한다.

이 회칙들 중에서 제1항과 제2항은 정치범에 대한 성원 및 구명에 관
한 것이었으며, 제3항만 일반적인 의미의 인권에 관한 것이었다. 나중에
발표된 선언에서는 "모든 정치범을 즉각 무조건 석방할 것"을 추가로 요구
하게 되는데, 이는 사실은 놀랑 같은 외국 간첩도 "정치범"으로 간주하여

석방시키기 위한 포석이었다.

후스가 중국민권보장동맹 가입과 동시에 베이핑 분회의 주석을 맡은 후 처음으로 한 일은 정치범들의 실태를 조사하는 것이었다. 그와 양싱포 · 청서워(成舍我)[180] 세 사람은 1월 31일, 장쉐량(張學良)[181]의 동의를 얻어 정치범들이 수감된 베이핑 육군반성원(陸軍反省院)과 또 다른 두 곳의 감옥을 시찰했는데, 감옥 당국의 입장으로서는 그것은 전혀 예상조차 하지 못한 일이었다. 정치범들은 세 사람에게 자신들이 차고 있는 족쇄의 고통과 식사의 열악함을 세 사람에게 호소했으며, 어떤 사람은 책을 읽는 것은 허용하면서 신문을 보는 것은 허용하지 않는다고 하소연하기도 하였다. 후스 일행은 감옥 내의 실태를 직접 확인하고 즉시 해당 당국에 일련의 요구를 제기하였다. 그 후 장쉐량의 막료인 왕줘란(王卓然)이 후스에게 "선생께서 목전의 고난에 마음을 쓰시고 훌륭한 제안을 하셔서 감옥의 자잘한 것까지 헤아리고 멀리까지 살피시며 관심을 기울이셨습니다. 문제를 제기하신 각 사항에 대해서는 즉시 한 공(漢公, 장쉐량)과 상의한 후 일일이 이행함으로써 선생의 심려를 저버리지 않도록 하겠습니다."라고 답장을 보

낸 것을 보면 후스의 시찰이 어느 정도는 성과를 거두었던 셈이다.

그런데 얼마 후인 2월 5일 영자신문인 《옌징신문(燕京新聞)》[182]에는 쑹칭링의 서명이 들어간 편지와 함께 〈베이핑 군 분회 반성원에 대한 고발장〉이 발표되었다. 이 고발장에서는 반성원에서 자행된 온갖 참혹한 린치와 고문들을 상세하게 기술하고 있었다. 쑹칭링은 편지에서 "모든 정치범을 즉각 무조건적 석방할 것"을 요구하였다. 그 소식을

장제스와 의형제를 맺은 장쉐량 _ 당시 육군 반성원을 책임지고 있었다.

들은 후스는 즉시 차이위안페이와 린위탕에게 다음과 같은 내용의 편지를 썼다.

저는 이 세 문서를 읽고 정말 실망을 느꼈습니다. 반성원은 며칠 전에 우리(싱포·청핑·저) 세 사람이 직접 가서 조사를 했습니다. 다수의 죄수는 우리와 무척 자세하게 대화를 나누었으며, 싱포는 당연히 여러분께 이 정황을 상세하게 보고 드릴 수 있습니다. 그들은 반성원에서의 고통을 호소했는데, 가장 큰 문제는 발에 족쇄를 차는 것과 영양이 부족한 식사였으며, 쑨 부인이 입수한 Appeal(고발장)에 언급된 린치나 고문에 대해서는 아무도 토로한 사람이 없었습니다. 대화를 나눌 때, 과거 소련 통신사의 통역을 담당했던 류즈원(劉質文)이라는 사람은 저와 영어로 한참 동안 대화를 나누었으므로 만일 반성원에서 그 같은 혹형이 자행되고 있었다면 얼마든지 영어로 제게 호소할 수 있었을 것입니다. 제가 관찰한 바에 의하면, 반성원 측으로서도 기결수들에게 그 같은 린치나 고문을 가할 필요가 전혀 없었습니다.

이번의 것과 같은 문서는 저도 이전에 받아본 적이 있습니다. 쑨 부인의 문서는 익명으로 작성된 것인데, 그 서신에서는 분명히 외부인이 대필했다고 밝히고 있음에도 불구하고 봉투에는 모 감옥에서 부친 것이라고 명기하고 있습니다. 어떻게 사전 검열을 거치지 않고 갑자기 외부에 공개될 수가 있다는 말입니까?

상하이 본부에서는 이러한 문서들의 출처를 조사하는 동시에 그 문서들의 신빙성을 점검해 볼 필요가 있을 것 같습니다. 만일 무턱대고 익명의 문서들이 적시한 내용만 믿고 집행위원회의 신중한 고려와 결정도 거치지 않은 상태에서 한두 사람이 갑자기 제멋대로 발표한다면, 본부는 신용을 스스로 허무는 꼴이 되고 말 것입니다. 아울러 우리에게 직접 감옥으로 가서 조사하게 한 사람도 이 같은 문서를 무단으로 반출하거나 사실을 날조했다는 혐의를 쓰게 되어 앞으로는 감옥의 실태를 조사하는 것조차 쉽지 않게 될 것입니다.[183]

후스는 편지 말미에서 "만일 본부에서 정정하거나 시정해야 할 점이 있다면 절대로 번거롭다고 기피해서는 안 되며, 자체적으로 시정함으로써 본부의 신용을 지키기를 바랍니다."라는 당부를 잊지 않았다.

후스는 이어지는 또 다른 편지에서도 차이위안페이와 린위탕에게 한 가지 사건을 언급하였다. 누군가가 이 고발장과 유사한 글을 《세계일보》에 발송하여 공개할 것을 요청했는데, 당시 이 문서를 부친 사람은 자신이 후스의 집에 살고 있으며 그 글도 후스가 건네 준 것이라고 사칭했다는 것이었다. 후스는 이 편지에서 다음과 같이 말을 이었다.

이 같은 문서는 쑹 부인께서 입수하신 Appeal과 출처가 같은 것으로 역시 날조된 것입니다. 쑹 부인께서는 자세히 따져 보지도 않고 이를 사실로 믿으시고 외국 매체마다 돌아가면서 게재하시는 것은 물론이고 "전국집행위원회"의 명의로 발표까지 하셨으니 이는 대단한 잘못입니다. 저는 이 같은 행위가 본회의 신용을 훼손시키기에 충분하다고 생각합니다. 저는 본부가 두 분께 이 문서의 출처를 철저히 조사하는 동시에 "전국집행위원회"가 과거에 회의를 통하여 이 같은 문서의 번역과 배포를 결의한 적이 있는지 철저히 조사해 주도록 요청해야 한다고 봅니다. 만일 한두 사람의 개인이 최고기관으로서의 본부의 명의를 함부로 사용하여 무책임한 익명의 글을 발표하기라도 한다면 우리 베이핑의 친구

들은 그런 단체에는 동참하기 어렵다는 결정을 내리게 될 것입니다.[184]

그는 이 고발장을 공개한 영자신문 《옌징신문》 편집부에도 편지를 보내 "이 반성원은 제가 지난달 31일 양취안·청핑 두 선생과 함께 방문·시찰한 세 감옥 중의 한 곳입니다. 우리는 당시 그곳에 수감 중인 정치범들 중 1/3 이상의 사람들과 대화를 나누었는데, 그 중 일부는 저와 영어로 대화를 나누었으므로 당시 하고 싶은 말을 얼마든지 해도 간수들에게 발각될 것을 걱정하지 않아도 되는 상황이었습니다. 그들 중에서 위에 언급한 호소장에서 묘사한 것과 같은 충격적인 혹형에 대하여 언급한 사람은 아무도 없었습니다."라고 해명하였다. 이 같은 인식에 따라 "그 고발장은 위조된 익명의 서신일 가능성이 농후하다."고 판단한 후스는 다음과 같은 성명을 내었다.

제가 이 서신을 쓰는 것은 이 감옥의 상황이 만족스럽다고 여겨서가 아닙니다. 민권보장동맹 베이핑 분회는 앞으로 관련 문제들을 개선해 나가는 데에 모든 노력을 경주할 것입니다. 그러나 저는 거짓말까지 해 가면서 이 문제들을 개선하는 것은 바라지 않습니다. 저는 폭압을 증오하지만, 날조 역시 증오하기 때문입니다.[185]

후스가 같은 날 차이위안페이와 린위탕에게 보낸 편지에는 원래 "만일 ~ 그런 단체에는 동참하기 어렵다."는 식의 단호한 표현이 들어가 있었다. 그러나 공개서한에서는 "민권보장동맹 베이핑 분회"의 명의로 입장 표명이 이루어져 있었는데 이는 전반적인 국면을 고려한 대응이었다고 할 수 있겠다.

후스와 민권보장동맹의 일부 인사들 사이에는 당시 이미 견해 차이가 분명하게 드러났다. 자신의 입장을 분명히 표명할 필요가 있다고 생각한 후스는 2월 7일 〈민권의 보장〉이라는 글을 써서 2월 19일에 출판된 주간지《독립평론》제38호에 발표하였다.

민권보장의 문제를 전적으로 정치적인 문제로만 인식하면서 법률적인 문제로 받아들이기를 거부하는 것은 잘못된 것이다. 오로지 법률의 입장에 서서 민권의 보장을 모색할 때 비로소 정치를 법치의 길로 이끌 수가 있다. 오로지 법치만이 영구적이고 보편적인 민권보장인 것이다.

그는 또 "동맹의 총회 선언에서 '모든 정치범을 즉각 무조건 석방할 것'을 요구한 것 … 이것은 민권을 보장하는 것이 아니다. 이것은 하나의 정부에게 혁명의 자유권을 요구하는 것이다. 하나의 정부가 존재하기 위해서는 자연히 정부를 전복하려 하거나 정부에 반항하는 모든 행위에 제재를 가하지 않을 수 없다. 정부를 향하여 혁명의 자유권을 요구하는 것이

1932년 후스가 발표한 〈민권의 보장〉 원문(부분) _ 그는 모든 정치범의 무조건적인 석방에는 반대하였다.

범에게 그 가죽을 달라고 요구하는 것과 다를 바가 무엇인가? 범 가죽을 요구하는 사람은 당연히 범에게 물릴 각오를 해야 한다. 이것은 정치운동을 하는 사람이 스스로 져야 하는 책임이다."[186]라면서 민권보장동맹의 처사를 비판하였다.

후스가 이런 요지의 글을 발표했다는 말을 전해 들은 루쉰은 문제의 글을 직접 찾아 읽고 싶었던 것 같다. 그는 1933년 3월 1일 베이핑의 타이징눙(臺靜農)[187]에게 보낸 편지에서 "후 박사가 민권동맹을 공격한 글을 베이핑의 신문에 발표했다고 하던데 형께서 좀 찾아서 부쳐 주실 수 있겠습니까?"[188] 하고 부탁하고 있다. 그러나 당시의 루쉰은 이미 중국좌익작가연맹(中國左翼作家聯盟)[189]의 일원으로 공산당과 코민테른의 주장들을 적극 옹호하고 있었으므로 후스의 글을 직접 읽었다고 해도 그의 의견에 공감하지는 않았을 것이다.

후스는 그 글에서 "하나의 정부가 존재하기 위해서는 자연히 정부를 전복하려 하거나 정부에 반항하는 모든 행위에 제재를 가하지 않을 수 없다."라고 했을 뿐이었다. 즉, 그가 '이 정부는 반드시 그렇게 할 것'이라고 한 것은 단지 하나의 사실을 예로 든 것일 뿐이지 '이 정부가 그렇게 할 권한이 있다.'고 말하거나, '장차 발생하게 될' 사실에 대하여 찬동이나 지지의 의사를 표명한 것은 아니었다. 그런데 2월 21일 영자신문인 《자림서보(字林西報)》[190]에는 후스를 탐방한 기사가 발표되었는데, 그 내용은 〈민권의 보장〉 당초의 의도와는 상당한 차이가 있었다. 기자가 "권한이 있다."라는 표현을 사용했지만 〈민권의 보장〉에는 그런 의미가 전혀 들어 있지 않았던 것이다.

《자림서보》의 보도 내용은 즉각 민권보장동맹 내부에서 예민한 반응을 불러일으켰다. 민권보장동맹은 후스에게 "금일 상하이의 《자림서보》에

1933년 상하이의 루쉰 가족

서 보도한 선생과의 대담은 정치범 석방을 주장하며 4대 원칙을 제의한 본회 선언의 목적 제1항에 완전히 위배되는 내용이었습니다. 귀하의 의향이신지 즉시 답장 주시기 바랍니다."라는 내용의 전보를 보냈으나 후스는 답장을 하지 않았다. 며칠 후 이번에는 쑹칭링과 차이위안페이의 명의로 다시 "지난번(22일) 전보에 대한 답장을 받지 못했습니다. 정치범 석방은 본회의 일관된 원칙으로 절대로 변경할 수 없습니다. 회원이 신문에서 동맹을 공격하는 행위는 더더욱 조직의 상규에 위배되므로 공개적으로 시정하시거나 자진해서 탈퇴하심으로써 본회의 회칙을 준수해 주십시오. 즉시 답장 주시기 바랍니다."라는 내용의 전보를 보냈으나 후스는 이번에도 전혀 반응을 보이지 않았다.

나중에 진상이 알려졌지만, 당시 위조된 문제의 "고발장"은 코민테른 측 인사가 아그네스 스메들리(Agnes Smedley)에게 공개하게 한 것이었다.

그 코민테른 측 인사의 눈에는 정치범의 인권을 법률의 범주 내에서만 보장할 것을 요구하는 후스의 입장은 그 자체가 정치범들에 대한 무조건적인 석방을 요구하는 "동맹"의 입장과는 완전히 배치되는 것이었다. "동맹"의 입장으로서도 후스가 계속 회원으로 남는 것은 짐만 될 뿐 이로울 것이 없었다. 더욱이 후스가 위조된 문서를 발표하는 데에 단호하게 반대하면서 그 결정을 철회해 줄 것을 공개적으로 요구한 일 역시 상황을 다시는 돌이키기 어렵게 만들고 말았다. 결국 3월 4일 상하이의 《신보(申報)》는 "중국민권보장동맹의 임시중앙집행위원회에서는 어제 회의를 열고 회원 후스즈의 제명을 결의하였다."라고 보도하였다.

루쉰의 일기에 따르면, 루쉰은 3월 3일 이 집행위원회의 회의에 출석하고 있다. 이날 회의에서 차이위안페이와 린위탕이 후스를 적극적으로 변호했지만 아무 성과도 얻지 못한 것을 보면 루쉰은 후스의 제명에 찬성하

중국공산당의 본거지이던 옌안으로 간 아그네스 스메들리

는 다수의 편에 서 있었던 것으로 보인다. 회의가 끝난 후 루쉰은 즉시 글을 발표하고 후스를 비판하기 시작하였다. 3월 15일 그가 쓴 〈"빛이 닿는 곳…"["光明所到"]〉이라는 글은 후스의 감옥 시찰에 관한 《자림서보》의 보도를 다룬 것이었다. 루쉰은 당시 이 신문이 "(후스 일행) 그들은 죄수들과 수월하게 대화를 나누었다. 한번은 후스 박사가 그들과 영국어로 대화를 나누기까지 하였다."라고 보도한 데 대하여 이렇게 빈정거렸다.

이번의 "신중한 조사" 길에 수행하는 영광을 누리지는 못했지만 10년 전 나는 베이징의 모범감옥을 참관한 바 있다. 모범감옥이라고는 하지만 죄수를 면회하더라도 대화는 상당히 "자유"스럽지 못해서 중간을 막고 있는 창틀 때문에 서로가 약 3자 정도 사이를 두어야 하였다. 옆에는 옥졸이 한 명 서 있었고 면회 시간에도 제한이 있었으며 대화 역시 암호 같은 것은 사용이 금지되어 있었으니 외국어는 두말 할 필요도 없었다. 그런데 이번에 후스 박사께서는 뜻밖에도 "그들과 영국어로 대화를 나누기까지 하였다."니 정말 대단한 특별대우를 받으신 셈이다. 중국의 감옥이 놀랍게도 벌써 그 정도로 개선되고, 그 정도로 "자유"로워졌다는 말인가? 그래 봤자 옥졸이 "영국어"에 화들짝 놀라서 후스 박사께서 리턴 백작님과 동향이라도 되고 대단한 집안이라도 된다고 착각한 것이 다가 아니겠는가?[191]

루쉰이 한 말은 물론 틀린 말이 아니었다. 감옥에서는 규정상 죄수가 외국어를 사용하는 것을 금지하고 있었기 때문이다. 게다가 그는 자신이 베이징의 모범감옥을 참관했던 10년 전의 경험까지 언급했으니 더더욱 그럴 듯해 보일 수밖에 없다. 그러나 후스가 반성원을 시찰할 당시 영어를 사용하여 수감중인 정치범들과 대화를 나눈 것은 분명한 사실이었다. 당시 후스와 대화를 나눈 정치범들 중 한 사람으로 소련 타스 통신사 베이징 분사의 기자이자 통역이던 류즈원이었다. 그는 훗날 저명한 저널리스트로 이름을 날린 류쭌치(劉尊祺)로서, 1949년 중앙인민정부가 수립된 후 신문총서(新聞總署) 국제신문국(國際新聞局)의 부국장이 된 인물이다.

이 무렵 루쉰은 〈왕도시화(王道詩話)〉라는 글을 발표하기도 하였다. 이 글은 당시 루쉰의 집에 머물고 있던 취추바이(瞿秋白)[192]가 대필한 것이었지만 루쉰이 평소에 사용하던 필명으로 발표되었다. 이 글 역시 《자림서보》의 문제의 보도에서 "정부에게는 … 정부에 위해를 가하는 운동들을 진압할 권한이 있다."라고 한 대목에 대하여 이의를 제기하면서 "인권을 팽개치고 왕권을 들먹거린다."면서 후스를 공격하였다. 그러면서 이 일을 근거로 국민당 당국에 의하여 금서가 된 후스의 《인권논집(人權論集)》까지 "인권으로 잠시 반동적인 통치를 미화할 수는 있다."라는 식으로 공격하였다. 취추바이가 대필한 이 글은 심지어 "후 박사가 창사에 갔을 때 강연의 대가로 허(젠) 장군이 5,000원을 여비로 주었다." 식의 유언비어를 공공연히

1933년 후스가 발표한 〈일본인들은 깨어나야 한다!〉의 원문(부분)

퍼뜨리기까지 하였다. 그러나 훗날 후스의 일기가 출판을 통하여 공개되고 나서야 허젠(何健)이 전달한 여비는 400원에 불과했다는 사실이 확인되었다.

그 뒤를 이어서 발표된 〈영혼을 파는 비결[出賣靈魂的秘訣]〉 역시 취츄바이가 대필한 것이었다. 이 글은 《독립평론》 제42호(1933년 3월 19일)에 실린 후스의 〈일본인들은 깨어나야 한다!〉라는 제목의 글을 분석한 것이었다.

후스는 그 글에서 원래 이렇게 주장하였다.

버나드 쇼 선생이 2월 24일 내게 말하였다. "일본인들은 절대로 중국을 정복할 수 없습니다. 일본인들이 중국인 한 사람마다 한 명의 경찰을 붙여 대처하지 않는 이상 그들은 절대로 중국을 정복할 수 없습니다."(이 말은 며칠 전에도 토쿄에서 자신을 인터뷰한 일본의 기자에게 한 마디도 가감 없이 그대로 전달되었다.)

나는 그날 그에게 말하였다. "그렇습니다. 일본은 절대로 폭력으로는 중국을 정복할 수 없습니다. 일본이 중국을 정복할 수 있는 유일한 방법은 바로 낭떠러지를 향하여 말을 모는 것입니다. 중국에 대한 침략을 철저하게 중지해야만 중국 민족의 마음을 정복할 수 있을 것입니다."[193]

●
루쉰의 필명으로
후스를 공격한 취츄바이

이런 후스의 의견에 대하여 이 글은 "이쯤 되면 후스 박사는 일본 제국주의의 군사 참모라고 해도 손색이 없는 셈이다. 그러나 중국 민중들의 입장에서 말하자면 이것은 오히려 그의 영혼을 팔 수 있는 유일한 비결이었나 보다."[194]라고 비판하였다.

후스의 문제의 글을 정독한 독자라면 아무도 그가 일본 제국주의자들에게 중국을 정복할 묘책을 제공했다고는 생각하지 않을 것이다. 그 글에서 반복해서 논증하고 있는 것은 "일본은 절대로 폭력으로는 중국을 정복할 수 없다."라는 명제이기 때문이다. 그는 이 점을 세 단계에 걸쳐 논증하고 있다. 첫 번째 단계는 당시까지 이루어진 사실에 근거하여 논증이 이루어졌다. 일본은 9.18 사변을 일으켜 동삼성(東三省)[195]을 점령한 후 꼭두각시 정권을 수립했으며, 금년에는 다시 러허(熱河)를 점령하고 그 선봉이 화베이(華北) 지방까지 진출하였다. "그러나 우리는 일본에게 묻는다 중국인이 굴복했는가? 중일 간의 문제 해결에 터럭 만큼이라도 발전이 있었는가? 중일 양국의 국제관계에 티끌 만큼이라도 진전이 있었는가?" 하고 반문한 후 "없었다. 절대로 없었다!"라고 대답하고 있는 것이다.

두 번째 단계는 미래에 대한 전망이었다. "설사 일본의 폭력이 한 걸음

심지어 천만 걸음을 내딛는다고 하더라도, 설사 일본이 반 년이나 1년 내에 화베이 지방 전역을 침략한다고 하더라도, 설사 중국 전역의 해안선까지 내딛는다고 하더라도, 심지어 장강 유역의 내륙 깊숙한 곳까지 침입한다고 하더라도, 우리는 그래도 단언할 수 있다. 중국 민족은 그래도 굴복하지 않을 것이라는 것을. 중국 민족이 일본을 배척하고 적대시하는 심리는 날이 갈수록 깊어질 것이요 날이 갈수록 높아만 갈 것이다. 그래서 중일 간의 문제의 해결은 갈수록 요원해지고 말 것이다." 이 대목에서 후스가 한 말은 훗날 8년간 벌어질 항일전쟁에 대한 예언과도 같은 것이었다.

세 번째 단계는 만일 중국의 항일전쟁이 실패해서 치욕적인 항복조약을 받아들이게 된다면 어떤 상황이 벌어질 것인가 하는 것이었다. 이에 대한 후스의 입장은 단호한 것이었다. "우리는 그래도 단언할 수 있다. 아무리 그렇더라도 중국인의 피와 살을 잠시 굴복시키는 것일 뿐이지 절대로 중국인들이 일본을 배척하고 일본을 적대시하는 심리를 터럭 만큼이라도 약화시킬 수는 없을 것이며, 중·일 양국의 관계를 티끌 만큼이라도

후스와 부인 장동슈

개선시키지는 못할 것이다! 왜냐하면 중국의 민족정신은 이 같은 피의 세례 속에서조차 나날이 증가하고 강대해질 것이기 때문이다! 어쩌면 이 같은 피의 세례 속에서만 우리의 민족이 비로소 일본의 영구적인 적으로 맹렬하게 변모할 수 있을지도 모르겠다!"

이처럼 일본의 입장에서는 폭력을 사용하여 중국을 침략하면 결코 활로는 있을 수 없다는 것이 후스의 결론이었다.

이 글의 제목 〈일본인들은 깨어나야 한다!〉는 일본 국민들을 대상으로 그들에게 중국을 침략하는 것은 절대로 일본인 자신의 이익에 부합되지 않는다는 것을 잘 말해 준 셈이다. 이 글은 일본인들을 대상으로 해서 작성된 것이었고, 그렇다 보니 일본인들이 자주 쓰던 "중국 정복" 식의 표현을 사용한 것일 뿐이었다. 물론 중국인의 입장에서는 이 같은 표현은 절대로 용납될 수 없는 것이다. 그러나 그가 한 말은 일본은 중국에 대한 침략을 철저하게 중지해야만 중국 민족의 마음을 정복할 수 있다는 것이었다. 침략은 애초부터 정복을 목적으로 한 행위인데 침략을 중지한 상태에서 어떻게 정복이 이루어질 수 있겠는가? 따라서 여기서 "중국 민족의 마음을 정복한다."라는 후스의 말은 어디까지나 중국인의 호감을 얻어, 그들을 친구로 대한다는 의미일 뿐인 것이다. 말하자면 글에서 언급한 것처럼, "9대에 걸친 철천지 원수가 되느냐 100년에 걸친 우호관계를 수립하느냐는 그 관건이 각성하느냐 각성하지 않느냐에 달린 것이다."[196]

지금까지 위에서 소개한 루쉰의 글들은 이 무렵 그와 후스가 이미 정치적으로 완전히 대척점에 서 있었다는 것을 잘 보여 주는 증거들이라고 해도 좋을 것이다.

# 9

루쉰과 후스는 당시부터 정치적으로 완전히 대척점에 섰다. 그럼에도 불구하고 일부 사안에서는 의견이 일치하거나 비슷한 주장을 펼치기도 하였다. 톈진의 《대공보(大公報)》[197]는 1934년 8월 27일 〈공자의 탄신을 기념하며[孔子誕辰紀念]〉라는 제목의 사설에서 이렇게 개탄하였다.

최근 20년 동안 세상의 변화는 더욱 매서워지고 인간의 욕망은 넘쳐흐르고 있다. 공리사상이 대세가 되면서 인의의 주장이 세간의 비웃음거리로 전락했을 뿐만 아니라 인간과 금수의 구분조차 거의 모호해져서 민족적 자존심과 자신감은 진작에 말끔히 사라져 버려 외세에 의한 굴욕이 도래하기도 전에 온 나라가 이미 정신적으로 파탄의 지경에 이르고 말았다.

그러나 루쉰은 이 같은 의견에 동의할 수 없었다. 그는 9월 25일 〈중국인은 자신감을 잃어버렸는가?[中國人失掉自信力了嗎]〉라는 글을 써서 10월 20일에 반월간지 《태백(太白)》[198]에 발표하였다. (나중에 《체제팅 잡문(且介亭雜文)》에 수록됨) 이 글에서 그는 무엇보다 먼저 "민족적 자존심과 자신감이 이미 남김 없이 사라져 버린 것"은 결코 문제의 사설이 지적한 "최근 20년" 사이의 현상이 아니라 그 전부터 이미 그러했다고 지적하면서 이렇게 말을 이었다.

공개된 글을 통해 볼 때, 2년 전만 해도 우리는 늘 "영토가 넓고 물산이 풍부하다.(地大物博)"면서 으스댔던 것이 사실이다. 얼마 지나지도 않아 우리는 더 이상 으스대지 않고 오로지 나라가 단결하기만을 바랐던 것도 사실이다. 지금은 으스대지도 않고 나라가 단결하리라는 믿음조차 버린 채 그저 신이나 찾고 부처나 받들며 현재를 개탄하는 처지로 바뀐 것 또한 사실이다. 그래서 어떤 사람은 '중국인들은 자신을 믿는 힘을 잃어버렸다.'고 개탄하기도 한다.

만일 이 현상들만 놓고 말한다면, 자신을 믿는 힘은 사실 일찌감치 잃어버리고 만 셈이다. 처음에는 "영토"를 믿고 "물산"을 믿다가 나중에는 그 뒤에는 "나라의 단결"을 믿었지만 정작 "자신"을 믿은 적은 없었다. 만일 이 역시 일종의 "믿음"이라고 한다면 중국인들에게는 "남을 믿는 힘"만 있었다고 말할 수밖에 없는 셈이다. 나라의 단결에 대한 기대를 접은 후로는 남을 믿는 이런 힘조차 송두리째 잃어버리고 말았다.

●
1930년대에 정부 요인들과 함께한 후스

...

이제 중국인들은 "자신을 속이는 힘"만 키우고 있을 뿐이다.

이 대목에 이르러 루쉰은 화제를 다른 곳으로 돌렸다.

우리에게는 자신을 믿는 힘을 결코 잃지 않는 중국인들이 있다.
우리는 이미 옛날부터 억척스레 애써 일하는 사람들이 있었고, 필사적
으로 열심히 일하는 사람들이 있었고, 민중을 대표하여 청원하는 사람
들이 있었고, 자신의 몸을 희생하면서까지 진리를 추구하는 사람들이
있었다. … 제왕과 장상의 족보와 다를 바가 없는 이른바 "정사(正史)"들
조차 늘 빛나는 그들의 행적을 가릴 수는 없었다. 이들이 바로 중국의
중추였던 것이다.
이런 사람들이 지금이라고 해서 적을 리가 있겠는가? 그들에게는 확실
한 믿음이 있기에 자신을 속이지 않는다. 그들은 앞 사람이 쓰러지면 그
뒤를 이어서 투쟁한다. 다만 한편으로 늘 박해당하고, 말살당하고, 어두
움 속에서 사라져 가는 바람에 남들에게 알려지지 못할 따름이다. 중국
인이 자신을 믿는 힘을 잃어버렸다는 말이 일부 인사들을 두고 하는 소
리라면 모를까, 만일 중국인 전체를 두고 하는 말이라면 그것은 엄청난
모독이 아닐 수 없다.[199]

이 글은 나중에 루쉰의 명문이 되었다. 그는 아주 통쾌하게 말해 주었
다. 그가 어느 편지에서 말한 바 있듯이, 중국의 "역사는 온통 핏자국으
로 점철되어 있지만 꿋꿋이 버티며 오늘날까지 이어져 온 것은 정말 위대
하다고 할 것이다."[200] 만일 역사 속에서 그 같은 "중추"들이 나타나지 않

앉더라면 중국이 무슨 수로 "꿋꿋이 버티며 오늘날까지 이어져 올" 수 있었겠는가?

《대공보》의 사설에 찬동할 수 없기는 후스 역시 마찬가지였다. 그는 9월 3일 〈"공자의 탄신을 기념하며" 뒤에 쓰다〉라는 제목의 글을 써서 자신이 편집을 맡고 있던 《독립평론》(9월 9일 출판한 제117호)에 발표하고 《대공보》의 주장을 반박하였다.

후스가 문제의 사설에 동의할 수 없었던 것은 무엇보다도 "최근 20년"이라는 표현 때문이었다.

《관장현형기》와 《이십년목도지괴현상》에 묘사된 사회정치적 병리현상들이 중국의 실정이 아니었는가? 우리는 그 증상들을 30년 전으로 갖다 놓아야 하지 않겠는가? 《품화보감》, 나아가 《금병매》가 묘사한 것도 중국의 사회정치가 아니었던가? 그렇다면 거기서 다시 300-500년을 거슬러 올라가야 할 것이다. 그 시대들은 중국인들이 공자에게 해마다 제사를 지내고, 《논어》·《효경》·《대학》이 시골 아이들의 필독서였으며, 거기다가 사대부들이 이학의 기풍을 설파하던 시대가 아니었던가! 그 당시 해마다 "수수의 다리 앞이며 대성전 위에 북적거리는 온갖 선비들 엄숙하고 조용하게 절을 올린다."라고는 했지만 그런 행위들이 언제 당시의 참혹한 사회와 부패한 정치에 조금인들 보탬이 된 적이 있었던가![201]

후스와 루쉰은 다른 측면에서 《대공보》의 사설이 거론한 "최근 20년"을 반박했던 것이다.

여기서 우리가 주목해야 할 대목은 "중국의 중추" 문제에 있어서는 두

1934년 후스가 발표한 〈"공자의 탄신을 기념하며" 뒤에 쓰다〉의 원문
_ 적어도 사회개혁문제에 있어서만큼은 후스와 루쉰의 입장이 같았다.

사람에게 전혀 이견이 없었다는 것이다. 후스는 격앙된 어조로 이렇게 반박하고 있다.

우리가 선조들의 인격을 화제로 삼을 때에는 흔히 악비(岳飛)[202]·문천상(文天祥)[203]이나 명대 말기에 곤장에 또는 감옥에서 죽어간 동림당(東林黨)[204] 충신들을 떠올리곤 한다. 그런 우리가 최근 20-30년 사이에 각종 혁명들을 위하여 기꺼이 목숨을 내던졌던 무수한 지사들은 어째서 떠오르지 않는 것일까? 그 세월 동안 추도를 위한 특별한 기념일을 가진 분들은 잠시 논외로 치더라도 우리 한번 생각해 보자. 만주족을 배척하는 혁명을 위하여 죽어간 그 많은 지사들, 민국 15-16년의 국민혁명을 위하여 죽어간 그 수많은 청년들, 최근 2년 동안 상하이에서, 만리장성 일대에서 일제에 항거하고 나라를 지키기 위하여 죽어간 그 수많은 청년들, 민국 13년 이래의 공산혁명을 위하여 죽어간 그 수많은 청년들,-그들이 기꺼이 몸 바쳐 추구했던 목표는 동림당 군자들의 목표와 견주어 보더라도 그 위대함에 있어 정말 비교조차 할 수 없을 정도이다. 동림당 군자들이 떨쳐 일어나 목숨 걸고 싸운 것이라고 해 봤자 "홍환(紅丸)"[205] · "이궁(移宮)"[206] · "요서(妖書)"[207] 같은 하찮은 문제들이 전부였다. 그러나 저 수많은 혁명청년들이 기꺼이 몸 바쳐 싸웠던 것은 민족의 해방, 거국적인 자유평등, 또는 그들이 꿈꾸는 인류사회의 자유평등 때문이었다. 우리가 최근 20년 동안 하나의 주의(이념)를 위하여 의연히 목숨을 바친 그 수많은 청년들을 떠올린다면, 우리가 "살신성인"한 그 수많은 중국 청년들을 떠올린다면, 고개 숙여 그들에게 가장 경건한 경례를 올리지 않을 수 없으며, 우리는 이 "최근의 20년"이 중국 역사상 정신적 인격이 가장 숭고하고 민족적 자신감 역시 가장 강인했던 시대였음을 예찬하지 않을 수 없는 것이다. 그들은 그들의 목숨을 그들의 나라와 그들의 주의를 위하여 바쳤으니, 세상에서 이보다 더 위대한 믿음이 또 어디에 있다는 말인가?[208]

후스가 가장 경건한 경례를 올려야 한다고 언급한 사람들 중에는 공산혁명을 위하여 죽어간 청년들도 있었다. 이들은 루쉰이 이 글에서 분명하게 제기하지는 않았지만 러우스(柔石)나 인푸(殷夫)의 경우처럼, 마음 속으로는 분명히 그들을 염두에 두었을 것이다. 루쉰이 떠올린 사람은 전쟁으로 죽어간 사람들뿐만 아니라 취츄바이 · 펑쉬에펑(馮雪峰)처럼 역경 속에서도 꿋꿋하게 싸우고 있는 사람들도 있었다. 그가 "지금이라고 해서 적을 리가 있겠는가"라고 하고 "그들은 앞 사람이 쓰러지면 그 뒤를 이어서 투쟁한다."라고 한 것은 바로 그들을 두고 한 말이며, 바로 그들에 대한 자신의 소회를 피력한 말이었을 것이다.

그러나 후스는 이 정도만 말했음에도 불구하고 사람들의 공격을 받아야 하였다. 후난 성 정부의 주석이자 공산당 토벌군 총사령관이던 허젠(何鍵)[209]은 광둥 당국에 보낸 전보에서 후스의 이 글이 "공공연히 공비들에게 그들이 기꺼이 몸을 바치는 것을 악비·문천상·동림당 군자들보다 가치가 있다고 떠들도록 부추겨 언행이 이성을 상실하고 이 지경까지 이르게 만들었다.… 나는 공비들을 토벌하는 막중한 임무를 맡은 몸으로서 사악한 괴설이 창궐하여 나라의 근본을 흔들고 있는 것이 대단히 우려스럽다. …"라고 비난하였다.

후스는 신문에 게재된 이 전보의 전문을 나중에 《독립평론》(《후스전집》, 제22권, p.278)에 전재했는데, 아마도 그것을 추억거리로 삼았던 것이리라.

또 하나를 예로 들면, 1935년 3월 7일 루쉰이 쓴 〈즐거움을 찾아서〉라는 글(4월 5일자 반월간지 《태백》에 발표되었으며, 지금은 《루쉰전집》 제6권, pp.279~281에 수록)에서 당시 문화사상계에서 발생한 몇 가지 사건을 언급하였다. 그 중 하나가 광둥에서 유가 경전 읽기를 제창한 사건이었으며, 다른 하나는 싸

●
후난 성 주석 허젠 _ 공산
당 토벌에 몰두하고 있던
그는 공산당에 관용적인 후
스의 태도가 불만이었다.

멍우(薩孟武)·허삥쑹(何炳松)·왕신밍(王新命) 등 10명의 교수가 〈중국 본위의 문화건설 선언〉을 발표한 사건이다. 이 글은 두 사건에 대한 루쉰의 비판적인 입장을 잘 보여 준다.

루쉰은 광둥에서 경전 읽기를 제창한 일에 대하여 제창자가 간행한 《경훈독본(經訓讀本)》의 "공자가 증자에게 '몸의 모발과 피부는 부모님으로부터 받은 것이니 함부로 망가뜨리거나 상하게 하지 않는 것이 효의 시작이다.'라고 말하였다." 부분을

1930∼40년대 미국 대사 시절의 후스

인용하고 "그렇다면 '나라를 위하여 몸을 바치는 것'은 '효의 끝'이란 말인가?" 하고 반문하였다. 그는 이어서 "절대로 그렇지 않다. 제3과에는 '본보기'까지 있으니, 악정(樂正)이던 자춘(子春)이 증자가 공자에게서 들은 이야기를 소개하여 '하늘이 낳는 것, 땅이 기르는 것으로 사람보다 위대한 것은 없다. 부모님께서 자식을 온전하게 낳아 주셨으니 자식도 온전하게 부모에게 돌아가는 것이야말로 효라고 할 수 있을 것이다. 그 몸을 망가뜨리지 않고 그 몸을 욕되게 하지 않으면 온전하게 지켰다고 할 수 있을 것이다. 그래서 군자는 반걸음을 떼는 순간조차도 함부로 조금이라도 효를 잊을 수 없다.'라고 하지 않았던가?"라면서 그 같은 주장의 논리적 모순성을 꼬집었다.

그는 10명의 교수가 발표한 〈중국 본위의 문화건설 선언〉에 대해서는 정면 비판을 하지 않았다. 루쉰은 3월 7일자 신문에서 "베이핑대학 교수 및 여자 문리학원 문사계(文史系)의 주임 리지구(李季谷) 씨가 '1.7 선언' 원칙에 찬동하는 담화"를 읽고 바로 당일 이 글을 썼다. 그는 이 글에서 리지구의 담화를 인용하여 "민족을 부흥시키자는 입장에서 말하자면, 교육부는 응당 악무목(岳武穆)·문천상(文天祥)·방효유(方孝孺) 등의 절개 있는 명신·용장들을 표방할 방법을 강구하여 일반 고관이나 장군들이 귀감으로 삼도록 이끌어야 옳다."고 비꼬았다.

루쉰의 글은 이 두 일을 함께 거론하면서 "이러한 경우들은 모두 옳다고 확실하게 연구된 것이 아니다. 만일 '온전하게 부모에게 돌아가는 것'과 장래의 충돌을 떠올리거나, 또는 악무목 등의 인물들에 관한 역사적 사실들을 찾아보고 대관절 어떤 결과가 초래되었는지, '민족을 부흥'시키기는 했는지 찾아보고 나면 당신은 분명히 농락 당해서 얼이 다 나간 기분이 들 것이다."라고 논평하였다.

이 두 일에 대해서는 후스 역시 비판적인 입장이었다. 그는 《남유잡억(南遊雜憶)》에서 1935년 1월 그가 광저우에서 천지탕(陳濟棠)[210]과 대담을 나눌 당시의 상황을 소개하고 있다.

천지탕 _ 당시 광동지역의 실질적인 통치자로서 장제스의 난징정부와 경쟁관계에 있었다.

천지탕 선생의 광둥 관화(廣東官話)는 나도 거의 다 알아들을 수 있었다. … 그의 말투는 상당히 불손하였다. "경전 읽기는 내가 주장했지. 공자에게 제사를 지내는 일도 내가 주장했고. 관우·악비에게 절하기 역시 내가 주장했지. 그런 주장을 한 데에는 나름의 이유가 있었소." … 그는 생산이나 건설에서 외국의 기기, 외국의 과학을 최대한 사용해도 괜찮으며, 심지어 외국 엔지니어들을 고용해도 무방하지만 "처신"에 있어서는 반드시 "근본"이 있어야 하고, 그 "근본"

은 반드시 본국의 고대 문화에서 찾아야 한다고 말하였다. 이것이 그가 주장하는 경전 읽기, 공자에게 제사 지내기의 논리였다. …

나는 잠자코 듣고 있다가 그가 말을 마치자 비로소 아주 겸손하게 대답하였다. 대강의 요지는 이러하다. "제 생각으로는, 뵈난(伯南) 선생의 주장은 제 주장과 한 가지만 다를 뿐입니다. 우리 두 사람은 똑같이 그 '근본'이라는 것을 필요로 합니다. 그러나 다른 것이 있다면, 뵈난 선생께서 필요로 하는 것은 '두 가지 근본'이고 제가 필요로 하는 것은 '한 가지 근본'이라는 것입니다. 생산이나 건설에서는 과학을 필요로 하지만 처신에는 경전 읽기나 공자에게 제사 지내기를 필요로 하는 것, 이것은 '두 가지 근본'의 학문입니다. 제 개인적인 생각으로는 생산에도 과학 지식을 활용해야 하지만 처신에서도 과학 지식을 활용해야 한다고 봅니다. 이것이 '한 가지 근본'의 학문입니다."

그는 매섭게 두 눈을 부라리면서 큰 소리로 말하였다. "당신들은 죄다 근본을 잊어 버린 거요! 설마 하니 5천 년 동안의 우리 조상들께서 사람 구실조차 할 줄 몰랐다는 게요?"

나는 차분하게 그에게 말하였다. "5천 년 동안의 조상들 중에는 물론 사람 구실을 할 줄 아는 분들도 계셨겠지요. 그러나 절대다수의 조상들의 경우, 많은 부분에서 정말 우리가 '처신'하는 데 있어 본보기가 되기에는 부족했습니다. 쉬운 예를 들어보도록 합시다. 여인의 작은 전족(纏足)을 만들기 위하여 뼈까지 꺾는 것은 전세계의 야만족들에서조차 그 예를 찾아볼 수 없는 참혹한 풍습입니다. 그러나 우리 조상들께서는 놀랍게도 1천 년이 넘도록 그렇게 해 오셨지요. 위대한 성현이나 정(程) 씨 댁 두 선생님[211]도 그 같은 악습에 대하여 항의한 적이 없고, 주(朱) 씨 댁 선생님[212] 역시 항의한 적이 없으며, 왕양명(王陽明)[213]이나 문문산(文文山)[214] 역시 항의한 적이 없었습니다. 그들을 사람 구실을 하는 데 있어

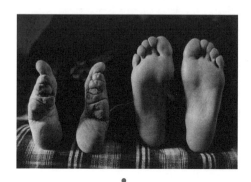

전족과 정상적인 발

훌륭한 본보기였다고 할 수 있겠습니까?"

그는 몹시 화가 난 것 같았지만 내 말에 반박할 수는 없었다.[215]

천지탕은 말로는 후스를 당해낼 수가 없었다. 그러나 그는 권력을 가진 총사령관이었다. 당초 일정이 잡혀 있었던 후스의 광저우 학술 강연은 결국 줄줄이 취소되고 말았다.

후스는 베이핑으로 돌아온 후 이 두 문제를 다룬 글을 차례로 발표하였다. 그는 〈이른바 "중국 본위의 문화건설"에 대한 논평〉에서 싸멍우·허삥쏭 등 10명의 교수의 선언에 대하여 "상당히 실망스럽다."는 태도를 보이면서 그것은 "바로 '중국의 학문을 주체로 삼고 서양의 학문을 도구로 삼는다.'는 슬로건이 최신식으로 변장을 하고 나타난 격"이라고 보았다. "말은 전부 변했지만 정신은 여전히 저 《권학편(勸學篇)》[216]의 작자 시절의 정신 그대로이다. '중국 본위에 근거한다.'라는 것은 곧 '중국의 학문을 주체로 삼는다.'는 말이 아닌가? '비판적인 태도를 취하면서도 받아들여야 할 것은 받아들인다.'라는 것은 '서양의 학문을 용도로 삼는다.'는 말이 아닌가?"[217]

후스는 이 글에서 다음과 같이 정면으로 지적하고 나섰다.

문화 각 방면에서의 격렬한 변동은 결국에는 한도가 있기 마련이어서, 아무리 해도 저 고유문화의 근본적인 보수성을 근본적으로 척결할 수는 없다. … 그러므로 "중국을 본위로 둔다."는 문제에 대해서는 10명의 교수가 노심초사할 필요가 없는 것이다. … 중국의 본위로서의 위상이 동요되는 것을 걱정할 것이 아니라 고유문화의 타성이 너무도 크다는 점을 걱정해야 할 것이다. 오늘날 가장 큰 우환은 10명의 교수가 분통을 터뜨리는 "중국정치의 형태, 사회의 조직, 그리고 사상이 내용과 형식에서 이미 그 특징을 잃어버린 점"에 있지 않다. 우리의 관찰 결과는 그들과는 완전히 반대이다. 중국에서 오늘날 가장 우려스러운 일은 정치의 형태·사회의 조직·사상의 내용과 형식이 구석구석까지 중국의 전통적인 갖가지 죄악의 특징들을 고스란히 갖고 있다는 것이다. 너무도 많이, 너무도 깊숙이 말이다.[218]

여기서 후스는 그 후 10년 동안 온갖 비난을 다 받게 되는 "전면적인 서구화"를 제창하였다. 그는 이와 관련하여 일련의 해석과 정의를 내렸는데, "'전면'의 의미는 '충분하다.' 정도에 불과하므로 100%라는 수적인 해석에만 얽매여서는 안 될 것이다."[219]라거나 "이때에는 갈 수 있는 다른 길이 없었으며, 오로지 이 새로운 세계의 새로운 문명을 전면 수용하고자 노력하는 길뿐이었다. 전면적으로 수용하면 옛 문화의 '타성'은 저절로 그를 절충적이고 조화로운 중국 본위의 새로운 문화로 만들어 줄 것이다."[220]라고 한 것도 그런 경우였다.

경전 읽기 문제와 관련하여 후스는 자신이 편집을 맡고 있던 《독립평론》 제146호에 푸멍전(傅孟眞)이 톈진의 《대공보》에 발표한 주간 논문인 〈학교에서 경전을 읽는 문제를 논한다[論學校讀經]〉를 전재하고, 같은 호에 해당 논문에 호응하는 한편 그 대의를 설명하기 위하여 자신이 쓴 〈우리는 지금 경전을 읽을 자격이 없다[我們今日還不配讀經]〉라는 글을 발표하였다. 당초 푸멍전의 글에서는 이렇게 지적하고 있다.

명대 말기 이래의 박학(樸學)[221]의 발전과정을 통하여 우리는 이제 '6경'이 얼마나 읽기 힘든지 통감해야 할 것이다. … 오늘날 학교에서 경전을 읽

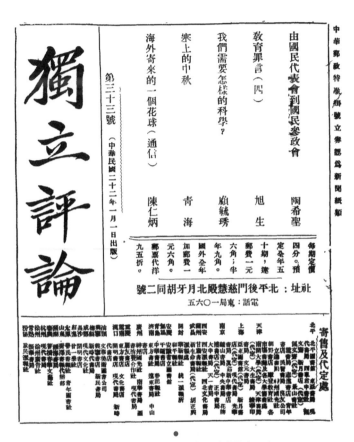

中華郵政特准掛號立券認為新聞紙類

由國民代表會到國民參政會　　　　　陶希聖

敎育罪言（四）　　　　　　　　　　　旭生

我們需要怎樣的科學？　　　　　　　　顧毓琇

寨上的中秋　　　　　　　　　　　　　青海

海外寄來的一個花球（通信）　　　　　陳仁炳

第三十三號　（中華民國二十二年一月一日出版）

每期定價　　四分。預定全年五十期，連鄭費一元六角；半年九角，年外全年國外全年加鄭費一元六角。鄭票代洋九五折。

社址：北平後門慈慧殿北月牙胡同二號
電話：東一〇六五

寄售及代定處

北平
北平代售處
（代定）
佩文齋
景山書店
北野書店
（代定）大公書局
南京民友書店
天津
天津書店
新月書局
（代定）一一正書局
四川文化書局

上海
大東書局
北新書局
現代書局
商務印書館
中央書店
青花書局
正中書局

南京
新中國書局
四川書店
（代定）南京書局

開封
大一正書局
胡正興

武昌
一一派報所

四川
和平書店

安慶
中平安書社

青島
四川書店

濟南
山東教育圖書社

重慶
文化書局
新書

漢口
開明書店
現代書店

襄陽
東方書店
新民公司
中山

杭州
杭州書局

徐州
徐州書店

山東
山東代售處

紅原
（代定）

成德
成德書社

油田
開明書局
青年圖書社
原泰文書局

후스와 푸쓰녠의 글이 발표된 《독립평론》의 표지

는다는 것은 선생님이 자신조차 알듯 모를 듯한 내용을 학생들에게 가져다 주는 것과 다를 바가 없다. … '6경'이 전문가들 수중에서조차 알듯 모를 듯한 것이어도 일단 아이들에게 가져다 주고 보자는 것은 가르치는 사람이 얼렁뚱땅 넘어가거나 자신도 믿지 못하는 것으로 남까지 속이려 드는 것과 같은 짓이다. 이런 식의 공부가 대관절 아이들의 이성과 지혜에, 또는 그들의 인격 함양에 무슨 보탬이 되겠는가!

후스는 이 부분이 "가장 정확한 대목"이라는 판단에 따라 이 부분을 자신의 글에 인용한 후 "경전 읽기를 제창하는 관계와 군내의 여러분들조차 그 내용을 결코 이해하지 못할 것임을 직감할 수 있다."[222]고 지적하였다. 그는 이 글에서 청대의 박학가로부터 그와 동시대의 딩성수(丁聲樹)·우스창(吳世昌)·양수따(楊樹達) 등에 이르는 많은 학자들이 어떻게 한 글자 한 글자 해석해 나갔는지 등등의 다양한 예를 들면서 경전을 이해하기가 얼마나 어려운지 설명하였다. 그런 다음 마지막으로 다음과 같은 결론을 내렸다. "오늘날 경솔하게 경전 읽기를 떠들거나 초중고에서 경전 읽기를 제창하는 것은 모두가 무지의 소치로서 통인(通人)의 웃음조차 살 가치가 없다."[223]

당시에는 경전 읽기를 제창하는 목소리가 컸지만 의외의 사건도 좀 있었다. 1934년 5월 초, 왕마오쭈(汪懋祖)[224]는 《시대공론(時代公論)》에 〈문언 배우기를 금지하는 것과 경전 읽기를 강제하는 것[禁習文言與强令讀經]〉이라는 글을 발표하고, 6월에는 이 잡지에 다시 〈초·중학교의 문언운동(中小學文言運動)〉을 발표하면서 이른바 "문언의 부흥"을 주장하고 나섰다. 〈초·중학교의 문언운동〉에서 그는 "경전 읽기는 절대로 나쁜 일이 아니므로 쉬쉬할 필요가 없을 것 같다. 오늘날 허젠·천지탕 등 각 성의 당국자들이 공자를 존숭하고 경전을 읽을 것을 주장하고 있으니 호걸들이라고 할 수 있을 것"이라고 칭찬하고 있는데, 이를 통해서도 왕마오쭈의 주장의 본질과 배경을 알 수 있는 셈이다. 왕마오쭈의 글을 본 루쉰은 즉시 정면으로 반박하고 나섰다. 그가 "'이 (한) 학생 또는 저 (한) 학생(這一個學生或是那一個學生)'이라고 말하는 경우를 예로 들어 보자. 문언으로는 '차생혹피생(此生或彼生)'이라고만 하면 바로 분명히 알 수가 있으니 그 과정에서 얼마나 수고가 줄겠는가?"라고 한 데 대하여 루쉰은 6월 30일자 《중화일보(中華日報)》 '동향(動向)'란에 〈차생혹피생〉이라는 제목의 글(나중에 《루쉰전집》 제5권, p.527에 수록됨)을 발표하고 다음과 같이 반박하였다.

이 다섯 글자는 최소한 두 가지로 해석될 수 있다. 첫째, 이 수재 또는 저 수재(생원), 둘째, 이 세상 또는 미래의 다른 세상. ⋯ 지금까지 문언을 주장하는 왕마오쭈 선생이 든 예를 그대로 사용해서 문언이 얼마나 비효율적인지 입증해 보았다.

이 글은 400자밖에 되지 않는 짧은 글이지만 루쉰이 초기에 쉬광핑에게 보낸 편지에서 언급했던 것처럼 "'논적'의 급소를 정조준하여 단 일격에 치명적인 중상을 입힌 글"[225]이었다. 이 일에 대해서는 후스 역시 〈이른바 "초중학교의 문언운동"〉[226]이라는 글을 써서 7월 15일 출판된 《독립평론》에 싣고 있다. 4,000여 자나 되는 긴 글이기에 그 내용을 여기에 인용할 수는 없겠지만, 왕마오쭈의 주장들을 하나하나 반박하고 있다. 루쉰은 만년에 정치적으로 후스와 대립하는 입장에 섰지만 사람들은 그런 상황에서도 두 사람 사이에 다른 점과 함께 같은 점도 엄연히 존재하고 있는 것을 확인할 수 있었다.

# 10

　1932년 8월 리따자오(李大釗)의 장녀 리싱화(李星華)는 저우쭤런을 방문하여 어려운 집안 형편을 털어 놓고 아버지의 장서를 팔아주기를 부탁하였다. 저우쭤런은 이 일을 해결해 줄 생각으로 8월 26일 후스에게 편지를 써서 이 일을 알렸다.

　서우창(守常)의 장녀 리싱화(지금의 콩더학교(孔德學校)[227]에서 수학)가 찾아와 서우창이 남긴 장서를 팔아줄 것을 부탁해 왔습니다. 이 사연은 일전에 형과 멍린(孟鄰)[228] 교장에게도 이야기한 바 있습니다. 그런데 근래 그 장서들을 맡겼던 친척 집이 이사를 가야 하는 데다가 리씨네 집안 사정 역시 어렵다 보니 서둘러 팔아치울 생각이라고 합니다. 멍린은 지난번에 여러분이 돈을 모아 사들인 후 그 책들을 도서관에 기증하여 기념으로

리따자오의 사형 집행 소식을 알리는 신문 기사

남기는 편이 학교 측에서 매입하는 것보다 더 일 처리가 수월할 것 같다고 제의했었는데 어찌 되었는지 모르겠습니다. 형께서 멍린에게 서둘러 방법을 강구해서 이 일을 해결하도록 언질을 주셨으면 합니다. 장서목록은 벌써 서우창의 처조카 양(楊) 씨가 필사해서 멍린에게 전달했다고 하는군요.

이 일은 저우쭤런 · 후스 등의 도움으로 우여곡절을 거쳐서 마침내 해결되고 그 돈이 리따자오의 유족에게 전달되었다고 하니 두 사람이 죽은 친구를 위하여 상당히 애를 많이 쓴 셈이다.

1933년 4월 7일, 리따자오의 두 딸 싱화 · 옌화(炎華) 자매는 저우쭤런을 방문하여 그 부친의 장례 문제를 의논하였다. 중국공산당 베이징 지구의 지하조직은 문화·교육계의 유명 인사들과 리따자오가 생전에 친하게 지냈던 지인들을 초청하여 리따자오의 사회장을 위한 모금을 시작하였다. 이때 발기인으로 이름을 올린 사람으로는 선인뭐(沈尹默) · 선젠스(沈兼士) · 저우쭤런 · 후스 · 마위짜오(馬裕藻) · 마헝(馬衡) · 푸쓰녠 · 쟝멍린(蔣夢麟) · 류반농(劉半農) · 첸쉬안퉁(錢玄同) 등이 있었다. 발인 전날인 22일 쉬안우먼(宣武門) 바깥의 샤셰졔(下斜街)에 있는 저쓰(浙寺)에서 공개 추도식이 거행되었으며, 저우쭤런은 화환과 함께 조의금 10원, 안장 헌금 20원을 보냈다.

이 일을 마친 저우쭤런은 이번에는 리따자오의 유작을 출판하는 일에 참여하였다. 그는 1962년 8월 31일자 《인민일보》에 〈"서우창 전집"과 관련된 약간의 옛 일화에 관하여〉라는 글을 발표하고 다음과 같이 술회하였다.

내가 아는 바에 의하면, 이 전집은 서우창 선생의 조카 리바이서(李白余)

가 수집한 것이다. 그는 본명이 리자오뤠이(李兆瑞)로 칭화(淸華)대 학생이다. 그는 서우창 선생이 죽음을 당하신 후로 선생의 유고를 수집하기로 결심하고 도서관들을 찾아다니며 유고를 필사하는 데에 열중하였다. 책이 다 엮어졌을 무렵 베이징 쪽에는 이미 장졔스의 특무들이 도처에 깔려 있어서 행동이 부자유스럽게 되었다. 리바이서는 화베이 지방을 탈출하기로 하고 필사를 마친 문집 네 권의 원고가 든 큰 보따리를 내게 갖고 와서 보관해 줄 것을 부탁한 후 자취를 감추었다. 해방된 후에야 다시 모습을 드러냈지만 그때는 이미 리러광(李樂光)으로 이름을 바꾼 상태였다. 안타깝게도 그는 이미 몇 년 전에 세상을 떠나고 말았다.

1933년 샤셰졔의 절인 저쓰가 서우창의 조문을 받기 시작한 1주일 후인 4월 29일, 서우창 부인과 딸 리싱화가 찾아왔기에 문집을 출판하는 일을 의논하였다. 이를 통하여 미루어 보건대, 원고의 제1권·제2권을 베이신 서국(北新書局)에 부쳐 준 것도 아마 그 무렵의 일이었을 것이다. 당시에는 출판에 애로가 있었기 때문에 차이졔민(蔡孑民, 즉 차이위안페이)에게 서문을 의뢰하기로 했다고 들었는데 그 역시 쓰지 않았던 것 같다. 루쉰이 〈부기〉에서 언급한 이른바 "T선생"은 차이졔민이었을 가능성이 높다. 문집 제3권·제4권의 원고는 서우창이 일본 유학 시절에 찍은 사진 한 장과 함께 바로 1949년 관련 인사에게 전달되었다.[229]

그런데 여기서 저우쮀런이 착각한 것이 하나 있다. 루쉰이 부기에서 언급한 "T선생"은 차이위안페이가 아니라 차오쮀런(曹聚仁)[230]이었다. 당시 그가 리따자오 유작의 출판 건으로 연락을 취한 사람은 차오쮀런이었기 때문이다.

항일전쟁시기에 종군기자로 활약한 차오쥐런
_ 루쉰이 언급한 "T선생"은 그였을 가능성이 높다.

1936년 2월 9일 출판된 《신보주간(申報週刊)》 제1권 제5기에는 차오쥐런의 글 〈서화(書話)〉가 실려 있는데 "무산돼 버린 책[一部擱淺的書]"이라는 부제로, 당시 그들이 이 일의 성사를 위하여 연락을 취하게 된 경위를 소개하고 있다.

《리서우창전집》의 원고는 현재 베이신 서국에 있는데 사실 원래 작년 여름에 출판되었어야 하는 것이다. 이 일은 저우쭤런 선생이 발기한 것으로 외부에 루쉰 선생이 주재한 것으로 알려진 것은 와전된 것이다. 민국 22년 4월, 저우 선생은 베이핑에서 서신을 보내왔다.

"… 이 기회를 빌어 한 가지 여쭐 일이 있는데 방법을 강구해 주실 수는 없겠는지요? 서우창이 사거한 후로 그 종질이 바로 유고를 수집하기 시작했는데 2-3년 찾아보고 나면 어느 정도 성과가 나올 것 같습니다. 유감스러운 것은 출판이 어려운 일이다 보니 도무지 성사되지 않고 있습니다. 근래에 롼저우(灤州) 동쪽이 함락되고 러팅(樂亭)도 이미 일본의 꼭두각시인 만주국(滿洲國)의 군대에 점령당한 실정인데, 서우창 부인이 베이핑으로 피난을 와서 다시 이 일을 거론하길래 몇 번이나 생각한 끝에 선생께 여쭙는 것입니다. 군중 도서공사(群衆圖書公司)에서 간행해 줄 수 있을런지요? 사실 글로 상의 드릴 문제가 한두 가지가 아니어서 분량이 좀 많으면 안 되겠지만 이 문제만큼은 협의가 되어야 할 것 같습니다. 즉, 전집 또는 선집 두 가지 방법이 가능할 것 같습니다. 서우창 슬하의 1남 1녀는 예전 학당의 학생이며, 장녀 싱화도 지금 베이핑에 있으니 귀하께서 상의가 가능하다면 선생께 소개시켜 드려 직접 교섭하게 하는 것이 좋을 것 같군요."

나는 역사학을 연구하다 보니 리서우창 선생의 역사학에 상당한 호감을 가지고 있어서 당시에 이미 여기서 출판하기를 원한다고 답신을 보낼 정도였다. 그런데 5월에 저우 선생이 답신을 보내왔다.

"서우창 유고의 출판이 이루어지게 된 것을 정말 감사드립니다. 즉시 서우창 부인을 방문하고 지난번에 필사를 부탁했던 장서목록 한 부를 보냈습니다. 유고는 대충 훑어본 후에 보내 드리도록 하겠습니다. 옛 친구에게 머리말을 청탁하기로 한 일은 문제가 없을 것입니다. 제가 간단히 서문을 쓰려고 하며, 이 밖에도 후스즈·차이졔민·타오멍허(陶孟和)[231] 같은 분들도 글을 써 주실 것이고, 첸쉬안퉁·마여우위(馬幼漁)·류반농은 적어도 기념으로 몇 글자 정도는 써 줄 것입니다. 개인적으로는 천중푸 (陳仲甫)·장싱옌(章行嚴) 같은 분이 제서(題序)를 써 주신다면 그것도 의의가 있을 것 같은데 어쩌면 나중에 다시 의논할 수 있게 되겠지요."

이 문집의 출판은 꽤 순조로와 보였다. 북방에서 서문을 청탁하기로 약속한 분은 저우 선생이 교섭하고 남방의 경우는 내가 교섭에 나섰다. 나는 전번에 루쉰·차이졔민·천중푸·장싱옌 등 선생들에게 서문을 써 줄 것을 청탁했고, 루쉰 선생 역시 〈제기〉가 완성되면 부쳐 주기로 하였다. … 서우창 선생은 서거 1년 전 상하이에서 역사철학을 강연한 바 있어서 나도 한 번 뵌 적이 있었는데 루쉰 선생의 〈제기〉를 보고 비슷한 인상을 갖게 되었다. 그는 학문에 충실하고 자신의 신앙에도 충실한 학자였다. 우리는 리서우창 전집이 순수한 학술 논저로서도 출판의 의의가 있다고 여기고 있었다. 그러나 얼마 후 곡절이 생겼다. 베이신 서국이 끼어들어 이 책을 찍겠다면서 서우창 선생의 종질과 따로 교섭을 벌인 것이다. 그해 7월 말 저우쭤런 선생은 이렇게 서신을 보내왔다.

"서우창의 조카를 근래에 찾아냈습니다. 사전에 제가 선생께 서신으로 여쭈었을 때 승낙해 주신 점 대단히 감사합니다. 다만 유족 측에서는 베이신 서국 역시 서신을 보내 출판 교섭을 벌인 탓에 그 쪽에 유고를 넘기려고 하는 것 같아서 저로서도 그들에게 따지기 난처한 입장입니다. 선생께는 대단히 죄송하게 되었으나 모쪼록 이 점을 양해해 주시면 큰 다행이겠습니다."

나는 당시 즉시 답신을 써서 학술은 공중을 위한 것이므로 베이신 측에서 전담해서 출판하겠다면 개인적으로도 그 교섭을 돕겠다는 뜻을 전하였다. 바로 그 무렵 서우창 부인이 서거하고 베이신 서국도 《어린 저팔계》 파동[232]으로 한바탕 난리가 나는 바람에 그 문집의 출판은 민국 23년(1934) 봄까지도 아무 기별이 없게 되었다. 내가 저우 선생에게 당초의 일을 다시 거론했더니 저우 선생은 이렇게 답신을 주었다.

"9일의 편지는 삼가 받아 보았습니다. 서우창의 유작을 출판할 방법을 강구할 수 있다면 더없이 좋겠지요. 제 생각으로는 전부 출판하기가 어렵다면 선집으로 내는 것도 무방하다고 봅니다. 어쨌든 내용이 삭제되지 않았으면 좋겠다고 생각합니다. 한두 구절이라도 삭제할 거라면 그런 글은 차라리 수록하지 않는 편이 나으니까요. 제1권·제2권의 원고는 이미 인편에 상하이로 보냈고, 제3권·제4권은 아직 제게 있으니 장래에 다시 부쳐 드리도록 하겠습니다. 이 일은 반드시 서우창의 장녀 싱화와 상의해야 합니다. 서우창의 유고는 전부 그의 족질이 필사한 것으로 오랜 시일이 소요되었는데 원고를 보내온 후 며칠도 되지 않아 당국에 체포되는 바람에 10여 년간 감옥 생활을 해야 한다고 합니다. 그래서 이 원고는 소생이 보관의 책임을 지고 늘 마음을 쓰고 있습니다. 만일 하루빨리 출판된다면 그보다 좋은 일은 없을 것입니다. 리 여사와 결정하신 후 서신으로 샤오펑(小峰)에게 알리셔서 그가 제1권·제2권의 원고를 귀하게 인계하게 하십시오."

나중에 베이신 서국 측에서도 원고를 넘기지 않았
다고 한다. 좀 더 기다렸다가 1년 후에 다시 이야
기하기로 했다고 하는데 당시에는 민국 24년 여름
쯤이면 출판이 가능할 것이라고 여겼다고 한다. 그
러나 지금이 민국 25년 2월인데도 리서우창 전집
의 출판은 여전히 요원하여 기약조차 없는 실정이

베이신 서국 마크

다. 작년 봄에는 내가 저우 선생에게 서신을 내어 지난번 상의한 문제
를 거론했더니 "서우창의 문집을 출판하는 일이라면 그의 유족과 한번
상의해 보았으나 아직 결정을 내리지 못한 상태입니다. 아마도 잠시 주
저하고 있는 것 같으니, 지금 출판하는 것은 합당하지 않을 것 같습니
다."라고 회신을 보내왔다. 이것이 이 일과 관련된 마지막 서신이었다.

차오쥐런의 이 글을 통하여 루쉰과 저우쭤런이 리따자오의 유작 출판
을 위하여 상당히 애를 썼으며, 저우쭤런이 차오쥐런에게 보낸 편지에서
"제가 간단히 서문을 쓰려고 하며, 이 밖에서 후스즈·차이졔민·타오밍
허 등의 분들도 아마 글을 써 주실 것"이라고 한 것을 보면 그가 이 일을
성사시키는 데에 후스의 협력을 바라고 있었음을 알 수 있다. 그러나 이
일은 내내 실현되지 못하였다. 리따자오의 문집은 일제로부터 해방된 후
에야 출판이 이루어졌으니, 저우쭤런·후스가 글을 쓰는 것은 자연히 불
가능했을 것이다.

# 11

1932년 5월 22일, 후스는 쟝팅푸(蔣廷黻) · 딩원쟝(丁文江) · 푸쓰녠 · 웡원하오(翁文灝) · 런훙쮜안(任鴻雋) · 천헝저(陳衡哲) · 주야오성(竹垚生) 등과 공동으로 출판하는 주간지 《독립평론》[233]을 베이핑에서 창간하였다.

1934년 5월 13일 저우쭤런은 〈태감(太監)〉의 원고를 후스에게 부치면서 동봉한 편지에 이렇게 적었다.

스즈 형:

일전에 짧은 글을 한 편 썼는데 《독립평론》 제100호와 제101호 간행을 축하드리는 뜻에서 내일 보내 드리려 합니다. 글쟁이가 드릴 수 있는 것은 종잇장뿐인데 그조차도 글이 엉망이고 소재 역시 방대해서 잘된 것은 아닌지라 받아 보시면 말문이 막히고 실소를 금치 못하실 것입니다. 서둘러 보내 드립니다.

5월 13일 쭤런[234]

후스는 5월 14일 이에 대한 답장을 보내왔다. "귀하의 훌륭한 글 감사합니다. 이런 축하 선물은 대단히 환영하며 대단히 감격스럽군요. ─ 어떤 사람은 '밑이 없어져 버렸다[底下沒有了]'라는 기효람(紀曉嵐)의 우스개 이야기[235]를 떠올리면서 《독립》이 문을 닫는다면 〈태감〉이 '말의 씨'가 된 셈이라고 할지 모르지만 말입니다."[236]

독립평론 창간호 표지 이미지 내 세로쓰기 한자:

引言
犬養被刺與日本政局的前途
憲政問題
上海戰事的結束
參加國難會議之回顧
日本人如何取得鐵礦砂的供給
中國的包工制

丁文江
胡適
適之
蔣廷黻
翁文灝
洪然

獨立評論每週
星期日出版
每期定價四分
預定全年五十期
連郵費一元六
角，國外加郵費
八角。

社址：北平
後慈慈門殿北月牙胡同二號

獨立評論

號一第

中華民國二十一年
五月二十二日出版

후스가 주도한 시사정론지 《독립평론》의 창간호 표지

후스는 〈태감〉을 5월 20일에 출판한 《독립평론》 제101호에 발표하고 '치밍(豈明)'을 필명으로 붙였다. 저우쭤런이 《독립평론》에 발표한 첫 번째 글이었다. 후스는 제101호의 편집 후기에서 "2년 전, 저우치밍 선생은 우리가 부드럽고 진솔한 이야기를 하는 잡지를 내려고 한다는 말을 듣고 처음에는 내게 서신을 써서 그런 바보짓은 하지 말라고 설득했지만 그는 사실 내심 바보짓에 찬성하고 있었다. 이번에 이 바보 꼬맹이가 두 돌이 되자 치밍 선생은 특별히 〈태감〉이라는 글을 부치면서 《독립평론》의 101호

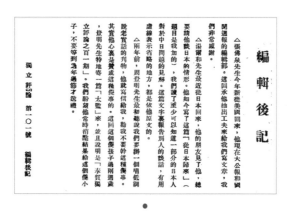

後스가 쓴 편집후기 _ 저우쭤런의 기고를 반기고 있다.

獨立評論　第一〇二號　編輯後記

△張佛泉先生今年新從美國回來，他現在大公報社和國聞週報的編輯部。遺回承他抽出工夫來給我們寫文章，我們非常感謝。

△湯爾和先生最近從日本回來，他的朋友見了他，總要請他談日本的情形。他如今寫了這篇「從日本歸來」（△題目是我加的），我們讓了差少可以知道一部分的日本人對於中日問題的見解。這篇文字裏報告別人的談話，有用遺線表示省略的地方，都是依他原文的。

△兩年前，周登明先生最初起意要辦一個唱低調說老實話的刊物，他就寫信給我，勸我不要幹這種傻事。其實他心裏最贊成這種傻事。遺回道個傻孩子過兩週歲，燮明先生特地寄一篇「太蝕」來，並且說明是「泰賀獨立評論之百一期」。我們盼望他常常揭點結果給遺個傻小子，不要等到為年過節才送禮。

발행을 축하드린다.'라는 설명을 덧붙였다. 우리는 그가 설을 쇠거나 명절을 지낼 때에만 선물을 보내지 말고 수시로 이 바보 꼬맹이에게 사탕을 보내 주기를 간절히 바란다."[237]라고 적고 있다.

후스 역시 야만적인 태감제도에 대해서는 몹시 증오하는 입장이었다. 그는 《독립평론》 제103호에 발표한 〈자신감과 반성[信心與反省]〉이라는 글에서 이렇게 의견을 개진하였다. "우리의 민족적 자신감은 반드시 '반성'이라는 유일한 기초 위에 세워져야 한다. 반성은 바로 문을 닫아걸고 자신의 잘못을 되돌아보는 것이요. 성심성의를 다하여 우리 조상들의 죄악이 얼마나 큰지, 우리 자신의 죄악이 얼마나 큰지 생각해 보는 것이다. 죄악의 소재를 분명히 파악해야 우리가 온 정력을 다 기울여 재난과 죄악을 없앨수 있다." 그는 이 글에서 반성하는 자세로 "우리의 고유문화"를 청산하자고 호소하면서 이렇게 주장하였다. "유럽에는 1,000년 역사를 지닌 대학이 세 군데가 있고, 500년 이상의 역사를 지닌 대학도 많이 있는데, 지금까지도 계속 존재하고 있고 계속 발전하고 있다. 우리에게는 그런 것이 있는가? 우리에게만 있는 보배들이라면, 변문(騈文)·율시(律詩)·팔고문(八股文)[238]·전족·태감·첩·5대가 모여 사는 대가정·여성의 정절을 기리는 패방(牌坊)[239]·지옥을 생생하게 떠올리게 만드는 감옥·정장(廷杖)[240]·곤장을 치고 주리를 트는 법정, … 도무지 하나같이 우리들이 고개를 들 수 없게 만드는 문물제도들 뿐이다."[241] 여기서 그는 태감제도를 "죄다 우리들이 고개를 들 수 없게 만드는 문물제도들" 중의 하나로 열거하였다.

《독립평론》은 후스가 이 글을 발표한 후 몇 편의 논설을 이어서 발표하였다. 저우쭤런은 그 글들을 본 후 후스에게 편지를 보냈다.

스즈 형:

〈자신감과 반성〉 등의 글들을 읽고 젊은이들이 나라의 고유문화를 앙양하자고 외치는 것이 알고 보면 청 왕조 시절 개혁파들이 표방했던 "중국의 학문을 주체로 삼는다(中學爲體)"라는 것에서 재삼 감탄했습니다. 쯔구(子固) 선생은 또 유럽에 존재했던 문화체계에서는 과거에는 전족이나 태감 등과 비슷한 것들은 존재한 적이 없었다고 따졌지만 그 역시 "서양에도 빈대는 있다." 식의 말을 재탕한 것이 아니고 무엇입니까? 개인적으로 보고 듣기 시작한 30여 년 동안 중국의 사상은 아무리 돌고 돌아도 이 두 개의 틀을 뛰어넘지 못하고 있으니 이것 또한 "고유문화"가 아니겠습니까? "충효"니 "인애"니 하는 것들도 "회복"될 때까지 기다려야 한다면 그것이 이미 오래되어 사라져 버렸음을 알 수 있는 셈입니다. 쯔구 선생이 그 뒤에 주원장(朱元璋)을 성현이나 천재들 중의 한 사람으로 추켜세우는 것을 듣고 깜짝 놀랐습니다. 어떻게 그가 오랑캐의 원나라 세력을 축출했다고 말씀하실 수 있습니까! 사실 그자는 중국 고금의 역사에서 대단히 간교한 악인의 한 사람으로서(그 아들 주체(朱棣)도 그에 못지 않았습니다. 이 밖에도 명 왕조의 황제들은 열에서 아홉은 흉악하기 그지없었습니다.), 거의 인간이라고 말하기 어려울 지경이었습니다. 그런데 젊은이들이 이처럼 그를 숭배하니 정말 해괴한 일입니다! 근래에 병으로 몸져 누웠다가 이제야 몸을 가눌 수 있게 되었기에 되는 대로 이 글을 쓰다 보니 필설로는 충분히 생각을 개진하지 못하겠군요. 덧붙여 평안하시기 바랍니다.

쮜런이 6월 20일[242]

후스는 이 편지에 〈서양에도 빈대는 있다〉라는 표제를 달아 《독립평론》 제107호(7월 1일자)에 발표하고, 그 자신 역시 여기에 〈세번째로 자신감과 반성을 논한다[三論信心與反省]〉라는 글을 발표하고 다음과 같이 주장하였다.

우리는 우리의 "고유문화"에 대하여 도대체 어떤 태도를 취해야 할 것인가? 우치위(吳其玉)[243] 선생(《독립》 제106호)은 내가 "중국문화를 너무 낮게 비하했다."고 책망하였다. 서우성(壽生) 선생도 내가 중국문화를 "깔아뭉갠 것"은 도가 지나쳤다고 책망하였다. 그들은 모두 내가 중국을 너무 낮게 평가했으며 "민족의 자포자기적 심리를 야기하고 다른 민족들에 대한 그들의 굴종적이고 비겁한 심리를 야기할 것"이라고 우려하였다. 우치위 선생은 우리는 "장점과 단점을 동시에 언급해야 한다. 남들의 장점과 우리의 단점만 보아서는 안 되며, 우리의 장점과 남들의 단점도 알아야 한다. 그래야 우리에게 노력할 용기가 생기기 때문이다."라고 말하였다. 이러한 책망의 말씀들은 하나의 공통된 심리를 내포하고 있다. 즉 고유문화의 단점을 까발리기를 바라지 않고 "조상들의 죄악이 크다는" 사실을 인정하기를 바라지 않는 것이다. 누가 "변문·율시·팔고·전족·태감·첩·5대가 모여 사는 대가정·정절을 기리는 패방·지옥을 생생하게 떠올리게 하는 감옥·정장·곤장을 치고 주리를 트는 법정" 등등에 대한 지적을 듣기라도 하면 일반적으로 나라를 사랑한다고 자부하는 사람들은 늘 속으로 몹시 불편해 하면서 번번이 "우리를 특별히 모욕했을 리가 없다는 것"을 입증해 보이려고 애쓴다. 이것들은 모두가 "불가피한 현상들"이었고 "고금과 국내외를 막론하고 마찬가지"(우치위 선생의 말씀)였다는 것이다. 그래서 우치위 선생은 일본의 "하녀·남녀 혼탕·자살·암살·매춘의 성행·뇌물·강도 식의 국제 행위들"을 지적한다. 그래서 서우성 선생은 유럽 중세 기사들의 "초야권" "정조대"를 지적한다. 그래서 쯔구 선생도 "유럽에 존재했던 문화 시스템에서는 과거에는 전족·태감·첩·변문·율시·팔고·지옥을 생생하게 떠올리게 하는 감옥·정장·곤장을 치고 주리를 트는 법정 등의 치부가 있지 않느냐"(《독립》 제105호)고 반문하는 것이다. 이번 호(《독립》 제107호)에 소개된 저우쭤런 선생의 서신에서는 이 역시 "서양에도 빈대는 있다."는 식의 논리의 재탕이라고 지적하였다. 이 같은 심리는 정말 건전하지 못한 심리이며, 그저 "치부를 감추려는" 상투적인 수법에 지나지 않는다. 예전에 우스개 이야기를 모아 놓은 책에 이런 이야기가 있었다. 갑과 을 두 사람이 같이 앉아 있었다. 그런데 자기 몸에서 이를 한 마리 잡은 갑은 그 이가 좀 불쌍하게 여겨졌던지 그것을 땅에 던지면서 말하였다. "이인 줄 알았는데 그게 아니었군." 영문을 모르고 몸을 굽혀 그것을 주운 을이 말하는 것이었다. "이가 아닌 줄 알았더니 이였잖아!" 갑의 방식은 사실 이를 없애는 데에 좋은 방법이라고 할 수 없다. 반면에 을의 방식은 속이 좀 상하기는 하지만 적어도 "실사구시"의 장점은 있다. 이는 누가 뭐라고 해도 이일 뿐이고 빈대는 그래 봤자 빈대일 뿐인데 굳이 그 사실을 감출 필요가 어디 있으며, 굳이 남들에게도 있더라 하고 볼멘소리를 할 필요가 어디 있겠는가?[244]

1935년 10월 15일 저우쭤런은 다시 후스에게 원고를 한 편 보내고 동봉한 편지에서 "최근에 짧은 글을 한 편 썼는데《마흔에 즈음하여 술회해본다[四十自述]》를 읽고 영감이 떠올라 지은 것입니다. 그 중에는 노형과 관련된 것이 있기에 일부러 한 장 적어 동봉하오니 한가하실 때 한번 읽어 주십시오. 아니면 이때가 형께서 아직 베이핑에 돌아오시기 전이라면 일단 곁에 두었다가 나중에 읽어 보십시오."라고 적고 있다. 〈맹모에 관하여[關於孟母]〉[245]라는 제목의 이 글은 후스의 손을 거쳐 5월 19일 출판된《독립평론》제151호(3주년 기념 특대호)에 발표되었다.

1936년 6월 12일 저우쭤런은 후스에게 편지를 보내 "국어와 한자"의 문제를 토론하였다. 저우쭤런은 당시 문화계의 일부 인사들이 거론한 한자 병음화(漢字拼音化)[246] 주장에 대하여 아무리 "알파벳으로 구어를 표기하면

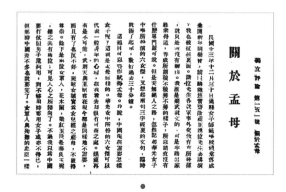

1935년 저우쭤런이 발표한 〈맹모에 관하여〉의 원문

서 대중이 이해할 수 있는 글을 쓰는 것이 훌륭한 이상이다."라고 해도 그 자신은 "우리같이 붓을 쓰는 사람들은 … 각자가 마음을 다하여 성실한 자신의 의사를 평이한 중문으로 써서 그것이 널리 퍼질 수 있게 해 주기만 하면 되는 것"이라고 주장하였다. 그는 또 한자 병음화 문제에 대하여 이런 의견을 개진하였다.

제 의견은 언어로는 방언이 아닌 비교적 평이한 구어를 쓰고, 문자로는 다소 어려운 듯하기는 해도 그동안 익숙하게 써 온 한자를 사용하고, 글은 한자로 구어를 적는 구어체 글이어야 한다고 봅니다. 한 마디로 정리한다면 곧 국어·한자·국어문 이 세 가지인 것입니다. 방언을 사용하거나 병음화 한 글자를 사용한다면 어느 쪽이 됐건 널리 사용될 수 없습니다. 주음부호(注音符號)는 한자 옆에 붙여도 되고, 아니면 주석에 발음을 적으면 제법 유용하기는 합니다만 아무래도 그것만 사용하기는 부적합합니다.[247]

후스는 6월 21일 저우쭤런에게 회신을 하고 문자개혁에 대한 자신의 의견을 밝혔다. "역사에 대한 제 안목은 저로 하여금 문자는 가장 수구적인 것이며 가장 개혁하기 어려운 것으로, 종교보다도 수구적이고 개혁하기 어려운 것이라고 믿게 했습니다. … 그래서 저는 이 100년 사이에 한자를 폐지하고 병음화 된 새로운 문자를 채택하게 되리라고는 기대하지 않습니다." 그러면서도 그는 이렇게 말하였다.

그러나 저는 한자가 정말 배우기 어렵고 쓰기 어려운 교육도구라고 확신하고 있습니다. 그래서 저는 각종 표음문자의 사용을 권장하는 운동을

1933년 흰 중국식 두루마기를 입은 루쉰

시종 일관되게 지지해 왔던 것입니다. 저는 일관되게 "표음문자가 그다지 멀지 않은 장래에 네모난 저 한자를 대체하고 4억 중국인들의 교육도구 이자 문학도구가 될 수 있기"를 바라 마지않습니다.

저는 이 같은 역사의 발전을 굳게 믿습니다. 그래서 병음문자로 한자를 대체하는 운동을 진심으로 지지하기는 해도 매번 적극적으로 제창하지는 않았던 것입니다.

오늘 보내 주신 서신을 읽고 귀하의 견해에 매우 찬성하는 바입니다. 저는 지금 "중국 민족의 의식을 강화할 필요"를 위하여 우리의 언어는 "방언이 아닌 비교적 평이한 구어"를 사용해야 하고, 문자 또한 한자를 사용해야 하고, 글은 반드시 "한자로 구어를 적는 구어체 글"이어야 한다고 확신합니다. 이 의견에 완전히 동의합니다.

저는 귀하의 주장에 매우 찬성합니다. 우리는 반드시 "국어·한자·국어문 이 세 가지"를 활용함으로써 민족 전체의 감정과 사상을 소통시켜 주는 도구로 삼아야 합니다. 이 세 가지는 사실 "한자로 국어를 적은 국문" 하나일 뿐입니다. 이것은 오늘날 우리나라의 남북과 동서 그리고 국내와 해외를 소통시켜 주는 중국 민족의 유일한 도구임이 분명합니다. 그런 의미에서 저는 귀하의 이 주장이 대단히 합리적이라고 확신합니다.[248]

후스는 이렇게 오고 간 두 통의 편지를 〈국어와 한자〉라는 제목으로 6월 28일자 《독립평론》 제207호에 발표하였다. 이쯤에서 부연해서 설명해야 할 것이 있다면, 후스가 "일관되게 '표음문자가 그다지 멀지 않은 장래에 네모난 저 한자를 대체하고 4억 중국인들의 교육도구이자 문학도구가될 수 있기'를 바라 마지않는다."라는 입장을 표명한 것은 1936년의 일이

《홍루몽》 연구의 대가 탕더강
_ 만년에 미국에 머무르던 후스의 말동무가 되어주었다.


며, 그 입장은 나중에 변했을 가능성이 있다는 것이다. 후스가 만년에 미국에 체재할 때 그의 소년 친구였던 탕더강(唐德剛)[249]은 자신이 쓴 〈후스에 대한 이런저런 추억들[胡適雜憶]〉에서 이렇게 술회하였다.

언젠가 내가 후 선생에게 다시 물었다.
"한자는 라틴 문자로 바꾸어야 합니까?"
"그건 일이 너무 크다네! 일이 너무 커!"
후씨는 긍정형의 문언체 말투로 애매하게 대답하는 것이었다.[250]

여기서 만년의 그는 이 문제에 관한 생각이 보다 신중하고 보다 치밀해졌음을 알 수 있다.
그와 마찬가지로 저우쭤런도 일련의 글을 《독립평론》에 발표하였다.

1935년 1월 6일 출판된 제134호에는 〈'문'을 버리고 '무'를 택하자[棄文就武]〉[251]를, 5월 5일 출판된 제149호에는 〈양류(楊柳)〉[252]를, 9월 1일 출판된 제166호에는 〈금서를 읽다[讀禁書]〉[253]를, 1937년 7월 4일 출판된 제241호에는 〈보고도 이해를 못한다는 것에 관하여[關於看不懂]〉[254]를 '즈탕(知堂)'이라는 필명으로 각각 발표한 것이다. 그로부터 며칠 후 루꺼우챠오(盧溝橋) 사변의 발발로 《독립평론》은 제244호를 끝으로 정간되고 만다.

후스는 1936년 1월 9일 저우쭤런에게 편지를 보내 자신이 《독립평론》을 운영해 온 그간의 심경을 토로하였다. "3년 여 동안 매주 월요일 밤에 《독립평론》 편집작업을 했는데 새벽 3–4시까지 작업이 늘어지는 일이 잦았다. 그럴 때마다 내자가 타박을 놓으면 나는 번번이 '한 주에서 이날 하루만 공적인 일을 하는 거요. 밥벌이를 하자는 것도 아니고 명예를 위한 것도 아닌 순전히 공중을 위한 일이기에 내 마음은 아주 편하오. 일을 마친 후 잠자리에 들면 잠을 푹 잘 수 있었지. 내가 월요일 밤에 잠을 자지 못하는 것을 한 번이라도 본 적 있소?' 그녀도 나중에는 그런 내 모습에 익숙해졌는지 다시는 타박을 하지 않았다."[255]

## 12

1934년 1월, 만 50세가 된 저우쭤런은 13일 이런 자축시를 지었다.

전생에 출가했지만 금생에서는 속세에 매인 몸이라
두루마기를 가사로 바꾸지 않았노라.
길거리에서는 종일토록 귀신 이야기를 듣고
창 아래에서는 한 해 내내 뱀 그림을 배우네.
늙으니 뜬금없이 골동품을 감상하고
한가해지면 분수 지키며 검은 참깨를 키우네.
주변 사람들이 속내를 묻기라도 하면
일단 우리 집에 가서 쓴 차라도 마시자 하네.

저우쭤런은 이 시를 지인들에게 부치고 답시를 지어 줄 것을 부탁하였다. 후스가 지은 답시 두 수는 1934년 1월 18일자 답장에 작성되었는데, 그 첫 번째 답시는 다음과 같았다.

〈'쓴 차' 선생의 풍자시에 답하며〉
선생은 속세에 있지만 출가한 듯하구나
가사 따위 입지는 않았어도
골동품에서 사람 내음을 맡는 데에는 뛰어난 반면
주먹으로 뱀을 때려죽이는 건 서투르니 말이다.

고기 먹을 때는 친구의 고기를 씹고 있는 건 아닌지 조심하고
풍자를 할 때는 참깨 키울 때까지 기다리지 말자스라.
생각해 보니 사오싱 주를 몹시 아끼다 보니
그 댁에서는 손님들 모실 때마다 쓴 차만 먹이시나 보다.

1934. 1. 17. 스즈

그 다음 답시는 이렇다.

〈다시 '쓴 차' 선생에게 화답하며 자신을 비웃는다〉
이 몸은 출가를 하지 않을뿐더러
가사조차 입지 않았다오
인간 세상에서 오로지 귀신 때려잡기에만 열중하지만
팔에 또아리 튼 뱀조차 사랑한다오.
함부로 유머를 입에 올리지 못하는 것도
닭살이 돋을까 걱정해서라오.
큰 사발의 술 비우는 데는 뛰어나지만
작은 종지의 차는 즐기지 않는다오.


어제 답시를 지은 흥이 채 가시지 않았기에 한 수를 더 지었습니다. 어제
시에서는 형의 점잖은 인품을 다루었다면 이번 시에서는 어떤 불한당의
용속함을 다루었습니다. 마지막 구절에 사용한 전고는 대관원 농취암에
서 나온 것입니다.

스즈 23. 1. 18[256]

●
저우쭤런의 《고차수필(苦茶隨
筆)》(1935) _ 주로 사상적 자유
와 독립을 다룬 수필작품을 중
심으로 엮었다.

그가 첫 번째 답시에서 사용한 "고기 먹을 때
는 친구의 고기를 씹지 않도록 조심하고"는 저
우 씨 집안과 관련된 전고이다. 후스가 1922년 8
월 11일자 일기에 적은 것은 저우쭤런에게서 들
은 앞에서 인용한 저우 씨네 조부의 일화인 것
이다. 이 답시를 받은 저우쭤런은 답장에서 "제
속내를 제대로 다 표현하지 못한 것 같아서 속
편으로 5언율시를 지었습니다."라고 적고 있다.
그 속편은 이런 것이었다.

동그라미 두 개로 된 큰 안경 쓰고
낡은 자동차 타고
시작부터 남의 이야기(류따바이가 한 말) 하면서
주먹 휘둘러 불한당들(나쁜 놈과 요괴들) 후려치네
글로 먹고 사는 거지들은 연일 아우성을 치고
시 짓는 영감님네 여기저기 기어 다니누나
지금은 신식 팔고문의 시대라며
후씨네 댁도 함부로 지나가지도 못하는구나.

이 편지의 말미에는 다음과 같은 글이 적혀 있다.

톈펑(天風) 선생의 시 〈자신을 비웃으며[自嘲]〉는 절구이지만 억지로 졸작
으로 5언율시의 속편을 지어 봅니다.

23년 1월 19일 '쓴 차'가

3월 5일, 저우쭤런은 다시 편지를 보내고 있다.

중국의 저명한 언어문자
학자 리사오시 _ 마오쩌
둥의 사범학교 스승으로
더 잘 알려져 있다.

스즈 형:

일전에 또 지은 풍자시를 별지에 적어서 보내 드
립니다. 내용에 겹치는 글자나 부자연스러운 부
분이 있어서 아직 확정되지 않은 초고인 셈입니
다. '마늘을 깨무는 것'은 리사오시(黎劭西)[257] 공의
전고[258]이고 '고개를 숙이고' 역시 성어입니다. 그리
고는 '민머리 맞부딪치며'까지는 미처 따로 고치지
못했습니다. 서둘러 글을 마칩니다.

쭤런

반은 유가요 반은 불가로다.
민머리이면서도 가사조차 걸치지 않았구나
중년 되어 흥이 나서 창 앞에서 글을 쓰노라니
외도를 따르는 인생이 구멍 속 뱀과도 같구나
부질없이 고개 숙인 채 마늘 깨무는 것을 부러워하지만
책상 두드리며 참깨를 줍는 것도 무방하지 않겠나
여우 이야기하고 귀신을 들먹이는 건 일상 다반사면서
차 마시고 이야기할 틈만 부족하구나.

후스는 이 시를 받자마자 〈'쓴 차' 선생이 또 풍자시를 부쳐 왔길래 다
시 운을 맞추어 화답하다〉라는 제목의 답시를 지었다.

보조개를 위해서라면 기꺼이 주자를 배척하겠다 하시니
선생은 가사를 입기는 글렀구려
우습구나. 그가 욕망을 절제하기를 범 잡듯이 하는 모습이!
어느 누가 태평하게 뱀 부리는 비결을 배우려 할까?
희대의 인재들이라 한들 한 동산의 너구리들과 같고
대단한 선가의 이치는 없이 몇 근의 참깨만 있구나
누구 이 평범한 뜻 깨우친 사람 있다면
누추한 우리 집으로 모셔 차 한 잔 드리고 싶구나

린위탕이 편집장을 맡은 소품문(小品文) 반월간지 《인간세(人間世)》[259]는
1934년 4월 상하이에서 창간되었다. 그는 창간호에 저우쭤런의 연작시 〈즈
탕의 오순 자축시[知堂五秩自壽詩]〉 두 수를 실으면서 시는 육필을 영인해
서 수록하고 작자의 대형 사진도 함께 실었다. 창간호에는 선인뭐 · 류반
눙 · 린위탕의 답시도 함께 발표되었으며, 제2호에서도 차이위안페이 · 선
젠스의 답시가 이어졌다.

1934년 상하이에서 창간된 《인간세》의 표지
_ 린위탕이 '소품문' 운동을 전개하는 중요한 창구로 활용되었다.

이 성대한 화답시 릴레이는 한동안 뜨거운 반응을 불러일으켰지만 좌익 작가와 좌경 청년들은 상당히 불만이 많았다. 랴오뭐사(廖沫沙)[260]는 '예룽(野容)'이라는 필명으로 4월 14일 《신보(申報)》의 '자유담(自由談)'[261]란에 〈세상이 어떤 시절인가?[人間何世]〉라는 글을 발표하고 문제의 화답시 릴레이를 비판하였다.

●
노년의 랴오뭐사 _ 1960년대에 반당분자로 몰려 박해를 받았다.

그는 이 글에서 그들의 답시에 사용된 각운에 맞춘 시를 지어 그(들)를 풍자했는데, 거기에는 "흥청대는 곳에 기웃거리지 않는 모습 외로운 학 같고, 자기 피가 찬 것도 달갑게 여기는 꼴은 차가운 뱀 같구나. 우스개 이야기 골라다가 남들에게 웃음을 준다지만 문제 일으키기 두렵다고 닭살 돋는 짓만 하는구나." 같은 내용도 포함되어 있었다. 그 뒤를 이어 후펑(胡風)도 〈과거의 유령[過去的幽靈]〉을 발표하고 "한때 시의 해방을 위하여 투쟁했던 〈소하(小河)〉의 작자"가 지금은 이런 시나 짓고 있다는 사실에 몹시 분개하였다.

●
루쉰의 정신적 의발을 계승한 후펑 _ 1950년대에 좌련 시절 대립했던 저우양의 공격으로 반혁명분자로 몰려 박해를 받았다.

당시 후스가 어떤 분개한 청년에게서 받은 편지에는 화답시 릴레이를 성토하고 저우쭤런 · 첸쉬안퉁 · 류반농 등을 비난하는 시들이 되는 대로 적혀 있었다. 5월 14일 후스는 이 편지를 저우쭤런에게 전달하면서 "광시에서 익명의 서신을 부쳐 왔는데 보시라고 보내 드립니다. 우체국 날인에 '창오(蒼梧)'라고 찍혀 있는 것을 보면 광시대학교 내에서 발송된 것 같군요. 글은 문맥이 맞지 않는 대목이 많습니다."라고 덧붙였다. 이 "시"들은 문제의 청년이 자신의 분노를 표출하기 위하여 지은 것이다 보니 아무래도 문맥이 맞지 않는 부분이 많았다. 여기서는 굳이 인용할 필요가 없다고 보지만 관심이 있는 독자는 《후스전집》 제24권 (pp.197~199)을 참조하기 바란다.

후스는 1935년 12월 25일자 일기에 "저우치밍(周啓明)이 어제 새해를 축하하는 시를 보내왔는데 오늘밤은 적적하길래 그 시에 대한 답시를 지어보았다."라고 적고 있다. 저우쭤런이 지었다는 〈새해를 축하하는 시[賀年詩]〉는 이런 것이었다.

축하할 해가 아직 남았으니
어찌 지나가는 해라고 축하하지 않을쏘냐
문 닫고서 이 한 몸만 지키고 있는데
이웃 현에서는 태평성대를 구가하나 보다.
세상 맛은 씀바귀만큼이나 쓰지만
사람의 정은 그나마 온전한지
가련한 어린 자녀들이
무리지어 신선 춤을 추는구나

후스가 "놀이 삼아 그 시에 화답하여" 지은 시는 이렇다.

불쌍한 왕샤오얼이라도
새해는 쇠어야 되는 법 아니겠나?
입만 열었다 하면 번번이 죄를 뒤집어 쓰건만
고개를 들어 봐도 하느님은 안 계시네

불한당들이 아직 죽지 않았으니
억울함을 어떻게 풀 수 있겠나
부럽구나 즈탕 옹
문 걸어 닫고 그 와중에도 신선을 배우시네!

　일기에 이 두 시를 적은 후스는 그 뒤에 "자정이 지나 뵈성(博生)에게서 인루겅(殷汝耕)이 '기동 방공자치정부(冀東防共自治政府)'를 개각했다는 전화가 왔는데 정말 말 그대로 '이웃 현에서는 태평성대를 구가하는구나[隔縣戴堯天]'[262] 하는 격이다."라고 덧붙이고 있다. 아마 독자들도 이를 통하여 당시의 시국을 상상할 수 있을 것이다.

1930년대 중년의 후스

13

●
루쉰의 동향 친구 쉬서우창
_ 유학 시절부터 사별할 때
까지 루쉰의 믿음직한 지기
였다.

1936년 10월 19일 루쉰이 병사하였다. 그의 미망인 쉬광핑은 두 가지 일을 서둘러 처리하였다. 하나는 루쉰 생시에 우호적인 관계를 유지했던 유명 인사들을 초청하여 "루쉰 선생 기념위원회"를 구성하는 일이었고, 다른 하나는 루쉰전집 출판에 착수하는 것이었다. 후스는 두 일의 성사를 위하여 노력하겠다는 의사를 표명했는데 그 경위는 《루쉰ㆍ쉬광핑 소장 서신선집》(후난 문예출판사, 1987)에 수록된 쉬서우창(許壽棠)[263]이 쉬광핑에게 보낸 편지를 통해서도 확인할 수 있다.

"상무인서관과 함께 (루쉰) 전집을 찍는 일은 마여우위(馬幼漁)[264] 형이 이미 후스를 만나 의논한 결과 후스가 돕기를 원한다는 의사를 전달해 왔습니다. 다만 그 작품들 중 과거에 판권을 다른 출판사에 넘긴 것이 있는지 묻는데 마 형이 잠시 긍정적인 말을 하기 난감해 하길래 제가 절대로 그런 일은 없다고 확인해 주었으니 마 형이 그 사실을 이미 후스에게 전했을 것입니다. 상무 측에서 답변을 보내오면 그때 다시 알려 드리도록 하지요. 소매(蘇梅)[265]가 미친 듯이 짖어 대는 것은 개미가 나무를 흔들려고 드는 것과 같은 꼴이니, 결국은 제 풀에 나가떨어지고 말 것입니다."(1937년 3월 30일자, p.303)

"어제 여우위 형과 대화를 나누었습니다. 그는 대 선생(루쉰을 가리킴)과 후스즈는 전혀 나쁜 감정이 없었다면서 후스즈도 이번에 적극적으로 돕기를 원한다는 의사를 밝혔다고 하니 그를 위원으로 위촉해도 좋을 듯한데 아우님은 어떻게 생각하시는지 의향을 알려 주시기 바랍니다."(5월 3일, p.307)

"후스즈를 위원으로 위촉하는 일은 이미 그녀의 동의를 얻었습니다. 아우님이 직접 후스즈에게 서신을 보내 마여우위·쉬지푸(許季茀, 쉬서우창)의 서신을 통하여 선생이 '루쉰 선생 기념위원회'의 위원을 맡는 데에 동의한 사실을 알게 되었는데 이에 감사의 뜻을 전한다고 설명하고, 그에게도 적극적으로 도와주기를 요청하면서 전집 일을 상무(인서)관 측과 교섭한 결과가 어떻게 되었는지에 대해서도 물어 볼 수 있을 것입니다."(5월 17일, p.309)

"후스즈에게서 소개서가 왔기에 특별히 보내 드리오니 보신 후에는 왕원우(王雲五)[266]에게 전달하거나, 아니면 먼저 차이 선생께 읽어보시도록 보내 드린 후 그분도 마찬가지로 소개서를 작성하시게 하는 식으로 동시에 진행한다면 제법 신속하게 추진될 것 같은데 귀하의 의향은 어떠신지요? 후 씨는 또 왕원우에게 보내는 서신을 별도로 작성하여 며칠 내에 부치겠다고 약속했습니다."(6월 5일, p.314)

상무인서관의 출판기획 및
편집을 담당했던 왕원우

상황이 이렇게 진행되자 왕원우로서도 후스의
체면을 살려 주지 않을 수 없었다. 상무인서관은
《루쉰전집》의 출판을 수용하는 데에 동의하는 동
시에 출판계약서의 서명까지 일사천리로 마쳤다.
그러면 어째서 나중에는 책이 엉뚱한 출판사를
통하여 출판된 것일까? 이에 관해서는 왕원우가
1938년 4월 1일 쉬광핑에게 보낸 편지를 통하여
분명히 알 수가 있다.

광핑 여사님 보아 주십시오:

3월 10일자 서신은 삼가 읽어 보았습니다. 루쉰 선생 전집의 작품들 중
기존에 출판된 일부 작품의 경우, 판권 이전 교섭이 아직 타결되지 않은
까닭에 루쉰 선생 기념위원회에서 우선 자금을 모아 자체 인쇄하고 이
전에 저희 인서관과 체결한 계약은 잠시 취소했다가 판권 교섭이 타결되
면 따로 계약서를 작성하여 당초의 약속대로 저희 인서관에서 발행하도
록 하되, 만일 저희 인서관이 이 같은 방법에 동의한다면 전집을 낸 후
에도 저희 인서관이 그대로 위탁 판매하도록 하겠다는 등의 말씀은 잘
알았습니다. 저희 인서관이 루쉰 선생 전집의 출판을 맡기로 한 것도 사
실은 루쉰 선생을 기념하자는 의도에 따른 것으로, 그저 전집이 하루속
히 출판되기만을 바랄 뿐이니 이러한 목적에 유익한 일이라면 저희 인서
관으로서는 기꺼이 맡지 않을 리가 없습니다. 여사께서 당초 체결한 계
약을 잠정 취소하시려는 부분에 관해서는 그 과정에서 정말 전집을 조
속히 출판되게 할 수만 있다면 저희 인서관으로서도 당초의 계약관계

를 빙자하여 변통을 거부하는 입장을 고수하는 일은 절대로 없을 것입니다. 다만 여사께서 차이제민 선생에게 보내신 서신의 내용을 보니 위원회의 자체 인쇄 방법이라는 것이 소요 인쇄비를 전집 구입 예약 수입에서 충당하는 방식 같은데, 지금 같은 비상시국에서라면 저희 인서관이 보기에는 예약 수입은 믿을 만한 것이 못 되는 것 같습니다. 그때가 되어 만일 출판과 동시에 그 예약 수입을 다시 인쇄비로 충당한다면 아마 경비 조달에 상당한 애로가 야기될 것으로 우려됩니다. 따라서 만일 자체 인쇄의 방법을 선택하신다면 제 소견으로는 반드시 먼저 인쇄비 전액을 충분히 확보하셔야만 차질 없이 진행하실 수 있을 것입니다. 이 문제는 여사께서 심사숙고하신 후 그래도 전혀 문제가 없다고 판단하시면 중단된 당초의 계약에 대한 저희 인서관과의 정식 수속을 확정하시는 것이 어떠시겠습니까? 또, 일기와 서신의 경우는 인쇄비가 너무 인상되어 위원회에서도 본래 잠시 인쇄를 연기하기로 했다고 들었는데, 그 두 책 원고의 분량이 총 몇 쪽이나 되는지 궁금합니다. 만일 저희 인서관에 여력이 생긴다면 그 작품들의 출판까지 전담할 수 있을 것입니다. 아니면 먼저 일기와 서신을 전집의 첫 번째 출판물로 인쇄하시고 다른 창작물이나 번역물들은 교섭이 타결된 후에 다시 인쇄를 하셔도 되겠습니다. 저의 하찮은 소견은 루쉰 선생의 전집의 출판을 성사시키고자 하는 바람에서 비롯된 것일 뿐입니다. 끝으로 숙고하고 결정하신 후 알려 주십시오. 답신을 기다리며 삼가 평안하시기를 바랍니다.

왕윈우

27년 4월 1일[267]

평생 동안 루쉰을 성토한
쑤쉬에린

이 편지에서 왕윈우가 보여 주는 태도는 상당히 우호적이다. 풍부한 경험을 가진 출판가이자 경영자이던 왕윈우의 건의는 현실적으로 상당히 타당한 것이었다. 특히 그가 제기한 건의들 중 가장 타당한 것은 "먼저 일기와 서신을 전집의 첫 번째 출판물로 인쇄하라."는 것이었다. 만일 당시 그 건의가 받아들여졌더라면 루쉰의 1922년도 일기를 분실하는 불상사는 일어나지 않았을 것이다.

앞에 인용된 쉬서우창의 편지에서 "쑤메이가 미친 듯이 짖어 댄다."라고 한 것은 무슨 말일까? '쑤메이(蘇梅)'는 여작가 쑤쉬에린(蘇雪林)의 필명이었다.

그녀는 후스에게 장문의 편지를 보내 좌익의 문예운동을 공격했으며, 병사한 지 얼마 지나지 않은 루쉰에 대해서도 격렬하게 성토하고 나섰는데, 문제의 편지와 후스의 답장은 1937년 3월 1일 한커우(漢口)에서 출판되는 반월간지인 《분도(奔濤)》에 공개되었다. 여기서는 그녀가 어떤 내용을 "미친 듯이 짖어댄" 것인지는 소개하지 않고, 후스가 답장에서 루쉰을 언급한 대목만 인용하기로 하겠다.

루쉰에 관해서는 귀하가 차이 선생께 보낸 서신을 보았습니다. 내가 난징을 지날 즈음 귀하가 이 서신을 이미 그에게 부쳤다고 누가 일러 주더군요.

나는 귀하의 분개에 매우 공감하는 바입니다. 그러나 그의 개인 행동까지 싸잡아 공격할 필요는 없다고 봅니다. 루쉰이 우리를 그토록 모질게 공격했지만 사실 우리의 터럭 한 가닥인들 훼손시킨 것이 있었습니까?

그는 이미 죽었습니다. 우리는 가능한 한 사소한 문제들은 모두 제쳐 두고 오로지 그의 사상은 도대체 어떤 것들이었는지, 도대체 몇 번이나 변화를 거쳤는지, 도대체 그가 신앙한 것은 무엇이었는지, 부정한 것들은 무엇이었는지, 어떤 것들이 가치 있는 것들이고 어떤 것들이 가치가 없는 것들이었는지에 대해서만 집중적으로 토론해도 되는 것입니다. 이렇게 비판한다면 분명히 효과를 얻을 수 있습니다. 그리고 예를 들어 귀하가 차이 공께 올린 서신에서 언급한 "루쉰이 그동안 챙긴 재산이 오래전부터 엄청났다."느니 "병이 났답시고 일본인 의사를 찾아가고 요양을 한답시고 가마쿠라까지 달려가려 들었다."느니 ⋯ 하는 일들은 우리가 굳이 거론할 가치조차 없는 것들입니다. 서신에서 귀하가 언급한 "실로 사람을 모독한 겉만 번드레한 쓰레기라거나 25사(二十五史)의 〈유림전(儒林傳)〉을 통틀어 전무했던 간악한 소인배"라는 식의 표현들은 사람들의 울화를 돋구는 경향이 강합니다. 그 뒷 구절은 더더욱 말이 되지 않습니다. 그런 표현은 구시대의 글에서나 쓰던 나쁜 말투이므로 우리는 깊이깊이 경계해야 할 것입니다.

모름지기 어떤 인물을 논하자면 언제나 공정해야 하는 법입니다. 사랑하더라도 그 사람의 나쁜 점을 알아야 하고, 미워하더라도 그 사람의 훌륭한 점을 알아야 공정해질 수 있습니다. 루쉰도 개인적으로는 그 나름의 장점이 있었습니다. 예를 들어 그의 초기 문학작품이나 그의 소설사 연구들은 대단한 업적입니다. 통붜 선생은 당시 소인배 장펑쥐(張鳳擧)의 말만 믿고 루쉰의 소설사가 시오노야 아쯔시(鹽谷溫)의 것을 표절한 것이라고 실언을 하는 바람에 루쉰이 그 원한을 평생 잊지 못하게 만들었습니다! 현재 시오노야 아쯔시의 문학사가 쑨량궁(孫俍工)에 의하여 번역되어 나왔습니다만 그 책은 나와 루쉰이 소설을 연구하기 이전의 작품은 미처

● 《지나문학개론 강화》를 지은 시오노야 아쯔시

참조하지 못한 데다가 고증 부분 역시 학문이 천박하고 가소롭기 짝이 없습니다. 그러니 루쉰이 시오노야 아쯔시를 표절했다고 하는 것은 정말 이만저만한 누명이 아닐 수 없는 것입니다. 시오노야 아쯔시와 관련된 사건에 관한 한, 우리는 루쉰을 위하여 그 억울함을 분명하게 씻어주어야 옳습니다. 가장 좋은 방법은 통붜 선생이 짧은 글을 써서 해명해 주는 것이겠지요. 이것을 두고 "젠틀맨(신사)이 거드름을 떤다."는 소리가 나오더라도 그렇게 할 가치는 충분히 있습니다. 이런 식으로 논리를 전개해야만 적들로 하여금 고개를 숙이고 진심으로 복종하게 만들 수 있는 것입니다.

이 편지는 후스가 1936년 12월 14일에 쓴 것으로, 루쉰이 세상을 떠나고 얼마 지나지 않아 그가 루쉰에 대하여 내린 공개적인 평가였다.

후스와 저우쭤런은 루쉰이 세상을 떠난 후에도 예전처럼 왕래를 계속하였다. 1937년의 1월 1일은 음력 11월 19일로, 루쉰과 저우쭤런의 모친인 루 노부인이 여든 살을 맞은 생일이었다.

● 루쉰의 생모 루뤠이

축하인사를 하러 간 후스는 이날의 일기에 이렇게 적었다. "오늘 아침 9시에 일어나 계속 논문을 썼다. 도중에 집을 나와 중기회(中基會)의 단배식에 참석한 후 저우쭤런의 집으로 가서 그 노모의 팔순을 축하드리고 장수를 비는 술을 마신 다음 귀가하여 계속 글을 썼다."

# 14

1937년 7월 7일 밤, 일본군은 일부 병력이 베이핑 서남쪽 루꺼우챠오(盧溝橋) 부근에서 중국군의 트집을 잡고 도발을 하더니 급기야 완핑(宛平) 현성(縣城)에 포격을 가하기 시작하는데, 이것이 바로 중일전쟁의 시작이다. 당시 베이핑 문화계·교육계의 유명 인사들, 저우쮀런의 친구와 동료들 다수가 뿔뿔이 흩어져 피난길에 오른다.

7월 29일, 베이핑이 함락되자 저우쮀런은 중대한 난제에 봉착하였다. 남쪽으로 피난할 것인가 아니면 베이핑에 그대로 남을 것인가? 그대로 남는다면 무엇으로 생활할 것인가. 이러한 고민들에 사로잡힌 그는 이번에도 결국 후스의 도움에 기댈 수밖에 없었다. 8월 7일, 그는 다음과 같은 편지를 후스에게 보냈다.

스즈 형:

한 달 동안 뵙지 못한 사이에 상황이 이렇게 변할 줄은 상상도 하지 못했습니다. 학교는 문을 열 수 없을 것 같습니다. 그런데 저는 가계 부담이 매우 커서 남쪽으로 돌아가든 북쪽에 남든 상당히 어렵기는 마찬가지일 것 같군요. 형께서 편역회를 통하여 방법을 강구하셔서 달마다 약간의 금액을 지급하여 잠시라도 생활을 유지할 수 있도록 도와 주실 수는 없겠는지요? 몇 달 지내보고 나서 이곳을 떠날 수 있게 된다면 그때 다시 방법을 강구하도록 하겠습니다. 이 이외에는 달리 방법이 없사오니 형께서 도움을 주신다면 대단히 감사 또 감사하겠습니다. 이 서신

중국식 두루마기 차림의 저우쭤런

을 받으시면 답신을 주시기를 간곡히 부탁
드립니다. 특별히 이 말씀을 드리며 덧붙여
평안하시기를 바라는 바입니다.

8월 7일 쭤런 드림[268]

　저우쭤런이 이 편지에서 언급한 "편역회
(編譯會)"란 후스가 당시 간여하고 있던 중
기회(中基會), 즉 중화교육문화기금 이사회
의 편역위원회를 말한다. 당시 저우쭤런은
몇 년 동안 그곳을 통하여 책을 내고 원고
료를 가불받아 왔다. 그렇다 보니 그는 국
면이 크게 변한 후에도 이 기관을 통하여
생계를 이어가기를 바랐던 것이다.

　당시가 원체 전란으로 어수선한 시절이다 보니 저우쭤런도 편지가 제
대로 전달되리라는 기대는 하지 않았던 것 같다. 그러나 이 편지는 제대
로 전해졌다. 사실 이 무렵은 후스가 가장 바쁜 시기였다. 7월 11일, 루산
(廬山)으로 간 그는 국민당 중앙정치위원회가 소집한 담화회(談話會)에 출석
했고, 20일에는 담화회에서 발언을 했으며, 8월 17일에는 국방참의회 제1
차 회의에 출석하는가 하면, 9월 7일에는 사전에 약정되었던 쟝졔스를 예
방한 자리에서 미국으로 가서 비공식적인 외교업무를 수행할 것을 요청받
기도 하였다. 상황이 이렇다 보니 후스도 한동안은 저우쭤런에게 회신을
할 겨를이 없었다. 그렇게 거의 한 해가 지났을 때 만리 이역 땅에 가 있
던 후스는 가까스로 자신이 쓴 시를 통하여 저우쭤런에게 베이핑을 벗어
나 남행할 것을 당부하였다.

〈베이핑에 있는 친구에게 부치다〉

창훼이(藏暉)[269] 선생이 어젯밤 꿈 속에서

고우암(苦雨庵)에서 차를 마시는 늙은 스님을 뵈었는데

그분이 갑자기 찻잔을 내려놓고 문을 나가시더니

홀연히 지팡이 하나만 들고 하늘 남쪽으로 향하시는 것이었네.

하늘 남쪽 만리 길이 얼마나 고생스러울까마는

슬기로운 사람만이 무겁고 가벼움을 가릴 줄 아는 법.

잠에서 깬 나는 옷을 걸친 후 창을 열고 앉지만

그 누가 님 그리는 이때의 내 마음을 알아주리오?

1938년 8월 4일


이 시를 받은 저우쭤런은 9월 23일 즉시 후스에게 답장을 보낸다.


창훼이 형:

20일에 지난달 4일 부치신 새 시를 받고 형용할 수조차 없을 정도로 기뻤습니다. 그래서 즉시 답시 한 수를 지어 별지에 적어 보내오니 보아 주시면 고맙겠습니다. 며칠 전 궁차오(公超)[270]가 여름방학을 틈타 베이핑으로 와서 멍전(孟眞)의 생각이 형과 같다고 하더군요. 그러나 제가 있는 이곳은 어려움이 많아 베이핑을 떠날 수가 없습니다. 이 실정은 멍린(孟鄰)도 제법 상세하게 알고 있습니다. 저희 부부는 둘뿐이고 아들이 작년에 벌써 베이핑대를 졸업하여 생활하는 데에는 별 문제가 없었습니다만 딸과 사위가 산시(陝西)로 가면서 두 아들을 데리고 가서 이곳에 와서 머물게 되었는데, 제 동생의 처자 네 사람까지 그때부터 함께 지내게 되었습니다. 그런 판국에 상하이에 있는 인간은 유행을 따르는 데에만 바쁜

저우쭤런의 고우재를 방문한 당대의 명사들 (앞줄 왼쪽부터 선스위안(沈士遠), 류반농, 마여우위, 쉬주정, 첸쉬안통, 뒷줄 왼쪽부터 저우쭤런, 선인뭐, 선젠스, 쑤민성(蘇民生))

지 자기 일가 식솔들에게는 벌써 2년 동안 기별 한 줄 보내지 않는군요. 그렇다 보니 제 암자에는 식구가 적지 않습니다. 제가 만일 이곳을 떠나기라도 하면 두 집의 생활비는 더더욱 감당하기 어렵게 될 테니 아무래도 쌀과 밀을 탁발이라도 받으러 다녀야 할 것 같습니다.[271] 형께서 주선해 주셨던 번역 일도 처음에는 한몫을 했었는데 근래에는 40%를 삭감당한 데다가 편역회가 홍콩으로 옮겨가는 바람에 머잖아 중단하게 될 것 같습니다. 그리스 신화의 본문과 연구·신화론은 벌써 30만 자가 완성되었습니다. 주석은 많고 번거로워서 한 장(章)을 마쳤는데도 벌써 2만 자나 되니까 주석을 전부 마치면 아무래도 10여만 자는 될 것 같군요. 여름에 병으로 중지했지만 금년 내에 작업을 마무리지어 다년간의 염원을 이루기를 바랄 뿐입니다. 9월부터는 쓰투(司徒) 씨의 의숙(義塾)에서 국문 강의를 두 과목 맡기로 했는데 매주 하루 네 시간씩 진행하게 됩니다. 편역회에서 받던 대가의 절반에도 미치지 못합니다만 그래도 없는 것보다야 낫다고 자위할 수밖에요. 40년 전에 누가 운세를 봐 주면서 거인(擧人)이 될 거라고 하더니만 다년간 교원으로 있는 것이 선생님의 위상에 맞먹는다고 치더라도 제주(祭酒)나 사업(司業)[272] 같은 호강이야 어디 누릴 수가 있겠습니까? 게다가 이미 지천명(知天命)의 나이를 먹었으니 이제는 팔자이거니 하고 넘길 수밖에요. 서둘러 글을 드리며 덧붙여 평안하시기를 바라는 바입니다.

스탕[273]

그가 별지에 쓴 시는 다음과 같았다.


〈고주암에서 읊다 – 창훼이 거사께 삼가 화답하며〉

이 늙은 중은 쓴 차가 아주 맛있는 척 하긴 했지만

사실 알고 보면 역시 씁쓸한 비일 뿐이로군요.

근래에 집에 비가 새고 땅까지 침수되었으니

결과적으로는 별 수 없이 호를 '고주(苦住, 지내기 힘들다)'로 바꾸어야 할 것
같습니다.

밤에는 부들방석 끌어모아 잠을 자려 하는데

문득 멀리서 온 서신을 한 통 받고 보니

바다 끝 하늘 가 머나먼 만리 땅에서 온 8행시로군요.

창훼이 거사님의 문안 정말 고맙습니다!

귀하의 두터운 정에 감사드립니다만

거기까지 찾아가 뵙는 것은 어려울 것 같아 아쉽군요.

출가해서이거나 몹시 바빠서가 아니라

암자에 아주 많은 남녀노소와 동거하고 있어서랍니다.

제가 할 수 있는 일이라고는 문 닫아걸면 목탁 두드리며 불경을 외고

대문을 나서면 탁발을 하고 공양거리 시주나 받는 것뿐 —

늙은 중은 역시나 늙은 중일 뿐이겠지만

장래에 거사님 얼굴 뵐 수 있기를 바랄 뿐입니다.

27년 9월 21일 베이핑에서 즈탕[274]


이 편지와 시는 1년이 지나서야 후스의 손에 전해졌다. 후스는 1939년
12월 13일자 일기에 "저우즈탕(周知堂)이 작년 9월 서신 한 통과 시 한 수

를 부쳤고 금년 1월 피습당한 후에도 시 두 수와 사진 두 장을 보냈는데 봉투에는 'Dr. A. T. Hu, 후 안딩(胡安定) 선생'이라고 적혀 있었고 화미협진회(華美協進會)를 통하여 전달된 것이었다. 멍즈(孟治) 형은 그것이 나라는 사실을 모르고 여태까지 놔 두고 있다가 이제서야 전해 주었다. 최근에 그가 내게 그게 누구냐고 묻길래 부쳐 달라고 한 것이었다."라고 적고 있다. 후스는 이 우편물들을 받자마자 엽서에 다음과 같은 시를 적었다.

두 장의 사진과 세 수의 시
오늘 봉투를 뜯고 나니 한동안 얼이 다 나갔다.
후 안딩이 누구인지 아는 이도 없이
빈 상자에 버려진 채 1년을 보낼 줄이야!

28. 12. 13[275]

엽서에 시를 쓴 것을 보면 당초 그는 이 시를 저우쭤런에게 부칠 생각이었던 것으로 보인다. 그러나 엽서에 수신인의 이름과 주소가 적혀 있지 않은 것을 보면 정식으로 발송되지는 않았다는 것을 알 수 있다.

저우쭤런이 "1월에 피습당한" 일은 후스의 1939년 3월 4일자 일기에 "신문에는 1월 12일 상하이 발 특보가 실려 있는데, 금년 1월 초하루에 저우치밍이 베이핑에서 피습당했으나 죽지 않고, 손님인 선치우(沈啓無)는 중상을 입고 죽었다는 것이었다."라는 기록이 보인다. 그런데 이 보도 내용은 실제와는 좀 차이가 있다. 선치우는 상해를 당하기는 했지만 죽지 않았고 중상으로 즉사한 것은 운전수 장싼(張三)이었기 때문이다. 저우쭤런이 피습당한 후 후스에게 부친 시는 다음과 같았다.

유자 껍질을 되는 대로 도소주(屠蘇酒)[276] 삼아 먹었더니
시들해진 얼굴이 삽시간에 발그레해졌구나
취한 김에 자려 해도 잠을 이루지 못하는 것은
아이들 보채고 여자들 말소리 시끄러워서라네.

그저 참고 넘어가자 생각하니 일이 즐겁고
고개 돌려 보노라니 원수와 친지가 한순간에 망연해지네.
쓴 차 실컷 먹고 감치는 맛 음미하노니
두번천(杜樊川)[277]을 찾았다고 대신 전해 주오.

28년 1월 그 일을 당하고 느낀 바를 적은 시 두 수를 즈탕이 적어 창훼
이 형께 보내오니 웃으며 받아 주십시오.[278]

저우쭤런은 이때 당한 테러를 자신의 부역을 종용하는 일본군 측의 엄
중한 경고라고 여겼다. 피습사건이 발생한 후 얼마 지나지 않은 1월 12일,
그는 결국 일제 점령하의 베이징대로부터 도서관 관장 임명장을 받고 부
역 조직의 공직자가 되었다. 1940년 11월 8일, 일제 점령하의 교육총서(教
育總署)의 독판(督辦)이던 탕얼허(湯爾和)[279]가 병으로 죽자, 그는 12월, 그 직
위를 승계하여 장관급의 거물 한간(漢奸)[280]으로 변신하였다.

1945년 9월 세계대전에서 패한 일본이 무조건 항복하자 저우쭤런은 한
간의 죄를 쓰고 체포되어 감옥에 수감되었다. 그의 제자인 위핑붜(俞平伯)[281]
는 12월 28일 편지를 작성하여 곧 미국에서 귀국해 베이징대학교 총장으로
취임하게 될 후스에게 보내고 그의 신분과 지위로 저우쭤런을 구명해 줄
것을 요청하였다. 대단히 감동적인 그 편지의 마지막 대목은 이러하였다.

일본이 패망한 후 한간 죄로 난징 법정에 출두하는 저우쭤런

《홍루몽》 연구의 권위자였던 저우쮀런의 제자 위핑붜(오른쪽에서 첫 번째)

즈탕을 아는 분이라면 선생님밖에 없습니다. 그를 알고 기탄없이 말하고, 그를 위하여 말할 수 있는 분 역시 선생님밖에 없습니다. 만일 잘 알고 오랜 지인들 중에서 정부와 국민을 위하여 그에게 기꺼이 공언을 하고, 또 할 수 있는 분은 중국이 아무리 크다고 해도 선생님 한 분뿐입니다. 이 말씀을 평소 드리려다가도 매번 망설이기만 하다가 이제서야 선생님께 글로 올리오니 모쪼록 귀 기울여 분명히 들어주시기 부탁드립니다. 어떤 식으로 정부에 건의할 것인가 하는 문제라면, 호의적인 권력자에게 서신을 보내든 여론에 호소하든 전부 선생님의 결정을 기다리도록 하겠습니다. 큰 덕을 베풀어 주시기를 간곡히 바라오니 서둘러 주시면 더욱 좋겠습니다. 판결이 내려지려면 다소 시일이 요구된다고는 합니다만 감옥이라는 곳은 오래 있을 곳이 못되는 것입니다. 평소에는 굴뚝을 구부리고 장작을 옮기는 사려조차 부족하다가 부질없이 머리를 태우고 이마를 지지는 추태를 보이면서도 부끄럽고 송구스럽지만 급히 말씀을 올

1958년 중앙연구원장 시절 서재에서 책을 읽고 있는 후스

리는 것 말고는 뾰족한 방법이 없으니 그저 선생께서 헤아려 주시기만 바랄 따름입니다.[282]

위핑붜는 1946년 7월 31일 후스에게 보낸 편지에서 "작년에 저우즈탕의 일로 미국에 서신을 보냈사오나 아직 답신을 받지 못했습니다. 그 서신이 제대로 갔는지 모르겠군요?"[283]라고 물었다. 물론 후스는 앞의 편지를 제대로 받았고 보관도 하고 있었지만 답장은 보내지 않았다. 당시 그의 입장에서 무슨 답장을 할 수 있었겠는가? 애초에 〈베이핑에 있는 친구에게 부치다[寄給在北平的一個朋友]〉라는 시를 써서 보냈으니 그것만으로도 조언자인 친구로서의 책임은 이미 다한 셈이었다. 저우쮀런이 한순간 오판한 것이 결과적으로 천추의 한이 되고 말았지만 후스가 제 아무리 대단하다고 해도 그 상황에서 그를 위하여 할 수 있는 일은 아무것도 없었다.

# 15

만년의 후스는 이따금 왕년의 친구였던 루쉰과 저우쭤런을 뇌리에 떠올리곤 하였다. 1955년 대륙에서 후펑(胡風)[284]에 반대하는 투쟁이 벌어졌을 때 그를 비판하는 글들 중 일부에서 루쉰이 거론되자 후스는 1955년 10월 23일 자오위안런(趙元任)에게 보낸 편지에서 이렇게 말하고 있다.

1950년대에 반혁명분자로 몰려 고초를 겪은 후펑

("공산당의 잡지"에서) 최근 "후펑 사건"에 주목하다 보니 이런 말들이 보이더군요.

1. "강시들이 지배하는 이 문단에서는 우리가 기침만 한번 해도 누군가가 녹음을 하고 사찰을 하는 것이 실정이다."(후펑의 서신)

2. "내 생각으로는 그래도 외곽의 인사들 중에서 새로운 작가들이 몇 사람 배출되어 참신한 성적을 좀 거두더라도, 일단 내부로 진입하면 금세 무의미한 분규 속에서 소리도 숨도 제대로 내지 못하게 되고 말 것이다. 나 자신만 하더라도 늘 쇠사슬에 묶인 채 작업반장 같은 자가 등 뒤에서 채찍으로 나를 매질해 대느라 내가 아무리 필사적으로 글을 써도 돌아오는 것은 매질뿐이라는 생각을 하곤 한다. …"(루쉰이 1935년 9월 후펑에게 보낸 서신)

루쉰이 지금까지 살아 있었다면 그도 똑같이 청산대상이 되고 말았을 겁니다![285]

그는 1956년 4월 1일 미국에서 타이베이(臺北)의 레이전(雷震)[286]에게 보낸 편지에서도 비슷한 말을 하고 있다.

〈후스를 청산하자〉라는 글은 오랫동안 제쳐놓고 있었습니다. 처음에는 그저 한 1만 자 정도 쓰면 되겠다 싶었습니다. 그런데 예상과는 달리 집필을 시작하고 나서야 이 문제가 호락호락한 일이 아니라는 것을 깨달을 수 있었으며 반드시 "40년간의 중국 문예부흥운동"(The Chinese Renaissance)이라는 견지에서 보아야만 어째서 위핑뷔의 《홍루몽 연구(紅樓夢研究)》가 이번에 "후스의 유령"에 대한 대대적인 청산운동에서 도화선이 되었는지, 어째서 도중에 후펑과 관련된 엄청난 참극이 연출되었는지 등을 깨달을 수 있다는 것을 알 수 있었지요. 그래서 나는 이 문제는 나중에 그 과오를 다시 써야 옳으며, "문예부흥운동"이 40년 동안 몇 가지 길을 열어주고, 어떠한 비교적 영구적인 성적을 이루어냈는지 재평가해야 옳다는 판단을 내리기에 이르렀습니다. 또, 무슨 "독에 대항하고", "독을 막고" 하는 따위의 역량을 남겼다는 식으로 글을 쓴다는 것은 여간 힘겨운 일이 아닐 수 없었습니다.

후펑 사건이 그러한 경우입니다. 나는 수많은 자료들을 뒤져 보고 나서야 일면식도 없는 이 후베이(湖北) 시골 사람이 사실은 이 문예부흥운동의 충실한 신도였으며, 그가 한 싸움은 이 운동의 문학 분야에서 죽을힘을 다해서 벌인 싸움이었다는 것을 깨달을 수 있었습니다. 그러므로 후펑이 대대적인 "후스 청산" 운동에 끼어 순교자가 된 것이 우연만은 아니었던 것입니다. 여러분도 만일 타이베이(臺北)에서 《루쉰서간(魯迅書簡)》을 구할 수 있다면 루쉰이 후펑에게 보낸 네 번째 서신(1935년 9월 12일, pp.946-948)을 보시기 바랍니다. 그러면 루쉰이 그때 죽지 않고 지금까지 살아 있었다면 목이 잘리고 말았을 것이라는 사실을 알게 될 테니까요![287]

저우쭤런에 관해서는 1956년 5월 11일 양롄성(楊聯陞)[288]에게 보낸 편지에서 이렇게 말하고 있다.

저는 근래에 저우쭤런의 책을 수집하고 있는데 벌써 8~9권은 되는 것 같습니다. 그의 가장 나중의 책은 《러시아의 민담》 및 《우크라이나의 민담》인데, 그것만으로도 연민을 느끼기에는 충분할 것 같습니다. 그나마 다행스럽게도 서문이나 범례에 아직은 닭살 돋는 문구가 들어가지 않았고 마르크스·레닌 같은 여러 신들의 말씀을 인용하는 지경까지 가지는 않았더군요! 귀하께서 서신에서 언급한 저우샤서우(周遐壽)의 책 두 권은 아직 보지 못한 것이니 홍콩의 지인에게 중국 방문길에 대신 구해 달라고 부탁해야 할 것 같습니다.[289]

여기서 당시 후스가 오랫동안 연락이 두절되어 있던 왕년의 친구를 그리워하면서 그의 처지에 대하여 연민의 감정을 드러내고 있는 것을 볼 수 있다.

미국 캘리포니아 주립대학 도서관에 근무하는 팡자오잉(房兆楹)이 쓴 〈저우푸칭에 관한 역사자료[關於周福淸的史料]〉라는 글은 루쉰·저우쭤런의 조부의 사적을 소개한 글로, 유용한 자료가 적지 않지만 오랫동안 제대로 발표된 적이 없었는데 나중에 후스가 원고를 타이완(臺灣)으로 가져 와서 반월간지인 《대륙잡지(大陸雜誌)》(1957년 12월 31일 출판)에 발표할 수 있게 주선해 주었다. 작자는 그 글 뒤의 발문에서 이렇게 밝히고 있다.

후스 일가
_ 뒷줄 왼쪽이 장남 후쭈왕(胡祖望), 오른쪽이 차남 후쓰서
(胡思杜). 네 사람 중 유일하게 대륙에 남았던 후쓰서는 중국
이 공산화된 후 아버지와 의절하고 〈나의 아버지 후스를 비판
한다〉라는 글을 쓰기도 하였다.

이 글에서 저우푸청에 관한 일부 역사자료들은 원래 십 수 년 전에 수집한 것들이다. 3년 전 저우쮀런의 책을 본 후 노트를 찾아내어 글을 작성했는데 때마침 어떤 친구가 그 원고를 요청하기에 그에게 준 것이다. 지금은 망망대해에 가라앉은 돌처럼 그 행방을 알 길이 없게 되었다. 그러다가 금년에 후스즈가 그 역사자료들을 필사하면 내가 발표할 수 있도록 도와 주겠다고 몇 번이나 설득하길래 다시 필사하게 된 것이다.

●
1961년 문병 온 지인들을
향하여 환하게 웃는 후스

후스는 어쩌면 이 일을 진행하면서 루쉰과 저우쮀런 형제를 뇌리에 떠올렸을지도 모른다.

1962년 2월 24일 후스가 세상을 떠났다. 린위탕은 〈후스즈 선생을 추도하며[追悼胡適之先生]〉라는 글을 발표했고, 바오야오밍(鮑耀明)[290]은 그 글의 한 대목을 적어 놓았다가 저우쮀런에게 보여 주었는데, 그 내용은 다음과 같았다.

글의 풍격은 인품의 풍격과 불가분의 관계에 있다. 글에 있어서 스즈 선생은 7할은 학자, 3할은 문인이었고 루쉰은 7할은 문인, 3할은 학자였다. 스즈의 시문은 결코 많지 않으며 창작한 소품문도 기껏해야 《서유기》의 81번째 고난을 보완해서 쓴 글을 통해서만 볼 수 있을 뿐이다. 인격에 있어서 스즈는 명예나 이익 따위는 초월한 사람으로서, 공자의 가장 사랑스러운 "번번이 좌절되어 기량을 펼칠 데가 없었다."[291]라는, 벼슬을 해도 되고 하지 않아도 상관없다는 식의 달관의 풍격을 지닌 사람이었다. 스즈는 젊은이들의 숭배에도 아랑곳하지 않은 반면에 루쉰은 글을 통하여 젊은이들이 자신을 숭배하게 만들어야 직성이 풀리는 사람이었다.

저우쭤런은 5월 16일 바오야오밍에게 보낸 답장에서 이렇게 적고 있다.

●
말년의 저우쭤런

보내 주신 린위탕의 글은 홍콩 신문에서 본 글인 것 같습니다. 그의 말도 어느 정도는 일리가 있으며 후 박사 역시 완전히 말살해서는 안 될 인물입니다. 후스에게 학자적인 요소가 많다는 그의 말 역시 사실입니다. 루쉰에게 문인적인 요소가 많다고 한 것이나, 젊은이들이 숭배하게 만들어야 직성이 풀리는 사람이었다고 한 부분도, 다소 불경스러워 보이기는 하지만 사실입니다. 말 표현이 남을 치켜세우다 보면 도를 넘을 수밖에 없으니, 냉철한 눈으로 남의 결점을 보려면 늘 말이 완곡하면서도 적절해야지요. 지금 사람들은 너도 나도 루쉰을 치켜세우기만 합니다. 상하이의 묘에 그의 동상이 새로 세워졌다고 해서 사진으로나마 보기는 했습니다만 높다란 받침대 위에 혼자 의자에 앉아 있더군요. 아무리 존숭한다고는 하지만 그것도 따지고 보면 그를 조롱하는 풍자화일 뿐이니, 그것이야말로 루쉰이 생전에 그토록 성토했던 '사상계의 권위자들의 높다란 종이 고깔'인 것입니다. 구천에서 그가 이 일을 안다면 쓴웃음을 짓겠지요. 남을 치켜세울 때 도를 넘지 않으면 망신은 당하지 않는다고들 합니다만, 그게 그렇게 쉬운 일은 아닌가 봅니다.[292]

문화대혁명 기간 동안 중국에서 쏟아져 나온 후스 비판자료들

당시 대륙에서는 후스가 장장 10여 년 동안이나 비판당하고, 부정되고, 마귀 취급을 당하고 있었다.

그런 살벌한 상황에서도 "후 박사 역시 완전히 말살해서는 안 될 인물"이라고 긍정적으로 평가할 줄 아는 배포를 갖고 있었으니, 저우쭤런도 따지고 보면 대단한 인물이기는 마찬가지였던 셈이다.

《신문학 사료(新文學史料)》제13년 제3기 · 제4기)

1881 - 1936

상하이 루쉰 공원에 세워져 있는 루쉰 동상

루쉰과
린위탕

젊은 시절 앳된 모습의 린위탕(1895~1976)

## 《어사(語絲)》의 동인

루쉰과 린위탕(林語堂)[293]의 인연은 두 사람이 베이징 여자사범대에서 동료가 되면서 시작되었다. 당시 린위탕은 베이징 여자사범대에서 교무장 겸 영문계 교수를 맡고 있었고, 루쉰은 국문계에서 강의를 몇 개 담당하고 있었다. 그러나 이보다 더 중요한 것은 두 사람이 문예 주간지 《어사》의 동인이었다는 사실이다. 물론 두 사람의 인연은 《어사》가 창간되기 이전까지 거슬러 올라간다. 린위탕은 1924년 5월 23일자 《신보부간(晨報副刊)》(이때까지만 해도 쑨푸위안이 편집을 담당하고 있었다.)에 발표한 〈번역 산문 모집과 함께 "유머"를 제창한다(徵譯散文并提倡"幽黙")〉라는 글에서 다음과 같이 말하였다.

> 근래에는 '잡감(雜感)'란에 글을 쓰는 분들이 부쩍 많아졌다. 그러나 별호를 써서 소품문을 발표하는 것도 이제는 그다지 신기하지는 않다는 느낌이다. "루쉰" 같은 별명으로 우스갯소리들을 하는 방식은 원래부터 중국에도 있던 관례였다. 그런데 만일 당당한 베이징대 교수 저우 선생의 실명으로 사회를 위하여 고상한 농담들을 한다면 그것이야말로 서양 "유머"의 격식에 어울리는 경우라고 하겠다. …

이 글은 아마 그가 공개적인 글에서 처음으로 루쉰이 "당당한 베이징대 교수 저우 선생"임을 밝힌 글이었을 것이다. 여기서 우리는 그가 경의를 품고 루쉰을 예로 들고 있음을 알 수 있다. 그런데 당시 누군가가 루쉰에게 가서 린위탕의 이 주장에 대한 의견을 물은 후, 같은 해 6월 19일자 《신보부간》에는 〈짧은 잡감 세 편(小雜感三則)〉이 발표되었는데, 그 첫 번째 글(필명 "용(龍)")에서는 다음과 같이 지적하고 나섰다.

린위탕 선생이 유머를 제창하는 글에서 루쉰 선생의 이름을 거론하자 누가 루쉰 선생에게 그 일과 관련하여 의견을 물어 보았다. 그러자 루쉰 선생은 자신의 작품에는 유머적 요소가 아주 적다고 대답하였다. 유머는 일본에서는 '표정골계(表情滑稽)'로 번역하는데 읽고 피식 웃는 것으로 그만이다. 그런데 그의 작품은 늘 사람들로 하여금 읽고 나면 개운찮은 느낌을 가지고 다른 합당한 생활을 찾아야겠다고 여기게 만든다. 그러니 그것은 '철체(撤替)'이지 '유머'는 아닌 것이다. 그의 작품은 거의가 '철체(Satire)'로 가득하다.

'Satire'는 영어로서, '풍자' 또는 '풍자작품'이라는 뜻이다. 루쉰은 답변 과정에서 "자신의 작품에는 유머적 요소가 아주 적다."라고 분명하게 밝히고 있는데 이 같은 입장은 나중에 그가 〈"논어"의 1년["論語"一年]〉이라는 글에서 "솔직하게 말하자면, 그가 제창한 것을 나는 번번이 반대해 왔다."라고 밝힐 때까지도 변함이 없었다. 린위탕이 제창하는 "유머"에 대하여 루쉰은 "나는 '유머'를 좋아하지도 않을뿐더러 그런 것은 원탁회의 열기 좋아하는 나라 국민들이나 솔깃해 할 노리개라고 생각한다."라고 말한 것은 그 대표적인 예라고 할 것이다. 이를 통하여 두 작가는 내왕을 시작할 때부터 창작문제와 관련하여 이미 차이와 이견을 가지고 있었음을 짐작할 수 있는 셈이다.

1924년 11월 17일 《어사》가 창간되면서 두 사람은 자주 왕래하기 시작하였다.

린위탕은 〈자전(自傳)〉에서 "그때 베이징대 교수들은 두 파로 나뉘어져 대립하면서 실력이 서로 비등했는데, 한쪽은 《현대평론》이 대표하는 파로 후스 박사를 지도자로 삼고 있었고, 한쪽은 《어사》가 대표하는 파로 저우

《어사》 창간호 _ 《어사》는 저우 씨 형제가 주도
하고 있었다.

씨 형제인 쭤런과 수런(루쉰)을 수
장으로 삼고 있었다. 나는 후자에
속해 있었다."[294]라고 술회한 바 있
다. 그의 〈팔십자서(八十自敍)〉에서
는 보다 상세하게 소개하고 있다.

나는 후스 파[295]가 아닌 어사 파에
속해 있었다. 우리는 후스 파가 사
대부 파이며, 그 구성원들은 정치논
쟁을 다룬 글이나 쓰고 관료가 되
기에나 어울린다고 여겼다. 우리의
이상은 각자가 자신의 주장을 펼
치는 것이지 "남이 당신에게 시킨
말을 하는 것이 아니었다." 이 이상

은 나에게 아주 잘 어울리는 것이었다. 우리가 아무리 궁극적으로는 자
유주의자들이 아닐지라도 《어사》는 우리가 의견을 발표하는 자유로운
공간으로 간주되었으며 저우 씨 형제는 이 잡지에서 늘 선봉을 맡곤 하
였다.

우리는 2주마다 한 번씩 모임을 가졌는데 보통은 토요일 오후였으며,
장소는 중앙공원 라이진위쉬안(來今雨軒)의 울창한 솔숲이었다. 저우쭤런
은 늘 변함없이 출석하였다. 그는 자신의 글이 그렇듯이 목소리는 느긋
하면서 여유가 만만했고 감정이 격해졌을 때조차 결코 언성이 높아지는
일이 없었다. 그러나 그의 형 저우수런(루쉰)은 달랐다. 적을 공격하는 언
사는 날카롭고 기쁠 때마다 의기가 양양해져서 호탕하게 웃곤 하였다.

그는 몸이 왜소하고 뾰족한 수염에 두 뺨에는 살이 없고 언제나 중국 전통복을 입고 있어서 얼핏 아편에 빠진 사람 같아 보이기까지 하였다. 그래서 그가 맹주와도 같은 저력으로 신랄한 풍자의 글을 써 내고 번번이 정곡을 찌르는 탁월한 재능을 발휘할 줄은 아무도 예측하지 못하였다. 그는 독자들로부터 대단한 환영을 받았다.[296]

그들은 아무래도 글을 통하여 인연을 맺은 사이이다 보니 글로 호응하거나 교류하면서 서로의 글에 관심을 가지곤 하였다. 린위탕은 《어사》 제57기(1925년 12월 14일)에 〈"어사"의 문체 참견하기─온건함, 욕설 그리고 페어플레이〉라는 글을 발표하고 "장스자오·장항후 같은 부류들에게는 이른바 '사상'이랄 것이 아예 존재하지 않으므로 사상적으로 성의가 있느냐 없느냐를 따질 필요조차 없다."고 몰아붙였다.

루쉰은 이 같은 린위탕의 주장에 찬동하는 입장이었다. 그러나 "페어

〈"어사"의 문체 참견하기 ─ 온건함, 욕설 그리고 페어플레이〉 원문(부분)

플레이 정신"을 제창하는 것만은 동의할 수 없었다. 린위탕은 자신의 글에서 "이러한 '페어플레이' 정신을 중국에서는 좀처럼 기대하기 어렵기 때문에 우리는 그렇게 할 수 있도록 노력하고 격려하는 방법밖에 없다. 중국에서는 '플레이'의 정신이 애초부터 아주 적으며 '페어'는 더더욱 말할 나위도 없다. 다만 때로 이른바 '우물에 빠진 사람에게 돌을 던지는 짓'을 하지 않는 경우를 이런 의미를 담고 있다고 할 수 있을 것이다. 남을 욕하는 입장에 있는 사람은 이 조건을 갖추고 있어야 한다. 욕하는 데에도 능하지만 욕을 먹는 데에도 능해야 한다는 말이다. 더욱이 실패한 사람은 더이상 공격하지 말아야 한다. 우리가 공격하는 것은 사상이지 사람이 아니기 때문이다. 지금 돤치뤠이·장스자오의 경우만 하더라도, 우리는 그 개인에 대해서는 더 이상 공격해서는 안 되는 것이다."라고 말하는가 하면 "어쩌면 중국인의 '착실하고 두터운' 심성에는 페어플레이의 요소가 조금이나마 존재할지 모른다. 다만, 페어플레이는 절대로 '착실하고 두텁다.'라는 말만으로 끝나는 것이 아니다. 이러한 건전한 투쟁정신은 '인간'에게는 당연히 있어야 하는 것으로, 아마 건전한 민족에게는 일종의 자연적인 현상일 것이니 적극적으로 제창하지 않을 수 없다."[297]라고 주장하기도 하였다. 그러나 이 글은 루쉰의 대단히 중요한 명문으로 꼽히는 〈"페어플레이"에 대한 논의는 천천히 이루어져야 한다〉를 이끌어 내게 된다.

루쉰은 현재를 논하면서 무턱대고 "페어"만 강조하는 것이 아직은 시기상조라는 입장을 피력하였다.

너그러우신 분들께서 혹시라도 '그러면 우리에게는 "페어플레이"가 전혀 필요하지 않다는 것인가'라고 물으신다면 나는 즉시 이렇게 대답해 드릴 수 있다. '물론 필요하지만 아직은 시기상조입니다. 이것은 바로 "청군입

1925년 베이징 시절의 루쉰 _ 이때만 해도 풍채와 혈색이 좋았던 것 같다.

옹(請君入甕)"[298]과 다를 바가 없는 짓이니까요. 너그러우신 분들이야 쓰려고 할 것 같지는 않지만 내 입장에서는 이 문제에 대하여 논리적으로 대답할 수가 있습니다. 국내의 토종 신사들이나 서양에서 배우신 신사들께서는 늘 중국에는 중국만의 특별한 국내 사정이 있으니 외국의 평등이니 자유니 하는 것들은 적용할 수가 없다고들 하지 않으셨던가요. 이 "페어플레이"라는 것도 그런 것들 중의 하나라고 생각합니다. 그렇지 않고 남은 당신에게 "페어"하지 않은데 당신만 남에게 "페어"하게 대한다면 결과적으로는 당신만 번번이 낭패를 보게 될 겁니다. "페어"하려고 해도 그렇게 되기 어렵지만 "페어"하지 않으려 해도 그렇게 되기 어려운 게지요. 그러므로 "페어"하고 싶다면 먼저 상대방을 정확하게 파악하는 것이 최선의 방법입니다. 상대가 조금이라도 "페어"를 감당하기에 부적합하다면 굳이 사정을 봐 주지 않아도 무방한 거고, 상대가 "페어"하게 처신하면 그때 가서 그를 "페어"하게 대해도 늦지 않기 때문입니다.'

루쉰은 그 글의 서두에서는 이렇게 말하고 있다.

《어사》 57기에서 위탕 선생은 "페어플레이(fair play)"를 언급하면서 그런 정신을 중국에서는 좀처럼 기대하기 어렵기 때문에 우리는 사람들이 그렇게 하도록 격려하는 데에 노력하는 수밖에 없다고 보았다. 또 "물에 빠진 개를 패는 짓"을 하지 않는다면 그것만으로도 "페어플레이"의 의미를 부연하기에 충분하다고 말하기도 하였다. 나는 영어를 모르기 때문에 그 단어가 어떤 의미를 갖고 있는지 확실히 알지 못한다. 다만, "물에 빠진 개를 패는 짓"을 하지 않는 것도 그런 정신의 하나라고 한다면 나로서는 도저히 이의를 제기하지 않을 수가 없다. 그러나 제목에 대놓고

如望大沽口外的海水，一片渾茫莫知所極。予
急屏息凡慮，危坐靜觀，讀內感篇凡五遍，始
彷彿瞭其大意，全文似分三段，首段之義旨蓋
本于太上感應篇，中段出于張文襄勸學篇，末
段則是「勿謂言之不預也」一流的文字，我不
能說出源流的書名來了。外感篇縱讀三過，還
不能通曉其旨趣，爲來客所擾，未得卒業，深
以爲恨。本來預備撥冗再讀以竟前功，往莽未
果，到了現在段君旣將復歸于禪，不再爲我輩
的法王，就沒有再加以批師之必要，況且「

［打
落水狗」（吾鄉方言，即「打死老虎」之意）
是不大好的事，所以我只得毅然把「恭讀二感
篇謹註」這一個題目勾消了。

●

저우쭤런이 "물에 빠진 개"를 언급한 부분

"물에 빠진 개를 패는 짓"이라고 밝히지 않은 것은 남의 이목을 끄는 것을 피하기 위해서이다. 굳이 정수리에 억지로 '가짜 뿔'을 달려고 할 필요는 없다는 것이다. 말하자면, 단순히 "물에 빠진 개"를 굳이 때려서는 안 된다는 것이 아니라 아예 작정하고 패야 한다고 말한 것뿐이라는 뜻이다.

사실 린위탕의 글에는 "물에 빠진 개를 팬다."는 따위의 말은 애초부터 없었다. 그 말은 저우쭤런이 그 직전에 간행된 《어사》 제56기에 발표한 〈제목을 잃어 버린 글[失題]〉에 나오는 말이기 때문이다.

현재 돤 씨(돤치뤠이)는 불가에 귀의하여 더 이상 우리들의 법왕(法王)[299]이 아니므로 이제는 비판할 필요가 없게 되었다. 하물며 "물에 빠진 개"를 패는 짓(내 고향 사투리, 바로 "죽은 범을 패다[打死老虎]"와 같은 뜻임) 역시 그다지 훌륭한 일은 아님에랴.

물에 빠진 개를 패는 행위를 언급한 루쉰의 그 글은 사실은 저우쭤런의 주장에 대한 반박이었던 것이다. 루쉰은 이렇게 말을 잇고 있다.

지금의 논객들은 "죽은 범을 패는 것"과 "물에 빠진 개를 패는 것"을 동시에 들먹이면서 둘 다 비겁한 짓이라고 여기는 경향이 있다. "죽은 범을 패는 것"은 속으로는 겁을 내면서도 겉으로는 용감한 척 하는 것으로 다분히 희극적인 요소가 내포되어 있어서 비겁하다는 느낌이 들기는 해도 그 비겁함이 일견 귀엽게 여겨지기도 한다. 그러나 "물에 빠진 개를 패는 것"은 결코 그렇게 간단한 일이 아니기 때문에 개가 어떤 놈인지, 어떻게 빠진 것인지 확인한 후에 판단을 내려야 한다. 그 개가 물에 빠진 원인을 따져 보면 대체로 (1) 개가 스스로 발을 헛디뎌서 물에 빠지거나, (2) 남이 패서 물에 빠뜨리거나, (3) 내가 직접 패서 빠뜨리는 등의 세 가지 경우가 있을 수 있다. 앞의 두 경우라면 엉겁결에 남들이 하는 대로 따라서 패는 것이므로 당연히 지나치게 오지랖이 넓어서이거나 더 심하게는 비겁함에 가까운 행동이라고 하겠다. 그러

●
〈"페어플레이"에 대한 논의는
천천히 이루어져야 한다〉 원문

나 만일 자신이 개와 거친 싸움을 벌인 끝에 자기 손으로 개를 패서 물에 빠뜨린 경우라면 아무리 장대를 쓰고 거기다 물 속에서, 그것도 아주 호되게 두들겨 팬다고 하더라도 그다지 지나치다고 할 수 없기 때문에 앞의 두 경우와는 동일시 할 수가 없는 것이다.

강인하고 용감한 권투선수는 바닥에 쓰러져 있는 상대를 때리는 일이 절대로 없다던데, 그런 사람은 정말 본보기로 받들 만한 셈이다. 그러나 나는 여기에 한 가지가 더 추가되어야 한다고 본다. 즉, 상대 역시 강인하고 용감한 투사여야 한다는 것이다. 싸움에서 패하면 부끄럽게 여기고 다시는 나타나지 않거나 아니면 보란듯이 나타나 복수를 해야 할 것이다. 그렇게만 한다면 물론 어느 쪽이든 안 될 것은 없다. 그러나 개의 경우는 권투선수의 예처럼 대등한 적수로 치부할 수가 없다. 왜냐하면 그 개가 어떤 식으로 미친 듯이 짖어대든 간에 사실 "도의" 따위는 전혀 알 턱이 없기 때문이다. 더욱이 개는 헤엄을 칠 줄 알기 때문에 분명히 악착같이 뭍으로 기어 올라오려고 할 것이고 그러다가 만일 방심이라도 했다가는 그놈 쪽에서 먼저 몸을 움츠렸다 흔들어 물방울을 사람들 몸과 얼굴에 온통 다 튀긴 후 꼬리를 가랑이에 끼고 달아나 버릴 것이다. 물론 나중이라고 해도 본성은 변하지 않을 것이다. 심성이 무던한 사람이야 개가 물에 빠진 것을 세례라도 받은 것으로 간주해서 "분명히 이미 참회하고 다시는 나타나서 사람을 물지 않겠지" 하고 여기겠지만 그것은 정말이지 이만저만한 착각이 아니다.

어쨌든 상대가 사람을 무는 개라면, 내 생각으로는 그것이 뭍에 있든 물에 빠졌든 상관없이 무조건 두들겨 패야 한다고 생각한다.

루쉰과 저우쭤런은 이때 이미 의절한 상태였다.[300] 그럼에도 불구하고 루쉰이 동생의 실명을 밝히지 않고 "지금의 논객들"이라고 애둘러 말한 것은 그 잘못을 전부 린위탕에게 전가하려 한 것처럼 보인다. 루쉰은 이렇게 말하기도 하였다.

지금의 상황에 대하여 말하자면, 불안정한 정국이 흡사 수레바퀴가 도는 것처럼 변화가 무쌍하다 보니 악인들이 얼음산도 빽이랍시고 온갖 악행을 거리낌 없이 자행한다. 그러다가 어느 순간 큰 죄를 저지르면 별안간 애걸복걸하는데 이럴 때 과거에 악인을 직접 만나거나 해코지를 당했던 좋은 사람은 갑자기 그를 "물에 빠진 개"로 여기고 패지 않는 것은 물론이고 심지어 연민의 감정까지 가지고 '정의가 구현되었으니 의협심은 지금 바로 내가 발휘해야겠다.'라고 여기기까지 한다. 그러나 그 개는 애초부터 물에 빠진 적이 없었다. 그 사이에 이미 소굴을 잘 만들어 놓은 데다가 먹을 것들도 일찌감치 넘칠 정도로 저장해 놓았으며 그것들 모두가 조계(租界)에 있다. 아무리 어떤 때에는 다친 것처럼 보이기도 하지만 사실은 전혀 그렇지 않다. 그래 봤자 다리를 저는 척하면서 잠시 남들의 동정심이나 유발해서 그때마다 여유만만하게 숨을 곳이나 찾아보려는 속셈일 뿐이기 때문이다. 나중에 다시 나타났을 때에는 예전처럼 일단 좋은 사람부터 물고 해코지를 하는가 하면 "돌을 던지고 우물에 빠뜨리는" 등 온갖 악행을 다 저지른다. 그런데 그 원인을 곰곰이 따져 보면 그 잘못의 일부는 바로 좋은 사람이 "물에 떨어진 개를 패기"를 차마 하지 못한 데서 찾을 수 있다. 그러므로 좀 가혹하게 말한다면, 스스로 자기 무덤을 판 것과 같은 격이니 엉뚱하게 하늘을 원망하고 남탓이나 하는 것은 완전히 잘못된 행동인 것이다.

루쉰의 이 말은 예언이라고 해도 과언이 아니었다. 몇 달 후인 1926년 3월 18일 실제로 돤치뤠이·장스자오 일당이 집정부(執政府) 문 앞에서 전례가 없던 (개탄스럽게도 이것은 마지막이 아니었다.) 대참사를 일으켰기 때문이다.

린위탕은 3.18 참사[301]로 당시 베이징 여자사범대의 학생이던 류허전(劉和珍)과 양더췬(楊德群)이 목숨을 잃자 3월 21일 〈류허전·양더췬 두 여사를 애도하며[悼劉和珍楊德群女士]〉(《어사》 제72기)라는 글을 발표하고 두 사람의 죽음을 애통해 하였다.

오늘은 일요일이어서 조금 한가하길래 펜을 들어 요 사흘 사이에 침통하게 여긴 일을 쓸 생각이 간절하지만 무엇부터 이야기해야 할지 모르겠다. 사흘 전부터 매일 머리가 멍한 것이 도통 아무 생각도 나지 않기 때문이다. 겉으로는 공무로 분주하다 보니 차분히 쉬면서 사색을 즐길 여가가 적다고 둘러댄다. 그러나 속으로는 내가 태어난 이래 가장 애통한 경험을 했다고 생각한다. 그것은 어쩌면 부분적으로는 류·양 두 여사가 우리가 가장 증오하는 적들의 손에, 우리를 대표해서 죽었다고 생각했기 때문이고, 부분적으로는 속으로 망국의 말 못할 고통을 통감하며 여사들이 망국으로 말미암아 죽음을 당한 것은 추근(秋瑾)[302] 이후로 이번이 처음이라는 생각을 했기 때문이다. 그리고 부분적으로는 여자사범대로 와서 강의와 교무를 맡은 이래로 류 여사가 내가 가장 잘 알고 가장 아끼던 학생들 중의 한 사람(양 여사에 대해서는 그다지 잘 알지는 못하지만 몇 번 본 기억이 있다.)이었기 때문이리라. 이 몇 가지 이유들이 어우러지면서 나로 하여금 두 여사의 죽음이 단순히 본교의 손실일 뿐만 아니라 개인적 손실이기도 하다는 생각을 갖게 한 것이다.

…

류·양 두 여사는 그들의 일생과 마찬가지로, 나라를 망친 관료와 나라를 병들게 한 관리들의 아귀다툼 때문에 죽은 것으로, 전국 여성 혁명가들의 선구자가 된 셈이다. 그렇기에 그들의 죽음을 우리가 원한 것은 아니었지만 그래도 영광스럽게 죽은 것이며, 그래서 그들이 애석하게 죽기는 했어도 사랑스럽게 죽었다고 생각하는 것이다. 우리는 상심해서 눈물을 흘리면서도 이것으로 각자를 위안하면서 그들의 소임을 이어나가야 할 것이며, 이 망국의 시기에 어리석은 삶을 살아서는 결코 안 될 것이다.[303]

루쉰도 〈류허전 씨를 기리며[記念劉和珍君]〉(《어사》 제74기)라는 글을 써서 깊은 애도의 마음을 전하였다.

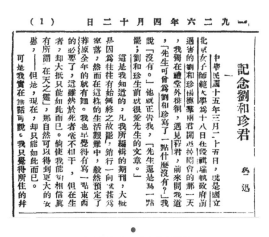

〈류허전 씨를 기리며〉의 원문

박해를 당한 40여 명의 젊은이들 중 류허전 씨는 나의 학생이었다. 막상 '학생'이라고 부른 것은 내가 지금까지 그렇게 생각하고 그렇게 불러 왔기 때문이다. 그러나 이제는 그렇게 대하는 것을 망설이게 되었다. 오히려 내 쪽에서 그녀에게 슬픔과 존경을 바쳐야 옳으니까 말이다. 그녀는 "구차하게 지금까지 살고 있는 나"의 학생이 아니라 중국을 위하여 죽은 중국의 젊은이이기 때문이다.

…

그러나 돤치뤠이 정부는 명령을 내려 그녀들을 "폭도"라고 불렀다.

그러나 이어서 유언비어를 퍼뜨려 그녀들이 남들에게 이용당했다고 하였다. 참상은, 이미 차마 내 눈으로는 볼 수 없게 만들었다; 유언비어는, 더더욱 차마 내 귀로는 들을 수 없게 만들고 있다. 그러니 내가 또 무슨 말을 할 수 있겠는가? 나는 쇠망한 민족이 아무 소리도 내지 못하고 침묵하는 이유를 알게 되었다. 침묵이여, 침묵이여! 침묵 속에서 폭발하지 않는다면 언젠가는 침묵 속에서 멸망하고 말 것이다.

루쉰이 이 글을 발표하자마자 린위탕이 바로 호응하고 나섰다. 린위탕은 〈개를 패는 행위의 의문 풀기[打狗釋疑]〉라는 글에서 이렇게 말하였다.

젊은 시절의 린위탕 부부

참사가 있은 후 교육계의 침묵은 나로 하여금 그 일을 떠올릴 때마다 정말 모골이 송연해지게 만들었다. 평화를 사랑한 죄로 이런 참사가 발생한 것이 아닌가. 설사 또다시 48명의 학생들이 학살당한다고 하더라도 교육계의 반응은 이 꼬락서니일 것이다. 그러니 어떻게 학살이 재연되지 않을 수 있겠는가?

루쉰 선생은 말하였다. 장래에 나라가 망한다면 침묵 속에서 망하게 될 거라고 말이다. '침묵이여, 침묵이여! 침묵 속에서 폭발하지 않는다면 언젠가는 침묵 속에서 멸망하고 말것이다.' 어쨌든, 삶은 곧 투쟁이기에 조용히 침묵을 지키는 것은 결코 좋은 현상이 아니며, 평화는 더더욱 우리들의 저주를 받아 마땅한 것이다. 우리가 육박전을 벌일 수는 없을 지라도 최소한 저주를 퍼붓고 욕을 할 수는 있을 것이다. 저주와 욕은 퍼붓지 못하더라도 최소한 마음과 머리가 다 아플 정도로 증오하고 원망할 수는 있어야 할 것이다. 만일 원망의 마음이 조금도 없다면 사람으로 살아가지 않아도 된다. 그런 물건들은 불러 줄 만한 이름이 없나니 차라리 제국주의자들 눈의 "식민지의 고분고분한 착한 백성들"이라고 부를까 한다.

청 왕조의 옛 대신은 과거 우리를 '맹수'라고 불렀다. 그러나 거기에 우리가 그 수준에조차 어울리기는 하는가?


3.18 대학살이 발생한 후 돤치뤠이 집정부는 정치범 체포를 위한 블랙리스트를 하달하였다. 4월 9일자 《경보(京報)》[304]의 〈"3.18" 참사의 내막들["三一八"慘案之內幕種種]〉이라는 기사에서는 다음과 같이 보도하였다. "체포 안건 논의의 진상: 장(스자오)·마(쥔우)는 교육계가 잇따라 반대하는 것을 아주 못마땅하게 여긴 나머지 진작부터 대대적인 박해를 가할 생각을 가

지고 천런중(陳任中)에게 반대자의 이름을 조사한 후 블랙리스트를 작성하여 밀고할 것을 특별히 부탁하였다. 블랙리스트 원본에는 원래 100여 명이 올랐는데, 천런중이 그것을 마쥔우에게 넘기자 마쥔우는 원본은 자신이 보관하고 장스자오에게는 사본 한 부를 전달하였다. 18일 사건이 발생한 후에는 장스자오를 거쳐 블랙리스트에 올라 있던 이름들 중에서 50명을 골라서 토론에 부쳤다. … 이날 밤에 긴급회의를 소집했는데 참석 인원들 중 쟈더야오(賈德耀)·장스자오·천런중을 제외하면 대부분이 인원이 너무 많다고 주장하여 나중에 16명을 골랐고, 나중에는 다시 7명을 주장하여 마지막에는 단 5명만 남았던 것이다. 취잉광(屈映光)은 또 이페이지(易培基)·리위잉(李煜瀛)·구자오슝(顧兆熊)은 공산당원으로 보기 어렵다는 의견을 개진하였다. 천런중은 이페이지는 쉬쳰(徐謙)과는 절친한 사이인데다가, 쉬쳰이 중아대(中俄大)[305]의 장학금을 받도록 도왔으며, 리위잉·구자오슝은 중법대(中法大),[306] 중아대의 교비를 장악하고 있으므로 그들을 처벌하지 않아 정부가 학풍을 정돈하고 배상금 처리 등의 행정절차를 진행하는 데에 지장을 초래해서는 절대로 안 된다고 주장하였다. 장스자오는 이 5명은 혐의가 정말 비등하여 우열을 가리기가 어렵다고 말하였다. 이렇게 해서 마침내 체포 안건이 확정되었던 것이다." 쉬쳰·리따자오·리위잉·이페이지·구자오슝 이 다섯 명에 대한 체포 명령은 이렇게 하달되었다.

《경보》의 기사에서는 장스자오가 토론에 부친 지명수배자 50명의 블랙리스트(실제로는 48명) 전문을 공개했는데 거기에는 루쉰이 21번째, 린위탕이 17번째로 거명되어 있었다.

4월 13일 루쉰은 이 자료를 토대로 〈대연발미

● 장스자오 _ 당시 북양정부에서 사법총장과 교육총장을 겸임하고 있었다.

〈大衍發微〉라는 글을 써서 블랙리스트에 열거된 48명의 출신지와 신분을 차례로 조사하는 한편 장스자오 파의 속셈을 분석했는데, 그들이 이 기회를 타서 이루려 한 목적은 다음과 같은 것들이었다.

갑. 아국퇴환경자배관위원회(俄國退還庚子賠款委員會)와 청실선후위원회(淸室善後委員會)를 개편한다.

을. 중아대·중법대·여자사범대 및 베이징대 등 일부 학교를 "정리"한다.

병. 《경보》·《세계일보》와 《만보(晩報)》·《국민신보(國民新報)》·《국민만보》를 응징한다.

정. 《경보부간(京報副刊)》[307]과 《국민신보부간》의 폐간을 압박한다.

무. 《맹진(猛進)》·《어사》·《망원(莽原)》의 업무를 방해한다.[308]

그는 이와 함께 장스자오가 이 틈을 타서 공권력을 동원하여 개인적인 원한을 갚으려 하는 속셈까지 간파하였다.

1. 여자사범대 학생들을 대리하여 장스자오를 고발한 변호사들까지 처벌하려 들었다.

2. 천위안(陳源)의 "유언비어"에서 언급한 이른바 "특정 지역" 사람은 12명으로 전체 인원의 1/4을 차지한다.

3. 천위안의 "유언비어"에서 언급한 이른바 "특정 파벌"[309]에 속한 사람은 5명이다.

4. 과거 반-장스자오 선언을 발표한 베이징대 평의원(評議員) 17명 중 14명이 포함되어 있다.

5. 과거 반-양인위 선언을 발표한 베이징 여자사범대 교원 7명 중 3명이

포함되어 있으며 모두가 "특정 지역" 출신이다.[310]

4월 16일자 《경보부간》에 발표된 루쉰의 이 글을 본 린위탕은 즉시 〈"적발"과 "밀고"〉("發微"與"告密")라는 글을 써서 그의 주장에 동조하고 나섰다. "이른바 '관료적 수단'이라는 견지에서 볼 때 그다지 고명하지 못한 자들은 결국 마각을 드러내기 마련인데, 너무 티가 날 정도로 드러나다 보니 노상에서 치부를 드러내고 만다. 덕분에 우리 중 일부가 조그만 단서라도 찾아내고, 그러다 보니 루쉰 선생이 〈대연발미〉를 써낸 것이다. 우리가 이러한 발견의 길을 따라 간다는 것은 그 의의가 매우 중대하고 심장하다고 하겠다. 국민을 박해하고 반대파를 체포하는 등의 돤·장·마·천의 작태는 결코 어제 오늘 우연히 벌어진 일이 아니며, 이미 오래전에 준비되고 그 유래도 오래된 것이었다. 그랬던 것이 루쉰 선생이 신통한 조요경(照妖鏡)[311]을 비추자마자 온갖 추태들이 다 드러났다. 그 결과, 조요경에 비친 군상들 중에는 장·마는 물론이고 문단의 요괴들도 있었으며, 대로변에서 호객행위를 하는 거리의 여인들뿐만 아니라 뒷골목에서 사람들을 유혹하는 사창들까지 끼어 있었던 것이다. 그 근원을 따져 보면, 어쨌든 장스자오가 정계에 모습을 드러내고 《갑인(甲寅)》[312]이 발간되기 시작한 이래 복고와 반동의 사조를 청산하는 데에 대성공을 거둔 셈이며, 학풍 정돈의 의의 역시 이로써 완결·확정되었다고 할 수 있겠다.[313]

## 샤먼(廈門)대[314]의 동료들

당시 뜨거운 사랑에 빠져 있던 루쉰과 쉬광핑은 새로운 가정을 꾸리는 일을 구체적으로 논의하는 단계에 있었다. 그렇다 보니 두 사람은 베이징

1926년 샤먼 시절의 린위탕 일가

을 떠날 수밖에 없게 되었는데, 마침 그 계기가 하나 마련되었다. 루쉰이 샤먼대로 가게 된 것이다. 그가 샤먼대로 옮기게 된 경위는 이러하였다: 1926년 5월, 린위탕은 고향 푸젠(福建)으로 돌아가 샤먼대 문과의 학장을 맡게 되었다. 얼마 후인 5월 13일, 루쉰은 쉬쭈정(徐祖正)·마위짜오(馬裕藻)· 쉬서우창과 함께 쉬안난춘 주가(宣南春酒家)에서 송별연을 열고 린위탕을 전송하였다.[315] 그가 출발할 즈음 루쉰은 린위탕에게 샤먼대로 가서 교편을 잡고자 하는 자신의 의사를 밝히고 그 문제를 의논하였다. 물론, 그것은 린위탕도 바라던 바였기 때문에 금세 원만하게 처리되었다. 7월 28일, 루쉰은 샤먼대에서 부쳐 온 월급 400원과 여비 100원을 수령하고, 8월 26일 베이징을 떠나 샤먼으로 향하였다.

루쉰은 1930년 5월 16일에 쓴 〈자전(自傳)〉에서 자신이 샤먼대로 옮기는 과정에서 린위탕의 도움을 받은 경위를 이렇게 밝혔다.

"1926년이 되자 학자 몇 명이 돤치뤠이 정부로 가서 내가 나쁜 인물이어서 체포해야 한다고 밀고를 해서 나는 곧 친구 린위탕의 도움으로 샤먼으로 피신해 샤먼대학교의 교수가 되었다."[316] 루쉰은 이 글에서 자신이 베이징을 떠나게 된 정치적 배경에 대해서만 언급하였다. 그러나 사실은 그가 베이징을 떠나 샤먼으로 갈 때 돤치뤠이 정부는 이미 전복되고 난 후였다. 한 마디로 그는 자신의 남하를 당시의 정치 상황과 결부시켜 해석하고 싶어했으며, 이 일이 쉬광핑과 상의한 결과라는 사실을 남들이 알게하고 싶지 않았던 것이리라. 그러나 쉬광핑은 자신의 글에서 당시의 상황을 다음과 같이 술회하고 있다.

우리는 베이징을 떠나기 직전에 의견을 나누었다: '둘 다 사회를 위하여

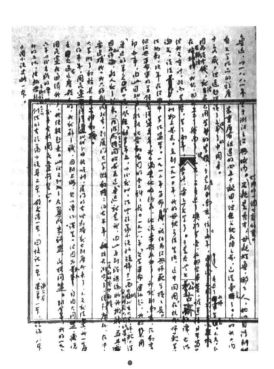

루쉰 〈자전〉의 육필 원고

2년 동안 잘 봉사하자. 한편으로는 사업을 위해서 또 한편으로는 자신의 생활을 위하여 필요한 돈을 좀 모으기 위해서. 독자들은 이 과정의 곡절 따위에까지 주의를 기울이지는 않을 것이다.'[317]

필요한 돈을 좀 모은다는 말이 나왔으니 하는 말이지만, 샤먼대가 루쉰에게 주기로 한 월급은 400원으로, 그가 당시까지 받아 본 돈 중 가장 액수가 컸다.

루쉰이 연고가 없는 낯선 샤먼에 도착하자 린위탕은 직접 마중을 나와 그를 학교로 안내하였다. 루쉰은 1926년 9월 4일 쉬광핑에게 편지를 보내 자신의 도착을 알렸다. "나는 9월 1일 자정 무렵에 배에 올랐고 2일 아침 7시에 출발해 4일 오후 1시에 샤먼에 도착했소. 도중에는 바람이 없어서 뱃길이 아주 평온했소. 이곳 말은 한 마디도 알아들을 수가 없어서 일단 객사로 가서 린위탕에게 전화를 거는 수밖에 없었소. 그가 바로 마중을 나와 준 덕분에 당일 밤 바로 학교로 이사해 지낼 수 있게 되었소."[318] 린위탕은 샤먼대에서의 루쉰의 상황에 대하여 《팔십자서》에서 이렇게 적고 있다.

친구의 연락으로 나와 루쉰·선젠스, 그리고 베이징대의 걸출한 인물 몇 사람은 샤먼대와 초빙계약을 체결했으며, 얼마 후 우리는 현지로 가서 교편을 잡았다. 이 베이징대 교수들이 도착하자 샤먼대 국문계는 금세 생기가 넘치기 시작했고, 11세기에 지어진 그 오래된 목조 건물 "동서탑"에는 연구계획서가 전달되었다. 그런데 이것이 뜻밖에도 이과 주임이던 류수치(劉樹杞)[319] 박사의 질투를 불러일으키고 말았다.

루쉰은 당시 한 곳에서 혼자 지내고 있었고 그의 여자친구인 미스 쉬는

● 이과 주임 류수치 _ 당시 샤먼대의 비서를 겸임하고 있었다.

이미 혼자 광저우로 간 상태였다. 나는 해변의 단독 주택에서 지내고 있었다. 나는 푸젠 사람이면서도 토박이로서 해야 할 도리를 다하지 못했던 것 같다. 류수치의 세력과 그들의 악랄함으로 인하여 루쉰은 세 번이나 이사를 다녀야 하였다. 당시 《소설구문초(小說舊聞鈔)》를 쓰고 있었던 그는 동향 출신의 신문사 지인인 쑨푸위안(孫伏園)과 함께 밥을 해 먹곤 했는데, 두 사람이 먹는 것은 진화(金華) 식 족발[320]이고 마시는 것은 사오싱(紹興) 술뿐이었다. 실정이 이렇다 보니 자연히 샤먼에서 오래 버틸 재간이 없었던 것이다. 결국 그는 사직하고 광저우로 가기로 결정하였다. 그가 떠나려 한다는 소식이 전해지자 반발한 국문계의 학생들은 류수치를 몰아내려 했으며, 나 역시 샤먼대를 떠났다.[321]

린위탕의 술회를 통하여 루쉰이 샤먼대에서 어떤 처지에 있었는지 엿볼 수 있으며, 본인 역시 입장이 상당히 난처했음을 짐작할 수 있는 셈이다. 그 점은 루쉰 역시 잘 알고 있었다. 그는 쉬서우창에게 보낸 1926년 10월 4일자 편지에서 자신이 처한 상황에 대하여 이렇게 적었다.

University of Amoy.

淡以西（南普
陀）可望的廈
門大學全景。
前面是海，對
面是鼓浪嶼。
最右邊的是生
物學及國學
院，中五層樓是
有我住的便是
此兩法的地方。
此處甚覷。
風，技木多，
廈，但此後，
有望稜窗，
區々也々。

루쉰이 편지에서 언급한 샤먼대 전경

학교는 분위기가 상당히 어수선해서 개교 이래 지금까지 무엇 하나 일관되게 계획대로 추진된 것이 없을 정도입니다. 학생은 겨우 300여 명뿐인데 기숙사가 다 차서 신입생조차 받지 못하고 있지요. 300여 명의 재학생은 예과와 본과로 나뉘는데, 본과에는 7개 부문이 있고 각 부문에는 다시 계가 있으며 각 계에는 학년이 있지만 인원이 적어서 서로 잘 알고 지낼 정도입니다. 저의 강의실에는 수업을 듣는 학생이 10명 정도 되는데 이 정도만 해도 대단한 성황이라고 하는군요.

위탕도 뾰족한 방법이 없나 봅니다. 본인 말로는 총장과 아주 가깝다고 하는데 제가 보기에는 전혀 그렇지 않고, 오히려 의심을 받는 기색이 완연합니다. … [322]

●
언어학자 선젠스 _ 형인 선스위안(沈士遠)·선인뭐(沈尹默)와 함께 "북대 3심(北大三沈)"으로 불려졌다.

1926년 12월 19일 선젠스에게 보낸 편지에서도 비슷한 말을 하고 있다.

샤먼대는 본래 경비를 삭감할 계획이었는데 위탕이 사직을 불사하고 힘써 투쟁한 끝에 이미 원상을 회복했습니다. 그래도 믿기 어려워서 얼마든지 경비를 삭감하거나 회복할 수 있으며, 설사 회복했더라도 언제든지 삭감할 수도 있으니까 말입니다. 위탕도 이곳에 오래 머물 수 없다고 판단하고 최근에는 저처럼 다른 곳으로 갈 생각이 간절한 것 같습니다만 결단을 내리지 못하는 것은 아무래도 처자가 딸려 있어서이겠지요. 량 공(亮公)은 이곳 환경이 그런 대로 잘 맞는지 유유자적입니다만, 저는 결국 학기 말에 떠나기로 결정했습니다. 이

학교 국문계의 1학년은 상하이에서 신문기사를 보고 온 학생들이어서 다수가 뿔뿔이 다른 곳으로 전학해 갈 테니 남는 사람은 기껏해야 1명뿐일 것입니다.[323]

1927년, 두 사람은 차례로 샤먼대를 떠났다. 루쉰은 광저우로 가서 중산대(中山大) 문학계의 주임 겸 교무주임을 맡았다. 그러나 여기서 광저우의 4.15 정변(四─五政變)[324]을 목도한 그는 이때 뿌려진 "피에 놀라 눈이 다 휘둥그레지고 입이 딱 벌어져서" 결국 의분을 참지 못하고 사직하게 된다.

7월, 광저우 시 교육국(廣州市敎育局)의 초청으로 하계 학술강연회에서 〈위진시대의 기풍 및 문장과 약 및 술의 관계〉라는 제목의 학술강연을 맡은 그는 이 자리에서 당시의 현실에 빗대어 위대한 논설을 발표하였다.

위진시기의 이른바 '예교 숭상'이라는 것은 어디까지나 자신에게 이로운 것을 두고 한 말일 뿐으로, 이때의 숭상이라는 것도 우연한 현상에 지나지 않았습니다. 예를 들어 조조가 공융(孔融)을 살해한 일이나 사마의가 혜강(嵇康)을 살해한 일은 공통적으로 공융과 혜강의 불효 논란과 관련이 있었습니다. 그러나 솔직히 말해서 조조와 사마의가 언제 유명한 효자였던 적이 있었습니까? 그저 그 같은 명분으로 반대자들에게 죄를 뒤집어 씌운 것뿐이지요. 그래서 순박한 사람들은 그 같은 행위가 예교를 모독하는 짓이라며 불만이 이만저만이 아니었습니다만 그들에게 대응할 만한 뾰족한 수가 없다 보니 격분한 나머지 예교에 침묵하고 예교를 불신하고 나아가 예교에 반대하기에 이르렀던 것입니다. 물론 사실은 그것조차 시늉에 불과했습니다. 그들의 본심을 놓고 본다면, 어쩌면 오히려 예교를 믿고 보배로 여긴다는 점에 있어서는 조조나 사마의 같은 자들보다 더 집착이 강했을 것입니다. 지금 쉽고 분명한 비유를 하나 들어서 여기 군벌이 한 사람 있다고 칩시다. … 예전에는 국민당을 탄압했지만 나중에는 북벌군의 세력이 커지자 바로 청천백일기(靑天白日旗)를 내걸고 자신들이 삼민주의(三民主義)를 믿으며 총리(總理)의 신도라고 말하기까지 합니다. 그걸로도 부족해서 총리를 기리는 주(週)까지 만들려고 든다고 칩시다. 이럴 경우 진정한 삼민주의의 신도들은 떠나야겠습니까, 말아야 겠습니까? 떠나지 않는다면 저 쪽에서는 당신이 삼민주의에 반대한다고 몰아붙이면서 죄를 뒤집어 씌워 목숨을 빼앗을 수도 있습니다. 그러나 지금까지 그의 세력 하에 있었다면 별 도리가 없겠지요. 정말 총리의 신도이더라도 삼민주의는 입에 올리지도 않거나 남이 빈말로라도 거론할라치면 마치 삼민주의에 반대하기라도 하는 것처럼 바로 인상을 찌푸릴 것입니다. 그래서 나는 이른바 예교에 반대했다는 위진시기 사람들도 상당수는 그랬을 거라고 생각하는 것입니다. 그들이야말로 예교를 보배로 떠받드는 진부하기 그지없는 글쟁이들이었던 것이지요.[325]

린위탕은 루쉰의 이 강연과 관련하여 자신의 견해를 피력한 바 있다. 그는 영문 간행물인 《차이나 크리틱(China Critic)》에 발표한 〈루쉰(魯迅)〉(번역문이 《베이신(北新)》 1929년 1월 1일 제3권 제1기에 발표됨)이라는 글에서 광저우에서 정변이 발생한 후 루쉰은 처지가 매우 어려웠으며 그를 방문하는 사람들 중 일부도 진짜 목적은 상부의 명령에 따라 그의 정치적 입장을 떠보려는 데에 있었다고 말하였다. 린위탕은 루쉰의 이 강연 역시 그의 태도를 떠보기 위한 조치였다고 생각하였다. "만일 루쉰이 거절했다면 당국자들을 존중하지 않는 '시늉'으로 간주되었을 것이다. 물론 루쉰은 그렇게 하지 않았다. 그는 적어도 그들보다는 더 영리하였다. 그는 강연을 수락

1927년 10월 4일 루쉰 부부와 린위탕 _ 루쉰을 기점으로 시계 방향으로 쉬광핑·저우젠런·쑨푸지·린위탕·쑨푸위안. 그러나 문화대혁명 막바지로 치닫던 1977년 3월 문물출판사에서 펴낸 《루쉰 1881–1936》의 사진(아래)에서는 린위탕과 쑨푸지가 지워져 있다.

했고 상당히 긴 재미있는 이야기들을 청산유수처럼 쏟아냈으며, 주제 역시 서기 3세기의 문학 상황으로 잡았기 때문이다. 강연에서 그는 위진대의 학자들이 정치적으로 연루되지 않으려다 보니 어쩔 수 없이 '한 번 취하면 두 달 씩이나 폭음을 한 것'이라는 해석을 내놓았다. 그 자리의 청중들도 다들 재미있게 들으면서 그의 독창적인 견해와 강연 내내 이어지는 훌륭한 해설에 찬탄을 금하지 못하였다. 그리고 당연한 말이지만, 그들은 루쉰이 말하려 하는 요점을 전혀 간파하지 못하였다." 당시의 정치적 환경과 결부시켜 본다면 이 같은 린위탕의 해석이 실제와 상당히 부합되는 셈이다.

## 처음 간 상하이

1928년 6월, 루쉰은 위따푸(郁達夫)[326]와 함께 베이신 서국(北新書局)이 창간한 《분류(奔流)》[327]의 편집인을 맡고 린위탕에게 원고를 청탁하였다.

이때 린위탕은 그 월간지에 학술논문인 〈"좌전"의 진위와 상고시대의 방음["左傳"眞僞與上古方音]〉과 함께 단막극인 〈선생님이 남자를 만나다[子見南子]〉를 발표하였다.

《분류》 창간호

이 극본은 《논어》와 《사기》에 기술된 소재를 활용하여 위(衛)나라 영공(靈公)의 부인인 남자(南子)가 공자를 접견한 이야기를 다루면서 현대의 여권사상을 선전하였다. 얼마 후 산둥 성립 제2 사범학교(취푸(曲阜) 소재)의 학생들이 이 극본을 무대에 올렸다가 큰 파문을 일으켰고 교장 쑹환우(宋還吾)는 이 일로 파면당하였다. 루쉰은 이 사건에 관한 문서들을 특집으

孔丘　因爲他們恨陽虎，我相貌有點像陽虎，所以誤會了。

南子　那一個陽虎？　就是那個送先生火腿的貴國的陽貨吧！

孔丘　就是他！　他不是送我火腿，他是送我紅燒肘肉。

南子　那是我聽錯的。　但是這已經比季桓子知禮。　聽說季
　　　桓子不送你肘子，你所以去魯，是嗎？（孔丘點首。）
　　　聽說陽虎瞰你不在，才去送你肘子，你又單料他不在
　　　家才去回謝他，有這回事嗎？

孔丘　就是這位。

南子　陽虎是壞人嗎？

孔丘　很壞的人，所以我不願意在魯國了。

南子　那你又何必去回拜他呢？

●

《선생님이 남자를 만나다》에서 공자와 남자가 대면하는 대목

로 엮어 〈"선생님이 남자를 만나다"와 관련하여[關於"子見南子"]〉라는 제목으로 《분류》에 발표하고 관련 사진을 실었다. 이 특집호 자료의 말미에 그는 다음과 같이 적고 있다.

　이상의 각종 문서 11편만으로도 산동 취푸의 제2 사범학교가 공연한 〈선생님이 남자를 만나다〉 사건의 전말은 별도의 설명을 할 것도 없이 너무도 명백하다. 앞의 몇 편의 공문(2-3)을 통하여 "성인의 후예들"께서 고소를 한 방법과 성지에서의 그들의 위엄을 엿볼 수 있다. 중간의 회의록(4)은 고소자가 거짓말을 했음을 증명해 준다. 이어지는 두 개의 기사(5-6)는 이 사건의 내막을 폭로하는 동시에 주요 인사들의 주장을 소개하고 있다. 교육부 훈령(9)에 이르면 겉보기에는 더 이상 아무 불상사도 발생하지 않은 것 같아 보인다. 그러나 쏭 교장은 그래도 굴복하지 않고 여러 문제들을 제기했고(10), 그 결과 별 수 없이 원직을 떠나 다른

자리로 전보된다(11). 사실상 "면직"당하고 만 것이다. 말하자면 이른바 "분쟁을 멈추고 사람들을 진정시키기" 위한 조치로서, "권문세가"의 완벽한 승리였다.[328]

몇 년 후, 루쉰은 〈현대 중국에서의 공 선생님[在現代中國的孔夫子]〉이라는 글에서 다시 이 일을 거론하고 있다.

5-6년 전 이 〈선생님이 남자를 만나다〉의 공연이 문제를 일으킨 적이 있었다. 그 극본에 등장하시는 공 선생님께서는 성인으로 보기에는 아무래도 신중함이 좀 부족한 데다 아둔한 구석까지 있었다. 하나의 인간으로서는 오히려 사랑스러운 좋은 인물이었음에도 불구하고 그 성인의 후예들께서는 몹시 분개한 나머지 그 문제를 관청까지 끌고 가 버렸다. 공연이 이루어진 장소가 공교롭게도 공 선생님의 고향이었고, 그 지역에 성인의 후예들께서 대단히 많이 퍼져 있어서 석가모니나 소크라테스조차 무색하게 만들 정도로 대단한 특권계급으로 행세하고 있었기 때문이다. 그러나, 어쩌면 그것이야말로 성인의 후예가 아닌 그곳 젊은이들이 기어이 〈선생님이 남자를 만나다〉를 공연할 수밖에 없었던 원인은 아니었을까?[329]

이 무렵 루쉰과 베이신 서국의 사장 리샤오펑(李小峰)[330] 사이에는 《분류》의 편집·출판 문제로 약간의 분쟁이 있었다.

루쉰은 1929년 11월 23일 쑨융(孫用)에게 보내는 편지에서 이렇게 밝히고 있다.

상하이의 루쉰 가족(1931)

《분류》와 "베이신"의 관계는 원래는 이러했습니다: 제가 원고의 선정 및 편집을 담당하고 "베이신"은 원고의 퇴고 및 원고료 지불을 담당했습니다. 그런데 금년 여름이 되었을 때 저는 그들이 자신들의 소임을 전혀 이행하지 않았다는 사실을 알고 편집인 직책을 사임했습니다. 그 사이에 사람들의 중재로 우선 원고료를 제게 보내면 다시 제가 필자들에게 부쳐 주기로 약정하면서 비로소 편집·출판에 착수할 수 있었습니다. 《분류》 제5호는 이 새 협약이 체결된 후에 나온 첫 번째 성과였습니다. 이런 식으로 그 과정에서 벌써 3개월이 지체된 것입니다. 선생의 지난 번 글에 대한 원고료는 제가 이미 처리했습니다만 그때의 원고료를 아직 보내 드리지 않은 채 애매하게 얼버무린 사실을 이제서야 알았습니다. 아무래도 선생께서 직접 "베이신"으로 찾아가 문의해 보시는 것이 가장 좋은 방법이라고 봅니다. 만일 자신들이 실수를 저질러 애매하게 처리한 것을 스스로 인정한다면 더 좋겠지요. 만일 제가 가서 지난번 난리 친 일을 다시 들먹인다면 결국 또 한번 분란이 일어날 것이 뻔하기 때문입니다.[331]

그는 1929년 8월 7일 웨이충우(韋叢蕪)[332]에게 보낸 편지에서는 또 이렇게 말하였다.

《분류》 일이라면 어쩌면 나는 제4호까지만 하고 더 이상 편집을 맡기 어려울 것 같습니다. 설사 그 일을 계속 맡는다고 하더라도 매 호마다 혼자서 1-2만 자를 싣는다는 것은 아주 난감한 일입니다. 앞서 약정한 기고자가 몇 분 계시기 때문입니다.
"베이신"은 근래에 업무가 엉망으로 마비된 상태입니다. 제가 처리한 원고료가 아무리 시간이 지나도 지급되지 않을뿐더러 서신을 써서 그 문제를 독촉하고 따져도 전혀 답변이 없습니다. 투고자는 다수가 궁핍한 처지이다 보니 늘 직접 저를 찾아와 따지거나 불평을 토로하곤 하는데 제가 그 고생을 감당하기가 어렵습니다. 많은 생명이 대가조차 없는 힘든 일에 시달리고 있으니 정말 이처럼 고생스러운 일이 어디 있겠습니까! "베이신"은 지금 재정적으로 쪼들린다고 말하지만 저는 믿지 않습니다. 들리는 말에 따르면 그들은 현찰을 빼돌려서 방직공장을 여는가 하면 한편으로는 상하이의 막가파 서점들의 못된 행태를 본받아 작자들에게 각박하게 굴기까지 한다는군요.[333]

이뿐만 아니었다. 베이신 서국은 루쉰의 인세까지 상당액을 지급하지 않는 바람에 여러 차례 독촉하다못해 변호사를 불러 송사를 벌일 정도였다. 루쉰은 1929년 8월 17일 장팅첸(章廷謙)[334]에게 보낸 편지에서 이렇게 털어놓았다. "사장은 원래 상하이에 있었는데 말을 해 놓고도 약속을 지키지 않고 서신을 보내도 답장이 없는 등 그 횡포가 날이 갈수록 더 심해졌습니다. 나는 오랫동안 참고 참다가 그저께에 변호사를 초빙해서 그자들에게 장난을 좀 쳤습니다. 어쩌면 작은 장난은 절대 아니어서 상황이 어떻게 전개될지에 관해서는 지금은 말씀드리기 어렵습니다. 사장이 오늘 나를 찾아오기는 했지만 더 이상 할 말이 없었습니다. 제 화살은 이미 시위를 떠났으니까요. 온갖 방법으로 저를 매도하던 판즈녠(潘梓年)[335]도 베이신의 주주더군요. 그러니 화가 나겠습니까, 안 나겠습니까!"[336]

루쉰이 정식으로 소송을 걸자 리샤오펑은 결국 양보를 할 수밖에 없었다. 1929년 8월 28일 리샤오펑은 난윈러우(南雲樓)에 루쉰을 초대하여 식사

●
루쉰에게 비판적이었던
판즈녠

를 대접하고 그와 화해기로 하였다. 그런데 뜻밖에도 그 자리에서 루쉰과 린위탕이 충돌하는 불상사가 벌어지고 만다. 루쉰은 일기에서 이렇게 술회하고 있다.

28일 흐림. 오전에 스헝(侍桁)의 서신을 받았다. 정오가 지나자 큰비가 내렸다. 오후에 따푸가 왔다. 스쥔(石君)·마오천(矛塵)이 왔다. 저녁에 날이 개었다. 샤오펑이 왔고 지형(紙型)도 같이 보냈길래 따푸·마오천이 증인으로 임석하여 계산을 하고 차액만큼의 인세 548원 5각(角)을 회수하였다. 함께 난윈러우의 저녁 약속 장소에 갔더니 양싸오(楊騷)·위탕 부부·이핑(衣萍)·수광(曙光)도 그 자리에 와 있었다. 자리가 끝나갈 무렵 린위탕이 빈정거리는 말투로 그 일을 대놓고 질책하고 그자도 실랑이를 벌이는 바람에 별별 추태를 다 보이고 말았다.[337]

린위탕은 수년이 지난 후 《무엇이든지 다 이야기해 보자 합집[無所不淡合集]》의 〈린위탕 자전 부기(林語堂自傳附記)〉에서 이 소동과 관련하여 이렇게 해명하였다.

한번은 루쉰과 하마터면 사이가 틀어질 뻔 하였다. 일은 아주 사소한 것이었는데 그가 너무 신경이 과민한 것이 화근이었다. 그때 장여우쏭(張友松)[338]이라는 이름의 젊은 작가가 하나 있었다. 장이 나를 쓰촨 로(四川路)의 그 작은 요릿집 2층의 식사 자리에 초대하였다. 그 자리에 있었던 사람은 위따푸·왕잉샤(王映霞)·쉬(許) 여사와 내자였던 것으로 기억한다.

장여우쑹은 자신이 직접 나서 서점이나 잡지를 운영할 생각을 가지고 있던 참이어서 우리들 중 일부를 끌어들이려 하였다. 베이신 서국의 사장 리샤오펑에게 큰 불만을 품고 리샤오펑이 작자들에게 진 빚을 갚을 생각도 하지 않는다는 등의 말을 하면서 자신이 잘 해 보겠다고 나서길래 나도 거드는 말을 몇 마디 해 주었다. 그런데 루쉰이 뜻밖에도 내가 그의 편을 든다고 의심을 한 것이다. 정말 해괴한 일이었다! 술을 한 잔 정도 더 마신 그는 갑자기 울부짖기 시작하였다. 내자도 그 자리에 있는데 그게 도대체 무슨 영문이란 말인가? 알고 보니 리샤오펑이 루쉰에게도 적잖은 빚을 지고 있었고, 그래서 루쉰이 리샤오펑과 무슨 교섭을 벌인 것 같은데 나 혼자만 그 내막을 모르고 있었던 것이다.[339] 게다가 내가 말을 거든 것도 리샤오펑을 비호하겠다는 의도가 전혀 아니었다. 당시 리샤오펑은 베이신 서국이 돈을 좀 벌자 바람을 피우는 등 《신조(新潮)》[340] 시절과는 완전히 사람이 달라져 있었다. (나는 시종일관 소탈함을 잃지 않았던 쑨푸위안 같은 사람을 좋아한다.) 이처럼 루쉰은 너무도 의심이 많았고 나는 너무도 철이 없었던 탓에 둘이 마치 수탉 두 마리가 서로를 노려보듯이 족히 1–2분을 그렇게 마주보고 있어야 했다. 다행히 위따푸가 중재자로 나서고 동석했던 여자 몇 사람이 "한심하다"는 투의 반응을 보이는 바람에 그 작은 풍파는 그렇게 무사히 넘길 수 있었다.[341]

이 회고는 세월이 한참 지난 후에 작성된 것이다 보니, 아무래도 린위탕이 잘못 기억하고 있는 부분이 적지 않은 것 같다.

실제로는 그날 식사를 대접한 것은 리샤오펑이었고 장여우쑹은 애초부터 그 자리에 없었다. 물론 그날 장여우쑹이 주된 화제가 되었던 것만은 사실이다. 당시 루쉰을 도왔던 변호사 양컹(楊鏗)[342]도 장여우쑹의 주선으

● 중년의 장여우쏭

로 송사를 맡았으므로 리샤오펑은 그 일이 몹시 못마땅했던지 그가 루쉰과 자신을 이간질을 하고 있다고 말한 것이었다. 린위탕 역시 평소 장여우쏭에게 불만을 품고 있었다. 그런 와중에 린위탕과 리샤오펑이 일제히 장여우쏭을 공격하고 나선 것이 루쉰의 성미를 돋구었던 것이다. 이날 이후로 루쉰과 린위탕은 아주 오랫동안 인연을 끊고 지냈다. 두 사람의 관계가 다시 정상화 된 것은 1933년 민권보장동맹(民權保障同盟)의 활동에 같이 참여하면서부터이다.

### 중국민권보장동맹의 동료

중국민권보장동맹은 1932년 12월에 창립되었다. 총회(總會)의 주석(主席)은 쑹칭링(宋慶齡)이, 부주석은 차이위안페이가 각각 맡았으며, 집행위원은 총간사(總幹事)를 겸임한 양싱포(楊杏佛), 선전주임을 겸임한 린위탕을 위시하여 이뤄성(伊羅生)·쩌우타오펀(鄒韜奮)·후위즈(胡愈之)가 맡았다. 1933년 1월 17일 상하이에 분회(分會)가 만들어지면서 루쉰이 분회의 집행위원으로 추가로 선출되었다. 이렇게 해서 3년 동안 연락을 끊고 지냈던 루쉰과 린위탕이 민권보장동맹의 동료가 되면서 회의 때마다 만날 기회가 생긴 것이다.

민권보장동맹은 사실은 코민테른이 체포된 소련 간첩 놀랑을 구명하기 위하여 창립한 조직이었다. 놀랑의 공식적인 신분은 "범태평양 산업동맹(汎太平洋産業同盟)(직공회(職工會))" 비서처의 대표(이 동맹은 "홍색공회국제(紅色工會國際)"의 하부기관이었다.)였다. 말하자면 사실상 코민테른의 주중국대표였던 셈이다. 1931년 6월 15일, 상하이의 공동조계(共同租界)에서 특별 순사에게 체포된 그는 같은 해 8월 10일 중국 측에 인도되었으며 14일 난징으로 압송되어 "중화민국에 위해를 가하였다"는 죄목으로 재판을 받았다. 그러자 소련은 즉시 모든 방법을 총동원하여 구명운동에 나섰는데, 민권보장동맹의 결성은 그러한 소련의 조치들 중의 하나였다. 마찬가지로 이뤄성은 코민테른이 이 기구를 장악하기 위하여 파견한 고위 관리였으며 당시 코민테른의 배경을 가지고 있던 스메들리 역시 이 기구에서 중요한 역할을 담당하고 있었다.

루쉰과 린위탕은 민권보장동맹에서 개최한 회의에 몇 차례 참석한 것을 제외하면 함께 활동하는 일은 그다지 많지 않았다. 그나마 특기할 만한 사건이 있다면 그것은 1933년 2월 17일 쑹칭링의 자택에서 아일랜드 작가 버나드 쇼를 접대한 일이었다. 이 접대를 민권보장동맹의 활동으로 여겼던 쑹칭링은 〈루쉰 선생에 대한 추억[追記魯迅先生]〉이라는 글에서 이렇게 술회하고 있다. "영국의 문호인 버나드 쇼가 우리 집에 와서 오찬을 했을 때 동맹에서도 회원 몇 사람이 같이 와서 배석하였다. 그는 사전에 영국 정부로부터 경고를 받았던 터여서 우리 집에서는 상당히 말을 아꼈다. 당시 린위탕은 버나드 쇼와 끊일 사이 없이 대화를 나누었고 그 바람에 루쉰 등은 그와 대화할 기회조차 가지지 못하였다."

루쉰은 쑹칭링의 자택에서 버나드 쇼와 회견하던 당시의 상황을 1933년 3월 1일 타이징눙(臺靜農)에게 보낸 편지에서 간략하게 언급하고 있을 뿐이다.

쇼가 상하이에 체류할 때 저는 절반 정도 식사를 함께 하고 서로 한두 마디 대화를 주고 받은 후 사진을 한 장 찍었는데 차이 선생도 그 자리

1925년 루쉰이 주도한 미명사의 회원들 _ 왼쪽부터 리지예, 웨이쑤위안, 타이징농

에 있었습니다. 그 사진은 지금 벌써 추가 현상을 맡겼는데 완성되면 부쳐 드리지요.

그가 메이란팡(梅蘭芳)과 문답[343]을 나누는 광경을 보았습니다. 쇼의 질문은 날카로왔지만 메이의 대답은 아둔하기 짝이 없던데, 왜 다들 그자를 그렇게 아름다운 이름으로 부르는지 알 수가 없습니다. 하긴 중국에는 매독 환자가 많으니 그자를 그렇게 부르는 것도 새삼 놀라운 일은 아니겠지요.

우리는 상하이에서의 각종 논의 사항들을 모아 책으로 엮고 《상하이의 버나드 쇼[蕭伯納在上海]》라는 제목을 붙였는데, 벌써 인쇄를 맡겼으니 완성되면 그것도 같이 부치도록 하겠습니다. 쇼는 도착하자마자 쑨 부인(쑹)·린위탕·양싱포와 적잖은 대화를 나누었습니다. 다른 분들은 잘 모르실 테지만 《논어》[344] 제12기에 싣는다고 했으니 오늘쯤이면 아마 책이 나왔지 싶습니다. 베이징 쪽에는 분명히 책이 있을 것이라고 사료되어 부

찰리 채플린과 루쉰에게 미운 털이 박혀 있던 경극 배우 메이란팡

치지 않을 생각입니다. 내가 도착했을 때 그들은 벌써 식사를 절반 정도 마친 상태였기 때문에 미처 듣지는 못했습니다만 내 말도 거기에 한 마디 실려 있답니다.

상하이에서의 상황으로 보자면 확실히 쇼는 사람들이 자신을 환영하는 것을 반기지 않는 것 같았습니다. 그러나 후 박사의 주장으로는 또 다른 원인이 있었다고 하더군요. 간단히 말해서 영국 신사들(영국인들은 쇼를 매우 싫어합니다.)과 다를 것이 없다는 것이었지요. 그가 평소에 교제하고 예찬하던 자들이 어떤 자들이었던가요, 그런데 갑자기 부잣집 노인을 몹시 혐오하다니요?[345]

후 박사가 민권동맹을 공격하는 글을 써서 베이핑의 신문에 발표했다고 하던데 형이 찾아서 부쳐 주실 수 있겠는지요?

《사회신문(社會新聞)》란을 읽어 보았더니 정말 기가 막히더군요. 물론, 그 신문은 꼭 봐야 합니다. 그것을 통하여 여우·쥐·귀신·괴물 같은 것들의

짓거리들을 엿볼 수 있으니 말입니다.[346]

여기에 인용하지는 않았지만, 루쉰은 일본 잡지 《개조(改造)》에 발표한 〈쇼와 "쇼를 보러 온 사람들"을 보고 쓰다[看蕭和"看蕭的人們"記]〉라는 글에서 버나드 쇼가 상하이에 머무는 동안의 동정을 전부 상세하게 기술하였다. 그는 글에서 "나는 쇼에게 아무것도 묻지 않았고 쇼 역시 나에게 아무것도 묻지 않았다."라고 적고 있는데 이 대목이 쑹칭링이 자신의 글에서 "루쉰 등이 버나드 쇼와 대화할 기회조차 가지지 못하게 만들었다."라고 술회한 바로 그 장면일 것이다. 쑹칭링은 1976년 7월 7일 천한성(陳翰笙)[347]에게 쓴 편지에서 당시 있었던 버나드 쇼와의 회견을 다시 언급하면서 그동안 알려지지 않았던 비화까지 자세하게 공개하였다.

> 버나드 쇼가 (상하이에) 잠시 체류할 때 내 집에 마련한 오찬회에 참가했는데 자리에 있었던 손님으로는 루쉰·차이위안페이·린위탕·이뤄성·아그네스 스메들리도 있었다. 이 모임은 본래 매우 의미 있는 대화가 이루어졌어야 옳았다. 그런데 아그네스 스메들리가 이뤄성에게 "그를 노발대발하게 한번 만들어 봐요!" 하고 큰소리로 내뱉는 "귓속말"을 그 자리에 있던 사람들 모두가 듣고 말았다. 특히 버나드 쇼는 그래서 그녀를 한번 쳐다보기까지 하였다. 린위탕이 되는 대로 몇 마디 한담을 나눈 것 빼고는 이날의 오찬회는 아무 성과도 없었다.[348]

당시 극단적인 좌경 인사였던 스메들리와 이뤄성은 자신들이 부르주아 계급 작가로 낙인 찍은 버나드 쇼에게 유난히 큰 적개심을 품고 있었다.

1933년 상하이 _ 왼쪽부터 아그네스 스메들리, 버나드 쇼, 쑹칭링, 차이위안페이, 루쉰

스메들리와 이뤄성

두 사람이 오찬회에 참석한 것도 어쩌면 버나드 쇼를 격노하게 만드는 데에 목적이 있었는지도 모를 일이다.

그로부터 얼마 후인 3월 3일, 중국민권동맹에서는 베이핑 분회의 주석인 후스를 제명하는 사건이 발생하였다. 그 전말은 이러하였다: 2월 4일, 스메들리는 영문으로 된 속달편지를 후스에게 부치면서 쑹칭링의 서명이 들어가 있는 영문 편지 한 장과 역시 영문으로 된 〈베이핑 군 분회 반성원에 대한 고발장〉 한 부를 동봉하였다. 이 고발장에는 반성원에서 자행되고 있다는 온갖 참혹한 린치와 고문들이 적나라하게 묘사되어 있었다. 스메들리와 쑹칭링의 편지는 한결같이 베이핑 분회가 즉각 당국에 엄중 항의하고 반성원에서의 온갖 린치들을 중지할 것을 촉구하고 있었다. 후스는 이 편지들이 언급하고 있는 상황이 자신이 며칠 전 반성원에서 조사한 상황과 전혀 부합되지 않는 것을 보고 명백한 위조문서임을 직감하였다. 그러나 이튿날, 2월 5일자 《옌징신문》에는 "중국민권보장동맹 전국집행위원회"의 명의로 발표된 〈베이핑 군 분회 반성원에 대한 고발장〉이 공개되었는데, 거기에는 듣기조차 끔찍스러운 혹형들이 묘사되어 있었다. 게다가 함께 발표된 쑹칭링의 편지는 이 혹형들을 규탄하면서 "모든 정치범을 즉각 무조건 석방할 것"을 요구하고 있었다. 후스는 민권보장이라는 사안은 정치적인 문제가 아니라 어디까지나 법률적인 문제로 간주해야 하며, 아무리 정치범이라도 정당한 법률적 보장을 받아야 한다고 생각하고 있다. 그러나 동맹이 "모든 정치범을 즉각 무조건 석방할 것"과 같은 무리한 요구를 제기하는 데에는 반대하였다. 그는 2월 4일과 5일 차이위안페이와 린위탕 두 사람 앞으로 각각 편지를 쓰고 다음과 같은 의견을 제출하였다.

상하이 본부에서는 이러한 문서들의 출처를 조사하는 동시에 그 문서들의 신빙성을 점검해 볼 필요가 있을 것 같습니다. 만일 무턱대고 익명의 문서들이 적시한 내용만 믿고 집행위원회의 신중한 고려와 결정도 거치지 않은 상태에서 한두 사람이 갑자기 제멋대로 발표한다면, 이는 본부가 신용을 스스로 허무는 꼴이 되고 말 것입니다. 아울러 우리에게 직접 감옥으로 가서 조사하게 한 사람도 이 같은 문서를 무단으로 반출하거나 사실을 날조했다는 혐의를 쓰게 되어 앞으로는 감옥에 대한 실태를 조사하는 것조차 쉽지 않게 될 것입니다.

후스는 이 편지의 말미에서 "만일 본부에서 정정하거나 시정해야 할 점이 있을 시에는 번거롭다고 기피해서는 안 되며 자체적으로 시정함으로써 본부의 신용을 지키기를 바랍니다."라고 자신의 생각을 피력하였다.

그런데 바로 이 무렵 또 다른 사건이 하나 발생하였다. 2월 21일자 영자신문《자림서보》가 후스를 인터뷰한 기사를 싣고 그의 의견을 대변했는데, 거기에 중대한 착오가 있었던 것이다. 당초 후스는 "하나의 정부가 존재하기 위해서는 자연히 정부를 전복하거나 정부에 반항하는 모든 행위에 제재를 가하지 않을 수 없다."라고 발언했었다. 말하자면, 그는 정부라면 어떤 경우라고 하더라도 그 같은 반응을 보일 수밖에 없다는 원론적인 주장을 한 것이다. 그런데 《자림서보》가 공개한 그의 발언은 "그 어떤 정부라도 자신을 보호하기 위하여 자신에게 위해를 가하는 운동을 진압할 권리를 가져야 한다." 즉 정부에게 그 같은 대응을 할 "권한이 있다"는 식으로 바뀌어 있었던 것이다. 갈등이 이처럼 첨예해지자 민권보장동맹의 임시 전국집행위원회는 후스를 제명하는 결의를 할 수밖에 없었다.

비밀이 해제된 코민테른 문서들을 살펴보면, 이 위조된 "고발장"을 스메들리에게 전달하여 공개하게 하고, 후스의 제명을 결정하게 한 것은 바로 코민테른의 주중국대표 에비트[349]였음을 알 수 있다.

이 사실은 그가 코민테른 집행위원회 주석단 위원이던 피아트니츠키에게 전달한 제4호 보고서(1933년 3월 11일)에 분명하게 언급되어 있다.

●
코민테른의 주중국대표
에비트

과거에 저는 보고서를 통하여 귀하에게 '민권동맹'의 창립 상황을 보고 드린 바 있습니다. 해당 동맹은 우리의 영향 하에 정치범 석방 문제를 제기하는 동시에, 매체들을 통하여 적들의 테러 활동과 고문을 통한 자백 강요 등의 행위들을 강력하게 폭로하였습니다. 이 일련의 조치들은 정말 해당 조직 구성원들 내의 일부 반동파가 반대하고 나서게 만들었으며, 그 결과 해당 동맹은 베이핑의 교수 후스를 제명했습니다.[350]

당시 민권보장동맹의 몇몇 집행위원 사이에서는 후스를 제명하는 문제를 놓고 서로 의견이 엇갈리고 있었다. 저우젠런(周建人)이 3월 29일 저우쮀런에게 보낸 편지에 따르면 "후 박사의 발언은 《자림서보》에 발표된 대화를 놓고 본다면 군벌을 두둔하는 듯한 인상을 주기 때문에 많은 사람이 불만을 표시했으며, 차이 공·린위탕 등이 적극적으로 그를 변호했으나 일부 집행위원이 뜻을 굽히지 않는 바람에 결국 민권회에서 제명당하고 말았습니다. 집행위원들 중에는 미국인 몇 사람이 비교적 격렬했던 것 같습니다."[351] 저우젠런이 편지에서 전한 상황은 물론 당시 집행위원회 회의에 출석했던 루쉰의 전언에 근거한 것이었을 것이다. 여기서 "미국인 몇 사람이 비교적 격렬했다."고 한 것은 아이삭스(Isaacs, 즉 이뤄성)와 스메들리를 두고 한 말인데 이 두 사람은 중국민권보장동맹을 통제하기 위하여 코민테른이 파견한 인사들이었다.

쑹칭링도 후스의 제명을 주장하기는 마찬가지였다. 그녀는 〈중국민권보장동맹의 임무〉라는 글을 발표하고 단호한 입장을 밝혔다. "후스는 동맹의 구성원이자 베이핑 분회의 주석 신분으로 놀랍게도 동맹에 반대하는 활동을 벌였다. 그의 이 같은 처신은 반동적이고 성실하지 못한 것이다. 후스는 당초 동맹이 선언한 기본 원칙에 동의했기 때문에 가입했을 것이다. 그런데 국민당과 장쉐량이 우리 동맹에 노골적으로 반대하고 나서자 그는 겁이 났고 자신의 나약함을 감추기 위하여 핑계와 변명을 찾기 시작하였다. 우리 동맹이 그런 '친구'를 제명한 것은 정말 축하해야 할 일이다."

《루쉰일기》에서도 알 수 있듯이, 그는 3월 3일 이 회의에 출석하고 있다. 그는 회의 현장에서 적극적으로 후스를 변호하는 차이위안페이·린위탕 편에 서지 않고 제명을 주장하는 쑹칭링 등의 편에 섰던 것 같다. 회의가 끝난 후 그는 즉시 후스를 비판하고 나섰다. 〈빛이 닿는 곳…〉이라는 글은 후스의 감옥 시찰을 다룬 《자림서보》의 보도에 대응하여 쓴 것이었다.

후스는 3월 4일자 일기에 〈상하이 민권보장동맹이 후스의 회원 자격을 박탈하다[滬民權保障同盟開除胡適會籍]〉라는 제목의 기사를 스크랩한 후 "이 건 정말 가소로운 일이다. 이런 자도 나름대로의 역할이 있었으니, 우리가 당초 가입한 것부터가 사서 수모를 당한 셈이다. 졔민(子民) 선생이 그 속에 끼어서 넋을 잃고 지내고 있으니 더 우습구나!"라고 적고 있다. 이날 그 는 차이위안페이 앞으로도 편지를 써서 이 일에 대한 자신의 입장을 분명 히 밝혔다. 이 편지는 안훼이(安徽) 교육출판사판 《후스전집》에는 수록되 지 않았기 때문에 우리는 그 요점을 차이위안페이의 답장을 통해서 파악 할 수밖에 없다. 그 답장은 이러하였다.

4일에 주신 서신은 잘 받아 보았습니다. 선생이 민권보장동맹에 '더 이 상 세상 사람들에게 웃음거리가 되기를 원치 않으실' 뿐만 아니라 '이런 하찮은 일을 속에 담아 두기를 바라지 않는다.'라고 입장을 표명하셨다 고 들었습니다. 군자는 먼 곳, 위대한 것에 눈을 두는 법이니 정말 감탄 스럽고 무척 감동적입니다. 나와 위탕 역시 진작부터 이 단체가 뜻을 펼 치기는 부족하다는 사실을 깨달았습니다. 그러나 서둘러 탈퇴를 선언하 는 것도 웃음거리가 될 테니 천천히 나와야 할 것 같습니다. 늘 관심을 가져 주시니 그 감사함을 이루 말로 표현할 수가 없군요.[352]

이 답장을 통하여 후스의 입장을 엿볼 수 있으며, 나아가 차이위안페이 와 린위탕의 입장, 그리고 동맹에 대한 그들의 속내도 확인할 수 있다. 그 들은 이때 이미 동맹을 떠날 결심을 했던 셈이다.

루쉰과 린위탕은 후스를 제명하는 문제에 있어서만큼은 서로 대립적인

CHINA FORUM
中國論壇

Rueggs Near Death In Hunger Strike!

●
루에그(놀랑) 부부의 석방을 호소하는
기사가 실린 《차이나 포럼》

입장에 있었다. 그러나 두 사람은 그 후 민권보장동맹 구성원의 명의로 마지막 활동에 함께 참여하게 되는데, 상하이의 독일영사관에 항의서를 제출한 일이 바로 그것이었다.

5월 29일 《차이나 포럼》[353]에는 다음과 같은 소식이 보도되었다.

5월 13일 토요일 당일 중국민권보장회의 행정위원은 상하이의 독일공사를 방문하고 파시스트 테러를 규탄하는 항의서를 제출하였다. 쑨원 선생의 부인이신 쑹칭링 여사가 앞장섰고 그 중에는 차이위안페이와 양취안(楊銓), 중국의 진보적인 작가 루쉰, 비평가이자 작가인 린위탕, 저명한 기자이자 작가인 스메들리 여사, 《차이나 포럼》의 편집인 이뤄성이 동참하였다.

쑹칭링은 1976년 10월 12일 천한성에게 쓴 편지에서 당시의 일에 대하여 이렇게 술회하고 있다. "내가 독일영사관에 갈 때 루쉰만 동행했다는 것은 잘못된 주장입니다. 그러나 당시 나와 동행했던 사람들로 또 누가 있었는지는 더 이상 기억이 나지 않습니다. … 귀하는 린위탕이 예전부터 배짱이 없고 일을 벌이는 것을 두려워하는 사람이라는 것을 잘 알고 있을 것입니다. 그런데 뜻밖에도 그런 그조차 이번에는 우리와 함께 독일영사관까지 가서 파시즘에 항의했던 것입니다!"[354]

그 후 얼마 지나지 않아 차이위안페이와 린위탕은 민권보장동맹을 떠난다.

1933년 6월 18일, 중국민권보장동맹의 총간사이던 양싱포가 암살당했고 그의 발인일인 6월 20일, 국민당 특무들이 그 틈을 타서 민권보장동맹 인사들을 암살하려 한다는 풍문이 나돌았다.[355]

그러나 루쉰은 자신의 안위조차 돌보지 않고 빈소로 가서 희생을 당한 친구를 끝까지 전송해 주었다. 귀가한 루쉰은 펑쉬에펑에게 이렇게 개탄했다고 한다. "오늘 차이 선생도 오셔서 몹시 슬퍼하시더

1933년 양싱포와 루쉰

군. 양싱포를 암살한 것은 사실 쑨 부인과 차이 선생에 대한 경고였지만 두 분은 굴복하지 않으셨어. 지푸(季茀, 쉬서우창)도 왔더군. 린위탕은 오지 않았다네. 솔직히 말해서 그 작자야 발인에 오든 말든 무슨 위험이 있었 겠는가?" 루쉰은 그때까지도 차이위안페이와 린위탕이 이미 민권보장동 맹을 떠난 사실을 모르고 있었던 것이다. 실제로 차이위안페이는 중앙연 구원 원장의 신분으로 중앙연구원 총간사이던 양싱포의 발인에 참석한 것일 뿐이었다. 양싱포가 희생당한 후에는 중국민권보장동맹도 더 이상 활동을 이어가지 못하고 어느 사이에 해체되고 만다.

### 소품문 시비

린위탕이 편집장을 맡았던 반월간지 《논어》는 1932년 9월 상하이에서 창간된 후 '유머'를 창도하는 운동을 전개하였다. 루쉰과의 관계를 회복한 그는 그에게 《논어》에 실을 글을 청탁하였다. 루쉰은 1933년 출판된 《논

어》제11·12·13기에 차례로 몇 편의 글을 기고하였다. 예를 들어 〈학생과 옥불〉을 통하여 전쟁의 위협에 놓인 지역의 진귀한 문물들을 안전지역으로 반출하려는 정부 당국의 조치에 반대하는가 하면, 〈누구의 모순인가〉에서는 버나드 쇼가 상하이에서 일으킨 다양한 반향들을 다루었으며, '허깐(何干)'이라는 필명으로 〈중국 여인의 발을 근거로 중국인들이 중용적이지 못하다는 것을 추정하고 또 이를 근거로 공자에게 윗병이 있었음을 추정하다〉("학비(學匪)" 파 고고학의 하나)라는 글을 발표하기도 하였다. 이 글들은 제목에서 내용까지 한결같이 유희적인 기조 속에 씌어졌다. 그러나 루쉰은 그 같은 유희들 속에서도 쑹칭링의 우편물조차 검열당한 일과 같은 정치 정보를 폭로하기를 잊지 않았다.

이상의 추정은 간략한 것이기는 하지만 모두가 "독서를 통하여 이치를 깨우친" 성공 사례들이다. 그러나 만일 눈앞의 성공에만 급급하여 함부로 넘겨짚다 보면 "의심이 많아지는" 오류에 빠지기 쉽다. 예를 들어 보자. 2월 14일자 《신보》에는 다음과 같은 난징 발 특보가 실렸다. "중앙 집행위원회가 각급 당부 및 인민단체에 '충효·인애·신의·화평'이라는 글귀가 적힌 현판을 제작하여 강당 중앙에 내걸고 사람들을 계도하라는 명령을 내렸다." 그러나 이것을 보더라도 각 요인들이 사람들이 "여덟 가지 덕목을 망각했다."고 조롱하고 있다고 넘겨짚어서는 절대로 안 될 것이다. 3월 1일자 《대만보(大晚報)》[356]에는 다음과 같은 새로운 소식이 실렸다. "쑨 총리 부인인 쑹칭링 여사는 귀국하여 상하이에 정착한 후로 정치 분야에 관해서는 듣지도 묻지도 않고 오로지 사회단체를 조직하는 데에만 대단히 열심이시다. 본보 기자가 입수한 보고서에 따르면, 그저께 누가 우정국을 통하여 쑹 여사에게 보내는 금품 갈취를 목적으로 한 협박편口(원래 빠진 글자)를 보냈기에, 이미 시 당국에 우정국 검사처에 주재하는 검사원을 파견하여 조사를 벌인 끝에 협박편지를 확보하고 현장에서 이를 압수하는 등의 곡절을 거쳐 시 정부에 제보하였다." 그러나 이것을 보더라도 아무리 총리 부인 쑹 여사의 우편물이라 하더라도 매번 우정국에서 당국이 파견한 요원의 검열을 받는다고 넘겨짚어서는 절대로 안 될 것이다.[357]

루쉰은 이런 식으로 정부 당국이 무차별적으로 우편물 검열을 자행하는 행태를 폭로했던 것이다. 1933년 9월, 《논어》 창간 1주년을 맞아, 그는 린위탕의 특별한 청탁에 따라 〈"논어" 1년〉이라는 대단히 훌륭한 글을 발표하고 《논어》에 대하여 칭찬과 함께 비판을 아끼지 않았다.

● 린위탕의 '유머' 소품문 운동을 주도했던 《논어》 표지

《논어》가 창간된 지 1년이 되었다면서 위탕 선생이 내게 글을 쓰라고 명령하였다. 이거야 말로 마치 〈학이 1장(學而一章)〉의 제목에 나오는 것처럼 날더러 구어체의 팔고문(八股文)을 지으라고 윽박지르는 것과 같은 셈이다. 도리가 없다, 별 수 없이 쓰는 수밖에.

솔직히 말하면, 그가 제창한 것을 나는 번번이 반대해 왔다. 일전에는 "페어플레이"를, 지금은 "유머"를 말이다. 나는 "유머"는 좋아하지도 않을뿐더러 그런 것은 원탁회의나 열기 좋아하는 나라 국민들이나 술긋해 할 노리개이지 중국에서는 그런 개념을 의역조차 할 수 없다고 생각한다. 우리에게는 당백호(唐伯虎)가 있

고 서문장(徐文長)이 있고, 또 잘 알려진 김성탄(金聖嘆)이 있다. "목을 잘
린다는 것은 엄청나게 고통스러운 일이다. 그러나 내가 의도한 것은 아니
지만 그런 기회를 얻었으니 대단히 신나는 일이다!" 이것이 실제로 한 말
인지 지어낸 소리인지, 역사적 사실인지 풍문일 뿐인지는 알 길이 없다.
그러나 정리해 보면, 첫째, 김성탄이 결코 반항적인 반역자가 아니었음을
공개적으로 밝혀 준 셈이요, 둘째, 망나니의 잔인함조차 한바탕 웃음으
로 돌리며 그의 사후를 원만하게 마무리짓게 해 주고 있다. 우리에게는
이런 것만 있을 뿐 "유머" 같은 것과는 아무 상관도 없는 것이다.[358]

린위탕이 편집장을 맡았던 소품문 전문 반월간지 《인간세(人間世)》는
1934년 4월 5일 창간되었다.
편집인 타오항더(陶亢德)[359]는 창간호 두 권을 루쉰에게 부쳐 주면서 원고
를 청탁하였다. 그러자 루쉰은 4월 7일, 이렇게 답장을 썼다.

소품문 전문지 《인간세》의 표지

귀하의 서찰과 《인간세》 두 권은 방금 다 잘 받았습니다. 소리내어 읽어 보니 참으로 유유자적한 것이 세속을 벗어난 느낌이 드는군요. 그러나 지금 이때 이 땅에서 이 작자들을 통하여 이 같은 작품들을 얻는다는 것은 물론 미리부터 염두에 두셨던 일일 것입니다. 위탕 선생과 선생께서 두터운 정으로 재주를 썩히지 말라고 격려해 주셔서 정말 감사하고 또 감사할 따름입니다. 그러나 10년 동안 싸움을 벌이다 보니 근력이 피폐해졌고 그 과정에서 깨달은 바도 제법 있어서 금년부터는 평소 관여하던 간행물이 아닌 이상 일절 참여하지 않기로 결심했습니다. 어쩌다가 여가가 생긴다고 하더라도 팔짱을 끼고 벽에 채 무술계의 대가들이 허공을 쓰다듬듯 몸을 놀리고 땅을 쓸듯 맴을 돌면서 태극권을 연마하는 모습이나 구경하면서 차분하고 초연한 마음가짐으로 아무리 소품문에 위기가 닥치더라도 눈 하나도 까딱하지 않을 생각입니다. 저의 그 같은 게으름을 너그럽게 양해해 주시기를 바랄 뿐입니다.[360]

한 마디로 그들의 원고 청탁을 거절한다는 뜻이었다. 사실 이 잡지를 읽은 루쉰은 4월 12일 바로 타이징눙에게 보내는 편지에서 자신의 생각을 기탄없이 토로하였다. "유머는 상하이에서 이미 퇴색한 것 같은데 위탕은 오히려 소품문을 엮어 《인간세》라고 이름 붙였더군요. 방금 전에 제1기를 보니 반눙은 국박(國博)의 〈간천행(東天行)〉에서 '조선의 미인도 한 폭과 비교해 보니 종이와 먹이 매우 새롭고 구도가 매우 특이한 것을 보니 민간의 화공이 예전의 분본(粉本)에 따라 그린 것 같다.'고 했던데, 종이와 먹이 다 새롭다고 해서 그것이 민간 화공의 작품이라고 한다면 지금 태어난 사람은 아무리 우아해지려 해도 어려울 것 아닙니까. 이것이 어디 건륭지(乾隆紙)[361]가 비싸서이겠습니까?"[362]

파이프 담배를 즐겼던 린위탕

《인간세》 창간호에서 비중이 있는 작품은 〈즈탕 오순 자축시[知堂五秩自壽詩]〉였다. 시는 육필 그대로 영인하고 여기에 작자 저우쭤런의 대형 사진까지 곁들였다. 자축시는 모두 두 수였다.

전생에 출가했지만 금생에서는 속세에 있는 몸이라
두루마기를 가사로 바꾸지 않았노라.
길거리에서는 종일토록 귀신 이야기를 듣고
창 아래에서는 한 해 내내 뱀 그림을 배우네.
늙으니 뜬금없이 골동품을 감상하고
한가해지면 분수 지키며 검은 참깨를 키우네.
주변 사람들이 속내를 묻기라도 하면
일단 우리 집에 가서 쓴 차라도 마시자 하네.

반은 유가요 반은 불가로다.
민머리이면서도 가사조차 걸치지 않았구나
중년 되어 흥이 나서 창 앞에서 쓰나니
외도를 따르는 인생이 구멍 속 뱀과도 같구나
부질없이 고개 숙인 채 마늘 깨무는 것을 부러워하지만
책상 두드리며 참깨를 줍는 것도 무방하지 않겠나
여우 이야기하고 귀신을 들먹이는 건 일상 다반사면서
차 마시고 이야기할 틈만 부족하구나.

창간호에는 이 밖에도 선인뭐·류반농·린위탕의 화답시가 함께 수록되었다. 이 성대한 화답시 릴레이는 랴오뭐사(廖沫沙)·후펑(胡風)이 나란히 비판의 글을 발표하는 등, 좌익 작가와 좌경 청년들로부터 엄청난 반감을 불러일으켰다. 거센 공격에 직면하자 가장 먼저 화답시를 발표한 린위탕은 〈저우쮀런 시 읽는 법[周作人詩讀法]〉이라는 글을 4월 26일자 《신보(申報)》의 '자유담(自由談)'란에 기고하였다. 그는 저우쮀런의 자축시가 "침통한 마음을 유유자적함에 부친 것[寄沉痛於幽閑]"으로, "장저(長沮)와 걸닉(桀溺)[363]이 세간의 열혈인물이다 보니 명대에 벌써 이런 말을 한 사람이 있었다."라고 해명하였다. 그는 명대 사람 장훤(張萱)[364]이 쓴 〈유충천에게 답하는 글[復劉沖倩書]〉의 한 대목을 인용하여 "모름지기 술을 마시고 소란을 부리거나 마음을 가라앉히고 차분히 수양에 매진하는 것은 어느 쪽이든 몸을 깨끗이 지키며 자신이 좋아하는 것을 한 것뿐이다. 지금 세상의 소인배들은 몸을 깨끗이 지키면서 자신이 좋아하는 것만 하는 사람들에게 나라를 망쳤다는 죄목을 씌우려고 든다. 정말 그들이 떠드는 대로라면 '오늘은 까마귀처럼 모였다가 내일은 새들처럼 흩어지고, 오늘은 반기를 들었다가 내일은 벼슬을 하고, 오늘은 군자 노릇을 하다가 내일은 소인 짓을 하고, 오늘은 소인 짓을 하다가 내일은 도로 군자 행세를 하는' 무리들은 죄가 없다는 말인가 보다." 하면서 그들을 질타하였다. 몹시 분개한 린위탕은 이어서 이렇게 반박하였다. "후대에 역사를 논하는 자들은 문인들의 '청담'으로 나라를 망친 것이 역적이나 환관들이 사람들을 잔인하게 숙청하고 학살한 짓과 다를 것이 없다고 떠들어대기를 서슴치 않으니, 참으로 비루하구나! 그리고 참으로 억울하구나!"

그 글을 읽은 루쉰은 즉시 〈소품문 생존의 기회[小品文的生機]〉(《레이스문학(花邊文學)》[365]에 수록)라는 글을 발표하였다. 이 글에서 그는 저우쮀런의 자축시에 대한 린위탕의 평론에는 이의를 제기하지 않았지만 "몸을 깨끗이 지키면서 자신이 좋아하는 것을 즐긴다."는 린위탕의 소신에 대해서는 "'유머'나 '한적함'의 법도와는 한참이나 동떨어져 있다."고 지적하고 나섰다. 루쉰은 린위탕이 문제의 글에서 "근래에 어떤 사람은 용을 올라타려다 뜻을 이루지 못하자 … 가명으로 투고하면서 《인간세》를 조목조목 공격하고 있다."라고 질타한 데 대하여, 실제로는 그렇지 않으며, 《인간세》를 공격하는 글들은 "서로 다른 논지, 서로 다른 성격"의 것들로서, "말 그대로 어릿광대의 말장난 같은 것도 있지만 열정적인 지사들의 솔직한 주장들도 있다."고 두둔하였다. 그는 이미 5월 4일 린위탕에게 보낸 편지에서도 이 같은 자신의 소신을 언급한 바 있었다.

저는 정말 열정적인 사람이 못됩니다. 그러나 소품문을 둘러싼 논의에 대해서만큼은 이따금 틈을 내서 섭렵하곤 하는데, 반대하는 부류들은 세 가지로 구분되더군요. 첫째가 용을 올라타려는 사람들[366]처럼 다른 속셈이 있는 부류인데, 여기에 대해서는 따로 말씀드리지 않아도 될 것 같습니다. 둘째는 제법 열정을 가진 부류입니다. 《자유담(自由談)》에서 매번 이상한 이름을 사용하는 아무개[367] 씨는 사실은 《이사잡습(泥沙雜拾)》의 작자인데, 이따금 매몰찬 말을 내뱉기는 하지만 전혀 악의는 없는 사람입니다. 셋째가 선생께서 말씀하신 이른바 '영치기 영차 파'[368]입니다. 원고료에 마음이 있는 것이 아니라 사는 환경이 다르다 보니 사상이나 감정도 달라진 부류이지요. 이런 부류는 완곡한 비평이나 심오한 주장은 아예 이해를 하지 못하는 데다가 불민하다 보니 누구한테 억압을 당하기라도 하면 바로 거칠고 쉬이 화를 내곤 합니다. 직접 그런 상황을 겪지 않아서 그런 생각조차 하기 어렵다 보니 기필코 끝장을 보자는 식이어서 도무지 다룰 방법이 없습니다. 그건 그렇고, 《동향》의 원고 몇 편은 용을 타려는 부류에게 이용을 당한 것은 아닌가 싶을 정도로 근래에 깨우칠 것은 벌써 다 깨우쳐 더 이상 남은 것이 없는 것 같군요.

선생께서는 《인간세》를 '화류'나 '봄빛' 따위의 한가한 소리를 늘어놓은 글이 너무 많다고 자평하셨는데, 그것은 작자가 어느 정도 글은 지을 줄 알지만 하고자 하는 주장이 없는 경우이니, 공허한 글들인 셈입니다. 일부 인사가 불만을 토로하는 것도 어쩌면 이것 때문이 아닐런지요?[369]

이 무렵 루쉰은 정전둬(鄭振鐸)[370]에게 보낸 편지에서도 소품문이 공격을 받고 있는 일을 수시로 거론하고 있었다. 우선 5월 24일자 편지를 보면 거기에는 이렇게 적고 있다.

상하이에서는 소품문이 성행하고 있습니다. 어떤 사람은 제가 소품문에 대한 공격을 사주하고 있다고 의심하는데 사실은 그렇지 않습니다. 물론, 근래에 권위자라는 사람들의 작품을 보다 보면 정말이지 보면 볼수록 정나미가 떨어지더군요.[371]

6월 2일자 편지에는 이런 말도 보인다.

소품문 자체만 놓고 보면 애초부터 잘잘못이 없습니다. 그럼에도 불구하고 오늘날 지탄의 대상이 된 것은 잘못된 일을 떠벌리고 애초부터 시라고는 쓸 줄 모르는 자들이 너도 나도 풍자시를 짓겠다고 설치기 때문입니다. 보통 원굉도(袁宏道)나 이일화(李日華)[372]의 글은 한 글자 한 글자가 다 아름답고 오묘하다는 명성을 듣기도 하지만 그것 때문에 반감도 덩달아 생겼습니다. 허세를 부린 것이 이 논란을 초래한 큰 화근이 된 것입니다. 사실, 글쟁이가 글을 짓고 농부가 농사를 짓는 것은 지극히 당연한 일입니다. 그러나 만일 사진을 찍는데 글쟁이가 막무가내로 농부처럼 "호미 지고 삿갓을 든 그림〔荷鋤帶笠圖〕"을 따라하려고 들고, 농부가 버드나무 아래에서 책을 펴들고 "버드나무 그늘 속에서 책을 읽는 그림〔深柳讀書圖〕"을 따라하려고 들면 당연히 거부감을 자아낼 수밖에 없는 것입니다. 지금은 더 이상 서진시대나 명대가 아님에도 불구하고 《논어》나 《인간세》에 글을 쓰는 작자들은 기어이 고상하고 태평스러운 소리를 해야 직성이 풀릴 기세입니다. 이것이 소품문이 어려움에 처하게 된 이유인 것입니다.

물론, 장 씨(장커바오를 말함)가 린 씨를 공격한 데에는 또 다른 이유가 있습니다. 장 씨가 《인언(人言)》을 엮는데 린 씨가 편집일을 사퇴한 후 따로 잡지를 창간하자 앙심을 품은 것이니 두 사람의 이해관계 때문일 뿐입니다. 더욱이 장 씨는 매우 악랄한 것이, 내가 외국에 글을 발표한 일을 두고 글에 나오는 군사재판이 당국자를 겨냥한 것이라고 모함한 것 역시 이 자였기 때문입니다. 여기에 머문 지도 벌써 5년이 다 되었습니다만 문단의 타락은 정말 전대미문의 일로서, 이제는 더 이상 타락할 데조차 없게 된 것 같습니다.[373]

또 6월 21일의 편지에는 이렇게 적고 있다.

이곳의 소품문 열풍은 정말이지 진절머리가 납니다. 모든 정기간행물이 천편일률로 소품화 되었기 때문입니다. 소품이기만 하면 그나마 다행이지요. 그런데 거기다가 수다스럽고 사상까지 없으니 무미건조하기 그지없습니다. 위탕은 김성탄 식의 글을 흉내내더니 갈수록 그 쪽으로만 빠저드는 것 같습니다. 그런데도 자못 우쭐거리면서 즐거워나 하고 있으니 그 병도 고치기는 어려울 것 같습니다.[374]

루쉰은 1934년 5월 6일 양지윈(楊霽雲)[375]에게 보낸 편지에서도 이 문제를 거론하였다.

근래에 소품문이 유행하고 있지만 저는 전혀 속이 상하지 않습니다. 혁신이나 유학으로 명성과 자리를 얻어 생계가 차츰 충족해진 자들은 아주 쉽게 그길로 빠져 들더군요. 아마 이전에는 해괴한 것에 빠져 있다가 생계가 막막하다 보니 어쩔 수 없이 새로워지는 척했지만 일단 뜻을 이루고 나면 고질병이 재발해서 차츰 골동품 감상에 빠져들고, 《노자》·《장자》를 보고 그 오묘하고 위대한 가르침에 놀라고, 《문선》을 보고 그 고상하고 화려한 글귀에 놀라고, 불경을 보고 그 광대한 법력에 탄복하고, 송대 사람들의 어록[376]을 보고 역시 평이하고 초탈한 문체에 탄복하는 등, 놀라고 탄복한 나머지 섣불리 그것들을 선양하기까지 하는데 그런 행태들은 사실 당초 명성을 추구할 때나 써먹던 구태의연한 수법인 거지요. 일부 젊은이가 피해를 좀 당하기는 하겠지만 사실 따지고 보면 본질이 비슷한 까닭에 대세에는 그다지 영향이 없을 것입니다. 《인간세》의 경우만 하더라도 출판된 후 어쨌든 불만을 가진 이가 많았습니다. 그런데 제3기에 수감록도 들어가고 인간적인 이야기들도 많다고는 하지만 아무리 그래도 편집자가 주장하던 '한적함'과는 상충되기에 이르렀습니다. 이후로 또 변화가 있을지는 모르겠지만 그래도 변함없이 무조건 세속 바깥에서 초연하게만 있다가는 오래갈 수 없을 것입니다. 기고자들의 명단을 보면 중국에 그처럼 많은 작자들이 있는 것은 확실하고, 지금은 모두 《인간세》에 망라되어 있으니, 이 점을 감안해서 그들의 글과 사상을 보다 보면 전혀 쓸모 없다고는 할 수 없을지 모릅니다. 다만 앞서 출판된 세 권의 《인간세》는 이른바 '권위자'라는 자들이 대개는 헛된 명성만 있을 뿐이지 실제로는 공허하며, 그 작품이라는 것들 또한, 《신보》의 '본부부간(本埠附刊)'이나 '업여주간(業餘週刊)' 등의 난에 기고하는 작자들처럼, 이름 없는 하찮은 사람의 것들조차 따라갈 수 없는 수준의 것들이라는 점을 충분히 입증했습니다. 저우쭤런의 시는 사실 현실에 대한 불평을 좀 담는다고는 하지만 너무 애매모호하다 보니 더 이상 일반 독자들에게 먹혀들지 않게 된 데다가 너무 지나치게 허풍을 떨고 남의 주장에 영합하는 데에만 매달리다 보니 결국 사람들이 모두 식상해 버리고 만 것입니다.[377]

1934년 8월 13일 차오쥐런(曹聚仁)에게 보낸 편지에서 루쉰은 더욱 간곡하게 말하고 있다.

위탕은 나의 오랜 친구이기에 나도 당연히 친구로 대해야 한다고 여기고 《인간세》가 아직 창간되지 않고 《논어》가 상당히 진부해졌을 때조차 성의를 다하여 서신을 한 통 써서 그 노리개는 이제 포기하라고 설득했었습니다. 나는 혁명을 하고 목숨을 걸라고 그를 부추긴 적이 결코 없으며, 그냥 영국문학의 명작을 좀 번역해 달라고 권했을 뿐입니다. 그의 영어 실력이라면 그렇게 번역된 책들은 지금도 유용하지만 어쩌면 장래에도 유용할지 모르니까요. 그런데 그는 답신에서 그런 일은 자신이 나이가 든 뒤 다시 이야기하자고 했습니다. 나는 그제서야 내 의견이 위탕에게는 무의미한 것이라는 점을 깨달았습니다. 그러나 지금까지도 좋은 조언이었다고 스스로 믿어 의심하지 않습니다. 그에게 중국에 보탬이 되라고 했고 중국에서 살아 남으라고 했지 사라지라고 한 것은 절대로 아니었으니까요. 그가 지금보다 더 급진적으로 바뀌는 것도 물론 좋은 일이기는 합니다만 그렇게 될 것 같지는 않군요. 나는 결코 남에게 풀기 어려운 난제를 내놓는 사람이 아닙니다. 그러나 그 이외에는 달리 할 말이 없군요.

《논어》 등 근래의 간행물들을 보면 위탕은 하찮은 문제로 분노하고 불평을 하면서도 오히려 그 쪽으로 파고들기에만 집착하니 내 미약한 힘으로는 도저히 그를 끌어낼 방법이 없을 것 같습니다. 타오와 쉬(타오항더와 쉬위(徐訏))의 경우라면 두 사람은 린 씨 문하의 안연(顏淵)·증삼(曾參)과 같은 자들로, 그 스승보다도 한참이나 못 미치기에 더더욱 달리 생각할 여지가 없습니다.[378]


당시 루쉰은 정치적으로 이미 좌경화 되어 있었다. 따라서 린위탕과는 의견차가 매우 컸으며, 그의 글에도 동의하지 않는 경우가 많아서 서로 비판하거나 논쟁을 벌이는 일이 많았다. 그 사례들을 일일이 인용할 수는 없으니 여기서는 두 가지만 들어 보겠다.

린위탕은 《논어》 제55기(1934년 12월 15일)에 발표한 〈항주를 유람하고 다시 쓰다[遊杭再記]〉에서 자신이 항저우에서 국화를 감상하던 중 "두 젊은 이가 소련제 담배를 물고 아무개 스키의 작품 중역본을 들고 있는 광경을 보았다. 내가 '태평스럽게' 국화를 감상하는 것을 보고 그 둘이 또 망국이니 어쩌니 하는 죄목을 덮어 씌울 것 같길래 얼이 나가고 수심이 가득한 채 나라와 집안을 걱정하다 보니 길을 잘못 들어서서 그런 것이지 절대로 국화를 감상하려던 것이 아닌 척하면서 그 자리를 나왔다."라면서 좌경 청년들에 대한 극단적인 반감을 드러내었다. 그러자 루쉰은 12월 26일 〈속된 사람은 당연히 고상한 사람을 피해야 한다는 주장에 대하여[論俗人應避雅人]〉라는 글에서 린위탕의 논리를 반박하고 나섰다.

조심스럽고 신중한 사람이라면 우연히 인자한 군자나 고상한 학자와 마주치더라도 아부를 하거나 기분을 맞추어 줄 요량이 아니라면 멀찌 감치 피하는 것이 상책이다. 멀면 멀수록 좋다. 만일 그렇게 하지 않으면 그들의 입과는 정반대인 얼굴과 수단을 맞닥뜨릴 수밖에 없기 때문이다. 재수가 없으면 심지어 '루블' 운운[379] 하는 따위의 상투적인 수법까지 만나 단단히 낭패를 보고 말 것이다. 그냥 당신에게 "소련제 담배를 물고 아무개 스키의 작품 중역본을 들고 있게" 하는 정도에서 끝냈다면 그것도 그런 대로 무난한 편이지만 그렇더라도 위험하기는 마찬가지이다. 다들 "현명한 사람은 속세를 피한다[賢者避世]"라는 말을 알고 있을 것이다. 나는 오늘날의 속물들은 거꾸로 고상한 사람을 피하려 든다고 여기는데 어쩌면 그 또한 일종의 "명철보신(明哲保身)"인 셈이다.[380]

1935년 루쉰은 자신의 〈이수(理水)〉라는 소설(《고사신편(故事新編)》에 수록)에서 이 일을 다시 거론하면서 린위탕을 조롱하였다.

"'정신줄을 놓았다.'는 것은 이런 경우를 두고 하는 말이다." 뒷줄에 앉은 팔자수염을 한 복희(伏羲) 시대의 소품문학가가 웃으면서 말하였다. "내가 왕년에 파미르고원에 오른 적이 있는데, 하늘에서 불어 오는 바람이 거침이 없는 데다가, 매화도 피고 흰구름도 떠 가고 금값도 오르고 쥐까지

잠이들었건만 가만 보니 웬 젊은이 하나가 입에는 시가를 물고 얼굴에는
치우(蚩尤) 씨의 안개가 자욱한 것이었다. ⋯ 하하하! 도리가 없지 뭔가!
⋯"[381]

린위탕은 《인간세》 제28기에 발표한 〈요즘 글들의 여덟 가지 병폐[今文
八弊]〉(중)에서 이렇게 비판한 적이 있다.

●
1947년 자신이 발명한 중문
타자기를 바라보는 린위탕

"요즘 사람들은 무조건 서양 흉내만 내면서 자
신이 '모던'하다고 떠든다. 심지어 중국어 문법에
맞는지는 따져볼 생각도 하지 않고 기어이 영어를
흉내내야 직성이 풀린다는 듯이, '歷史地(역사적)'를
형용사로 분류하고 '歷史地的(역사적으로)'을 상황어
로 분류하면서 영어의 'historic-al-ly'를 흉내내
어 서양식 꽁지머리를 갖다 붙이려고 든다. 그런
식이라면 '快來(빨리 와라)'는 '快'자가 상황어로 사용
되었으니 '快地的來'로 고쳐야 될 게 아닌가? 이런
식의 말장난은 서양인 거주지(洋場)에서 활개를 치는 막돼먹은 젊은이들이
나 벌이는 해괴한 짓거리이니, 문학을 논할 수준까지는 못 되더라도 서새
(西崽)[382] 노릇 하기에는 제법 안성맞춤인 셈이다. 이런 풍조의 병폐는 노예
근성에 있으며, 그 같은 병폐를 극복할 길은 성찰 뿐이다." 린위탕이 이렇
게 '서새'를 들먹이자 루쉰은 이번에도 〈"제목미정" 초고["題未定"草]〉(2)에서
서새와 그들의 '상'과 관련하여 통렬하게 논박하였다.

서새들이 혐오스러운 것은 그 직업 때문이 아니라 그들의 '서새상(西崽相)'

때문이다. 여기서 말하는 '상(相)'이란 생김새를 말하는 것이 아니라 "속이 참되다면 밖으로 드러나기 마련(誠於中而形於外)"이라는 말처럼 '형식'과 '내용'을 애둘러서 말한 것이다. 이 '상'이라는 것은 서양인 세력이 중국인들보다 우월한데 자신이 서양말을 할 줄 알아서 서양인들과 비슷하므로 중국인들보다는 우월하다고 여기면서도 다른 한편으로는 자신은 황제(黃帝)의 후예로, 고대 문명의 소양을 지닌 데다가 중국의 실정에도 양놈들보다는 훨씬 정통하므로 중국인들보다 세력이 우월한 서양인들보다 낫고, 따라서 서양인들보다 한 수 아래인 중국인들보다 더 낫다고 생각하는 사고방식을 두고 한 말이다. 조계(租界)의 중국인 순사들 역시 늘 이런 '상'을 가지고 있는 것이 보통이다.

중국인과 서양인 사이에서 갈팡질팡하고 주인과 노예 사이에서 오락가락하는 것 이것이 바로 오늘날 서양인 거주지에서의 '서새들의 상'인 것이다. 그렇다고 해서 그들이 기회주의자들인 것은 결코 아니다. 그들은 어디까지나 유동적이고 비교적 '융통성이 있고 자유로운 것'이기 때문이다. 그래서 그들은 그 속에서도 스스로 즐거움을 만끽한다. 당신이 그들의 흥을 깨지 않는다면 말이다.[383]

루쉰이 지적한 저 '서새'들 속에 린위탕의 그림자가 어른거리고 있는 것 같지 않은가?

1936년 미국으로 유학을 떠난 린위탕은 훗날 뉴욕에서 루쉰의 부음을 전해듣고 쓴 〈루쉰을 애도하며(悼魯迅)〉라는 글에서 이렇게 술회하였다.

루쉰과 나는 가까워진 것이 두 번, 멀어진 것이 두 번이었다. 그와 가까워지고 멀어진 것은 모두가 자연스럽게 이루어진 것이지 나에게 루쉰을 재고 따지는 무슨 편견이 있어서는 아니었다. 나는 시종일관 루쉰을 존경하였다. 루쉰이 나에게 주목하면 그가 나의 진가를 알아주는 친구여서 기뻤고, 루쉰이 나를 버렸을 때에도 미련 따위는 없었다. 대개는 입장이 다르거나 같음에 따라서 멀어지거나 가까워진 것이지 개인적인 감정이 개재된 적은 절대로 없었다. 내가 루쉰을 샤먼대로 초빙했을 때 그는 동료의 농간으로 밀려나 세 번이나 거처를 옮겨야 했고, 과거 루쉰이 통조림을 따놓고 도수 높은 술을 화로에 데워 족발로 끼니를 때우는 낭패를 겪기도 했지만 그 역시 내가 토박이(주인)로서 해야 할 도리를 하지 못한 탓이었다. 그럼에도 불구하고 루쉰이 나를 원망하는 말조차 전혀 하지 않았던 것은 그가 나의 처지를 잘 알기 때문이었다. 《인간세》가 나온 후 좌파는 나의 문학적 견해를 용납하지 않았고 나 역시 나의 견해를 희생해 가면서까지 방금 까마귀 꽥꽥거리는 소리나 해대면서 스스로 도를 깨우치기라도 한 것처럼 구는 좌파에게 아부할 생각은 없었다. 루쉰은 그 일로 언짢아했지만 나로서는 어쩔 도리가 없었다. 루쉰은 나이가 들면서 더욱 매서워졌지만 나는 본성을 밝히는 유가의 큰 이치를 흠모했으며, 루쉰의 당색은 날로 짙어져 갔지만 나는 갈수록 당색 따위가 다 무엇이냐는 식으로 일관했으니, 둘이 번번이 서로를 용납할 수 없는 것도 어쩌면 당연할 수밖에 없었다. 그러나 나는 개인적으로는 끝까지 그를 연장자로 섬겼으며, 구태의연한 소인배들이 아무리 터무니 없는 소리로 부추기고 이간질을 해대도 그런 시비들조차 진작부터 도외시해왔다.

이 글은 두 사람의 관계에 대한 린위탕의 최종적인 평가였다고 해도 좋을 것이다.[384]

1970년 서울 국제펜클럽 총회에 참석한 노년의 린위탕
(사진 출처-조선일보)

루쉰과
좌련의
다섯 열사

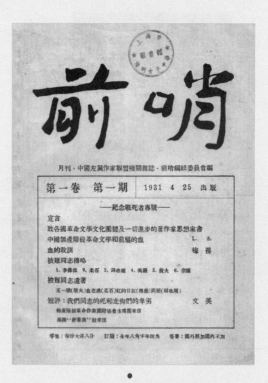

전사자들을 기리는 특집호 《전초》의 표지

# 1

〈잊었던 기념을 위하여[爲了忘却的紀念]〉(《남강북조집(南腔北調集)》에 수록)는 유명을 달리한 지인 바이망(白莽)·러우스(柔石)·펑컹(馮鏗)·리웨이썬(李偉森)·후예핀(胡也頻)을 기리기 위하여 루쉰이 쓴 글이다. 중국좌익작가연맹의 회원이었던 이 사람들은 죽음을 당한 후로 "좌련의 다섯 열사"로 일컬어졌다. 루쉰은 이 글에서 이렇게 말하였다.

문득 믿을 만한 소식을 하나 접했는데, 러우스를 포함한 23명이 2월 7일 밤 또는 8일 새벽에 룽화(龍華) 경비사령부에서 총살되었으며 그는 열 발이나 맞았다는 것이다.

글에 이름이 언급된 다섯 사람 말고도 같이 피살당한 사람은 19명이나 되지만 그들의 이름과 신분에 대해서는 전혀 언급이 없다. 이 학살이 벌어진 후 얼마 지나지 않아 좌련은 "전사자들을 기리는 특집호[紀念戰死者專號]"《전초(前哨)》[385]를 출판하여 "좌련의 다섯 열사"와 한 해 전에 난징에서 피살당한 좌익극작가연맹의 회원 쫑훼이(宗暉)를 추모하였다.

그러나 함께 희생당한 나머지 19명의 순교자들은 추도를 받지 못하였다. 그 오랜 기간 동안 이 희생자들을 "룽화의 스물네 열사"라고 부르지 않고 "좌련의 다섯 열사"로만 부른 것은 무엇 때문이었을까?

여기에는 중국공산당 역사와 얽힌 비밀이 하나 감추어져 있다. 중국공산당 중앙당사 연구실에서 엮은 〈중국공산당사 대사연표(中共黨史大事年表)〉

에는 다음과 같은 기록이 보인다.

〔1931년〕 1월 7일 코민테른의 지시에 따라 중국공산당 제6차 사중전회가 상하이에서 개최되었다. 이 회의에는 중앙위원과 중앙위원 후보 22명 외에도 전국총공회(全國總工會)·해관총공회(海關總工會)·철로총공회(鐵路總工會)의 공산당·공산주의청년단과 공산주의청년단 중앙, 소비에트 준비위원회 및 백구(白區)[386]의 당 하부조직 대표 등 총 37명이 참가하였다. 코민테른 대표 미프(Pavel Mif)[387]는 회의에 참가한 것은 물론이고 조직적인 수단으로 회의의 진행을 끊임없이 통제하였다. 회의에서 천사오위(陳紹禹)(즉 왕밍(王明)[388]) 등은 미프의 지지를 받으며 "코민테른의 노선을 이행하고", "리리싼(李立三)[389] 노선에 반대하며", "타협주의에 반대한다"라는 기치를 걸고, 리리싼으로 대표되는 과오는 "좌"라는 문구 아래 "우경 기회주의"를 숨기고 있다고 비난하면서 리리싼의 모험주의보다 더 "좌"경화 된 잘못된 주장들을 잇따라 제기하였다.

회의에서는 〈중국공산당 사중전회 결의안(中共四中全會決議案)〉을 통과시키고, 보궐선거로 왕밍 등을 중앙위원으로 선출했으며, 샹중파(向忠發)와

사중전회의 주역들 _ 왼쪽에서부터 왕밍, 미프, 리리싼

저우언라이(周恩來)·샹잉(項英)·장궈타오(張國燾)·쉬시건(徐錫根)·루푸탄(盧福田)·런삐스(任弼時)·천위(陳郁)·왕밍(王明)의 아홉 명을 위원으로, 꽌샹잉(關向應)과 뤄덩셴(羅登賢)·마오쩌둥(毛澤東)·원위청(溫裕成)·구순장(顧順章)·류사오치(劉少奇)·왕커취안(王克全)의 일곱 명을 후보위원으로 각각 임명하였다. 새로 선출된 중앙정치국 상무위원회 위원은 샹중파·저우언라이·장궈타오였다. 회의가 개최되고 얼마 지나지 않아 왕밍은 재차 정치국 상무위원으로 충원되었다. 이렇게 해서 왕밍 일파는 사실상 중국공산당 중앙의 영도권을 장악하였다. 이로써 왕밍을 대표로 한 "좌"경 모험주의가 4년 동안이나 당 전체를 지배하게 된 것이다. 제6차 사중전회 및 그이후로 중국공산당 중앙은 일부 "좌"경 교조주의자와 종파주의자를 중앙의 영도자 반열로 기용하는가 하면 리리싼 모험주의의 과오를 범한 당원들을 과도하게 공격하고, 취츄바이(瞿秋白)를 필두로 한 이른바 "타협노선의 과오"를 범한 당원들을 과도하게 공격했으며, 동시에 "반 우경"의 구호 하에 허멍슝(何孟雄)과 린위난(林育南)·리츄스(李求實) 등을 공격하였다. 얼마 후 허멍슝 등은 적에게 체포된 후 옥중에서 굴복하지 않고 장렬하게 희생되었다.[390]

여기서 "리츄스"는 "좌련의 다섯 열사" 중 한 사람인 리웨이썬(李偉森)이다. 그와 허멍슝·린위난은 모두 사중전회에 참가하여 사중전회와 사중전회를 통하여 구성된 중앙위원회에 반대하였다. 사중전회에 반대하는 당 내부 회의에서 이들은 전원이 체포되었다. 그날 비밀리에 총살된 24명 속에는 이 세 사람도 포함되어 있었던 것이다.

리웨이썬

당시 사중전회 반대 활동에서 가장 앞장을 섰던 것은 제6차 중앙위원회 후보위원이던 뤄장룽(羅章龍)과 스원삔(史文彬)이었다. 사중전회가 끝난 후 뤄장룽은《긴급회의를 강력 주장하고 사중전회에 반대하는 보고대강》이라는 소책자를 써서 당 내외에 두루 배포하였다. 이 소책자에서는 사중전회 참가자 다수가 "리리싼의 노선과 타협주의에 동조하는 극렬분자"들이며, "회의에 임석했던 리리싼 노선과 타협주의에 단호하게 반대하는 중앙위원 및 군중 간부 동지들에게는 전부 비밀에 부치는 바람에 당사자들이 회의에 참가하기 직전까지 회의의 성격과 내용을 전혀 알지 못하였다. 그래서 참석한 군중 내의 간부 동지들의 분노와 추궁을 야기했으며", "모든 사람의 발언도 15분을 넘지 못하게 막는 바람에 일부 동지는 시간 제한으로 1차 발언조차도 허락받지 못하였다. 이 회의는 그야말로 전혀 민주적이지 않은 독단적인 회의"였다고 비판하였다.[391] 뤄장룽은 오랜 시간이 지난 후 쓴 회고록에서 당시 현장의 상황을 이렇게 기억하였다.

사중전회가 시작되자 미프가 먼저 개회를 선언하고 회의는 사전에 예정된 의사일정에 따라 진행되었다. 맨 처음에 정치보고를 한 코민테른 대표는 우경사상을 강력히 비판하면서 코민테른 노선을 이행할 것을 요구하는 한편 당의 영도기구를 개조하여 볼셰비키화된 중앙기구를 설립할 것을 역설하였다. … 끝으로 미프가 기립하여 선거 개시를 선포하고, 왕밍·뿨구(博古) 등의 이름을 거명하면서 코민테른은 이들의 결심을 전폭적으로 지지한다고 밝혔다. 좌중의 동지들이 참다못하여 바닥을 발로 두드리고 사방에서 야유가 터져 나오는 바람에 회의장은 순식간에 난장판이 되고 말았다. 스원삔이 맨 처음으로 기립하여 오늘 출석한 중앙위원 등 26명을 대표하여 선거가 절차에 위배되므로 회의를 즉각 중지시켜야 한다는 성명을 내고 회의가 결렬되었음을 선언하였다. 그리하여 대표들은 저마다 자리를 박차고 일어나 무리를 지어 회의장을 나가 버렸다.

회의가 중단된 후 뤄장룽은 긴급회의를 소집해야 한다는 구호를 외치면서 사중전회에 반대하는 활동을 적극적으로 전개하였다.

1931년 1월 17일 상하이 싼마 로(三馬路)의 둥팡(東方)호텔에서는 제1차 사중전회에 반대하는 당 내부집회가 열렸다. 뤄장룽과 스원삔 두 사람은 마침 다른 용무가 생겨 집회에 참석하지 않았기 때문에 회의는 허명슝이 주재하였다. 그러나 내부첩자의 밀고로 회의에 출석한 사람들은 현장에서 바로 체포되고 만다. 말하자면 리츄스리(웨이씬)와 펑컹·러우스·후예핀은 좌련 활동과정에서, 좌련 회원의 신분으로 체포된 것이 결코 아니었던 것이다.

이 대대적인 검거사건이 발생한 후 왕밍은 어떤 반응을 보였을까? 천슈량(陳修良)[392]은 〈판한녠의 비범한 일생[潘漢年非凡的一生]〉에서 이렇게 전하고 있다.

1931년 1월, 당의 제6차 사중전회 기간 동안 왕밍 일파는 당의 중앙과 쟝쑤 성(江蘇省) 위원회의 영도권을 찬탈하였다. 회의가 끝나고 얼마 지나지 않아 왕명의 잘못된 노선에 반대한 허명슝과 린위난·리츄스·후예핀·펑컹 등 중요 간부 24명은 배신자의 밀고로 체포되었다. 그들 중 일부는 둥팡호텔에서 잡혀 갔고, 일부는 자택에서 연행되는 등 상황이 무척 살벌했지만 당시 쟝쑤 성 위원회의 기관은 회의 중이어서 그때까지도 사건이 발생한 사실을 모르고 있었다. 바로 직전에 당 중앙의 "특과(特科)"로 전보되었던 판한녠(성 위원회 선전부의 부부장을 겸임하고 있었다.)은 위험을 무릅

쓰고 성 위원회로 달려와 소식을 전하고 성 위원회가 즉각 회의를 중단하고 허멍슝 등의 동지를 구할 방법을 강구할 것을 요청하였다. 이 소식을 들은 동지들은 모두 안절부절못했지만, 유독 성 위원회 서기이던 왕밍만은 상당히 차가운 태도를 보이며 "자업자득"이라는 둥 그들은 "당에 반대하는 우파 분자들로서 반당활동을 벌이다가 체포된 것"이라는 둥 하면서 빈정거렸다. 동지들의 불행을 즐기는 듯한 그의 표정은 그 자리에 있던 사람들의 공분을 샀다. 판한녠이 그에게 집요하게 "어떻게 할 겁니까?" 하고 따지자 왕밍은 그제서야 판한녠을 가리키며 "동지가 가서 조사를 해 보시오!" 하고는 잠시 머뭇거리더니 다시 "이 일은 중앙과 상의해야 할 사안이니 성 위원회는 관여해서는 안 되오."라고 말하는 것이었다.[393]

천슈량의 증언은 신뢰할만한 것으로 다른 문서 기록들도 그의 증언을 뒷받침해 준다. 〈코민테른 집행위원회 극동국 회원과 천샤오위의 담화 기록〉(1931년 2월 4일, 상하이)에는 이렇게 기록되어 있다.

체포된 반대파 27명의 문제와 관련하여 그는 다음과 같이 통보하였다. 첩자의 배신으로 허멍슝은 모든 혐의를 인정한 것은 물론이고 경찰국장에게 보고서를 상세하게 작성하려 하니 체포 당시 압수당한 모든 자료를 반환해 줄 것을 요청하는 신청서를 작성하였다. 그런 다음 허멍슝은 고루베프(천샤오위, 즉 왕밍) 앞으로 한 통의 편지를 썼다. 동지들은 이 사건을 어떻게 해명해야 할지 몰랐다. 룽화감옥(공산당원들만 수감하기 위하여 특별히 건설한 군사감옥)에 500명이 수감되어 있고, 그 중 300~400명은 우리 측 동지들이었다. 그들은 감옥에서 지부를 운영하고 있었는데 이 반대파들은 어떻게 대해야 할지 몰랐다. 그래서 이 지부의 서기는 그들에게

당 내부의 상황과 반대파를 어떻게 대해야 할지 지시를 내려달라는 편지를 썼다. 그러자 성 위원회는 그들에게 반대파를 당 조직으로 인정하지 말 것이며, 잘못된 길로 빠진 자들에 대하여 개별적으로 해명을 하도록 하여 그들이 최대한 제자리로 돌아갈 수 있도록 조치하라는 답장을 보냈다.[394]

감옥 내 지부의 서기에게 내려진 지시는 "반대파를 당 조직으로 간주하지 말라"는 것이었다. 말하자면 그들을 더 이상 동지로 인정하지 않는다는 의미인 것이다. 그러니 그들을 위하여 구명운동을 벌일 리가 만무하였다. 설령 구명을 결정했다고 하더라도 결과는 있을 리가 없다는 의미였다. 사중전회에 반대하는 뤄장룽 쪽 사람들의 조직인 "비상위원회"는 그들을 구명할 방법을 모색했고, 체포된 사람들의 가족과 친지들도 그들을 구하는 데에 최선의 노력을 경주하였다. 그러나 결국 체포된 사람들 중 24명은 그대로 희생당하고 말았다. 천슈량은 앞의 책에서 이렇게 적고 있다.

2월 7일, 중앙과 성 위원회 기관으로부터 24명의 열사가 룽화에서 장렬하게 희생되었다는 비보가 전해지자 판한녠과 여러 동지는 추도회를 열어 그들을 기려야 한다고 주장했지만 뜻밖에도 왕밍에게 저지당하고 말았다. 그는 "허멍숭 등이 죽기는 했지만 그자들의 과오에 대한 청산작업은 계속되어야 하오!" 하고 말하였다. (p.17)

이른바 "좌련의 다섯 열사"가 탄생하게 된 내막은 이러했던 것이다. 이제는 루쉰이 〈잊었던 기념을 위하여〉에서 언급한 순서에 따라 루쉰과 그들의 인연에 관하여 소개해 보겠다.

2

● 인푸

인푸(殷夫)[395]는 본명이 쉬뷔팅(徐柏庭)이었으며 학교에 다닐 때 사용한 이름은 쉬쭈화(徐祖華)·쉬원슝(徐文雄), 필명은 쉬바이(徐白)·사페이(沙菲)·뤄푸(洛夫)·런푸(任夫) 등이었다.

그는 1909년 6월 22일 저쟝 성(浙江省)의 샹산(象山)에서 태어나 어릴 때 부친을 여의었다. 그의 맏형 쉬즈팅(徐芝庭, 페이껀(培根))은 독일에서 유학한 후 국민당 군대에서 국민혁명군 총사령부 참모처장과 군정부 항공서(軍政部航空署)의 서장을 역임하였다. 다른 두 형 란팅(蘭庭)과 쏭팅(松庭) 역시 국민당의 군정관리를 지냈다.

인푸는 13세 때 샹산의 현립 고등소학교를 졸업하였다. 그는 이때 이미 많은 소설을 섭렵하고 시 쓰기를 배우기 시작한다. 나중에 상하이로 간 그는 민립(民立)·청중(澄衷)·푸둥(浦東) 등의 중학교에서 차례로 수학했는데, 이때부터 혁명운동과 인연을 맺게 된다. 1927년 "4·12" 정변이 발생하자 국민당 당원의 밀고로 체포된 그는 감옥에서 죽을 각오를 하고 〈죽음의 신이 도래하기 전에〉라는 장장 500여 행에 이르는 장편시를 썼는데, 거기에는 이런 내용이 들어 있었다.

내 17년의 생명,

떠도는 부평초 같더니

결국 이렇게,

이렇게 청춘을 묻는구나.

내 17년의 청춘,

이 메마른 재는,

사라지리, 사라지리,

모두 바람을 타고 흩어지리라!


수감된 지 3개월 만에 맏형의 노력 끝에 보석으로 출옥한 인푸는 이 시를 《태양월간(太陽月刊)》에 투고한다. 당시 편집을 맡고 있던 아잉(阿英)[396]은 이 시에 감동을 받아 1928년 4월 출판된 《태양월간》에 게재하고, "편집후기"에 다음과 같은 추천의 글을 남겼다. "몇 백 행에 달하는 런푸의 장편시는 그가 작년 옥중에서 지은 것으로, 기교는 그렇게 성숙되었다고 할 수 없지만 17세에 체포된 혁명청년이 지은 점을 감안한다면 우리로서는 충분히 기념할 가치가 있다고 생각한다." 그 후 태양사(太陽社)[397]의 회원이 된 인푸는 《태양월간》·《개척자(拓荒者)》 등의 간행물에 수시로 시를 발표하였다. 그가 번역한 페퇴피[398]의 시와 일대기는 루쉰과 위따푸(郁達夫)가 함께 엮은 월간지 《분류(奔流)》에도 실렸는데, 루쉰과의 인연도 이때 시작되었다.

출옥한 후 얼마 되지 않아 인푸는 통지(同濟)대 독문보습과에 입학한다. 그는 여기서 겨우 1년 남짓 수학한 후 1928년 가을 다시 당국에 체포되었다. 관계 인맥을 동원하여 인푸를 다시 보석으로 빼낸 그의 맏형은 그길로 그를 샹산 고향집에 돌려보내 한동안 연금하다시피 하였다. 맏형은 다시는 위험한 혁명의 길을 가지 말라고 타일렀지만 그로서는 맏형의 충고를 받아들일 수가 없었다. 그는 자신을 타이르는 맏형의 편지를 받고 다음과 같은 답시를 지어 보냈다.

안녕히 계십시오, 나의 가장 친애하는 형님,
당신의 서신이 저의 결심을 더욱 굳게 만들었습니다,
마지막 악수도 하지 못한 채,
홀로 앞으로 가야 하는 것이 한스럽군요.

20년 동안의 형제의 사랑과 연민,
20년 동안의 보호와 양육을,
마지막 그 한 방울 눈물로
거두십시오, 한바탕 악몽이라 여기십시오.

정성어린 당신의 가르침에 전 감동했고,
희생어린 당신의 양육에 전 탄복했습니다,
그러나 그조차 당신과의 작별을 막을 수는 없나니,
전 다른 쪽으로 바뀌지 않을 수 없군요.

당신이 계신 곳에는, 아, 형님,
안락함과 성공과 명예가 넘치지요,
통치자들이 영광스럽게 하사한 벼슬들이나,
얄팍한 종이를 발라 만든 고깔 감투들 말입니다.

제가 그저, 한 마디
"지시대로 순종하는 올가미 안으로 들어가겠다." 승낙만 하면
저는 모든 것을 손쉽게 얻을 수 있게 되겠지요,
명예부터 종이 감투까지요.

그러나 당신의 아우는 지금 굶주리고 목이 탑니다,
영원한 진리에 굶주리고 목이 탑니다.
명예도 원치 않습니다, 성공도 원치 않습니다,
그저 진리의 왕국을 향하여 경배를 올리기를 바랄 뿐입니다.

그래서 기계의 비명은 그의 아름다운 꿈을 방해하고,
그래서 피폐해진 군중의 외침은 심금을 울리고,
그래서 그는 날이 다하고 밤이 다하도록 시름에 젖습니다.
인간에게 광명을 가져다 주는 프로메테우스가 되기를 바라면서요.

진리의 분노가 그를 강하게 만들면,
그는 더 이상 제우스의 사자후를 두려워하지 않고,
기꺼이 자신의 목숨을 희생하기만 바랄 뿐,
다시는 종이를 발라 만든 저 고깔 감투 따위 바라지 않습니다.

이것이, 바로 당신의 아우의 앞길입니다,
이 앞길에는 깎아지른 낭떠러지와 가시덤불이 잔뜩 버티고 있고,
거기다 온통 검은 죽음과 하얀 뼈로 가득하고,
또 사람의 살을 에이는 우박과 눈보라로 가득하지요.

그러나 그는 앞으로 나아가기로 결심했습니다.
진리의 위대한 빛이 지평선 아래에서 반짝이면,
죽음의 공포는 모두 뒷걸음질 치며 저 멀리 달아나고,
뜨거운 심장의 불은 심장의 피를 녹여 버릴 테지요.

안녕히 계십시오, 형님, 안녕히.
이제는 각자의 길을 가기로 해요,
다시 만날 기회는 있을 겁니다,
우리가 당신이 예속된 계급과 전쟁을 치르고 났을 때 말입니다.

이렇게 해서 인푸는 자애로운 아버지 같던 맏형과 마지막으로 결별하고, 자신이 타고난 계급과도 마지막으로 결별한다. 이때 학교를 떠난 그는 더 이상 망설임 없이 혁명 투쟁에 몸을 던졌다. 그는 공산주의 청년단(共産主義青年團)에서 일하면서 《레닌청년》의 편집작업에 참가하는 한편, 노동운동을 하면서 해당 방면의 논문을 여러 편 써 내었다.

앞서 이미 말했던 것처럼, 인푸는 《분류》에 글을 투고하면서 비로소 루쉰과 인연을 맺었다. 〈잊었던 기념을 위하여〉에서 루쉰은 그 경위를 이렇게 소개하였다.

우리가 만나게 된 이유는 아주 평범하였다. 당시 그가 투고한 것은 독일어를 번역한 《페퇴피전》이었고, 나는 곧바로 원문을 요청하는 서신을 보냈다. 그 원문은 시집 앞쪽에 수록된 것이어서 우편으로 부치기 곤란했기 때문에 나중에는 그가 직접 들고 왔던 것이다. 20여 세 돼 보이는 청년이었다. 용모가 단정하고 얼굴색은 까무잡잡하였다. 당시 무슨 이야기를 나누었는지는 벌써 잊어 버렸고, 자신은 쉬씨이며 샹산 사람이라고만 자기소개를 했고, 그때 내가 "어째서 자네 대신 편지를 받아주는 여사가 그렇게 이름이 이상한지(어떻게 이상했는지도 지금은 다 잊어버렸다.)" 물었더니 "그녀는 그렇게 이상한 것만 로맨틱 하다고 좋아해서 자신도 어떤 점에서는 그녀와 잘 맞지 않더라"고 말했던 것만 기억이 날 뿐이다. 이 정도만 기억에 남아 있다.

밤에 번역문과 원문을 대충 한번 맞추어 본 나는 몇 군데가 오역된 것 말고 그가 일부러 다르게 번역한 곳도 한 군데 있다는 것을 알게 되었다. 그는 "국민시인"이란 표현을 좋아하지 않는지 모조리 "민중시인"으로 바꿔놓았던 것이다. 다음날 그가 보낸 서신을 한 통 더 받았는데, 거기에는 나와의 만남을 후회하며, 자신은 말을 많이 했는데 내 쪽에서는 말이 적은 데다 차갑기까지 해서 일종의 위압감을 느낀 것 같았다고 적혀 있었다. 그래서 답장을 써서 처음 만난 자리에서 말수가 적은 것은 당연하다고 해명하는 한편 자신의 개인 감정 때문에 원문을 마음대로 고치면 안 된다고 일러 주었다. 그의 원서가 내게 있었기 때문에 나는 소장하던 책 두 권을 그에게 보내 주고 독자들이 참고할 수 있도록 시를 몇 수 더 번역해 줄 수 있는지 물었다. 과연 그는 몇 수를 더 번역하여 직접 들고 왔고, 그렇게 해서 우리는 처음보다 더 많은 이야기를 나누었다. 이 전기와 시는 나중에 모두 《분류》 제2권 제5호 즉 마지막 호에 실리게 된다.

우리가 세 번째로 만난 날은 어느 무더운 날이었던 것으로 기억한다. 누가 노크를 하길래 문을 열어 보니 바이망이었다. 두꺼운 솜 두루마기를 입고 얼굴이 온통 땀 범벅이 되어 있어서 우리는 서로가 실소를 금할 수 없었다. 그제서야 그는 자신이 혁명에 투신했는데, 체포되었다가 이제 막

석방되기는 했지만, 옷과 책은 내가 준 책 두 권까지 전부 몰수당했고, 입고 있는 두루마기는 친구에게서 빌린 것으로, 짧은 상의가 없길래 긴 옷을 입을 수밖에 없어서 이렇게 땀을 흘리고 있는 거라고 말하는 것이었다. …

나는 그가 석방된 것을 무척 다행스럽게 여기며 짧은 상의를 살 수 있도록 그 자리에서 바로 원고료를 챙겨 주었다. 그러나 한편으로는 책 때문에 못내 안타까웠다. 책이 경찰서에 넘어갔다니 그야말로 밝은 구슬이 칠흑 속에 버려진 격이 아닌가! 그 두 권은 사실 아주 평범한 책으로, 한 권은 산문이고 한 권은 시집이었다. 독일어 번역자의 말에 따르면, 그것은 자신이 수집한 것들로 본국인 헝가리에서조차 그렇게 온전한 책이 나온 적은 없었다고 한다. 그러나 "레클람 세계문고(Reclam's Universal-Bibliothek)"[399]를 통하여 출판되었기 때문에 독일에서라면 1원도 되지 않는 돈으로도 어디서든 구할 수 있다고 하였다. 그러나 내게는 귀한 보물과도 같은 책이었다. 왜냐하면 그것들은 30년 전 내가 페퇴피를 열렬히 흠모할 때 일본의 마루젠(丸善) 서점에 특별히 부탁해서 독일에서 구해 온 것이었기 때문이다.

●
헝가리의 애국시인 페퇴피

당시에는 책이 너무 싸서 점원이 취급하지 않을까 봐 부탁을 하는 내내 속이 다 조마조마 했었다. 나중에는 웬만하면 노상 지니고 다니다 보니 마음이 바뀌어 번역을 하려던 생각이 없어졌는데 이번에 선물하기로 결심했던 것도 왕년에 내가 그랬듯이 페퇴피의 시를 뜨겁게 사랑하는 청년에게 선물한다면 그 책에도 좋은 의지처가 생기는 셈이다 싶어서였다. 그래서 매우 정중하게 러우스에게 직접 가져다 주도록 부탁한 것이었는데 그 책들이 "작대기 세 개"짜리 외국경찰 손에 들어가 버렸으니 이 얼마나 기가 막힐 노릇인가!

1936년 3월 10일 루쉰은 '치한즈(齊涵之)'라고 서명을 한 사람이 한커우(漢口)에서 부친 편지를 받았다. 그 편지에서는 자신이 바이망과는 통지대의 학우이며 자신이 소장한 바이망의 시집《아이 탑[孩兒塔]》의 초고를 출판하려 하는데 출판사 측에서 루쉰의 서문을 요구해서 서문을 부탁하기 위하여 보낸 것이라는 것이었다. 당시 루쉰은 "치한즈"가 "스지싱"의 가명이고, 그가 상습적으로 남의 원고를 가로채는 따위의 짓을 수시로 벌이는 시덥잖은 글쟁이인 줄은 전혀 모르고 있었다. 루쉰은 죽은 벗이 남긴 원고를 널리 알리려고 애쓰는 인정 많은 사람을 만났다 싶어서 편지를 받은 다음날 바로《아이 탑》의 서문(《체제팅 잡문 말편(且介亭雜文末編)》[400]에 수록)을 완성하였다. 이 서문에서 그는 죽은 벗을 애틋한 마음으로 회상하고 있다.

그들이 장렬하게 희생당한 지 벌써 꼬박 5년 지났다. 내 기억에는 진작에 많은 새로운 혈흔들로 덮여졌다. 이렇게 말을 꺼내노라니 젊은 그의 모습이 마치 살아있는 것처럼 다시 눈앞에 떠오른다. 그는 더운 날 솜두루마기를 입고 얼굴이 온통 땀범벅이 된 채 웃으면서 내게 말했었다. "이번이 세 번째입니다. 저 스스로 나왔지요. 지난 두 번은 모두 형님이 보석으로 꺼내 주셨는데 그때마다 제 일에 간섭을 하려고 드시길래 이번에는 알려드리지 않기로 했습니다. …"

이어서 루쉰은 자신이 왜 이 서문을 쓰려 했는지 밝히고 있다.

누구든 우정이 남아 있다면, 죽은 벗이 남긴 글을 거둔다는 것이 불덩이를 쥐고 있는 것과 같아서, 자고 먹는 순간조차도 늘 불안해하면서 널리 알리고 싶어 하기 마련이다. 그 심정을 나는 너무도 잘 이해하기 때문에 서문 같은 글을 써 드리는 것이 의무라고 안다.

그러나 막상 서문을 쓰는 작업에 착수했을 때 그는 서글픔을 느껴야 하였다. 자신이 시를 전혀 모르므로 그의 시도 당연히 논평할 수가 없다고 여긴 것이다. 그래서 그는 새로운 관점에서 바이망의 시를 평가하였다.

이 《아이 탑》의 창작은 지금의 보통 시인들과 실력을 겨루기 위해서가 결코 아니며 또 다른 의의를 가지고 있어서였다. 이 시집은 동방에 비치는 희미한 빛이요, 숲 속을 울리고 날아가는 화살이요, 겨울 끝자락에

학생들과 토론 중인 루쉰(1936)

움트는 새싹이요, 진격하는 군인의 첫걸음이요, 선구자에 대한 사랑의
깃발이요, 박해자에 대한 증오의 비석이다. 원숙하고 세련되며, 장엄하고
심원하다고 일컬어지는 그 어떤 작품들도 비교할 필요가 없다. 이 시는
다른 세계에 속한 것이기 때문이다.

인푸가 "더운 날 솜 두루마기를 입고" 루쉰의 집을 방문한 일은 이보다
전에 지어진 〈잊었던 기념을 위하여〉에서도 언급된 바 있다. 그런데 이것
은 1929년 9월 21일의 일이었다. 이날 루쉰의 일기에는 이렇게 적혀 있다.
"오후에 바이망이 왔길래, 원고료 삼아 50원을 챙겨 주었다." 정식 원고료
를 지급한 것이 아니라 원고료를 지급하거나 가불해 준다는 명목으로 50
원을 챙겨 주어서 "그가 상의를 살 수 있게" 해 준 것이었다. "원고료 삼
아"의 "삼아"라는 표현이 그 점을 아주 잘 보여 주고 있다.

# 3

●
러우스

러우스(柔石)[401]는 자오핑푸(趙平復)의 필명이다. 그는 본명이 자오핑푸(趙平福)이며 자오사오슝(趙少雄)으로 불리기도 하였다.

1902년 9월 28일 저쟝 성 닝하이 현(寧海縣)에서 태어났다. 바로 '10족(十族)'을 멸한다고 위협해도 전혀 두려워하지 않았던 방효유(方孝孺)[402]를 배출한 곳이다. 러우스가 유년 시절 다닌 정쉬에(正學) 소학교의 이름도 방효유를 기리기 위하여 붙인 것이었다고 한다.

자오 씨 집안은 몹시 가난하였다. 러우스의 부친 자오즈롄(趙子廉)은 14세의 어린 나이에 고향을 등지고 하이여우(海游, 지금의 싼먼(三門))로 가서 염장식품을 파는 가게의 견습생으로 있었다. 3년의 견습 기간을 마친 그는 정식 점원이 되었지만 변변찮은 임금으로는 가족의 생계를 꾸리기 어려웠으며 나중에서야 닝하이로 돌아와 자력으로 작은 가게를 장만할 수 있었다. 러우스보다 8살이 많은 형 자오핑시(趙平西)는 공부도 충분히 하지 못하고 13세 때부터 바로 부모의 가게에서 일을 거들기 시작하였다. 러우스 역시 10세가 되어서야 소학교에 입학할 수 있었다.

5년 후 소학교를 졸업한 그는 시험을 쳐서 저쟝 성립 제6중학교에 입학했는데 지금 타이저우(台州)에 그 학교터가 남아 있다. 당시에는 학교도 집에서 멀고 학비도 부담하기 어려웠기 때문에 1년만에 자퇴하고 말았다.

유일한 희망은 학비와 식비가 전부 면제인 사범학교에 지원하는 길밖에 없었다. 1918년 가을, 그는 많은 경쟁자를 물리치고 항저우(杭州)의 저장 성립 제1사범학교에 합격한다. 당시 이 학교의 교장이던 징헝이(經亨頤, 쯔 위안(子淵))[403]는 "시대와 함께 발 맞추어 나가는" 진보적인 인사였기 때문에 새로운 사상을 기꺼이 수용할 줄 알았다. 그가 초빙한 저명한 교사들로 는 천왕따오(陳望道)·샤까이쥔(夏丏尊)·류따바이(劉大白)·리수퉁(李叔同)·예사오쥔(葉紹鈞)·주즈칭(朱自淸) 등이 있었다. 5.4운동이 일어나자 제1사범학교 는 동남부 각 성들을 통틀어 신문화운동의 중심지로 우뚝 서게 된다. 그 러나 이 학교의 학생 스춘퉁(施存統)이 발표한 〈비효(非孝)〉라는 글이 저장 지역에서 엄청난 파문을 일으키는 바람에 징 교장은 그 일로 사직하고 말았다. 러우스가 아무리 입학한 지 1년도 되지 않은 17세의 학생이어서 그다지 많은 활동에 참여하지는 않았다고는 해도 사상적으로는 모교의 학풍으로부터 깊은 영향을 받지 않을 수는 없었을 것이다. 1921년 신문학 을 좋아하던 교사와 학생, 그 밖에도 교외의 지인들이 문학단체인 신광 사(晨光社)를 조직하는데, 러우스도 그 회원들 중 한 사람이었다. 이 단체 의 회원으로는 이 밖에도 주즈칭·예사오쥔·펑쉬에펑(馮雪峰)·판뭐화(潘漠 華)·웨이진즈(魏金枝) 등이 있었다.

1923년 6월 제1사범학교를 졸업한 러우스는 원래 둥난(東南)대에 입학하 여 학업을 계속할 생각이었으나 뜻을 이루지 못하였다. 상하이에서 직장 을 구하려 한 노력도 좌절되었다. 그렇다고 해서 마냥 집에서 일도 없이 빈둥거릴 수는 없어서 항저우로 가서 한동안 가정교사를 하다가 다시 츠 시 현(慈溪縣)으로 가서 얼마 동안 소학교에서 교편을 잡기도 하였다. 바로 이때 소설을 쓰기 시작한 그는 1925년 초 자비로 단편소설 여섯 편을 묶 은 자신의 첫 번째 책 《광인(瘋人)》을 출간한다.

일본의 문예평론가 쿠리야가와 하쿠손과 루쉰이 번역한 《고민의 상징》

　　1925년 2월 베이징으로 간 러우스는 얼마 지나지 않아 베이징대의 청강생이 되었다. 러우스는 루쉰이 강의하는 중국소설사를 청강하는가 하면 쿠리야가와 하쿠손(廚川白村)[404]의 《고민의 상징[苦悶の象徵]》에 관한 그의 해석을 직접 들을 수 있었다. 이때부터 루쉰은 그가 평생 존경해 마지않는 스승이 되었다.

　　1926년 초 러우스는 강남으로 돌아와 항저우·상하이 일대를 뛰어다녔지만 직업을 구하는 데에도 실패하고 친구 몇 사람을 초빙하여 중학교를 운영해 보려 한 계획도 좌절되자 고민이 점차 커져 갔다. 그는 이처럼 생계를 위하여 도처를 전전하는 가운데 장편소설 《구시대의 죽음[舊時代的死]》을 집필하기 시작한다. 그는 이 원고를 팔아서 프랑스로 유학하는 것이 소원이었다고 한다.

당시는 국민당의 북벌전쟁이 급속히 전개되면서 쑨촨팡(孫傳芳) 휘하의 샤차오(夏超)·천이(陳儀)·저우펑치(周風岐) 등이 긴박한 정세를 파악하고 줄줄이 국민당에 귀순하는 바람에 북벌군은 1927년 2월 저장 성 전역을 점령하는 데에 성공한다. 이러한 정치상황은 러우스가 희망을 품게 이끌었고 고향으로 돌아온 그는 닝하이중학교에서 국문교사를 맡는다. 이 학교는 열정적인 청년들이 맨손으로 일구어낸 가난한 학교였기 때문에 기금도 경비도 없었으며, 전체 교직원은 무료로 봉사해야 하는 것은 물론이고 구 세력의 압력에도 맞서야 하였다. 러우스는 그런 이 학교를 지탱하는 열정가들 중의 하나였다. 그는 자신의 힘으로 교육계에서 명성을 쌓은 덕분에 1928년 초 닝하이 현의 교육국장을 맡더니 구 세력의 방해에도 아랑곳하지 않고 현내 소학교의 교장·교사들을 대상으로 대대적인 인사를 단행하였다. 그러나 이때는 "4.12" 정변이 발생한 뒤여서 정치상황이 이미 역전되어 있었기 때문에 러우스는 교육국장으로서 할 수 있는 일이 없었다. 게다가 1928년 5월 24일 닝하이 현 팅팡(亭旁)에서 농민폭동이 진압되면서 닝하이중학교도 여기에 연루되어 강제로 해산되고 말았다. 러우스도 《구시대의 죽음》 원고를 가지고 홀몸으로 상하이로 도주할 수밖에 없었다.

러우스가 루쉰과 인연을 맺은 것은 상하이에 도착한 지 얼마 되지 않은 시점이었다. 루쉰은 〈잊었던 기념을 위하여〉에서 당시를 이렇게 회고하고 있다.

나와 러우스의 첫 만남이 언제 어디서였는지 모르겠다. 그가 과거에 베이징에서 내 강의를 들었다고 말한 것 같다. 그렇다면 8-9년 전이었을 것이다. 상하이에서 어떻게 왕래하기 시작했는지도 잊어 버렸다. 어쨌든 그는 당시에 징원리(景雲里)에 머물고 있었는데 내 거처에서 너댓 집밖에 떨어지지 않은 곳이었다. 그리고 어찌 된 영문인지 모르게 왕래를 하기 시작했던 것이다.

러우스가 루쉰을 알게 된 후 두 사람이 처음으로 한 일은 조화사(朝華社)[405]를 결성한 것이었다. 이 일과 관련하여 〈잊었던 기념을 위하여〉에서는 이렇게 소개하고 있다.

> 우리는 오래 왕래하다 보니 마음이 통하기 시작하였다. 그리하여 같은 뜻을 가진 청년 몇 사람과 함께 조화사를 설립하기로 약속하였다. 물론, 그 목적은 동유럽과 북유럽의 문학을 소개하고 외국의 판화를 수입하는 것이었다. 우리는 강인하면서도 소박한 문학과 예술을 육성해야 한다고 여기고 있었기 때문이다. 그 다음에는 《조화순간(朝花旬刊)》을 찍고, 《근대 세계단편소설집》을 찍고, 《예원조화(藝苑朝花)》를 찍었는데, 이 작업들 역시 그 방침을 따른 셈이었다. …

조화사의 회원으로는 루쉰과 러우스 말고도 왕팡런(王方仁)과 췌이전우(崔眞吾)가 있었다. 두 사람은 루쉰이 샤먼(夏門)대에서 교편을 잡고 있던 시절의 제자들이었다. 물론, 이 문학단체의 중견 인물은 역시 러우스였다. 당시의 실정에 대해서는 〈잊었던 기념을 위하여〉에서 이렇게 언급하고 있다. "종이를 구매하는 것 외에 대부분의 원고와 인쇄소에 가거나 삽화를 그리고 글자를 교정하는 등의 같은 잡무들은 모두 그가 도맡았다. 그러나 종종 성에 차지 않는지 말을 할 때마다 인상을 쓰곤 하였다."

온갖 일로 바쁜 그가 신경 쓸 필요가 없었던 유일한 일은 바로 종이를 구매하는 일이었다. 그 일은 왕팡런이 전담했기 때문이었다. 쉬광핑(許廣平)은 《루쉰회고록(魯迅回憶錄)》에서 다음과 같이 회고하였다. "왕팡런은 상하이의 쓰마 로(四馬路)에서 교육용품 문구점을 운영하는 형이 있어서 수월하다는 이유를 들어, 형의 회사에서 종이를 대리로 구매하거나 천광사의 책을 대리 판매할 것을 자청하였다." 그러나 그가 구매한 종이는 "대부분이 도매업자에게서 흘러나온 저질품인 경우가 많았으며 인쇄잉크도 값싼 것"이어서 외국 판화를 인쇄하기라도 하면 "온통 뭉개지고 덩어리져서 선이 제대로 보이지 않는 그림" 투성이였다. 책도 팔리지 않아서 대리판매처의 책값도 회수되지 않는 바람에 결국 유지가 되지 않아 해산되고 말았다. 루쉰은 1930년 1월 19일 리지예(李霽野)[406]에게 쓴 편지에서 다음과 같이 언급하고 있다. "조화사의 상황이 글러 먹었다는 것은 내가 이미 편지로 알려 준 적이 있습니다. 그것은 일부 인사가 한 사람에게 속아 넘어갔기 때문인데, 지금은 조화사도 이미 활동을 중지한 상태랍니다." 사람들이 흩어진 후에도 러우스는 남겨진 문제들을 해결하느라 바쁘게 뛰어다녀야 하였다. 루쉰은 그 글에서 다음과 같이 언급하고 있다. "그는 그래서 자신의 몫으로 남은 조화사의 남은 책들을 밍르서점(明日書店)과 광화서국(光華書局)으로 보내 몇 푼이라도 회수하기를 기대하는 한편, 빌린 돈을 갚기 위하여 필사적으로 책을 번역하였다."

그들의 두 번째 협력은 루쉰이 러우스에게 자신이 맡았던 《어사(語絲)》의 편집작업을 대신 맡아달라고 부탁한 일이었다. 《어사》는 원래 베이징에서 발행되는 주간잡지였는데, 1927년 10월 장쭤린(張作霖)에 의해 폐간당하는 바람에 12월 상하이로 이전하여 발행을 재개하면서 루쉰이 편집을 맡기 시작한 것이었다. 루쉰은 〈나와 "어사"의 시작과 끝[我和語絲的始終]〉

《삼한집(三閑集)》[407]에 수록)에서 이 사건에 관하여 조금 언급하고 있다.

샤오펑(小峰)이 한번은 상하이 거처로 찾아와 《어사》를 상하이에서 발행할 것을 제안하면서 편집을 맡아달라고 부탁하는 것이었다. 그와의 관계를 생각하면 거절해서는 안 되는 입장이었다. 그래서 맡고 말았다.
편집일을 맡고 난 후로 《어사》는 시운이 무척 안 좋았다. … 반 년 동안 경험을 쌓은 후 리샤오펑에게 《어사》를 정간시킬 것을 제안했지만 동의를 얻지 못하고 결국 나도 편집인 자리를 떠나고 말았다. 샤오펑이 대신 편집을 맡아줄 사람을 구해 달라고 해서 나는 러우스를 추천하였다.

이 일은 러우스의 1929년 1월 11일자 일기에서도 언급되고 있다.

저녁에 루쉰 선생께서 내년(음력)에 《어사》에 와서 원고의 검토와 교정을 봐 줄 수 있는지 물어보시길래 승락하였다. 그와 동시에 내 생활도 안정되었다. 베이신 서국에서 달마다 40원씩 급료를 주었기 때문이다. 이때부터 마음놓고 문학과 관련된 일을 좀 할 수 있었다.[408]

그는 1월 17일 일기에도 이렇게 기록하고 있다.

사람은 "기회"를 통하여 만들어진다. 난 정말 그렇게 생각한다. 지금 이 순간 이곳 《어사》에 투고된 21통의 서신을 다 읽고 나서 말이다. 4개월 전만 해도 내 단편소설을 《어사》에 발표해 보려는 엄두조차 내지 못했었다. 난 실패가 두려웠다. 비록 당시부터 글 쓰는 일로 생계를 꾸리겠다는 생각은 간절했지만 말이다. 그런데 지금은 이 손으로 잡지에 실을 작품을 고르고 있으니 이것이 내게 주어진 기회가 아니겠는가! 나는 이 원고들을 자세히 읽고 실을 만한 것이 있으면 그 투고자들에게 만족스러운 희망을 주고 싶다. 시와 소설은 특히 그렇다. 종이와 인쇄비는 베이신의 사장이 부담할 테고, 지면이 몇 장 더 는다고 해서 독자들이 "너무 두꺼워진 거 같다."고는 하지는 않을 것 아닌가?[409]

그는 이런 마음가짐으로 투고자를 대하며 편집자의 투철한 직업정신과 넉넉한 품성을 보여 주었다. "그러나 무슨 이유 때문인지는 알 수 없지만, 러우스 역시 편집일을 6개월 한 후 제5권 상권의 편집이 마무리되자 사직하고 만다."(《잊었던 기념을 위하여》) 제5권 하권, 즉 《어사》 잡지의 마지막 부분은 리샤오펑이 직접 편집한 것이었다.

러우스의 중편소설 《2월(二月)》은 1929년 11월 상하이의 춘차오 서국(春潮書局)을 통하여 출판되었다. 루쉰은 이 소설의 "짧은 머리말"을 써 주었다.(《삼한집(三閑集)》에 수록)

바로 이때 중국공산당 중앙의 리리싼이 쟁취와 단결을 역설하면서 루쉰은 "중국자유운동대동맹(中國自由運動大聯盟)"과 "중국좌익작가연맹(中國左翼作家聯盟)"의 결성 준비작업에 참여하게 되었다. 러우스는 루쉰의 영향 하에 있는 사람이었으므로 이 일에도 동참하기로 한다. 루쉰은 1930년 2월 13일자 일기에 "저녁에 러우스를 초대하여 콰이훠린(快活林)에서 국수를 먹은 후 프랑스 예배당으로 향했다."라고 적었다. 《루쉰전집》의 주석에 따르면 그가 "프랑스 예배당으로 향한 것"은 중국자유운동 대동맹 창립대회에 참가하기 위해서였다. 루쉰은 대회에 참가하여 러우스·위따푸 등 50명과 연명으로 〈중국자유운동대동맹선언(中國自由運動大同盟宣言)〉을 발표하고 연맹의 발기인을 맡았다.

러우스가 좌련의 창립 준비작업에 참여한 일에 관해서는 펑쉐에펑이 〈1928-1936년 상하이 좌익문예운동 노선투쟁과 관련된 소소한 참고자료들〉이라는 장문의 글에서 이렇게 소개하고 있다.

판한녠이 찾아와서 날더러 루쉰과 좌련 창립 문제를 상의해 볼 것을 요청하였다. 1929년 대략 10월에서 11월 사이였던 것으로 기억한다. 그와 나눈 대화 중에서 두 가지는 똑똑히 기억한다. 첫째는 그가 당 중앙에서 창조사(創造社)·태양사(太陽社)와 루쉰 그리고 그의 영향 하에 있는 사람들이 연합하여, 이 세 세력을 근간으로 한 혁명문학단체를 창립하기를 바란다는 것이었다. 둘째는 단체의 명칭을 "중국좌익작가연맹"으로 정하려 하는데 루쉰의 의견은 어떤지 살피고, "좌익"이라는 문구를 사용할 것인지 결정하는 일도 루쉰에게 일임하되, 루쉰이 이 문구를 원치 않으면 사용하지 않겠다는 것이었다.

내가 루쉰을 찾아가서 상의를 한 경위도 똑똑히 기억하고 있다. 루쉰은 이런 혁명문학단체 창립에 전적으로 동의하였으며, "좌익"이라는 문구도 연맹의 기치를 좀더 선명하게 부각시킬 수 있으므로 사용하는 편이 낫겠다고 말한 것이다.[410]

대략 1929년 말, 이른바 '기초구성원'이 20인 탄생하였다. 내 기억으로는 루쉰·정뷔치(鄭伯奇)·장광츠(蔣光慈)·펑나이차오(馮乃超)·펑캉(馮康)·샤옌(夏衍, 선돤셴(沈端先))·아잉(阿英, 첸싱춘(錢杏邨))·러우스·선치위(沈起予)·홍링페이(洪靈菲)·양한성(楊翰笙, 화한(華漢))과 나였다. 이들이 발기인이자 기획자라는 의미이다. 이 명단은 판한녠이 제안하고 각 부문의 상의를 거쳐 결정되었을 것이다.[411]

두말 할 것 없이, 러우스는 "루쉰의 사람"의 신분으로 "좌련"의 발기와 기획에 참가한 것이다. 좌련이 정식으로 창립된 후 그는 처음에는 집행위원으로 선출되고 이어서 상무위원·편집부 주임을 맡았으며, 5월에는 중국공산당에 가입한다. 이와 함께 좌련 대표의 자격으로 전국소비에트구역 대표대회에 출석한다.

그러나 러우스의 가정생활은 순탄하지 않았다. 그는 저쟝 제1사범학교에서 수학하고 있을 당시, 부모의 명령으로 닝하이 시골 둥시(東溪)의 우쑤잉(吳素瑛)과 결혼하였다. 문제는 그녀가 까막눈이라는 점이었다. 러우스의 〈아내의 과외(課妻)〉는 자전적 단편소설로서, 이 작품을 통하여 그가 아내의 교양 공부를 돕던 때의 상황을 엿볼 수가 있다. 1924년 두 사람의 장남 디쟝(帝江)이 태어난다. 2년 후에는 딸 샤오웨이(小薇)가 태어났고, 다시 2년 후에는 막내아들 사오웨이(少微)가 태어났다. 그러나 두 사람은 학력상의 격차가 너무도 컸기 때문에 부부 사이가 원만했다고 보기는 어려울 것 같다. 그는 1929년 1월 19일자 일기에 이렇게 적었다. "근래에는 늘 상 나도 모르게 내 운명을 생각하곤 한다. 왠지 모르게 늘 처량한 나라 땅으로 가고 싶어진다. 아내가 말을 제대로 할 줄 모르고 늘 굳은 얼굴을 하고, 때로는 험악한 인상을 하고 있는 모습을 생각하다 보면 나는 그런 생각에 눈물을 흘리곤 한다! 하늘이시여, 아내를 점지해 주신 것은 당신이 아니십니까?"

1929년 2월 9일은 음력 섣달 그믐이었다. 루쉰의 초대를 받은 그는 그의 집으로 가서 설 음식을 먹었다. 음식도 맛있고 대화도 즐거웠다. "비록 이따금 나 자신이 부모님과 처자식을 떠나 혼자 상하이에서 지내고 있는 것이 마치 보통 남의 집에서 설을 쇠는 자리에 빌붙는 것 같은 생각도 들었지만 기분만은 즐거웠다. 작년에는 아내가 내게 부뚜막 신께 제사를 드려 달라고 했다가 말다툼을 벌이지 않았던가? 30일 밤 눈물을 흘리며 내 운명을 생각하며 탄식한 일을 잊을 수 없을 것이다. 오늘밤은, 외롭기는 해도 인간 세상이 청량한 것이 이 속세도 나와 거리낄 것이 없다는 생각이 든다." 그가 남긴 얼마 되지 않는 일기를 통하여 그가 생계를 위하여 어쩔 수 없이 한밤중까지 글을 쓰다가 너무도 지친 나머지 글쓰기를 멈추곤 했고, 설사 그렇게까지 무리를 해도 매번 생계를 제대로 꾸릴 수 없어서 날마다 빚을 내야 했다는 것을 알 수 있다. 그러나 "쑤잉은 시골 고향 집을 벗어나려고 몸부림치면서 나 홀로 타지에서 지내면서 자유를 만끽하는 것을 내버려 두려 하지 않았다." 두 사람 사이의 감정의 골이 상당히 깊었던 셈이다. 그러나 러우스, 그는 "구 도덕에서 비롯되었든 신 도덕에서 비롯되었든 자신을 희생하면서 남을 이롭게 하는 사람이라면 주저 없이 선택하고 스스로 짊어졌다." 시골에서 자신을 보러 온 형이 자질구레한 집안일을 시시콜콜 늘어놓으면 아내가 불쌍하다는 생각이 들었다. 러우스는 일기에 이런 글을 남겼다. "왜인지 모르지만 나는 듣고 싶지 않은 것 같다. 마음이 참을 수 없이 괴롭다! 내 생명이 이것들로부터 사형 선고를 받은 것 같다. 아내와 아이들은 또 어떤가, 너무도 불쌍하구나!" 형이 시골로 내려갈 때 가난 속에서 몸부림치던 그도 부모를 위하여 포도주와 사과를 보내 드리고, 아내에게도 플란넬 옷감을, 다섯 살의 디쟝과 갓난 아기 딸에게도 가죽 가방과 분유를 보내 주었다.

상하이에서는 루쉰이 그를 가족처럼 친근하게 대해 주었다. 루쉰의 일기에서는 이런 내용을 볼 수가 있다.

1930년 9월 27일, "오늘이 하이잉(海嬰)의 돌이어서 저녁에 국수를 준비하고 안주를 산 후 쉬에펑과 핑푸(平甫, 러우스), 셋째를 초대하여 함께 술을 마셨다."

같은 해 10월 6일, "이날은 음력 중추절이라서 오리와 족발을 삶고 국수를 준비한 후 펑푸와 쉬에펑 내외를 초대하여 밤에 함께 먹었다."

아들의 돌과 추석에 초대하는 손님이 두서너 명 정도인데 늘 러우스를 초대했던 것이다.

1931년 1월 15일 밤, 러우스가 찾아와 루쉰과 마지막 만남을 가졌다. 〈잊었던 기념을 위하여〉에는 이렇게 기록되어 있다.

"밍르서점에서 정기 간행물을 하나 낼 생각으로 러우스를 편집자로 초빙했는데 그가 승낙했다고 한다. 그 서점에서는 내 역저도 찍을 생각으로 그를 통하여 인세 문제를 처리할 방법을 문의해 왔길래 베이신 서국과 맺은 계약서를 한 부 필사해 주었다. 그러자 그는 그것을 호주머니 찔러 넣고 총총히 길을 나서는 것이었다."

# 4

러우스는 좌련에서 활동하던 중에 글 친구를 한 사람 만나게 되는데, 그녀가 바로 펑컹(馮鏗)[412]이었다. 펑컹은 광둥 성(廣東省) 차오저우(潮州) 사람으로, 러우스보다는 다섯 살이 적었다. 그녀가 음력 10월 초열흘에 태어나자 그 부모가 "10월은 산의 매화부터 먼저 꽃이 핀다."는 말에 착안하여 산 속 매화라는 뜻으로 '링메이(嶺梅)'라는 이름을 지어 주었다고 한다. 부모는 모두 교사로 가정형편이 어렵다 보니 남들과 잘 어울리지 못하였다. 언니 쑤츄(素秋)는 그녀보다 10살이 많고 시에 뛰어난 데다가 반항심이 강하였다. 이런 가정환경은 유년 시절 펑컹에게 상당한 영향을 주었다. 그녀는 8-9세 때부터 벌써 《수호전(水滸傳)》·《홍루몽(紅樓夢)》과 린친난(林琴南)이 번역한 외국소설을 읽으며 문학에 대한 흥미와 재능을 키워나갔다. 1925년 5.30운동이 일어났을 당시 산터우(汕頭) 여우롄(友聯)중학교의 학생이던 그녀는 학생연합회 대표로 선출되어 애국운동에 참가했고, 같은 해에 학교 간행물과 현지 신문에 글을 발표하기 시작한다. 1926년 고등학교를 마치고 소학교의 교사가 되었으나 늘 열악한 환경과 부딪히면서 끊임없이 악한 세력의 박해를 받아야 하였다. 1927년 4·12 반혁명정변 후의 백색테러 속에서 하마터면 변고를 당할 뻔했는데, 여러 차례 위기를 넘긴 끝에 가까스로 농촌에서 도망칠 수 있었다.

1929년 봄, 상하이로 온 그녀는 츠즈(持志)대에 들어갔지만, 경제적 어려움에 학교에 대한 불만까지 더해져 얼마 지나지 않아 자퇴하고 5월에는 중국공산당에 가입한다. 직업 혁명가의 길로 들어서게 된 것이다. 1930년 3월 좌련이 창립되자, 즉시 좌련에 가입하여 프롤레타리아 문학운동에 몰두했고, 5월에는 러우스 등과 함께 전국 소비에트지구 대표대회에 출석하기도 하였다.

공통된 이상을 품은 펑컹과 러우스는 빠르게 가까워졌다. 1930년 10월 14일, 그녀는 러우스에게 보낸 편지에서 이렇게 속마음을 털어 놓았다.

당신이 저의 정신을 점령해 버렸어요! 솔직히 말씀드릴게요. 열흘 동안, 아니, 당신의 《2월》을 본 후로, 신비롭고 따스한 감정이 저의 거의 모든 일과 거의 모든 시간과 공간을 맴돌고 있답니다. 이런 치료할 수 없는 감정이 제 마음 속을 가득 채우고 있어서 저를 당혹스럽게 만듭니다. 완전히 다른 사람이 된 것 같아요! 이런 것이 사랑인 걸까요? 왜일까요? 그 사이에 현실문제에 관한 충돌이 끊임없이 있었답니다. 그러나 마치 제삼자이기라도 한 것처럼, 그 무엇인가가 제 이성을 가려 버렸답니다. 그런 감정은 정말이지 이루 글로 표현조차 할 수가 없군요. … 공원의 달밤은 처량도 한데, 아련한 원망의 감정 아래를 서성이는 저는 문득 이런 생각을 합니다. '우리 이토록 아름다운 가을 달 아래서, 매혹적인 계수나무 꽃향기에 빠져들어 보아요! 모든 것을 다 버리고 속세와 단절된 조용한 곳을 찾아가 우리 흠뻑 빠져들어 보아요.' … 이 얼마나 무서운 정념인지요!

이 편지에서 펑컹은 자신을 지금까지 좀처럼 이해하기 어려운 여자라고 말하고 있다. 러우스가 "예전에 목숨을 걸고 나를 사랑하며 수 년 동안 함께 살았던 아내조차 나를 충분히 이해할 수 없었소. 그러니 당신은,

더더욱 나를 이해할 수 없을 거라고 장담하오. … 그런 나를 사랑하게 되었다니, 어째서요?"라고 묻자 펑컹의 대답은 이러하였다. "유일한 이유는 당신과 저의 출발점이 대부분 같기 때문이에요. 그래서 당신과 저는 도저히 스스로 헤어날 수 없는 지경에 빠져 버린 거에요!"

물론, 러우스 쪽도 적극적이기는 마찬가지였다. 편지에서 그녀를 "친애하는 메이" "나의 작은 새"라고 부르는가 하면, 한 번은 자신이 없을 때 펑컹이 방문해 남긴 메모를 발견하고 아쉽다는 듯이 서너 번이나 그 메모에 애틋하게 입을 맞추었을 정도였다.

러우스는 펑컹과 함께 루쉰을 만나러 가서 한참 동안 이야기를 나눈다. 그때 루쉰은 그녀가 좀 로맨틱한 사랑에 빠져 있고 왠지 일을 서두르는 것은 아닌가 하는 인상을 받았다. 그리고 그녀가 러우스에게 큰 영향력을 가지고 있으며, 러우스가 작품의 내용과 형식을 바꾸려하는 것도 그녀의 의견 때문인 것 같다고 느꼈다.

펑컹은 루쉰을 매우 존경하였다. 스메들리는 《중국의 군가》[413]에 1930년 9월 17일 좌련이 네덜란드 레스토랑에서 루쉰을 위하여 생일 축하연을 열어 주던 당시의 상황을 소개한 바 있다. 그 글에서 그녀는 펑컹에 대하여 이렇게 술회하고 있다.

작고 통통하며 짧은 머리의 젊은 여인이 이어서 프롤레타리아 문학을 발전시켜야 할 필요성에 대하여 이야기하기 시작하였다. 그녀는 이야기를 마무리 할 때 루쉰에게 새로 창립된 좌익작가연맹과 좌익미술가연맹, 즉 훗날 중국문화총동맹이 되는 두 초기 조직의 보호자이자 "지도자"가 되어달라고 간곡하게 부탁하는 것이었다.[414]

# 5

〈잊었던 기념을 위하여〉에서 루쉰은 "동시에 희생을 당한 네 명의 청년 문학가들 중에서 리웨이썬(李偉森)[415]은 만난 적이 없었다."고 술회하였다. 그러나 이 말은 그다지 정확하지 않다. 두 사람이 독대한 적만 없을 뿐이지 그날 네덜란드 레스토랑에서 루쉰의 생일 축하연이 열렸을 때 리웨이썬은 그 자리에 참석한 것은 물론이고 발언까지 했기 때문이다.

리웨이썬은 '리츄스(李求實)'라고도 하는데, 후베이 성(湖北省) 우한(武漢) 사람으로 1903년 가난한 지식인 가정에서 태어났다. 그의 아버지는 교편을 잡은 적도 있었고 작은 회사의 직원으로 근무한 적도 있었다. 5.4 신문화운동 기간 동안 리웨이썬은 우한지역 학생들의 애국운동에 참가하였다. 이어서 그는 윈다이잉(惲代英)[416]과 린위난(林育南)이 결성한 리췬서사(利群書社) 참가했는데, 신문을 편집하고 판매하는가 하면 주경야독으로 일하면서 학업에 매진하여 그 서사는 우한지역 진보성향의 청년들의 핵심 거점이 된다. 얼마 지나지 않아 그는 황피(黃陂) 북쪽 시골인 무란촨(木蘭川) 위자다완(余家大灣)의 정이(正誼)소학교에서 교편을 잡고 현지의 농민들과 한마음이 되고자 노력하였다. 1921년 우창(武昌) 외국어학교에서 수학할 때에는 베이징대의 마르크스학설 연구회에 가입하기도 했는데, 중국 공산당에 가입한 것도 이 무렵이었던 것으로 보인다. 얼마 후 그는 윈다이잉을 따라 쓰촨 성(四川省) 루저우(瀘州)로 가서 루저우 연합사범학교를 설립하지만 현지 당국의 압력을 받은 데다가 리웨이썬이 현지인이 아니어서 몸을 의탁할 곳이 없었기 때문에 곧 우한으로 돌아와 현지에서 발행되는 《일일신문(日日新聞)》의 편집장을 맡았다.

1923년 리웨이썬은 징-한 철로총공회 당단(京漢鐵路總工會黨團)의 일원으로 2.7 대파업 투쟁을 지휘하였다. 다음 해 공산주의청년당(이하 '공청단') 중앙에 의하여 소련 동방노동자공산주의대학교 학생으로 선발된 그는 현지에서 수학하는 동안 공청단 중앙 주 모스크바 총대표를 맡는다. 그곳에서 1년 여 수학할 즈음 5.30 운동 후 혁명의 열기가 고조되자 상부의 명령으로 귀국한 그는 먼저 허난(河南)으로 갔다가 얼마 후 다시 광둥(廣東)으로 배치되어 공청단 성 위원회 선전부장을 맡는다. 그리고 1926년 5월 《중국청년(中國靑年)》이 상하이에서 광저우로 이전하여 발행을 재개하자 윈다이잉의 뒤를 이어 이 간행물의 편집장을 맡았으며, 9월에는 또 《소년선봉(少年先鋒)》을 창간하고 이 두 간행물에 다수의 정치논설을 발표한다. 당시는 북벌전쟁이 북쪽으로 빠르게 확대되면서 10월에 후베이(湖北)와 후난(湖南)까지 접수하자 곧 후난 공청단 성 위원회 서기로 전보되었고, 1927년 4월에는 다시 우한으로 배치되었다. 이곳에서 공청단 제5차 전국대표대회에 참가한 그는 공청단 중앙위원에 당선되어 중앙 선전부장을 겸임하게 된다. 상하이에서 4.12 반혁명 정변이 발생한 후 우한은 한동안 여전히 "좌파"의 수중에 있었다. 리웨이썬은 이런 복잡하고 어려운 환경 속에서도 활동을 멈추지 않았다. 7월 15일 왕징웨이(汪精衛)가 우한에서 "공산당 분열"을 도모하자 공청단 중앙의 기관을 따라 바로 상하이로 이동했고 얼마 후에는 다시 비밀리에 광저우 봉기에 참가했다가 봉기가 실패하자 상하이로 귀환하였다.

1929년 5월 19일 리웨이썬이 주관하여 창간한 《상해보(上海報)》가 발행되었다. 이 중국공산당 신문은 처음에는 아주 대중적이고 공개적인 발행에 적합한 표현을 사용하여 공산혁명을 선전할 계획이었으나 2주 만에 발행을 금지당하자 어쩔 수 없이 비밀 발행으로 전략을 바꾸었다. 그리고 상황이 불리해지자 《하늘의 소리[天聲]》·《새벽빛[晨光]》·《후장일보(滬江日報)》·《해상일보(海上日報)》 등의 가명을 차례로 쓰다가 1930년 8월 14일 마침내 《홍기(紅旗)》와 합병되어 당 중앙의 기관지인 《홍기일보(紅旗日報)》가 되었다.

직업 혁명가였던 리웨이썬은 현장 투쟁에 심혈을 기울인 인물이었지만 그 같은 긴장된 투쟁 속에서도 여가를 내어 문학 번역에 참여하기도 하였다. 《도스토예프스키》(베이신 서국 출판) 등을 번역했고, 일부 1회분 번역도 《어사》와 《베이신》 반월간에 일부 발표한 바 있다.

그는 좌련이 창립되자마자 바로 가입했지만 현장투쟁에 바쁘다 보니 좌련 활동에는 많이 참가하지 못하였다. 그러나 그는 노동자·농민·군인 사이의 편지 왕래와 관련해서는 적잖은 일들을 해내었다. 1930년 6월 전국소비에트대표대회 상하이 사무소가 설립되자 서기로 선출되었고, 9월 17일에는 네덜란드 레스토랑에서 열린 루쉰의 생일 축하연에서 발언을 하기도 하였다. 스메들리는 《중국의 군가》에서 당시의 광경을 이렇게 소개하고 있다.

그의 뒤를 이어서 《상해보》의 그 편집인이 발언을 하였다. 나는 평생 처음으로 중국 홍군의 홍기와 농민의 '추수봉기(秋收起義)'[417]에 관한 진실한 보도를 들을 수 있었다. 당시 이 봉기를 일으켰던 농민들은 지주와 투쟁을 벌인 후로 온갖 실개천들이 끊임없이 장대해져 가는 거대한 강으로 흘러들듯이 대거 홍군으로 유입되었다.[418]

6

　　그날 루쉰의 생일을 축하하러 네덜란드 레스토랑에 간 사람들 중에는 후예핀(胡也頻)[419]도 있었다. 그는 좌련의 다섯 열사 중에서 루쉰과 가장 먼저 인연을 맺은 사람이었다.

　　후예핀은 '후충쉬안(胡崇軒)'이라고도 불렸으며 유년 시절의 이름은 후페이지(胡培基)인데, 푸젠 성(福建省) 푸저우(福州) 출신으로 1903년 5월 4일에 태어났다.

후예핀

　　부친 후옌위(胡延玉)는 극단의 공연을 중개해 주는 일을 했는데 수입은 매우 불안정하였다. 후예핀은 어린 시절 사숙에서 《유학경림(幼學瓊林)》[420]·《논어》 등을 배웠고, 15세 때에는 푸저우의 샹선(祥愼) 금은방으로 보내져 견습생이 된다. 한번은 금은방에서 금반지가 하나 사라졌는데 그가 반지를 훔쳤다는 의심을 받았다. 금은방에서는 그를 달래고 협박하고 밀고 때리고 욕하더니 급기야 그를 꽁꽁 묶고 훔치지도 않은 반지를 내놓으라고 윽박질렀다. 그러나 반지는 사라진 것이 아니었다. 금은방 주인이 자신이 반지를 누군가에게 보여 주기 위하여 휴대했었다는 것을 나중에서야 기억해낸 것이다. 사람들은 모두 이 일이 후예핀과 아무 상관이 없음을 알고 있었지만 그 중 아무도 억울한 누명을 썼던 이 소년에게 사과 한 마디 한 사람이 없었다. 그 일은 결국 후예핀의 마음에 상처로 남았다. 그로부터 한 달이 지난 어느 날 앙심을 품은 후예핀은 이번에는 정말로 아주 묵직한 금팔찌를 하나 훔쳐 몰래 상하이로 향하는 배에 오른다. 1920년 봄의 일이었다. 그 후로 그는 다시는 고향에 돌아가지 않았다.

후예핀은 금팔찌를 팔아서 그 돈으로 상하이의 푸둥(浦東)중학교에 입학하여 1년 남짓 수학한 후 다시 톈진의 따구커우(大沽口)로 가서 학비와 숙식을 면제받는 해군예비학교에 들어가 터빈에 대해 배우며 한동안 기계를 배우는 데에 몰두한다. 그러나 3년째 되던 해에 이 학교가 폐교되자 베이징으로 가서 여관에 머물면서 베이징대 입학시험에 응시하였다. 그러나 외국어가 불합격 되어 입학하지 못한다. 그리하여 그는 해군학교 학우인 샹줘(項拙) 및 새로 알게 된 징여우린(荊有麟)과 합작하여 간행물을 편집한다. 이 간행물은 바로 1924년 12월 9일에 창간된 《민중문예주간(民衆文藝週刊)》으로, 《경보(京報)》의 부록 중 하나였다. 그는 이 간행물에 여러 글과 소식을 발표한다.

후예핀은 '후총쉬안'을 필명으로 하여 1925년 2월 2일 《경보부간(京報副刊)》에 〈뇌봉탑이 무너진 이유[雷鋒塔倒掉的原因]〉라는 글을 발표한다. 이 글은 루쉰까지 〈뇌봉탑이 무너진 이유를 다시 거론한다[再論雷鋒塔的倒掉]〉를 써서 문제를 제기하게 만들면서 큰 논쟁을 불러일으켰다. 루쉰은 그 글에서 이렇게 말하였다.

파괴가 없으면 새로운 건설도 없다는 말은 대체로 맞는 말이다. 그러나 파괴되었다고 해서 꼭 새로운 건설이 금세 이루어지는 것은 아니다. … 보통 이런 도둑 식의 파괴는 결과적으로 기와 파편만 남길 뿐 건설과는 무관하다. … 파편이 널브러져 있는 곳에서 낡은 관례를 뜯어 고친다는 것은 슬픈 일이다. 우리는 혁신적인 파괴자를 원한다. 왜냐하면 그의 마음 속에는 이상의 빛이 있기 때문이다.

루쉰의 이러한 주장은 후예핀의 글이 계기가 되어 주었던 것이다. 학자들 중에는 이처럼 글을 계기로 맺어진 인연에 주목하는 사람이 많지 않은 것 같다.

1925년 베이징의 여관에 머물며 간행물을 편집할 때 후예핀은 후난에서 온 딩링(丁玲)[421]을 조우하기도 하였다. 훗날 딩링은 그를 이렇게 회고하였다.

우리도 그해 여름에 알게 되었다. 내 출신과 교육·생활 경험을 통하여 우리의 사상·성격·정서가 상당히 다르다는 것을 확인할 수 있었다. 그러나 용맹하고 열정적이고 집요하고 낙천적이면서도 곤궁한 그의 모습은 한결같이 나를 경이감에 사로잡히게 만들었다. 좀 단순하고 몽매하고 유치하다는 느낌이 들기는 했지만 그는 좀처럼 보기 드문 '사람'으로, 아주 완벽한 품성을 지닌 사람이었다. 전혀 다듬어지지 않은 옥돌 같은 그는 반들반들하기만 한 유리구슬과 비교하면 얼마나 고결한지 알 수가 없을 정도였다. 그래서 우리는 금세 깊은 우정을 쌓을 수 있었다.

1925년 5월 딩링은 모친이 일하는 후난 성 창더(常德)의 학교로 돌아갔는데, 그로부터 두세 달 후에 후예핀도 그녀를 따라간다. 그리고 그해 가을 두 사람은 함께 베이징으로 돌아와 시산(西山) 삐윈쓰(碧雲寺) 아래의 한 마을에 칩거한다. 후예핀은 이곳에서 슬픈 감성으로 충만한 시를 여러 편 짓지만 생활은 여전히 몹시 궁핍하여 전당포를 자기 집처럼 드나들었다.

1927년 겨울 누군가의 소개로 펑쉬에펑(馬雪峰)이 딩링에게 일본어를 가르치게 되었을 때 펑쉬에펑이 공산당원이라는 사실을 안 두 사람은 금세 오래된 친구같이 진심으로 대하는 사이가 되었다. 1928년 봄 펑쉬에펑이 상하이로 가고 얼마 후 두 사람도 막연한 희망을 품고 상하이로 간다. 당시는 루쉰과 펑쉬에펑이 편역한 "과학적 예술론 총서(科學的藝術論叢書)"가 잇달아 출판되고 있었는데 후예핀은 대단한 열정으로 그 책들을 읽는 것은 물론이고 사회과학·정치경제학·철학 분야의 책까지 탐독하더니 하루는 딩링에게 이렇게 말했다고 한다. "내가 보기에 마르크스를 이해하는 것은 아주 간단하오. 일단 당신이 그를 믿고 그와 같은 입장에 서면 되는 것 같소."

후예핀이 막 상하이에 왔을 때에는 이렇다 할 직업이 없어서 친구의 소개로 한동안 《중앙일보(中央日報)》의 부간 편집을 담당해야 하였다. 《중앙일보》는 국민당의 당보였다. 두서너 달 일을 하고 난 그는 더 이상 일이 내키지 않아서 보수가 두둑한 그 일을 그만두고 만다. 그러나 그는 원고를 팔아 생계를 유지하다 보니 수입이 그다지 안정되지 못하였다. 다행히 바로 이때 그의 부친이 상하이로 와서 그가 매달 3할의 이자로 1,000원을 빌릴 수 있도록 도와 주었다. 두 사람은 이 1,000원을 종잣돈으로 삼아 선충원(沈從文)[422]까지 불러 함께 자그마한 훙헤이(紅黑) 출판사를 열고 《훙헤이월간(紅黑月刊)》을 발행하기 시작하였다. 후예핀은 인쇄소 잡무와 교정·대리판매나 대금수납 문제를 서점과 상의하기 등, 글을 쓰는 일을 제외한 모든 사무를 대부분 혼자서 도맡았다. 그러나 이 출판사는 반 년 정도 버틴 끝에 결국 큰 부채만 남긴 채 파산하고 만다. 후예핀은 부채 상환을 위하여 홀로 지난(濟南)의 산둥(山東) 성립 고등학교로 가서 교편을 잡고, 얼마 후에는 딩링도 그쪽으로 건너간다. 그는 지난 고등학교에서 마르크스주의와 프롤레타리아 문학을 적극적으로 선전하면서 학교에서 가장 열정적인 인물이 되어 학생들의 존경을 받았다. 그러나 그와 동시에 위험도 닥쳐 왔다. 교장이 산둥의 국민당 당국에서 그를 체포하려 한다는 소식을 귀띔하면서 여비 200원을 건네자 당일 밤차를 타고 칭따오(靑島)로 가서, 뒤따라온 딩링과 합류한 후 함께 상하이로 향하였다. 1930년 5월의 일이었다.

두 사람은 상하이에 도착하자마자 얼마 전에 창립된 좌련에 가입하고 활동에 참가한다. 이때 후예핀은 좌련의 집행위원으로 선출되어 노동자·농민·군인문학 위원회의 주석을 맡는 한편 소비에트구역 대표대회에 출석하기 시작하였다. 집필에도 열심이어서 1929년 〈모스크바에 가다[到莫斯科去]〉를 완성하고 이어서 〈광명이 우리 앞에 있다[光明在我們的前面]〉를 발표하였다. 그리고 1930년 11월 후예핀은 중국공산당에 가입한다.

# 7

펑쉬에펑은 〈루쉰을 회고하며[回憶魯迅]〉에서 이렇게 기록하고 있다.

러우스 등이 체포된 것은 1931년 1월 17일이었다. 이 소식은 사건이 발생한 후 사흘째 되는 날 완전히 사실로 밝혀졌다. 온종일 심사숙고한 루쉰 선생은 나흘째 되던 날 베이쓰촨 로(北四川路) 끝에 있는 거처를 떠나 일본인이 운영하는 근처 아파트로 잠시 피신하였다. 그러나 그는 평소대로 일을 계속하면서 러우스 등의 안건의 경과를 기다렸다.[423]

그자들이 그것 때문에 나를 찾아오지 않을까? 루쉰은 문득 자신이 베껴서 준 러우스 호주머니 속의 계약서에 생각이 미쳤다. 그래서 그는 1월 20일 오후 쉬광핑과 함께 갓 돌을 넘긴 아들을 데리고 화위안쫭(花園莊) 여관으로 거처를 옮겼다. 밖에는 루쉰도 체포되었다거나 심지어 피살되었다는 소문이 퍼지기 시작하는 바람에 놀란 루쉰이 "10일 이후로는 거의 매일 서신을 써서 사실을 바로잡는 것을 일로 삼을 정도로 진을 빼게 만들었다."[424] 루쉰은 러우스가 체포된 후에 보낸 서신 두 통도 받는데, 한 통은 펑쉬에펑에게 보낸 것이었다.

쉬에 형께:
저와 35명의 공범(7명은 여성이오)은 어제 룽화에 도착했습니다. 그리고 어젯밤 족쇄를 찼습니다. 정치범에게는 족쇄를 채운 적이 없다는 기록을

깨는 순간이었습니다. 이 안건에는 연루된 사람이 너무 많아 당분간은 출옥이 어려울 것 같습니다. 서점 일은 쉬에 형께서 저를 대신해서 맡아 주십시오. 지금은 그럭저럭 괜찮아서 일단 인푸 형에게서 독일어를 배우고 있습니다. 그리고 이 말씀은 큰선생님께 전해 주시면 좋겠습니다. "큰 선생님 심려하지 마십시오. 저희는 아직 형벌이 확정되지 않았습니다. 조계지 경찰서와 공안국에서 여러 차례 큰선생님의 주소를 캐어 물었지만 제가 어찌 알겠습니까. 다들 심려하지 마시고 평안하시기 바랍니다!"

자오사오슝(趙少雄) 1월 24일

편지에 언급된 "큰선생님[大先生]"은 당시 일부 가까운 사람들이 루쉰을 부르던 호칭이었다. 루쉰은 일반 독자가 알아 보지 못할까 봐 〈잊었던 기념을 위하여〉에서 이 편지를 인용할 때 "큰선생님"을 "저우(周) 선생님"으로 고쳤다. 어쨌든 이 편지를 통하여 당시 국민당 측 경찰들이 정말로 러우스라는 단서를 이용하여 루쉰을 찾아내는 데에 혈안이 되어 있었고, 루쉰의 안전 역시 확실히 위협을 받고 있었다는 사실을 알 수 있는 셈이다.

러우스의 또 다른 편지는 그의 동향 지인인 왕위허(王育和, 호 '칭시(淸溪)')에게 보낸 것이었다.

이 서신을 등기로 자베이(閘北) 헝삔 로(橫濱路) 징윈리(景雲里) 23호의 왕칭시 형 앞으로 부쳐주십시오.

칭시 형:
옥에 갇힌 지 이미 반 달이나 지나 온몸에 이들이 바글거립니다. 이곳은 고통스럽기 그지없고 배고픔과 추위가 수시로 엄습하고 있습니다. 펑컹

의 얼굴에는 검푸른 멍이 들어서 볼 때마다 속이 쓰립니다! 저희 둘을 위하여 최대한 방법을 강구해 주시기 바랍니다. 큰선생님께서 차이 선생께 서신을 써달라고 부탁해 주실 수 있을런지요? 보석금이 필요하면 제 형과 의논하셔도 됩니다. 어쨌건 저희 둘이 하루속히 고통스러운 이곳에서 헤어날 수 있도록 방법을 강구해 주시기 바랍니다. 다음 주 수요일에 저희를 면회하러 오실 때에는 돈을 좀 빌려 주십시오. 덴마크 소설은 쉬 선생께 부탁 드려 상무(인서관) 측에 팔아 주십시오. 다들 평안하시기 바랍니다!

숭 5일

이 편지는 2월 5일 목요일에 작성된 것이었다. 그로부터 이틀 후 처형 당하고 말았으니 그에게 "다음 주 수요일"은 없었던 셈이다. 그는 이 편지를 쓸 때까지도 자신에게 최후의 몇 십 시간만 남은 것도 전혀 모른 채 큰선생님이 방법을 강구해서(예를 들어 차이위안페이를 통하여) 자신들을 구해 줄 것만 학수고대하고 있었던 것이다.

이 편지를 본 루쉰은 실제로 차이위안페이를 찾아갔다. 2월 14일 루쉰의 일기에는 "진눈깨비. 오후에 차이 선생을 예방했지만 뵙지 못하고 《시멘트 그림》[425]을 증정본으로 두 권 남겨 놓고 왔다."고 적혀 있다. 이날은 러우스가 죽음을 당한 지 이미 일주일 되는 때였지만 루쉰은 그것도 모르고 여전히 그를 구하기 위하여 동분서주했던 것이다. 만일 벗을 구하겠다는 마음이 그토록 절박하지 않았다면 그는 굳이 진눈깨비를 무릅쓰고 집 문을 나서지는 않았으리라.

러우스와 나머지 사람들이 이미 희생을 당한 사실을 안 그는 "나는 아주 훌륭한 친구를 잃었고 중국은 아주 훌륭한 청년을 잃었음을 통감하는 바이다."라고 토로하였다. 그는 "벗들이 새로 귀신이 되는 것을 안타깝게 지켜보며, 분노한 채 칼 더미 속으로 작은 시를 찾아 나선다."라는 내용의 저 유명한 애도시를 완성한다. 그는 또 좌련이 비밀리에 출판한 "전사자들을 기리는 특집호"《전초(前哨)》에 발표한 〈중국 프롤레타리아 혁명문학과 선구자들의 피[中國無産階級革命文學和前驅的血]〉《이심집(二心集)》[426]에 수록)라는 글에서 이렇게 당부하고 있다.

우리는 지금 최대의 애도와 경각심으로 우리의 전사자를 기린다. 즉, 중국 프롤레타리아 혁명문학의 역사의 첫 장이 동지들의 선혈로 씌어졌으며, 영원토록 적들의 비열한 폭력을 보여 주는 동시에 우리의 부단한 투쟁에 계시를 주고 있음을 똑똑히 기억해야 할 것이다.

루쉰과
쑹칭링

책을 읽고 있는 학생 시절의 쑹칭링(1892~1981)

# 1

루쉰과 쑹칭링(宋慶齡)[427]의 인연은 1933년 1월 그가 중국민권보장동맹에 참가하면서 비로소 시작되었다. 중국민권보장동맹은 코민테른이 눌랑을 구명할 목적으로 급조한 조직이었다. 이스라엘 엡스타인[428]이 쓴 전기 《쑹칭링 – 20세기의 위대한 여성》에 따르면, "눌랑은 '범태평양 산업동맹'(직공회) 비서처의 대표였다.* 이보다 더 큰 비밀은 그 역시 코민테른의 대표로서 중국에서의 지하혁명에 협력한 공작요원이었다는 사실이다. … 그들역시 공동 조계의 특별 순사에게 체포된 후 쟝제스 정부에 인계되었다."[429]

그는 1931년 8월 10일 중국 측의 인도로 14일 난징으로 압송된 후 "중화민국에 위해를 가하였다."는 죄목으로 심판을 받았다. 그러자 소련은 즉각 그의 구명을 위하여 온갖 방법을 다 강구하기 시작하였다.

쑹칭링은 모친상을 치르기 위하여 1931년 7월 말 독일을 출발하여 모스크바를 경유해서 귀국하였다. 이어서 8월 13일 상하이에 도착한 그녀는 즉시 눌랑을 구명하기 위한 활동을 광범하게 전개하였다. 앞서 인용한 엡스타인의 전기에 따르면, "눌랑 부부의 구명을 위한 공개적인 활동과정에서 쑹칭링은 핵심인물이었다. 1932년 7월 21일, 그녀는 '눌랑 부부 구명위원회'를 결성하였다."[430]

5개월 후인 1932년 12월에 결성된 중국민권보장동맹은 사실상 이 "눌랑 부부 상하이 구명위원회"

●
쑹칭링의 전기를 쓴 이스라엘 엡스타인

---

* 이 동맹은 '홍색공화국제(紅色共和國際)'의 하부 기구였다.

결혼 초기의 쑹칭링과 쑨원

가 확대 개편된 단체였다. 그래서 당초의 구명위원회 회원들이 대부분 이 동맹의 회원이 된 것은 물론이고, 거물급 문화교육계 저명인사들도 다수가 여기에 가입함으로써 그 위상을 드높였다. 이 단체는 여전히 놀랑 부부의 구명을 사실상 최고의 임무로 삼았을 뿐만 아니라 기타 정치범들을 구명하는 임무까지 더해졌기 때문에 일반 인권을 보호한다는 구호까지 더함으로써 보다 많은 동조자들을 확보할 수 있었다. "놀랑 부부 상하이 구명위원회"와 "중국민권보장동맹"이 본질적으로 같은 조직이라는 사실을 보여 주는 재미있는 방증이 하나 있다. 엡스타인의 책에는 "놀랑 부부 구명위원회"에 참가한 일부 회원의 명단을 소개하고 있는데 거기에는 루쉰과 후스도 포함되어 있었다.[431] 그러나 다들 알다시피, 두 사람이 참가

1927년 모스크바를 방문하고 환대를 받는 쑹칭링

한 것은 중국민권보장동맹이었으며 놀랑 구명위원회에는 관여한 적이 없었다. 엡스타인이 두 단체를 혼동한 것이다. 그가 보기에 두 단체는 어쩌면 같은 것이었는지도 모른다. 또 하나 주의해야 할 것은 민권보장동맹이 결성된 후 놀랑 구명활동은 이 동맹의 명의로 이루어졌으며 구명위원회의 명의는 더 이상 사용되지 않았다는 사실이다.

　중국민권보장동맹의 명의상의 책임자는 쑹칭링과 차이위안페이였다. 《코민테른, 소련공산당(볼셰비키)과 중국혁명 문서자료총서》 제14권의 문서자료에 따르면, 당시 중국민권보장동맹 및 원래의 놀랑 부부 상하이 구명위원회, 그리고 나중에 극동 반전회의 등은 모두가 코민테른의 주상하이 대표이던 에비트가 아이삭스(이뤄성)에게 분할관리를 위임한 경우였다.[432] 코민테른이라는 배경을 가진 스메들리 역시 민권보장동맹의 열정이 넘치는 회원이었다. 쑹칭링 본인 역시 코민테른이라는 배경을 가지고 있었을지도 모른다. 양톈스(楊天石)[433]는 〈쟝 씨 비밀문서와 쟝졔스의 진상〉에서 이렇게 말한 바 있다. "자료에 따르면, 쑹칭링은 코민테른이 육성한 비밀 당원이었다고 하는데 충분히 가능한 일이다."[434]

　1932년 12월 18일 상하이의 《신보》는 쑹칭링·차이위안페이·양취안(양싱포)·리자오환(黎照寰)·린위탕 등이 준비위원회의 명의로 발표한 〈중국민권보장동맹 선언을 제의하며〉를 실으면서 "본 동맹의 목적"에는 세 가지가 있는데, 가장 중요한 것은 "국내 정치범들의 석방과 불법적인 구금·혹형 및 학살의 폐지를 위하여 싸우자"는 것이었다. 공개적으로 밝히지 않은 말을 여기에 한 마디 추가한다면, 최우선적으로 놀랑의 석방을 위하여 싸운다는 것이었으리라. 쑹칭링의 말에 따르면, 루쉰이 중국민권보장동맹에 참가한 것은 양싱포가 나서서 그를 영입한 것이 계기가 되었다. 그녀는 〈루쉰 선생을 추억하며 쓰다〉에서 다음과 같이 회고하고 있다.

루쉰과 양싱포는 1911년에 이미 난징 임시정부에서 임직한 적이 있었지만, 중국제난회(中國濟難會)에 동시에 가입한 1927년이 되어서야 비로소 아는 사이가 되었다. 1932년 여름 중앙연구원의 비서로 임명된 양 씨는 루쉰 선생에게 중국민권보장동맹에 가입해 줄 것을 요청하였다. 그해 가을 루쉰·차이위안페이와 나는 이 동맹의 집행위원으로 선임되었다. 당시는 국민당의 백색테러가 극심한 때였다. 루쉰은 상하이의 홍커우(虹口) 구역에 살았는데 처지가 여간 어려운 것이 아니었다. 그곳에는 그를 감시하는 국민당 반동파의 특무와 경찰이 무척 많았기 때문이다.

중국민권보장동맹이 회의를 열 때마다 루쉰과 차이위안페이 두 분은 정시에 회의장에 도착하곤 하였다. 루쉰·차이위안페이는 그 같은 백색테러에 어떻게 반대할 것인지, 수감된 정치점과 체포된 혁명 학생들을 어떻게 구명할 것인지, 그리고 그들에게 법률적 변호 및 그 밖의 원조를 제공하는 문제 등을 놓고 우리와 치열한 토론을 벌였다. 이 동맹은 일련의 공작들을 전개하기는 했지만 1933년 6월 양싱포가 암살된 후에는 활동을 중단하고 말았다.[435]

에드가 스노와 인터뷰 중인 쑹칭링

루쉰은 자신이 참가한 중국민권보장동맹의 활동을 1933년 1월분 일기에 자세하게 적고 있다.

○ 11일

바람이 세게 불고 가랑비가 내렸다. 오후에 상무인서[관]에 가서 셋째를 만나 보고 그길로 같이 중앙연구원으로 가서 민권보장동맹[의 회의]에 참석했는데 후위즈(胡愈之)·린위탕(林語堂)은 불참하고 다섯 명 뿐이었다. 6시에 산회하자 역시 셋째와 같이 쓰루춘(四如春)으로 가서 식사를 한 후 이런저런 책들을 좀 샀다. 밤에는 눈이 내렸다.*

———
* 회의장에 나온 "다섯 명"은 쑹칭링·차이위안페이·양싱포·루쉰·저우 런이었을 것이다.

○ 16일

비. 중앙연구원에 갔다. 밤에 바람이 불었다.

○ 17일

흐림. 정오가 지나 눈이 살짝 내렸다. 오후에는 인권보장대동맹으로 가서 회의에 참석했는데 집행위원으로 선임되었다. 차이졔민(차이위안페이) 선생이 서신을 한 장 주셨는데 7언율시[절구] 두 수였다.*

○ 18일

큰눈이 내렸다. 중앙연구원의 오찬에 참석했는데 동석자는 여덟 명이었다.

○ 20일

밤에 쉰 부인과 차이 선생께 서신을 부쳤다. 바람이 불었다.

○ 25일

맑음. 오후에 중앙연구소[원]에 갔다. 음력으로는 제야(除夜)여서 안주를 좀 장만하고 쉬에펑을 초대해 밤참을 먹었다. 폭죽을 10여 개 산 후 하이잉과 같이 옥상에 올라가 불을 붙여 터뜨렸다. 이렇게 설을 쇠어야 되는데 그렇게 하지 못한 것이 벌써 두 해나 되었으니!

○ 30일

맑음. 오후에 중앙연구원에 갔다.


일기에서 "중앙연구원에 갔다."라고 적은 것들은 전부 중국민권보장동맹의 활동에 참가한 것을 두고 한 말이다. 그는 여기서 회의에 참석하면서 쑹칭링과 가까워지게 된다. 루쉰이 중국민권보장동맹에서 처음으로 한 일은 1933년 1월 21일 쑹칭링과 차이위안페이에게 편지를 보내는 일이었다.

---

* 이 회의에서 집행위원으로 선출된 사람은 쑹칭링·차이위안페이·루쉰·양싱포·쩌우타오펀(鄒韜奮)·린위탕·이뤄성·천삔허(陳彬和)·후위즈의 아홉 명이었다.

칭링·제민 선생께:

황핑(黃平)이 체포됐을 때 민권보장동맹이 중앙에 전보를 보내 항의했었는데 신문에 기사가 보이더니 얼마 전에 듣기로는 그분이 아직도 톈진 공안국에 붙들려 있다고 하는군요. 그러니 해당 공안국에 즉시 전보를 보내서서 바른도리를 구현하시고 한편으로는 신문에 전보 내용을 선포함으로써 헛된 죽음이 되지 않도록 해 주십시오. 삼가 말씀 올리오며 모쪼록 편안하시기 바랍니다.

루쉰 올림 1월 21일

● 노년의 천한성

루쉰의 일기를 찾아보면 그가 쑹칭링에게 보낸 편지는 이것 뿐이다. 이 편지는 분실되지 않고 현재 《루쉰전집》 제12권(p.363)에 온전하게 수록되어 있다. 그런데 쑹칭링은 1976년 7월 8일 천한성에게 보낸 편지에 이렇게 아쉬워하고 있다. "내가 몹시 아쉽고 후회스러워 하는 것은 그가 보낸 서신 두 통을 내 '안전금고'에 보관하다가 홍콩으로 피신할 때 미처 가지고 나오지 못했던 일이다. 역사적인 의의를 가진 너무도 많은 문서들이 일본놈들의 수중으로 들어가 버리고 말았다."[136] 만일 루쉰이 일기에서 언급하지 않은 편지가 두 통이 아니라면 쑹칭링의 기억에는 착오가 있는 셈이다.

여기서는 루쉰의 편지에 등장하는 황핑이라는 사람에 관하여 이야기해 보자. 황핑(1901-1981)은 후베이(湖北) 한커우(漢口) 사람으로, 1924년 5월 중국공산당에 가입한 후 중국공산당 제6차 삼중전회(三中全會)에서 중앙위원회 후보위원으로 선출되었으며, 중국공산당 주 코민테른 대표와 국제

반제동맹(國際反帝同盟)의 집행위원, 중화전국총공회(中華全國總工會)의 서기를 지냈다. 1932년 10월에는 톈진을 시찰하던 중 체포되어 국민당 허베이 성 당부와 톈진 시 공안국·난징 헌병사령부에 차례로 수감되었으며 1933년 자수와 함께 전향하면서 얼마 후 석방되었다. 그 후에는 상하이·쑤저우(蘇州) 등지에서 영어교육 및 번역에 종사하였다.[437]

황핑은 만년에 쓴 〈지난날의 회고[往事回憶]〉에서 자수한 후 쑹칭링이 자신을 불러 문답을 나눈 일화를 소개하였다.

1933년 5, 6월 사이에 특무 지윈푸(季雲溥)가 집으로 와서 쑨 부인이 나를 보자고 하니 다녀오라고 하는 것이었다. 내가 왜 가야 하느냐고 했더니 그래도 갔다 오는 편이 낫겠다고 하였다. 쑨 부인은 영국인이 운영하는 호텔에서 지내고 있었다. 쑨 부인의 방에는 본인과 양싱포 그리고 국민당 특무가 한 사람(이름이 무엇이었는지는 기억이 나지 않는다.) 있었다. 쑨 부인은 독일어로 내게 독일어를 할 줄 아느냐고 물었다. 그래서 독일어로 대답하기를, 정말 미안하지만 독일어는 잘 할 줄 모르고 영어와 러시아어만 할 줄 안다고 하였다. 그녀는 어쩔 수 없이 중국어로 대화를 하였다. 공교롭게도 그 특무가 영어와 러시아어를 잘 아는 사람이었던 것이다. 쑨 부인이 형벌을 받았었느냐고 묻길래 나는 체형은 받지 않았다고 하면서 또 뭐라고 대답했었는데 지금은 기억이 잘 나지 않는다. 그리고 나서 내가 작별인사를 하니 쑨 부인은 나와 힘을 주어 악수를 하는 것이었다. 해방 후에 양즈화(楊之華)는 쑨 부인이 자기 문집은 모두 수집했지만 난징에서 나를 만난 후에 (공산)당에 보낸 보고서만은 찾지 못했다고 말해 주었다. 얼마 후, 상하이의 《신보》에 쑨 부인을 방문한 일이 보도되었다. 쑨 부인이 《신보》와 가진 인터뷰 기사에는 주눅이 들고 초췌

상하이에서 회동을 한 쑹칭링과 버나드 쇼 (1932)

하기 짝이 없던 당시의 내 모습만 언급되어 있을 뿐 다른 내용은 전혀
없었다.[438]

당시 상황이 이 정도였으니 황핑에 대한 구명은 아예 기대조차 할 수
없었을 것이다. 그러나 확실한 사실은 쑹칭링은 루쉰이 편지로 요청한 일
을 성실하게 처리하려고 애썼다는 것이다.

루쉰은 1933년 2월 17일 일기에 이렇게 적었다.

오후에 어떤 차가 차이 선생의 서신을 전하러 와서 그 차편으로 쑹칭링 부인 댁 오찬 자리로 갔다. 동석한 사람은 버나드 쇼·이(뤄성)·스메들리 여사·양싱포·린위탕·차이 선생·쑨 부인 등 일곱 명이었으며, 식사를 마친 후 사진을 두 장 찍었다. 쇼·차이·린·양과 함께 펜클럽에 갔다가 약 20분 후에 다시 쑨 부인 댁으로 돌아왔다.

여기에 언급된 것은 아일랜드 출신 작가 버나드 쇼를 접대하는 자리에 루쉰이 동석한 일이다. 쑹칭링은 이 행사를 중국민권보장동맹의 활동의 일환으로 간주하였다. 그래서 그녀는 〈루쉰 선생에 대한 추억〉에서 이렇게 소개하고 있다.

"영국의 문호인 버나드 쇼가 우리 집에 와서 오찬을 했을 때 동맹에서도 회원 몇 사람이 같이 와서 배석하였다. 그는 사전에 영국 정부로부터 경고를 받았던 터여서 우리 집에서는 상당히 말을 아꼈다. 당시 린위탕은 버나드 쇼와 끊일 사이 없이 대화를 나누었고 그 바람에 루쉰 등은 그와는 대화할 기회조차 가지지 못하였다."

중국민권보장동맹 위원들과 쑹칭링
_ 루쉰을 기점으로 왼쪽으로 린위탕·차이위안페이·아이삭스(뒤)·쑹칭링·버나드 쇼·스메들리

이날 쑹칭링의 자택에서 버나드 쇼와 가진 만남과 관련하여 루쉰은 〈쇼와 "쇼를 보러 온 사람들"을 본 후기[看蕭和"看蕭的人們"記]〉에서 다음과 같이 소개하고 있다.

○ 17일 아침

쇼는 아마 벌써 상하이에 도착했을 테지만 아무도 그가 숨은 곳을 모른다. 이런 식으로 반나절을 꼬박 보냈다. 마치 당췌 볼 줄 모르는 것처럼 말이다. 오후가 되어 차이 선생의 서신을 받았더니 쇼가 지금 쑨 부인 댁에서 오찬을 들고 있으니 빨리 건너오라는 것이었다.

나는 바로 쑨 부인 댁으로 달려갔다. 거실 옆의 자그마한 방으로 들어서니 쇼는 바로 원탁의 상석에 앉아서 나머지 다섯 사람과 식사를 하고 있었다. 예전에 어디에선가 그의 사진을 본 적이 있었고 그가 세계적인 명사라고 들었기 때문에 번갯불처럼 바로 문호임을 직감하기는 했지만 실제로는 아무 표식도 없었다. 그러나 눈처럼 허연 머리와 수염·건강한 혈색·온화한 인상은, 내 생각에는, 초상화의 본보기로 삼아도 전혀 손색이 없을 것 같았다.

오찬은 절반 정도 먹은 것 같았다. 채소였고, 간단하였다. 백러시아의 신문에서는 무수한 웨이터들이 시중을 들 줄 알았는데 주방장 한 사람만 음식을 나르고 있었다.

쇼는 그다지 많이 먹지 않았다. 어쩌면 초반에 벌써 충분히 먹었는지도 모른다. 그는 도중에도 젓가락을 집어 들었지만 손에 익숙하지 않아서 그런지 번번이 음식을 집지 못하는 것이었다. 그러나 감탄스럽게도 그는 용케 조금씩 익숙해져서 나중에는 어떤 음식을 한 덩이 꽉 집어 들고 의기양양하게 사람들 얼굴을 돌아가면서 바라보았지만 그의 성공을 발견한 사람은 아무도 없었다.

식사를 하는 동안의 쇼의 모습은, 내게는 전혀 풍자가처럼 느껴지지 않았다. 대화를 나눌 때에도 평범하기 짝이 없었다. 예를 들면, 친구가 가장 좋은 것은 오랫동안 왕래할 수 있기 때문인데, 부모나 형제는 스스로 자유롭게 선택할 수 없기 때문에 헤어질 수밖에 없다는 식이었다.

오찬이 끝나고 사진을 세 장 찍었다. 나란히 한 줄로 늘어서고 나서야 내가 얼마나 왜소한지 깨달았다. 속으로 생각한 것이긴 하지만, 만일 30년만 젊었어도 기꺼이 몸을 늘여 주는 체조를 했을 텐데 말이다.

두 시쯤 되었을 때 펜클럽(Pen Club)에서 환영회가 예정되어 있어서 오토바이를 타고 같이 가서 보니 그 장소는 바로 "세계학원"이라고 불리는 큰 양옥 건물이었다. 2층으로 올라가니 문예를 위하여 문예를 한다는 문예가들과 민족주의 문학가·사교계의 스타들·전통극계의 '대왕' 등등 얼추 50명 정도가 와 있는 것이었다. 그들은 쇼의 곁으로 몰려들더니 《브리태니커 백과사전》을 다 뒤져보기라도 할 것처럼 별의별 것을 다 묻는 것이었다.

쇼도 몇 마디 연설을 하였다. "여러분들도 지식인이시니 이런 놀이는 다들 아실 겁니다. 연기자들의 경우는 실제로 그렇게들 하시는 입장이므로 저처럼 그저 글만 쓰는 사람과 비교해 보면 더 잘 아시겠지요. 이런 말 말고 더 이상 무슨 말을 하겠습니까? 어쨌든, 오늘은 동물원의 동물들을 구경하는 경우와 같습니다. 이제 다 보셨으니 이걸로 됐지요?" 이런 말이었다.

그러자 사람들은 모두 크게 웃는 것이었다. 어쩌면 그 말조차 일종의 풍자라고 생각했으리라.

이 밖에도 메이란팡(梅蘭芳) 박사 및 또 다른 명사와의 문답이 좀 이어졌

경극 염보 _ 조조·관우·장간·항우

지만 여기서는 생략하기로 한다.

그 뒤에 이어진 것은 쇼에게 선물을 증정하는 의식이었다. 그 선물은 당대의 미남자로 일컬어지던 샤오쉰메이(邵洵美)[439] 씨가 전달했는데, 전통극 배우의 염보(臉譜)[440]를 진흙으로 된 작은 모형으로 만들어 놓은 것으로 상자에 담겨 있었다.

또 하나는 듣자니 연극을 공연할 때 쓰는 무대의상이라고 하는데 종이에 싸여 있어서 실물을 확인할 수는 없었다. 쇼는 아주 기쁜 마음으로 그것들을 받았다. 장뤄구(張若谷)[441] 씨가 나중에 발표한 글에 따르면, 쇼는 다시 몇 마디를 더 물었고 장 씨도 그를 좀 비꼬았다고 하는데 아쉽게도 쇼가 그것을 듣지 않은 것 같다는 것이었다. 그러나 나는 정말 전혀 듣지 못하였다.

어떤 사람은 그에게 어째서 채식주의를 고집하는지 물었다. 이때 다가가서 사진을 찍으려는 사람들이 몇이나 되길래, 내 시가에서 연기가 너무 난다 싶어서 나는 그냥 바깥 방으로 가 버렸다.

이 일정 이외에도 신문기자들과의 인터뷰까지 예정되어 있어서 세 시쯤 쑨 부인 댁으로 바로 돌아왔더니 벌써부터 사오십 명이 기다리고 있었다. 그러나 안으로 들어간 사람은 반밖에 되지 않았다. 첫 번째 차례는 키무라 키[442] 씨와 4-5명의 지식인들이었고, 신문기자로는 중국 쪽이 6

명, 영국 쪽이 1명, 백러시아 쪽이 1명이었으며, 이 밖에는 촬영기사 서너 명이 있었다.

후원의 풀밭에서는 쇼를 중심으로 기자들이 반원형으로 둘러서는 바람에 세계적인 주유(周遊) 대신에 기자들의 얼굴 전람회라도 열린 것 같았다. 쇼는 또 한번 별의별 질문들을 다 받았는데 마치 《브리태니커 백과사전》을 다 뒤져보기라도 할 것 같은 기세였다.

쇼는 더 말을 할 생각이 전혀 없는 것 같은 눈치였다. 그러나 입을 떼지 않으면 기자들이 절대로 물러날 리가 없었다. 그래서 결국 말을 시작하기는 했지만 말이 많아지면 많아질수록 이번에는 기자들 쪽에서 받아적는 필기의 양이 조금씩 줄어 갔다.

내 생각에 쇼는 결코 진정한 풍자가는 아니었다. 그는 그저 말을 유창하게 할 줄 아는 것뿐이었기 때문이다.

시험은 대략 4시 반쯤에 끝났다. 쇼가 벌써 녹초가 된 것 같아서 나는 키무라 씨와 함께 우치야마서점(內山書店)으로 돌아갔다.[443]

이 글에서 루쉰은 "나는 쇼에 대하여 아무것도 묻지 않았고 쇼 역시 나에 대하여 아무것도 묻지 않았다."라고 적고 있는데, 이것이 쑹칭링이 자신의 글에서 "루쉰 등은 버나드 쇼와는 대화할 기회조차 가지지 못하게 만들었다."라고 술회한 바로 그 장면일 것이다.

쑹칭링은 1976년 7월 7일 천한성에게 쓴 편지에서 그동안 사람들이 들어 본 적이 없었던 내막을 하나 공개하였다.

버나드 쇼는 (상하이에) 잠시 체류할 때 내 집에 마련한 오찬회에 참가했는데 자리에 있었던 손님으로는 이 밖에도 루쉰·차이위안페이·린위탕·이뤄성·아그네스 스메들리였다. 이 모임에서는 본래 매우 의미 있는 대화가 이루어졌어야 하지만 아그네스 스메들리가 이뤄성에게 "그를 노발대발하게 한번 만들어 봐요!" 하고 큰 소리로 내뱉는 "귓속말"을 그 자리에 있던 사람들 모두가 듣고 말았다. 특히 버나드 쇼는 그래서 그녀를 한번 쳐다보기까지 하였다. 린위탕이 되는 대로 몇 마디 한담을 나눈 것 빼고는 이날의 오찬회는 아무 성과도 없었다.[444]

당시 극단적인 좌경 인사였던 스메들리와 이뤄성은 자신들이 부르주아 계급 작가로 낙인 찍은 버나드 쇼에게 유난히 큰 적개심을 품고 있었다. 그들이 이날의 오찬회에 참석한 것도 어쩌면 버나드 쇼를 격노하게 만드는 데에 그 목적이 있었는지도 모른다.

쑹칭링은 1976년 10월 12일 천한성에게 보내는 편지에서 이와 관련된 일을 또 하나 언급하였다.

《인민중국(人民中國)》[445]에 실린 사진을 보니, 출판사 측이 우리 집의 오찬회에서 버나드 쇼와 회동한 다른 두 사람, 즉 이뤄성과 린위탕을 지워버렸더군요. 확실히 그 두 사람은 우리와는 정견이 다르기는 했지요.[446]

최근판 《루쉰전집》 제5권 권두에 삽입된 두 번째 사진이 바로 그 문제의 사진이다. 이 사진은 기술적인 처리를 하기 전의 원판이다. 쑹칭링이 말한 그 사진에는 차이위안페이 뒤에 서 있던 이뤄성과 차이위안페이와 루쉰 사이에 서 있던 린위탕을 지워버린 것으로, 나도 "문화대혁명" 기간에 나온 출판물에서 그 사진을 본 적이 있다.

중국이 공산화 된 후 수정된 회동 사진 _ 원본에 있던 이뤄성과 린위탕이 보이지 않는다.

# 3

1933년 3월 3일, 중국민권보장동맹의 임시중앙집행위원회는 회의를 열고 베이핑 분회의 주석이던 후스를 제명하였다. 그러나 구성원들 사이의 분열은 그 이전부터 이미 벌어지고 있었다. 우선, 근본적인 문제를 말하자면, 쌍방은 "민권보장"이라는 개념에 대한 해석이 완전히 달랐다. 후스는 민권보장을 단순한 정치적 문제가 아닌 순전히 법률적인 문제로 이해해야 한다고 보았다. 그래서 정치범도 정당한 법률적 보장을 받아야 한다는 점은 인정했지만 쑹칭링 등이 "모든 정치범들을 즉각 무조건 석방하라"고 요구한 데 대해서는 반대하는 입장이었다. 반면에 쑹칭링 쪽에서는 "모든 정치범들을 즉각 무조건 석방하라"고 단호하게 요구하면서 여기서의 "모든 정치범들" 속에는 놀랑같이 체포된 외국 간첩들도 반드시 포함되어야 하며, 만일 그렇지 못하다면 민권보장동맹을 결성한 것이 무슨 의미가 있고 무슨 필요가 있느냐는 아주 강경한 입장을 고수하고 있었다.

바로 이 무렵 커다란 사건이 하나 발생하였다. 2월 4일, 스메들리는 영문으로 된 속달편지를 후스에게 부치면서 쑹칭링의 서명이 들어가 있는 한 쪽짜리 영문 편지와 역시 영문으로 된 〈베이핑 군 분회 반성원에 대한 고발장〉 한 부를 동봉하였다. 이 고발장에는 반성원에서 자행되고 있다는 온갖 참혹한 린치와 고문들이 적나라하게 묘사되어 있었다. 스메들리와 쑹칭링의 편지는 한결같이 베이핑 분회가 즉각 당국에 엄중 항의하고 반성원에서 벌어지는 모든 고문을 중지할 것을 촉구하고 있었다. 후스는 이 편지들이 언급하고 있는 상황이 자신이 며칠 전에 반성원에서 조사한 상황과는 전혀 부합되지 않으며, 따라서 명백히 위조된 문서들이라는 사실을 직감하였다. 그러나 이튿날, 2월 5일자 영자신문인 《옌징신문》에는 "중국민권보장동맹 전국집행위원회"의 명의로 발표된 〈베이핑 군 분회 반성원에 대한 고발장〉이 공개되었고, 거기에는 듣기조차 무서운 혹형들이 묘사되어 있었다. 게다가 함께 공개된 쑹칭링의 편지는 이 혹형들을 규탄하는 동시에 "모든 정치범을 즉각 무조건 석방할 것"을 요구하고 있었다.

후스는 2월 4일과 5일 두 통의 편지를 차이위안페이와 린위탕 두 사람에게 각각 쓰고 다음과 같은 의견을 제출하였다.

상하이 본부에서는 이러한 문서들의 출처를 조사하는 동시에 그 문서들의 신빙성을 점검해 볼 필요가 있을 것 같습니다. 만일 무턱대고 익명의 문서들이 적시한 내용들만 믿고 집행위원회의 신중한 고려와 결정도 거치지 않은 상태에서 한두 사람이 갑자기 제멋대로 발표한다면, 이는 본부가 신용을 스스로 허무는 꼴이 되고 말 것입니다. 아울러 우리에게 직접 감옥으로 가서 조사하게 한 사람도 이 같은 문서를 무단으로 반출하거나 사실을 날조했다는 혐의를 쓰게 되어 이후로는 감옥의 실태를 조사하는 것조차 쉽지 않게 될 것입니다.

후스는 이 편지 말미에서 "만일 본부에서 정정하거나 시정해야 할 점이 있을 시에는 번거롭다고 기피해서는 안 되며 자체적으로 시정함으로써 본부의 신용을 지키기를 바랍니다."라고 자신의 입장을 피력하였다.

그런데 이 사건이 매듭지어지기도 전에 또 다른 사건이 발생하였다. 2월 21일자 영자신문 《자림서보》가 후스를 인터뷰한 기사를 싣고 그의 의견을 전달했는데, 거기에 중대한 착오가 있었던 것이다. 당초 후스는 "하나의 정부가 존재하기 위해서는 자연히 정부를 전복하거나 정부에 반항하는 모든 행위에 제재를 가하지 않을 수 없다."라고 발언하였다. 그는 정부라면 어떤 경우라고 하더라도 그 같은 반응을 보일 수밖에 없다는 원론적인 생각을 밝힌 것뿐이었다. 그런데 《자림서보》가 공개한 그의 발언은 "그 어떤 정부라도 자신을 보호하기 위하여 자신에게 위해를 가하는 운동을 진압할 권리를 가져야 한다." 즉 정부에게 강경하게 대응할 "권한이 있다."는 식으로 바뀌어져 있었던 것이다.

후스와의 갈등이 절정으로 치닫자 당시 민권보장동맹의 임시전국집행위원회도 그의 제명을 결의할 수밖에 없었다. 당시 민권보장동맹의 몇몇 집행위원들 사이에서는 후스를 제명하는 문제를 놓고 서로 의견이 엇갈리고 있었다. 저우젠런(周建人)은 3월 29일 저우쭤런에게 보낸 편지에서 당시 회의장의 분위기를 이렇게 전하고 있다. "후 박사의 발언은 《자림서보》에 발표된 대화를 놓고 본다면 군벌을 두둔하는 듯한 인상을 주기 때문에 많은 사람이 불만을 표시했으며, 차이 공·린위탕 등이 적극적으로 그를 변호했으나 일부 집행위원이 뜻을 굽히지 않는 바람에 결국 민권회에서 제명당하고 말았습니다. 집행위원들 중 미국인 몇 사람이 비교적 격렬했던 것 같습니다."[147] 저우젠런이 편지에서 전한 상황은 당연히 당시 집행위원회 회의에 출석했던 루쉰을 통하여 전해 들은 것이었을 것이다. 여기서 "미국인 몇 사람이 비교적 격렬했다."고 한 것은 아이삭스(즉 이뤄싱)와 스메들리를 두고 한 말로서, 두 사람은 중국민권보장동맹을 통제하기 위하여 코민테른이 파견한 인사들이었다.

쑹칭링의 입장도 후스를 제명하자는 쪽이었다. 그녀는 이 일로 〈중국민권보장동맹의 임무〉라는 글을 발표하고 자신의 입장을 밝혔다.

후스는 동맹의 구성원이자 베이핑 분회의 주석 신분으로 놀랍게도 동맹에 반대하는 활동을 벌였다. 그의 이 같은 처신은 반동적이고 성실하지 못한 것이다. 후스는 당초 동맹이 선언한 기본원칙에 동의했기 때문에 가입한 것이다. 그런데 국민당과 장쉐량이 우리 동맹에 노골적으로 반대하고 나서자 그는 겁이 났고 자신의 나약함을 감추기 위하여 핑계와 변명을 찾기 시작하였다. 우리 동맹이 그런 '친구'를 제명한 것은 정말 축하해야 할 일이다.

《루쉰일기》에서도 알 수 있듯이, 루쉰은 3월 3일 이 회의에 출석하였다. 그는 회의 현장에서 적극적으로 후스를 변호하는 차이위안페이·린위탕의 편에 서지 않고 제명을 주장하는 쑹칭링 등의 편에 섰던 것으로 보인다. 회의가 끝난 후 그는 즉시 글을 써서 후스를 비판하고 나섰다. 〈빛이 닿는 곳…〉이라는 글은 후스의 감옥 시찰을 다룬 《자림서보》의 보도에 대응하여 쓴 것이었다.

이번의 "신중한 조사" 길에 수행하는 영광을 누리지는 못했지만 10년 전나는 베이징의 모범감옥을 참관한 바 있다. 모범감옥이라고는 하지만 죄수를 면회하더라도 대화는 상당히 "자유"스럽지 못해서 중간을 막고 있는 창틀 때문에 서로가 약 3자 정도 사이를 두어야 하였다. 옆에는 옥졸이 한 명 서 있었고 면회 시간에도 제한이 있었으며 대화 역시 암호 같은 것은 사용이 금지되어 있었으니 외국어는 두말 할 필요도 없었다. 그런데 이번에 후스 박사께서는 뜻밖에도 "그들과 영국어로 대화를 나누기까지 하였다."니 정말 대단한 특별대우를 받으신 셈이다. 중국의 감옥이 놀랍게도 벌써 그 정도로 개선되고, 그 정도로 "자유"로워졌다는 말인가? 그래 봤자 옥졸이 "영국어"에 화들짝 놀라서 후스 박사께서 리턴 백작 나으리와 동향이라도 되고 대단한 집안이라도 된다고 착각한 것이 다가 아니겠는가?[448]

루쉰의 이 같은 논리는 물론 이치에 맞는 말이었다. 감옥에서는 실제로 죄수가 외국어를 사용하는 것을 금지하는 규정이 있었기 때문이다. 게다가 그는 자신이 베이징의 모범감옥을 참관했던 10년 전의 경험까지 언급했으니 더더욱 그럴 듯해 보일 수밖에 없었다. 그러나 후스가 반성원을 시찰할 당시 영어를 사용하여 수감 중인 정치범들과 대화를 나눈 것은 분명한 사실이었다. 당시 그와 대화를 나눈 정치범들 중 한 사람은 소련 타스 통신사 베이징 분사의 기자이자 통역이던 류즈원이었다. 그는 훗날 저명한 저널리스트로 이름을 날린 류쭌치(劉尊祺)로서, 1949년 중앙인민정부가 수립되면서 신문총서(新聞總署) 국제신문국(國際新聞局)의 부국장이 되었다.

이 글 이외에도 루쉰은 〈왕도시화(王道詩話)〉·〈영혼을 파는 비결〉을 발표하여 후스를 공격했는데 사실 이 두 편은 취츄바이가 대필한 것이었다. 당시 취츄바이는 루쉰의 집에 피신해 있었는데, 아마 후스를 비판하는 역할을 맡는 문제를 놓고 의논한 결과 그가 두 편을 대필하는 쪽으로 합의했던 것 같다.

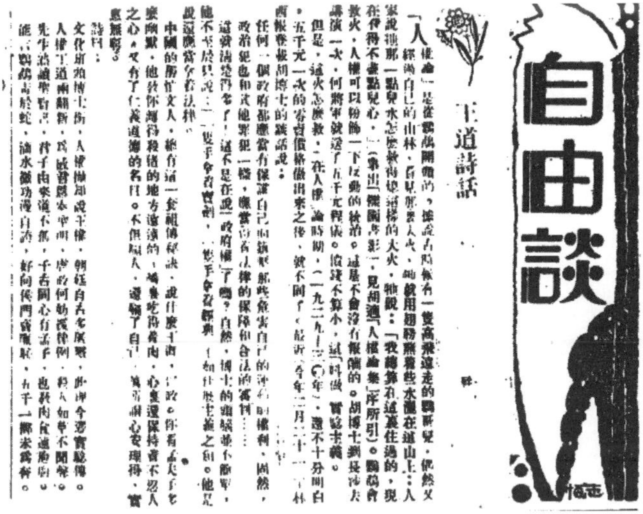

自由談

王道詩話

幹

「人權論」是從鸚鵡開頭的，據說古時候有一隻高飛遠走的鸚哥兒，偶然又經過自己的山林，看見那裏大火，牠就用翅膀蘸着些水灑在這山上；人家說牠那一點兒水怎麼救得熄這樣的大火，牠說：「我總算在這裏住過的，現在不得不盡點兒心。」（事出「櫟園書影」，見胡適「人權論集」序所引）。鸚鵡會救火，人權可以粉飾一下反動的統治。這是不會沒有報酬的。胡博士到長沙去講演一次，何將軍就送了五千元程儀。價錢不算小，這「叫做」實驗主義。

但是，這火怎麼救法？在人權論時期（一九二九——三〇年），還不十分明白，五千元一次的零賣價格做出來之後，就不同了。最近（今年二月二十一日字林西報）發表胡博士的談話說：

「任何一個政府都應當有保護自己而鎮壓那些危害自己的運動的權利，固然，政治犯也和其他罪犯一樣，應當得着法律的保障和合法的審判……」

這就清楚得多了！這不是在說「政府權」了麼？自然，博士的頭腦並不糊塗，他不至於只說：「一隻手拿着寶劍，一隻手拿着經典！」如什麼主義之類。他是說還應當拿着法律。

中國的幫忙文人，總有這一套祖傳秘訣，說什麼王道，仁政。你看孟夫子多麼幽默，他教你離得殺豬的地方遠遠的，嘴裏吃得着肉，心裏還保持着不忍人之心，又有了仁義道德的名目。不但騙人，還騙了自己，真所謂心安理得，實惠無窮。

詩曰：

文化班頭博士銜，人權拋卻說王權，朝廷自古多屠戮，此理今憑實驗傳。

人權王道兩翻新，爲感君恩奏聖明，虐政何妨援律例，殺人如草不聞聲。

先生熟讀聖賢書，君子由來道不孤，千古同心有孟子，也教肉食遠庖廚。

能言鸚鵡毒於蛇，滴水微功漫自誇，好向侯門賣廉恥，五千一擲未爲奢。

취츄바이가 루쉰의 필명으로 쓴 〈왕도시화〉

# 4

루쉰은 1933년 3월 16일 출판된 반월간지 《논어》에 '허깐(何干)'이라는 필명으로 〈중국 여인의 발을 통하여 중국인들이 중용적이지 못하다는 것을 추정하고 또 이를 통하여 공 선생님에게 위장병이 있었음을 추정하다〉 ("학비(學匪)"와 고고학의 하나)라는 글을 발표했는데, 거기에 쑹칭링에 관한 내용이 보인다.

이상의 추정은 간략한 것이기는 하지만 모두가 "독서를 통하여 이치를 깨우친" 성공 사례들이다. 그러나 만일 눈앞의 성공에만 급급하여 함부로 넘겨짚다 보면 "의심이 많아지는" 오류에 빠지기 쉽다. 예를 들어 보자. 2월 14일자 《신보》에는 다음과 같은 난징 발 특보가 실렸다. "중앙 집행위원회가 각급 당부 및 인민단체에 '충효·인애·신의·화평'이라는 글귀가 적힌 현판을 제작하여 강당 중앙에 내걸고 사람들을 계도하라는 명령을 내렸다." 그러나 이것만 보고 각 요인들이 사람들이 "여덟 가지 덕목을 망각했다."고 조롱하고 있다고 넘겨짚어서는 절대로 안 될 것이다. 3월 1일자 《대만보(大晚報)》에는 다음과 같은 새로운 소식이 실렸다. "쑨 총리 부인인 쑹칭링 여사는 귀국하여 상하이에 정착한 후로 정치 분야에 관해서는 듣지도 묻지도 않고 오로지 사회단체를 조직하는 데에만 대단히 열심이시다. 본보 기자가 입수한 보고서에 따르면, 그저께 누가 우정국을 통하여 쑹 여사에게 보내는 금품 갈취를 목적으로 한 협박편□( '□'부분은 원래 빠진 글자이다.)를 보냈기에, 이미 시 당국에 우정국 검사처에 주재하는 검사원을 파견하여 조사를 벌인 끝에 협박편지를 확보하고 현장에서 이를 압수하여 곡절을 거쳐 시 정부에 제보하였다." 그러나 이것만 보고 아무리 총리 부인 쑹 여사의 우편물이라 하더라도 매번 우정국에서 당국이 파견한 요원의 검열을 받는다고 넘겨짚어서는 절대로 안 될 것이다.[449]

루쉰이 글에서 이 문제를 거론한 데에는 당시 우편물이나 전보에 대한 정부 당국의 검열이 무차별적으로 자행되어 쑹칭링같이 신분이 높은 인사들조차 검열 당국의 요주의 대상에 포함되어 있다는 점을 고발하는 데에 그 1차적인 목적이 있었다. 그러나 또 다른 한편으로는 쑹칭링에 대한 자신의 호의와 관심의 발로이기도 했을 것이다.

그 후로 루쉰은 중국민권보장동맹의 회원 자격으로 쑹칭링과 함께 활동하게 된다. 그 활동들 중의 하나가 상하이에 있던 독일영사관으로 함께 가서 항의서를 제출한 일이었다. 루쉰은 1933년 5월 13일 일기에 이렇게 적고 있다.

○ 13일

맑고 바람이 붊. 오전에 중앙연구원에 갔다가 독일영사관에 갔다.

여기에 적은 것이 바로 항의서를 전달한 일이다. 쑹칭링은 이날 발표한 〈독일의 진보 인사와 유태인들에 대한 박해를 규탄한다〉라는 글에서 다음과 같이 밝혔다.

중국민권보장동맹은 중국에서의 테러 행위에 저항하고 중국 인민들의 민권과 인권을 쟁취하는 동시에 세계의 진보 역량과 하나로 연합하고자 한다. 우리 동맹은 현재 전 독일을 지배하고 있는 공포와 반동에 대하여 강력한 항의를 하지 않으면 안 된다고 느끼는 바이다.

이어서 그녀는 구미 각국의 간행물들에 실린 독일에서의 테러와 폭거들을 대량으로 인용하면서 이렇게 천명하였다.

인류와 사회·문화의 발전을 위하여, 인류와 각종 운동으로 얻어진 사회 문화적 성과들을 지키는 일에 협조하고자 노력하기 위하여 중국민권보장동맹은 위에 언급한 사실들에 대하여 단호하게 항의하는 바이다.

이 항의와 관련하여 《신보》는 5월 14일 다음과 같이 보도하였다.

중국민권보장동맹은 지금까지 민권을 제창하는 것을 종지로 삼고 국가와 지역을 가리지 않았다. 그런데 근래에 독일에서 히틀러 파가 일당독재를 감행하면서 무고한 사람들을 잔인하게 박해하고 학자들을 탄압하는 등 그 참혹함이 극심하였다. 이에 어제 오전, 집행위원회의 쑹칭링·차이위안페이·양싱포·루쉰 등이 직접 시내의 독일영사관으로 가서 항의서를 제출하였다. 이날 부영사인 베렌 씨는 이들을 접견하고 항의서를 자국의 주중국공사에게 전달하기로 약속하였다.

신문은 이 보도와 함께 항의서 전문을 게재하였다. 5월 29일 이번에는 《차이나 포럼》이 다음과 같이 보도하였다.

5월 13일 토요일 당일 중국민권보장회의 행정위원들은 상하이의 독일공사를 방문하고 파시스트 테러를 규탄하는 항의서를 제출하였다. 쑨원 선생의 부인이신 쑹칭링 여사가 앞장섰고 그 중에는 차이위안페이와 양취안(楊銓), 중국의 진보적인 작가 루쉰, 비평가이자 작가인 린위탕, 저명한 기자이자 작가인 스메들리 여사, 《차이나 포럼》의 편집인자 이뤄성이 동참하였다.

루쉰은 독일의 파시스트 폭압정치에 단호하게 반대하는 입장이었다. 그는 6월 4일에 쓴 〈다시 '세 번째 부류의 인간⁴⁵⁰'을 논한다[又論'第三種人]〉에서 "나 역시 파시스트를 증오하는 사람"⁴⁵¹이라고 밝혔다. 쑹칭링은 〈독일 진보 인사와 유태인들에 대한 박해를 규탄한다〉에서 독일의 폭정을 지적하면서 "소설가 한스 파알(Hans Pfaall)은 강압 속에 자신의 원고를 삼켜야 하였다."라고 비판했으며, 루쉰 역시 〈지식과잉(智識過剩)〉에서 이 일을 인용하면서 이렇게 비판하였다. "현재 독일은 지식을 뿌리 뽑자고 권유하는 데서 그치지 않고 직접 실행까지 하고 있다. 예를 들어, 불을 질러 일부 서적들을 소각하고 작가에게 자신의 원고를 삼키게 한다거나, 또는 몇 그룹이나 되는 대학생들을 병영에 가두고 고된 노동을 시키면서 언필칭 '실업문제를 해결했다.'고 둘러대는 것이다."⁴⁵² 파시스트 반대에 의견의 일치를 이룬 쑹칭링과 루쉰은 이처럼 글로 서로의 주장을 성원했던 것이다.

쑹칭링은 1976년 10월 12일 천한성에게 쓴 편지에서 당시의 일에 대하여 이렇게 술회하고 있다. "내가 독일영사관에 갈 때 루쉰만 동행했다는 것은 잘못된 주장입니다. 그러나 당시 나와 동행했던 사람들로 또 누가 있었는지는 더 이상 기억이 나지 않습니다. … 귀하는 린위탕이 예전부터 배짱이 없고 일을 벌이는 것을 두려워하는 사람이라는 것을 잘 알고 있

을 것입니다. 그런데 뜻밖에도 그런 그조차 이번에는 우리와 함께 독일영
사관까지 가서 파시즘에 항의했던 것입니다!"[453]

1933년 6월 18일, 중국민권보장동맹에서 총간사를 맡고 있던 양싱포가
암살당하였다. 6월 20일 양싱포의 시신을 입관할 때 국민당 특무가 그 틈
을 타서 민권보장동맹 인사들을 살해하려 한다는 소문이 나돌았지만 쑹
칭링과 루쉰은 그런 소문에는 아랑곳하지 않고 빈소로 나가 발인식에 동
참하였다. 당시 차이위안페이는 이미 중국민권보장동맹을 탈퇴한 상태였
지만 역시 중앙연구원 원장의 신분으로 총간사 양싱포의 마지막 가는 길
을 배웅해 주었다. 양싱포가 암살을 당한 후로는 중국민권보장동맹도 더
이상 활동하지 않고 어느 사이에 해체되고 말았다.

쑹칭링과 루쉰은 그 후로도 극동반전회의를 통하여 또 한번 협력하게
된다. 세계 반제국주의전쟁위원회는 코민테른의 안배에 따라 1933년 9월
30일 상하이에서 비밀리에 극동반전회의를 열었다. 이 회의를 준비하는
일은 상당히 어려웠다. 쑹칭링이 1933년 8월 28일 마라이에게 쓴 편지를
통하여 당시 회의장을 구하기가 얼마나 어려웠는지 잘 알 수 있을 것이다.

기독교청년회(YMCA)의 록우드(Lockwood) 선생은 성명을 발표하고 그의
조직이 과거에 곧 개최될 회의의 숙박문제와 관련하여 우리와 접촉을
가졌었다는 사실을 부인했습니다. 이 소식은 우리들을 몹시 의아스럽게
만들었을 뿐 아니라 당연히 대표단의 다른 성원들조차 이상하게 생각하
게 만들었습니다.
사실, 우리는 이미 문제의 기독교청년회의 중국 측 비서와 협의를 체결
하여 쌍방이 회의에 사용될 건물의 임대료를 매일 50달러씩 지불하기로
규정 및 동의한 상태였기 때문입니다. 또 우리는 건물이 언제 비는지에

관한 명세서를 한 부 받아 놓은 상태여서 구체적인 회의기간에 따라 방을 배분하는 일만 남아 있었기 때문입니다.

어쩌면 기독교청년회의 외국 측 직원은 그들의 중국 측 동료와는 자주 연락을 취하지는 않을 수도 있고, 아니면 이 성명이 몬티니 가로수길 대로*의 이른바 중국기독교청년회에 누가 청년회의 건물을 사용할 수 있고 없고의 문제나 임대료 지불 업무와 관련하여 결정권을 가진 중국인이 하나도 없음을 보여 주는 것일 수도 있을 것입니다. 그러나 가장 가능성이 높은 것은 경찰측이나 그 밖의 세력의 위협입니다. 기독교청년회가 당초 체결된 협의를 집행하는 것을 거절하도록 압력을 행사했을 수가 있는 것입니다.[454]

주최 측은 마지막에는 어쩔 수 없이 상하이 동편의 따롄완 로(大連灣路)에서 아무 가구도 없고 수도와 전기도 설치되지 않은 건물 한 동을 빌리는 수밖에 없었다. 수도가 설치되지 않은 탓에 대소변이 문제가 되었는데, 양변기는 사용할 수 없어서 욕조에 대소변을 해결할 수밖에 없었다.

펑쉬에펑의 〈베이징 루쉰 박물관에서의 담화〉는 당시의 회의 진행과정과 관련하여 다음과 같은 자료들을 제공해 주고 있다.

당시 중국공산당 상하이 중앙국은 쟝쑤 성 위원회(江蘇省委員會)가 이번 비밀회의를 추진하는 책임을 맡도록 지시를 내렸다. (나는 당시 이 성위원회의 선전부장을 맡고 있었다.) 이때의 주요한 업무는 상하이의 군중대표를 선임하는 것 이외에도 국제대표와 상하이 군중의 면담을 주선하고 비밀 회의장의 배치를 담당하는 일 등이었다.[455]

---

* 지금의 시짱 남로(西藏南路)

코민테른에서는 세 명의 대표가 파견되어 1933년 8월 중순에 상하이에 도착했는데, 한 사람은 영국 노동당 소속의 마라이 백작, 또 한 사람은 프랑스의 저명한 작가로 당시 프랑스 공산당 기관지 《위마니떼》[456]의 주필이던 바양 꾸뛰리예,[457] 그리고 이름은 잊어 버렸지만 사회민주당 소속의 벨기에 인이었다.

이 밖에도 코민테른의 대표는 한 사람 더 있었는데 그는 바로 중국의 쑹칭링이었다.[458]

회의는 하루 동안 진행되었는데 대표들은 바닥에 앉아서 보고와 발언을 했기 때문에 큰 소리를 낼 수 없었고, 바깥 주위에는 소대 규모의 비밀규찰대가 자전거를 타고 왔다갔다 했는데 그것이 당시 회의장에 취할 수 있는 유일한 경호였다. (규찰대의 주된 임무는 위험한 징후가 발견되면 신속하게 통지하여 대표가 제때에 건물을 떠날 수 있게 해 주는 것이었다.) 주석단은 국제대표 네 명과 동북지역 몇 개 성의 대표·의용군 대표·소비에트 지구 대표·베이핑-페이쉐이(歸綏) 구간 철로 노동자 대표로 구성되었으며, 당일 회의를 주재한 주석은 쑹칭링이었다. 마오 주석·주 총사령관·루쉰은 명예주석단의 구성원으로 추대되었다. 명예주석단의 그 밖의 구성원으로는 일본의 카타야마 센(片山潛),[459] 프랑스의 로망 롤랑·앙드레 지드·앙리 바르뷔스(Henri Barbusse),[460] 미국의 드라이서(Theodore Dreiser), 소련의 고리키·보로시로프(Kliment Voroshilov), 독일의 탈만(Ernst Thalmann) 등이 있었다. 쑹칭링은 개막사와 함께 중국의 반제 상황에 대한 보고를 했고, 마라이는 국제 반제 반전 상황에 대한 보고를, 소비에트 지구 대표는 소비에트 지구 군중의 반제 투쟁 상황에 대한 보고를 하였다. 회의에서는 일본 제국주의의 중국 침략을 반대하고 제국주의 전쟁을 반대하는 선언 및 제국주의와 중국 홍군에 대한 중국 군벌들의 공격에 항의하는 항의서와 소련에 무장간섭하는 제국주의에 항의하는 항의서 등을 통과시켰다. 회의는 하루만에 끝나고 당일 저녁 전체 대표는 차례로 안전하게 회의장을 떠났다.[461]

루쉰 선생은 회의에 출석하지 않았다. 그가 출석을 원치 않은 것이 아니라 안전을 위하여 주최측이 그의 출석을 만류한 것이다. 그리고 우리 역시 어차피 비밀리에 회의를 여는 이상 그를 출석하게 할 필요가 없다고 판단했기 때문이다. 그러나 그는 상당한 관심을 가지고 이 회의를 지지하고 있었고 과거에는 돈을 출연하여 부족한 회의 경비를 보충해 준 적도 있었다. 그는 외국대표들을 공개적으로 환영하는 모임에는 출석하지 않았지만 베이쓰촨 로(北四川路) 톈퉁 로(天潼路)에 위치한 아이삭스(즉 이뤄성)의 처소에서 바이양 꾸뛰리예를 만났다.[462]

루쉰이 바이양 꾸뛰리예(Paul Vaillant-Couturier)를 회견한 일은 그의 9월 5일자 일기에도 보인다.

○ 5일
맑음. 저녁에 Paul Vaillant-Couturier를 만났다. 독일어로 번역된 《Hans-ohne-Brot》를 가지고 가서 그의 서명을 부탁하였다.

루쉰은 바이양 꾸뛰리예의 작품의 독일어 번역본을 챙겨가서 기념으로 그의 서명을 부탁했던 것이다.

이 기간 동안 루쉰은 마라이를 만나기도 하였다. 우치야마 간조(內山完

1933년 여름 일본인 친구 우치야마 간조와 함께한 루쉰

造)[463]는 《상하이 임어(上海霖語)》에 당시 두 사람이 만나는 과정에서 있었던 재미있는 일화를 소개하고 있다.

하루는 루쉰이 갑자기 우리 서점에 나타나 "주인장, 정말 재미있지 뭐 요!" 하고 말하는 것이었다. 그는 회색 빗살무늬 천으로 지은 두루마기를 입고 한 켤레에 8각(角) 하는 고무장화를 신고 수염도 제대로 다듬지 않은 상태였지만 환한 안색으로 말하였다. "방금, 내가 사순호텔에 가서 한 사람을 만났는데 바로 그 마라이였소. 내가 마라이의 방이 7층에 있다는 말을 듣자마자 엘리베이터에 올라타려고 했더니 엘리베이터 보이가 문을 열 생각도 하지 않는 거였소." 심성이 착한 루쉰은 문을 열어줄 때까지 기다리고 있었지만 아무리 기다려도 열어 주지 않았다. 그래서 루쉰이 엘리베이터 보이에게 왜 열어 주지 않느냐고 따져도 "비켜, 비켜!" 하면서 오히려 루쉰을 밖으로 쫓아냈다는 것이었다. "그래서 엘리베이터를 나와서 계단을 훑으며 걸어 올라갔지! 한 시간 반인가 두 시간 정도 이야기를 나누고 돌아올 때 마라이가 나를 엘리베이터까지 배웅해 줍디다. 엘리베이터 문을 여는 사람이 마침 아까 그 녀석이더군. 마라이는 아주 경건하고 유난히 친절하게 악수를 하면서 작별인사를 해 줍디다. 그러자 엘리베이터의 그 보이는 깜짝 놀라서 엘리베이터 안에서도 도중에 한번도 멈추지 않고 직행으로 1층에 도착하자마자 문이야 열리든 말든 나보다 먼저 꽁지를 빼고 말지 뭐요. 정말 아주 재미있었어! 중국인의 악습은 사람의 옷차림만 보고 인품을 판단한다는 거지. 엘리베이터 보이도 너무도 곤혹스러워서 낯이 붉으락푸르락하면서 더 서둘러서 엘리베이터를 운전한 것 아니겠소." 그래서 내가 "선생의 이 행색을 보니 '비켜, 비켜!' 하고 윽박지르는 게 당연해 보입니다!" 하자 루쉰도 자신의 옷차림을 훑어보더니 말하는 것이었다. "하긴 그렇기는 그렇구만."

이 두 국제대표와의 회견만으로도 루쉰은 사실상 회의에 참가한 것과 다를 바가 없었다. 실제로 회의를 준비하는 기간에도 루쉰은 어떻게 이 회의를 홍보해 줄까 궁리하고 있었다. 그는 9월 2일자 《신보》 '자유담'에 〈신추잡식(新秋雜識)〉을 발표하고 의도적으로 반전회의를 거론하면서 사전 홍보를 함으로써 청중에게 이런 행사가 있다는 사실을 알려 주었다.

반전회의 소식은 일간지에서 흔히 볼 수 있는 것이 아니다. 그러나 전쟁이라면 아무래도 중국인의 취미인 까닭에 그것을 무시한다는 것은 우리의 취미를 위반한다는 증명이 되는 셈이다. 물론, 전쟁은 해야 하는 것이다. 병정개미의 뒤를 따라 패자의 유충을 운반하는 것도 일종의 노예의 승리로서도 그럴싸해 보인다. 그러나 아무리 그래도 "만물의 영장"인데 그래서야 어디 되겠는가? 전쟁은 물론 해야 하는 것이다. 전쟁 기기를 만들어내는 개미무덤을 쳐 부수고, 아이들을 해치는 독약을 바른 미끼를 쳐 부수고, 장래를 무너뜨리려는 음모를 쳐 부수어야 한다. 이것이야 말로 인간의 전사로서의 임무라고 할 수 있으리라.[464]

●
루쉰이 아꼈던 제자
샤오쥔과 샤오훙

반전회의는 최종적으로 성공을 거두었고 루쉰은 이를 몹시 기뻐하였다. 그는 1934년 12월 6일 샤오쥔(蕭軍)[465]과 샤오훙(蕭紅)[466]이 편지로 회의가 어떻게 되었는지 묻자 이렇게 답장을 썼다.

"회의는 결국 열렸고, 많은 애를 썼네. 많은 소식이 있었지만 신문들은 실어 주려 하지 않았기 때문에 중국에서는 이 일에 대하여 아는 사람이 드물다네. 결과는 결코 나쁘지 않으며, 각 대표들은 귀국한 후 다들 보고서를 내고 세계인들로 하여금 중국의 실정을 보다 분명하게 알게 해 주었다네. 나도 가입했지."

## 5

마오뚠

루쉰과 쑹칭링의 마지막 만남은 소련영사관에서 이루어졌다. 1935년 소련의 국경일인 11월 7일, 즉 이른바 '10월 혁명기념일' 리셉션 자리에서의 일이었다. 그날 함께 초청되었던 마오뚠[467]은 1940년 〈루쉰 선생을 기리며〉에서 이 일을 언급하고 있다.

10월 혁명기념일 전날일인가 다음날인가로 기억하는데, 상하이의 소련영사관이 소수의 문화계 인사들을 초청하여 영화를 방영하였다. 이 행사에 간 인사들 중 중국인은 대여섯 명뿐이었는데 그 중에는 루쉰과 그의 부인·아드님이 포함되어 있었다. 그날 본 것은 <sup>(아마도)</sup> 〈차바예프〉였던 것 같은데, 루쉰은 보드카를 한두 잔 마실 정도로 기력이 아주 좋았다.[468]

이보다 더 이른 1939년 쉬광핑은 〈루쉰 선생의 오락〉이라는 글에서 다음과 같이 소개하기도 하였다.

그보다 더 호사스럽게 영화를 본 것은 1935년으로 때는 초가을쯤이었을 것이다. 잘 아는 어떤 지인이 모처에서 영화시사회에 초청했는데 가족을 동반해도 되니 저녁 7시까지 그곳으로 가라는 것이었다. 이날 같이 가는 사람은 마오뚠 선생이었는데 약속장소로 갈 때에는 리례원(黎烈文)[469] 선생도 마침 우리 집에 있었기 때문에 하이잉을 데리고 다섯 사람이 준비된 자동차에 타고 모 정차장으로 가서 쑹칭링 선생·스메들리 여사와 합류한 후 다시 이리저리 차를 몰아 마침내 어떤 빌딩 앞에 차를 세웠다. 안으로 들어가니 마중을 나온 사람은 소련대사 부부와 주상하 이영사였다. 영화 시사가 먼저 이루어졌는데 〈챠바예프〉를 영화관에서 개봉하기도 전에 먼저 볼 수 있게 된 것이다. 방은 구조가 아주 정교했고 좌석은 여남은 개 정도여서 안성맞춤으로 잘 볼 수 있었다. 접대하는 사람은 수시로 구두로 설명을 해 주었는데 그 중 몇 사람은 베이징말을 썩 유창하게 해서 언어적으로는 그런 대로 편하였다. 영화를 보고 나니 아홉 시가 다 됐길래 작별인사를 고하려 했더니 잘 손질된 다른 방으로 안내하여 연회를 베풀고 환대해 준다길래 나오는 것이 그냥 간식 거리 정도이겠거니 싶었다. 그런데 그 자리에는 갖가지 이름난 술들이 차려져 있고 사람마다 크고작은 술잔이 6-7개씩이나 준비되어 있었다. 물고기는 종류가 많았는데 알만 해도 보통 볼 수 있는 붉은색 알부터 검은색 알도 있었는데 아주 유명하고 값지다는 것이었다. 간식도 정말 많았고 각양각색의 요리들은 사실 더 많았다. 마지막에는 좀처럼 구하기 어려운 각종 과일과 차·코코아가 나오는 등, 정말 웨이터들이 접대하느라 쉴 틈이 없을 정도였다. 그러나 아쉽게도 그날 우리는 다들 저녁을 먹고 간 데다가 루쉰 선생은 하필 몸에서 열이 나서 얼마 먹지도 못하였다. 물론 그의 입장에서는 아마 인생에서 가장 성대한 연회였을 것이다.[470]

이 일에 관해서는 쑹칭링 역시 〈루쉰 선생을 기리며〉에서 언급하고 있다.

루쉰 가족이 본 소련 혁명영화 〈챠바예프〉의 한 장면

내가 루쉰을 마지막으로 만난 것은 상하이의 소련영사관에서였다. 그곳
에서는 난징에서 온 소련대사 보자모로프의 리셉션이 있었는데 루쉰도
그 자리에 있었다. 리셉션이 끝나자 소련 영화 〈챠바예프〉를 방영하였다.
영화가 끝나자 보자모로프는 루쉰에게 영화에 대한 소감이 어떠냐고
물었다. 물론 그는 루쉰이 그 영화를 극찬할 것으로 기대했으리라. 그러
나 루쉰은 이렇게 대답하는 것이었다. "우리 중국에도 지금 수천 명이나
되는 챠바예프들이 투쟁을 하고 있답니다!"[471]

그날 현장에 있었던 세 사람 중에서 쑹칭링만 유일하게 루쉰이 "우리
중국에도 지금 수천 명이나 되는 챠바예프들이 투쟁을 하고 있답니다!"
라고 말한 것에 주목하고 기록을 남긴 것이다. 쑹칭링이 루쉰의 이 말을
소개한 것도 어쩌면 쑹칭링 자신도 당시 루쉰과 같은 생각을 하고 있었
기 때문이었으리라. 루쉰이 말한 수천 명이나 되는 "챠바예프들"에는 아
마 당시 쟝시(江西) 소비에트 지구에 있던 그의 친구 취츄바이와 펑쉬에펑

도 포함되어 있었을 것이다. 쑹칭링은 1976년 7월 7일 천한성에게 쓴 편지에서도 이 일을 언급하였다.

어느 날 저녁, 보자모로프 대사와 레이방 장군(나중에 모스크바로 소환된 두 사람은 이들이 트로츠키와 연루되어 있다는 정적의 무고로 대숙청 기간 동안 비밀경찰에 의하여 총살 당한다.)은 리셉션을 열고 좌익 인사들을 초대했는데, 리셉션이 끝나자 이번에는 그들을 소련의 최신작 영화인 〈챠바예프〉의 시사회에 초대했습니다. 챠바예프는 유격대 대장이었지요. 보자모로프가 루쉰에게 영화에 대한 소감을 묻자 루쉰은 "중국에도 아주 많은 챠바예프들이 있답니다."라고 대답하는 것이었습니다.[472]

1936년 병색이 완연한 루쉰

그녀는 이 편지에서 그날 리셉션을 베풀었던 그 열정적인 보자모로프의 비참한 최후도 함께 전하고 있다.

1936년으로 접어들면서 병치레가 잦아진 루쉰은 쑹칭링의 눈길을 끌었다. 루쉰의 3월 23일자 일기는 다음과 같다.

○ 23일 맑음.
정오가 지나 밍푸(明甫)가 왔고 샤오쥔·챠오인(悄吟)이 왔다. 오후에는 스 여사와 그 친구가 왔는데 다들 각자 꽃을 선물로 가져왔다. 쑨 부인의 편지와 설탕으로 만든 음식 세 가지와 차 한 갑을 받았다.

밍푸(마오뚠)·샤오쥔·챠오인(샤오훙)이 다녀가고 오후에 스 여사(스메들리)

도 왔는데 다들 꽃을 가지고 왔다면 병문안을 온 것이었으리라. 쑹칭링이 보내온 것은 단 음식·차와 위문편지였는데 스메들리를 통하여 전달되었던 것으로 보인다. 6월이 되자 루쉰의 병세는 더욱 심각해졌다. 6월 5일 쑹칭링은 편지를 써서 서둘러 입원해서 병을 치료하라고 루쉰을 다그쳤다.

저우 동지:

방금 동지의 병세가 심하다는 소식을 듣고 나니 동지의 상태가 몹시 걱정이 되는군요. 지금 당장이라도 동지를 보러 가고 싶지만 나도 맹장수술을 한 후로 아직 상처가 아물지 않아서 자리에서 일어나 거동을 제대로 할 수 없어서 급한 김에 이 편지라도 써 보냅니다.

간곡하게 부탁하니 당장 병원에 입원해서 치료를 하도록 하세요! 하루를 미루면 동지의 생명에 대한 위험도 그만큼 늘어나기 때문입니다!! 동지의 생명은 절대로 동지 개인의 것이 아니라 중국과 중국혁명의 것입니다! 중국과 혁명의 앞날을 위해서라도 동지는 몸을 지키고 소중히 할 필요가 있습니다. 왜냐하면 중국이 동지를 필요로 하고, 혁명이 동지를 필요로 하니까요!!!

환자는 자신의 증상을 자각하지 못하는 경우가 많습니다. 내가 맹장염을 앓을 때에도 병원에 입원하기 싫다고 몇 개월이나 미루는 바람에 절제수술을 하지 않으면 안 될 상황까지 몰려서야 어쩔 수 없이 입원을 한 것입니다. 그러나 그 정도도 매우 위험한 상태였으며 덕분에, 여섯 주나 더 입원해 있어야 했습니다. 만일 내가 조금만 일찍 입원했더라면 2주 만에 바로 쾌차해서 퇴원할 수 있었겠지요. 그래서 나는 동지가 동지를 위하여 걱정하고 극도로 불안해하는 친구들의 간곡한 부탁을 받아들여 당장 병원에 입원하여 치료를 받기를 간절하게 바라는 바입니다. 만일 입원해 있는 동안 외부의 소식으로부터 단절될까 걱정이라면 저우 부인이 같이 병원에서 동지를 돌보면서 외부 소식 같은 것들을 동지에게 쉬지 않고 전해 줄 수도 있을 것입니다. 동지를 사랑하는 친구들의 우려를 흘려듣거나 우리의 간곡한 부탁을 거절하지 않기를 바랍니다!!!

동지의 쾌차를 빌면서

6월 5일 쑹칭링[473]

그러나 루쉰은 입원 치료를 내내 미루다가 결국 시기를 놓치고 말았다. 쑹칭링은 그의 사후문제와 관련하여 〈루쉰 선생을 기리며〉에서 다음과 같이 적고 있다.

●
선쥔루

어느 날 이른 아침, 펑쉬에펑에게서 갑작스럽게 전화가 왔다. 전에 루쉰의 집에서 펑을 본 적이 있었다. 이번에 루쉰의 집에 가서 펑의 안내로 침실로 들어갔더니 그 위대한 혁명가는 침대에 누운 채 세상을 등지고 그의 부인 쉬광핑은 침대 곁에서 흐느끼고 있었다.

펑쉬에펑은 나에게 자신은 중국식으로 어떻게 장례를 치르는지 모르는 데다가 만일 자신이 나서면 분명히 국민당 반동파에게 살해당하고 말 거라고 고백하는 것이었다. 그때 나는 변호사 한 분을 떠올렸다. 바로 연로한 선쥔루(沈鈞儒)[474]였다.

나는 그길로 선의 변호사 사무소로 가서 홍커우 공동묘지에서 묏자리를 한 군데 매입하는 일을 도와줄 것을 요청하였다. 내 요청을 받아들

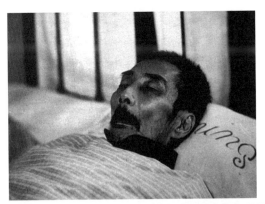

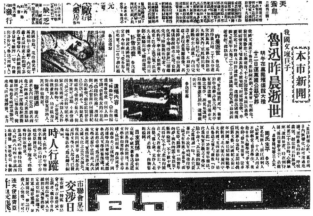

10월 19일 사망 직후 루쉰의 모습과 관련 기사

1936년 루쉰의 장례식에 참석한 쑹칭링
_ 오른쪽은 쉬광핑과 아들 저우하이잉이며, 왼쪽은 일본인 지인 우치야마 간조이다.

인 선은 바로 그 자리를 나가 일을 처리하였다. 당시에는 백색테러가 극심했기 때문에 루쉰의 추도회에서 발언을 한다는 것은 목숨을 걸어야 할 정도로 위험한 일이었다. 내가 추도회에서 애도사를 읽는 순간에도 아마 누군가가 그 내용을 적고 있었을 것이다. 당시 현장에는 프랑스 AFP 통신사에 근무하는 후위즈(胡愈之)도 있었던 것으로 기억한다.

쑹칭링은 1976년 7월 8일 천한성에게 쓴 편지에서 세상을 떠난 이 지인의 인상에 대하여 이렇게 언급하였다.

그는 늘 온화하고 격의가 없었으며, 1년 내내 그 수수한 두루마기를 입고 있었다. 그의 고상함 그리고 재능과 지혜는 의심의 여지도 없는 것이었다.[475]

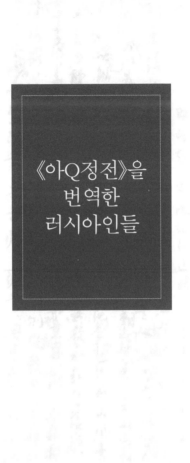

《아Q정전》을
번역한
러시아인들

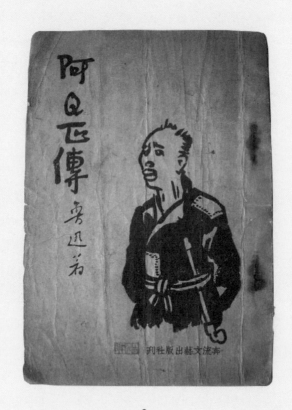

《아Q정전》

《아Q정전》을 처음으로 러시아어로 번역한 것은 왕시리(王希禮)였다.

왕시리는 본명이 Б. А. 바실리예프로서, 당시 소련이 중국에서의 공산혁명을 지원할 목적으로 파견한 공작요원들 중의 한 사람이었다. 그는 카이펑(開封)에 주둔하고 있던 펑위샹(馮玉祥) 계열의 국민군(國民軍) 제2군 러시아 고문단의 통역을 맡고 있었는데, 중국어는 물론이고 중국문학에도 관심이 많아서 《요재지이(聊齋志異)》[476] 같은 작품들을 읽기도 하였다. 그는 당시 같은 부대에 복무하면서 아는 사이가 된 차오징화(曹靖華)[477]에게 중국의 신문학 작품을 좀 소개해 달라고 부탁하여 《아Q정전》을 소개 받았다고 한다. 《아Q정전》을 다 읽고 흥분한 왕시리는 루쉰이 "우리의 고골리·체호프·고리키와 같은 세계적인 대작가"라고 찬탄하면서 자신이 러시아어로 번역하기로 결심하였다. 《아Q정전》의 번역은 차오징화의 도움이 결정적인 계기가 되었던 것이다.

차오징화는 자신이 쓴 〈첫 번째 봄 제비 같아라[好似春燕第一隻]〉라는 글에서 왕시리가 《아Q정전》을 번역하게 된 경위를 이렇게 소개하였다.

●
러시아 판 《아Q정전》의
산파역을 한 차오징화

그는 번역에 착수하였다.

그러나 《아Q정전》 첫 번째 장 첫 단락에서 벌써 '열전'이니 '자전'이니 '내전(內傳)'이니 '외전'이니 '별전'이니 '가전(家傳)'이니 '소전(小傳)'이니 … 하는 별의별 명칭들이 다 튀어나왔다. 아아, 18세기에 러시아의 대학자 미하일로 로마노소프는 러시아어의 우수성을 언급할 때 러시아어의 어휘가 라틴어만큼이나 풍부하다고 자부한 적이 있었다. 그러나 이 표현들에 있어서만큼은 어울리는 러시아어들을 도저히 찾아낼 도리가 없다는 사실을 인정하지 않을 수 없었다. 그러나 내 입장에서는 그보다 더 어려운 것은 사오싱 민간의 도박에서나 볼 수 있는 '천문(天門)'이니 '각회(角回)'니 하는 용어들이었다.

나는 여태까지 도박이라면 싸잡아서 혐오하는 입장이었다. 어려서부터 농촌에서는 연말연시가 되면 온갖 도박판이 다 벌어졌지만 그런 꼴들을 보는 것조차 싫어할 정도였다. 북방의 민간 도박조차 하나도 아는 것이 없는 판국이니 남방의 것들이야 오죽했겠는가? 이때, 나는 자신의 생활이 너무도 편협하고 빈약하다는 것을 느끼지 않을 수 없었다.

《아Q정전》의 초고가 완성되자, 나는 정확한 번역을 위하여 미처 해결하지 못했던 문제들을 모두 열거하였다. 그리고 루쉰 앞으로 서신을 한 통 쓰고 봉투 속에는 왕시리의 서신도 한 장 동봉하였다. 그 서신에서는 루쉰이 그 문제들에 대한 해답과 함께, 러시아어 판에 들어갈 서문과 자서전을 작성해 줄 것을 요청하는 한편, 러시아어 판에 사용할 수 있도록 최근에 찍은 사진 같은 것들도 동봉해 줄 것을 요청하였다.[478]

루쉰이 1925년 5월 8일자 일기에서 "차오징화의 서신을 받았다."라고 한 것은 바로 이 편지를 두고 한 말이며, 다음날 일기에서 "차오징화에게 서신을 부치면서 왕시리에게 보내는 편지도 동봉하였다."라고 한 것은 왕시리가 번역과정에서 미처 해결하지 못한 문제들에 대하여 루쉰이 답변해 준 일을 말한다.

루쉰은 5월 29일자 일기에서 "밤에 〈"아Q정전" 서문〉과 〈자전략(自傳略)〉을 썼다."라고 적고 있다.

또, 6월 8일자 일기에서는 "오후에 《아Q정전》의 서문과 〈자전략〉, 그리고 사진 한 장을 차오징화에게 부쳤다."라고 적고 있다. 여기서 러시아어판

《아Q정전》 및 저자 〈자전략〉의 중문 초고는 얼마 후인 6월 15일 출판된 《어사》 제31기에 발표되었으며, 훗날 다시 《집외집(集外集)》에 수록된다.

7월 10일자 일기에서는 "오후에 징눙과 무한(目寒)[479]이 와서 왕시리의 서신과 보내온 사진을 전해 주었으며, 차오징화의 서신과 번역 원고도 전해 주었다."라고 적고 있다. 즉, 차오징화가 자신의 번역 원고 및 왕시리가 루쉰에게 보낸 편지와 사진을 함께 타이징눙과 장무한에게 부치고 그것들을 루쉰에게 전해 달라고 한 것이다. 왕시리의 이 편지와 사진은 온전히 보존되었는데 그 전문은 다음과 같았다.

루쉰 선생:

당신의 약전·서문·사진은 이미 지인인 차오징화로부터 전달 받았습니다. 그 점에 진심으로 감사드립니다!

약전과 서문은 이미 번역을 마친 후 사진과 《아Q정전》 전문과 함께 출판을 위하여 우편으로 모스크바로 부쳤으며, 책이 출판되면 즉시 번역서 한 부를 보내 드리겠습니다.

제가 장래에 베이징에 가게 된다면 꼭 직접 선생을 찾아뵙도록 하겠습니다. 이번에는 저의 사진 한 장을 보내 드리오니 기념으로 거두어 주시기 바랍니다. 다른 이야기는 나중에 드리도록 하지요!

평안하시기 바랍니다!

왕시리 올림[480]

왕시리의 이 번역서는 1929년 레닌그라드(지금의 상트페테르부르크)의 격류출판사를 통하여 《아Q정전-러시아어 판 루쉰 단편소설집》이라는 제목으로 출판되었는데, 여기에는 그가 번역한 《아Q정전》 이외에도 다른 사람

루쉰이 작성한 《아Q정전》의 육필 원고 제1쪽

이 번역한 〈행복한 가정[幸福的家庭]〉·〈까오 선생님[高老夫子]〉·〈머리카락 이야기[頭髮的故事]〉·〈공을기[孔乙己]〉·〈파문[風波]〉·〈고향[故鄕]〉·〈사당의 연극[社戲]〉 등의 작품들도 함께 수록되었다.

나는 《코민테른, 소련공산당[볼셰비키]과 중국혁명 파일총서》에서 왕시리의 약력에 관한 약간의 단서를 찾아낼 수 있었다. 이 총서 제5권에 부록된 〈1925–1927년 중국혁명에 참가한 소련 군사통역과 한학자들〉의 명단에는 다음과 같은 간단한 소개가 보인다.

왕시리가 루쉰에게 보낸 자신의 사진

**Б. А.** 바실리예프(Б. А. Васильев)
레닌그라드대학 동방과 졸업. 무관 **А. И.** 게케르·**Н. М.** 보로닌·**А. И.** 예고로프의 통역을 주로 맡았다.[481]

여기에 언급된 3명의 무관에 관해서는 제4권 권말의 인명색인에 간단한 소개가 나와 있다.

게케르 **А. И.** (1888–1938)
1920–1922년 (바쿠) 제11군 및 (티비리스) 코카서스 독립군 군단장,
1922년 노동자·농민 적군 군사학원 원장,
1922–1925년 소련의 중국 주재 전권대표처 무관.
나중에는 군사·외교 분야에 종사하다가 불법적인 박해를 당했으나 사후에 명예를 회복하였다. (p.528)

보로닌 **H. M.** (1885-?)

1925년 화북 소련 군사고문팀 팀장 (p.567)


예고로프 **A. И.** (1883-1939)

1934-1938년 소련공산당(볼세비키) 중앙 후보위원,

1924-1925년 소련 주중대사관 무관처 직원,

1925-1926년 소련 주중대사관 무관.

나중에 소련 최고국민경제위원회 군사공업국 부국장·노동자-농민 적군 참모장·부국방인민위원을 역임했으며, 불법적인 박해를 당했으나 사후에 명예를 회복하였다. (p.573)


바실리예프가 통역을 맡았던 이 세 사람 중에서 보로닌의 경우는 후반생이 미상이지만 게케르와 예고로프 두 사람은 스탈린의 대숙청 과정에서 죽음을 당하였다. 바실리예프 본인의 생몰 연도에 관해서는《루쉰전집》(제7권, p.86)에서 "(?-1937)"로 소개하고 있는데, 1937년이라면 스탈린이 대학살을 벌이던 해이므로 그 역시 제명에 죽지는 못했던 것으로 보인다.

바실리예프 이후로《아Q정전》을 번역한 또 다른 러시아인은 바로 뷔례웨이(柏烈偉)였다.

본명이 C. A. 폴레보이(Полевой)인 뷔례웨이는 뷔례웨이(柏烈威) 또는 바오리웨이(鮑立維)로 불리기도 하는데, 당시 베이징 아문전수관(北京俄文專修館)과 베이징대 아문계(俄文系)의 교사로 있었다. 그는 리지예(李霽野)를 통하여 당시 광저우에 있던 루쉰에게《아Q정전》번역을 제안하였다. 그러자 루쉰은 리지예에게 보내는 1927년 2월 21일자 편지에서 이렇게 밝혔다.

샤먼 시절의 루쉰

뭐례웨이 선생이 《아Q정전》과 기타 작품들을 번역하려고 한다니 물론 가능할 것 같습니다. 다만 왕시리 씨가 이미 번역한 바 있으니 그의 생각은 어떨지 모르겠군요. 외국의 관습상 두 가지 번역이 동시에 존재하는 것이 상관이 없다면 새로 번역·출판하게 하면 될 것입니다. (저 역시 왕시리 씨에게 제2의 인물의 번역을 불허하겠다고 다짐한 적은 없으니까요.)[482]

뭐례웨이도 자신이 구상한 번역서를 내기 위하여 작자의 사진을 요청하였다. 루쉰은 타이징농에게 보낸 4월 9일자 편지에서 이렇게 적고 있다.

최근 사진이라면 작년 겨울 샤먼에서 찍은 사진 한 장뿐입니다. 어떤 무덤의 제상에 앉아 찍은 것인데 뒤로는 온통 무덤뿐이었지요. (샤먼의 산은 거의 다 그렇더군요.) 며칠 내에 부쳐 드릴테니 뭐례웨이 씨에게 전해 주십시오. 아니면 타오 씨(타오위안칭(陶元慶))가 그린 그림(미명사(未名社)에 있는 것 같습니다.)도 괜찮으니 그에게 스스로 결정하라고 전해 주십시오.[483]

《아Q정전》과 함께 다른 소설들도 번역하고 싶었던 뭐례웨이는 리지예를 통하여 작품 선정과정에서 루쉰의 의견을 구하였다. 1929년 3월 22일 루쉰은 리지예에게 보낸 답장에서 이렇게 말하고 있다.

뭐례웨이 선생이 제 소설을 번역하려 하신다니 편하신 대로 번역하면 된다고 전해 주십시오. 저는 전혀 마다할 이유가 없으니까요. 어떤 작품들이 좋을지에 대해서는 그가 알아서 결정하면 된다고 전해 주십시오. 그는 문학을 연구한 사람이니 작품을 보는 안목이 저 자신보다 더 높을

테니까 말입니다.[484]

사실, 뷔례웨이의 경우 무엇보다 중요한 것은 그의 신분이 러시아어 교사나 번역가라는 것이 아니었다. 그는 중국공산당의 역사에 있어 거론하지 않을 수 없는 인물이며, 중국공산당의 창당 역시 그와 밀접한 관계가 있었다고 해도 과언이 아니다. 코민테른이 보이틴스키[485]를 중국에 파견하여 공산당을 창당한 것은 뷔례웨이가 베이징대의 동료이던 리따자오를 보이틴스키에게 소개해 준 것이 중요한 계기가 되었기 때문이다. 장선푸(張申府)[486]는 〈중국공산당 건립 전후 상황의 추억〉에서 이렇게 회상하고 있다.

> 1920년 4월, 코민테른 동방국의 대표 보이틴스키가 중국에 와서 중국혁명운동의 실제 상황을 고찰하고 중국에 공산당을 건설하는 작업을 도왔다. 베이징에 도착한 그는 베이징대의 러시아 국적 교원인 뷔례웨이의 소개로 리따자오와 나를 만났는데, 그는 우리와 중국 문제에 관하여 폭넓은 대화를 나누었으며 우리가 공산당을 건설할 것을 간절히 바랐다. 베이징대에서 보이틴스키는 좌담회를 몇 차례 열었으며, 나중에는 리따자오의 소개로 상하이로 가서 천두슈를 만났다.[487]

이에 대해서는 장궈타오(張國燾)[488] 역시 《나의 회고》에서 이렇게 술회한 바 있다.

> 1920년, 대략 5월쯤에 코민테른의 이르쿠츠크 극동국에서 보이틴스키 대표를 중국으로 파견하였다. 러시아를 여행 중이던 화교(러시아 공산당 당적을 가지고 있었다.) 양밍자이(楊明齋)를 조수로 대동하고 기자 신분으로 도

중에 베이징에 들러 뷔례웨이의 소개로 리따자
오 선생과 접촉하였다. 양밍자이가 나중에 들려
준 바에 의하면, 그와 보이틴스키가 중국에 온
지 얼마 되지 않았을 때에는 중국의 상황을 상
당히 낯설어 했다고 한다. 그들의 사명은 중국
에서 공산주의운동을 전개하는 지도자급 인물
들과 연락을 취하는 것이었으나 누구를 찾아가
야 할지 막막했다는 것이다. 그들은 소수의 러시
아 국적 교민들로부터 5.4 운동에 관한 상황들
을 전해 듣고 현재 상하이에 거주하고 있는 천

두슈가 그 운동의 지도자이며 상하이 또한 사회주의운동의 중심지라
는 사실을 알게 되었다. 그래서 그는 보이틴스키에게 즉시 상하이로 가
서 천 선생을 찾아볼 것을 건의하였다. 그는 천 선생에 대하여 전혀 아
는 것이 없었지만 중국에서의 공산주의운동은 반드시 학식을 갖춘 인
사를 물색해야 파급력이 훨씬 커질 수 있다고 여기고 있었다. 보이틴스키
는 그 건의를 받아들여 베이징대의 러시아 국적 교원인 뷔례웨이를 찾아
가 그의 소개로 먼저 리 선생과 안면을 튼 후 그의 소개서를 들고 상하
이로 가서 천두슈를 만났다. 양밍자이는 언젠가 내게 이 일과 관련하여
그 후에 전개된 상황은 자신의 건의가 얼마나 정확했는지 입증해 주었
다고 자랑을 한 바 있다.[489]

보이틴스키는 뷔례웨이를 통하여 리따자오와 안면을 텄고, 그 다음에
는 리따자오의 소개로 상하이로 가서 천두슈를 회견한 것이다. 물론, 그
의 상하이 행은 상당히 만족스러웠다. 그로부터 1년 후, 중국공산당이 창

당되었으며 천두슈·리따자오는 중국공산당 건설 초기의 지도자로 활약하였다. 그런 의미에서 뭐례웨이는 이 일과 관련하여 상당히 중요한 역할을 한 셈이다.

그런데 이처럼 중요한 역할을 했던 그가 어째서 나중에는 공산주의운동에서 전혀 족적을 남기지 못했던 것일까? 장시만(張西曼)[490]의 《역사 회고》에 수록된 〈베이징대 아문계의 액운〉이라는 글에는 이 인물의 훗날의 행적에 관하여 이렇게 설명하고 있다.

● 장시만 _ 국민당에 몸담고 있으면서도 마르크스주의 전파에 열성적이었다.

베이징대 아문계는 소련대사관의 협조로 러시아 측의 이펑거(伊鳳閣)(대사관의 중문 담당 비서)[491]·시인 톄제커(鐵捷克)(《중국이여 포효하라(中國怒吼吧)》 등의 저서가 있음)[492]·작가 이원(伊文)[493] 등을 억지로 교원으로 초빙한 것 말고는 더 이상 분발이나 발전의 가망성이 있을 수가 없었다. 이 밖에 '뭐례웨이'라는 중국식 이름을 가진 말종도 있었다. 그자는 중국에서 《시경(詩經)》 연구의 전문가로 행세하면서 중국에 와서 중국어문을 배우는 자였다. 그러다가 10월 대혁명이 일어나자 로비를 통하여 제3 인터내셔널의 톈진 주재 문화연락원이 되더니 민국 10년 전후에는 비밀리에 화베이(華北)로부터 소련으로 입국한 중국 청년들(취츄바이·위송화(兪頌華)·리중우(李仲武)·링위에(凌鉞) 및 그 외의 다수)에게 비단으로 만든 장방형의 소형 비밀 입국증명서를 발급해 주었다. 그러나 중국 경내에서의 여비 등은 단 한 푼의 보조금도 지급한 일이 없었다. 그러면서도 그자는 제3 인터내셔널에 번번이 허위장부를 보고함으로써 적잖은 공금까지 가로챘다. 그의 상사가 그 부정행위들을 적발해내고 조사를 거쳐 처벌을 하기 위하여 그를 귀국시키려 하자 준엄한 소련공산당의 기율과 국법에 두려움을 느끼고 즉시 성명을 내고 소련 국적을 포기하였다. 일제가 베이핑에 진주했을 때(1937년 7월 29일)까지 버티던 그는 잠깐 동안 체포되었다가 얼마 후 미국 국적을 취득하고 미국으로 달아나 버리고 말았다. 나는 그자가 공산당을 배반하기 전에는 중-러 대조의 《간명 러시아어 문법》을 함께 엮은 적이 있는데, 책이 출판된 후 매상이 꽤 좋았지만 인세는 그 날강도가 몽땅 가로챘다.[494]

장시만의 이 증언은 중국공산당 역사에서 특기할 만한 비화라고 할 수 있는 셈이다. 뭐례웨이가 번역하겠다고 했던 《아Q정전》은 정식으로 출판된 적이 없었다. 과연 번역한 후에 미처 인쇄하지 못했던 것인지 번역조차 하지 못했던 것인지, 그것도 아니면 말로만 번역하겠다고 해 놓고 아예 착수조차 하지 않았던 것인지에 대해서는 그 진상을 아는 사람이 아무도 없다.

루쉰과
미국인
친구들

루쉰의 미국친구 에드가 스노(1905~1972, 왼쪽에서 첫 번째) _ 마오쩌둥과 홍비를 처음 인터뷰한 미국 기자로서 「중국의 붉은 별」을 통해 중국공산당을 서방 세계에 알렸다. 사진은 1970년 중국 베이징 천안문 광장에서 열렸던 중화인민공화국 창건 21주년 기념일 행사장에 나타난 에드가 스노우 기자와 마오쩌둥 주석

# 1

● 노년의 아그네스 스메들리

《루쉰일기》의 인물 주석에 따르면, 스메들리는 루쉰과 다음과 같은 관계를 가지고 있었다.

1928년 말 독일 《프랑크푸르트 일보》 특파원의 신분으로 중국에 입국한 후로, 1930년 3월 《맹아월간(萌芽月刊)》[495]에 글을 발표하고 같은 해 9월 "좌련(左聯)"이 주관한 루쉰 50세 생일 축하행사를 위하여 대신 행사장을 예약했고, 1931년부터 루쉰이 케테 콜비츠(Kathe Kollwitz)[496]의 판화를 수집·출판하는 일을 도왔으며, 1932년 봄에는 루쉰 등과 함께 놀랑 부부 구명운동에 동참했고, 1933년에는 중국민권보장동맹에 참가하고, 1936년 루쉰의 병세가 위중할 때에는 의사를 불러 주기도 하였다. 루쉰이 지은 〈암울한 중국의 문예계 현황(黑暗中國的文藝界的現狀)〉 및 〈한밤중에 쓰다(寫於深夜裏)〉를 영문으로 번역하여 미국의 진보 성향의 간행물에 발표해 주었다.[497]

두 사람의 관계는 대체로 이 몇 가지 정도를 꼽을 수 있다. 물론, 이것은 간단히 몇 가지만 꼽은 것일 뿐으로, 그녀가 지은 《중국의 군가(Battle Hymn of China)》의 "루쉰(魯迅)"이라는 소제목이 달린 대목에서는 두 사람의 인연에 관하여 상당히 상세하고 구체적으로 소개하고 있다. 1930년 9월 17일 네덜란드 레스토랑에서 열린 루쉰의 생일 축하행사의 경우를 예로 들면, 그 행사의 처음부터 끝까지의 전 과정을 아주 상세하게 기술하고 있다. (분량이 너무 많아서 여기서는 인용하지 않겠다.) 그 대목에서 상당히 흥미로운 부분은 행사가 끝난 후 어떤 청년이 스메들리에게 "루쉰이 프롤레타리아 문학을 대하는 태도는 정말이지 청년들의 맥이 다 풀리게 만든다."498면서 "실망감"을 비쳤다는 일화일 것이다. 아마도 그 청년은 당시 루쉰을 맹렬히 비판하던 창조사(創造社)나 태양사(太陽社)의 입장에 서 있었던 듯하다. 그러나 스메들리가 그 청년에게 한 대답은 단호한 것이었다. "나는 루쉰에게 100% 찬동합니다만?"

그녀는 루쉰이 외국에 글을 발표하는 일을 도와 글을 쓰기도 했는데, 그 일은 러우스(柔石) 등이 살해당했다는 소식을 접한 후에 일어났다.

서둘러 루쉰의 처소로 달려간 나는 서재에 있는 그를 발견하였다. 안색은 어두웠고 면도도 하지 않고 머리는 헝클어진 채 뺨은 홀쭉해져 있었으며, 눈에서는 사람을 압도하는 형형한 불꽃이 번득이고 있었다. 그의 목소리에는 소름 끼치는 적개심이 넘치고 있었다.
"그날 밤에 완성한 것입니다."
그는 이렇게 말하면서 그 특유의 비문과도 같은 필체로 작성된 원고를 건네는 것이었다.
"〈한밤중에 쓰다〉라고 제목을 붙였습니다. 영어로 번역해서 외국에 발표해 주십시오."
그가 대강의 내용을 설명하자마자 나는 이 글이 발표되면 죽게 될지도 모른다는 점을 그에게 환기시켰다.
"무슨 상관입니까." 분개한 그가 대답하는 것이었다.
"누군가는 말을 해야 되지 않겠습니까?"499

미국의 마르크스주의자들을 주요 독자로 해서 발행되었던
《새로운 대중》의 표지

물론, 스메들리는 여기서 한 가지 잘못 기억한 것이 있었다. 〈한밤중에
쓰다〉는 1936년에 씌어진 글이고 러우스가 1931년 살해당했을 때 루쉰이
그녀에게 번역을 부탁한 것은 〈암울한 중국의 문예계 현황〉이었기 때문이
다. 영어로 번역된 그 글은 나중에 미국의 《새로운 대중(The New Masses)》
[500] 잡지에 발표되었다.

사실 스메들리에게 있어 기자나 작가는 대외적인 신분일 뿐이었다. 그
녀 뒤에는 코민테른이 있었고 그녀 역시 중국에서 정치활동에 깊숙이 개
입하고 있었기 때문이다. 《코민테른, 소련공산당(볼셰비키)과 중국혁명 문서
자료총서》에서는 그녀와 관련된 자료들을 적잖이 발견할 수 있다. 소련
적군 참모부 제4국 상하이 분소의 간첩 조르게(Рихард Зorre: 1895-1944)
는 코민테른 집행위원회 주석단의 위원인 피아트니츠키(Osip Piatnitsky)에
게 보낸 편지에서 다음과 같이 말하였다.

●
2차 세계대전 당시 중국 일
본 등지에서 활동한 '붉은
간첩왕' 조르게

우리가 의아스럽게 생각하는 것은 우리가 국제
규모의 간행물 공작을 전개하는 데에 스메들
리(여성)를 이용할 것을 건의했음에도 불구하고
귀하는 아무 반응도 보이지 않았다는 것입니
다. (로버트는 그녀를 잘 알고 있습니다.) 반대로, 귀하
는 다수의 사람들을 보내왔지만 그 중 일부는
그다지 유용하지 못했습니다. 만일 그들이 어떤
일을 깨우치는 데에 뛰어나다고 하더라도 1~2년
은 지나야 이곳의 상황을 어느 정도 파악할 수
있게 될 것입니다. 왜냐고요? 스메들리는 우리의 의견에 의거하여 두 배
나 되는 일을 해내면서도 비용을 2/3이나 적게 쓸 줄 알기 때문입니다.
이런 점에서 우리는 귀하가 주의해 주기를 바라고 있습니다. 그녀의 도움
은 필요하며, 어떠한 방식으로든 그녀에게 《모스크바 뉴스》로부터 받아
야 하는 돈과 그녀가 집에서 책 원고를 번역하는 비용을 돌려주도록 하
십시오. 스메들리는 현재 일이 없으며, 새 책을 쓰고 있지만 쓸 돈이 없
습니다. 집에서, 대도시에서, 그녀는 돈이 많지만 아무도 그녀에게 부쳐
주지 않았습니다. 우리는 그녀를 위하여 돈을 좀 융통해 주는 일을 도
와주기를 귀하에게 간절히 요청하는 바입니다. 왜냐하면 이 역시 귀하의
이익을 위해서이기 때문입니다.[501]

조르게의 추천은 효과를 발휘하였다. 유용한 인재인 스메들리에게 주
목한 코민테른은 그녀에게 할 일들을 부여하였다. 그녀는 중국 정부에 의
하여 수감된 소련 간첩 놀랑에 대한 구명활동에 참여하였다. 쑹칭링이 주
도해서 출범시킨 "놀랑 부부 구원위원회"가 중국민권보장동맹으로 확대

개편되었을 때 그녀는 이 동맹에서 활발한 활동을 벌였다. 그리고 루쉰이 집행위원을 맡으면서 두 사람은 동료가 되었다.

중국민권보장동맹에서 스메들리가 해낸 일들 중에서 가장 중요한 것은 반성원에서 벌어지는 온갖 참혹한 린치와 고문들을 상세하게 묘사한 〈베이핑 군 분회 반성원에 대한 고발장〉을 제출한 일이었다. 그녀는 이 "고발장"을 민권보장동맹 베이핑 분회의 주석 후스에게 부치는 동시에 쑹칭링의 서명이 들어 있는 영문 편지 한 장을 첨부함으로써 베이핑 분회에게 즉각 당국에 엄중한 항의를 하도록 촉구하는 한편 반성원에서 자행되는 고문들을 중단할 것을 요구하였다.

쑹칭링이 서명한 이 한 쪽짜리 편지에서는 "모든 정치범을 즉각 무조건 석방할 것"을 요구하고 있었다. 그러나 며칠 전에 현장 조사를 한 후스는 반성원에서는 "고발장"에서 언급한 린치나 고문은 전혀 자행되지 않았음을 확인한 상태였다. 스메들리는 이 편지를 후스에게 부치는 동시에 베이핑에서 발행되는 영자신문 《옌징신문》에 건네 공개 발표함으로써 후스 등의 조사에 배동했던 왕쥐란(王卓然)에게 이 문제에 대한 답변을 요구하였다. 왕쥐란은 장쉐량의 중요한 막료로서 반성원에 대한 현장 조사를 이끌어낸 인물이었다. 그는 전혀 사실무근인 이 "고발장"의 내용을 보고 노발대발했으며, 후스는 그의 항의에 답변할 도리가 없었다. 사태를 바로잡기 위해서 후스는 차이위안페이와 린위탕에게 편지를 써서 "만일 본부에서 정정하거나 시정해야 할 점이 있을 시에는 번거롭다고 기피해서는 안 되며 자체적으로 시정함으로써 본부의 신용을 지키기를 바랍니다."라는 자신의 견해를 피력하였다. 그러나 민권보장동맹은 뜻밖에도 이 같은 의견 대립을 후스의 제명으로 해결하였다.

이 "고발장"의 내력과 관련하여 린위탕은 후스에게 보낸 답장(1933년 2월

9일)에서 "이 보고서는 스메들리가 건네고 임시집행위원회를 통하여 회람된 것이 확실하며, 동인들은 여사의 인격을 믿고 그녀가 의도적으로 날조하지 않았다고 확신하여 발표하게 했던 것입니다."[502]라고 밝히고 있다. 그러나 스메들리가 그 "고발장"을 어디서 입수했는지에 대해서는 린위탕도 알길이 없었다. 아마도 그 출처는 코민테른이었을 것이다. 코민테른의 주중국 대표였던 에비트는 제4호 보고서(1933년 3월 11일)에서 다음과 같이 밝혔다.

> 과거의 보고서에서 저는 귀하께 "민권동맹"의 창립 상황에 관하여 통보한 바 있습니다. 우리의 영향으로 해당 동맹은 정치범 석방 문제를 제기하는 한편 간행물들을 통하여 적들의 테러활동과 혹형을 통한 진술 강요 등의 행위들을 강력하게 폭로하였습니다. 이 방법들은 주효해서 그 조직의 구성원들 중 일부 반동파가 반발하면서, 결국 해당 동맹이 베이핑의 교수인 후스를 제명하도록 이끌었습니다.[503]

루쉰과 스메들리는 1933년 3월 3일 민권보장동맹의 임시중앙집행위원회가 소집한 회의에 출석하였다. 이 회의에서는 후스의 제명을 결정했으며, 회의 현장의 상황은 사후에 루쉰의 둘째 동생인 저우젠런에게 전해졌다. 저우젠런이 저우쭤런에게 쓴 편지(3월 29일)에서 토로한 바에 따르면 "차이 공·린위탕 등의 적극적인 변호에도 불구하고 일부 집행위원이 뜻을 굽히지 않는 바람에 (후스는) 결국 민권회에서 제명당하고 말았습니다. 아마 집행위원들 중 미국인 몇 명이 비교적 강경했던 것 같습니다."[504] 당시 집행위원들 중에서 미국인이라면 스메들리와 아이삭스 두 사람뿐이었다. 아이삭스는 당시 코민테른의 주중국대표가 중국민권보장동맹을 담당하도록 일임한 인물이었다. (이 점에 관해서는 다음 단락에서 상세하게 소개할 것이다.)

두 사람은 당연히 코민테른의 결정을 단호하게 관철시키려 했을 테고, 따라서 차이위안페이나 린위탕 같은 사람이 아무리 후스를 변호해도 전혀 소용이 없을 수밖에 없었다.

루쉰은 이 집행위원회 회의에 참석한 이후로 후스를 공격하는 글을 연거푸 두 편이나 발표했는데, 〈왕도시화(王道詩話)〉(취츄바이가 루쉰이 늘 사용하던 필명으로 발표한 글)와 〈빛이 닿는 곳…〉(두 글 모두 《위자유서(僞自由書)》[505]에 수록되었다.)이 그것이다. 이때 루쉰은 후스를 제명한다는 위원회의 결의에 찬동하며, 자신이 스메들리와 같은 입장임을 분명히 밝혔다.

1933년 6월, 소련으로 떠나게 된 스메들리는 출국 전에 루쉰에게 자신의 문서 상자를 대신 보관해 줄 것을 요청하였다. 쉬광핑은 이 일과 관련하여 다음과 같이 전하고 있다. "갑자기 스메들리 여사가 상하이를 떠나게 되었다. 그녀는 혁명공작과 관련된 인물이었다. 그녀는 루쉰에게 문서 상자 하나를 보관해 줄 것을 요청했는데 일반적인 트렁크 만한 것이었다. 루쉰으로서는 거절하기 곤란했지만 자신의 거처가 불안정한 점도 감안해야 했기 때문에 우치야마 선생과 이 일을 상의했는데, 뜻밖에도 흔쾌히 승낙하길래 그 상자를 우치야마 서점 카페의 탁자 아래에 몇 달 동안 놓아 두기로 하였다. 그 자리를 보고 난 루쉰은 기쁜 마음으로 '정말 좋은 방법이군. 아무 생각 없이 되는 대로 놓아 둔 것 같으니 남들도 의심하지 않을 테고'라고 말하는 것이었다."[506]

상하이 우치야마 서점의 내부

루쉰은 중국을 떠나는 스메들리를 위하여 송별연 자리를 마련하였다. 5월 10일 루쉰은 일기에 "스메들리 여사가 유럽으로 떠나게 되어 저녁에 ㈜광핑이 저녁을 차려 송별연을 베풀었는데 용옌(永言)과 바오쭝(保宗)도 함께 초대하였다."라고 적고 있다. 여기서 '바오쭝'은 마오둔(茅盾)이며 '용옌'은 차이용창(蔡咏裳)을 가리킨다. 차이용창은 과거 스메들리에게 루쉰의 50세 생일 축하행사를 마련해 줄 것을 요청한 인물이었다. 루쉰은 며칠 후인 5월 15일 일기에 이렇게 적었다. "린위탕이 스메들리 여사의 송별을 위하여 함께 초대되었다. 저녁에는 광핑과 함께 하이잉(海嬰)을 데리고 그의 처소로 갔는데 … 밤참 자리에 동석한 것은 11명이었으며 10시에 귀가하였다."

이렇게 중국을 떠난 스메들리는 소련에서 10개월 동안 체류하게 된다. 그녀의 소련 체류 기간 동안 코민테른의 주상하이대표이던 에비트는 그녀를 다시 중국으로 불러 아이삭스 후임으로 《차이나 포럼》의 편집자 자리를 맡길 생각이었다. (이 일에 대해서는 다음 부분에서 상세하게 이야기할 것이다.) 에비트는 1934년 1월 27일 코민테른 집행위원회 서기 피아트니츠키에게 보낸 보고서에서 이렇게 밝혔다.

우리는 새로운 편집자가 필요합니다. (미국에서 온) 합법적인 미국인이어야 합니다. 그렇지 않다면 국외로 추방될 수도 있으니까요. 만일 귀하 쪽에 적임자가 없다면 아그네스 스메들리를 보내도록 하십시오. 그녀는 정치 분야에서는 그다지 특출나지 못하지만 그래도 도와 주는 편이 나을 것 같습니다. 그리고 우리들 입장에서 무엇보다도 중요한 것은 신문을 믿을 만한 사람에게 맡겨야 한다는 것입니다.[507]

이를 통하여 코민테른에게는 그녀가 "믿을 만한 사람"으로 "정치 분야에서는 그다지 특출나지 못하다."는 결점이 있기는 하지만 "그래도 도와주는 편이 나을 것"이라는 평가를 받고 있었음을 알 수 있는 셈이다. 에비트의 이 건의는 즉시 채택되었다. 1934년 4월 3일 코민테른 집행위원회 정치서기처 정치위원회는 회의를 거쳐 다음과 같은 결정을 내렸다.

《차이나 포럼》의 출판을 위하여 아그네스 스메들리 동지를 중국으로 보낼 것. 미프와 왕밍(王明) 동지에게 잡지 관련 지출과 그 성격에 관한 건의서의 초안 작성을 일임하는 동시에 그것을 정치위원회에 제출하여 비준할 것.[508]

이 결정에 따라 미프·왕밍·캉성(康生)[509]은 4월 9일 〈"차이나 포럼"의 성격에 관한 건의〉를 제출한다.

《차이나 포럼》(만일 이전의 제호를 계속 사용해서 출판할 수 없다면 다른 제호로 출판할 것)은 중국공산당 중앙국(중국공산당 상하이 중앙국을 가리킴)과 연락을 취하고 그 영도를 받아야 합니다. 다만 그것은 공산주의적 성격을 노골적으로 드러내서는 안 되며 그 방침에 따라 반제·반파시즘의 간행물이어야 합니다. 그것은 공익에 이바지하고 법률을 준수하며, (국민당 통치구역에서의) 유격운동과 소비에트운동을 포함한 중국의 노동자운동·농민운동·반제국주의운동에 공감하는 것이어야 할 것입니다.

그것의 출판 회수는 매월 2회 이상이어야 하며, 기회가 닿는다면 그보다 더 많이 출판할 수 있으며 적어도 매주 1회 출판하도록 해야 합니다. 그것은 동시에 두 가지 문자로 출판할 것이며, 영문판은 중국의 대학생·지식인·도시 쁘띠 부르주아 계급을 대상으로 하고, 중문판은 그보다 대중적이고 이해가 쉬운 언어를 사용함으로써 중국의 노동자들도 읽을 수 있게 해야 할 것입니다.

《차이나 포럼》 주위에는 독자소조와 광범한 노동자 통신원·농민 통신원·학생 통신원의 네트워크를 구축하는 동시에, 그들을 활용함으로써 군중에 대한 우리의 공작의 본보기로 삼도록 해야 합니다.[510]

이 건의는 코민테른 당국으로부터 비준을 받았다. 스메들리가 《차이나 포럼》을 인수한 후 집행해야 할 임무들에 대한 코민테른의 허가가 내려진 것이다.

그러나 스메들리는 즉시 상하이로 가서 《차이나 포럼》에 대한 인수인계를 진행하지는 않았다. 이 간행물은 1934년 1월에 제3권 제4기를 낸 후로는 더 이상 출판되지 않았다. 그녀 역시 소련에서 미국으로 돌아가 반년 동안 머문 후 1934년 10월 22일이 되어서야 상하이로 돌아왔다. 루쉰은 그녀가 복귀한 지 며칠도 되지 않아 그녀를 방문하고 있다. 10월 29일 루쉰은 자신의 일기에 "저녁에 중팡(仲方)과 함께 상하이 요양원으로 가서 스메이더(史美德) 씨를 방문하고 러시아어로 번역된 《중국의 운명》 한 권을 증정하였다."고 적었다. 여기서 '중팡'은 마오둔이며 '스메이더'는 바로 스메들리를 말한다. 루쉰은 11월 1일에는 또 "스메이더의 서신과 함께 《현대중국》의 원고료 20금, 그리고 서적과 그림 한 보따리를 받았다."고 적고 있다. 《루쉰전집》의 주석에 따르면 "스메들리가 부쳐 온 20달러는 루쉰이 《현대중국》에 발표한 〈중국 문단의 허깨비들[中國文壇上的鬼魅]〉이라는 글의 영역문에 대하여 가불된 원고료였다."

스메들리가 상하이로 복귀한 후 어떠한 활동을 했는지는 알 수가 없다. 그녀는 루쉰과도 좀처럼 내왕하지 않았으며 1935년에는 단 한번만 접촉했을 뿐이다. 루쉰이 1935년 8월 5일자 일기에 "오전에 스메이더 여사가 와서 꽃 한다발·후저우(湖州) 산 비단 한 상자·완구자동차 한 대를 선물로 주었다."고 적은 것을 보면 그것은 순수한 안부 방문이었던 것으로 보인다.

기밀이 해제된 문서들은 이 무렵 스메들리와 중국공산당·코민테른의 관계가 심각하게 악화되어 있었음을 시사해 준다. 1935년 5월 4일 미프·왕밍·캉성은 코민테른 집행위원회 정치위원회에 보내는 편지에서 이렇게 말하고 있다.

정치위원회의 1934년 4월 3일의 결정에 따라 반제국주의 기관지의 출판을 위하여 아그네스 스메들리가 상하이로 파견되었습니다.

현재 우리가 입수한 정보들에 따르면, 스메들리가 제정하고 중국공산당 상하이(중앙)국 영도자 콜사코프(황원제(黃文傑)) 동지에게 전달한 이 신문의 출판계획은 콜사코프가 체포될 때 진작에 경찰의 수중으로 들어가서 경찰이 해당 계획이 담긴 사진을 각 영사관에 부쳤다고 합니다. 이같은 상황에서 해당 기관지를 출판한다는 것은 불가능할 수밖에 없습니다. 또한, 아그네스 스메들리는 우리의 지시를 어기고 상하이에서 지하공작을 벌이고 있는 일부 외국인들(그들은 중국공산당과 연락을 취하고 있습니다.)을 만나기 시작했습니다. 경찰은 그녀에 관하여 잘 알고 있는 데다가 그녀를 긴밀하게 감시하고 있습니다. 따라서 그녀의 행적에 따라 일부 외국 동지들과(그들을 통하여) 중국 동지들도 노출될 우려가 있습니다.

그래서 우리는 의견 청취의 방식에 따라 다음과 같은 결정을 내려 주시기를 건의하는 바입니다:

1. 최근 특정 시기에 상하이에서 합법적인 반제국주의 기관지를 출판하
   기로 한 계획을 포기하실 것.
2. 즉시 상하이에서 아그네스 스메들리를 소환하실 것.[511]

이 문서에는 코민테른 영도자 마누일스키의 지시사항도 적혀 있다. 마
누일스키는 "동의합니다. 다만 나는 이처럼 경솔한 동지에게 이 공작을 맡
도록 추천한 자들에게도 응분의 책임을 추궁할 것을 건의합니다."라는 의
견을 피력했으며, 디미트로프 역시 "조사하시오!"라는 지시를 내리고 있
다.

이 문서자료들을 통하여 스메들리의 실제의 신분은 무엇보다도 코민테
른과 깊은 관계를 가진 혁명가였다는 사실을 알 수 있다. 다만 그녀가 "정
치 분야에서는 그다지 특출나지 못하다"거나 "경솔하다"는 비판에는 코민
테른 역시 공감하고 있었던 셈이다. 루쉰은 그녀의 이런 실체에 대하여 설
사 어느 정도는 알고 있었다 하더라도 그렇게 많이 알지는 못했을 것이다.

스메들리는 루쉰의 건강에 상당히 깊은 관심을 가진 사람이었다. 마오
둔은 1940년 10월 19일 충칭(重慶)에서 발행되는 《신화일보(新華日報)》에 발
표한 〈루쉰 선생을 기리며〉에서 1935년 11월의 그녀를 다음과 같이 회고
하였다.

10월 혁명기념일(11월 7일) 전날인가 다음날인가로 기억하는데, 상하이의
소련 영사관이 소수의 문화계 인사들을 초청하여 영화를 방영하였다.
이 행사에 간 인사들 중 중국인은 대여섯 명 뿐이었는데 그 중에는 루
쉰과 그의 부인·아드님이 포함되어 있었다. 그날 본 것은 (아마도) 〈챠바예
프〉였는데, 루쉰은 보드카를 한두 잔 마실 정도로 기력이 아주 좋았다.

스메들리는 많이 마셔서 거의 취한 것 같았다. 그러나 영화 시사가 끝나고 사람들이 황푸 강(黃浦江)을 바라보는 발코니로 내려가 휴식을 취할 때 스메들리는 루쉰에게 엄숙하게 말하는 것이었다.

"선생은 건강이 아주 안 좋으니까 휴양을 잘 하셔야 합니다. 외국으로 가서 휴양을 하세요."

"나는 상태가 나쁘다는 생각이 전혀 안 드는데요."

루쉰이 웃으면서 말하였다. "어디를 봐서 내가 잘 휴양을 하지 않으면 안되겠습디까?"

"내 직감이에요. 무슨 병이라고 잘라 말할 수는 없어요. 그러나 난 직감으로 선생의 건강이 아주 나쁘다는 걸 알겠군요!"

그녀가 취했다고 여긴 루쉰은 화제를 돌리려고 했지만 스메들리는 아주 단호하였다. 마치 지금 당장에라도 결정하기라도 할 듯이 말이다. 언제부터 병을 치료하고 어디로 가야 할지 등등의 문제들에 대하여 그녀는 당장 확답을 받으려고 하였다. 그러면서 그녀는 거듭해서 말하였다.

"외국에 가면 지금처럼 글을 쓰세요. 그러면 국제사회에 대한 영향력도 훨씬 커질 거에요!"

그날 밤에는 결론이 나지 않았다. 그러나 귀가하는 차 안에서 스메들리는 자신의 건의를 루쉰이 고려해 줄 것을 다시 요청했고 루쉰도 그러겠다고 대답할 수밖에 없었다.[*]

이 일에 대해서는 쉬광핑도 1939년에 〈루쉰 선생의 오락〉에서 언급하고 있다.

---

[*] 마오뚠, 《루쉰회고록 산편》, 중권, p.702.

1935년으로 때는 초가을 쯤이었을 것이다. 잘 아는 어떤 지인이 모처에서 영화시사회에 초청했는데 가족을 동반해도 되니 저녁 7시에 그곳으로 가라는 것이었다. 이날 같이 가는 사람은 마오뚠 선생이었는데 약속 장소로 갈 때 마침 리례원(黎烈文) 선생도 우리 집에 있었기 때문에 하이잉을 데리고 다섯 사람이 준비된 자동차에 타고 모 정차장으로 가서 쑹칭링 선생·스메들리 여사와 합류한 후 다시 이리저리 차를 몰아 마침내 어떤 빌딩 앞에 차를 세웠다. 안으로 들어가니 영접 나온 사람은 소련대사 부부와 주상하이 영사였다. 우선 영화 시사가 이루어졌는데 〈챠바예프〉를 영화관에서 개봉하기도 전에 먼저 볼 수 있게 된 것이다. 방은 구조가 아주 정교했고 좌석은 여남은 개 정도여서 안성맞춤으로 잘 볼 수 있었다. 접대하는 사람은 수시로 구두로 설명을 해 주었는데 그 중 몇 사람은 베이징 말을 썩 유창하게 해서 언어적으로는 그런 대로 편하였다. 영화를 보고 나니 거의 아홉 시가 다 됐길래 작별인사를 고하려 했더니 잘 손질된 다른 방으로 안내하여 연회를 베풀고 환대해 준다길래 나오는 것이 그냥 간식거리 정도이겠거니 싶었다. 그런데 자리에는 갖가지 이름난 술들이 차려져 있는데 사람마다 크고작은 술잔이 6-7개씩이나 준비되어 있었다. 물고기는 종류가 많았는데 물고기 알만 해도 보통 볼 수 있는 붉은 색 알부터 검은 색 알도 있었는데 아주 유명하고 값지다는 것이었다. 간식도 정말 많았고 각양각색의 요리들은 사실 더 많았다. 마지막에는 좀처럼 구하기 어려운 각종 과일과 차·코코아가 나오는 등, 정말 웨이터들이 접대하느라 빈 틈이 없을 정도였다. 아쉽게도 그날 우리는 다들 저녁을 먹고 간 데다가 루쉰 선생은 하필 몸에서 열이 나서 얼마 먹지도 못하였다. 물론 그의 입장에서는 아마도 평생에서 가장 성대한 연회였을 것이다. … 나중에 사람들은 쑤저우 하(蘇州河)를 굽어보는 발코니로 가서 바람을 쏘였는데 그때 주요한 화제는 루쉰 선생을 소련으로 초청하여 관광을 시켜 드리자는 것이었는데, 옆에서 아주 적극적으로 찬동한 사람이 스메들리 여사 등이었다. 그들은 선생의 초췌한 안색과 중압감을 감당하지 못하는 몸을 보고 중국을 위하여 이 철인(哲人)이 조금이라도 더 오래 살 수 있기를 바랬는데, 그들의 선의는 참으로 감격스러운 것이었다.*

그러나 출국해서 휴식을 취하면서 원기를 회복하라는 사람들의 권유는 결국 없는 일이 되어 버렸으며 스메들리가 루쉰을 도울 수 있는 일은 그의 병을 치료해 줄 수 있는 의사를 물색해 주는 것뿐이었다.

1936년 5월 31일 루쉰은 일기에 "오후에 스메이더 씨가 진찰해 줄 닥터 던을 데리고 왔는데 병세가 매우 위태롭다는 것이었다. 밍푸(明甫)가 통역을 맡아 주었다."라고 적었다. 즉 스메들리가 미국인 의사 던(Thomas Balfour Dunn)을 데리고 와 자신의 병을 진찰해 주도록 주선해 준 일을 적은 것이다. 그날 통역을 맡았던 '밍푸' 즉 마오뚠은 훗날 〈나와 루쉰의 접촉[我和魯迅的接觸]〉이라는 글에서 이 일의 경위를 상세하게 소개하였다.

그녀(스메들리)는 루쉰이 폐병을 앓고 있다고 여겼다. 그녀는 폐병 전문가 두 사람을 친구로 두고 있었는데 한 사람은 독일인이고, 한 사람은 미국인으로 아주 믿음직스러운 사람들이었다. 그녀는 날더러 루쉰에게 이 두 전문가의 진료를 받으라고 전해 달라고 하였다. 그런 루쉰은 그 같은

---

* 쉬광핑, 《루쉰회고록 전저》, 상권, pp.392-393.

루쉰과 미국인 친구들 _ 397

제안에 동의하지 않았다. 왜냐하면 루쉰은 그동안 일본인 의사 스토(須藤)[512]에게서 진료를 받아 왔는데 갑작스럽게 다른 의사에게 진단을 부탁하는 것은 스토를 불신한다는 뜻이 되기 때문이었다. 루쉰은 그것은 친구를 대하는 도리가 아니라고 여겼다. … 쉬광핑도 과거 루쉰에게 그 두 의사의 진단을 받는 것이 어떻겠느냐는 권유를 한 적이 있었지만 그 때에도 루쉰은 단호하게 반대하였다.

1936년 4월, 펑쉐에펑이 산베이(陝北)[513]에서 상하이로 돌아왔다. 그는 쉬광핑을 도와 루쉰을 설득하는 데에 성공하였다. 5월 말의 어느 날, 나를 찾은 펑쉐에펑은 즉시 스메들리를 찾아가 그 두 의사를 불러 주도록 부탁할 것을 요청하였다. 그래서 스메들리에게 전화를 걸었는데 다행스럽게도 한번에 통화가 이루어졌다. 스메들리는 당장 가서 의사를 부를 테니 날더러 먼저 루쉰의 집으로 가서 대기하라고 당부하였다. 루쉰의 집에 도착하고 얼마 지나지 않아 스메들리가 닥터 D를 대동하고 왔길래 아래층에서 그들을 접대하였다. 닥터 D가 '환자가 몇 개 국어를 할 줄 아느냐'고 묻자 스메들리는 '일본어는 아주 잘하고 독일어는 책을 읽을 수 있을 정도이지만 영어는 하지 못한다'고 대답해 주었다. 그러자 의사는 '그러면 우리는 영어로 대화를 하도록 하자' 하는 것이었다. 2층으로 올라간 닥터 D는 청진을 마친 후 스메들리 앞으로 걸어왔는데 그때 루쉰은 침대에 누운 채 얼굴을 창 쪽으로 향한 상태였고 스메들리와 나는 창 앞에 서 있었다. 스메들리가 '병세가 어떠냐'고 묻자 의사는 '심각하다'고 대답했고, 스메들리가 다시 '얼마나 심각하냐'고 묻자 의사는 '금년을 넘기기 어려울 것 같다'고 대답하는 것이었다. 그 순간 스메들리는 더 이상 참지 못하고 눈물을 흘리고 말았다. 의사는 다시 '루쉰은 폐병뿐만 아니라 다른 병들까지 앓고 있기 때문에 자세하게 검사를 해 보아야 한다'고 말하였다. 그는 외국인이 운영하는 시설이 좋은 병원에 입원을 하면 치료는 자신이 맡고 그 병원의 시설만 빌려 쓰면 된다고 건의하고, 환자가 동의하면 당장 진행할 수 있다는 말을 남기고 먼저 그 자리를 떠났다. 나와 스메들리는 상의를 한 끝에 일단 입원을 한 후 상세하게 검사를 해야 한다는 의사의 말만 루쉰에게 알리고 다른 이야기는 루쉰 몰래 쉬광핑에게 전할 수밖에 없다는 데에 동의하였다. 그래서 내가 루쉰에게 그렇게 말해 주었지만 그는 그 말을 믿지 않고 '당신들이 나를 속이는구려, 의사는 분명히 병세가 심각하다고 말했을 거야'라고 말하는 것이었다. 스메들리가 우는 모습이 보였다.

그로부터 몇 달 뒤에 루쉰은 세상을 떠났다. 당시 스메들리는 상하이에 없었지만 루쉰의 가족과 친구들은 그녀를 장례위원의 한 사람으로 포함시켰다. 말하자면 그녀는 루쉰의 가장 중요한 지인들 중의 한 사람으로 간주되었던 것이다.

루쉰 사후의 스메들리의 행적과 관련하여 여기서는 시안 사변(西安事變) 과정에서 한 일에 대해서만 소개하기로 하겠다. 당시 그녀는 장쉐량 측 총본부의 영어 방송요원으로 있었는데 매번 남들은 감히 할 수 없는 말들을 거침없이 쏟아내곤 하였다. 1937년 1월 19일 코민테른 집행위원회 서기처는 중국공산당 중앙에 보낸 전보에서 이렇게 말하였다.

우리가 보기에 아그네스 스메들리의 행태는 상당히 의심스럽습니다. 마지막 순간에는 반드시 그녀가 공산당원의 명의와 그들이 신임하는 것처럼 보이는 인사의 신분으로 연설을 하는 기회를 박탈해야 하며, 반드시 간행물을 통하여 그녀의 행위들을 질책해야 할 것입니다.[514]

이 지적은 구체적인 사실을 명시하지 않았지만 쑹칭링이 1937년 1월 26일 왕밍에게 보낸 편지는 그런 사실들을 아주 분명하게 지적하고 있다.

저는 반드시 귀하에게 다음과 같은 상황을 보고해야 할 것 같습니다. 이 상황들은 우리의 공작을 위협하고 장래에 중국에서 이와 관련이 있을 가능성이 있는 모든 운동에 타격을 줄 가능성이 있습니다. 이 상황들을 귀하의 연구를 위하여 제출하오니 귀하는 이미 발생한 상황에 착안하여 금후의 행위방식에 관한 건의를 제게 해 주시기 바랍니다.
지난번에 자금 지원에 협조를 요청하는 마오쩌둥 동지의 서신에 대한 대답으로 저는 3개월 전에 상당한 규모의 돈을 그에게 부쳐 주었습니다. 이 일은 여기서는 단 한 사람(판한녠(潘漢年))만 알고 있는데, 연락책을 맡은 그를 통하여 제가 서신을 받고 돈을 부쳐 준 것입니다.
몇 주 전, 쑹즈원(宋子文)[515]은 장졔스를 석방한다는 보장에 따라 시안에서 귀환한 후 저에게 만나자고 하더군요. 그는 장졔스를 석방하는 데에

시안 사변 직전의 장졔스와 장쉐량

는 확실한 조건들이 있는데, 이 조건들은 최종 결정이 날 때까지 엄격하게 비밀에 부쳐져야 하며 장제스 역시 일정한 시간이 지나면 반드시 이행해야 한다고 제게 말했습니다. 그러나 그는 공산당 쪽 인사가 뜻밖에도 시안 방송국을 통하여 이 조건들을 발설했고 영어로 번역된 초고 역시 스메들리를 통하여 보도되고 말았다고 했습니다. 미스 스메들리가 자신의 실명으로 이 소식들의 진실성을 노골적으로 뒷받침하는 한편 저우언라이(周恩來)가 장제스·쑹즈원과 담판을 벌였다는 등등의 일들을 부언 설명하기까지 한 것입니다. 쑹즈원은 '우리는 이와 관련된 모든 일에 대하여 절대적으로 보안을 유지하기로 합의했었다'고 말하더군요.

장제스는 "공산당 인사들이 약속을 저버리고 진지함이 결여된 것"에 대하여 단단히 화가 나서 더 이상 그 같은 약속에 구속받지 않을 것이며 어떠한 조건도 이행하지 않겠다고 결정했습니다. 그는 쑹즈원에게 그들과의 협력은 기대도 하지 말라 "그들은 최소한의 성의도 없다."는 등의 말을 했답니다. 이 같은 상황은 쑹즈원을 극도로 불안하게 만들었지요. 왜냐하면 그는 자신이 그(시안 협의의) 보증인으로서의 지위를 더 이상 유지하는 것이 불가능해졌다는 것을 알았기 때문입니다.

저는 당연히 우리의 동지들을 변호했습니다. 저는 '신의를 저버린 이 같은 배신행위는 분명히 양후청(楊虎城)[516]이 벌인 짓'이라고 말했습니다. 그러면서 '어쨌든간에 스메들리는 공산당의 편에 서서 일을 한 것이 아니며 그녀는 중국의 민족해방운동에 공감하는 자유파 작가이자 신문기자일 뿐'이라고도 말했습니다. 그때 쑹즈원이 제게 묻더군요. 누님께 한 말씀만 드리지요. 저우언라이

쑹칭링의 동생 쑹즈원

가 얼마 전에 누님이 그들에게 5만 달러를 부쳐 줬다고 하던데 그래도 누님의 동지라는 자들이 누님을 배신한 일을 부인하시려는 겁니까? 더욱이 그는 우리 두 사람(저와 쑹메이링(宋美齡))에게 '우리는 누님을 통해서 홍군(紅軍)의 대표와 연락을 취할 수도 있습니다'라는 말까지 했습니다. 미스 스메들리의 문제에 관해서라면 저는 이렇게 말하고 싶습니다. 그녀는 몇 번이나 지시를 무시하고 부적절한 관계를 계속 유지하면서 그들에게 자금을 제공한 후 그녀가 쓰겠다고 제의한 돈을 보상해 줄 것을 당에 요구했습니다. 이곳 사람들은 그녀를 사실상 코민테른의 대표로 여기고 있습니다. 그녀는 《공인통신(工人通訊)》의 출판사(둥웨이장(董維江))·공회 서기(라오수스(饒漱石))·(중국공산당 중앙 상하이국) 특수과의 공작요원들 및 그 밖의 수많은 사람들을 우리의 일에 공감하는 외국인의 한 처소로 데려갔고, 결국 중요한 목적을 이루기 위하여 구축해 놓았던 이 비밀 안가를 노출시키는 결과를 초래하고 말았습니다. 좋은 뜻에서 한 일임에는 의심의 여지가 없습니다만 그녀의 공작 방식이 우리의 이익에 큰 손실을 끼치고 만 것입니다.

저는 그녀를 고립시키라는 귀하의 지시를 전달했습니다. 그러나 우리의 동지가 어째서 그녀를 시안에 배치해서 우리에게 말썽과 곤란에 휘말리게 만들었는지 이해가 되지 않는군요. 어쩌면 그들은 이것은 그저 저 개인의 견해일 뿐이라고 생각할지 모르겠지만 말입니다.[517]

이 편지는 독자들이 루쉰의 중요한 친구였던 스메들리(및 쑹칭링)의 진짜 신분이 무엇이었는지 이해하는 데에 유익한 자료가 될 것이다.

# 2

●
'이뤄성'이라는
중국 이름으로 활동한
아이삭스

아이삭스는 루쉰의 일기와 편지에 '이뤄성(伊
羅生)'이라는 이름으로 자주 등장한다.

《루쉰일기》의 인물 주석에서는 그의 약력이
나 루쉰과의 인연에 관하여 다음과 같이 소개
하고 있다.

1930년 상하이로 와서 상하이의 《대미만보(大美
晚報)》[518] 기자로 있었고 1932년 당시 상하이에
서 출판되던 《차이나 포럼(China Forum)》의 편집
을 맡았다. 1933년에는 중국민권보장동맹 상하이 분회의 집행위원에 선
임되었다. 1934년에는 루쉰·마오뚠과 계약을 맺고 중국 현대단편소설집
인 《짚신다리[草鞋脚]》[519]를 엮었으며 얼마 후 베이핑에서 번역판을 내었다.
1935년 7월 귀국하였다.

이 간단한 소개 말고도 추가할 것이 하나 더 있다면 그것은 바로 1933
년 2월 17일 아이삭스가 루쉰과 함께 버나드 쇼 환영행사에 참가한 일일
것이다. 양싱포가 쑹칭링의 자택에서 찍은 사진은 지금도 쉽게 찾아볼 수
있는 것으로, 그를 포함한 주요 인사들의 모습이 보인다. 《짚신다리》의 편
역을 위하여 루쉰이 아이삭스에게 보낸 편지들은 현재 모두 《루쉰전집》
제14권에 수록되어 있다.

루쉰은 1932년 7월 12일자 일기에 "오전에 이사이커(伊賽克) 씨가 왔다."라고 적고 있는데, 이것이 두 사람의 인연의 시작이었다. 당시 《차이나 포럼》의 편집인이던 아이삭스는 《짚신다리》의 〈서언〉에서 이렇게 말하고 있다.

내가 《차이나 포럼》을 운영하기 시작한 것은 바로 스물한 살 때였다. 중국에 온 지 이미 1년 남짓 되는 때였다. 처음에는 상하이의 영자신문인 상하이 《대미만보》와 《대륙보(大陸報)》두 곳에서 기자나 편집인을 맡았다. 나중에는 장강(長江) 상류를 유람하다가 사천성 서쪽까지 직행해서 거의 티베트까지 갔으며, 귀환할 때에는 장강을 따라 남하하다가 1931년 장강의 범람으로 발생한 수많은 희생과 아무도 묻지 않는 대재난의 와중에서 그해 한여름에 상하이로 돌아왔다. 며칠 후인 1931년 9월 18일 일본이 중국을 침공하는 전쟁을 일으켜 먼저 선양(瀋陽)을 점령하더니 만저우(滿洲) 지역을 강점하기 시작하였다. 난징의 국민당 정부는 당시 국내의 반대파를 진압하는 데에 온 힘을 기울이느라 일본의 침략에 대해서는 비저항정책을 선언하였다. 그해의 모든 폭로·파문·상황·교훈들이 나에게도 영향을 준 후 얼마 되지 않아 상하이에서 알게 된 공산당 지인과 (공산)당에 우호적인 인사들이 직접 신문을 경영해 볼 것을 건의하였다. 나는 그 건의를 흔쾌히 받아들였으며 그렇게 해서 창간된 것이 《차이나 포럼》이었다.

《차이나 포럼》은 1932년 1월 13일 창간되었다. 아이삭스는 상하이의 공산당 지인이 창간을 건의했다고 술회했는데 실제로도 그러하였다. 그것은 사실상 코민테른의 간행물이었기 때문이다. 코민테른의 관련 문서들 속에서 우리는 다음과 같은 자료들을 확인할 수가 있다.

1932년 4월 9일 코민테른 집행위원회 정치서기처의 정치위원회 회의록에는 다음의 내용이 기재되어 있다. "《차이나 포럼》 잡지(신문이 정확한 표현이다.)를 재정적으로 지원하는 문제를 청취하였다. 결정: 단발성 지원금을 지급하는 것을 허가하며 액수는 500달러로 한다. 코민테른 집행위원회 서기 피아트니츠키 (서명)."[520]

같은 해 8월 3일 코민테른 집행위원회 정치서기처의 정치위원회 회의록에는 이런 기록이 보인다. "《차이나 포럼》에 대한 경비 원조 문제를 청취하였다. 결정: 루에그(부부, 즉 놀랑 부부) 안건이 종결되기 전에 1932년도 예비기금에서 500(달러)을 지급하여《차이나 포럼》을 지원할 것. 코민테른 집행위원회 서기 피아트니츠키 (서명)."

이 문서에는 코민테른 집행위원회 후보위원 포포프의 서면보고서도 첨부되어 있었다. 8월 1일에 작성된 이 보고서는《차이나 포럼》의 상황과 기능, 나아가 이 간행물을 재정적으로 지원해야 하는 이유에 관하여 간략하게 설명하고 있다.

《차이나 포럼》은 쑨이셴(孫逸仙) 부인[521]과 미국인 편집인 해롤드 아이삭스의 영도 아래 1932년 1월 15일(1월 13일이 옳다) 상하이에서 출판되었습니다.

그 내용을 놓고 보면, 이 신문은 중국에서의 제국주의에 반대하고 도의적으로 소비에트 중국을 지지하는 동시에 루에그와 그 부인의 석방을 목적으로 한 운동을 전개하는 경향을 보입니다.

근래에 중국정부와 미국영사관 쪽에서는 이 신문의 내용을 문제 삼아 이에 대한 공격을 강화하고 있습니다. 경비의 측면에서 이 신문은 두 차례에 걸쳐 매번 500달러를 지원받았습니다.

이 신문을 계속 출판할 수 있게 되는 것은, 곧 있을 루에그와 그 부인의 안건에 대한 심리를 감안하더라도, 더더욱 필요하므로 500달러의 추가 지원이 절실하다고 사료됩니다.[522]

루에그(놀랑) 부부 구명을
호소하는 《차이나 포럼》 기사

이 보고서를 통하여 아이삭스가 쑹칭링의 참여하에 《차이나 포럼》을 창간했으며, 창간의 주요한 목적은 놀랑 구명을 위한 여론을 조성하는 데에 있었음을 알 수 있다. 즉, 이 신문을 운영하는 것은 바로 놀랑 구명이라는 대규모 공작의 일환이었다는 의미이다. 실제로 이 신문에는 놀랑 구명과 관련된 글들이 적잖게 보도되었다. 천수위(陳漱渝)·타오신(陶忻)이 함께 엮은 《중국민권보장동맹》이라는 자료집에서 《차이나 포럼》에서 발췌-수록한 다음과 같은 글들을 확인할 수가 있다.

〈놀랑 부부가 난징 옥중에서 단식투쟁 중〉(게재 일자는 생략함, 하동)

〈놀랑 부인이 쑹칭링에게 보낸 서신〉

〈쑹칭링이 놀랑 부부 석방을 요구하며 난징 당국에 보낸 전보〉

〈쑹칭링이 놀랑의 단식 문제로 왕(징웨이)·쥐(정)에게 보낸 전보〉

〈모든 정치범을 무조건 석방하라〉

〈베이핑 정치범들의 암울한 생활〉

〈정치범들은 석방되어 일본제국주의를 무찌르러 가기를 바란다〉

이때 코민테른은 《차이나 포럼》의 공작에 그런 대로 만족하고 있었다. 코민테른의 주상하이대표 에비트는 1933년 3월 11일 피아트니츠키에게 보낸 보고서에서 이렇게 전하고 있다.

《차이나 포럼》은 다시 매월 두 차례 출판하는 것으로 변경되었습니다. (이번에 낸 것은 제2기입니다.) 이 간행물이 제법 영향력이 있는 것은 주요한 글의 경우 영문으로 발행되는 이외에도 중문판이 있기 때문입니다. 그 내용으로 말하자면, 정치 방면의 부정확하고 그릇된 논조가 존재하며 그다지 구체적이거나 대중적이지도 못합니다. 그러나 이 같은 상황은 시간이 흐름에 따라서 개선될 것입니다. 난징 정부는 미국영사관에 이 신문의 출판을 정지시킬 것을 즉각 요구했으나 그 요구는 현재 이미 거절당한 상태입니다.[523]

"이 간행물이 제법 영향력이 있다."는 평가는 당시 이 신문의 편집인 아이삭스에 대한 에비트의 인식이 나쁘지 않았다는 것을 의미한다. 그러나 몇 개월이 지난 후 이 같은 태도는 완전히 바뀌었다. 코민테른 당국이 아이삭스를 트로츠키 종파분자로 규정한 것이다.

이 일로 에비트는 "1급 기밀"의 장문의 편지(1934년 1월 13일)를 작성하여 중국공산당 상하이 중앙국으로 보냈다.

● 스탈린의 권력투쟁에서 숙청당한 트로츠키 _ 그 후 그를 추종하거나 스탈린에게 반대하는 공산주의자들은 '종파주의자' '반당분자' '미제의 간첩' 등의 누명을 쓰고 정치적인 박해를 당하였다.

친애하는 동지들:

우리가 화요일에 있는 정기회의에서 협의에 도달할 수 있도록《차이나 포럼》과 관련된 문제와 건의를 토론해 주시기 바랍니다.

우선, 개막사를 몇 마디 부탁드립니다. 우리가 이미 여러 차례 언급한 바 있으므로 여러분들은 물론《차이나 포럼》편집인의 정치적 입장을 아실 것입니다. 그는 부유한 부르주아 계급 출신으로 미국에서 교육을 받았으며 한동안 부르주아 계급의 기자로 일했습니다. 그래서 혁명 경험이 전혀 없을 뿐 아니라 당의 지도도 받은 적이 없습니다. 기껏해야 몇 년 전에 중국의 혁명운동에 흥미를 가졌을 뿐입니다. 처음에 그는 상하이에서 함께 보도기자로 일했던 남아프리카의 트로츠키 종파분자와 관계를 가졌습니다. 이자는 줄곧 아이삭스에게 지대한 영향을 주었으며 그에게 트로츠키 주의에 대한 "동조"와 날로 강해져 가는 트로츠키 주의적 사상 경향을 심어 주었습니다. 대략 반 년 전에 트로츠키 종파분자 글라스(사람들은 남아프리카에서 온 이자를 이렇게 불렀습니다.)는 상하이를 떠나 미국으로 갔습니다. 아시다시피, 그자는 그곳에서 즉시 트로츠키 파 조직과 관계를 맺었고, 역시 아시다시피, 미국에서 아이삭스에게 편지를 보내 지속적으로 그에게 영향력을 행사하고 지시를 하달했던 것입니다.

다수의 지령이 적시하는 바에 따르면, 아이삭스는 이 지시들을 준수하여 일을 처리했다지만 일부 징후들은 트로츠키 파가 아이삭스와 함께 트로츠키 반혁명 선전과 조직 공작을 공공연히 진행하고 점차 기반을 확대해 나가려는 계획을 제정했음을 분명하게 보여 주고 있습니다.

간단히 몇 가지 사례를 들어 보도록 하겠습니다: 아이삭스가《차이나 포럼》의 내용 문제를 저와 토론하기를 꺼린다는 징후는 갈수록 분명해지고 있습니다; 그가 일부 문제에 대하여 침묵으로 일관하고 있는 것은 이 문제들에 대하여 그가 의견을 발표하는 것이 자신을 옭아매는 결과를 초래할 것이기 때문입니다; 최근 2개월 동안 그는 일부 글의 작성방침에 대한 저의 건의를 집행하는 일을 아주 노골적으로 기피할 뿐 아니라 이 방침을 억제해 왔습니다; 소련과 그 사회주의 건설에 관하여 언급하기를 꺼렸습니다. (11월호의 어떤 글에서는 심지어 두 차례의 5개년 계획과 레닌 서거 이후로 이룩한 거대한 승리를 전혀 언급하지 않았습니다.); 동인들과의 대화에서 그는 일부 견해를 자신의 관점을 받아들이기 용이한 견해로 대체했습니다. (우리는 일부 인사가 그의 이 같은 견해를 이해한 바를 통하여 "소련이 민족주의 정책을 집행하고 있다."는 따위로 인식했습니다.)

이 자리를 빌어 지대한 주의를 기울여야 할 또 하나의 아주 중요한 인소인 《차이나 포럼》 독자협회 조직에 대하여 보충설명을 하고자 합니다. 이 협회를 조직해야겠다는 생각을 처음으로 한 것은 아이삭스가 아니며 사실은 그보다 훨씬 이전(9~11개월 전)에 당이 창도한 것이었습니다. 그것은 이 같은 생각의 소유자와는 완전히 무관한 일인 것입니다. 당연한 이야기가 되겠지만, 《차이나 포럼》 같은 신문(유일하게 합법적인 신문)의 조직의 비중은 대단히 크다고 하겠습니다. 노동자와 특히 정기적으로 《차이나 포럼》을 배포하는 공작을 맡은 학생소조는 반합법적인 조직방식을 모색하면서 토론을 벌이고 혁명운동의 영향력을 확대하고 《차이나 포럼》이라는 그들이 보기에 가장 훌륭한 혁명 신문의 간행물을 보다 광범하게 배포할 수 있기 때문입니다.

우리는 믿을 만한 동지나 단체에게 독자소조의 영도를 위임하는 문제를 이미 여러 차례 여러 분과 논의한 바 있습니다. 우리가 이 문제를 처음 논의할 때 독자소조는 그다지 많지 않았고 아이삭스의 의향도 당시까지만 해도 그다지 명확하지 않았습니다. 그러나 현재는, 독자소조가 신속하게 만들어지고 있는 데다가 아이삭스(와 그의 배후에 숨어 있는 트로츠키 파 종파분자)가 이 소조들을 지속적으로 파괴공작을 벌이는 조직 기반으로 이용하려는 속셈을 품고 있습니다.

따라서, 우리는 온 힘을 다하여 이들 독자소조들에 대한 우리의 정치적 영도와 조직 영도를 강화해야 옳습니다. 이 소조들에서 우리의 역량이 강대하면 강대할수록 트로츠키 파 종파분자들이 그것들을 장악하려는 위협도 상대적으로 줄어들게 될 것입니다.

우리는 모두 이 견해에 찬동합니다: 우리는 모두 《차이나 포럼》의 계속적인 출판에 지대한 관심을 가지고 있습니다. 이 중요한 간행물은 우리에게는 보다 중대한 의의를 지닐 수 있기 때문입니다. 그러나 아이삭스의 수중에서라면 그것은 유해한 도구로 변질될 것입니다. 적어도 한정된 일정 시기 동안은 그럴 것입니다. 오히려 문제는 트로츠키 종파분자 아이삭스가 법률적으로 지금의 제호로 이 신문을 출판할 수 있다는 데에 있다고 봅니다. (그러나 여러분도 아시다시피, 명칭은 적어도 일정한 시기 동안만큼은 아주 중대한 의의를 가지니까요.) 더욱이 그의 법률상의 인쇄권을 박탈하고 그 권리를 다른 믿을 만한 인사에게 부여하는 것은 상당히 어려운 것이 실정입니다.

저는 과거에 이 같은 국면을 타개할 출로를 모색하여 문제를 점잖게 해결하려고 노력했습니다. 그래서 대략 4개월 전에 그가 자신은 중국에 관한 책을 몇 권 쓸 생각을 가지고 있지만 여기서는 글을 쓸 시간이 없다고 말할 때에도 저는 그러면 우리 "집"으로 가자고 건의했었습니다. 그곳에서 지내면 시간적으로 여유가 생길 뿐 아니라 새로운 인식, 새로운 인상이 생기게 될 거라면서 말입니다. 저는 저 자신에게 두 가지 임무를 제안했습니다: 첫째, 그에 대하여 또 다른 방향으로의 영향을 줄 사람들에게 아주 큰 희망을 걸고 있습니다. 둘째, 만일 그런 일이 발생하지 않는다면 우리는 편집작업을 다른 믿을 만한 인사에게 위임할 수 있습니다.

애초에 아이삭스는 대단한 열정을 보였습니다. 그는 당시 제게 자신이 일련의 업무들(가바스 통신사·《차이나 포럼》 신문사 등의 업무들)을 조정할 필요가 있으며, 이 문제를 고려해 보자면 아마 1934년 봄이나 여름이 되어야 운신을 할 수 있을 것 같다고 말했습니다. 저는 그가 미국에 서신을 보냈다고 의심하여 지시에 관하여 문의한 바도 있습니다. 그러나 며칠 전 모 인사를 통하여 알게 된 바에 따르면, 그가 여러분의 믿을 만한 친구들 중 한 사람과 대화를 나눌 때 무심결에 "그가 집으로 돌아가도록 건의하시오. 이는 그를 매수하려고 하는 것입니다."라는 말을 내뱉었다는 것입니다. 그 같은 인식 자체가 그의 트로츠키 주의가 이미 대단히 심각한 수준으로 만연되어 있다는 것을 아주 분명하게 보여 주고 있습니다. 제가 여러분에게 이런 자잘한 것들까지 말씀드리는 것은 여러분이 결정을 내리는 데에 도움을 드리기 위해서입니다. 문제는 아주 중대한 의의를 지니고 있습니다. 이 문제를 아이삭스와 토론하기 위하여 우리는 모든 조치에 관하여 여러분과 함께 충분한 협상의 일치를 보아야 할 필요가 있습니다.

또 하나 모종의(물론 실낱 같은) 희망이 있습니다. 즉, 우리가 제기한 조치가 우리로 하여금 공개적인 분열이 발생하는 불상사를 모면하게 해 주는 한편 《차이나 포럼》을 위하여 강력한 감독을 수립하게 해 줄 수 있다는 말입니다. 물론 공개적인 분열에 대해서도 대비를 해야 할 것입니다. 어쨌든간에, 도저히 인내할 수 없는 이 같은 눈앞의 국면들은 반드시 해결해야 합니다.

우리는 두 가지 조치를 취해 주실 것을 건의하는 바입니다:

1. 당의 일반적인 조치

2. 당의 아이삭스에 대한 조치

우선 두 번째 경우에 관하여 이야기해 보도록 하겠습니다.

우리는 그에게 다음의 사항들을 요구해야 할 것입니다: (1) 사설과 그 밖의 가장 중요한 글들은 인쇄 직전에 당에 전달하여 검사를 받도록 합니다; 매 호의 내용은 인쇄 직전에 토론을 할 것이며, 매 호에서 가장 중요한 글은 우리들의 검사를 거치도록 합니다. (2) 《차이나 포럼》이 현재 또는 장래에 보유할 모든 연락체계(동조자 단체·독자소조 등) 역시 당에 인계해야 합니다. (3) 아이삭스는 우리와 함께 공작에 임하되 트로츠키 파와는 관계를 단절해야 합니다.

이 사항들은 기본적인 몇 가지입니다. 만일 여러분에게 어떠한 건의가 있다면 화요일 전까지 준비해 두도록 하십시오. 제 생각으로는, 우리만 그와 대화를 나눌 수 있다고 봅니다. 왜냐하면 여러분은 지하에서 활동중이므로 그렇게 하기 불편하실 것이기 때문입니다. 그러나 여러분이 직접 그에게 설명할 필요가 있으시다면 그와 대화하는 사람은 중국의 (공산) 당이 부여한 권한에 따라 진행하도록 하십시오.

당의 직접적인 조치라면 저는 다음의 몇 가지 사항은 반드시 실행되어야 한다고 봅니다.

1. 모든 독자소조를 우리 수중에 단단히 장악하고 있어야 할 것입니다. 얼마 전에 성립된 위원회(《차이나 포럼》 독자위원회)에 어떤 인사들이 가입했는지 분명히 파악해야 할 것이며, 마찬가지로 그 속에서의 우리의 주도권을 강화해야 할 것입니다. 우리의 특별공작의 목적과 필요성, 나아가 존재할 수 있는 위험들을 가장 믿을 만한 동지에게 알려

주어야 할 것입니다.

2. 인쇄 노동자들과 직접 관계를 구축해야 합니다. 일부 노동자는 당원임에도 불구하고 아이삭스에 대한 충성도가 매우 높습니다. (즉《차이나 포럼》에 대한 충성도가 높습니다.)

3. 통역원(당원)들과 관계를 구축해야 하며 동시에 아이삭스가 그들에게 얼마나 큰 영향력을 행사하고 있는지 분명히 파악해야 합니다.

4. 분견기구, 특히 그 영도자와 관계를 구축함으로써 상하이와 성 내에서의 모든 연락망을 확보하는 데에 수월하도록 해야 합니다. 이 인물은 대단히 중요합니다.

5.《차이나 포럼》의 기자와 독자소조를 최대한 많이 조직함으로써 중국 간행물들의 제재를 받는 소련 사회주의 건설과 관련된 보다 광범한 소식을 게재하도록 요구해야 합니다.

6. 규모가 크지 않지만 믿을 만한 동지로 구성된《차이나 포럼》상설의 기자 대오를 조직해야 합니다.


위의 일부 조치들은 반드시 실행되어야 하며, 그 밖의 건의들은 여러분이 고려하셔야 하겠습니다. 화요일에 우리에게 그 밖의 고려사항들을 알려 주시기 바랍니다. 제 생각으로는 현재 아이삭스는 공개적인 분열을 피하고 싶어 하므로 일부 지시에는 복종하면서도 암암리에 파괴공작을 벌일 가능성도 있다고 봅니다. 그가 지시를 내려 줄 것을 요청한다면 향후에 글라스를 미국에서 복귀시키려 하는 입장을 고수할 가능성이 있습니다. 그러나 다른 한편으로는 그가 지금 당장 우리에게 노골적으로 반대를 할 가능성도 배제할 수 없습니다.

이 같은 문제에 대해서는 신속히 행동을 취해야 합니다. 시간을 끌면 끌

수록 아이삭스에게만 유리해질 것이기 때문입니다. 이상입니다.

건승하시기 바라면서[524]

1934년 1월 20일, 코민테른 집행위원회 정치서기처의 정치위원회는 에비트와 슈테른에게 다음과 같은 내용의 비밀 전보를 보냈다. "각종 정보원으로부터의 보고에 따르면, 《차이나 포럼》의 편집인 아이삭스는 트로츠키 종파분자이며, 현재 트로츠키 파 소조를 조직하고 있다고 함. 우리는 아이삭스와는 관계가 없으므로 그를 지지하지 않음. 여러분에게 드리는 의견은 그를 고립시키고 그 자리를 떠나게 만들기 위하여 어떠한 공작을 해도 좋으며 또 반드시 그렇게 해야 한다는 것임."[525]

에비트는 아이삭스를 찾아가 대화를 나눈 후인 1월 27일 피아트니츠키에게 이렇게 보고하고 있다.

아이삭스와의 논쟁은 아직 끝나지 않았습니다. 그러나 그것만으로도 그가 모든 기본문제들에 대한 인식에서 한결같이 완전히 트로츠키 주의에 경도되어 있음을 충분히 드러내고 있습니다. 그에게는 자신의 의견을 노골적으로 밝힐 곳이 없으며 대부분은 외교적 수완을 부린 경우이지만 절대로 불명확한 것은 아닙니다. 이 같은 상황이 존재하기는 하지만 노골적인 투쟁을 하지 않으면서 그를 구제할 가능성이 없지는 않습니다. 적어도 우리는 그렇게 할 생각입니다. 물론 그와 투쟁을 벌일 조치를 해두는 것을 잊어서는 안 되겠지만 말입니다. 우리는 그·당의 대표·우리 중 한 사람으로 구성되는 편집위원회를 수립해 주실 것을 건의합니다. 이 건의에 답변하실 때 아이삭스에 대해서는 "그에게 고려해 줄 것"을 요청

하십시오. 추측하건대, 그는 모종의 방식으로 이 같은 건의를 거절할 것입니다.[526]

이 뒤를 이어서 에비트의 보고서는 스메들리로 아이삭스를 대체하자는 건의를 하고 있다. 해당 부분의 원문은 이미 앞서 인용한 바 있다.

아이삭스를 대하는 에비트의 이 같은 태도는 지나칠 정도로 부드러운 것이었다. 아니나 다를까. 그의 미온적인 태도에 대한 비판이 제기되었다. 1934년 7월 3일, 역시 상하이에 주재하고 있던 코민테른 집행위원회 극동국의 위원이던 라이안은 코민테른 집행위원회 동방서기처에 보낸 편지에서 에비트를 다음과 같이 비판하였다.

최근 1년 동안 여러분의 대표는 트로츠키 종파분자 아이삭스와 《차이나 포럼》 잡지에 대하여 시종 기회주의적인 방침과 정책으로 일관해 왔습니다. 너무도 분명한 사실, 즉 아이삭스가 과거는 물론 현재까지도 변함없는 트로츠키 종파분자로서, 간행물과 그 독자들을 적극적으로 이용하여 조직 단계에서부터 중국에서의 트로츠키 파 운동을 강화해 왔다는 점을 전혀 감안하지 않은 것입니다. 여러분의 대표는 (중국공산당) 중앙과 (중국공산당) 상하이 (중앙)국의 허가도 없이, 또 우리들의 허가도 없이, 위험을 무릅쓰고 상당한 수준까지 노골적인 대중공작과 당초의 중국민권동맹·루에그 구명위원회·반전회의 등의 기술사무관리기관들 전부를 통째로 아이삭스의 손아귀에 몰아주었습니다. 상하이 중앙국·우리의 친구들과 제가 단호하게 아이삭스에 반대하고 해당 간행물의 방침에 반대할 때 여러분의 대표는 "아이삭스는 성실한 사람이며, 지금까지 혁명을 배반한 적이 한번도 없었다."는 따위의 핑계들을 대면서 그 자를 비호하기를 서슴치 않았습니다. 여러분의 대표는 그자와 "우호적인" 공작관계를 유지하려는 입장을 고수하면서 심지어 저에게 그자와 대면하라는 지시까지 내렸습니다. 이 대면은 2월에 두 차례 이루어졌으나 나중에 저는 그 같은 지시를 집행하기를 거부했습니다.[527]

이 편지에는 이런 내용도 포함되어 있었다.

이 해 3월 《차이나 포럼》의 출판이 정지된 후, 여러분의 대표는 계속해서 아이삭스와 접촉하고 500달러를 지급했습니다. 마치 아이삭스가 그 돈을 인쇄 설비를 장만하는 데에 쓰기라도 하는 것처럼 말입니다. 여러분의 대표는 루에그 구명운동의 영도를 아이삭스에게 일임하고, 계속해서 이 트로츠키 종파분자의 "성실성"과 인쇄 설비를 당에 인계하겠다는 그자의 "다짐"을 믿었습니다. 그러나 여러분의 대표는 현재, 아이삭스가 "성명"을 발표하고 인쇄 설비를 매각하는 한편 그렇게 해서 생긴 돈을 현지의 트로츠키 파에게 넘기고 나서야 "아이삭스가 결국은 적으로 돌아섰다."는 등등으로 자신의 과오를 "인정"했습니다. 뒤늦은 "인정"은 이 사안에 대한 문제 제기를 막으려는 행위일 뿐입니다.[528]

라이안의 이 편지를 통하여 당초 아이삭스에 대한 코민테른 집행위원회 주중대표 에비트의 신임과 기대가 얼마나 컸는지 알 수 있다. 에비트는 과거에 놀랑 부부 상하이 구명위원회와 그것이 확대 개편되면서 새로 출범한 중국민권보장동맹이나 반전회의 등과 같은 대외적인 공작활동을 전부 아이삭스에게 일임했었다. 민권보장동맹과 반전회의의 활동에는 루쉰도 참가했으며 그 사실들은 모두가 루쉰의 전기에서 결코 소홀히 할 수 없는 내용들이니 이를 통해서도 아이삭스와 루쉰의 관계가 어떠했는지 짐작할 수 있는 셈이다. 그가 반전회의에서는 어떤 신분으로 활동했는지 알 수 없으나 민권보장동맹에서는 루쉰과 함께 집행위원을 맡은 적도 있었다.

이 해 11월, 모스크바로 귀환한 라이안은 에비트와 아이삭스의 관계를 다시 한번 정치적 쟁점으로 활용하였다. 그 내막은 극비문서인 〈코민테른 집행위원회와 라이안의 담화기록〉[529]에 상세하게 기록되어 있고 내용도 앞서 위에서 인용한 편지들과 대체로 일치하기 때문에 여기서는 인용하지 않기로 한다.

1936년 9월 7일, 라이안이 아이삭스 문제와 관련하여 제출한 서면보고서(극비)의 일부 자료는 이 사안을 제대로 이해하는 데에 큰 도움이 될 듯하다.

아이삭스는 쑹칭링을 통하여 《차이나 포럼》 출판공작에 참가하게 된 것으로 보입니다.

이 아이삭스라는 미국인은 《차이나 포럼》의 편집인이 되면서부터 중국 공산당이 필요로 했던 이 잡지를 보다 이상적으로 "보호"해 줄 수 있었습니다. 그 역시 이를 근거로 삼아 당으로부터는 《차이나 포럼》의 출판과 인쇄를 위한 보조금을 챙기고, 미국영사관으로부터는 자신의 명의로 《차이나 포럼》의 출판 수속을 밟았습니다. 당의 지원을 받는 이 인쇄소 역시 아이삭스에 속한 미국 기업으로서 등록되었습니다.

당에서는 이와 함께 중국 동지를 편집부에 보내 업무에 협력하는가 하면 인쇄소에 노동자를 제공하기도 했습니다.

아이삭스가 믿을 만한 인사가 아니라는 최초의 경고는 쑹칭링이 제기했

습니다. 그녀는 과거 자신과 아이삭스의 대화 내용을 저와 코민테른 집
행위원회의 대표(에비트)에게 상세하게 알린 바 있습니다. 이 대화들을 통
하여 아이삭스가 트로츠키 사상으로 그녀를 설복시키려고 애쓰고 있다
는 것을 간파할 수 있습니다.

나중에, 《차이나 포럼》은 소련과 관련된 자료는 거의 소개하지 않았으
며 심지어 '스탈린' 동지의 이름조차 전혀 언급하지 않았는데, 바로 이
점이 우리의 주의를 끌었습니다.

우리가 소련공산당(볼셰비키) 제17차 대표대회의 글을 보내고 그쪽에서도
스탈린 동지에 대한 보고를 더 이상 외면하기 어렵게 되자 이 아이삭스
라는 트로츠키 종파분자는 드디어 자신의 정체를 완전히 드러냈습니다.
그자는 사보타지에 소극적이었을 뿐만 아니라 《차이나 포럼》에 이 글
을 게재하는 것을 온갖 방법을 총동원하여 필사적으로 외면했던 것입니
다.[530]

코민테른의 이 문서자료들은 소련공산당이 스스로 유능한 공작요원이
라고 평가했던 아이삭스에게 노골적인 적이라는 낙인을 찍는 과정을 잘
보여 주고 있다. 그러나 아이삭스는 자신에 대한 소련 당국의 공격에 대
하여 《짚신다리》〈서언〉에서 이렇게 해명하고 있다.

나 자신이 조금씩 쌓아 온 공산당 지인 및 《차이나 포럼》 지지자 사이
의 갈등에 관해서는 말을 하자면 이야기가 길어지므로 여기서는 어려울
것 같고 또 그 문제에 관하여 언급할 필요도 없을 것 같다. 숙고해야 할
것은, 이 갈등이 정치적 입장에 대한 거짓말과 과장된 유치한 배척으로
부터 기인한 것이지, 국민당과 그 공포정치를 겨냥한 것이 아니며, 그 문

제와 관련하여 과장된 것이라고 말할 정도는 아니겠지만 공산당이 그들 자신의 정책과 성과와 관련하여 낸 성명과 관련하여 한 말이었다는 것이다. 이것은 당초 일본군에 저항한 상하이 전투와 관련된 공산당의 대외선전이 그 몇 주일 동안 지금은 이미 사람들의 기억에서 잊혀진 유혈 사건에 대한 나 자신의 견문과 편차가 있다는 사실을 내가 발견하면서 비롯된 것이었다. 확실히, 내가 이 사건과 관련하여 《차이나 포럼》에 발표한 보도는 나중에 내가 정식으로 게재한 장문의 견책성 서신에서 "비판" 당하였다. 그 밖의 지방에서 벌어진 사건이나 공산주의운동과 관련된 그 밖의 논쟁들에 관해서는 나도 이미 관련 자료를 읽거나 연구를 하기 시작했는데, 수많은 복잡한 의문을 스스로 제기하게 만들기에 충분한 것이었다. 1933년 11월 나는 러시아 혁명 16주년을 기념하는 글을 게재하면서 그 글에서 '스탈린'을 언급하지 않았으며, 그를 찬양하는 말도 아예 쓰지 않았다. 그런데 그것이 나의 가장 큰 죄가 되어 버린 것이다. 내가 글의 수정을 정식으로 거절하자 모든 것이 갑자기 끝나 버렸다. 변함 없이 천진스러운 나의 업무 스타일이 나를 그들의 세계에서 영원히 떠나게 만들고 만 것이다.

그는 《차이나 포럼》의 결말에 관해서도 언급하고 있다.

마지막호는 1934년 1월 13일에 출판되었다. 창간호로부터 꼭 2주년만이었다. 정간은 갑자기 이루어졌다. 그러나 그 사건은 국민당이나 상하이의 외국 당국의 강압의 결실이 아니라 나와 나의 공산당 지인 사이의 의견 차이가 갈수록 심각해졌기 때문으로, 우리가 갈라서면서 신문도 더 이상 존속할 수 없게 되었던 것이다.

《차이나 포럼》이 정간되자 아이삭스와 그의 부인 비올라(중국식 이름은 야오바이썬(姚白森))는 상하이를 떠나 베이핑으로 거처를 옮겼다. 1934년 3월 25일, 루쉰은 일기에 "밤에 즈웨이꽌(知味觀)531 측에 집으로 와서 음식을 준비하게 한 후 이 씨 부부를 위한 송별연을 베풀었는데 동석자는 총 10명이었다."라고 적고 있는데 여기서 "이 씨[伊君]"란 이뤄성(伊羅生) 즉 아이삭스를 말한다.

아이삭스는 베이핑으로 옮겨 오자마자 중국 현대단편소설집인 《짚신다리》를 편역하는 작업에 착수하였다. 이 책은 처음에 루쉰과 마오뚠이 그에게 추천한 작품 목록에 근거하여 직접 작품을 선정하고 번역한 것이었다. 책에 수록된 것은 다수가 좌련(左聯) 작가들의 작품이었다. 예를 들어 딩슈런(丁休人, 즉 잉슈런(應修人))532은 이미 희생되었고 딩링(丁玲)과 러우스이(樓適夷)533는 감옥에 수감되어 있었다. 그래서 루쉰과 마오뚠은 이 선집을 통하여 그들의 작품을 소개할 마음을 먹었던 것이다.

아이삭스는 편집과정에서 의견을 교환하기 위하여 상하이의 루쉰 및 마오뚠과 쉬지 않고 편지를 주고 받았다. 《루쉰전집》 제14권에는 그에게 보낸 편지가 7통(1934년 5월 30일·7월 14일·7월 31일·8월 22일(2통)·8월 25일, 1935년 10월 17일) 수록되어 있는데, 앞의 6통은 모두 《짚신다리》와 관련된 것들이었다. (그 중 3통은 루쉰과 마오뚠의 공동서명으로 작성된 것이다.) 루쉰은 그 책의 서문인 《짚신다리》〈서언〉을 쓰고 중국어 제목을 붙였다. 1934년 8월 22일, 루쉰과 마오뚠은 그에게 보낸 편지에서 그의 이 작업에 대하여 진심에서 우러난 찬사를 보냈다.

우리는 서양에서 《짚신다리》 같은 중국소설집을 지금까지 본 적이 없었던 것 같습니다. 중국의 혁명문학청년들은 의의 있는 당신의 작업에 분명히 아주 감사해 할 것입니다. 마찬가지로 우리는 당신이 심혈을 기울여 취약한 우리의 작품을 번역해 내신 데에 감사드리는 바입니다.

그러나 이 책의 출판은 그렇게 순조롭지 못해서 40년이 지나서야 미국의 매사추세츠 공과대학교(MIT) 출판사를 통하여 출판되었다. 물론, 출판이 순조롭지 못했던 것은 정치적인 이유 때문이었다. 아이삭스는 《짚신다리》〈서언〉에서 그 원인에 대하여 밝히고 있다.

《차이나 포럼》이 출판되던 초기에 뉴욕의 어떤 저명한 출판업자가 우리가 출판하려는 소설집에 관심을 보였다. 그러나 그가 최초에 출판을 원했던 당시로부터 최후에 내가 초고를 전달할 때까지의 기간 사이에 상황에 변화가 발생하였다. 그는 내가 "인민의 적"으로 전락한 것을 알았으며, 이보다 더 당혹스럽게도, 그 일로 인하여 뉴욕의 공산주의운동가들이 주는 "특별지원금"을 기대할 수 없게 되자 그의 열정은 금세 사그라지고 말았다. 지금까지 뉴욕의 공산주의운동가들은 이런 식의 "특별지원금들"을 이용하여 도서 출판계에 영향력을 행사하는 데에 탁월한 재능을 가지고 있었다. 그들은 아무리 평범한 출판업자라도 기대한 만큼의 매출액을 달성하는 것을 보장해 주었으며, 대중으로부터 전혀 환영을 받을 것 같지 않은 책도 마지막에는 적자를 보지 않도록 보장해 주었다. 그러나 나의 이 책은 "특별지원금"이 없었기 때문인지─어떤 출판업자가 내게 출판을 거절하는 편지를 보내면서 솔직하게 이렇게 털어 놓았다 ─아니면 당시에는 이런 소설 자체의 출판 가치를 전혀 발견하지 못해서였는지는 알 수 없지만, 그 후로 2년 동안 《짚신다리》는 출판업자들로부터 번번이 거절을 당해야 하였다. 1936년 에드가 스노가 나의 경우 같은 장애를 만나지 않고 자신이 엮은 중국단편소설집《살아있는 중국(活的中國)》을 무난하게 출판했을 때, 우리는 완전히 풀이 죽어 버렸다. 우리는 어쩔 수 없이 우울한 표정으로《짚신다리》를 우리의 지난날의 기념물들 중의 하나로 방 한쪽에 방치할 수밖에 없었다.

아이삭스는 베이핑에서《짚신다리》의 편역작업을 진행하면서 중국 대혁명사의 연구에도 몰두하였다. 그는 류런징(劉仁靜)[534](중국공산당 1차 대회 대표로, 트로츠키와 직접적인 관계가 있었던 트로츠키 파 인사)의 도움을 받으면서 저서《중국혁명의 비극》을 완성하였다. 그는 1938년 6월 15일 대형 프로젝트였던 이 책을 위한 간단한 머리말을 쓰면서 이렇게 밝혔다.

● 아이삭스에게 도움을 준 류런징

이 책은 장장 4년 동안의 작업의 결과물이다. 이 책을 쓰게 된 동기는 1925-1927년에 중국을 뒤흔들어 놓았던 위대한 사변에 대한 상세한 연구가 전혀 이루어지지 않은 것을 발견하고부터이다. 당시 사회적으로는 거대한 파국이 일어나고 그 교훈으로 때마침 새로운 사변들이 뒤따라 발생하고 있었으므로 시기적으로 더더욱 절묘하였다. 이번의 새로운 사변은 이 책의 태반이 탈고된 후에 발생했는데, 그 부분에 대해서는 이 책 결말부의 몇 장에서 자세히 설명해 두었다.

많은 친구들이 진귀한 자료·독서노트·신문·문서·소책자·서적 등을 대출하여 이 책을 저술하는 데에 활용할 수 있게 도와 주었다. 저자는 이에 대하여 진심으로 마음 속 깊이 감명을 받았다. 그런 자료들은 저마다 그 나름의 역사를 지니고 있다. 국민당은 1927년 후부터는 그것들을 발견하기만 하면 불태워 없애곤 하였다. 그리고 코민테른의 문서고의 경우에도 설사 위에 언급한 문헌들을 전부 보유하고 있다고 하더라도 진지하게 역사적 사실을 탐구하면서 날조를 거부하는 사람에게는 대단히 폐쇄적이었다.

그러한 자료들을 여기서 처음으로 이처럼 많이 활용했기 때문에, 또한 코민테른이 이 사변들과 관련된 역사 위조운동을 10년 동안이나 전개해 왔기 때문에, 작자는 당대의 문헌들을 다루는 데 있어 정확한 입장을 견지하였다. 심지어 인용문을 너무 길게 인용할 때조차도 그것을 검증으로 삼고 미래학자의 가이드로 삼는 것을 목적으로 삼았다. 중국의 영문 표기는 각국의 어문들에서는 편차가 매우 크지만, 이미 중국에서 가장 널리 통용되는 표기법에 따라 확일화 하였다. (인용문의 것도 포함) 이 자리를 빌어 중문 문헌을 직접 번역해 준 류런징에게 특별히 감사의 뜻을 전한다.

저자가 무엇보다 감격스럽게 생각하는 것은 비올라 로빈슨(V. Robinson, 저자의 아내로 중국식 이름은 야오바이쎈)의 도움이다. 잘못된 부분은 모두 그녀가 바로잡아 주었기 때문이다.[535]

이 글을 통하여 아이삭스가 이 책의 출판을 위하여 들인 노력과 책의 가치를 알 수 있다. 그는 코민테른의 잘못된 판단이 중국에서의 대혁명을 실패로 몰아간 비극의 원인이었다는 점을 최초로 지적한 사람이었다. 그리고 이 책은 그처럼 첨예한 문제를 처음으로 정면으로 직시한 저서였다. 지금의 시각으로 볼 때, 그 자료들은 그다지 풍부해 보이지 않고 일부 판단 역시 그다지 정확해 보이지 않으며 어떤 대목은 보다 심층적인 분석이 필요해 보인다. 그러나 그 학술적 가치나 인문학적 가치에 대해서는 당연히 높은 평가를 해 주어야 옳다고 본다. 그 책은 장차 20세기의 중요한 역사학 저술들 중의 하나로 세상에 전해지게 될 것이다.

1980년 10월, 아이삭스 부부는 중국작가협회의 초청으로 중국을 방문하는데, 이에 대해서는 《딩링연보장편(丁玲年譜長編)》에서 다음과 같이 소개하고 있다.

13일, 베이징 오리구이 식당에서 미국 친구 이뤄성을 환영하는 중국작가협회의 간이 연회가 열렸다. 차오징화(曹靖華)·리허린(李何林)·천한성(陳翰笙)·탕타오(唐弢)·꺼바오취안(戈寶權) 등이 자리를 함께하였다.

14일, 저녁, 허우하이(後海)의 쑹칭링 처소로 가서 이뤄성 부부를 환영하는 가정 연회에 출석하였다. 딩링이 연회장에 가장 먼저 도착했고 그 다음이 이뤄성이었다. 그는 딩링을 위하여 미국 매사추세츠 공과대학교 출판사가 1974년 출판한 《짚신다리》를 가지고 왔다. 이 책은 루쉰과 마오뚠이 1934년에 엮은 것으로 딩링의 〈소피 여사의 일기[莎菲女士的日記]〉와 〈물(水)〉도 수록되어 있었다. 가정 연회에 출석한 인사로는 이 밖에도 마오뚠·자오푸추(趙樸初)·천웨이뿨(陳維博)와 스틸웰(Joseph Warren Stilwell) 장군의 두 딸이 있었다.[536]

# 3

루쉰과 스노의 인연은 1933년 2월 21일에 시작되었다. 이날 루쉰은 일기에 "저녁에 스러 씨를 만났다[晚晤施樂君]"라고 적고 있다. 여기서 '스러'는 스노를 말한다. 그날 두 사람의 화제는 스노가 루쉰의 소설을 영문으로 번역하는 문제였다. 대화를 나눈 후 얼마 지나지 않은 3월 22일, 루쉰은 스노의 요청에 따라 영문판의 서문을 써 주었다.

얼마 후 스노는 베이징으로 거처를 옮겨 옌징(燕京)대에서 겸임강사로 재직하면서 영문에 정통한 중국 작가 야오커(姚克)[537]와 함께 루쉰의 소설을 공역하였다.

옌안의 스노와 마오쩌둥

1934년 6월 19일, 루쉰은 일기에 "야오커가 와서 스러 씨와 그 부인의 서신을 전해 주었고 나는 즉석에서 작품 번역 및 미국에서의 판권을 허락하는 증서를 써 주었다."라고 적고 있다. 스노가 루쉰의 판권을 위임받은 것이다. 루쉰의 소설을 번역할 생각을 가지고 있던 아이삭스 역시 나중에 판권을 위임해 줄 것으로 기대했지만 루쉰은 "나의 소설은 금년 봄에 이미 스러 씨에게 임의 번역을 허락했기 때문에 또 다른 분에게까지 위임할 수는 없을 것 같습니다."(1934년 8월 22일)라는 요지의 답장을 보낼 수밖에 없었다.

　　그러나 영역본 루쉰 소설을 출판하겠다는 스노의 당초의 계획은 나중에 변경되었다. 이미 번역을 마친 루쉰의 작품들과 함께 다른 작가들의 작품까지 수록한 것이다. 《살아있는 중국(Living China)》이라는 제목의 이 중국 현대단편소설집에는 〈약(藥)〉·〈작은 일 하나[一件小事]〉·〈공을기(孔乙

루쉰의 소설을 스노와 공역한 야오커(왼쪽)

리)〉·〈축복(祝福)〉·〈연[風箏]〉·〈"니기미"론[論"他媽的"]〉·〈이혼(離婚)〉 등 루쉰의
작품 7편이 수록되었다. 이 책에 같이 작품이 수록된 다른 작가로는 당시
이미 고인이 된 러우스, 수감 중이던 딩링, 일제에 함락된 동삼성(東三省)에
서 이제 막 돌아온 톈쥔(田軍) 즉 샤오쥔(蕭軍) 이외에도 마오둔·바진(巴金)·
선충원(沈從文)·쑨시전(孫席珍)·린위탕·샤오첸(蕭乾)·위따푸(郁達夫)·장톈이
(張天翼)·궈뭐뤄(郭沫若)·사딩(沙汀) 등이 있었다. 여작가 양삐(楊繽) 즉 1957년
반우파투쟁(反右派鬪爭) 초기에 자살한《인민일보》의 부편집장 양강(楊剛)의
자전적 소설인 〈일기습유(日記拾遺)〉는 "실명(失名)"이라는 필명으로 수록되
었다.

나중에 스노는 자신의 〈처음으로의 여정(Journey to the Beginning)〉에서
《살아있는 중국》을 이렇게 자평하였다. "이 작은 책의 문학적 가치는 그다
지 크다고 할 수 없다. 그러나 그것은 중국문학의 영역에서 현대의 반항정
신과 동정심에 대한 최초의 증거이자 가장 광범한 사회적 평등을 요구한
증거이기도 하다. 이는 중국역사상 최초로 '평민 백성'의 중요성을 확인한
책이었다."[538]

스노와 루쉰은 내왕이 많지 않았지만 서로에 대한 인상은 좋은 편이었
다. 스노는 루쉰의 모습을 이렇게 묘사하고 있다.

내가 루쉰을 회견했을 때 그는 이미 사람들로부터 존경을 받는 학자이
자 스승이자 위대한 작가가 되어 있었다. 그는 체구가 크지 않았으며 피
부는 가무잡잡하고 눈빛은 빛나고 눈썹은 눅눅하였다. 그는 당시 쉰
살 남짓으로 치료가 어려운 폐병을 앓고 있어서 머잖아 세상을 등질 것
같아 보였다.[539]

스노는 그들과 나눈 대화도 소개했는데, 흥미로운 것은 《아Q정전》에
관한 대화이다.

"당신들은 이미 제2차 혁명, 바꿔서 말하자면 '국민혁명'을 진행하고 있
습니다. 당신은 지금도 과거처럼 아Q가 많이 있다고 생각하십니까?"
내가 루쉰에게 물었다.
루쉰은 크게 웃으면서 말하는 것이었다.
"더 엉망이지요. 그자들이 지금은 나라를 관리까지 하고 있다니까요?"[540]

루쉰이 보기에는 국민당의 통치는 아Q가 나라를 다스리겠다고 드는
것과 다를 바가 없었던 것이다.
루쉰은 정전둬(鄭振鐸)에게 보내는 편지(1935년 1월 8일)에서 스노를 이렇게
평가하였다.

S씨는 분별력이 있습니다. 몇몇 외국인의 중국에 대한 사랑은 일부 동포
들보다 훨씬 낫습니다. 정말 속상하는 일이 아닐 수 없습니다.

루쉰의 일기에서 스노가 마지막으로 등장하는 것은 1936년 4월 26일이
다. "광핑과 같이 하이잉을 데리고 칼튼 극장(Carlton Theater)[541]에 가서 이
런저런 영상물을 보느라 함께 온 야오커와 스로도 만나지 못하였다." 공
교롭게도 손님들이 집으로 방문했지만 주인은 영화를 보기 위하여 외출
하는 바람에 만나지 못했던 것이다.
이날 헛걸음을 한 스노는 얼마 후 산베이(陝北)의 소비에트 지구로 가서
마오쩌둥을 위시한 중국공산당의 영도자들을 회견하고 그의 불후의 명

저인 《붉은별이 비추고 있는 중국(Red Star Over China)》(중역본 제목 《서행만기(西行漫記)》)을 완성함으로써 전세계에 중국의 소비에트 지구·홍군(紅軍)·공산당에 관하여 최초로 객관적인 보도를 하게 된다. 이 일이 계기가 되어 그는 마오쩌둥의 평생의 지인이 되었으며, 냉전시대에는 중국과 미국이 연락을 취하는 과정에서 중요한 채널 역할을 하였다. 물론, 이 일들은 모두 루쉰 사후에 일어났다.

# 루쉰과
# 천두슈

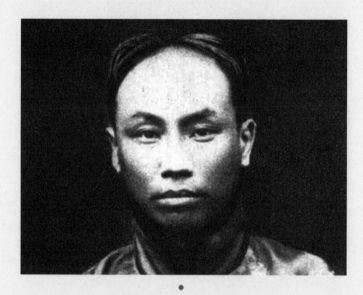

5.4운동의 총사령관 천두슈(1879-1942)
중국공산당 창당의 주역으로 활동했으며 초대 총서기직을 맡아
1925년 4차대회까지 중국공산당을 주도했다.

루쉰과 천두슈(陳獨秀)[542]는 '5.4' 신문화운동을 대표하는 대단히 중요한 인물이다. 시기는 다르지만 두 사람은 베이징대에서 교편을 잡은 적이 있었다. 천두슈는 1917년 1월 차이위안페이의 초빙으로 개혁 반대 여론의 공격에 1919년 3월 말 그 자리를 떠날 때까지 베이징대 문과대 학장을 맡았다. 루쉰이 1920년 8월 6일 베이징대의 초빙서를 받고 중국소설사를 강의할 때는 천두슈가 이미 베이징대를 떠난 후였다. 두 사람이 베이징대에서 동료로 지낸 적은 한번도 없었던 셈이다.

　루쉰과 천두슈가 서로 아는 사이가 된 것은 《신청년》 잡지를 통해서였다. 천두슈가 편집을 맡았던 《신청년》은 '5.4' 시기에 가장 중요한 간행물이었다. 창간 당시에는 제호가 《청년잡지(青年雜誌)》였던 이 잡지는 1915년 9월 상하이에서 창간되었다. 제호가 《신청년》으로 바뀐 것은 위안스카이 사후 제2권이 발간되면서부터였다.

　《신청년》이 '민주'와 '과학'이라는 캐치프레이즈를 내걸고 유가 학설을 필두로 한 중국의 전통문화를 비판하면서 잡지로서는 중국 역사상 전무후무할 정도로 커다란 영향을 주었다는 사실은 아마 누구나 다 인정할 것이다. 그러나 창간 초기만 해도 《신청년》에 대한 사람들의 반응은 상당히 차가웠다. 루쉰만 하더라도 처음에는 이 잡지를 그다지 대단하게 여기지 않았다. 저우쭤런은 〈루쉰의 고향집[魯迅的故家]〉에서 이렇게 회고하고 있다.

1910년대 베이징대 시절의 차이위안페이와 천두슈

　루쉰은 진작부터 《신청년》을 알고 있었지만 전혀 대단하게 여기지 않았다. 그해(1917년) 4월 베이징에 갔더니 루쉰이 《신청년》 몇 권을 보여 주면서 '쉬서우창이 근래에 이런 잡지가 나왔는데 잘못된 주장이 꽤 많아서 단단히 반박해야겠다 싶어서 사 왔다'는 것이었다. 그러나 잡지를 펼쳐 본 우리는 이렇다 할 문제를 찾아내지 못하고 바로 내려놓고 말았다. 《신청년》은 그때만 해도 문언체를 쓰고 있었다. 날이 갈수록 주거니 받거니 문학혁명을 논하는 일이 늘기는 했지만 그 중 한 편은 여전히 문언체로 작성되었는데 바로 그 글에서 봉건적이고 귀족적인 고문을 성토하고 있었다.* 결론적으로 말하자면, 문제가 많다고 여긴 쉬서우창만큼은 아니었지만 《신청년》에 대한 태도는 내내 차가웠던 것이다.[543]

그러나 저우쭤런의 회고는 실제와는 다소 거리가 있다. 루쉰이 《신청년》을 보여 준 것은 저우쭤런이 베이징에 갔을 때가 아니었기 때문이다. 루쉰은 이 일이 있기 전에 이미 저우쭤런에게 보여 줄 생각으로 《신청년》을 사오싱의 고향집에 부치고 있다. 루쉰은 1917년 1월 19일 일기에 이렇게 적었다. "오전에 둘째에게 《교육공보(教育公報)》 두 권, 《청년잡지》 열 권을 소포로 부쳐 주었다." 여기서 "열 권"은 당시까지 출판된 《신청년》의 전부로, 제1권의 여섯 권과 제2권의 제1호에서 제4호(1916년 12월 1일 출판)까지였다. 저우쭤런이 베이징에 갔다가 루쉰의 거처에서 본 것은 후스의 〈문학개량추의〉[544]가 실린 제5호와 천두슈의 〈문학혁명론〉[545]이 실린 제6호를 포함한 그 이후의 발행분이었다.

---

* 1917년 2월 1일 출판된 《신청년》 제2권 제6호에 발표된 천두슈의 〈문학혁명론〉을 말한다.

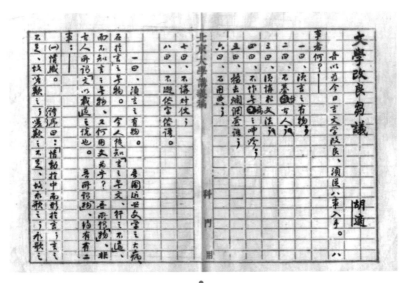

첸쉬안퉁이 받아 적은 후스의 〈문학개량추의〉

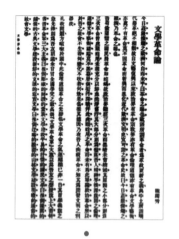

후스의 〈문학개량추의〉에 호응하여
천두슈가 발표한 〈문학혁명론〉

    창간 초기에는 관심이 없다가 나중에 이렇게 열 권씩이나 부쳐 준 것을
보면 《신청년》에 대한 루쉰의 인식이 조금은 나아졌던 셈이다.

    루쉰은 1917년 9월 쟝시 성(江西省) 교육청 청장으로 자리를 옮기는 쉬
서우창에게 보낸 편지에서 여러 차례 《신청년》을 거론하였다. 1918년 1월
4일의 편지에서는 이렇게 적고 있다. "《신청년》이 널리 보급되지 않은 탓
에 서점에서 거래를 끊으려 하다가 천두슈 등이 교섭한 끝에 계속 내 주
겠다는 약속을 받아내고 이번 달 15일에 출판하기로 했답니다." 매출 상
황이 좋지 않아 당초 군익서사(群益書社)에서는 제3권까지만 내고 더 이상
낼 생각이 없다가 교섭을 몇 차례 벌인 끝에 겨우 계속 출판하겠다는 확
약을 받아냈던 것이다. 제4권의 제1호가 1918년 1월 15일 발행된 시점은

제3권 제6호(1917년 8월 1일 발행) 당시로부터 넉 달 반이나 지난 후였다. 제4권 제2호가 출판되자(1918년 2월 15일) 루쉰은 이번에도 쉬서우창에게 그것을 부쳐 주면서 편지(3월 10일)에서 이렇게 말하고 있다. "《신청년》제2기가 벌써 나왔기에 따로 포장을 해서 부쳐 드립니다. 금년에 군익서사는 기부금을 꽤 많이 받아서 책값을 받지 않는다니 책값 때문에 환불을 요구하는 사태는 벌어지지 않을 것 같습니다." 매출이 좋지 않다 보니 출판사가 사람들에게 증정본을 많이 배포함으로써 그 영향력을 서서히 확대해 나가려 했던 것이다. 루쉰의 일기를 보면 그는 《신청년》을 쉬서우창뿐만 아니라 이 밖에도 치서우산(齊壽山)·첸쥔푸(錢鈞夫, 이름은 쟈즈(家治), 물리학자 첸쉬에썬(錢學森)의 부친) 등의 인사들과 대중을 대상으로 한 도서관에까지 기증하고 있다.

그로부터 얼마 후 루쉰은 《신청년》에 글을 발표하기 시작한다. 당시 원고를 재촉하는 궂은일은 신청년사의 동인이던 첸쉬안통(錢玄同)과 류반농(劉半農)이 담당하였다. 첸쉬안통은 훗날 당시를 이렇게 회고하고 있다.

민국 6년(1917년), 베이징대 총장을 맡은 차이졔민(위안페이) 선생은 큰일들을 개혁하면서 천중푸(두슈) 씨를 문과대 학장으로, 후스즈(스) 씨와 류반농(푸) 씨를 교수로 각각 초빙하였다. 천두슈·후스즈·류반농 세 사람은 당시 마침 신문화운동에 공을 들이면서 문학혁명을 주장하고 있었다. 치밍 역시 같은 시기에 베이징대 교수로 초빙되었다. 나의 경우에는 내 이성이 '구시대의 문화 중 불합리한 것들은 타파해야 한다', '글은 구어체로 써야 된다'라고 나에게 말하고 있었다. 따라서 나는 천중푸가 운영하는 《신청년》에 상당히 찬동하는 입장이었으며 기꺼이 그 졸병이 되어 잡지를 위해 힘을 보태기를 바라고 있었다. 나는 저우 씨 형제의 사

● '진신이' 첸쉬안퉁

상은 국내에서 첫 손에 꼽을 정도라고 믿었기 때문에 두 사람에게 《신청년》에 글을 쓸 것을 적극적으로 종용하였다.[546]

루쉰은 《눌함(吶喊)》 〈자서(自序)〉에서 싸움을 말리러 온 첸쉬안퉁[547]과의 대화를 생생하게 소개하고 있다.

이 일화는 다들 잘 아는 이야기이므로 여기서는 따로 인용하지 않겠다. 루쉰의 원고를 독촉하는 데에 적극적이었던 사람으로는 류반농(劉半農)도 있었다. 그는 자신의 시 〈그믐밤[除夕]〉에서 1918년 2월 10일(음력 정사년 그믐) 사오싱 현 회관(紹興縣會館)에서 루쉰·저우쮜런 형제를 만난 일을 소개하고 있다.

그믐은 늘 있는 날인데
굳이 시를 지을 필요가 어디 있겠나?
그믐이라 여기지 말고 평일처럼 보내자.
이날 난 사오싱 현 회관에 있었는데 그곳엔 나무가 아주 많았지.
바람 불어 나무들이 흔들리니 그 소리 바다에 파도가 이는 듯 하기에
가만히 바람 소리 들으며 긴 밤을 지새네.

주인장인 저우 씨 형제가 나와 한가하게 이야기를 나누느라니
'무살'도 부르자 하고 '포편'도 만들자 하더니만
금년은 다 갔으니 그 일들은 내년에 하자 하네.

438 _

류반눙은 그 시에 다음과 같은 주석을 두 개 붙였다.

【무살(繆撒)】 라틴어로는 Musa. 〔고대〕 그리스의 '아홉 명의 예술의 여신'의 하나로 문학과 미술을 관장하였다.

【포편(蒲鞭)】 일본 잡지에 있었던 칼럼. 대체로 '신간 소개에 대응한 것으로, 소극적인 방법으로 편역계의 진보인사들을 독촉하는 것을 말한다. 나는 저우 씨 형제(위차이·치밍)와 《신청년》에 이런 칼럼을 새로 만들자는 데에 의견을 모았으나 한동안 장애 요인이라도 있을까 우려하여 아직 실천하지 못하고 있다.[548]

쳰쉬안퉁과 류반눙이 루쉰 형제에게 《신청년》에 글을 기고하도록 이처럼 적극적으로 종용한 것은 아마도 당시 편집장을 맡고 있던 천두슈의 입김이 작용한 결과였으리라. 루쉰은 그들이 《신청년》을 내고 있기는 하지만 여기에 딱히 찬성하는 사람도 반대하는 사람도 없다 보니 허탈감이 클 거라고 생각했을 것이다. 이 같은 적막 속에서도 거침없이 전진하는 그들을 조금이라도 위로하고자 하는 루쉰의 충정은 자신을 기꺼이 선봉장이 되어 펜을 들게 만들었다.《눌함》〈자서〉 루쉰은 마침내 1918년 5월 15일 출판된 《신청년》 제4권 제5호에 소설 《광인일기(狂人日記)》와 〈꿈[夢]〉〈사랑의 신[愛之神]〉〈복사꽃[桃花]〉 등 세 편의 신체시를 발표한다. 그는 《자선집(自選集)》〈자서〉에서 당시를 이렇게 술회하였다.

내 작품은 《신청년》에서 남들과 보조가 대체로 잘 맞아 떨어졌다. 그래서 나는 이것들이 확실히 당시의 '혁명문학'으로 걸맞다고 여겼다.
이것들은 어떤 의미에서는 오히려 '명령을 받드는 문학[遵命文學]'이라고도 할 수 있겠다. 그러나 내가 받드는 것은 당시의 혁명 선구자들의 명령이요 나 자신이 받들기를 원하는 명령이었지 황제의 칙명이나 금화나 진짜 지휘도 따위는 결코 아니었다.[549]

여기에 언급된 "당시의 혁명 선구자"라면 물론 천두슈를 두고 한 말이었을 것이다.

루쉰은 《신청년》에만 소설과 신체시를 발표했고, 〈정절에 대한 나의 시각[我之貞烈觀]〉 〈우리는 지금 아버지 노릇을 어떻게 하고 있나[我們現在怎樣做父親]〉 등과 같이 구시대적 도덕관을 비판하는 논문들을 기고했는데, 그중에서도 "수감록(隨感錄)" 코너에서는 목적성이 아주 강한 논설문을 상당히 많이 발표하였다. 훗날 그는 《열풍(熱風)》 〈제기(題記)〉에서 "돌이켜 보면 당시 《신청년》은 사방의 적과 맞서 싸우고 있었으며 내가 상대한 것은 그저 작은 일부분에 불과하였다."고 술회하고 있다. 이 작은 일부분 중에서 "어떤 것은 점술·좌선·태극권에 대하여 쓰기도 하고, 어떤 것은 이른바 '나라의 정수를 지키자[保存國粹]'라는 구호에 대응하여 쓰기도 했고, 어떤 것은 당시 구시대의 관료들이 자신들의 경험에 자부심을 느끼는 행태에 대하여 쓰기도 했고, 어떤 것은 상하이 《시보(時報)》의 풍자만화에 대응하여 쓰기도 하였다."

이렇게 해서 저우 씨 형제—루쉰과 저우쭤런도 《신청년》의 동인이 되었던 것이다.

루쉰의 〈류반농 씨를 떠올리며[憶劉半農君]〉《체제팅 잡문(且介亭雜文)》에는 당시의 일을 이렇게 회고하고 있다.

《신청년》이 나올 때마다 편집회의를 열어 다음 호에 실을 원고에 관하

여 상의를 하였다. 당시 가장 나의 주의를 끈 것
은 천두슈와 후스즈였다. 전략을 창고라고 친다
면, 천두슈 선생의 전략은 바깥에 "이 안에는 무
기가 있으니 오는 분들은 각별히 조심하시오!"라
고 대서특필한 큰 깃발을 내 건 격이었다. 그런
데 그 문이 열려 있고 안에 창이 몇 개이고 칼이
몇 자루인지 한눈에 훤히 알 수 있어서 새삼 조
심할 필요가 없는 것이다. 반면에, 후스즈 선생의

●
1950년대의 차오쥐런

전략은 문을 꽁꽁 닫아 건 채 "안에는 무기 따위는 없으니 조금도 의심
이나 걱정 따위는 하지 마시오"라고 적은 쪽지를 문에 붙여 놓은 격이었
다. 그 경고는 물론 사실일 수도 있겠지만 어떤 사람-적어도 나 같은 부
류-에게는 내내 고개를 갸웃거리면서 의심을 할 수밖에 없게 만든다. 반
면에 류반농은 아예 '무기고' 같은 것은 가지고 있는 사람같이 여겨지지
않았다. 그래서 나는 천 선생과 후 선생에게 탄복을 하기는 하면서도 오
히려 류반농과 더 가깝게 지냈다.

루쉰이 여기서 '무기고'의 유무로 천두슈·후스즈·류반농의 차이를 소
개할 때 '무기고'의 비유를 든 것은 아주 훌륭했다고 본다. 물론, 저우쮀런
같은 이들은 이 같은 인물평에 대하여 의문을 제기하기도 하였다. 그는
1958년 1월 20일 차오쥐런(曹聚仁)에게 보내는 편지에서 다음과 같이 말하
였다.

세상에는 성인 따위는 존재하지 않습니다. 따라서 사람은 늘 결점을 가
지고 있을 수밖에 없지요. 루쉰이 글을 쓸 때 보이는 태도는 엄숙하고

긴장감이 느껴지며 때로는 극적이기까지 합니다. 그렇다 보니 그가 하는 말에는 소설화된 구석이 없을 수가 없습니다. 즉 진실감이 결여된 나머지 괴테의 자서전 《시와 진실》에서의 시와도 같은 요소가 다분한 거지요. 《신청년》 편집회의에 관한 언급의 경우를 예로 들더라도, 루쉰은 자신이 참석한 적이 있는 것처럼 적고 있지만 실제로는 어느 해인가 여섯 사람이 편집 업무를 나누어 한 사람이 한 호석 전담했을 뿐이고 우리는 번번이 거기에 포함되지 않았습니다. 회의는 열렸을지 모르지만 우리는 '객원교사'의 신분이었기 때문에 내내 참여한 적이 없었던 거지요.[550]

훗날 저우쭤런은 《즈탕회상록(知堂回想錄)》의 〈마오즈하오의 명인들(2)〉에서 다시 이 일을 언급하고 있다.

… 《신청년》의 업무는 그 후에도 천두슈가 처리하였다. 일기에는 이런 말이 적혀 있다.

"10월 5일, 맑음. 오후 2시에 스즈의 거처로 가서 《신청년》 관련 업무를 상의하고 제7권부터는 중푸 혼자 편집을 맡기로 하고 6시에 헤어지는데 스즈가 자신의 저서 《실험주의》를 증정하는 것이었다." 그 이전 아마 제5-6권 때인가 몇 사람이 차례로 편집을 맡기로 결의할 때, 두슈·스즈·서우창·반농·쉬안통과 타오멍허(陶孟和) 여섯 사람이 참석했던 것으로 기억한다. 이 밖에 선인뭐(沈尹黙)도 있었는지에 대해서는 기억이 잘 나지 않는다. 그러나 나는 타오멍허가 편집장을 맡았을 때 내가 일본 에마 나카시(江馬修)[551]의

● 근대 일본의 소설가 에마 나카시

《작은 한 사람[小的一個人]》이라는 제목의 소설의 번역 원고를 보낼 즈음, 아무리 애를 써도 도무지 번역이 만족스럽지 않다가 타오 씨가 한 글자를 추가하라고 조언하길래 《작디작은 한 사람[小小的一個人]》으로 고친 일을 똑똑히 기억하고 있다.

이 일을 지금도 잊을 수 없는 이유는 그가 말 그대로 '단 한 글자로 깨달음을 준 스승[一字師]'이었기 때문이다. 《신청년》의 편집회의에 대하여 말하자면, 나는 전혀 참석한 적이 없다. 《매주평론[每週評論]》[552]의 경우도 마찬가지였다. 당시 우리는 객원 신분이었기 때문에 평소에는 원고만 쓰다가 《신청년》의 존망이 걸린 중대한 시기에만 초청되었을 뿐이다.[553]

영인본으로 나온 초판본을 보면 알 수 있는 것처럼, 《신청년》은 제6권을 출판할 때에만 여섯 사람이 편집 업무를 분담해서 한 호씩 편집을 맡았다. 제6권 제1호 목록 다음 쪽에는 〈본 잡지 제6권 분기편집표〉가 다음

민국 시기의 유명한 신문 《매주평론》

과 같이 나와 있다.

제1호 천두슈　　제3호 까오이한　　제5호 리따자오
제2호 쳰쉬안퉁　　제4호 후 스　　제6호 선인뭐

이 표를 통하여 저우쭤런이 소개한 명단에 착오가 좀 있다는 것을 알
수 있다. 위의 명단에 소개된 여섯 사람 중에는 타오멍허가 포함되어 있지
않기 때문이다. 그런데 그가 번역한 〈작디작은 한 사람〉은 《신청년》 제5권
제6호에 실려 있다. 그렇다면 6인 분담 방식은 공표만 되지 않았을 뿐이
지 제5권 출판 당시부터 시행되고 있었고 타오멍허는 제6호의 편집만 맡
았던 것은 아니었을까?

저우쭤런은 자신과 루쉰의 《신청년》과의 관계를 "평소에는 원고만 쓰
는" "객원" 신분으로 편집회의에는 전혀 참석한 적이 없다고 하였다. 그의
기억이 정확하다면 특정 호의 편집을 독자적으로 분담한다는 것은 더더
욱 말이 필요 없는 상황인 셈이다. 루쉰의 일기에 언급된 천두슈와의 교
류는 모두 편지를 통해서만 이루어졌을 뿐으로, '방문' '답방' 식으로 직접
만났다는 기록은 어디에도 없다. 그렇다면 《신청년》 편집회의에 참석했다
는 기록은 더더욱 없을 수밖에 없다. 누군가는 분실된 1922년도 일기책에
관련 기록이 들어 있을 수도 있지 않느냐고 반문할 수도 있을 것이다. 그
러나 이에 대한 대답은 아주 간단하다. 1922년 천두슈는 광저우에 머물
고 있었고, 《신청년》은 그 하반기에 제9권까지 나온 상태에서 정간되었기
때문이다. 물론, 일기에 직접 만났다는 기록이 없다는 것은 두 사람이 단
독으로 만난 적이 없다는 것만 보여 줄 뿐이지, 여러 사람이 함께 만나는
자리(연회에 단체로 참석한 경우 등등)에서 만남이 이루어졌을 가능성도 완전히

배제할 수는 없을 것이다. 그런 식의 만남은 어떤 형태로든 간에 있었을 테니까 말이다.

그렇다면 《신청년》 편집회의에 참석했었다는 대목에 문제가 있는 것은 아닐까? 그러나 천두슈가 루쉰에게 원고를 써 줄 것을 간곡히 부탁한 일은 틀림없는 사실이다. 저우쭤런이 자신에게 보낸 천두슈의 편지들을 보관하고 있었다는 것이 그 증거이다.

저우쭤런의 〈스안의 서신[實庵的尺牘]〉이라는 글[554]에는 천두슈가 그에게 보낸 16통의 편지가 수록되어 있다. 상하이 인민출판사가 2009년에 출판한 《천두슈 저작선편》 제2권에는 그 중에서 세 통만 소개되어 있다. 아래에 저우쭤런의 글을 몇 꼭지 인용해 보도록 하겠다.


○ 1918년 12월 14일자 편지:

"문예시평 칼럼 문제와 관련해서는 선생이 실물에 대한 비평의 글을 써 주실 것을 부탁드립니다. 위차이 선생께도 선생이 대신 전달해 주시기 부탁드립니다."

○ 1920년 2월 19일자 편지:

"치밍 형: 5호(제7권 제5호)가 출판일(4월 1일)로부터 40일밖에 남지 않았습니다. 3월 1일 전후까지는 원고가 반드시 전부 도착해야 하오니, 〈어떤 청년의 꿈[一個靑年的夢]〉도 위차이 선생께 서둘러 원고 전부를 번역해서 뤄성 형을 거쳐 상해로 부쳐 주시기 바랍니다. 제6호는 노동절 특집호로 낼 계획입니다. 따라서 다른 성격의 글들을 함께 싣기는 곤란할 것 같군요. 〈청년의 꿈〉은 4막짜리이므로 얼추 제5호 정도에는 실을 수 있을 것 같습니다. 위차이 선생께도 꼭 안부 전해 주십시오. 아우 중(푸) 올림, 2월 19일 밤."

○ 같은 해 3월 11일자 편지:

"우리는 위차이 선생께서 《신청년》에 실을 소설을 써 주실 것을 간절히 바라고 있사오니 선생이 위차이 선생께 잘 말씀드려 주십시오."

○ 같은 해 7월 9일자 편지:

"위차이 선생께서는 글을 다 쓰셨는지요. 귀하가 위차이 선생께 한번 여쭤어 주십시오."

저우쭤런은 원고를 독촉하는 천두슈의 의사를 즉시 루쉰에게 전했고 루쉰도 바로 반응을 보였다.

○ 1920년 8월 5일자 루쉰의 일기:

"소설 한 편을 밤이 되어서야 끝냈다."

○ 같은 달 7일자 일기

"오전에 천중푸에게 소설 한 편을 부쳤다."

여기서는 막 완성한 소설 〈풍파(風波)〉를 천두슈에게 부친 일을 적고 있다.

○ 같은 해 8월 13일 천두슈가 저우쭤런에게 쓴 편지:

"두 선생의 글을 오늘 모두 받았습니다. 〈풍파〉는 이번호(제8권 제1호)에 싣고 선생이 번역한 그 작품(콜로렌코의 〈마갈의 꿈〉)은 제2호에 실을 계획입니다. 인쇄할 타이밍을 놓친 데다가 분량을 좀 줄여서 무더운 날씨에 선생이 글을 많이 쓰려고 무리하시는 일이 없도록 하기 위해서입니다. 만일 두 선생께서 흔쾌히 또 한 편을 써서 2호에도 발표해 주신다면 더없이 좋겠습니다."

○ 같은 해 8월 22일자 편지:

"〈풍파〉를 제1호에 싣기로 했으며 9월 1일이면 확실히 출판할 수 있을
것 같습니다. … 루쉰 형께서 쓰신 소설은 정말 오체투지를 할 정도로
감탄스러웠습니다."

○ 같은 해 9월 20일자 편지:

"제2호는 확실히 예정대로 출판할 수 있을 것 같습니다. 귀하 명의로는
이곳에 아직 소설 한 편이 있지만 그것 말고는 없는 것 같군요. 위차이
형 쪽은 어떠신지요? '수감록'은 원래 상당히 생기가 넘치는 글인데 지금
저 혼자서 독점하고 있으니 안 될 일입니다. 귀하와 위차이·쉬안통 두
분께서 틈이 나실 때마다 좀 써 두도록 하십시오. 위차이 형께서 쓰신
소설은 정말 모아서 새로 찍을 만한 가치가 있다고 봅니다. 귀하가 위차
이 형께 여쭈어 보시고 만일 그렇게 해도 괜찮다고 생각하신다면《신조
(新潮)》·《신청년》에서 추려내어 직접 수정·보완하신다면 원고가 도착하
는 즉시 인쇄할 수 있습니다."

루쉰 소설에 대한 천두슈의 평가를 보면 그가 얼마나 루쉰의 글솜씨를
높이 평가하고 있는지 알 수 있다. 다만 그가 루쉰에게 과거에 발표한 소
설들을 선집으로 묶어 정식으로 출판할 것을 제안한 일은 시기적으로 좀
더 빨랐다. 당시 루쉰은 자신의 가장 중요한 소설인《아Q정전(阿Q正傳)》을
쓰지 않은 상태였으며, 소설집《눌함(吶喊)》은 그로부터 3년이 지난 후에야
비로소 출판되었다.

그 후는 루쉰·저우쭤런과의 서신 왕래는 천두슈가 정치활동에 몰두하
면서 중단되고 만다.

1933년 3월, 루쉰은 천마서점(天馬書店)이 출판한 《창작의 경험[創作的經驗]》에 〈나는 어떻게 소설을 쓰기 시작했나[我怎麽做起小說來]〉(《남강북조집(南腔北調集)》[555]에 수록)라는 글을 썼는데, 거기서 이렇게 옛일을 회고하고 있다.

그러나 《신청년》의 편집자는 번번이 원고를 독촉했고 나도 몇 번 독촉을 받고 나서 한 편을 완성해냈다. 여기서 나는 꼭 천두슈 선생을 기려야 할 것 같다. 그는 소설을 쓸 것을 나에게 가장 적극적으로 독려한 사람이었기 때문이다.

그런 천두슈가 이 일이 있기 몇 달 전인 1932년 10월 15일, 국민당 당국에 체포된다. 루쉰은 아마 그 글을 통하여 당시 수감되어 있는 이 '정치범'에게 당당하게 감사의 마음을 전하는 한편 당국에 대해서는 항의의 의사를 표명하려 했을 것이다.

천두슈는 1936년 10월 19일 루쉰이 병사했을 때에도 옥중에 있었다. 그는 몇 달 후 항일전쟁이 발발하고 얼마 지나지 않아 석방되었다. 그는 1937년 11월 21일 출판한 《우주풍(宇宙風)》[556]이라는 순간(旬刊) 산문잡지 제52호에 〈루쉰에 대한 나의 인식[我對魯迅的認識]〉이라는 글을 발표하였다. 아마 루쉰 서거 1주기를 기념하기 위하여 《우주풍》 편집자의 원고 청탁을 승낙한 데 따른 결과물이었을 것이다. 글은 단 세 단락으로 아주 짧다.

첫 번째 단락에서는 루쉰과 《신청년》의 인연에 관하여 소개하고 있다. 여기서는 루쉰이 "《신청년》의 작자들 중의 한 사람"이기는 했지만 "가장 중요한 작자는 아니었다."고 지적하고 있다. 그의 이러한 발언은 저우쭤런이 말한 "객원" 신분을 뒷받침해 주는 셈이다.

두 번째 단락에서는 루쉰과 공산당 인사들의 관계에 관하여 소개하고
있다.

민국 16-17년(1927-28년) 그가 아직 정당[557]과 가까워지기 이전에 당내의
일부 몰지각하고 경망스러운 자들(창조사·태양사)이 그를 신랄하게 매도하
였다. 당시 나는 그의 입장에서 상당히 의분을 느꼈다. 나중에 그가 정
당과 가까워지자 지난날 몰지각하고 경망스럽게 굴던 그 작자들이 갑자
기 그를 깍듯이 떠받들기 시작하였다. 마치 루쉰 선생이 이전에는 개였
다가 나중에 신이 되기라도 한 것처럼 말이다. 그러나 나는 실제의 루쉰
선생은 신도 개도 아닌 사람, 문학적으로 천부적 재능을 가진 사람이었
다고 생각한다.

세 번째 단락에서는 1936년 공산당의 항일민족통일전선 정책에 대한
루쉰의 태도에 관하여 소개하고 있다. 그는 루쉰이 "전혀 근본적으로 반
대하지는 않았다."고 보았다. "그가 반대한 것은 지방 유지·나쁜 사대부·
정치 모리배·간교한 장사치들까지 덩달아 연합에 끼어드는 것뿐이었다."
천두슈의 이 글은 이렇게 끝맺고 있다. "이 노련한 문학가가 끝까지 약
간의 독립사상 정신을 견지하면서 경솔하게 남들에게 부화뇌동하지 않았
던 점은 우리가 탄복할 만하다."[558] 이것은 세상을 떠난 벗인 루쉰에 대한
그의 마지막 평가이자 감회이자 가장 정확한 평가였다. 루쉰이 남긴 가장
소중한 유산은 바로 독립사상을 지향하는 정신이었기 때문이다.

루쉰 형제와
푸쓰녠

1913년 베이징대 예과에 진학한 푸쓰녠(1896~1950)

# 1

자가 멍전(孟眞)인 푸쓰녠(傅斯年)[559]은 베이징대 국문문(國文門)에 재학할 때부터 《신청년》에 글을 발표하고 5.4 신문화운동에 참가하고 있었다. 1918년 1월, 《신청년》 제4권 제1호에 첫 번째 글인 〈문학혁명의 의의를 새로 천명한다[文學革命新申義]〉를 발표한 그는 제2호·제4호 및 나중의 제5호·제6호·제7호에도 잇따라 글을 발표하였다.

그는 《신청년》에 글을 투고하는 것만으로는 만족할 수 없었던지 1919년 1월 친한 친구들과 함께 월간지인 《신조(新潮)》를 창간하였다. 이 잡지는 《신청년》을 이어 신문화운동을 확산시키는 데에 대단히 중요한 역할을 하였다.

당시 푸쓰녠은 《신청년》의 주요한 작자였던 루쉰과 저우쭤런의 작품들을 흥미와 경의를 가지고 정독하면서 어느 사이에 충심으로 그들을 예찬하게 되었다. 그는 《신조》 제1권 제2호에 발표한 〈구어체 글을 어떻게 쓸 것인가〉에서 중국어를 서구화 하는 문제와 관련하여 이렇게 이야기하였다.

어떤 경솔한 사람들은 중국어가 서구화되면 말이 통하지 않게 될 것이라고 억지를 부린다. 나는 그런 자들과는 시비를 벌일 것도 없이 10년만 지나면 저절로 분명해질 거라고 본다. 《신청년》의 글, 특히 저우쭤런 선생이 번역한 소설 같은 것들은 아주 훌륭하다. 그런 직역의 글쓰기는 번역의 정도(正道)일 뿐만 아니라 우리 자신의 글쓰기에도 본보기가 되기 때문이다.[560]

푸쓰녠은 저우쭤런의 글 솜씨도 높이 평가했지만 그 견해는 더 높이 평가하였다. 그는 《신조》 제1권 제5호에 〈구어문학과 마음속의 개혁〉을 발표할 때 저우쭤런(당시의 필명은 중미(仲密))이 그 직전에 《매주평론(每週評論)》에 발표한 〈사상혁명〉에서 상당히 긴 내용[561]을 발췌하여 인용하기도 하였다.

나는 그 글을 보고 상당히 감동을 받았다. 그가 한 말들이 하나같이 내 속마음과 똑같다고 생각하였다.[562]

저우쭤런이 쓴 그 글의 논지는, 간단히 말하자면, 고문으로 표현하는 황당한 사상은 구어로도 얼마든지 표현할 수 있으며, "중국인들이 만일 진심으로 철두철미하게 인식을 전환하여 기존의 황당한 사상을 버리지 않는 이상 고문을 쓰든 구어를 쓰든 훌륭한 것을 이야기하기는 불가능하다."는 것이었다. 푸쓰녠은 이 같은 저우쭤런의 주장에 찬동하면서 "중국인들이 진화의 결승전에서 너무도 뒤처져 있는 탓에 우리 마음이 급하지 않을 수가 없는 것이다. 다들 서둘러서 다음 단계로 도약하자. 구어체 문학의 껍질로부터 구어체 문학의 속마음까지 뛰어들어 구어체 문학의 속마음으로 저 미래의 진정한 중화민국을 건설하자."[563]라고 말하였다.

말하자면 그는 문학형식의 혁명에서 문학내용의 혁명으로 승화시킬 것을 주문한 셈이다. 여기까지 언급한 푸쓰녠은 자신의 논리를 입증해 보이기 위하여 저우쭤런의 글을 인용하였다.

그러나 구어체 문학 내면의 운명에는 뜻밖에도 상당한 문제가 있다. 구어체 문학의 내면은 당연히 인생의 깊고도 널리 알려진 표현이어야 하며 생활을 향상시키는 자극제가 되어야 한다. (근래에《신청년》제5권 제5호에 발표된 〈인간적 문학〉이라는 글을 보고 정말 너무도 감탄하였다. 내가 말하는 구어체 문학의 내면은 바로 그가 말한 인도주의를 근본으로 삼은 것이다.)[564]

〈인간적 문학〉[565]은 저우쭤런이 쓴 글이었다. 푸쓰녠은 이 글을 이렇게 평가하였다.

> 내가 보기에 후스즈 선생의 〈입센주의〉, 저우치밍(周啓孟) 선생의 〈인간적 문학〉과 〈문학혁명론〉(천두슈)·〈건설적인 문학혁명론〉(후스) 등은 모두가 문학혁명의 선언서라고 할 수 있겠다.[566]

〈인간적 문학〉을 이처럼 높이 평가한 것은 푸쓰녠 뿐만이 아니었다. 후스 역시《중국신문학대계·건설이론집(中國新文學大系·建設理論集)》의 권두언에서 그 글을 "당시로서는 문학 내용의 개혁에 관한 가장 중요한 선언이었다."라고 평가하였다.

《신조》에는 일련의 '신체시'(新體詩)들이 수시로 발표되었다. 그 잡지의 제1권 제5호의 신체시 코너에서는 처음부터 저우쭤런(필명 중미)의 〈총을 멘 사람〉과 〈북경-펑톈행 열차에서〉 두 시를 전재하였다. 푸쓰녠은 〈부언〉에서 이렇게 적고 있다.

> 우리《신조》에서 구어시를 실은 것도 이미 몇 호째 되지만 그 중에는 순전히 모방에만 치우친 경우가 많았다. 나는 그것도 정상적인 것은 아니라고 본다. 우리는 주의와 예술이 일관되는 시를 지어야 한다. 우연히 한 번 해 보는 건 안 될 것도 없지만, 번번이 새 체재에 낡은 정신을 우겨

넣으려 해서는 안 될 일이다. 그래서 지금 《매주평론》에 발표되었던 이
시 두 편을 골라서 본보기로 삼고자 한다.

기자 쓰녠[567]

푸쓰녠이 저우쮀런의 이 시들을 전재한 데에는 부언에서 한 말처럼 그
시들을 본보기로 삼자는 의도, 저우쮀런을 추앙한다는 의도가 내포되어
있었을 것이다. 그런데 가만히 생각해 보면 또 하나의 의도가 있었다. 바
로 저우쮀런이 자신들의 《신조》에 글을 발표해 주기를 바란 것이었다. 그
들의 기대대로 저우쮀런은 제2권 제1호에 자신의 중요한 글인 〈일본 새마
을 방문기〉[568]를 발표하는 것을 시작으로 그 후로도 몇 편의 번역을 추가
로 발표하고 있다.

《신조》 제2권 제4호의 목차 앞 페이지에 낸 〈본사 특별 공지(2)〉는 이렇
게 작성되어 있다.

이번에 본사에 새로 들어온 사원을 다음과 같이 정중하게 알려드립니다:

저우쮀런(치밍)

저우쮀런이 신조사의 일원이 되었던 것이다. 《신조》 제2권 제5호의 권
말에 실린 〈본사 동정〉이라는 글에는 이런 내용이 언급되어 있다.

마침 사원 쉬즈쥔(徐子俊) 씨와 장선푸(張申甫) 씨(즉 쉬옌즈(徐彦之)·장쏭녠(張
崧年))가 곧 유럽으로 떠나고 저우쮀런 씨가 새로 본사에 들어오는 때를
맞아 베이징에 계신 전체 회원들이 중앙공원에서 모임을 가진 기회를 빌

어 장 씨와 쉬 씨를 환송하고 저우 씨를 환영하는 한편 개표를 진행하였다. 그 결과 저우쭤런 씨가 편집주임으로, 멍서우춘(孟壽椿) 씨가 주임 간사로 각각 선출되었으며, 이어서 저우 씨가 편집인 4명을, 멍 씨가 간사 6명을 추천하였다.

장쥐샹(張菊香)과 장톄잉(張鐵榮)이 편저한 《저우쭤런 연보》에 따르면, 중앙공원에서의 이 집회는 1920년 10월 28일에 있었다. 저우쭤런이 편집주임을 맡은 것은 유학을 위하여 출국하는 푸쓰녠의 업무를 승계한 것이었다.

# 2

이 무렵의 푸쓰녠은 루쉰에 대해서도 대단한 경의를 품고 있었다. 《광인일기》가 발표된 후 그 작품을 보고 탄복한 푸쓰녠은 《신조》 제1권 제4호에 발표한 〈허튼소리 몇 말씀〉에서 이렇게 말하고 있다.

루쉰 선생의 《광인일기》에 등장하는 광인의 경우, 인간세상에 대한 견해는 정말 분명하기 그지없으나, 세상사람들 입장에서는 아무래도 그를 광인이라고 하지 않을 수 없는 것이다. 허허, 광인이라! 광인이라! 예수·소크라테스가 고대에 있었고, 톨스토이·니체가 근대에 있었건만 세상사람들 치고 그들을 광인 취급하지 않은 적이 있었던가? 그러나 세월이 좀 흐르고 나니 얼마나 많은 비-광인들이 그 광인들을 따라갔던가? 문화의 진보라는 것은 언제나 몇몇 광인들에 의하여 이루어져 왔다. 그것이 가능하든 가능하지 않든 간에, 또 사람들이 원하든 원치 않든 간에, 혼자서 남들이 찾은 적 없는 외딴 길을 갔던 것이다. 처음에는 남들이 그를 비웃고, 미워하고, 원망했지만, 얼마 후에는 그를 이상하게 여기고, 탄복하더니, 마지막에는 그를 사랑하고, 천지신명이라도 되는 것처럼 받들곤 하였다. 그래서 결연히 단언하건대, 미친 사람은 유토피아의 발명가요 미래사회의 창조자이다. 그들의 운명 또한 당시에는 수모를 당했지만 사후에는 존경을 받았다.[569]

심오한 이치를 깨달은 이 독자는 《광인일기》의 주제와 관련하여 아주 훌륭한 계발을 준 셈이다.

당시 푸쓰녠은 루쉰의 "팬"이었다. 그러나 다른 한편에서는 루쉰 역시 푸쓰녠의 글에 주목하면서 호응을 해 주곤 하였다. 푸쓰녠은 《신청년》 제5권 제4호에 〈연극개량의 각 방면에 관한 견해〉·〈연극개량 재론〉을 발표했는데, 그 글에서 개진한 의견의 일부는 루쉰으로부터 공감을 불러일으켰다. 〈연극개량 재론〉에는 다음과 같은 내용이 보인다.

중국인들은 "이상론"과 "이상가"의 참뜻을 이해하지 못한다. "이상"이라고 하면 좀 경박한 의미를 담고 있는 것으로 받아들여 "이상"을 "망상"이라고 여기고 "이상가"를 "경망스러운 자"로 여기는 경향이 있다. 그러나 실제로는 세계의 진보는 전적으로 몇몇 "이상가"들에 의하여 이룩된 것이었다. "이상가"라는 말에는 현세를 초월한 견해와, 주의를 힘써 실천하는 용기로 이 세계의 사람들을 데리고 함께 나아간다는 뜻이 담겨 있다. 중국에서 가장 부족한 것이 "이상가"이다. 누가 참신한 의견을 조금이라도 내놓을라치면 평범한 사람들은 매번 "너무 이상적이잖아" 하면서 비판하기 일쑤이다.[570]

당시 '탕쓰(唐俟)'라는 필명을 쓰고 있던 루쉰은 《신청년》 제6권 제1호에 발표한 〈수감록 39(隨感錄三十九)〉라는 글에서 푸쓰녠의 이 의견을 인용하고 여기서 한 걸음 더 나아가 이상주의자들을 못마땅해하는 구시대의 관료와 유로(遺老)들이 이상주의자들을 공격하는 무기가 바로 "경험"이며, 그들은 번번이 이 "경험"을 들고 나와 "이상"과 맞서려 한다고 지적하였다. 왕년에 청 왕조의 조정 중신이었다가 어느 순간 중화민국 총통으로 변신한 위안스카이(袁世凱)가 바로 "경험"으로 "이상"과 맞서는 인물의 전형이었

청나라 대신에서 중화민국 대총통으로 변신한 위안스카이

다. 량치차오(梁啓超)는 〈위안스카이를 해부한다〉라는 글에서 위안스카이가 조정에 충언을 하기를 거절하면서 했다는 "나는 일을 할 때 전적으로 경험을 믿는다. 그대들 같은 선비 나부랭이들의 이상은 진부하기나 하지 그럴 듯한 것이 하나도 없다."[571]라는 발언을 인용하였다. 이상에 반대하면서 경험만 중시하는 이런 주장이 극단적으로 발전하게 되면 루쉰이 이 수감록에서 묘사한 꼴처럼 되고 만다.

그때는 원래부터 이랬다 하면 보배가 되었다. 제아무리 이름 모를 종기라고 해도 그것이 중국인의 몸에 생겼다면 뜬금없이 "붉게 부어오른 곳, 요염하기 복사꽃 같구나. 짓물러 터질 때, 곱기가 치즈 같구나!" 타령이나 해댄다. 나라의 진수가 있는 곳이라면 오묘하여 이루 형용할 수 없다는 듯이 말이다. 그러나 그 이상·학리·법리들이 전부 서양의 것들임은 물론 더 말할 필요도 없을 것이다.

시사만화를 주로 다룬 《상하이 뭐커》 창간호의 표지

　'나라의 진수', 즉 국수주의를 고름 생긴 종기에 빗대어 말했으니 정말 너무도 독특하고 너무도 생생하고 너무도 인상적일 수밖에 없다. 이것은 푸쓰녠에게 아주 깊은 인상을 주었던지 《신조》 제1권 제5호에 〈수감록〉을 발표한 푸쓰녠도 이 비유를 사용하고 있다.[572]

　루쉰이 《신청년》 제6권 제1호에 발표한 〈수감록 43(隨感錄四十三)〉은 상하이에서 발행되는 《시사신보(時事新報)》가 매주 내는 만화 특집호인 《상하이 뭐커(潑克)》를 비판한 글이었다.

　당시 그와 푸쓰녠 두 사람은 같이 호응하면서 서로를 성원했다고 보아도 무방하다. 이 일이 발생한 원인은 저우쭤런이 쓴 〈푸쓰녠〉이라는 글*의 표현을 빌리자면 다음과 같았다.

───
* 저자의 주장에 따르면 이 글은 푸쓰녠 사후에 저우쭤런이 그를 매도한 글이었다.

중국 만화의 선구자 선뭐천과 민중을 핍박하는 중국 군벌들을 풍자한 그의 작품

《시사신보》는 당시까지만 해도 신문화운동에 반대하고 있었다. 선뭐천
(沈泊塵)[573]은 이 신문에 만화를 두 장 발표했는데, 첫 장에서는 쩌질한
모습을 한 푸쓰녠이 방 안에서 공자의 위패를 밖으로 던져버리는 광경
을 그렸고, 두 번째 장에서는 푸쓰녠이 '입센 선생님 신위'라고 적힌 또
다른 위패를 받들고 들어가는 광경이 나온다. 물론, 루쉰은 그걸 보고
도 대수롭지 않게 여겼다.[574]

저우쭤런이 "루쉰은 보고도 대수롭지 않게 여겼다."라고 한 것은 사실
이었다. 루쉰의 〈수감록 43〉과 〈수감록 46〉(《신청년》 제6권 제2호)은 《상하이
뭐커》를 비판하는 내용을 담고 있었는데, 그 중 〈수감록 46〉에서 그는 이
렇게 적고 있다.

민국 8년(1919) 정월, 나는 친구 집에서 상하이의 무슨 신문의 매주 특집

호 풍자만화를 보았는데, 바로 그 코너의 취지를 밝힌 제1회였다. 거기에는 작은 그림이 몇 컷 그려져 있었는데 그 대의는 한문을 철폐할 것을 주장하는 사람을 비난하는 것으로, 외국 의사가 환자의 심장을 외국 개의 심장으로 이식해서 영어 알파벳을 읽으면 그들이 일제히 외국 개들처럼 짖어댄다는 것이었다. 그 작은 그림 위에는 테두리를 두른 흰색의 큰 글자로 씌어져 있는 '붜커'는 그 특집호의 제목 같았는데 전혀 중국어 같지 않았다. 그래서 그 미술가[만화가]가 정말 딱하다고 여겼다. 개인에 대한 인신공격은 제쳐 두고라도, 그 사람은 외국식 만화를 배우고도 외국어를 비난하고 있지만, 정작 그 자신들이 걸고 있는 제목은 외국어였던 것이다. 풍자만화라는 것은 본래 사회의 고질병을 고치자는 취지에서 그리는 것이다. 그런데 지금 고치자고 나선 사람의 눈이 한 자나될까 싶은 네모난 종이 쪼가리에서조차 본질을 제대로 파악조차 하지 못하면서 어떻게 확실한 방향을 제시하고 사회를 이끌어 갈 수 있단 말인가?

요 며칠 사이에 '붜커'라는 특집호를 또 볼 기회가 있었는데, 신식 문예를 제창하는 사람들을 비난하는 내용이었다. 그 대의는 그들이 숭배하는 것이 하나같이 외국의 우상들이라는 것이었다. 나는 이 미술가가 갈수록 딱하게 여겨졌다. 그는 만화를 배우고 '붜커'에 자신의 만화를 실으면서도 어떻게 외국의 만화 역시 문예의 일종이라는 사실을 모르고 있을 수 있단 말인가? 자신의 본업에서조차 항아리를 뒤집어 쓰기라도 한 듯 개념이 없는 자가 어떻게 아름다운 창작을 통하여 사회에 이바지 할수가 있겠는가?[75]

이 두 인용문 중에서 앞의 것은 1919년 1월 5일자 특집호에서 쳰쉬안통(錢玄同)을 풍자한 만화를 언급한 것이고, 뒤의 것은 같은 해 2월 9일자 특집호에서 푸쓰녠을 풍자한 만화를 언급한 것이다. 그 특집호의 설명에는 "(어떤 문학가는) 매번 그 저술의 신식 문예라는 것을 가지고 사람들을 현혹해 왔다. … 그러나 그 사상의 뿌리는 바로 외국의 우상들이었던 것이다!"라는 문구가 들어가 있었다. 루쉰은 그 미술가에게 자기 글의 뿌리가 "외국의 우상들"이라는 것까지 상기시켜 줘서 고맙다고 운을 떼면서도 단호한 태도로 이렇게 반박하였다. "숭배하는 것이 아무리 새로운 우상들이라고 하더라도 중국의 낡아빠진 것들보다는 낫다. 공자·관우를 숭배할 바에야 차라리 다윈·입센을 숭배하는 편이 낫고, 온장군(瘟將軍)[576]·오도신(五道神)[577]에게 희생당할 바에야 차라리 Apollo(아폴로)에게 희생당하는 편이 나은 것이다."

〈수감록 43〉에서는 첫머리에서부터 "진보적인 미술가가 돼라. 이는 중국 미술계에 대한 나의 요구이다."라고 주문하고 있다. 루쉰은 《상하이 뷔커》를 거론하면서 미술계의 실상에 대한 불만을 토로하였다.

불쌍한 외국의 문물들은 중국에 오자마자 검은색 염색 항아리 속에 떨어지기라도 한 것처럼 저마다 제 색깔을 잃어버린다. 미술도 그런 것들 중의 하나이다. 인체조차 균형 있게 그리지 못하는 누드를 배웠으니 외설적인 그림이나 그려 대는 것이고, 명암조차 분명하게 표현하지 못하는 정물화를 배웠으니 고작 간판 따위밖에 그리지 못하는 것이다. 껍데기를 아무리 새롭게 뜯어 고친다 해도 정신이 여전히 낡아 빠져 있다면 결과는 매번 이런 꼴이 될 수밖에 없다. 풍자화를 사람을 공격하는 도구로 타락시키는 행태들에 대해서는 새삼 여러 말이 필요 없으리라.

이 글에서 루쉰은 다음과 같이 주문하고 있다.

우리가 필요로 하는 미술가는 길을 인도할 수 있는 선각자이지 "공민단
(公民團)"[578]의 두목이 아니다. 우리가 필요로 하는 미술품은 중국 민족의
지능을 최고점까지 보여 주는 표본이지 수평선 이하의 사상을 보여 주
는 평균치가 아니다.[579]

이 두 편의 글에 대한 《상하이 뭐커》측의 반응은 즉각적이었다. 그들
은 〈새로운 교훈〉이라는 글을 통하여 수감록의 작자야말로 "두뇌가 흐리
멍텅하니 딱할 따름"이라고 반박하고 나섰다. 루쉰의 입장에서는 해야 할
말은 벌써 다 했기 때문에 더 이상 그들의 야유를 상대해 줄 필요가 없다
고 여기고 일절 대응하지 않았다. 이때 그를 대신해서 대응에 나선 것이
푸쓰녠이었다. 그는 《신조》 제1권 제5호에 발표한 〈수감록〉에서 이렇게 성
토하고 나섰다.

《신청년》의 루쉰 선생과 탕쓰 선생은 심오한 글을 쓸 줄 아는 분이다.
물론 그들의 글이 톨스토이·니체의 논조와 흡사하다거나 북유럽화 또는
중유럽화 된 문학이라고 단정할 수는 없겠지만 《신청년》의 거물인사의
것임은 분명하다. 그의 의도나 말귀를 이해하지 못하는 사람들을 탓할
필요까지는 없을 것이다. 아니나 다를까 나는 오늘 상하이 모 신문의
"뭐커"인가 하는 간행물의 〈새로운 교훈〉이라는 글이 "그는 두뇌가 흐리
멍텅하니 딱할 따름"이라고 그를 공격하는 것을 발견하였다!
… 나는 평소에 늘 이렇게 생각해 왔다. 만일 누가 나를 비난해서 꼭 대
응을 해야 할 때 가장 중요한 것은 그 비난한 말을 확실하게 보고, 철

저하게 이해한 다음 상대의 본원지에 의거하여 따져나가야 한다. 만일 본론을 제쳐 두고 이와는 무관한 말꼬리만 잡으면서 대응했다가는 소송에서 이길 가망이 없을 뿐 아니라 애꿎은 종이와 잉크만 축낼 뿐이다. "기자"라는 필명을 쓰는 분의 〈새로운 교훈〉 같은 글은 정말 앞뒤가 맞지 않는 소리이다. 만일 그가 당초 한번은 한자 폐지를 주장하는 사람을 개의 심장을 가졌다고 비난하고 한번은 아무개는 외국의 우상들을 숭배한다고 비난하는 등 두 차례에 걸쳐 그들을 공격한 풍자만화, 게다가 "경박하다."느니 "안하무인"이라느니 하는 표현들, 그리고 루쉰 선생이 그에 맞서서 쓴 진보적인 미술가에 대한 수감록, 탕쓰 선생이 그를 비판한 수감록, 거기다가 그의 문제의 〈새로운 교훈〉까지 더해지면 정말 볼 만해진다. …[580]

루쉰을 성원하는 푸쓰녠의 이 글이 실린 제1권 제5호에는 〈"신조" 일부의 의견에 대하여〉라는 제목으로 루쉰과 푸쓰녠이 주고받은 편지도 함께 수록되었다. 1919년 4월 16일, 류반농(劉半農)은 푸쓰녠의 편지를 루쉰에게 전달하고 《신조》에 대한 의견을 구하였다. 그러자 루쉰은 답장에서 과학 지식을 전문적으로 소개하는 글이 "너무 많아지면 안 되며" "과학을 이야기하면서 덧붙여 자신의 의견을 개진하고" "어찌 되었든 간에 중국의 고질병에 대해서도 따끔하게 충고해야 한다. 예를 들어 천문학을 이야기하다가 화제를 바꾸어 음력의 비효율성을 성토한다든가, 인체의 생리에 대하여 이야기하다가 의사들의 행태를 비판한다든가 하는 것이 그런 것이다." 라고 조언을 해 주었다.

이 이전인 《신조》 제1권 제3호에서는 스즈위안(史志元)이라는 독자가 "통신"란에서 이 잡지가 "과학의 새로운 흐름들을 아직 충분히 제창하지 못하고 있다는 아쉬움이 있다."라는 요지의 편지를 보내고 관련 내용을 늘려 줄 것을 건의한 바 있었다.

그때 푸쓰녠은 "우리 잡지에 순수한 과학에 관한 글이 없다는 것은 우리들이 가장 유감스럽게 생각하는 바입니다. 앞으로는 말씀대로 최선을 다하여 보완해 나가도록 하겠습니다."라는 답장을 보냈다.[581] 그러나 나중에 이 문제를 다시 고려해 본 그는 그 건의를 받아들여서는 안 된다는 결론을 내렸다. 그는 루쉰에게 보낸 답장에서 그 이유를 이렇게 밝히고 있다.

제가 《신조》 제3기에 과학 관련 글을 추가해 넣으려던 생각을 자진 철회하는 이유는 우리는 우리의 상대적인 장점을 발휘해야지 우리의 태생적인 단점을 미봉하는 데에 그 많은 힘을 낭비할 이유가 없다고 판단했기 때문입니다. 선생의 견해는 여기서 한 걸음 더 나아간 것이었습니다. 이후로는 차라리 과학 관련 글을 넣지 않더라도 토론 관련 글은 반드시 넣도록 할 것입니다. 그렇게 하지 않고서는 우리의 소임을 다하기에는 역부족이니까요.[582]

이 편지를 통하여 푸쓰녠이 루쉰의 의견을 얼마나 존중했는지 알 수 있는 셈이다.

루쉰은 그 후 《신조》에 단편소설 〈내일〉(제2권 제1호)과 니체의 《짜라투스트라는 이렇게 말했다》 서문의 번역문(제2권 제5호)을 차례로 발표하고 있다. 이 잡지를 지지한다는 자신의 뜻을 글로 보여 준 것이다.

1920년 초, 푸쓰녠이 영국으로 유학을 떠나면서 《신조》는 제3권 제2호(1922년 3월)를 끝으로 발행을 중단한다. 그리고 이렇게 해서 푸쓰녠과 루

1920년 런던대 시절의 푸스녠

1926년 독일 유학시절의 푸쓰녠(오른쪽)

쉰·저우쭤런의 인연의 첫 번째 단계도 끝이 났다. 이 기간 동안 푸쓰녠은 두 사람에게 제자가 스승에서 갖는 것과 같은 존경심을 품었을 뿐만 아니라 서로가 같은 논조의 글을 쓰는 데서 오는 동질감도 아울러 공유하고 있었다.

● 뤄쟈룬

그로부터 6년이 지난 1926년 상반기에 푸쓰녠은 독일에 유학하는 동안 뤄쟈룬(羅家倫)583에게 보낸 편지에서 저우 씨 형제에 대한 자신의 생각을 토로하였다.

당시 《현대평론(現代評論)》의 독자였던 그는 천위안(陳源)과 루쉰·저우쭤런 형제 사이에서 벌어진 격렬한 논쟁에서 강한 인상을 받았던 것 같다. 그는 이 편지에서 쌍방에 대하여 이렇게 논평하였다.

《현대평론》도 이제 예전 같지 않더군요. 천한성(陳翰笙)이 글을 너무 많이 쓰는 것 같습니다. 통붜가 근래에 쓴 글도 보니 뜻밖에도 장싱옌(章行嚴)(장스자오(章士釗))을 격찬했던데 그런 주장은 상당히 납득하기 어려웠습니다. 아무래도 그 글을 경계로 삼아야 할 듯 싶습니다.

통붜에게는 두 저우 씨와 정말 공통점이 많습니다. 신랄하고 각박하다는 말이 있다고 친다면, 통붜는 매서우면서도 경박하다면 저우 씨네 형과 동생은 매몰차면서도 각박하다고 하겠습니다. 두 사람이 얼마나 고리타분한지에 대해서는 더 말이 필요 없을 정도입니다. 치밍도 각박하기는 마찬가지이지요. 저우 씨 형제는 하나같이 두메산골 천가촌(千家村)의 학구('오학구(吳學究)584'를 가리킴) 같아서, 당신네 damned(염병할) 사오싱 사람들이 나서지 않는 한 수습이 되지 않을 겁니다. 저는 재주는 없어도

천한성

그나마 중원 출신이라서 그런지 그 오(吳) 땅 촌사람들은 정말 존경할려야 존경할 수가 없을 지경이군요. 그들에게 재주가 좀 있다 손 치더라도 두말할 여지가 없습니다.[585]

　이 편지에는 날짜가 적혀 있지 않다. 그런데 편지에서 "통붜가 근래에 쓴 글도 보니 뜻밖에도 장싱옌을 격찬했던데"라고 한 것은 제3권 제59기(1926년 1월 23일 출판)에 실린 천위안의 〈한가한 이야기[閑話]〉를 두고 한 말임이 분명하다. 이 편지에서는 "천한성이 글을 너무 많이 쓰는 것 같습니다."라고 한 것은 제3권 제53기(1925년 12월 12일)·제55기(12월 26일)·제56기(1926년 1월 2일)·제58기(1월 16일)에 천한성의 글이 잇따라 실린 일을 두고 한 말이었다.

　그렇다면 푸쓰녠의 이 편지는 1926년 2월 또는 그보다 좀 늦게 작성된 셈이다. 이 편지에서 푸쓰녠은 논쟁을 벌인 쌍방을 싸잡아 비판했지만, 그의 애정은 천위안 편에 쏠려 있다는 것을 발견할 수 있다. 그는 어느 사이에 루쉰이 극도로 혐오했던 "현대"파로 변모해 있었던 것이다. 이 일을 미처 모르고 있던 루쉰은 1년 후 그와 함께 일을 하면서 비로소 그의 변신을 체감하게 된다.

# 3

1926년 가을, 학업을 마친 푸쓰녠은 그길로 귀국하였다. 그리고 얼마 후 광둥대가 중산대로 개편되면서, 그는 교무를 담당하고 있던 주쟈화(朱家驊)[586]의 초빙으로 12월 중산대 교수로 임용되었다.

● 중산대에서 푸쓰녠을 초빙한 주자화

바로 이때, 루쉰 역시 중산대의 초빙서를 받고 1927년 1월 18일 샤먼(厦門)에서 광저우(廣州)로 건너 가 중산대 문학계의 주임 겸 교무주임을 맡게 된다. 푸쓰녠과 동료가 된 것이다. 두 사람의 관계는 처음에는 그런 대로 원만했던지 루쉰의 일기에서도 서로 왕래한 기록을 몇 군데에서 찾아볼 수 있다.

○ 3월 5일
셰위성(謝玉生) 등 7명이 샤먼에서 왔길래 함께 푸라이쥐(福來居)로 가서 저녁을 먹으면서, 멍전(孟眞)·지스(季市)·광핑(廣平)·린린(林霖)도 초대하였다.

○ 3월 13일
오전에 지스·광핑과 함께 멍전을 방문하고 둥팡반점(東方飯店)에서 점심을 먹은 후 늦게 귀가하였다.

○ 4월 1일

장사오위안(江紹原)[587]이 왔길래 함께 푸라이쥐로 가서 저녁을 먹었는데, 멍전·지스·광핑도 초대하였다.

이때까지만 해도 두 사람은 그런 대로 정상적이고 우호적인 왕래를 하고 있었던 것이다. 그러나 얼마 후 두 사람의 관계는 틀어져 버리고 만다. 그 결정적인 계기가 된 사건은 중산대의 구제강(顧頡剛)[588] 초빙이었다.

쉬서우창(許壽裳)은 〈사거한 벗 루쉰 인상기·광저우 동거 시절〉에서 당시를 이렇게 회상하고 있다.

하루는 푸멍전(당시 문학원 원장으로 재임)이 와서 이야기를 나누다가 구 아무개가 광저우로 와서 교편을 잡을 예정이라고 하니 루쉰이 그 말을 듣고 버럭 화를 내면서 '그자가 오면 나는 떠나겠다.'고 하는 것이었다. 그의 입장은 너무도 단호하였다.

구제강이 1927년 4월 28일 후스에게 보낸 편지도 루쉰이 그 때문에 교수직을 사퇴한 일을 증명해 준다.

멍전의 초빙을 받았기 때문에 광저우로 갈 참이었습니다. 루쉰은 광저우에서 중산대의 교무주임을 맡고 있던 중 제가 오면 자신은 떠나겠다고 선언했다고 합니다. 공교롭게도 샤먼우체국이 열흘 동안 파업을 하는 바람에 멍전의 서신을 받지 못한 상태에서 저는 혼자서 광저우로 가서 상황을 살폈습니다. 그런데 멍전이 이 사정을 루쉰에게 알리자마자 바로 사직해 버렸다는 것이었습니다.[589]

중산대 교수 시절의 구제강
_ 코가 유독 붉어서 루쉰은 그를 '딸기코'라고 빈정거리곤 하였다.

4월 18일 구제강이 중산대에 도착하자 루쉰은 사직서를 제출하기로 결심한다. 그는 4월 20일 리지예(李霽野)에게 보낸 편지에서 이 일과 관련하여 이렇게 적고 있다.

샤먼에 있을 때 "현대"파 인사 몇 사람으로부터 상당히 따돌림을 당했었습니다. 내가 그곳을 떠난 이유의 절반은 그 일 때문이었지요. 그런데도 나는 북경에서 초빙된 교원으로서의 체면을 생각해서 비밀에 부치고 말을 하지 않았던 것입니다. 그런데 뜻밖에도 그 중 결국 거기서도 제대로 버티지 못한 하나가 벌써 여기까지 기어들어와 교수질을 해 먹으려 드는 것입니다. 그 패거리의 음험한 성격은 바뀔 리가 없으니 머잖아 옛

버릇을 못 버리고 남들을 따돌리고 사리사욕을 채우려 들 것입니다. 이곳에서 내가 담당한 교무·수업은 이미 충분히 많은 상황입니다. 그렇다면 그자의 해코지를 피하고 괜한 일로 기분 상할 일도 피하는 것이 상책입니다. 그래서 나는 2-3일 내에 모든 보직을 사퇴하고 중산대를 떠나기로 결심했습니다.[590]

그런데 여기서 루쉰이 잘못 알고 있는 것이 하나 있었다. 구제강은 샤먼대에서 버티다 못해 제 발로 중산대로 온 것이 아니라 거꾸로 푸쓰녠의 적극적인 러브콜을 받아 보란듯이 중산대로 온 것이었다. 푸쓰녠은 〈"신조" 시절의 회고와 전망〉이라는 글에서 "민국 6년(1917) 가을, 나는 구제강 씨와 같은 숙소 같은 방에서 지냈다."라고 술회한 바 있다. 《신조》의 창간과 신조사의 창립도 두 사람이 매일 담소를 나누는 과정에서 일정이 앞당겨진 것이었다. 그렇다 보니 푸쓰녠도 역사학 분야에서만큼은 구 씨가 이룬 업적을 더할 나위가 없을 만큼 극도로 떠받들 수밖에 없었다. 그는 〈구제강과 고대사를 논하는 서신〉에서 "층층이 이룩된 중국고대사"라는 구 씨의 견해를 이렇게 격찬하였다.

당신의 이 제목은 모든 경학으로 통하는 총체적인 열쇠이자 모든 중국 고대 방술(方術)사상사의 진정한 단서이자 모든 주(周)-한(漢)시대 사상의 촬영 렌즈이자 모든 고대 역사학에서의 참신한 업적입니다.

학문 분야의 범위에도 크고 작은 차이가 있어서 중국 고대 역사학도 물론 역학이나 생물학보다는 상당히 작은 편입니다. 그러나 그것은 예로부터 일종의 독립된, 그러면서도 가치 있는 학문이었지요. 이 학문 분야에서 당신의 지위는 마치 역학에 있어서의 뉴턴이나, 생물학에 있어서의 다윈과도 같다고 하겠습니다.[591]

● 루쉰과 가까웠던 장팅첸

　　당시 구계강의 학술적 업적에 대한 푸쓰녠의 평가는 이 정도였다. 두 사람이 학술적으로 입장을 달리하고 급기야 관계가 악화되는 것은 1929년 이후부터이다. 그러나 적어도 중산대에서 문학—역사 부문의 교학을 주재하고 있던 1927년 현재의 푸쓰녠은 당연히 구 씨를 중산대 교수로 영입하는 데에 적극적일 수밖에 없었다. 루쉰과 구계강 중 한 사람만 택해야 하는 상황에 이르렀을 때 푸쓰녠은 결단을 내리는 데에 조금도 망설임이 없었다. 물론, 푸쓰녠으로서는 루쉰에게 원성을 듣고 싶지는 않았기 때문에 양자를 모두 만족시킬 수 있는 절충 방안을 모색하려고 애썼다. 루쉰은 그런 푸쓰녠의 행보에 대하여 1927년 5월 15일 장팅첸(章廷謙)에게 보낸 편지에서 이렇게 적고 있다.

　　저는 이곳에 온 지 겨우 석달만에 기막히게도 허울 좋은 꼭두각시가 되어 버리고 말았습니다. 푸쓰녠과 저는 초면이지만 이전에는 이런 작자인 줄은 생각조차 못했습니다. 딸기코가 나타나기만 하면 저는 당장 이곳을 떠날 겁니다. 그런데 푸쓰녠이 서신을 써서 자신에게 해결책이 있으며, 설사 딸기코가 베이징에 책을 사러 가서 학교에 없더라도 일단 남들에게는 그렇게 둘러대자고 하는 것이었습니다. 저는 푸쓰녠이 아무리 그렇게 설득해도 상대를 하지 않고 당장 학교를 떠나 버렸습니다. 이제 알고 보니 책을 산다는 것도 둘이 사전에 짠 꼼수였고 실제로는 딸기코 패거리의 엄청난 사업거리였던 셈입니다. 왜냐하면 그 규모가 5만 원이나 되었기 때문입니다. 그러나 딸기코는 새로 온 자인데 대뜸 그런 큰일을 맡긴다는 것은 매우 부당한 처사지요. 그래서 제가 반대한다는 핑계를 댄 것입니다. 그러나 그렇게 둘러대는 것은 중재안이므로 남들은 가타부타 할 말이 없게 됩니다. 그자들은 내가 즉시 사직하지 않고 조금이라도 불평을 하면 이 방법을 바로 들이댈 겁니다.[592]

지금 그자들은 여전히 저를 만류하고 있지만 아무 성과도 없을 겁니다. 제 사전에 철회라는 단어는 없기 때문입니다. 지푸(季黻, 쉬서우창)는 벌써 사직했습니다. 제가 떠나고 나면 푸쓰녠이 그의 입장을 떠보려 들 것이 뻔하기 때문에 더 이상 남지 않기로 한 거지요.[593]

구졔강이 베이징에 책을 구입하러 간 일은 앞서 인용한 1927년 4월 28일 후스에게 구졔강이 보낸 편지에도 언급되어 있다.

광저우의 중산대는 경비가 무척 넉넉하지만 도서는 상당히 적은 편입니다. 이번에 제게 책을 구입하는 일을 맡겨서 베이징과 상하이에 가서 고서를 구입하면 9월 중에 광저우로 귀환할 것입니다. 이 일은 제가 기꺼운 마음으로 하는 것입니다. 이 기회를 빌어 많은 자료를 모을 수 있기 때문이지요. 책을 구입하려는 계획에는 일반서적 이외에도 지방지·족보·공문서·과거제도 관련서·미신 관련서·가사집·극본·신문 같은 것들도 포함되어 있습니다. 보름이면 상하이에 갈 수 있으니, 먼저 상하이에서 구입하고 한 달 후 베이징으로 가서 석 달 동안 구입할 생각입니다.[594]

그런데 공교롭게도 4월 15일 광저우에서 반공정변이 발생한다. 루쉰이 조금도 지체하거나 서두르는 일 없이 바로 이때 사직한 데에는 정치적인

1935년 은허 발굴 현장의 푸쓰녠, 오른쪽의 외국인은 프랑스의 저명한 고고학자 펠리오

이유가 있었던 것은 아니었을까? 루쉰은 5월 30일 장팅쳰에게 보내는 편지에서 이 점을 언급하였다.

그러나 일이 너무 공교롭게 되어 딸기코가 광저우에 도착했을 때가 '청당(淸黨)' 사건이 터질 무렵이다 보니 어떤 사람은 제가 떠난 것이 정치와 관련이 있다고 의심할지도 모릅니다. 그러나 사실 제가 "딸기코가 나타나면 나는 이곳을 떠나겠다."라고 선언한 것은 이보다 한참 전인 4월 초였지요. 그런데 구 씨와 푸 씨가 저를 공격할 속셈으로 제가 정치문제 때문에 떠난 것이라고 떠들어 댄 겁니다. … 595

얼마 후 바로 광저우를 떠나 상하이에 정착한 루쉰은 1936년 세상을 떠날 때까지 다시는 푸쓰녠과 왕래하지 않았다.

# 4

1927년 5월 16일 리스쩡(李石曾)과 우즈훼이(吳稚暉)에게 보내는 편지의 초안을 작성한 푸쓰녠은 주쟈화와 이 두 사람에게 공동으로 서명하게 한 후 광저우 중산대의 향후의 계획에 대하여 자세하게 논의하였다. 그 편지에는 이런 내용도 들어 있었다.

우리는 또 여기서 베이징대 문리대 등의 훌륭한 교수들을 이곳으로 초빙하려 합니다. 그렇게 되면 압박을 받는 것을 면할 수 있을 뿐만 아니라 이곳 분위기도 일신할 수 있을 것입니다. 이미 초빙한 인사로는 마수핑(馬叔平)·리쉬안붜(李玄伯)·딩산(丁山)·웨이졘궁(魏建功)·류반농(劉半農)·저우쭤런(周作人)·리성장(李聖章)·쉬위성(徐旭生)·리룬장(李潤章) 등의 선생이 있습니다.[596]

당시 저우쭤런은 중산대의 초빙에 응하지 않았지만 푸쓰녠은 이때만 해도 그를 베이징대의 훌륭한 교수들 중 한 사람으로 여기고 있었다.

1937년에서 1945년까지의 항일전쟁 기간 동안, 푸쓰녠은 처음에는 윈난 성(雲南省) 쿤밍(昆明)에서, 나중에는 또 쓰촨 성 난시(南溪)의 리쫭전(李莊鎭)에서 중앙연구원 역사언어연구소의 업무를 주재했으며, 때로는 충칭으로 가서 국민참정회(國民參政會)[597] 회의에 참석하기도 하였다. 반면에 저우쭤런은 일본군에게 점령당한 베이핑(北平)에 그대로 남았다가 친일파로 변절하여 일제하의 화베이 교육총서(華北教育總署)의 독판(督辦)을 맡고 있었다. 그러다 보니 서로간의 내왕은 자연히 불가능할 수밖에 없었다.

1945년 8월, 일본이 제2차 세계대전에서 패하여 연합국에 무조건 항복하면서 푸쓰녠은 베이징대 총장대리에 임명되었다. 반면에, 자신의 매국행위가 머잖아 심판받을 것을 예감한 저우쭤런은 가슴을 졸이면서 심판의 날을 기다리고 있었다. 12월 2일, 산문〈석판이 깔린 길〉을 쓴 그는 글 맨 마지막에 날짜를 적은 후 "바야흐로 당나귀 우는 소리를 듣는다."라는 말을 덧붙인다. 이것은 무슨 의미였을까?《저우쭤런 연보(周作人年譜)》에는 이런 내용이 보인다.

베이핑의 신문들이 "11월 30일자 충칭 발 특보"를 보도하였다.
"베이징대 대리총장 푸쓰녠은 이미 쿤밍에서 충칭에 돌아와 베이핑으로 출발할 준비를 하고 있다. 그는 일전에 기자들과 마주한 자리에서 '일제 치하의 베이징대 교직원들은 전원이 친일조직의 공직자로 부역한 것으로 간주되므로 장래에는 교직을 맡을 수 없다. 일제치하 베이징대 재학생 들의 경우 그들의 학업을 중시해야 하기에 이미 보충수업을 시작하였다. 보충수업 기간이 만료되어 교육부에서 증서를 발급하면 베이징대 각 과 에 해당하는 학번으로 편입할 수 있으며 학교 측에서도 이를 수용할 계 획이다.'"

이 기사를 보고 격분한 저우쭤런은 당일의 일기에 이렇게 적고 있다.

신문을 보니 푸쓰녠의 담화가 실려 있었다. 또 골목에서 당나귀 우는 소리[598]가 들린다. 시점이 절묘하기에 글 마지막에 적는다.

1946년 문천상 사당에서 장제스와 함께한 푸쓰녠

　"당나귀 우는 소리"는 사실은 푸쓰녠의 담화를 두고 한 말이었다. 그러나 푸쓰녠의 담화는 사실 저우쭤런과는 그다지 상관이 없는 것이었다. 저우쭤런은 특임관 급의 거물 친일파였고, 따라서 그에게 남겨진 선택은 앞으로도 교직을 계속 맡을 수 있느냐 하는 것이 아니라 그가 저지른 매국 행위를 어떻게 심판받을 것인가 하는 것이었기 때문이다. 이러함에도 불구하고 푸쓰녠의 이 담화가 일종의 새로운 도화선으로 작용하여 적개심에 찬 그로 하여금 푸쓰녠을 당나귀에 빗대면서 엉뚱한 화풀이를 하게 만든 것이다.

타이완대 총장 시절의 푸쓰녠

푸쓰녠 쪽에서도 저우쮜런을 가만히 내버려 둘 생각은 없었던 것이 분명하다. 며칠 후 베이핑에 안착한 그는 12월 8일 베이핑의 《세계일보》와 가진 기자회견을 통하여 "저우쮜런은 사회적으로 명망 있는 인사임에도 불구하고 자진해서 친일 부역을 저질렀으므로 그 죄를 용서할 수 없다."[599]라고 분명히 잘라 말하였다.

저우쮜런이 재판정에서 자신을 변호하는 데에 사용한 자료들 중 하나는 전 베이징대 총장 쟝멍린(蔣夢麟)이 과거 쿤밍에서 전화로 베이징대의 자산을 지켜줄 것을 자신에게 당부한 일이었다. 그러나 푸쓰녠은 그런 일이 확실히 있기는 했지만 그렇다고 그것이 저우쮜런의 친일행위에 대한 면죄부가 될 수는 없다고 생각하였다. 1946년 10월 12일, 푸쓰녠은 후스에게 보낸 편지에서 이 일을 언급하면서 분명하게 선을 그었다. "베이징대는 결코 그가 변절한 후에 학교의 자산을 지켜줄 것을 요청한 것이 아니었습니다."[600]

1949년 초, 저우쮜런은 감옥에서 풀려났다. 이때 푸쓰녠은 이미 타이완(臺灣)으로 넘어가 타이완대 총장을 맡고 있었으므로 두 사람 사이에는 더 이상 내왕이 이어질 수 없었다. 그러나 저우쮜런은 여한이 남았던지 몇 편의 글을 써서 푸쓰녠을 비난하였다. 그 중 한 편은 1950년 6월 14일 《역보(亦報)》[601]에 실린 〈"신조"의 물거품2〉이었다. 그는 이 글에서 "뤼쟈룬은 말 그대로 소인배였지만 푸쓰녠 같은 위선자보다는 좀 나은 부류였다."[602]라고 회고하였다.

1950년 12월 20일, 푸쓰녠이 세상을 떠나자 저우쮜런은 1951년 1월 12일자 《역보》에 〈푸쓰녠〉[603]이라는 제목으로 글을 발표하고 또다시 그를 맹비난하였다.

이 두 편의 글에서 비중 있는 자료는 언급되지 않았으며 그저 두 사람의 감정의 골이 상당히 깊다는 것만 보여 줄 뿐이었다. 저우쭤런은 말년에 《즈탕회상록(知堂回想錄)》을 써서 자신의 인생 역정을 회고하는 한편, 《매주평론》(상)에도 푸쓰녠과 관련하여 한 대목을 남겼는데 이것이 저우쭤런이 마지막으로 푸쓰녠을 언급한 글이었다. 여기서는 그 중 일부만 발췌하여 두 사람의 관계에 대한 저우쭤런의 최후 진술로 삼을까 한다.

《신조》의 주간은 푸쓰녠이었고 뤄쟈룬은 조수에 불과해서 재주가 좀 부족하였다. 푸쓰녠은 연구소 시절에도 그저 황칸(黃侃)[604]의 문장팀의 "글"들만 인정하였다. 1년 전에는 그래도 황칸 파의 중견이었지만 민국 7년(1918년) 12월에는 완전히 사람이 달라졌다. 그래서 천두슈는 직접 《신청년》 편집작업을 맡고 있기는 했지만 그들에게 그렇게 대단한 신통력이 있다고는 믿지 않았다. 오죽하면 당시 "그자들 스파이 아냐?" 하고 내게 물을 정도였다. 나는 그 무리를 가르친 적은 있지만 정말 그 내막은 몰라서 그저 그자들이 잘되기만 바라고 덕담을 좀 해 주어야겠다 싶어서 '잘 배우겠다고 마음만 먹는다면 앞으로 한번 믿어 볼 만하지 않겠느냐' 하고 말 뿐이었다. 그러나 결과적으로 중푸(仲甫. 천두슈)의 노파심이 옳았다. 그자들은 스파이는 아니었지만 철두철미한 기회주의자들이었기 때문이다.[605]

"기회주의자." 이것이 푸쓰녠에 대한 저우쭤런의 최종적인 결론이었다.

**추천의 글**


# 주정 선생의 루쉰 연구, 그리고 그 사람 그 책들
(朱正先生的魯迅硏究, 及其人其書)


위쥐짠(余佐赞)


연구자는 어떤 점에서는 늘 피연구대상과 비슷한 정신적 기질을 지니게 된다. 세속과는 구분되는 이러한 정신적 기질은, 내면적인 수양에서 비롯된다기보다는 일종의 피연구자 특유의 정신적 기질에 대한 감식력에서 비롯된다고 할 수 있다. 예를 들어 주정 선생은 평생 루쉰을 연구해 왔는데, 그의 조금도 거리낌이 없는 비판정신은 루쉰의 그것과 사뭇 닮아 있다.

주정 선생의 첫 번째 저서인 《루쉰 약전[魯迅傳略]》은 1956년에 출판되었다. 당시 그는 25세였는데, 1982년 이 책의 수정본이 출판되었을 때는 25년 만에 내용이 두 배로 증가하여 당초 10만 자이던 책이 20여 만 자로 늘어났다. 주정 선생이 가장 아끼는 책인 《루쉰 회고록 바로잡기[魯迅回憶錄正誤]》이 처음으로 출판된 것은 1979년 말이었다. 내 수중에 있는 책은 2006년 인민문학(人民文学) 출판사를 통하여 출판한 것으로, 권말에 4편의 후기가 들어가 있는데, 초판 후기에서 작자는 이 책이 "사실상의 의견 청취본"으로 간주했으며, 그 뒤의 재판 후기와 제3판 후기 그리고 증보판 후기에는 작자가 강조하는 부단한 수정을 거친 내용들이 어김없이 들어가 있다. 단순한 증보가 아니라 기존의 오류를 바로잡는 내용들 말이다.

주정 선생이 최근에 출판한 《루쉰의 사람들》(원제-《루쉰의 대인관계-문화계, 교육계로부터 정계, 군계까지[魯迅的人际关系-从文化界教育界到政界军界]》)(중화서국판)은 그 직전에 출판한 《루쉰의 인맥[魯迅的人脈]》을 수정 및 증보한 책으로, 전작이 200여 쪽이던 것이 이번 책에서는 500여 쪽을 상회하고 있다. 이 두 책에 관해서는 주정 선생이 각각의 후기에서 밝히고 있듯이, 자신이 남들의 저서를 조금도 거리낌 없이 비판했듯이 자신의 이 책도 독자들이 조금도 거리낌 없이 비판해 주기를 기대하면서, 만일 앞으로도 자신이 새로운 자료를 발굴해낼 수 있다면 앞으로도 루쉰 관련 저술 작업을 계속하겠다는 입장을 밝히기도 하였다.

주정 선생의 저서에 익숙한 사람들은 거의 모두가 주정 선생이 자신의 저서에 대한 수정을 멈추지 않는다는 점을 발견할 수 있다. 주정 선생은 자신의 저서에 대해서만 수정을 멈추지 않는 것이 아니라 남들의 저서에 대해서도 만일 시각이나 역사적 사실에 오류가 있다면 역사적 사실에 입각하여 수정함으로써 그 오류들을 바로잡을 것이다.

2014년 8월, 주정 선생은 〈코민테른의 해산에 관하여(关於共产国际的解散)〉라는 글을 쓰고 코민테른의 해산이 1943년 5월 22일 비로소 공개적으로 선포되었다고는 하지만 디미트로프가 쓴 《디미트로프 일기선집》의 1941년 4월 20일자 일기에 근거할 때 스탈린은 이미 독소전쟁이 발발하기 전부터 코민테른을 해산할 생각을 가지고 있었다고 지적한 바 있다. 스탈린이 1943년 5월 22일 갑자기 코민테른의 해산을 선포했다는 기존의 주장을 수정한 것이다. 이 1,000여 자밖에 되지 않는 짧은 글은 코민테른이 해산된 시점을 명확하게 밝힘으로써 많은 전문가, 학자들로부터 "정말 절묘한 글"이라는 갈채를 받았다. (청차오푸(程巢父), 〈주정의 고증[朱正的考證]〉)

《루쉰의 사람들》에는 〈"사인"이자 "망인"인 차오쥐런("史人""妄人"曹聚仁)〉이라는 글이 수록되어 있는데, 차오쥐런의 《루쉰평전(鲁迅评传)》의 일부 시각과 역사적 사실의 오류들을 바로잡는 내용을 위주로 하고 있다. 주정 선생은 차오쥐런의 《루쉰평전》(1967년 홍콩판 《루쉰연보(鲁迅年谱)》)을 정독하고 작자가 이 책에서 범한 몇 가지 중대한 오류를 지적하였다. 차오쥐런이 "허룽(贺龙), 예팅(叶挺)이 이끄는 사군(四军)을 중추로 하여 8월 난창(南昌)에서 봉기하게 되는데 이것이 홍군(红军)의 시작이었다"고 했지만 허룽은 사군에 속한 적이 없고 당시에는 국민혁명군(国民革命军) 제20군단의 군단장이었다고 지적한 것은 그 대표적인 예라고 할 수 있다.

주정 선생의 글은 그의 이름과도 닮았다. 그의 글은 직설적이고 정곡을 찌른다. 쓸데없이 미화하지도 않고 불미스러운 일을 감추는 일도 없다. 글을 쓰는 것 말고도 일상에서의 그 역시 이처럼 직접적이고 질박하고 집요하다. 나는 인생의 후배인 데다가 주정 선생과 오래고 깊은 교분을 나누었다고 할 수는 없지만, 최근 몇 년 동안 주정 선생은 상하이로 출장 나올 때마다 만나서 식사 자리를 가지곤 했고 나 역시 창사(长沙)에 가면 그의 집을 방문하곤 하였다. 그러나 주정 선생과 그렇게 교분을 나누었지만 그를 두 번 배웅한 경험은 아주 기억이 선명하며 이를 통하여 주정 선생의 불굴의 소신을 진정으로 체험할 수 있었다.

근래에 창사에서 그는 우리를 데리고 중수허(鍾叔河) 선생을 방문한 일이 있
는데 중 선생 댁에서 나온 후 귀가할 때 우리가 택시를 태워 주려고 했으나 버
스를 타고 가겠다는 생각을 굽히지 않았다. 그 같은 불굴의 소신은 어떠한 타
협도 용납하지 않는 것이었다. 여든이 넘는 연로한 선생이 만원버스로 그것도
도중에 다른 버스로 환승해야 집에 도착할 수 있으니 얼마나 걱정이 되었겠는
가. 그래서 그를 따라간 우리는 그가 버스를 타는 것을 확인한 후 바로 그 아
드님에게 전화를 해서 해명을 했고, 그 아드님은 그 경위를 다 들은 후 택시를
타는 것은 평소의 그와는 배치되는 모습이라고 웃으면서 말하는 것이었다. 우
리는 걱정 어린 마음으로 그가 무사히 귀가할 때까지 기다리다가 잘 귀가했다
는 아드님의 연락을 받고서야 마음을 놓을 수 있었다. 또 한 번은 상하이에서
그를 안내하여 어우양원빈(欧阳文彬) 선생을 방문했을 때이다. 식사를 마친 후
나는 내 차로 숙소까지 태워 주겠다고 했지만 그는 손에 든 퇴직증을 흔들어
보이면서 지하철을 타고 가겠다, 퇴직 간부는 표를 사지 않아도 되는데 왜 마
다하겠느냐면서 고집을 꺾지 않았다. 그래서 그때도 그가 무사히 숙소에 도착
하고 나서야 마음을 놓을 수 있었다.

주정 선생은 글이나 성격에서 절대로 자신의 소신을 굽히지 않지만 그의
사상은 대단히 개방적이다. 그는 루쉰 연구로 명성을 얻고 권위자가 되었지만
루쉰의 작품, 일생, 대인관계에 대해서는 손바닥 들여다보듯이 환히 꿰고 있
다. 한번은 주정 선생과 담소를 나누다가 쟁점이 되고 있는 문제들을 화제로
삼게 되었는데 내가 적어도 루쉰의 글만은 탄복스럽다, 루쉰이 리빙중(李秉中)
에게 쓴 100여 자의 편지를 봐라, 얼마나 잘 썼는가, 격률이나 리듬에 있어서
는 변려체의 아름다움을 지니고 있고 격조 역시 남북조시대의 글에 못지않더
라 하면서 그 앞부분을 속으로 읽을라 치자 주정 선생은 바로

"… 그래도 결연히 떠나지 못한 채 무명의 인사로 고향 땅이나 그리워하고 하찮은 풀이 고향 산에나 연연하고 있으니 이 또한 슬픈 일이 아닐 수 없습니다"

〈루쉰이 1931년 2월 18일 리빙중에게 보낸 서신의 내용〉

하고 받는 것이었다. 이처럼 대단한 '루쉰통(魯迅通)'이면서도 사상은 전혀 보수적이지 않다. 예를 들어, 그는 (중고교) 교재에서 루쉰의 작품들이 대거 배제된 일이나 젊은 세대가 루쉰의 작품을 읽지 않는 현상을 사회가 진보하고 있는 것으로 인식하고 있다. 그는 루쉰에게도 잘 쓰지 못한 글이나 전혀 타당하지 못한 견해가 있는 것이 엄연한 사실이며, 중국에 훌륭한 작가들이 그렇게 넘쳐 나는 상황에서 교재가 루쉰의 작품만 다룬다는 것은 옳지 못하다, 게다가 젊은 세대는 당연히 자기들 시대에 지어진 작품들을 읽어야 한다고 분명하게 못을 박기도 하였다. 이런 점에서 본다면 주정 선생이야말로 루쉰사상의 진수를 제대로 이해하고 있는 분인 셈이다.

주정 선생이 루쉰사상의 진수를 제대로 이해하고 있는 분이라고 말한 데에는 그럴 만한 이유가 있다. 언젠가 루쉰 작품 학술대회에서 모 전문가, 학자가 자신은 서재에 처박혀서 몇 달간 나온 적이 없을 정도로 열심히 루쉰을 연구하고 있다고 자랑을 한 적이 있었다. 그 학술대회 중간에 주정 선생은 웃으면서 내게 말했었다. 루쉰이 가장 고귀하게 여긴 것은 현실에 적극적으로 참여하는 자세였는데 사회와 관계를 가지지 않고 어떻게 루쉰을 제대로 연구할수 있겠는가고 말이다. 주정 선생의 루쉰 연구는 바로 현재를 위한 것이며, 깊은 성찰을 통하여 신중하게 일구어낸 것이다. 《루쉰의 사람들》의 부록 부분은 루쉰의 우파 진영 지인들을 다루고 있다. 물론, 그 일들은 모두 루쉰과 내왕하면서 발생한 것이기에 다소 쌩뚱맞다는 느낌이 들기도 한다. 그러나 주정 선생이 그 내용을 부록으로 추가한 데에는 나름대로 이유가 있어서였다. 사람들은 끼리끼리 어울리기 마련이다. 당시에는 적극적으로 현실에 참여하고 정의감에 불타던 청년들만 루쉰의 친구가 될 수 있었다. 그리고 이들은 훗날 격렬한 정치투쟁 속에서 이른바 '모자(현의)'를 뒤집어쓰기도 하였다. 만일 루쉰의 진정한 지인이라면 당연히 루쉰의 불굴의 정신과 부당한 현실에 저항한 정신을 이해할 수 있기 마련이다. 그의 지인의 성격을 통하여 루쉰의 성격을 알 수 있게 되고, 그들이 훗날 만나게 되는 상황들의 필연성을 이해할 수 있게 되는 것이다.

천즈산(陈子善) 선생은 언젠가 이렇게 말한 적이 있다. "루쉰을 연구하려면 앞으로는 '아무개 학자의 루쉰 연구' 식의 연구과제들이 생겨야 한다. '펑쉐에 펑(冯雪峰)의 루쉰 연구' 식으로 말이다. 앞으로는 '주정의 루쉰 연구'가 생겨나게 될 것이다." 주정 선생은 "남들과 같은 소리를 떠들지 않고 자신만의 독자적인 견해를 펼치는" 역사가의 근성으로 루쉰을 연구해 왔다. 그의 글은 (언제나) 역사(적 사실)에 충실하며 문학가나 작가의 상상이나 조작은 존재하지 않는다. 무엇보다 중요한 것은 역사적 진실을 추구하는 그의 정직한 품격이다. 적어도 이 같은 역사가적 근성에 있어서만큼은, 루쉰 연구의 영역에서든 학술사에 있어서든 간에, 언제나 주정 선생의 자리가 존재하게 될 것이다.

2015년 11월 19일자 《문회보(文汇报)》에도 게재

# 역자 후기

  금년은 중국의 저명한 작가이자 저널리스트·사상가였던 루쉰(魯迅)이 세상을 떠난 지 80주년 되는 해이다. 그가 중국현대문학사와 함께 20세기를 대표하는 위대한 문학가였다는 사실을 부인하는 사람은 별로 없을 것이다. 5.4 신문화운동 시기에 그는 《광인일기(狂人日記)》를 창작함으로써 후스(胡適)·천두슈(陳獨秀)가 창도한 문학혁명을 본 궤도에 올려 놓았다. 이와 함께 서구 각국의 저명한 문학작품들을 번역·소개하고 '잡감(雜感)' 또는 '잡문(雜文)'으로 불리는 에세이와 평론을 잇따라 발표함으로써 중국의 현대 문화사에도 지대한 영향을 주었다. 그는 이 같은 창작·언론 활동을 통하여 중국 사회의 고질적인 병리현상을 그침 없이 고발하고 중국인들의 봉건적이고 수구적인 민족성을 비판하는 데에 누구보다도 앞장을 섰다.

  1940년 마오쩌둥(毛澤東)은 그런 그를 "중국 문화혁명의 주장이며, 위대한 문학가일 뿐 아니라 위대한 사상가이자 위대한 혁명가이다. … 루쉰의 방향이야말로 중화민족이 지향해야 할 신문화의 방향이다."[606]라고 격찬했으며, 그 후로 그는 80여 년 동안 중국에서 신적인 존재로 추앙되었다. 그와 그의 저술들은 마오쩌둥과 더불어 어떠한 비판도 용납되지 않는 신성불가침의 존재였으며, 덕분에 문화대혁명 기간 동안 그의 작품들은 마오쩌둥 어록 다음으로 많은 인기를 누렸다. 그리고 지금은 중국 독서시장에서 출판량에서나 영향력에서 단연 압도적인 1위를 고수하고 있다고 한다. 지난 100년 사이에 중국에서 루쉰처럼 오랜 기간 동안 높은 평가를 받고 추앙을 받은 작가는 없었다.

루쉰이 중국·일본·한국 세 나라에서 100년 가까이 그토록 어마어마한 존재로 추앙된 것은 무엇 때문이었을까? 거기에는 나라마다 각자의 이해관계가 걸려 있었기 때문이라는 것이 역자의 판단이다. 중국이 루쉰을 거국적으로 추앙하고 기념하는 것은 무엇보다도 그가 자국 출신의 작가이기 때문이다. 더욱이 현재 집권당인 중국공산당의 입장에서 보자면 루쉰은 창당 전후부터 항전-장정을 거쳐 1949년 10월 1일 건국에 이르기까지 직간접적으로 큰 도움을 준 은인이었다. 실제로 마오쩌둥은 당시 존망의 기로에 선 공산당의 활로를 모색하기 위하여 1940년 이미 〈지식인들을 대량 흡수하자(大量吸收知識份子)〉·〈신민주주의론(新民主主義論)〉 등의 글을 통하여 공산당이 지식인들을 가급적 많이 포섭할 것을 누차 공언한 바 있다. 마오쩌둥의 공산당은 "지식인들의 동참이 없이는 혁명에서 승리하기는 불가능하다."는 인식에 따라 지식인들의 정의감과 애국심을 자극하고 이용하는 경향이 많았다. 바로 이 국난기에 "애국심과 정의감을 가진 좌경 지식인들 사이에서 루쉰의 명성은 대단히 높았다. … 이때 마오쩌둥이 루쉰 추앙을 통하여 그의 옹호자들을 공산당 쪽으로 흡수하고 정의감과 애국심을 가진 지식인들을 공산당의 옹호자로 탈바꿈 시키면서 당시 많은 지식인들이 루쉰의 책을 들고 옌안으로 속속 몰려 들었다."[607]

즉, 중국공산당은 당시 문화계 저명인사들의 사회적 명성을 이용하여 자신들의 정치적 목적(집권)을 실현하기 위하여 의도적으로 루쉰에게 접근한 셈이다. 실상이 이렇다 보니 중국 당국이 루쉰을 깍듯이 추앙하고 미화하는 것은 필연일 수밖에 없다. 루쉰 사후 중화인민공화국이 수립되고 반우파투쟁·문화대혁명을 겪고 개혁—개방의 시대를 지나 지금의 시진핑(習近平) 통치기에 이르기까지 70여 년 동안 정치적 풍향이 몇 번이나 바뀌었지만 루쉰에 대한 추앙이 지금까지 이어지고 있는 것은 1940년 〈신민주주의론〉 이래의 '관성'이 여전히 중국에서 작동하고 있기 때문이다.

그런 점에서는 일본의 경우도 크게 다르지 않다. 일본은 루쉰에게 7년의 유학 기간 동안은 물론이고 상하이 조계(租界)에서 마지막 10년을 보내는 동안에도 후지노 겐쿠로(藤野嚴九郎)·우치야마 간조(內山完造)·스토 고햐쿠싼(須藤五百三) 등을 통하여 직간접적으로 크고 작은 도움과 영향을 준 나라였다. 일본은 두 가지 측면에서 루쉰을 추앙할 수밖에 없었다. 무엇보다도 루쉰은 근대화를 이룬 선발국가인 일본의 선진 문물과 장점에 호감을 가진 '지일파'였다. 일례로 그는 자신의 지인인 여우빙치(尤炳圻)에게 보낸 편지에서 "일본은 국민성이 확실히 훌륭하다."[608]라고 칭찬하는가 하면, 일본이 고대에 중국문명을 받아들일 때 "형법에서는 능지처참형을 수용하지 않았고 궁정에서도 태감제도가 존재하지 않았으며 부녀자들도 끝까지 전족을 하지 않았다."면서 "일본에게 오늘이 있을 수 있었던 데에는 구시대의 사물이 매우 적은 데다가 그에 대한 집착도 깊지 않아 시대가 바뀌면 거기에 적응하기도 아주 용이해서 어떤 경우라도 생존에 적응할 수 있었으며, 가까스로 살아남은 오랜 나라가 고유하지만 진부한 문명이나 뽐내는 바람에 모든 것이 경화되고 결국 멸망의 길을 걸었던 것과는 달랐다."[609]는 등의 찬사를 아끼지 않았다.

동시에 그는 전근대적이고 부조리한 중국의 후진성과 치부를 파헤치는 데에 누구보다도 앞장을 선 인물이었다. 따라서 근대 이래로 국제무대에서 번번이 중국과 각을 세우고 있던 일본의 입장에서는 자국의 근대성을 선양하고 중국의 전근대성을 비판하는 루쉰은 일본의 우월성을 과시하고 중국의 열등성을 입증하는 데에 너무도 고맙고 유익한 친구였다. 한 마디로 일본으로서는 루쉰을 미화하면 '일석이조(一石二鳥)'의 효과를 얻을 수 있었던 셈이다. 그동안 정치적 상황이 바뀌고 양국의 위상에 변화가 발생하기는 했지만 양국의 대결 국면은 70여 년 전과 마찬가지이다. 그러니 자연히 루쉰에게 남다른 애착을 가지고 그를 미화하거나 연구하는 데에 적극적일 수밖에 없는 것이다. 일본에서 중국보다 먼저 루쉰전집이 출판되고 중국 못지않은 수준 높고 괄목할 만한 루쉰 연구와 관련서들이 잇따라 쏟아져 나오는 것도 양자의 이 같은 '특별한' 관계에서 기인한 것이라고 할 수 있다.

정작 의외인 것은 우리나라 학자들의 루쉰에 대한 열광이다. 우리나라는 루쉰의 조국도 아니고 그를 키워낸 나라도 아님에도 불구하고 80년이라는 긴 세월 동안 수많은 사람들이 루쉰에게 열광해 왔고 지금까지도 그 열풍은 잦아들지 않고 있다. 전세계에서 루쉰전집을 내는 나라는 일본·중국에 이어 우리나라가 유일하다. 중국현대문학이라는 단일 분과에서는 수적으로 루쉰 연구자들이 압도적이고 관련 연구 역시 상당수를 차지하는 것 또한 우리나라이다. 실제로 국립중앙도서관에서 중국현대문학 자료를 검색해 보면 후스·천두슈·린위탕 등 기타 5,4 신문화운동의 대표인물들에 대한 도서나 연구는 전무하다시피 한 반면, 루쉰의 경우는 단행본만 해도 128종, 간행물 기사가 106건, 멀티미디어 자료가 19편이나 된다. 말하자면 루쉰에 대한 권리도 부채도 없는 우리나라가 세계 루쉰 연구의 한 축을 떠맡고 있는 것이다. 한국에서 루쉰 연구에 대한 열정과 관심을 가진 청년 학자들이 끊이지 않는 데에 대해서는 "중국사회과학원 문학연구소에 뜻밖에도 루쉰을 전문적으로 연구하는 학자가 단 한 사람도 없다." "젊은이들이 루쉰을 더 이상 연구하지 않는다."며 개탄하는 중국 학계에서조차 몹시 부러워하고 있을 정도이다.[610]

문제는 국내 루쉰 연구자들이 루쉰에 관한 기존의 중국 측 기록과 자료들을 너무 과신하는 경향이 없지 않다는 것이다. 물론, 중국과 일본이 루쉰 연구의 선두 주자이다 보니 자료 분석이나 접근 방식에서 두 나라의 연구 패턴이나 업적들을 완전히 무시하기는 어려울 것이다. 그러나 한 가지 명심해야 할 것은 "냉전" 시기 공산당 1당 독재 치하의 중국에서 작성된 루쉰 관련 기록이나 자료들은 '개찬'되거나 '조작'되었을 개연성을 늘 안고 있다는 점이다. 쉬광핑(許廣平)이 남편 루쉰의 유언에 따라 집필한 《루쉰회고록》만 하더라도 그녀가 책에서 소개한 루쉰과 그의 일화는 좌련 작가나 공산당 인사들의 "집단 토론과 수정"을 거쳐 최종적으로 확정되고 있다. 그녀의 아들 저우하이잉(周海嬰)조차 "분명히 말하자면, 쉬광핑은 단지 초고의 집필자일 뿐이었다. '어떤 내용을 빼야 되고 어떤 내용을 추가해야 책의 내용이 보다 충실하고 건전해진다.'는 식의 대원칙은 당내에서의 집단토론을 거쳐 상부에서 최종결정을 내리곤 했기 때문이다. 그렇다 보니 그 책의 일부 내용은 작자(쉬광핑)의 당초 의도와는 상반되는 것이었다."[611]라고 고백하고 있다.

사실 루쉰의 사적에 관한 이 같은 의도적인 조작은 그의 생시부터 이미 이루어지고 있었다. 1930년대에 루쉰의 필명으로 발표된 잡문들 중 일부는, 본인의 동의를 구했다고는 하나, 취츄바이·펑쉬에펑·후펑 등의 좌익 인사나 측근들이 루쉰의 명의로 대필한 것들이었던 것이다. 이러한 배경을 알고 나면 루쉰 연구를 위하여 참고하는 자료를 다루는 데에도 보다 신중해질 수밖에 없는 것이다.

중국 학계 일각에서는 국내 학계의 지나친 중국·일본 의존성과 너무 전형화된 연구 패턴을 염두에 두고 한국의 루쉰 연구자들이 "논문 제목의 영역이 아직도 좁아서 루쉰 잡문에 대한 연구는 다소 부족한 실정"[612]이며 "한국에서의 루쉰 연구는 제한적이어서 연구 방향이 주로 사상과 비교연구 분야에 편중되어 있다."[613]라면서 루쉰을 연구하는 과정에서 연구자들이 자신의 연구가 "정형화·제도화·화석화 되지 않도록 경계하라"[614]는 당부를 잊지 않는다. 이 말을 달리 표현하면 교조적·보수적·모범적 연구가 대부분이고 새로운 발상과 메시지를 제공해 주는 수정적·진보적·파격적 연구는 많지 않다는 의미이리

라. 이처럼 루쉰이 위대하다는 '집단무의식'을 공통적으로 당연시하게 되면 그의 진면목을 직시하는 작업은 자연히 방해받을 수밖에 없으며, 따라서 기존 연구의 한계를 초월하는 일 역시 힘들 수밖에 없다.

물론, 소설가로서, 저널리스트로서, 사상가로서의 루쉰은 더할 나위 없는 위대한 인물이었다. 그러나 후스·린위탕·저우쭤런 등 수많은 출중한 문학가·학자들이 배출된 1920-1930년대 베이징과 상하이라는 특수한 시공 속에서 유독 루쉰이라는 인물에게만 열광하고 '편식'을 하는 것은 루쉰 본인의 진면목을 찾아내는 데에 지장을 줄 뿐 아니라, 중국현대문학 분야의 학술 발전에도 결코 바람직한 일이 아니다. 이 시대에 필요한 것은 루쉰 숭배자가 아니라 루쉰 연구자이기 때문이다. 주정은 한 인터뷰에서 자신은 루쉰의 팬이지만 맹목적으로 숭배하지는 않으며 그의 훌륭한 점에는 탄복하지만 잘못된 길로 빠진 데 대해서는 그를 위해서라도 지적할 수밖에 없다고 밝힌 바 있다.[615] 루쉰을 대하는 역자의 입장 역시 그와 별반 다르지 않다.

루쉰 연구의 본 고장이라 할 중국이나 일본에서는 요즘 과거와 같은 미화 일변도의 연구는 점차 지양되고 일기·편지·문서·타이완-홍콩 측 자료들을 활용한 그 이면사에 대한 참신하고 다각적인 접근을 통한 객관적인 고찰과 평가들이 속속 이어지고 있다. 타이완의 역사학자 리아오(李敖)는 《중국소설사략(中國小說史略)》·《아Q정전(阿Q正傳)》·《눌함(吶喊)》 등을 예로 들면서 문학 세계에서의 그의 "우수성"과 공로는 당연히 인정되어야 한다고 동의하면서도 "그의 것이 아닌 것, 과분하게 인정되고 과분하게 찬양되고 과분하게 선전된 것들"에 대해서는 확실하게 청산할 필요가 있다고 역설한 바 있다.[616] 하물며 그 화려한 훈장과 헌사들이 루쉰의 진면목과 한참이나 동떨어져 있음에라! 이제는 과거 인위적으로 미화되고 조작되었던 루쉰은 불식하고 신이나 도구 또는 '밥그릇'이 아닌 순수한 인간으로서의 루쉰으로 환원시킬 때가 되었다. 그를 비하하거나 그의 공로를 부정하자는 말이 아니다. 그를 가리고 있는 거품과 베일을 과감하게 걷어내고 그의 맨 모습을 똑바로 바라보자는 뜻이다.

그런 의미에서 볼 때 주정(朱正)이 2015년에 낸 《루쉰의 사람들》-원제: 《루쉰의 인간관계-문화계·교육계로부터 정계·군계까지[魯迅的人際關係-從文化界敎育界到政界軍界]》-은 루쉰을 알고 싶어 하는 독자들에게는 상당히 흥미로운 책이다. 루쉰의 저술들에서는 그와 지인들의 인연이나 왕래 사실을 도처에서 찾아볼 수 있다. 그러나 그 같은 대인관계를 주제로 하여 지은 책은 이 책이 유일하지 않을까 싶다. 주정은 과거부터 루쉰을 우상이 아닌 하나의 인간으로서 객관적으로 바라보고 평가하자는 입장을 견지해 온 학자이다. 그는 60년 동안 루쉰을 연구하면서 관련 저술을 지속적으로 선보여 왔으며 이 이전에는 《루쉰전략(魯迅傳略)》·《루쉰회고록 오류 바로잡기[魯迅回憶錄正誤]》·《루쉰 육필원고에 관한 소견[魯迅手稿管窺]》·《저우 씨 3형제[周氏三兄弟]》·《새로 읽는 루쉰[重讀魯迅]》·《루쉰 한 세기[魯迅一世紀]》·《반우파투쟁 시말(反右派鬪爭始末)》 등의 책을 내었는데, 모두가 사료적 가치도 높지만 기발한 발상과 독특한 접근방법을 구사하고 있어서 향후의 루쉰 연구를 위한 이정표가 될 만한 문제작들이다.

지난 해에 중화서국(中華書局)을 통하여 발표한 이 책은 그보다 앞서 2010년 상하이의 동방출판센터(東方出版中心)를 통하여 발표한 전작인 《루쉰의 인맥[魯迅的人脈]》을 보완한 것으로, 저자가 학술지나 잡지에 틈틈이 발표했던 글들을 단행본으로 묶은 것이다. 저자는 "루쉰이 교분을 나눈 것이 어떤 사람들인지 살피고, 그가 친구로 삼고 원수로 여긴 것이 어떤 사람들인지 살피다 보면 루쉰의 이미지·루쉰의 성격·나아가 루쉰이 살았던 시대를 보다 분명하게 파악할 수 있지 않겠는가."[617] 하는 생각에서 그 글들을 쓰고 이 책을 내게 되었다고 밝히고 있다.

우리가 루쉰이라는 인물을 제대로 이해하려면 그가 평생 동안 관계를 맺고 내왕한 지인이나 충돌한 논적들과의 관계에 주목하는 것은 대단히 중요한 연구 절차이다. 물론, 애초에 책으로 엮자고 쓴 글이 아니다 보니 문체나 체재는 다소 허술하고 군데 군데 중복되는 내용도 적지는 않다. 게다가 저자가 주석을 처리하는 과정에서 부분적으로 투박하다거나 엉성하다는 느낌을 주는 것도 사실이다. 그러나 그가 루쉰의 지인이나 논적들에 관한 이야기와 자료들을 통하여 루쉰의 이미지·성격·시대를 우회적으로 들려주고 조명하려 한 것은 상당히 독특하고 훌륭한 시도라고 하겠다.

저자는 이 책에서 루쉰의 일기·그가 지인들과 나눈 편지들·각종 간행물의 기사·기밀이 해제된 소련의 기밀문서 등 희귀한 자료들을 적재적소에 상당히 효과적으로 활용하고 있다. 사실 기존의 루쉰 관련서들은 주로 그의 소설이나 잡문에만 의존하여 그의 정신세계·창작이론·정치철학을 설명하려는 경향이 없지 않았다. 그런데 저자는 이 같은 기존의 '스테레오 타입'을 따르기보다는 일기·편지·공문·기밀문서 등, 그동안 학자들이 상대적으로 간과했던 색다른 자료들을 활용하여 루쉰에 관한 새로운 스토리텔링을 시도하고 있다. 원래일기·편지·공문·기밀문서 같은 것들은 발표를 목적으로 개방된 공간이나 공공의 영역을 통하여 대중에게 보이기 위하여 그들을 대상으로 발표하는 글이 아니라, 작가 개인의 사적이고 은밀한 영역에 머물러 있는 준자서전적 성격의 글들이다.

특히 일기와 편지는 한 인물을 연구하는 데 있어 일반적인 작품이나 제3자의 증언에 비하여 자료로서의 공신력과 가치가 훨씬 높다. 그래서 저우쮀런은 "일기와 서신은 문학의 영역에서도 특히 흥미로운 장르이다. 여타의 글들보다 작자의 개성을 더 선명하게 드러내기 때문이다. 시·산문·소설은 제3자에게 보여 주기 위하여 쓰기 때문에 예술적으로는 보다 정밀하고 세련될지 모르나 아무래도 작위의 흔적이 좀더 많아진다. 그러나 서신은 제2자를 위해서만 작성되고, 일기는 자신에게만 보이는 것이기에 보다 진실되고 보다 천연적일 수밖에 없는 것이다."[618]라고 말하기도 하였다. 작가의 편지를 읽는다는 것은 "정말 그 사람의 전부를 알기 위함이다. 그가 간과한 곳에서조차 사회의 일원으로서의 그 사람의 진실을 파악할 수 있다. … 따라서 작자의 일기나 편지를 통하여 종종 그의 작품을 읽는 것보다 더 명석한 의견을 얻을 수 있다. 말하자면 그 자신에 대한 간결한 주석인 셈이다."[619]라는 루쉰의 인식 역시 저우쭤런의 이해와 크게 다르지 않다.

이 책의 또 다른 장점은 전작 《루쉰의 인맥》에는 없던 후스·린위탕에 관한 내용이 대폭적으로 추가되었다는 점일 것이다. 후스와 린위탕이라면 5.4 신문화운동을 포함한 민국 시기 중국의 정치·문화적 양상을 살피는 데에 빠뜨려서는 안 될 중요한 인물이다. 그리고 무엇보다도 두 사람은, 좋은 의미에서건 나쁜 의미에서건, 문학·정치 두 방면에서 루쉰과 끊임없이 인연을 가졌던 중요한 지인이었다. 5.4 신문화운동 이래의 중국에서 후스 없는 루쉰은 상상조차 할 수가 없으며, 30년대 사회운동과 문예논쟁에서 린위탕 없는 루쉰은 무색해지기 때문이다. 중국에서 두 사람은 공산주의와 혁명문학에 반대했다는 정치적인 이유 하나 때문에 지난 수 십년 동안 비난과 공격의 대상이 되었으며 관련 연구조차 원천적으로 봉쇄되어 있었다. 그래서 기존의 루쉰 연구에서는 루쉰의 작가 인생에서, 그리고 그의 진면목을 재조명하는 데에 있어 가장 중요한 이 두 인물과의 인연과 '이면사'가 몇 마디 형식적인 멘트로 정리되는 바람에 루쉰에 대한 객관적이고 심층적인 연구가 원칙적으로 불가능한 경우도 많았다. 그런 의미에서 저자가 이번 책에서 전체 분량의 1/3을 후스와 루쉰·린위탕과 루쉰의 인연을 소개하는 내용으로 할애한 것은 대단히 탁월하고 시의적절한 선택이었던 셈이다.

저자는 이 책을 통하여 소련의 코민테른이 중국공산당 창당과정이나 노선투쟁 과정에서뿐만 아니라 루쉰·후스 등 당시의 유명 인사들을 포섭하는 데에도 깊숙이 간여한 점, 이른바 "좌련(左聯)"이 루쉰·후스 등을 포섭하기 위하여 다양한 방법을 동원했고 그 배후에 중국공산당이 있었다는 점, 유명한 "좌련의 다섯 열사"의 탄생 역시 국민당의 박해가 아닌 공산당 내부의 노선투쟁 과정에서 당내 경쟁자의 밀고로 체포된 점, 후스가 《루쉰전집(魯迅全集)》이 출판될 수 있도록 적극적으로 협력해 주었던 점 등등, 우리가 그동안 알지 못했던 여러 가지 현대 중국 문학·정치의 비사(秘史)·비화(秘話)와 관련된 중요한 단서들을 제공해 주고 있다. 다른 책에서는 좀처럼 찾아볼 수 없는 소중한 사료들을 직접 보고 판단할 수 있다는 것 하나만으로도 이 책은 독자들이 루쉰의 진면목을 이해하고 그를 연구하는 데에 상당한 도움을 줄 것으로 기대된다.

역자는 대학 시절 중국 현대문학에 많은 관심을 가지고 관련 수업도 많이 듣고 원서도 많이 읽었다. 이번에 번역 작업을 진행하는 동안에도 국내외의 저술·논문들을 참고하고 주석을 수백 개 달고 지금은 '사어(死語)'가 돼 버린 1920-1940년대 상하이의 언어들도 조사하는 등, 좋은 책을 만들기 위하여 나름대로 상당한 애정을 기울였다. 그럼에도 불구하고 역자의 전공 분야가 중국 전통극과 근세 백화(白話)이다 보니 아무래도 현대문학에 대한 조예가 관련 연구에 '특화'된 전문 연구자들보다는 여러 면에서 부족하고 모자랄 수밖에 없다. 혹시 역자가 놓치거나 오류를 범한 부분이 있다면 모쪼록 이 책을 읽는 독자들께서 기탄없이 편달하고 바로잡아 주시기 바란다.

연초에 일을 맡을 때에는 서너 달이면 번역이 끝난다고 호언장담하면서 작업에 착수했지만 도중에 갑자기 고대사 집필이다, 연구 프로젝트 신청이다, 중국 답사다 갑자기 이런저런 변수들이 생기는 바람에 탈고가 당초 예상보다 서너 달이나 더 지체되어 버렸다. 그럼에도 불구하고 부족한 역자의 능력과 판단을 끝까지 믿고 무한한 기대와 아낌없는 격려를 해 주신 김윤태 사장님께 진심으로 심심한 감사의 말씀을 올린다.

2017년 3월 1일

조허헌(釣虛軒)에서

# 미주

## 루쉰(魯迅: 1881-1936)

중국의 저명한 학자·교육자·문학가·저널리스트. 저장 성(浙江省) 사오싱(紹興) 사람으로 어릴 때에는 아장(阿張)·창껀(長根)·창껑(長庚)으로 불리다가 학생 시절 저우장서우(周樟壽)로, 나중에 다시 저우수런(周樹人)으로 개명했으며, 자는 위산(豫山)으로 역시 나중에 위차이(豫才)로 바꾸었다. 널리 알려져 있는 '루쉰'은 필명으로 1918년 최초의 구어체 소설인 《광인일기(狂人日記)》를 발표하면서 사용하기 시작하였다. 이 밖에도 그가 일생 동안 사용한 필명으로는 즈수(自樹)·껑천(庚辰)·쒀즈(索子)·쒀스(索士)·링페이(令飛)·쉰싱(迅行)·저우수(周樹)·탕쑹(唐俟)·선페이(神飛)·펑성(風聲)·바런(巴人)·뤄원(洛文)·둥화(冬華)·창껑(長庚)·허깐(何干)·루뉴(孺牛)·위에커(越客)·장청루(張承祿)·자오링이(趙令儀)·황카이인(黃凱音)·두더지(杜德機)·치우룬(齊物論) 등 무려 190여 개에 이른다. 천두슈·후스가 창도한 5.4 신문화운동을 확산시키는 데에 중요한 역할을 하였다. 일생 동안 소설·시·잡문(에세이)의 창작·번역·비평과 함께, 문학사·철학·미술이론·고문헌 등 다양한 학문 분야의 연구에서도 일가견을 이루어 5.4 신문화운동 이후로 중국의 사회·사상·문화의 발전에 중대한 영향을 주었다. 그의 명성은 국제적으로 널리 알려져 세계 각국에서 다양한 언어의 작품 번역본들이 출판·소개되었으며 특히 한국·일본에서는 사상·문화 영역에서도 지대한 영향을 주었다. 마오쩌둥은 과거 "루쉰의 방향이 곧 중화민족의 신문화의 방향이다. [魯迅的方向, 就是中華民族新文化的方向]"라면서 그를 "위대한 문학가·사상가·혁명가이며 중국 문화혁명의 주장(偉大的文學家·思想家·革命家, 是中國文化革命的主將)"이라고 격찬한 바 있다. 주요한 저작으로는 《눌함(吶喊)》(1923)·《방황(彷徨)》(1926)·《고사신편(故事新編)》(1936) 등의 소설집과 함께 《분(墳)》(1927)·《열풍(熱風)》(1925)·《화개집(華蓋集)》(1926)·《이이집(而已集)》(1928)·《삼한집(三閑集)》(1932)·《남강북조집(南腔北調集)》(1934)·《이심집(二心集)》(1932)·《레이스문학(花邊文學)》(1936)·《위자유서(僞自由書)》(1933)·《준풍월담(准風月談)》(1934)·《체제팅잡문(且介亭雜文)》(1937)·《집외집(集外集)》(1935) 등의 잡문집이 있다.

---

1 후스(胡適: 1891-1962): 중국의 저명한 학자·문학가·철학자·교육자·정치가. 본명은 쓰미(嗣穈), 학생 시절의 이름은 훙싱(洪騂), 자는 시장(希疆)으로 나중에 필명을 '후스(胡適)', 자를 스즈(適之)로 바꾸었다. 안훼이 성(安徽省) 훼이저우(徽州) 사람으로 쟝쑤 성(江蘇省) 상하이(上海)의 푸둥(浦東)에서 태어났다. 어릴 때 고향 사숙에서 공부하다가 19세 때 국비유학생으로 선발되어 미국으로 건너가 당시의 공리주의 철학자 존 듀이(John Dewey: 1859-1952) 문하에서 배우고 1917년에 귀국하여 베이징대 교수로 초빙되었다. 1918년 천두슈(陳獨秀)가 주도하는 《신청년(新青年)》 편집부에 합류하여 '백화(白話)' 즉 구어체 중국어를 적극적으로 제창하고 사상적 자유를 주장하면서 천두슈와 함께 5.4 신문화운동을 이끌었다. 당시 그는 창작이론적 측면에서 전통문학과 신문학을 구분하고 신문학적 창작을 제창하는가 하면 도데·모파상·입센 등 서구 각국 작가들의 작품들을 번역·소개하면서 구어체 문학을 창작하는 데에 앞장을 섰다. 1917년 그가 발표한 구어체 시는 중국의 현대문학사상 최초의 신체시였다. 미국 실험주의 철학을 지지했던 그는 5.4 운동 이후로 마르크스주의를 신봉하는 리따자오(李大釗)·천두슈 등과 결별하고 학계·문학계를 지키면서 "20년 동안 정치를 언급하지 않고 20년 동안 정치에 간여하지 않겠다. (二十年不談政治, 二十年不干政治)"라는 입장을 고수하였다. 그 사이에 1920년대에는 《노력주보(努力週報)》, 1930년대에는 《독립평론(獨立評論)》, 1940년대에는 "독립시론사(獨立時論社)"를 창간하거나 이끌었다. 1938-1942년에는 난징(南京) 국민당 정부의 위촉에 따라 주미대사를, 1946-1948년에는 베이징대 총장을 지냈으며 1949년 중국의 공산화와 함께 미국으로 건너갔다가 1952년 타이완(臺灣)으로 가서 중앙연구원(中央研究院) 원장을 지냈다. 일생 동안 문

학·철학·사학·고증학·교육학·홍학(紅學, 홍루몽(紅樓夢)학) 등 다양한 학문에 관심을 가지고 "대담하게 가설을 세우고 꼼꼼하게 입증을 한다.(大膽的假設, 小心的求證)"라는 치학원칙에 입각하여 중국 학술 발전에 크게 기여하였다. 주요한 저서로는 《중국철학사 대강(中國哲學史大綱)》(상권)·《상시집(嘗試集)》·《백화문학사(白話文學史)》(상권)·《후스문존(胡適文存)》 등이 있다.

2 저우쭤런(周作人: 1885~1967): 중국의 저명한 학자이자 작가·번역가·평론가·교육가. 루쉰의 동생이자 저우젠런(周建人)의 형으로, 본명은 퀘이서우(櫆壽)·퀘이서우(奎綬), 자는 싱사오(星杓)이며 때로는 치밍(啓明)·치밍(啓孟)·치밍(起孟) 등의 이름을 쓰기도 하였다. 호는 즈탕(知堂)·야오탕(藥堂)·두잉(獨應) 등이 있고 필명으로는 중미(仲密)·치밍(豈明)·샤서우(遐壽) 등을 사용하였다. 어릴 때 고향의 사숙인 삼미서옥(三味書屋)에서 전통 한학을 배우고 1901년 루쉰과 마찬가지로 난징으로 가서 쟝난 수사학당(江南水師學堂)에서 수학하던 중 《시경(詩經)》〈대아-역박(大雅棫樸)〉의 "주나라 왕이 오래 산 것이 인재를 육성해서가 아니고 무엇이겠는가(周王壽考遐不作人)"라는 구절에서 마지막 두 글자를 따서 이름을 '쭤런(作人)'으로 바꾸었다. 6년의 수학기간동안 영어 기초를 쌓은 후 1906년 역시 루쉰·쉬서우창(徐壽裳)과 마찬가지로 국비로 일본에 유학하였다. 유학시절에는 호세이(法政)대 예과를 거쳐 도쿄의 릿교(立敎)대에서 고전문학을 배우면서 그리스·키릴·산스크리트 문자와 에스페란토어를 익혔다. 1911년 귀국한 후 1918년 베이징대 문과 교수로 임용되어 그리스로마 문학사·유럽문학사·근대산문·불교문학 등을 강의하였다. 그 후로 국립 베이징대 교수·동방문학계 주임, 옌징대 신문학계 주임·객원교수 등을 역임하였다. 5.4 신문화운동 기간동안에는 《신청년(新靑年)》의 중요한 동인 작가로 활동하면서 '신조사(新潮社)'의 주임편집자를 맡기도 하였다. 신문화운동 이후에는 정전뒤(鄭振鐸)·선옌빙(沈雁冰, 즉 마오뚠)·예사오쥔(葉紹鈞)·쉬디산(許地山) 등과 함께 '문학연구회(文學硏究會)'를 출범시켰으며, 이어서 루쉰·린위탕(林語堂)·쑨푸위안(孫伏園) 등과 함께 문예주간지 《어사(語絲)》를 창간하고 편집장과 대표 기고가로 활동하기도 하였다. 그는 사회활동에도 적극적으로 참여하여 후스·첸쉬안퉁 등과 함께 표점부호·한자 약자의 제정에도 간여하였다. 1937년 루거우챠오 사변을 계기로 일본군이 베이핑을 점령하고 베이징대가 남쪽으로 이동했으나 피난을 하지 않고 베이핑에 잔류했다가 일제의 강압과 회유로 일제 점령하의 교육부 독판·중일문화협회 이사 등의 직책을 맡고 일제 당국에 협력했다가 '한간(漢奸)'으로 공격받았다. 1945년 일본이 패망하고 베이핑이 탈환되자 쟝제스 국민정부에 부역죄로 체포되어 10년 징역형을 선고받았다. 도중에 1949년 중국이 공산화되고 중화인민공화국이 수립되자 베이징 바다오완(八道灣)의 옛 집으로 돌아와 번역·저술로 생계를 유지하던 중 1966년 문화대혁명이 시작되면서 정치적 탄압을 받다가 1967년 급사하였다. 루쉰과 공동번역한 《역외소설집(域外小說集)》 등 다수의 번역과 함께 《유럽문학사(歐洲文學史)》·《예술과 생활[藝術與生活]》·《비오는 날의 서신[雨天的信]》·《루쉰의 고향집[魯迅的故家]》·《즈탕회상록(知堂回想錄)》·《고죽잡기(苦竹雜記)》·《고차수필(苦茶隨筆)》·《주작인자편문집(周作人自編文集)》·《루쉰 소설 속의 인물들(魯迅小說裏的人物)》·《루쉰의 청년시절(魯迅的靑年時代)》 등의 크고 작은 저술을 남겼다.

3 5.4 신문화운동(五四新文化運動): 제1차 세계대전 이후로 북양 정부(北洋政府)가 1919년 1월 프랑스 파리에서 중국에 불리한 불평등조약을 체결하자 5월 4일 베이징의 13개 학교 3천여 명의 학생들은 수업을 거부한 채 거리로 나가 "밖으로는 나라의 권익을 되찾고 안으로는 나라의 역적을 징벌하자(外爭國權, 內懲國賊)"라는 구호를 외치며 시위를 벌이면서 파리 협약과정에서 북양 정부가 수용한 "21개 조항"을 철회하고 친일파 관료들을 처벌할 것을 요구하였다. 이처럼 정치적인 원인이 도화선이 되어 시작된 "5.4 운동(五四運動)"은 얼마 후 사회운동·문화운동으로 승화·발전되었다. 천두슈·후스 등의 근대적인 지식인들은 1915년에 창간한 《신청년》을 통하여 '과학(Science)'·'민주(Democracy)'와 함께 구어를 주된 언어로 한 신문학을 제창함으로써 봉건적인 유교 전통에 반발하여 반봉건적이고 급진적인 계몽운동을 전개하여 당시 청년·지식인들과 중국 사회에 심대한 영향을

주었다. 그러나 1920년대 초반 천두슈 등이 중국공산당을 창당하고 《신청년》이 중국공산당 기관지로 변질하여 후스 등 이에 반발한 자유주의 지식인들이 그 대오를 이탈하면서 사상운동으로서의 5.4 운동은 종막을 고하게 된다.

4 《신청년(新青年)》: 5.4 신문화운동 시기의 주요 간행물. 1915년 9월 상하이에서 '청년잡지(青年雜誌)'라는 제목으로 창간되었으며 다음해에 '신청년'으로 바뀌었다. 1917년 초부터는 베이징으로 무대를 옮기고 문언과 전통문학에 반대하고 구어와 신문학을 제창하는 문학혁명을 주도하였다. 1925년 4월부터 불규칙적으로 간행되다가 다음해 7월 정간되었다.

5 장단구(長短句): 오언절구(五言絶句)나 칠언율시(七言律詩) 등과 같이 글자 수가 동일한 구절들로 지어진 전통시와는 달리 글자 수가 서로 다른 긴 구절과 짧은 구절을 섞어서 지은 시 또는 그 같은 창작기법.

6 류반농(劉半農: 1891-1934): 중국의 시인. 본명은 류푸(劉復)이며 쟝쑤 성 쟝인(江陰) 사람이다. 5.4 신문화운동의 창도자의 한 사람으로 베이징대 교수를 지냈다.

7 《후스전집(胡適全集)》, 제10권, 안훼이(安徽)교육출판사, 2003, pp.31-32.

8 평측(平仄): 중국 전통시에서 한자를 쓸 때 적용하는 성조. '평(平)'은 첫 소리와 끝 소리의 높이에 변화가 없는 경우, '측(仄)'은 첫 소리와 끝 소리의 높이에 편차가 있어서 변화가 발생하는 경우를 가리키는데, 이 둘을 통틀어 '평측'이라고 부른다.

9 이상 《후스전집》, 제1권, pp.171-173.

10 《주즈칭전집(朱自清全集)》, 제4권, 쟝쑤(江蘇)교육출판사, 1996, pp.368-369.

11 《루쉰전집》, 제7권, 인민문학(人民文學)출판사, 2005, p.4.

12 《후스전집》, 제10권, p.44.

13 《루쉰전집》, 제11권, pp.388-389.

14 《후스전집》, 제23권, p.355.

15 같은 책, 제12권, pp.297-298.

16 같은 책, 제12권, p.294.

17 차이위안페이(蔡元培: 1863-1940): 중국 근현대의 학자이자 교육자. 자는 허칭(鶴卿), 호는 제민(孑民)으로, 저쟝 성(浙江省) 사오싱 부(紹興府) 출신이며 루쉰과는 동향이다. 상인 집안에서 태어나 1890년 최연소로 진사가 되었으나 1904년 청나라의 지배를 종식시키려는 혁명단체인 광복회(光復會)의 회장으로 추대되었다. 1916-1926년에 베이징대 총장으로 있으면서 5.4 신문화운동의 후견인으로 민족주의를 고취하고 봉건사상을 타파하는 데에 중요한 역할을 담당하였다. 1928년 당시 학술 연구의 최고기관인 중앙연구원의 설립에 참여하여 초대 원장이 되었으나 1935년 은퇴한 후 상하이에서 은거하였다.

18 상무인서관(商務印書館): 1897년 상하이에 설립된 인쇄·출판회사. 각 대도시에 분점을 두고 잡지·교과서·사전·지도·번역물 등 다양한 서적들을 출판하는 한편 고문헌의 복각(復刻)에도 적극적으로 나서는 등, 서구의 새로운 사조를 소개하고 전통문화의 개조에도 크게 이바지하였다. 1932년 1.28 전쟁이 발발하자 상하이 본점은 일본군의 폭격으로 대부분 파괴되었다가 나중에 일부가 복구되었다. 루쉰은 베이징·샤먼·광저우·상하이 등지에 머물 때마다 현지 분점에서 책을 구입하는 한편 수시로 이 회사를 통하여 번역물을 기고하거나 저술을 출판하곤 하였다.

19 같은 책, 제23권, p.379.

20 샹산(香山): 베이징 서쪽 교외에 자리잡은 산. '비윈쓰'는 원나라 때인 1331년 샹산에 창건된 절의 이름이다.

21 쑨푸위안(孫伏園: 1894-1966): 중국의 현대 산문작가이자 편집인. 원래 이름은 푸위안(福源), 자는 양취안(養泉)이며 루쉰과는 동향이다. 베이징대에서 수학할 때 루쉰의 제자였으며 1912년 베이징에서 발행되는 《신보(晨報)》의 부간(副刊) 편집인이 되었는데 루쉰의 《아Q정전》도 그가 편집인으로 있을 때 처음으로 연재되었다. 푸루(伏廬)·뵈성(柏生)·쏭녠(松年) 등의 필명을 사용하였다.

22 《루쉰전집》, 제1권, p.417.

23 저우젠런(周建人: 1888-1984): 중국의 생물학자이자 정치가. 아명(兒名)은 저우쏭서우(周松壽), 자는 차오펑(喬峰)이며, 루쉰과 저우쭤런의 동생이다. 중화인민공화국 수립 후에 생물학 교수를 지냈으며 나중에는 저장 성 성장을 지내기도 하였다.

24 《후스전집》, 제23권, p.378.

25 같은 책, 제23권, p.378.

26 이 대목에서 우리가 주목해야 할 일이 한 가지 있다. 저우젠런은 〈루쉰과 저우젠런(魯迅與周作人)〉이라는 글에서 자신의 취직 경위를 소개할 때 베이징에서 일자리를 찾지 못한 채 집에서 지내면서 번역한 생물학 관련 글을 상무인서관의 《동방잡지》와 《부녀잡지》에 투고한 것이 편집부의 장시천의 눈에 띄었고 그로부터 편집부에 일손이 필요하다는 정보를 얻어서 상무인서관에 취직하게 된 것이라고 말하고 있다. 여기에는 자신을 취직시키려고 백방으로 애를 쓴 그의 둘째 형 저우쭤런과 자신을 상무인서관 쪽 사람들과 연결시켜 준 후스에 관해서는 일언반구도 언급이 없다. 그러나 주정이 수이 책에서 제시하고 있는 저우쭤런과 후스의 편지들은 두 사람이 저우젠런의 취직을 위하여 상당히 애를 썼다는 사실을 반증해 주고 있다. 저우젠런이 두 사람이 수고한 일을 모르고 있었는지 알면서도 의도적으로 언급을 하지 않았는지에 대해서는 확인할 길이 없다. 다만 저우젠런이 자신의 취직 경위를 소개하면서 두 사람을 전혀 거론하지 않은 것도 어쩌면 이 같은 정치적 배경 때문이 아니었을까 싶다. 중국이 공산화된 후로 저우쭤런과 후스는 각각 '친일파 매국노'와 '반동분자'라는 딱지가 붙여져 문화대혁명이 끝나는 1970년대 후반까지 공격의 대상이 되어야 했으며 공적인 공간에서 두 사람을 거론하는 사람은 상당한 정치적 불이익을 각오해야 했기 때문이다.

27 옌징(燕京)대: 1920년 영국·미국의 교회재단이 베이징에 설립한 기독교계 대학으로, 문학원(文學院)·이학원(理學院)·법학원(法學院)의 세 부문으로 구성되었다. 미국의 하버드대와 제휴하여 "하버드-옌징"이라는 이름으로 인재들을 양성하고 《옌징학보(燕京學報)》를 발행하여 중국 학술의 발전에도 크게 공헌하였다. 1949년 중화인민공화국 수립 후에는 베이징대와 칭화(淸華)대와 통합되었다.

28 쓰투(司徒) 박사: 미국 기독교 장로회 선교사이자 외교관, 교육자였던 존 레이튼 스튜어트(John Leighton Stuart: 1876-1962)를 말한다. 주로 '쓰투레이떵(司徒雷登)'이라는 중국식 이름으로 불리는 그는 저장 성 항저우(杭州)에서 태어나 1904년부터 선교활동을 시작하면서 항저우 육영학원(杭州育英學院) 설립에 참여하였다. 1919년부터 옌징대의 교장·교무장을 지냈으며 1946년부터 미국 정부의 주중국대사로 있다가 1949년 8월 중국이 공산화 되면서 중국을 떠났다.

29 뷔천광(博晨光): 미국 기독교 공리회(公理會) 선교사였던 루치우스 샤핀 포터(Lucius Chapin Porter: 1880-1958)를 말한다. 톈진에서 태어나 어린 시절을 보낸 그는 미국에서 고등교육을 받은 후 중국으로 돌아와 옌징대 철학과 교수를 지내는 등, 41년 동안 기독교 교육사업에 종사하다가 중국이 공산화 되면서 중국을 떠났다.

**30** 국문문(國文門): 국문과 즉 중문과의 다른 이름. '문(門)' 또는 '부(部)'는 '학과'의 개념으로, 1919년부터 '계(系)'로 바꾸어 '국문계' 또는 '중문계'로 부르게 된다. 본서에서는 중국에서 현재 '학과'의 의미로 사용하는 '계'를 그대로 옮겼다.

**31** 베이따이허(北戴河): 중국 허베이 성(河北省) 친황따오(秦皇島)에 위치한 휴양지.

**32** 《후스전집》, 제23권, pp.354–355.

**33** 류팅팡(劉廷芳: 1891~1947): 중국의 시인이자 선교사. 자는 딴성(亶生)이며 저장 성 원저우(溫州) 사람이다. 상하이의 성 요한대를 졸업한 후 미국으로 유학하여 조지아대, 콜롬비아대에서 각각 교육학·심리학 박사학위를 받았다.

**34** 중국사회과학원 근대사연구소 중화민국사 연구실 편, 《후스내왕서신선(胡適來往書信選)》, 상권, 중화서국, 1979, pp.125–126.

**35** 《후스전집》, 제29권, p.528.

**36** 《학형(學衡)》: 5.4 신문화운동 이후인 1922년 1월 중국 난징(南京)에서 후셴쑤 등의 교수들의 주도로 창간된 학술잡지. 신문화운동에 반대하고 중국 전통문화의 선양을 표방한 이 잡지는 우미(吳宓)가 편집장을 맡고 메이광디(梅光迪), 후셴쑤 등의 기고자들이 문언체로 된 글을 발표하였다. 1926년 12월 제60기를 낸 후부터는 격월간으로 발행되다가 1933년 7월 제79기를 끝으로 정간되었다. 동인들은 당시 잡지의 이름을 따서 '학형파(學衡派)'로 일컬어졌다.

**37** 후셴쑤(胡先驌: 1894~1968): 중국의 식물학자이자 교육자. 자는 뿌쩡(步曾), 호는 첸안(懺盦)으로 쟝시 성(江西省) 신젠(新建) 사람이다. 두 차례 미국에 유학하여 버클리대 학사, 하버드대 박사학위를 받았으며 귀국 후에는 난징 고등사범·베이징대·베이징 사범대·칭화대에서 차례로 교편을 잡고 중국생물학 발전에 공헌하였다. 5세 때 《논어》를 다 익혀서 신동으로 불렸던 그는 5.4 신문화운동 당시 중국 전통문화의 수호자로 《학형》 창간에 참여하는가 하면 신문화운동의 영도자인 후스와 여러 차례 논전을 벌이기도 하였다. 1948년에는 중앙연구원 제1기 원사로 선출되었으나 중국이 공산화 된 후에는 《학형》 동인으로 5.4 신문화운동에 반대했었다는 이유로 정치탄압을 받아야 하였다.

**38** 《신보(申報)》: 청대 말기인 동치(同治) 11년(1872) 영국 상인 메이저(E. Major)에 의하여 중국인을 주요한 독자층으로 삼아 상하이에서 창간된 신문. 1949년 5월 정간될 때까지 청나라–북양(北洋)정부–국민당 정부를 차례로 거치면서 78년 동안 발행되었기 때문에 중국에서 발행 기간이 가장 길고 사회적으로도 광범한 영향을 끼쳐서 중국 근현대사 연구에 필수적인 '백과전서'와도 같은 신문으로 평가받는다.

**39** 《후스전집》, 제2권, pp.342–343.

**40** 《역외소설집(域外小說集)》: 루쉰과 그 동생 저우쭤런이 외국에서 창작된 소설들을 번역해 펴낸 소설집으로, 1909년 2월에 제1집이, 6월에 제2집이 각각 출판되었다.

**41** 마쓰다 와타루(增田涉: 1903~1977): 일본의 작가, 번역가이자 중국문학 연구가. 도쿄제국대를 졸업한 후 아쿠다가와 류노스케(芥川龍之介)·사토 하루오(佐藤春夫)의 영향을 받아 중국문학에 경도되었으며, 1931년 상하이로 가서 루쉰의 문하에서 중국소설사를 수학하기도 하였다. 1935년 사토 하루오와 함께 《루쉰선집》을 번역했으며 나중에는 《대루쉰전집》의 번역작업에 참가하기도 하였다.

**42** 린친난(林琴南): 중국의 근대문학가이자 번역가였던 린수(林紓: 1852~1924)를 말한다. '친난'은 자이며 호는 웨이루(畏廬), 별호는 렁홍성(冷紅生)으로 푸젠 성(福建省) 민셴(閩縣) 사람이다. 박학다식한 데다 시·산문·회화에 고루 능통하여 '광생(狂生)'으로 일컬어지기도 하였다. 외국어를 배운 적이

없으나 서양 근대문학에 흥미를 느껴 외국어를 배운 사람이 외국소설을 낭독하면 그것을 문언체 중국어 즉 한문으로 의역 또는 번안하는 방식으로, 청대 말기부터 신해혁명 때까지 셰익스피어·데포·스위프트·디킨스·위고 등 10여 개국 작가들의 150여 편의 소설을 번역하였다. 언어적으로는 동성파(桐城派) 고문을 높이 평가하는 반면 후스·루쉰 등이 주도한 구어운동에는 반대하였다.

43 같은 책, 제2권, p.280.

44 초순(焦循: 1763~1820): 청대의 경학자이자 문학가·연극이론가. 자는 이당(理堂)이며 강소성(江蘇省) 감천(甘泉) 사람이다. 가경(嘉慶) 6년(1801) 거인(擧人)이 되었으나 과거에 낙방한 뒤 집에 '조고루(雕菰樓)'를 짓고 평생 동안 독서·연구·저술에만 전념하였다. 경사(經史)는 물론 역산(曆算)·성운(聲韻)·훈고(訓詁) 등의 학문에 정통했으며 《주역(周易)》·《맹자(孟子)》·《시경(詩經)》 등의 연구에도 조예가 깊었다.

45 이백원(李伯元): 중국 근대의 소설가이자 언론인인 이보가(李寶嘉: 1867~1906)를 말한다. '백원'은 자이며 별호는 '남정 정장(南亭亭長)'으로 강소성(江蘇省) 상주(常州) 사람이다. 루쉰이 우젠런(吳趼人)·류어(劉鶚)·쩡푸(曾樸)와 더불어 "청대 말기 4대 견책소설(譴責小說) 작가" 중의 한 사람으로 꼽을 정도로 소설창작에서 두각을 나타내었다. 그는 소설창작뿐만 아니라 상하이를 주요 무대로 《유희보(遊戲報)》·《세계번화보(世界繁華報)》 등을 창간하고 상무인서관이 발행하는 《수상소설(繡像小說)》의 편집을 맡는 등 언론·출판사업 분야에서도 활약하였다.

46 필기소설(筆記小說): 중국 위진(魏晉) 시기부터 출현하는 전통소설 양식. 일반적으로 지괴(志怪)·전기(傳奇)·잡록(雜錄)·일화·수필 등과 같이 문언체로 지어진 길이가 짧고 내용이 복잡한 단편소설들을 가리키는데 학계에서는 루쉰의 견해를 좇아 이를 크게 명사들의 일화를 다룬 '지인(志人)'소설과 귀신 이야기를 다룬 '지괴'소설로 구분하고 있다.

47 마등가(摩登伽): 고대 인도 카스트제도에서 가장 천하게 여겨진 계층의 남자를 가리키는 명칭. '마등가'는 원어인 산스크리트어의 '마탕가(Matanga)'를 한자 발음대로 표기한 것이다.

48 귀자모(鬼子母): 불교에서 아기의 보호와 양육을 맡고 불법을 수호하는 여신. 산스크리트어로는 '하리티(Hārītī)'로 불린다.

49 무지기(無支祁): 중국 전설 속에 등장하는 물의 신.

50 《후스전집》, 제2권, p.666.

51 같은 책, 제2권, p.666.

52 같은 책, 제2권, p.672.

53 같은 책, 제2권, p.676.

54 양싱포(楊杏佛): 중국의 경제 관리학자이자 사회운동가였던 양취안(楊銓: 1893~1933)을 말한다. '싱포'는 호이고 자는 홍푸(宏甫)로 장시 성(江西省) 칭장(淸江) 사람이다. 1912년 쑨원(孫文)이 중화민국 대총통(大總統)으로 추대되자 난징의 총통비서처에서 근무하다가 쑨원이 총통직을 사임하자 미국으로 가서 코넬대·하버드대에서 수학하였다. 귀국 후에는 난징 고등사범 교사를 거쳐 둥난(東南)대 교수로 있다가 얼마 후 광저우로 떠나 혁명에 투신하였다. 1924년 쑨원의 비서, 1926년 국민당 상하이 당부의 집행위원, 1927년 임시정부 상무위원을 거쳤으며, 4.12 반혁명정변 이후에는 장졔스의 야심을 간파하고 중국제난회(中國濟難會)의 명의로 혁명가들에 대한 구명활동을 벌였다. 9.18 사변 후에는 국민당 정부가 애국인사들을 불법체포-감금하는 것을 반대하는 한편, 1932년 12월 상하이에서 쑹칭링·차이위안페이 등의 사회 저명인사들과 함께 중국민권보장동맹을 결성하고 총간사를 맡

아 공산당원·애국지사들에 대한 구명운동을 전개하기도 하였다. 1933년 6월 18일, 아들 양샤오포(楊小佛)와 함께 차를 몰고 외출했다가 국민당 특무대인 남의사(藍衣社)에게 암살당하였다.

55 《후스전집》, 제24권, pp.44-45.

56 같은 책, 제4권, pp.443-454.

57 《루쉰전집》, 제9권, p.153.

58 같은 책, 제9권, p.171.

59 《홍루몽(紅樓夢)》: 중국 청대의 소설가 조설근(曹雪芹: 1715?-1763?)이 지은 장편소설. 《석두기(石頭記)》·《금옥연(金玉緣)》·《금릉 12채(金陵十二釵)》·《정승록(情僧錄)》·《풍월보감(風月寶鑑)》 등으로 불리기도 한다. 등장인물에 대한 섬세한 성격묘사와 치밀한 구성으로 청대 최고의 소설로 꼽힌다. 근대 이후로 후스·위핑뭐(兪平伯) 등은 이 작품이 조설근의 자전적 소설이라는 결론을 내렸다.

60 《루쉰전집》, 제9권, p.244.

61 《경화연(鏡花緣)》: 청대 말기의 소설가 이여진(李汝珍: 1763?-1830)이 10여 년간의 집필 끝에 완성한 총 100회의 장편 풍자소설.

62 《루쉰전집》, 제9권, p.257.

63 같은 책, 제9권, p.259.

64 《후스전집》, 제2권, p.768 각주.

65 《관장현형기(官場現形記)》: 청대 말기의 소설가 이백원(李伯元: 1867-1906)이 지은 장편 풍자소설. 오경재(吳敬梓)가 지은 《유림외사(儒林外史)》의 사상과 형식을 차용하여 청대 말기의 사회적 병폐와 관계의 부패·타락상을 폭로·비판하였다. 루쉰은 이처럼 현실을 비판하고 병폐를 고발하는 소설을 '견책소설(譴責小說)'로 분류하였다.

66 《루쉰전집》, 제9권, pp.291-292.

67 수생(鬚生): 중국 전통극 특히 경극(京劇)에서 주로 나이가 지긋한 등장인물로 연기하는 배역. 분장할 때 수염을 달기 때문에 '수생'이라고 한 것이며 '노생(老生)'이라고 부르기도 한다.

68 《후스전집》, 제3권, pp.549-550.

69 《루쉰전집》, 제9권, pp.119-121. 《경본통속소설》 또는 '화본소설'과 관련된 내용과 용어에 대해서는 역자가 번역한 문학과지성사 판 《경본통속소설》(2014)의 해제와 각주를 참고하기 바란다.

70 《후스전집》, 제3권, p.600.

71 《루쉰전집》, 제9권, p.215.

72 《후스전집》, 제4권, pp.343-352.

73 《루쉰전집》, 제9권, p.274.

74 《후스전집》, 제3권, pp.509-511.

75 왕중민(王重民: 1903-1975): 중국의 교육자이자 돈황학(敦煌學) 학자·문헌학자. 자는 여우싼(有三), 호는 렁루주런(冷廬主人)으로 허베이 성 가오양(高陽) 사람이다. 1921년 바오딩(保定)에서 중학교를 나온 후 1924년 베이징 고등사범학교 국문계에 진학하여 가오뿌잉(高步瀛)·양수다.(楊樹達)·천위안(陳垣) 등으로부터 문사(文史)를 전공하였다. 1928년 졸업한 후에는 바오딩 허베이대 국문계 주임과 베이징 푸런(輔仁)대 강사를 지냈으며, 그 주된 업무는 베이징 도서관의 전신인 베이하이(北海)

도서관에서 고적을 정리하고 목록과 색인을 구성하는 일이었다.

76 《후스전집》, 제24권, p.626.

77 치쫑이(齊宗頤: 1881~1965): 중국의 정치가. 자는 서우산(壽山)이며 허베이 성 까오양(高陽) 사람이다. 독일에 유학을 다녀온 후 북양 정부(北洋政府)의 교육부에서 첨사(僉事)·시학(視學)을 지냈다.

78 《루쉰전집》, 제11권, p.432.

79 같은 책, 제11권, p.445.

80 무샤노코지 사네아쓰(武者小路實篤: 1885~1976): 일본의 소설가·극작가·화가이자 사회운동가. 톨스토이에 심취한 초기에는 제국주의에 반대하고 인도주의를 제창하면서 인류애를 선양하고 사회적으로는 '새마을'을 조성하는 등 유토피아를 꿈꾸었다. 루쉰은 1919년 무샤노코지의 〈어느 청년의 꿈〉을 번역하여 《신청년》에 발표하기도 하였다. 그러나 나중에는 일본 우월주의에 빠져 일본의 침략전쟁을 미화하고 대동아공영(大東亞共榮)을 선전하는 광적인 군국주의자로 전락하고 만다. 1936년 5월에는 루쉰을 방문하여 대화를 나누고 루쉰이 "말수가 적고 화기가 애애했다."라고 적고 있다.

81 로버트 오웬 (Robert Owen: 1771~1858): 영국의 사상가이자 사회운동가. 자본주의 논리가 극단적으로 표출된 산업혁명을 실천적으로 비판하고 자본가와 노동자의 평화로운 공존을 실현하기 위하여 노력하였다. 노동조합운동·협동조합운동에 큰 영향을 미쳤으며 자신의 사상을 정의하면서 최초로 '사회주의(socialism)'라는 용어를 사용하기도 하였다.

82 중수허(鍾叔河) 엮음, 《저우쭤런 산문전집(周作人散文全集)》 제2권, 광시사범대학(廣西師範大學)출판사, 2009, p.180.

83 같은 책, 제2권, p.180.

84 《후스전집》, 제1권, pp.707~717.

85 《저우쭤런 산문전집》, 제2권, pp.211~214.

86 리따자오(李大釗: 1888~1927): 중국의 사상가이자 혁명가. 자는 서우창(守常)이며 허베이 성 러팅(樂亭) 사람으로 중국에 마르크스-레닌주의를 전파하고 중국공산당을 창당하는 과정에서 핵심적인 역할을 한 인물이다. 빈농의 아들로 태어나, 톈진의 북양 법정전문학당(北洋法政專門學校)을 졸업한 후, 1914년 일본의 와세다대에서 수학하였다. 1916년 귀국하여 베이징의 진보 성향의 신문 《신종보(晨鐘報)》의 편집인, 1918년 베이징대 경제학 교수를 거쳐 1927년 혁명운동에 투신했으나 동북지방의 군벌 장쭤린(張作霖)에게 체포되어 처형되었다.

87 코민테른(Comintern): 공산주의 인터내셔널(Communist International)의 약칭으로, '제3 인터내셔널'로 부르기도 한다. 제1차 세계대전으로 제2 인터내셔널이 와해된 후, 1919년 레닌의 지도하에 모스크바에서 창립되었다. 전세계 노동자들의 국제적인 조직으로 마르크스·레닌주의에 입각하여 각국의 공산당에 지부를 두고 공산혁명운동을 지원하다가 1943년에 해산되었다. 일제강점기에 국내에서의 공산주의운동도 초기부터 코민테른과 밀접한 연락-협력관계를 유지하였다.

88 보이틴스키(Grigori Voitinsky: 1893~1953): 소련의 공산주의자. 코민테른 극동국 서기처에서 밀사로 중국에 파견되어 천두슈·리따자오 등을 접촉하고 '우팅캉(吳廷康)'이라는 중국식 이름으로 활동하면서 중국공산당 창당과정에서 중요한 역할을 수행하였다. 나중에는 조선공산당 결성에도 간여하였다.

89 《천두슈 저작선편(陳獨秀著作選編)》, 제2권, 상하이(上海)인민출판사, 2009, p.318.

**90** 《후스전집》, 제23권, p.333. 이 무렵 《신청년》의 좌경화에 대한 후스의 우려는 상당히 컸다. 그는 1920년 말과 1921년 초에 각각 《신청년》 동인들에게 편지를 보내어 5.4 신문화운동의 기수와도 같았던 이 간행물이 마르크스주의를 선전하는 정치색이 지나치게 강한 것을 지적하면서 《신청년》이 "정치는 거론하지 않는다."라는 초심으로 돌아가겠다는 선언을 하고 편집방침을 변경해야 한다고 호소하였다. 그러나 후스의 우려는 곧 현실로 변하여 1920년 상반기에 편집부를 상하이로 옮긴 《신청년》은 9월의 제8권 제1호부터 중국 상하이 공산주의 소조의 기관지로 존속하면서 공산주의 이념 선전도구로 전락하고 만다.

**91** 《루쉰전집》, 제11권, p.387.

**92** 같은 책, 제4권, p.469.

**93** 《노력주보(努力週報)》: 5.4 신문화운동 후인 1922년 5월 후스·딩원장(丁文江)·왕윈우(王雲五)·쟝멍린(蔣夢麟) 등이 천두슈 등에 의해 좌경화된 《신청년》에 대항하여 베이징에서 창간한 자유주의 동인 잡지. 까오이한·타오멍허(陶孟和) 등이 편집을 맡았고, 자유주의적 시각에 입각하여 당시의 시사 문제들을 다루었다.

**94** 《후스전집》, 제2권, p.355.

**95** 《후스 유고 및 비장서신(胡適遺稿及秘藏書信)》, 제29책, p.550.

**96** 《후스전집》, 제25권, p.523.

**97** 진신이(金心異): 중국의 경학자이자 언어문자학자인 첸쉬안퉁(錢玄同: 1887-1939)이 사용한 필명. 5.4 신문화운동 당시 후스·첸쉬안퉁 등이 문자개혁과 구어 사용을 제창하자 당시 문언소설로 명성을 날리던 린수(린친난)는 1919년 상하이의 《신신보(申新報)》에 문언소설 〈형생(荊生)〉을 발표하고 천두슈를 소설 속의 등장인물인 톈치메이(田其美)·후스를 디뭐(狄莫)·첸쉬안퉁을 진신이에 빗대어 공격하였다. 그 후 첸쉬안퉁은 린수가 자신을 조롱하기 위하여 사용한 이 이름을 한동안 필명으로 사용했고, 루쉰도 이에 착안하여 그를 '신이 형(心異兄)' '신 옹(心翁)'이라고 불렀다.

**98** 심의(深衣): 중국의 전통 복식. 우리나라 1,000원권 지폐의 주인공 퇴계 이황이 입고 있는 것과 같은 원피스 식 두루마기의 일종으로, 상의와 치마가 하나로 연결되고 테두리에 다른 색깔의 천을 대어 만들었다.

**99** 여조(呂祖: 798-?): 중국 고대 8대 신선 중의 하나인 당대의 도사 여동빈(呂洞賓)을 말한다.

**100** 장타이옌(章太炎): 민국 초기의 혁명가·사상가이자 국학자인 장빙린(章炳麟: 1869-1936)을 말한다. '타이옌(太炎)'은 호이며 자는 메이수(枚叔)로, 저장 성(浙江省) 위항(餘杭) 사람이다. 1897년 상하이에서 《시무보(時務報)》의 편집장을 맡고 유신운동에 참여했다가 일본으로 망명한 후 1900년 변발을 자르고 혁명에 투신하였다. 1906년 일본에서 쑨원과 함께 동맹회(同盟會)에 참여하고 신해혁명 뒤인 1912년에는 쑨원 측으로부터 추밀고문(樞密顧問)을 제안 받았고 1917년에는 쑨원이 광저우(廣州) 혁명정부에 가담하기도 했지만 의견 차이와 개인 건강을 이유로 국민당을 탈당하였다. 1918년 이후에는 정계에서 완전히 은퇴하고 오로지 학문 연구와 강학 활동에만 전념하여 '국학계의 대스승(國學大師)'으로 일컬어졌다. 학문적으로는 '국수주의자'라는 비난을 받기도 했지만 루쉰은 그를 소개할 때마다 "혁명가이자 대학자" 식으로 그 혁명정신과 공로를 높이 평가하였다.

**101** 《후스전집》, 제21권, pp.263-266.

**102** 한림(翰林): 고대 중국 황제의 문학 보좌관이던 '한림학사(翰林學士)'의 약칭. 당나라 현종(玄宗) 때 문학시종(文學侍從)들 중에서 우수한 인재를 선발하여 '한림학사'로 기용하고 황제의 명령·관리

임면 등에 관한 기밀문서들을 작성하게 했는데 그 명맥이 명청대까지 이어졌다.

**103** 수재(秀才): 중국 한대 이래의 인재 등용 방법. 후한대에는 광무제(光武帝) 유수(劉秀)의 휘를 피하여 '무재(茂才)'로 부르기도 하였다. 당대 초기에는 명경(明經)·진사(進士)와 나란히 인재 등용 과목으로 설치되었다가 곧 폐지되었다. 그 후 송대까지는 과거에 응시하는 사람은 모두 '수재'라고 불렀으며 명청대에는 각 부(府)·주(州)·현(縣)의 관학에 재학하는 생원(生員)들을 '수재'라고 불렀다.

**104** 즈·펑 전쟁(直奉戰爭): 북양군벌(北洋軍閥) 통치기에 지금의 하북지역을 근거지로 한 즈리(直隷)계 군벌 차오쿤·우페이푸·펑위샹과 지금의 랴오닝·지린지역을 근거지로 한 펑톈(奉天)계 군벌 장쭤린이 베이징 지역의 패권을 놓고 벌인 두 차례의 전쟁. 1922년 제1차 전쟁에서는 즈리계가 승리했으나 1924년 제2차 전쟁에서는 펑위샹의 배신과 함께, 일본의 군사 지원을 받은 펑톈계가 만리장성을 넘어 즈리군을 섬멸한 후 톈진까지 진격하여 우페이푸 세력을 허난(河南)·후베이(湖北)까지 패퇴시킴으로써 최종적으로 승리를 거두었다.

**105** 푸이(溥儀): 중국 청나라의 마지막 황제 선통제(宣統帝) 아이신줴뤄 푸이(愛新覺羅 溥儀: 1906-1967)를 말한다. 1908년 11월 광서제(光緖帝)가 죽자 3세의 나이로 제12대 황제가 되었으나 1911년 신해혁명이 일어나는 바람에 다음해에 강제로 퇴위하였다. 1932년 9.18 사변 후에 일본의 지원을 받아 창춘(長春)에 도읍을 정하고 만주국(滿洲國)의 황제가 되었으나 제2차 세계대전에서 일본이 패망하면서 소련군에 체포된 후 하바롭스크에 억류되었다. 중국으로 송환된 후에는 푸순(撫順)전범관리소에서 교화를 거친 후 1959년 마오쩌둥의 특사를 받고 전국 정치협상회의(全國政治協商會議) 위원을 지냈다.

**106** 청 황실에 대한 예우: 신해혁명에 성공한 난징의 중화민국 임시정부가 청 황실과 담판을 벌여 선통제의 퇴위를 조건으로 그와 청 황실에 황제의 칭호를 계속 사용하고, 자금성에 계속 거주하는 것을 보장하는 등의 예우를 제공하겠다고 약속한 일을 말한다. 한때 군주제로 반동하여 '홍헌제(洪憲帝)'가 된 위안스카이(袁世凱)도 "청 황실에 대한 예우 조건은 영원히 변경하지 않도록 하라"는 명령을 내린 바 있다.

**107** 《후스전집》, 제23권, pp.445-446. 여기서 13은 '민국 13년' 즉 1924년을 가리킨다.

**108** 《순천시보(順天時報)》: 1901년 일본인이 중국 베이징에서 창간한 중문 일간지. 처음에는 제호가 《옌징시보(燕京時報)》였으며 1930년 3월 정간되었다.

**109** 조던(John Newell Jordan: 1852-1925): 영국의 외교가. 청대 말기 광서 2년(1876) 베이징 주재 영사관에서 견습통역원을 맡았고, 1896년 대한제국 한성 주재 총영사를 거쳐 1898년 대리공사, 1906년 특명전권공사로 승진되었다. 1912년 특명전권공사 시절 위안스카이의 북양 정부와 서구 열강 사이에서 중재에 나서 '중화민국'을 인정해 주는 조건으로 퇴위한 선통제 푸이와 황실에 대한 예우와 티베트에 대한 내정간섭 및 군대 주둔을 포기할 것 등을 요구하였다. 서구 열강의 지지가 간절했던 위안스카이는 그 조건들을 모두 수락하고 열강의 승인과 쑨원 등 남방 혁명파의 양보로 중화민국 초대 총통으로 취임하였다.

**110** 복벽(復辟): 원래 군주의 지위를 박탈당한 군주를 다시 복위시키는 것을 뜻하는 말이지만, 여기서는 민국 초기에 있었던 장쉰(張勳)의 복벽을 가리킨다. 북양군벌 내의 실력자이던 장쉰은 위안스카이 사후 베이징의 지배권을 놓고 리위안홍(黎元洪)과 돤치뤠이(段祺瑞)가 다툼을 벌이자 중재를 빌미로 6월 14일 3,000명의 군사를 이끌고 베이징에 입성한 후 캉여우웨이(康有爲)와 함께 푸이의 복벽을 도모하였다. 그러나 돤치뤠이가 이끄는 '토역군(討逆軍)'에게 격파당한 장쉰이 네덜란드 영사관으로 피신하고 체포령이 내려진 푸이가 톈진의 독일 조계(租界)로 도주함으로써 복벽은 거사 12일만에 실

패로 끝났다.

111 돤즈취안(段芝泉): 민국 초기 안휘계 군벌이자 정치가였던 돤치뤠이(段祺瑞: 1865-1936)를 말한다. '즈취안(芝泉)'은 자이며 안훼이 성(安徽省) 허페이(合肥) 사람이다. 위안스카이의 측근으로 1911년 푸이를 퇴위시키고 1912년 육군 총장, 1913년 국무총리를 지내기도 했으나 1916년 위안스카이의 제정운동(帝政運動)에 반발하여 사직하였다. 위안스카이 사후 베이징의 실권을 놓고 즈리(直隸) 계 군벌과 각축을 벌이기는 했으나 1916-1920년까지 북양 정부의 실질적인 권력자였으며 1924년에는 중화민국 임시집정(臨時執政)에 취임하는 데에 성공하였다. 그러나 같은 해 3월 18일 학생들의 애국운동을 유혈 탄압하자 루쉰은 이날을 "민국 이래 가장 암울한 날"로 선언하였다. 이 해 4월 9일 펑위샹에 의하여 실각한 후에는 불교에 귀의하여 수행에 전념하다가 상하이에서 죽었다.

112 《후스내왕서신선》, 상권, pp.270-271.

113 《어사(語絲)》: 1924년 11월 베이징에서 창간된 중국현대문학사상 최초의 산문 전문잡지. 주요한 기고자였던 루쉰을 위시하여 저우쭤런·첸쉬안통·린위탕·쑨푸위안·위핑붜·류반농·구졔강 등을 주요 필진으로 하여 수필과 평론을 주로 실었으나 때로는 학술 논문이나 시사 평론도 실었다. 1927년 11월 펑톈계 군벌 장쭤린의 탄압으로 거점을 상하이로 옮기고 루쉰과 러우스가 편집을 맡았으나 《창조사(創造社)》 등 좌익 진영의 공격으로 1931년 l월 활동을 중지하였다.

114 이 글은 《담호집(談虎集)》에 수록되었다.

115 《저우쭤런 산문전집》, 제3권, p.516.

116 《후스전집》, 제23권, p.449.

117 순친왕(醇親王): 푸이의 친부 아이신쥐에뤄 짜이펑(愛新覺羅 載灃: 1883-1951)을 말한다. 1901년 의화단(義和團)의 난을 사죄하기 위하여 독일로 사절로 파견되었으며 귀국 후에는 청 왕조의 존속을 위하여 입헌정치를 모색하였다. 1908년 광서제(光緒帝) 사후 자신의 아들 푸이가 황제로 즉위하면서 감국섭정왕(監國攝政王)이 되어 실권을 장악하였다. 그러나 1911년 신해혁명(辛亥革命)이 일어나 정적인 위안스카이가 중화민국 초대 총통으로 추대되면서 실각하였다.

118 존스턴(Reginald Fleming Johnston, 1874-1938): 청나라 마지막 황제 푸이의 스승. 영국 스코틀랜드 출신으로 에든버러대와 옥스퍼드대를 졸업한 후 1898년 중국으로 와 홍콩을 거쳐 웨이하이웨이(威海衛)의 영국 식민정부에서 근무하였다. 당시 '중국통'으로 알려졌던 그는 1919년 자금성의 초빙으로 푸이에게 영어·수학·지리 등을 가르치면서 그의 측근이 되었다. 1930년 영국으로 돌아가 런던대에서 재직하면서 《유가와 근대 중국》·《불교의 중국》·《자금성의 황혼》 등의 책을 저술하였다.

119 《후스전집》, 제23권, pp.449-450.

120 뤄전위(羅振玉: 1866-1940): 중국 근대의 고고학자·금석학자이자 중국 현대농학의 개척자. 자는 수옌(叔言), 호는 쉬에탕(雪堂)으로 저장 성 상위 현(上虞縣) 출신이다. 초기에는 농학 개량, 교육제도 개선 및 서양 신지식 도입에 힘쓰다가 1909년 경사대학당(京師大學堂) 농과대학 감독이 되었으나 신해혁명이 일어나자 일본으로 망명하여 교토(京都)에 머물면서 청대 고증학을 일본에 전하였다. 귀국 후에는 톈진의 일본 조계지역에서 푸이의 사부로 있다가 만주국이 수립되면서 참의(參議)·감찰원장 등의 요직을 역임하였다. 은허(殷墟)에서 출토된 갑골문자(甲骨文字)를 연구하고 《은허서계전 고석(殷墟書契前考釋)》을 펴내는 한편, 둔황(敦煌)에서 발견된 문서들을 연구하여 중국 둔황학의 기초를 닦기도 하였다.

121 《후스내왕서신선》, 하권, p.486.

**122** 천위안(陳源: 1896-1970): 중국의 문학평론가이자 번역가. '퉁붜(通伯)'는 자이고 필명이 '천시잉(陳西瀅)'이며 쟝쑤 성 우시(無錫) 사람이다. 1912년 외숙부인 우즈훼이의 도움으로 영국으로 건너가 에딘버러대와 런던대에서 정치경제학을 전공하고 1922년 귀국하여 베이징대 교수가 되었다. 1924년에는 후스의 지지로 쉬즈뭐·왕스제(王世傑) 등과 함께 《현대평론》을 창간하고 〈한가한 이야기(閑話)〉칼럼의 편집장을 맡았다. 이 기간 동안 그는 베이징 여자사범대 학내 문제, 중국 문단에서의 표절 문제 등 일련의 논전을 벌이는 과정에서 루쉰과 불구대천의 원수가 되었다. 정치적으로는 투철한 반공주의자로 쟝졔스의 국민당 정부를 지지하면서 공산주의에 반대하였다.

**123** 《현대평론(現代評論)》: 민국 초기에 영·미 유학파 교수들이 주도하여 창간한 동인지. 1924년 12월 베이징에서 창간되었으나 1927년 7월 상하이로 거점을 옮겼다가 1928년 12월에 정간되었다. 이 잡지의 주요한 내용은 정치평론이었지만 문예창작물이나 문예평론도 다루었으며, 주요 기고자로는 왕스제(王世傑)·후스·천위안·쉬즈뭐 등이 있었다. 초기에는 "절대로 함부로 상대방을 매도하지 않는다."고 표방했지만 루쉰 등의 논적들과의 논쟁이 격렬해지면서 표현도 거칠어지는 경우가 많았다. 제호를 따서 "현대평론파"로 일컬어진 이들은 나중에 대부분 교육계나 정계에서 중요한 직책을 맡는다.

**124** 퉁 표절: 천위안 즉 천시잉(陳西瀅)은 1925년 11월 21일 발행된 《현대평론》 제2권 제50기에서 당시 문단에 만연해 있던 표절 행태들을 거론하면서 루쉰을 비난하였다. 나중에 그는 자신과 친한 시인 쉬즈뭐에게 보낸 편지에서 다시 루쉰의 실명을 거론하면서 《중국소설사략》이 일본 학자 시오노야 아쯔시(鹽谷溫)의 《지나문학개론강화(支那文學槪論講話)》를 그대로 베꼈다고 공격하고 있다. 그러나 후스는 루쉰 사후에 쑤쉬에린에게 보낸 편지에서 루쉰의 표절을 부인하였다.

**125** 《루쉰전집》, 제3권, p.202.

**126** 쟝스자오(章士釗: 1881-1973): 중국의 정치가이자 학자·교육자. 자는 싱옌(行嚴)이고 황중황(黃中黃)·칭동(靑桐)·츄동(秋桐) 등의 필명을 썼으며 후난 성 산화(善化) 사람이다. 청대 말기에 상하이 《소보(蘇報)》의 주필을 지냈고 신해혁명 후로는 퉁지대(同濟大)·베이징대의 교수·베이징 농업학교 교장·광둥 군정부(廣東軍政府) 비서장 등을 거쳐 돤치뤠이 북양 정부에서는 사법 총장 겸 교육 총장을, 국민정부에서는 참정회 참정원을 지냈다. 루쉰은 한때 돤치뤠이와 그를 "물에 빠진 개(落水狗)"로 비꼬기도 하였다. 중국이 공산화 된 후로는 전국인민대표대회 상임위원회 위원·중앙문사연구원 원장 등을 역임하였다.

**127** 양인위(楊蔭楡: 1884- 1938): 중국의 교육자. 쟝쑤 성 우시 사람이다. 일본·미국 등지에 유학한 후 귀국하여 베이징 여자사범대의 총장을 맡으므로써 중국근대사에서 최초의 여성대학 총장이 되었다. 그러나 여성해방운동이 전개되고 있던 당시에 '현모양처' 식의 전통적인 교육관을 지나치게 강조하여 루쉰으로부터 학생들에게 "과부주의(寡婦主義)" 교육을 주입하려 든다는 비판을 받았다. 자신의 교육철학에 대한 학생들의 반발이 갈수록 거세지자 1925년 말 총장직을 사임하고 1926년부터 쑤저우(蘇州) 사범대·둥우(東吳)대에서 교편을 잡았으나 1938년 상하이 사변이 발생한 후 위험을 무릅쓰고 동포를 도우려다가 일본군의 총탄에 희생당하였다.

**128** 《저우쭤런 산문전집》, 제4권, p.479.

**129** 쟝펑쥐(張鳳擧: 1895-1986): 중국의 작가·비평가이자 번역가. 본명은 쟝딩황(張定璜)이며 쟝시 성 난창(南昌) 사람이다. 일찍이 일본 교토제국대(京都帝國大)에 유학했고 1930년에는 프랑스 파리 소르본느대에서 유학하였다. 귀국 후 1920년대부터 베이징 여자사범대 교수로 재직하면서 적극적으로 창작·번역 활동에 참여하였다. 일본 유학 시절인 1921년에는 창조사(創造社)가 일본 도쿄에서 결성될 때 발기인의 한 사람으로 참여했으며 '신변소설(身邊小說)'의 대표적인 작가이기도 하다. 1940

년대에 교육부와 중앙도서관에서 재직하다가 중국이 공산화 된 후인 1965년 미국으로 이주하였다.

**130** 위의 책, 제4권, p.492.

**131**《열풍(熱風)》: 루쉰의 잡문집. 루쉰이 1918~1924년 사이에 지은 잡문 41편을 단행본으로 엮은 책. 루쉰은 문집을 엮을 당시 "주변의 공기(분위기)가 너무 차가워졌다."고 느껴 제목을 역으로 《열풍》으로 지었다고 소개하고 있다.

**132**《후스전집》, 제23권, pp.485~488.

**133** 쉬즈뭐(徐志摩: 1897-1931): 중국 현대 시인이자 산문가. 저장 성 하이닝(海寧) 사람으로 본명은 장쉬(章垿), 자는 여우썬(槱森)이며 영국 유학 시절에 이름을 즈뭐(志摩)로 바꾸었다. 현대문학 단체인 신월사(新月社)의 회원으로 활동하면서 난후(南湖)·스저(詩哲)·하이구(海谷)·구(谷)·따빙(大兵)·윈중허(雲中鶴)·셴허(仙鶴)·산워(刪我)·신서우(心手)·황꺼우(黃狗)·어어(諤諤) 등의 필명을 사용하였다. 1915년 항저우 제일중학(杭州第一中學)을 졸업하고 상하이 후장(滬江)대·톈진 베이양(北洋)대·베이징대에서 차례로 수학하였다. 1918년에는 미국으로 건너가 클라크대에서 은행학을 전공하고 뉴욕의 콜롬비아대 대학원에서 경제학을 전공했으며 1921년에는 영국 케임브리지대에서 수학하는 동안 구미의 낭만주의·유미주의 시인들의 영향을 많이 받았다. 귀국한 후 1923년 신월사를 결성하고 1924년 베이징대 교수를 시작으로 1926년 상하이 화동사범대(華東師範大)의 전신인 광화(光華)대와 따샤(大夏)대·난징의 중앙(中央)대에서 각각 교편을 잡다가 다시 베이징으로 돌아와 베이징대 교수 겸 베이징 여자사범대 교수를 지냈다. 1931년 11월 19일 비행기 사고로 사망하였다.

**134** 원래 이 글은 지질학자이자 음악가·교육자이던 리쓰광(李四光: 1889-1971)과 쉬즈뭐의 편지글이다. 리쓰광은 당시 "번번이 너무 적나라하게 글을 써서 … 남들을 억울하게 고생하게 만들고 있다."며 루쉰을 비난하였다. 이에 쉬즈뭐도 "대학 교수들"과 "젊은이들을 지도할 중책을 지고 있는 선배들"이 "패싸움"을 벌여서는 안 된다고 여기고 쌍방에게 그 같은 추태를 멈추라고 질책하였다.

**135**《쉬즈뭐전집(徐志摩全集)》, 제4권(산문 내집), 상하이서점(上海書店)출판사, 1995, pp.72-73.

**136**《루쉰전집》, 제3권, p.260.

**137** 우즈훼이(吳稚暉: 1865-1953): 중국의 정치가·사상가·교육자이자 서예가. 원래 이름은 징헝(敬恒)이며 쟝쑤 성 우진(武進) 사람이다. 1902년 상하이의 애국학사(愛國學社)에 가입해 활동하다가 1905년에는 프랑스에서 동맹회(同盟會)에 가입하고 《신세기(新世紀)》라는 신문을 발행하면서 무정부주의자를 자처하였다. 1924년부터 국민당 중앙감찰위원·중앙정치회의 위원 등을 역임하면서 쟝제스의 반공 '청당'운동을 지지했으며 1953년 타이완에서 죽었다.

**138** 청당(淸黨): 1924년 쑨원의 주재로 개각을 단행한 국민당은 공산당원이 개인 자격으로 국민당에 참여하는 것을 승인하고 국공합작(國共合作) 정책을 실행하였다. 그러나 1927년 돌연 4.12 반공 정변을 일으킨 국민당은 "당을 깨끗하게 만든다. (淸黨)"는 명목으로 '청당' 결의안을 공포하고 공산당원과 국민당 내 좌파 세력에 대한 대대적인 검거·학살을 자행하였다.

**139** 홍헌(洪憲): 위안스카이가 사용한 연호. 허난 성(河南省) 샹청(項城) 출신으로 당시 북양(北洋) 군벌의 수령이었던 위안스카이(袁世凱: 1859-1916)는 원래 청나라의 대신이었으나 쑨원의 국민당과의 거래를 통하여 마지막 황제 선통제(宣統帝) 푸이를 퇴위시키는 조건으로 중화민국 대총통에 추대되었다. 그러나 대총통이 된 후 마음이 변한 그는 1916년 1월 군주제로 반동하여 스스로를 황제로 일컬으면서 수도를 베이징, 연호를 '홍헌'으로 정하였다. 그러나 1915년 윈난(雲南) 봉기를 시작으로 도처에서 반원(反袁) 운동이 전개되고 영국·러시아·일본 등의 열강도 그의 반동에 반대하면서 그로부터 3개월도 채 되지 않은 3월 어쩔 수 없이 군주제를 포기하고 6월 병사하였다.

**140** 난당분자 체포령: 1913년 쑨원의 국민당은 자신들의 양보로 초대 대총통에 추대된 위안스카이가 당초의 약속과 달리 국익을 저해하는 행위를 자행하자 위안스카이에 대하여 토벌전쟁(제2차 혁명)을 벌인다. 그러나 이 토벌전쟁이 실패하자 위안스카이 측이 국민당을 당을 어지럽히는 세력 즉 '난당분자(亂黨分子)'로 몰아 이들에 대한 체포령을 내리고 대대적인 탄압을 가하였다.

**141** 《저우쩌런산문전집》, 제5권, p.241.

**142** 왕징웨이(汪精衛: 1883~1944): 중국의 정치가. 이름은 자오밍(兆銘)이며 광동 성 판위(番禺) 출신이다. 초기에 동맹회에 참가하여 국민당 정부의 행정원장·부총재 등의 요직을 역임하였다. 9.18 사변 이후로는 친일파로 변신하여 1940년 3월 난징에서 친일 국민정부를 구성하고 주석을 지냈으며 1944년 11월 일본에서 죽었다.

**143** 영락제(永樂帝)와 건륭제(乾隆帝)의 귀신: 고대 중국에서 통치자들이 지식인을 박해한 일을 두고 한 말. 명나라의 창업군주 주원장(朱元璋)의 넷째 아들 연왕(燕王) 주체(朱棣: 1360~1424)는 조카이자 제2대 황제인 건문제(建文帝)의 황위를 찬탈하고 영락제가 되었다. 즉위하자마자 건문제의 측근이나 비호세력에 대하여 대대적인 숙청극을 벌였다. 특히 자신을 찬양하는 글을 쓰기를 거부한 당대의 대문장가인 방효유(方孝儒)에 대해서는 온갖 고문을 다 가한 후 그 일가 친척 9족을 모두 멸한 것으로도 모자라 그 지인들까지 합쳐 10족을 처형하고 여자들은 노비와 첩으로 만들어 이때 죽은 사람만 해도 847명이나 될 정도였다. 만주족이 중원으로 들어와 왕조를 연 청나라 황제들은 청나라에 비판적인 지식인들이 지은 글이나 시의 표현을 문제 삼아 이들을 탄압하는 '문자옥(文字獄)'을 벌이는 일이 많았다. 량치차오(梁啓超)는 《중국근삼백년학술사(中國近三百年學術史)》에서 순치·강희·옹정·건륭 네 황제의 통치 기간 동안 벌어진 '문자옥'이 헤아릴 수 없을 정도로 많았으며 건륭제 때만 해도 130건이 넘는다고 언급한 바 있다.

**144** 《저우쩌런 산문전집》, 제5권, pp.309~310.

**145** 쑨촨팡(孫傳芳: 1885~1935): 중국 근대의 군벌. 자는 싱위안(馨遠)이며 즈리계 군벌의 실력자로 '소면호(笑面虎)' '동남왕(東南王)' 등으로 일컬어지기도 하였다. 1927년 2월 국민당의 북벌을 저지하다가 주력군이 궤멸당하면서 세력을 잃고 1931년 9.18 사변 이후로는 은퇴한 후 톈진에 머물렀다.

**146** 위의 책, 제5권, pp.256~257.

**147** 밀가루 대왕(面粉大王): 중국의 민족자본가 룽중진(榮宗錦: 1873~1938)을 말한다. 룽중진은 자가 종징(宗敬)으로 장쑤 성 우시(無錫) 사람이다. 초기에는 금융업에 종사하다가 1901년부터 동생 룽더성(榮德生)과 함께 우시·상하이·한커우(漢口)·지난(濟南) 등지에서 바오싱(保興) 밀가루 제조공장과 푸싱(福興) 밀가루 회사와 함께 선신(申新) 방직공장을 설립하여 거대자본가로 급부상하여 당시 사람들로부터 "밀가루 대왕" "면사대왕(棉紗大王)"으로 일컬어졌다. 1928년 사립 난통(南通)대의 이사를 지냈고 9.18 사변 후 일본의 밀가루와 면사가 중국시장에 대량으로 수입되자 위기를 맞기도 하였다.

**148** 양후(楊虎: 1889~1966): 중국의 군인. 자는 샤오톈(嘯天)으로 안훼이 성(安徽省) 닝궈(寧國) 사람이다. 초기에 동맹회에 가입하고 1915년 위안스카이가 황제를 자처하자 쑨원을 따라 토벌에 나선 바 있다. 쑨원 사후에는 장제스와 의형제를 맺고 그의 반공'청당'운동에 동참했으나 마오쩌둥과 저우언라이(周恩來)가 국민당과 담판을 벌이기 위하여 충칭(重慶)에 왔을 때는 이들의 암살을 막는 등 공산주의자들과도 우호적인 관계를 유지하였다. 중국이 공산화 된 후에는 그대로 대륙에 남았지만 1950년대에 장제스와 내통했다는 죄목으로 참정권을 박탈당하고 무기징역을 언도받은 후 베이징에서 병사하였다.

**149** 《저우쩌런 산문전집》, 제5권, pp.260~261.

150《밀러즈 리뷰(Millard's Review)》: 1917년 6월 9일 상하이에서 창간된 주간지. 미국 대중지《인터내셔널 헤럴드 트리뷴(International Herald Tribune)》의 극동 특파원이던 탐스 밀러드(T. F. Millard)가 창간했기 때문에 중국어로는《밀러드 씨 평론보(密勒氏評論報)》로 일컬어졌다. 매주 토요일마다 발행했고 중국과 극동의 정치·경제·시사를 주로 보도·논평하였다.

151《후스전집》, 제2권, p.207.

152 같은 책, 제2권, p.207.

153 고염무(顧炎武: 1613~1682): 명말 청초의 저명한 학자이자 사상가. 자는 충청(忠淸)·영인(寧人), 호는 정림(亭林)으로 강소성 곤산(崑山) 사람이다. 유학은 물론이고 국가제도·지방연혁·천문지리·병법·농업·음운학·훈고학 등에도 밝았다. 말년에는 고증에 치력함으로써 청대 박학(樸學)의 기풍을 열었다. 저서로는《일지록(日知錄)》《천하군현이병서(天下郡縣利病書)》등이 있다.

154 안원(顔元: 1635~1704): 명말 청초의 유학자·사상가이자 교육자. 자는 혼연(渾然), 호는 습재(習齋)로 하북성 박야(博野) 사람이다. 정자(程子)·주자(朱子)·육구연(陸九淵)·왕수인(王守仁)의 유학을 두루 섭렵하면서 한편으로는 병서와 의서도 함께 익혀 경세치용(經世致用)의 인재들을 많이 배출하였다.

155 대진(戴震: 1724~1777): 청대의 저명한 철학자·사상가이자 언어문자학자. 자는 동원(東原)·신수(愼修), 호는 고계(杲溪)로 안휘성 휴녕(休寧) 사람이다. 건륭 38년《사고전서(四庫全書)》찬수관을 맡았고 2년 후에는 황제의 특명으로 전시(殿試)에 지원하여 진사(進士)가 되었다. 관심 분야가 폭넓어 음운·문자·역산·지리 등에 통달한 한편 정자·주자의 이학을 비판함으로써 청대 후기의 학술사조에 심대한 영향을 주었다. 근대의 석학인 량치차오(梁啓超)와 후스는 그를 '중국 근대 과학계의 선구자'로 추앙하기도 하였다.

156《후스전집》, 제3권, pp.104~130.

157 같은 책, 제23권, p.555.

158 같은 책, 제31권, p.337.

159 싸뻔동(薩本棟: 1902~1949): 중국의 물리학자이자 교육자. 몽골족 출신으로 자는 야둥(亞棟)이며 푸젠 성 민허우(閩侯) 사람이다. 1921년 베이징의 칭화학교(淸華學校)를 졸업하고 미국으로 건너가 스탠퍼드대·워체스터 이공대에서 차례로 수학한 후 귀국하여 1928~1937년까지 칭화대 물리학과 교수를 거쳐 1945년에는 국립 샤먼대의 초대 총장을 지냈다. 그 후로는 중앙연구원의 총간사로 있으면서 중앙연구원의 재건에 지대한 공헌을 하였다.

160《후스전집》, 제25권, p.253.

161 베이핑(北平): 1911년 신해혁명이 성공하자 12월 29일 17개 성(省)의 대표들이 난징에 모여 쑨원을 임시대총통으로 추대하였다. 그리고 며칠 후인 1912년 1월 1일 중화민국의 임시정부가 난징에서 출범하고 쑨원이 정식으로 임시대총통에 취임하였다. 1927년 3월 24일 국민혁명군의 북벌이 성공하면서 4월 18일 난징에 국민정부가 정식으로 출범하였다. 난징을 중화민국의 수도로 삼은 국민정부는 이듬해인 민국 17년(1928) 6월 20일 국민당 중앙정치회의의 결의에 따라 청나라와 북양 정부의 수도이던 베이징을 '베이핑'으로 일컫기 시작하였다. 1937년 일본군에 점령된 베이핑은 한때 일본군에 의하여 도로 '베이징'으로 개칭되었으나 중국인들 사이에서는 여전히 '베이핑'으로 불렸다. 일본의 패망과 함께 다시 원래의 이름을 회복하여 한동안 '베이핑'으로 불렸지만 1949년 10월 1일 중화인민공화국이 수립되고 이곳을 수도로 정한 후 지금까지 '베이징'으로 불리고 있다.

**162** 라블레(Francois Rabelais: 1494?~1553): 프랑스의 작가이자 인문주의자. 서 프랑스의 시농 근교에서 태어나 1510년경 프란체스코 파·베네딕트 파의 수도원에서 고전을 공부하였다. 1527년에는 푸아티에에서 법학 학위를, 1530년 몽펠리에에서는 의학 학위를 취득하고 히포크라테스의 의서를 연구하면서 이름이 알려졌다. 몽테뉴와 더불어 프랑스 16세기 문학을 대표하며 동시에 프랑스 르네상스 운동의 선구자이기도 하다. 저서로는 《팡타그뤼엘》·《가르강튀아》 등이 있다.

**163** 런궁(任公): 중국 근대의 유신파 계몽사상가이자 정치가·문학가였던 량치차오(梁啓超: 1873-1929)를 말한다. 자는 줘루(卓如)이며, '런궁'은 호인데 때로는 그의 서재 이름을 따서 음빙실 주인(飮冰室主人) 또는 자유재 주인(自由齋主人)으로 부르기도 한다. 광동 성 신훼이(新會) 출신으로 12세에 수재(秀才), 17세에 향시에 합격하여 거인(擧人)이 되었다. 상하이에서 세계지리서인 《영환지략(瀛寰志略)》과 서양 서적들을 접하는 한편 캉어우웨이(康有爲)로부터 육구연·왕수인의 심학(心學)과 서학(書學)을 배웠다. 1895년부터 번역과 함께 신문·잡지를 발행하고 정치학교를 개설하는 등 사회혁신운동을 전개하였다. 1895년 이후로는 광서제(光緒帝)의 지지로 탄쓰퉁(譚嗣同)과 함께 '변법자강(變法自强)'운동에 매진하면서 베이징의 《만국공보(萬國公報)》, 상하이의 《시무보(時務報)》의 주필로 활약하면서 구태의연한 전통사상을 배격하고 서양의 새로운 문물을 소개하면서 중국의 개화에 공헌하였다. 그러나 서태후(西太后)의 무술정변(戊戌政變)으로 100일만에 변법자강운동이 좌절되고 자신에 대한 체포령이 내려지자 일본으로 망명하였다. 망명 기간 동안 입헌군주제를 주장했으며 1912년 중화민국의 수립과 함께 귀국하여 위안스카이를 지지했으나 군주제로 반동하자 비판에 나섰다. 1918년에는 유럽을 순방하면서 유럽의 각종 병폐들을 목도한 후 서양문명의 파산을 선언하였다. 문학·사학·철학·불교에도 조예가 깊어 《음빙실전집(飮冰室全集)》·《음빙실총서(飮冰室叢書)》·《청대학술개론(淸代學術槪論)》·《중국근삼백년학술사(中國近三百年學術史)》·《선진정치사상사(先秦政治思想史)》·《중국역사연구법(中國歷史硏究法)》·《중국문화사(中國文化史)》 등의 저술과 함께 〈조선망국사략(朝鮮亡國史略)〉·〈조선 멸망의 원인(朝鮮滅亡之原因)〉·〈일본병탄 조선기(日本倂吞朝鮮記)〉 등의 조선 관련 논설도 다수 남겼다.

**164** 미뭐야(秘魔崖): 중국 베이징 근교 시산(西山)에 소재한 바위 이름. 1923년 12월 남쪽에서 베이징으로 돌아온 후스는 22일 큰아들 후주왕(胡祖望)을 데리고 시산의 명승지에 들렀다가 지인 류허우성(劉厚生)이 사는 미뭐야 아래의 집에서 요양을 하였다. 그의 시인 〈미뭐야의 달밤(秘魔崖月夜)〉은 이날 지어진 것이다.

**165** 《후스내왕 서신집》, 상권, pp.538-539.

**166** 음빙(飮冰): '얼음(물)을 마신다.'는 뜻이다. 《장자(莊子)》〈인간세(人間世)〉의 "오늘 내가 아침에 왕명을 받들었는데 저녁에 얼음을 마시는 것을 보면 내 속이 어지간히도 탔나 보대(今吾朝受命而夕飮氷, 我其內熱與)"에서 유래한 말로서 보통 황공하고 초조한 모습을 나타낸다. 이 호는 량치차오가 무술정변이 발생하여 자신이 참여한 변법자강운동이 좌절되고 체포령이 떨어지자 일본으로 망명한 후부터 사용한 것으로 그의 우국충정을 잘 반영하고 있다.

**167** 왕중임(王仲任): 중국 후한대의 학자 왕충(王充: 27~97?)을 말한다. '중임'은 자이며 회계(會稽), 지금의 저장 성 상우(上虞) 사람이다. 편모에 대한 효성이 지극했고 나중에 당시의 도읍인 낙양으로 가 태학(太學)에서 수학하였다. 도가의 "자연무위(自然無爲)"를 치학의 종지로 삼고 '하늘[天]'을 천도관(天道觀)의 최고의 범주로 삼았다. 이 같은 도가의 무신론적 인식에 따라 당시 학계를 지배하던 유가의 천인감응설(天人感應說)에 반대하면서 생사는 자연에 맡겨야 하며 장례도 간소화 해야 한다고 주장하였다. 대표적인 저술인 《논형(論衡)》은 중국 학술사에서 무신론을 논한 불후의 역작으로 평가받고 있다. 그는 《논형》〈대작편(對作篇)〉에서 세간에 유통되는 경전과 역사서에 허황되고 잘못된 기

록과 내용이 넘쳐난다고 질타하면서 "마음이 용솟음치고 붓을 든 손조차 들뜬다. 그러니 어찌 한 마디 하지 않을 수가 있겠는가?(心潰湧, 筆手擾, 安能不論)"라고 자신이 이 책을 쓰게 된 동기를 밝히고 있다.

**168** 《후스전집》, 제24권, pp.20~22.

**169** 《후스 유고 및 비장서신》, 제29책, pp.566~567.

**170** 같은 책, 제29책, p.607.

**171** 《저우쮀런 산문전집》, 제6권, p.42.

**172** 《후스 유고 및 비장서신》, 제29책, p.613.

**173** 같은 책, p.594.

**174** 같은 책, p.595.

**175** 같은 책, p.595.

**176** 같은 책, p.603.

**177** 같은 책, p.605.

**178** 《루쉰전집》의 주석에 따르면 루쉰은 상하이 바셴챠오(八仙橋)에서 열린 이날의 회의에서 운영 경비로 10원을 기부했다고 한다.

**179** 힐레르 놀랑(Hilaire Naulen: 1894~1963): 우크라이나 태생의 소련공산당원. 원래 이름은 야코브 마트비예비치 루니크(Яков Маттвеевич Луник)이며 '뉴란(牛蘭)'은 중국식 이름이다. 1918년 구 소련 KGB의 전신인 '치카'에 들어가고 1927년 11월 코민테른의 지령을 받아 중국에 파견된 후 '범태평양 산업동맹' 상하이 사무처 비서라는 공식적인 신분으로 비밀공작을 수행하였다. 1931년 6월 15일 상하이에서 부부가 공동조계 경무처 당국에 의하여 체포되었고 8월 국민당 당국에 이첩된 후 난징 감옥에 수감되었다가 다음해 5월 "민국에 위해를 끼친" 죄로 재판을 받았다. 7월 2일부터 단식투쟁에 들어가자 쑹칭링·차이위안페이 등이 "뉴란 부부 구명위원회"를 조직하고 구명운동에 나섰으며, 1937년 8월 일본군이 난징을 폭격할 때 감옥을 탈출하여 1939년 소련으로 귀환하였다. 그 후로는 소련 적십자회 대외연락부 부장·대학교수 등으로 재직했으며, 그 부인 다지아나 마이센코(1891~1964)는 언어 연구 및 번역에 종사하였다.

**180** 청서워(成舍我: 1898~1991): 중국의 저명한 저널리스트. 장쑤 성 난징 태생으로 원래 이름은 청쉰(成勳)이며 나중에 청핑(成平)으로 개명하였다. 1913년 처음으로 안훼이 성의 안칭(安慶)에서 발행되는 《민암보(民巖報)》에 기고한 것을 시작으로 1988년 타이완에서 《타이완 입보(臺灣立報)》를 창간할 때까지 77년 동안 크고 작은 신문·잡지의 저널리스트로 활동하였다.

**181** 장쉐량(張學良: 1901~2001): 중국의 군인·정치가. 동북지역의 군벌 장쮀린(張作霖)의 아들로, 자는 한칭(漢卿)이며 랴오닝 성(遼寧省) 하이청(海城) 사람이다. 9.18 사변 당시 국민당 정부의 육해공군 부사령관 겸 동북변방군 사령관을 맡았으나 일본군에게 저항하지 말라는 장제스의 명령에 따라 동북 3성(랴오닝·지린·헤이룽장)을 포기하였다. 1936년 12월 12일 시안 사변(西安事變)을 일으키고 제2차 국공합작을 이끌어냈으나 장제스에 의하여 연금된 후 54년만인 1990년에 비로소 자유의 몸이 되었다.

**182** 《옌징신문(燕京新聞)》: 중국 민국시기에 국민당 통치구역에서 발행되던 진보 성향의 학생 신문을 가리키는 것으로 보인다. 처음에는 옌징대 신문학계(新聞學系)의 습작 신문으로 1932년《평서보(平西報)》라는 제호로 발행되다가 항일전쟁 시기에 발행지를 청두(成都)로 옮기면서 《옌징신문》으로 개칭

하였다. 1946년 일본이 무조건 항복하면서 다시 베이핑에서 주간지로 복간되어 중국공산당 베이핑 지하당 조직이 진보 성향의 학생들을 내세워 발행하다가 1948년 11월 정간되었다.

**183**《후스전집》, 제24권, pp.147~148.

**184** 같은 책, 제24권, pp.149~150.

**185** 같은 책, 제24권, pp.151~152.

**186** 이상 같은 책, 제21권, p.580.

**187** 타이징농(臺靜農: 1902~1990): 중국의 작가이자 문학평론가·서예가. 원래의 성씨는 단타이(澹臺), 자는 붜젠(伯簡)이고 원래 이름은 촨옌(傳嚴)이었으며 안훼이 성 루안(六安) 사람이다. 중학교 졸업 후 베이징대 국문계 수업을 청강한 후 베이징대 연구소의 국학문(國學門)에서 수학하였다. 1925년 봄 '미명사(未名社)' 회원 시절에 처음으로 루쉰과 인연을 맺고 돈독한 관계를 유지하였다. 푸런(輔仁)·치루(齊魯)·산둥(山東)·샤먼 등의 대학에서 교편을 잡았고 1946년 타이완으로 가서 타이완대 중문계 교수를 지냈다.

**188**《루쉰전집》, 제12권, p.375.

**189** 중국좌익작가연맹(中國左翼作家聯盟): 중국공산당의 주도로 결성된 혁명문학 단체로 줄여서 '좌련(左聯)'으로 부르기도 한다. 1930년 3월 루쉰·샤옌(夏衍)·펑쉐에핑·펑나이차오(馮乃超)·저우양(周揚) 등이 주축이 되어 상하이에서 결성되었고 나중에 베이핑·톈진 등지와 일본의 도쿄에도 분회가 개설되었다. 1935년 말 항일구국운동에 효과적으로 대응한다는 명목으로 자진 해산하였다.

**190**《자림서보(字林西報)》: 영국인이 1864년 7월 1일 중국 상하이에서 창간한 영자신문. 원래 영어 제호는 《노스 차이나 데일리 뉴스(North China Daily News)》이지만 발행사가 자림양행(字林洋行)이어서 중문으로는 《자림서보》로 일컬어졌다. 주요한 독자층이 중국에 파견된 외교관·선교사·상인들이었기 때문에 중국의 내정에 간섭하는 논설을 많이 실었으며 1951년 3월 31일 정간되었다.

**191**《루쉰전집》, 제5권, p.69.

**192** 취츄바이(瞿秋白: 1899~1935): 중국의 정치가. '취솽(瞿霜)'으로 불리기도 했으며 쟝쑤 성 창저우(常州) 사람이다. 1927년 국민당이 공산당을 적대하자 8월 중앙긴급회의를 소집하고 천두슈 "우경 기회주의노선"의 포기를 선언하였다. 1927년 겨울부터 중국공산당 중앙정치국 임시서기로 있으면서 극좌노선을 추구하다가 왕밍(王明)에게 배척당하였다. 1931~1933년까지 상하이에서 혁명문화공작을 진행하는 과정에서 루쉰과 가까워졌다. 1934년 중앙 소비에트 지구에 교육인민위원을 지내다가 1935년 3월 푸젠 창딩(長汀)에서 국민당 당국에 체포된 후 3개월만인 6월 18일 사형당하였다.

**193**《후스전집》, 제21권, p.603. 이 글은 후스가 1933년 3월 18일 베이핑에서 신문기자들과의 인터뷰 과정에서 한 말로, 1933년 3월 22일 《신보》가 기사화 하였다. 이 내용은 같은 해 8월 캐나다 밴쿠버에서 개최된 태평양 학술회의 제5차 회의에서 발표하기로 되어 있던 것이었다.

**194**《루쉰전집》, 제5권, p.82.

**195** 동삼성(東三省): 중국 동북부에 위치한 랴오닝 성·지린 성·헤이룽쟝 성 지역을 통틀어 일컫는 말로, 때로는 '동북 삼성(東北三省)'으로 불리기도 한다. 9.18 사변을 일으켜 동삼성을 점령한 일본은 당시 퇴위해서 톈진에 머물고 있던 푸이를 회유하여 이 지역에 만주국(滿洲國)을 세우고 그를 황제로 추대하였다.

**196**《후스전집》, 제21권, p.604.

197《대공보(大公報)》: 중국의 유력 신문의 하나. 청나라 말기의 보황파(保皇派) 인사이자 푸런대 창립자인 잉롄즈(英斂之)가 1902년 6월 17일 톈진의 프랑스 조계에서 창간하였다. 중화민국 수립 후에는 정치적으로 국민당의 정책을 지지했지만 '당색을 띄지 않는다. (不黨)', '지조를 팔지 않는다. (不賣)', '사사로운 이익을 추구하지 않는다. (不私)', '맹종하지 않는다. (不盲)'라는 "4불(四不)"주의를 표방하면서 지식인·상류층 인사들에게 적잖은 영향을 미쳤다.

198《태백(太白)》: 중국의 현대문예 반월간지. 1934년 9월 20일 창간되어 1년만인 1935년 9월 5일 정간되었다. 천왕따오(陳望道)가 편집장을 맡았으며 상하이의 생활서점(生活書店)에서 발행하였다.

199《루쉰전집》, 제6권, pp.121-122.

200 같은 책, 제14권, p.410.

201《후스전집》, 제4권, p.529.

202 악비(岳飛: 1103-1142): 송나라의 명장. 자는 붕거(鵬擧)이며 상주(相州) 탕음(湯陰) 사람이다. 금나라의 남하에 맞서 항전을 주장하며 크고 작은 전쟁에서 혁혁한 전공을 세웠으나 강화를 주장하는 남송 황제 고종(高宗)과 진회(秦檜)에 의하여 살해당하였다. 사후 20년이 지난 1162년 효종(孝宗)이 악비에게 '무목(武穆)'이라는 시호를 내리고 영종(寧宗) 때에는 '악왕(鄂王)'으로 추봉하고 '충무(忠武)'라는 시호를 내려 역사적으로 '악무목'으로 일컬어졌다.

203 문천상(文天祥: 1236-1283): 남송의 정치가이자 문학가. 자는 송서(宋瑞), 호는 문산(文山)으로 강서(江西) 길주(吉州) 사람이다. 본래는 문관이었으나 원나라가 대군을 몰아 남송을 멸망시키려 한다는 소식을 듣고 가산을 털어 3만 명의 장정들을 의병으로 모집하여 결사적으로 저항하였다. 남송을 멸망시키고 그를 포로로 사로잡은 세조 쿠빌라이가 그 애국충절에 감동하여 중서성(中書省) 재상으로 중용하겠다고 회유했으나 뜻을 굽히지 않고 의로운 죽음을 택하였다.

204 동림당(東林黨): 명나라 말기의 학자이자 정치가였던 고헌성(顧憲成)·고반룡(顧攀龍)은 무석(無錫)에 동림서원(東林書院)을 열고 유학을 강의하고 시정을 논의하면서 현지에서 명망이 높아졌는데 여기에 당대의 학자·관리들이 합류하면서 사회여론에 큰 영향을 미치는 정치집단으로 발전하였다. 그러자 천계(天啓) 5년(1625) 조정 실권을 장악하고 있던 환관 위충현(魏忠賢)이 동림서원을 근거지로 활동하는 이들을 "동림당"으로 부르며 정치적으로 참혹한 박해를 가하는 바람에 살해당한 사람이 수백 명에 이르렀다.

205 홍환(紅丸): 명대 말기 3대 사건의 하나인 '홍환안(紅丸案)'을 말한다. 중병에 걸린 태창제(泰昌帝) 주상락(朱常洛: 1582-1620)이 이가작(李可灼)이 만병통치약이라며 바친 붉은 환약을 먹고 급사한 사건. 사건이 발생한 후 동림당 관리들은 그 죄를 재상 방종철(方宗哲)에게 물으려 하면서 당쟁이 발생하여 관련자들을 색출하는 과정에서 다수가 연좌되어 처형되었다.

206 이궁(移宮): 명대 말기 3대 사건의 하나인 '이궁안(移宮案)'을 말한다. 태창제가 독살당한 후 장자 주유교(朱由校)가 천계제(天啓帝)로 즉위하자 태창제가 총애한 후궁 이선시(李選侍)가 황제를 자신의 거처인 건청궁에 피신시키고 그가 아직 어리다는 핑계로 환관 위충현(魏忠賢)을 끌어들여 조정을 농단하려 하였다. 그러자 동림당이 이에 반발하여 이씨를 별궁으로 옮기게 하는 과정에서 또다시 격렬한 당쟁이 벌어졌다.

207 요서(妖書): 명대 말기 만력제(萬曆帝) 31년(1603) 국본(國本) 논쟁 과정에서 벌어진 또 다른 의혹 사건인 '요서안(妖書案)'을 말한다. 만력제의 장자 주상락이 황태자로 책봉된 후 1년이 지나 항간에 황제가 3남 주상순(朱常洵)을 황태자로 세우려 한다는 내용과 함께 조정 중신 다수의 이름이 거명된 전단이 발견되었다. 격분한 황제가 특무기관인 동창(東廠)과 금의위(錦衣衛)에 특명을 내려 범인을

색출하는 과정에서 많은 사람이 희생되었다.

208 《후스전집》, 제4권, pp.532-533.

209 허젠(何鍵: 1887-1956): 중국 민국 초기의 국민당 군벌. 후난 성 리링(醴陵) 사람으로 당시 후난 성 주석을 맡고 있었다. 1932년 12월 후스를 창사(長沙)로 초청하여 〈우리가 가야 할 길(我們應走的 路)〉 등의 제목의 강연을 부탁한 바 있다. 후스는 그가 "여비"로 400원을 주었다고 일기에 적고 있다.

210 천지탕(陳濟棠: 1890-1954): 중국의 국민당 군인. 자는 붜난(伯南)이며 광둥 성 팡청강(防城港) 출신이다. 국민당의 중앙집행위원·중화민국 농림부 부장을 지냈으나 장기간 광둥지역을 통치하면서 정치적으로는 난징의 중앙정부와 경쟁하는 경우가 많아서 '남천왕(南天王)'으로 일컬어졌다. 경제·문화 방면에서 상당한 공헌을 했으나 1950년 4월 대륙이 공산화 되고 하이난(海南)이 함락되자 타이완으로 철수하여 중앙 평의위원(中央評議委員)·총통부 자정(總統府資政) 등을 지냈다.

211 정씨 댁 두 선생님: 중국 북송대의 이학자이자 교육자였던 '명도 선생(明道先生)' 정호(程顥: 1032-1085)와 '이천 선생(伊川先生)' 정이(程頤: 1033-1107) 형제를 말한다. 때로는 줄여서 '2정(二程)'으로 부르기도 한다.

212 주씨 댁 선생님: 중국 남송대의 이학자·철학자이자 교육자였던 주희(朱熹: 1130-1200)를 말한다. 자는 원회(元晦) 또는 중회(仲晦), 호는 회암(晦庵)·회옹(晦翁)으로 남검주(南劍州, 지금의 푸젠 성) 우계(尤溪) 태생이다. 송대까지 계승된 역대 유학을 집대성하여 '주자(朱子)'로 추앙되었으며, 정호·정이 형제와 함께 '정주(程朱)'로 일컬어지기도 하였다. 그의 이학사상은 원대 이래로 중·한·일 세 나라의 통치이념으로 자리잡아 각국 사상계에 심대한 영향을 주었다.

213 왕양명(王陽明: 1472-1529): 명대의 사상가·철학자이자 정치가·군사가. 본명은 수인(守仁), 자는 백안(伯安), 호는 양명자(陽明子)·양명선생(陽明先生)이며 절강성 여요(餘姚) 사람이다. 유가·불가·도가의 사상에 두루 정통하여 남송대 학자 육구연(陸九淵)과 자신의 학문을 '육왕 심학(陸王心學)'으로 집대성했으며, 그의 심학은 '양명학'으로 일컬어졌다.

214 문문산(文文山): 남송대 정치가이자 철학자인 문천상(文天祥)을 말한다.

215 《후스전집》, 제10권, pp.462-463.

216 《권학편(勸學篇)》: 북송대 황제 진종(眞宗: 968-1022)이 백성들에게 학문을 권하기 위하여 지은 글로 '권학문(勸學文)'으로 불리기도 한다. 그 내용에 등장하는 "사내가 평생의 뜻을 이루려거든 5경을 창가에서 열심히 읽어야 할 것이다. … 책 속에는 예로부터 황금 집이 있고, 책 속에는 백옥 같은 얼굴의 미인이 있나니(男兒欲逐平生志, 五經勤向窓前讀. … 書中自有黃金屋, 書中有女顔如玉)" 하는 글귀들은 1천 여 년 동안 중국인들에게 출세할 수 있는 유일한 길은 책을 많이 읽고 과거에 급제하여 벼슬 길에 오르는 것뿐이라는 암시를 주어 왔다.

217 《후스전집》, 제4권, p.578.

218 같은 책, 제4권, pp.581-582.

219 같은 책, 제4권, p.585.

220 같은 책, 제22권, pp.255-256.

221 박학(樸學): 글자 그대로는 '질박한 학문'이라는 뜻이지만 나중에 《대학(大學)》·《중용(中庸)》·《논어(論語)》·《맹자(孟子)》의 '사서(四書)'와, 《시경(詩經)》·《상서(尚書)》·《예기(禮記)》·《주역(周易)》·《춘추(春秋)》의 '오경(五經)' 등의 유가 경전을 연구하는 경학(經學)을 두루 일컫는 말로 사용되었다.

**222** 《후스전집》, 제4권, p.573.

**223** 같은 책, 제4권, p.573. '통인(通人)'은 학식이 넓고 깊으며 고금의 일에 정통한 사람을 말한다.

**224** 왕마오쭈(王懋祖: 1891-1949): 중국의 교육자. 자는 뎬춘(典存)으로 쟝쑤 성 우셴(吳縣) 사람이다. 13세 때 수재에 합격했고 1916년에는 미국 콜롬비아대에 유학하여 당대의 철학자 존 듀이(John Dewey: 1859-1952)의 지도로 석사를 취득한 후 하버드대에 연구원으로 초빙되었다. 1920년 귀국한 후 국립 베이징 사범대 교무장 겸 총장 대리·베이징 여자사범대 철학계 주임 겸 교수·둥난대 교육계 주임 겸 교수·쟝쑤 성 독학(督學) 등을 역임하는 등 각종 교육사업에 헌신하였다.

**225** 《루쉰전집》, 제11권, p.476.

**226** 《후스전집》, 제4권, pp.529-566.

**227** 콩더학교(孔德學校): 1917년 베이징대의 일부 동인들이 프랑스 철학자 오귀스뜨 꽁뜨(Auguste Comte: 1798-1857)의 이름을 따서 설립한 학교.

**228** 멍린(孟鄰): 중국 근현대의 저명한 교육자인 쟝멍린(蔣夢麟: 1886-1964)을 말한다. 저쟝 성 위야오(餘姚) 사람으로 본명은 멍슝(夢熊), 자는 자오셴(兆賢)이며 '멍린'은 호이다. 1912년 버클리대에서 수학한 후 콜롬비아대에서 존 듀이의 지도로 철학 및 교육학 박사학위를 취득한 후 귀국하여 베이징대에서 교편을 잡았다. 그 후 국민 정부에서 초대 교육부장관을 지냈고 베이징대 역사상 최장 기간 동안 총장직을 수행하였다. 1949년 국민당 정부와 함께 타이완으로 건너간 후에는 농업 발전과 토지 개혁에 전념하여 1958년 막사이사이 상을 수상하였다.

**229** 《저우쭤런 산문전집》, 제13권, pp.865-866.

**230** 차오쥐런(曹聚仁: 1900-1972): 중국의 저명한 기자이자 작가. 자는 팅슈(挺岫)이고 가명으로는 팅타오(聽濤)·위안따랑(袁大郞)·천쓰(陳思)·펑꽌칭(彭觀淸) 등이 있으며 저쟝 성 푸쟝(浦江) 사람이다. 저쟝 제1사범(浙江第一師範)을 졸업하고 1922년 상하이로 와서 애국여중(愛國女中)·지난 대(暨南大)·푸딴대(復旦大) 등에서 교편을 잡았으며, 《파도소리(濤聲)》·《망종(芒種)》 등의 잡지의 편집장을 맡기도 하였다. 항일전쟁이 발발한 후에는 종군기자로 활동했으며, 1950년에는 홍콩으로 건너가 싱가포르 《남양상보(南洋商報)》의 홍콩특파원으로 있었다. 1950년대 후기에는 《순환일보(循環日報)》·《정오보(正午報)》 등을 경영하면서 여러 차례 중국을 방문하여 마오쩌둥·저우언라이 등을 접견한 바 있다. 루쉰·저우쭤런과 수 십 년 동안 형제처럼 막역한 관계를 유지했으며 중국이 공산화 된 후에도 1956년 《루쉰평전(魯迅評傳)》을 쓰고 1967년에는 《루쉰연보》를 엮는가 하면 저우쭤런의 저술을 해외에 소개하는 데에 적극 나서기도 하였다. 《루쉰전집》에는 루쉰이 그에게 보낸 편지 25통이 수록되어 있으며, 일생 동안 저우쭤런과 주고 받은 편지는 300여 통에 달한다.

**231** 타오멍허(陶孟和: 1888-1960): 중국의 사회학자이자 작가. '멍허'는 자, 원래 이름은 뤼궁(履恭)이며 허베이 성 톈진(天津) 태생이다. 국비유학생으로 선발되어 1906-1910년 동안 일본 도쿄 고등사범학교에서 역사·지리를 공부한 후 1910년부터는 영국 런던대 경제정치학원에서 수학하고 1913년 경제학으로 박사학위를 취득하였다. 1913년 귀국과 동시에 베이징 고등사범학교 교수, 1914-1927까지 베이징대 교수로 있었으며, 차이위안페이가 총장으로 취임한 후에는 그의 대학 개혁에 적극적으로 동참하였다. 5.4 신문화운동 이후로는 후스·천두슈 등과 보조를 맞추었고 나중에는 《현대평론》의 주요 기고자로 활약하였다. 1949년 10월부터 중국과학원의 부원장을 지냈으며 국민당 정부가 타이완으로 옮겨 갈 때에도 끝까지 본토에 남았다.

**232** 《어린 저팔계》파동: 1932년 베이신 서국은 아동 도서를 기획 출판하여 상당한 판매고를 올리고 있었다. 그런데 당시 함께 출판된 린란(林蘭)의 《어린 저팔계(小豬八戒)》라는 책에 이슬람교와 회교

도를 모욕하는 내용이 들어 있었다. 그 책을 본 한 회족이 베이신 서국으로 찾아가 항의하려다가 직원에게 쫓겨나는 사건이 발생하였다. 이 사건을 전해 들은 상하이의 회족들이 각지의 회족들과 연대하여 항의집회를 열고 난징의 국민당 정부에 문제를 제기하는 한편 변호사를 고용하여 베이신 서국을 고발하기에 이르렀다. 회족들의 압력에 굴복한 난징 정부는 결국 베이신 서국에 폐쇄 처분을 내리고 책임자를 문책하는 한편 행정원(行政院)에서도 11월 8일 "모든 민족은 평등하며 신앙에는 자유가 있다."는 공식 입장을 선포함으로써 상황이 진정되었다. 이 일로 인하여 베이신 서국은 한동안 청광서점(青光書店)의 명의로 영업을 해야 하였다.

233 《독립평론(獨立評論)》: 중국 현대의 정론 주간지. 1932년 5월 22일 베이핑에서 창간되었으며 후스가 편집장을 맡았다. '독립' 정신을 표방하고 시사평론을 주요 내용으로 하면서 발간사에서는 어떠한 정파에도 기대지 않고 어떠한 주장도 미신하지 않으면서 책임 있는 언론으로서 사람들 각자의 사고의 결과들을 발표하겠다고 천명하였다. 그러나 일각에서는 "외적을 물리치려면 반드시 먼저 내부를 안정시켜야 한다. (攘外必先安內)"라는 난징 국민 정부의 정책을 지지하면서 일본의 중국 침략에는 미온적인 태도를 보였다는 비판을 받기도 하였다.

234 《후스 유고 및 비장서신》, 제29책, p.596.

235 기효람(紀曉嵐)의 우스개 이야기: 하루는 기효람이 궁궐에 들어가는데 웬 환관이 그를 붙잡고 우스개 이야기를 해 주지 않으면 보내 주지 않겠다고 억지를 부리는 것이었다. 기효람이 "옛날에 어떤 사람이 있었는데…" 하면서 이야기를 시작했는데 환관이 아무리 기다려도 그 다음 말이 없었다. 답답해진 환관이 "그 아래(다음)에는요?" 하고 조르자 기효람은 그 말을 기다렸다는 듯이 천연덕스럽게 "(당신) 아래는 없어졌잖소"라고 대답했다고 한다. 자신이 가는 길을 환관이 막자 화풀이로 그의 신체적 결함을 은근히 비꼰 것이다. '기효람'은 청대 중기의 문학가이자 정치가였던 기윤(紀昀: 1724~1805)을 말한다. 기윤은 자가 '효람', 호가 석운(石雲)으로 즈리(直隷) 헌현(獻縣) 사람이다. 건륭제의 칙명으로 《사고전서(四庫全書)》 편찬사업을 지휘하면서 당대의 학자들과 함께 《사고전서 총목제요(四庫全書總目提要)》(전 200권)를 집필하였다. 50년 동안 벼슬을 살면서 좌도어사(左都御史)·병부상서·예부상서 등의 요직들을 역임하였다. 학문적으로도 출중하여 한대 유학에 조예가 깊고 박학다식한 데다가 시·변문(駢文)은 물론 고증·훈고에도 뛰어났다고 한다. 대표적인 저술로 《열미초당필기(閱微草堂筆記)》가 있다. 고종의 칙명으로 《사고전서(四庫全書)》 편집사업의 총찬수관(總纂修官)으로 10여 년간 종사하였다.

236 《후스전집》, 제24권, p.196.

237 같은 책, 제22권, p.107.

238 팔고문(八股文): 중국 명청대의 공무원 임용고시 격인 과거제도에서 사용되던 정형화된 문체. 쉽게 생각하면 지금 학계에서 사용하는 학술논문 식의 문체와 유사하다. 보통 유가의 경전인 "사서(四書)"나 "오경(五經)"의 글귀를 명제로 삼되, 각 답안은 파제(破題)─승제(承題)─기강(起講)─입수(入手)─기고(起股)─중고(中股)─후고(後股)─속고(束股)의 8개 부분으로 구성하도록 규정되어 있었다. "기고─중고─후고─속고"의 네 부분은 답안의 주체를 이루었으며 이 각 부분은 서로 대구를 이루는 글로 구성되어 이를 합치면 '팔고'가 되었다. 이처럼 정형화된 문체와 구성 방식 때문에 훗날 중국의 학자들 중에는 팔고문이 수험생들의 자유로운 글쓰기와 사고를 방해한다고 비판하는 사람이 많았다.

239 패방(牌坊): 고대 중국에서 특정인의 충효·절개·정절·공훈을 표창하기 위하여 세우던 건축물로, 주로 돌로 만들어졌으며 그 형태는 우리나라로 치면 사찰 앞의 일주문(一柱門)이나 열녀의 정절을 기리는 홍살문과 비슷하였다.

240 정장(廷杖): 고대 중국에서 황제의 명령에 거역하거나 잘못을 저지른 관리에게 곤장으로 볼기를 쳤던 형벌. 그 기원은 후한대까지 거슬러 올라간다고 하지만 가장 극심하고 잔인하게 시행된 것은 명대이다. 명대 초기에는 정장을 가할 때 옷 안에 두꺼운 솜을 덮어 충격을 완화해 주었으나 나중에는 옷조차 벗기고 정장을 가하는 바람에 현장에서 즉사하는 경우도 적잖게 생겼다고 한다.

241 《후스전집》, 제4권, pp.502-503.

242 《저우쭤런 산문전집》, 제6권, p.352.

243 우치위(吳其玉: 1904- ): 중국의 학자. 푸젠 성 민칭(閩淸) 사람이다. 1927년 옌징대 법학원을 졸업하고 1930년 미국의 프린스턴대 대학원에서 박사학위를 취득하였다. 귀국 후에는 옌징·난징·중양(中央)·진링(金陵)·즈장(之江)·쓰촨(四川) 등의 대학에서 교편을 잡고 몽골·중앙아시아 등지의 민족·역사·풍속에 관심을 가지고 관련 분야의 연구에 매진하였다. 지금도 몽골·신장 지역사 연구의 권위자로 일컬어지고 있다.

244 《후스전집》, 제4권, pp.514-515.

245 《저우쭤런 산문전집》, 제6권, pp.599-602.

246 한자병음화(漢字拼音化): 한자를 영어 알파벳으로 대체하자는 문자운동. 5.4 신문화운동 당시에는 외국에서 유학하고 돌아온 학자들이나 젊은 지식인들 사이에서 상당한 호응을 모으기도 하였다. 그러나 한자는 발음이 동일하거나 유사한 글자들이 너무 많아서 일단 알파벳으로 표기하면 그 의미를 제대로 파악하기가 곤란한 경우가 많다는 한계성 때문에 운동은 결국 실패했으며 지금은 한자의 발음을 표기하는 일종의 발음기호로서만 제한적으로 병용되고 있다.

247 《저우쭤런 산문전집》, 제7권, pp.276-277.

248 《후스전집》, 제24권, pp.307-309.

249 탕더강(唐德剛: 1920-2009): 중국계 미국 학자. 안후이 성 허페이(合肥)에서 태어나 1943년 난징대의 전신인 중앙대(中央大)를 졸업하고 미국으로 유학하여 유럽사와 미국사를 전공하여 1952년 콜롬비아대에서 석사, 1959년 박사학위를 취득하였다. 1972년 미국 대통령 닉슨의 중국 방문을 계기로 양국 관계가 호전되면서 산둥·시베이(西北)·베이징 사범·안후이 등 유수의 대학에서 강의를 하기도 하였다. 주요 연구 분야는 중국근대사·아시아사·서양근대사·서양문학사 등이지만 《홍루몽》 연구의 권위자로도 널리 알려져 있다.

250 탕더강, 《후스에 대한 이런저런 추억들》, 화원(華文)출판사, 1992, p.187.

251 《저우쭤런 산문전집》, 제6권, pp.511-514.

252 같은 책, 제6권, pp.577-581.

253 《저우쭤런 산문전집》, 제6권, pp.748-751.

254 같은 책, 제7권, pp.747-749.

255 《후스전집》, 제24권, p.285.

256 같은 책, 제24권, pp.180-181.

257 리사오시(黎邵西): 중국의 언어문자학자인 리진지(黎錦熙: 1889-1978)를 말한다. '사오시'는 자이며 후난 성 상탄(湘潭) 사람이다. 1911년 후난 여우지사범(優級師範)을 졸업한 후부터 교편을 잡아 후난 제1사범에서 마오쩌둥을 가르쳤고 1915년에는 교육부의 초빙으로 베이징으로 와서 교과서 특약 편찬원과 함께 베이징 고등사범·베이징대·옌징대의 교수로 강의를 하는 등, 70년 동안 어문교육과

연구활동에 종사하였다. 관심 분야가 상당히 폭넓어서 언어·문자·사전·목록·지리·역사·불교 등에도 상당히 조예가 깊었으며, 언어문자 분야만 해도 저술이 30여 종이나 될 정도이다.

258 전고: 중국에서 마늘은 일반적으로 북방 사람들이 즐겨 먹는 식재료로 냄새가 강하고 너무 자극적이어서 남방 사람들은 거의 먹지 않는다. 강남인 저장 성 사오싱 출신인 저우쭤런이 자신의 시에서 마늘 먹는 이야기를 꺼낸 것은 마늘·고추 등 매운 음식을 즐기는 후난 성 출신인 리진지로부터 보고 듣고 배워서였을 것이다.

259 《인간세(人間世)》: 1934년 4월 중국 상하이에서 창간된 반월간 잡지. 린위탕이 편집장을 맡아 길이가 짧고 가벼운 소품문(小品文)을 전문적으로 실었으나 발행을 시작한 직후 루쉰 등이 《신보(申報)》'자유담(自由談)'을 통하여 '한적(閑適)함'을 강조하는 린위탕의 문학관을 비판하면서 논쟁에 휩쓸려 1935년 12월 제42기 발행을 끝으로 정간되었다.

260 랴오뭐사(廖沫沙: 1907~1990): 중국의 작가. 후난 성 창사(長沙) 사람으로 좌익작가연맹의 혁명문학운동에 참가했으며 예룽(野容)·린뭐(林默) 등의 필명으로 글을 발표하기도 하였다.

261 '자유담(自由談)': 상하이에서 발행되던 《신보》의 부간 중의 하나. 1911년 8월 처음 시작할 때에는 원앙호접파(鴛鴦胡蝶派)의 재자가인 소설을 위주로 했으나 1932년 12월부터 한동안 내용을 쇄신하여 진보 성향의 작가들의 잡문·단평들을 실었다. 루쉰은 편집장 리례원(黎烈文)의 요청으로 여기에 잡문을 발표했는데 나중에 1~5월에 발표한 것은 《위자유서(僞自由書)》, 6~11월에 발표한 것은 《준풍월담(准風月談)》으로 엮어지게 된다.

262 이 말은 원래 세상 사람들이 요 임금의 태평성대를 칭송하는 것을 표현한 것이지만 여기서는 "나라가 온통 어지러운데 그 동네만 어지간히도 '천하태평'이로구나" 하는 식으로 반어적으로 사용하고 있다.

263 쉬서우창(許壽裳: 1883~1948): 중국의 저명한 학자이자 작가. 자는 지푸(季茀), 호는 상쉐이(上遂)로 저장 성 사오싱 사람이다. 어린 시절에 사오싱의 중서학당(中西學堂)과 항저우의 구시서원(求是書院)에서 수학했고 1902년 저장 성의 관비로 일본에 유학하여 도쿄의 고분학원(弘文學院)에서 일본어를 배웠는데 이때 루쉰과 인연을 맺어 평생의 지기가 된다. 루쉰 사후인 1937년 저우쭤런과 함께 《루쉰연보》를 편찬했고, 그 후로 베이징·베이징 고등사범·화시(華西) 등의 대학과 시베이 연합대(西北聯合大)의 교수를 역임하였다. 1946년에 타이완의 행정장관이던 천이(陳儀)의 요청으로 타이완 성 편역관(臺灣省編譯館)을 이끌었으며 나중에는 타이완대 교수를 지냈다. 재직 기간 동안 국민당이 주도하는 파시스트적인 교육개혁에 비판적인 입장을 견지하다가 1948년 2월 18일 대학 기숙사에서 암살당하였다.

264 마여우위(馬幼漁): 중국의 교육자 마위짜오(馬裕藻: 1878~1945)를 말한다. '여우위'는 자이며 저장 성 인시엔(鄞縣) 사람이다. 일본에 유학을 다녀온 후 저장 교육사(浙江教育司)의 시학(視學)과 베이징대 중문계 주임·베이징 여자사범대 교수 등을 역임하였다.

265 쑤메이(蘇梅: 1897~1999): 중국의 작가이자 학자·교육자. 본명은 쑤샤오메이(蘇小梅)였지만 베이징 고등여자사범에 입학하면서 '쑤메이'로 바꾸었다. 저장 성 뤠이안(瑞安)에서 태어났으며 베이징 여자고등사범학교에서 수학한 후 프랑스에 유학하였다. 1928년 귀국 후 이름을 '쑤쉬에린(蘇雪林)'으로 개명하고 후장(滬江)·둥우(東吳) 등의 대학을 거쳐 우한대(武漢大)에서 18년 동안 교편을 잡았다. 중국이 공산화 된 후로는 타이완 사범·청궁(成功) 등의 대학에서 학생을 가르쳤다. 일생 동안 50년간 교편을 잡았지만 창작 기간은 80년이나 될 정도로 정력적인 활동을 벌여 "문단의 상록수(文壇的常春樹)" "여성 작가들 중에서 가장 우수한 산문작가"로 평가 받기도 하였다. 그러나 루쉰에 대한 그녀

의 평가는 대단히 비판적이었다. 루쉰이 폐병으로 사망한 직후인 1936년 11월 12일 그녀는 〈차이제민 선생께 드리는 루쉰을 논하는 서신(與蔡子民先生論魯迅書)〉, 11월 18일에는 〈후스즈 선생께 드리는 작금의 문화동태를 논하는 서신(與胡適之先生論當前文化動態書)〉 등의 편지를 통하여 "루쉰이 일생 동안 자행한 사적을 놓고 말하자면 24사의 〈유림전(儒林傳)〉에 그의 자리가 없을 것은 물론이고 24사의 〈문원전(文苑傳)〉·〈문학전(文學傳)〉 등에서도 이런 소인배는 확실히 찾아내기 어려울 것"이라고 공격하였다. 중국이 공산화 되고 국민당이 타이완으로 옮겨 간 후부터는 더더욱 노골적으로 루쉰을 공격하였다. 결국 후스가 나서서 설득을 하고 나서야 루쉰에 대한 비난을 멈추었다. 그러나 그로부터 30년이 지난 1966년 11월 루쉰 사망 30주년에 즈음하여 타이완에서 루쉰의 작품이 인기를 끌자 그녀는 《전기문학(傳記文學)》에 〈루쉰전론(魯迅傳論)〉이라는 장문의 글을 기고하고 다시 한번 루쉰에 대하여 독설에 가까울 정도의 비난을 퍼부었다.

**266** 왕윈우(王雲五: 1888-1979): 중국의 출판가. 본명은 홍전(鴻楨), 자는 르샹(日祥), 호는 슈루(岫廬)이며 상하이 태생이다. 1907년 진군학사(振群學社)의 사장을 지내고 1912년에는 베이징에서 영문판 《민주보(民主報)》의 편집장 및 베이징·궈민(國民)·중궈궁쉬에(中國公學) 등의 대학에서 교편을 잡았다. 1921년 후스의 추천으로 상무인서관의 편역소(編譯所)에 입사한 후 25년 동안 "교육을 보급하고, 학술을 독립시킨다.(教育普及, 學術獨立)"는 자신의 출판원칙을 고수하면서 상무인서관을 개혁하고 《만유문고(萬有文庫)》·《중국문화사 총서(中國文化史叢書)》·《대학총서(大學叢書)》 등의 저명한 총서들을 선보여 상무인서관의 명성을 드높였다.

**267** 《루쉰 연구자료》, 제16집, 톈진(天津)인민출판사, 1987, pp.40-41.

**268** 《후스 유고 및 비장서신》, 제29책, p.615.

**269** 창훼이(藏暉): 후스가 미국에 유학할 당시에 사용한 서재 이름. 그는 유학 시절의 일기를 《장휘실찰기(藏暉室札記)》라는 제목으로 출판했고 저우쭤런과 서신 왕래를 할 때에도 낙관에 이를 서명으로 사용한 바 있다. "창훼이 선생"은 자신을 가리킨다.

**270** 궁차오(公超): 중국의 외교가이자 서예가인 예궁차오(葉公超: 1904-1981)을 말한다. 본명은 충즈(崇智)이며 장시 성 쥬장(九江) 사람이다. 톈진의 난카이중학(南開中學)을 졸업하고 1920년 미국의 허스트대에서 학사, 1924년 영국 케임브리지대에서 석사를 마친 후 프랑스로 건너가 파리대 대학원에서 수학하였다. 1926년 귀국 후 지난(暨南)·칭화(清華)·베이징·시난연합(西南聯合) 등 대학에서 차례로 교편을 잡다가 1941년부터 국민당 중앙 선전부 등의 공직을 맡으면서 외교활동에 집중하였다.

**271** 루쉰과 의절한 후 저우 씨 집안의 가장이 된 저우쭤런은 자신의 가족과 노모·형수 주안은 물론 동생 저우젠런의 처자식의 생계까지 다 책임져야 하였다. 저우쭤런과 의절한 루쉰은 1926년 쉬광핑과 가정을 꾸린 후 바로 베이징을 떠나 톈진·상하이를 거쳐 샤먼·광저우까지 남하했다가 최종적으로 상하이에 정착하였다. 그러다 보니 애초에 루쉰이 부양해야 할 노모와 형수는 결국 자신이 보살필 수밖에 없었다. 거기다 설상가상으로 동생 저우젠런은 아내 하나코(芳子)와 부부싸움을 한 후 단신으로 집을 떠나 상하이에서 왕윈루(王蘊如)와 새로 살림을 차리는 바람에 제수와 3명의 조카까지 떠맡아야 하였다. 물론 상하이에 정착한 저우젠런이 틈틈이 돈을 부쳐 주기는 했지만 루쉰이 상하이에서 쉬광핑·아들 하이잉과 여유로운 생활을 하고 있는 동안 저우쭤런은 빠듯한 봉급으로 8명의 식구를 부양해야 했으니 그 경제적 부담이나 심리적 고통은 충분히 짐작하고도 남는다. 위에서 "상하이에 있는 인간"은 가족을 팽개치고 상하이로 가서 따로 살림을 차린 동생 저우젠런을 두고 한 말로 보인다. 이 시기에 자신의 호(號)나 〈고죽잡기(苦竹雜記)〉·〈고구감구(苦口甘口)〉·〈고차수필(苦茶隨筆)〉 등에서 보듯이 작품 제목에 '고통스럽다.'라는 뜻의 '고(苦)'를 빈번하게 쓴 것도 바로 이 같은 고충 때문이었을 것이다. 그가 지인들과 주고받은 편지들을 보면 1937년 7.7 사변으로 일본이 베이징을 함락

한 후 남들처럼 식구들을 데리고 피난을 떠나지 못하고 일본 점령하의 베이징에 남은 그가 일본 당국에 부역하게 된 계기가 그들의 회유와 협박·테러 때문이기도 하지만 식구들을 부양할 마땅한 호구지책이 없다는 현실적인 문제도 중요한 영향을 끼쳤음을 짐작할 수 있다.

272 제주(祭酒)나 사업(司業): 중국 고대에 교육업무를 주관하던 관립 교육기관의 관직. '제주'는 국자감(國子監)이나 태학(太學)을 주관하는 교육 전담 행정장관으로 지금의 대학 총장에 해당하며, '사업'은 제주를 보좌해서 교육 업무를 관장하는 관직으로 지금의 부총장에 해당한다.

273 《후스 유고 및 비장서신》, 제29책, pp.616-617.

274 같은 책, 제29책, pp.618-619.

275 같은 책, 제19책, p.227.

276 도소주(屠蘇酒): 중국 고대에 설날에 마시던 술로 '세주(歲酒)'로도 불렸다. '도소'는 고대에 술을 빚던 건물을 부르는 이름이다. 일설에 의하면 후한대의 명의 화타(華佗)가 다양한 약재를 넣어 빚기 시작했다고 한다. 앞의 '등자(橙子)'는 오렌지와 귤의 중간 정도의 크기와 맛을 가진 과일이다.

277 두번천(杜樊川): 당나라 후기(만당)의 시인 두목(杜牧: 803-852?)을 말한다. 자는 목지(牧之), 호는 '번천(樊川)거사(樊川居士)로 경조(京兆) 만년(萬年, 지금의 시안) 사람이다. 26세의 나이로 진사(進士)가 되어 홍문관(弘文館) 교서랑(校書郎)에 제수되었고 여러 벼슬을 두루 거쳤다. 만년에는 장안 남쪽의 번천에 별장을 짓고 살았기 때문에 '두번천'으로 불리게 되었다. 당나라 중기(성당)의 대시인 두보(杜甫)와 구분하여 '소두(小杜)'로 일컬어진다.

278 《후스 유고 및 비장서신》, 제29책, p.620.

279 탕얼허(湯爾和: 1878-1940): 중국 근현대의 정치가. 저장 성 항저우(杭州) 사람으로, 항저우 부중학당(杭州府中學堂)에서 수학한 후 일본으로 건너가 가네자와 의전(金澤醫專)을 졸업하고 다시 독일로 유학하여 베를린대에서 의학 박사학위를 취득하였다. 귀국 후에는 베이징 의전(北京醫專)의 교장을 거쳐 교육 총장·내무 총장·재정 총장 등을 역임하였다. 1937년 중일전쟁이 발발한 후에는 화베이(華北) 지방을 점령한 일본에 부역하여 일제치하의 의정위원회 위원장·화베이 정무위원회 상무위원 겸 교육총서 독판 등을 지내다가 1940년 병사하였다. '독판'은 감독관의 일종이므로 "교육총서의 독판"이라면 지금으로 치면 교육감 정도에 해당한다고 할 수 있다.

280 한간(漢奸): 중국 근현대에 일제가 중국을 침탈했을 때 일본에 부역한 친일파를 멸시해 부르던 이름.

281 위핑붜(兪平伯: 1900-1990): 중국의 저명한 학자. 저장 성 후저우(湖州) 사람으로 본명은 위밍헝(兪銘衡)이고 '핑붜'는 자이다. 청대 박학의 대가인 유월(兪樾)의 증손자로, 5.4 신문화운동 초기의 시인이자 중국 구어체 시 창작의 선구자였지만 《홍루몽(紅樓夢)》 등 고전문학에서 정통하여 후스와 함께 '신홍학파(新紅學派)'의 개척자로 일컬어진다. 1919년 베이징대를 졸업하고 옌징·베이징·칭화 등의 대학에서 교편을 잡았으며 베이징대 시절에는 신조사(新潮社)·문학연구회(文學硏究會)·어사사(語絲社) 등의 문학단체 활동에 참여하면서 '시의 평민화'를 제창하기도 하였다. 저우쮜런과는 사제지간으로 그가 1934년 일본을 방문했을 때 기자들과의 인터뷰에서 당시 "문단에서 두각을 나타내고 있는 유망한 문하생"으로 위핑붜를 꼽을 정도로 애정이 깊었다. 후스와는 개인적인 관계는 물론이고 똑같이 '홍학(홍루몽학)'을 연구하면서 후스의 영향을 많이 받았으며, 증년에는 후스와의 관계로 인하여 정치적으로 고초를 당하기도 하였다.

282 《후스내왕서신선》, 하권, p.73.

**283** 같은 책, 하권, p.117.

**284** 후펑(胡風: 1902~1985): 중국의 시인이자 문예이론가·번역가. 본명은 장광런(張光人)이고 구페이(谷非)·까오황(高荒)·장궈(張果) 등의 필명을 사용했으며 후베이 성(湖北省) 치춘(蘄春) 사람이다. 1920년부터 우창(武昌)·난징의 중학교에서 수학했고 1925년 베이징대 예과, 1년 후 칭화대 영문계에서 수학하다가 낙향하여 혁명운동에 가담하였다. 1929년 일본으로 건너가 게이오대 영문과에 진학했으나 1933년 항일문화단체를 조직한 혐의로 추방된 후 상하이에서 중국좌익작가연맹의 선전부장·행정서기를 맡았다. 이 과정에서 그의 인품과 학술사상에 호감을 가진 루쉰과 수시로 왕래하며 긴밀한 관계를 유지하였다. 1949년 중화인민공화국이 수립된 후 중국문학예술계연합회(약칭 '문련') 위원·중국작가협회 이사·제1차 전국인민대표대회 대표 등을 지냈다. 그러나 1952년 과거에 알력이 있었고 당시에는 문화부장을 맡고 있던 저우양(周揚)의 사주로 《인민일보(人民日報)》에 실린 〈'옌안 문예좌담회에서의 강화'를 처음부터 학습하자〉라는 글에 편집자가 후펑의 문예사상을 "실질적으로는 부르주아 계급·쁘띠 부르주아 계급에 속한 개인주의적인 문예사상"이라고 비판한 것을 시작으로 1953년 《문예보(文藝報)》에 린먼한(林黙涵)·허치팡(何其芳)이 후펑을 공개적으로 비판하는 〈의견서(意見書)〉를 발표하였다. 1955년에는 전국 각지에서 문예계 인사·대학 좌담회·토론회를 열어 후펑을 비판하는 한편 《인민일보》·《문예보》·《광명일보(光明日報)》 등의 신문과 중국문학예술계연합회·중국작가협회 등의 단체들을 경쟁적으로 글과 모임을 통하여 그 문예사상을 공격함으로써 후펑은 순식간에 문단은 물론 사회적으로도 타도되어야 할 '공공의 적'으로 전락하였다. 루쉰의 정신적·사상적 '의발(衣鉢)'을 계승했다고 해도 과언이 아닌 후펑과 그의 문예사상에 대한 비판은 바꿔서 말하자면 인성과 개성·인도주의를 강조한 루쉰의 정신과 사상에 대한 부정과도 다를 것이 없었다. 같은 해 6월부터는 전국적으로 "후펑 반혁명집단"을 폭로·비판·청산하는 운동이 전개되어 2,1000여 명이 연루되고 그 중 92명이 체포되고 62명이 격리조사를 받았으며 73명이 정직 처분을 받았다. 후펑 본인은 1969년 무기징역을 선고받고 감옥에 수감되어 1978년 명예를 회복할 때까지 10여 년 동안 온갖 고초를 겪어야 하였다. 1979년 복권된 후펑은 전국정치협상회의 상무위원·중국문학예술계연합회 제4차 위원·중국작가협회 고문 등에 임명되었으나 6년 후 병사하였다.

**285** 《후스전집》, 제25권, p.653. 후스의 이 예언은 몇 년 후 증명되었다. 1957년 7월 7일, 마오쩌둥은 상하이에서 교육·문예·상공업 등 각계 대표 36명을 접견했는데 이 자리에서 번역가인 뤄청난(羅稼南)이 "만일 루쉰이 지금까지 살아 있었다면 어떻게 지내고 있었을까요?" 하고 묻자 마오쩌둥은 조금도 주저없이 "감옥에 갇힌 채로 계속 글이나 쓰고 있든지 한 마디도 안하든지 했겠지"라고 대답했다고 한다. 바로 직전인 6월 8일 우파 지식인들에 대한 대대적인 박해("반우파투쟁")가 시작된 시점에서 나온 마오쩌둥의 이 발언은 두 가지 사실을 짐작할 수 있다. 이 발언을 통하여 자신의 권력에 도전하는 지식인의 "자유사상"이나 "독립정신"은 절대로 용납하지 않겠다는 의지를 드러낸 것인 동시에 루쉰에 대한 자신의 과거의 찬사와는 달리 그에게는 애초부터 루쉰에 대한 존경심은 존재하지 않았다는 것이다. 주정은 이와 관련하여 《"루쉰회고록" 오류 바로잡기》에서 사람들이 "루쉰을 배우는 것은 그가 인민 대중의 소가 되겠다고 한 것만 배우는 데에 한정되며 그의 비판정신을 배워서는 안된다는 의미였다. 루쉰에 대한 마오쩌둥의 존숭이라는 것도 사실은 이런 식이었던 것"(p.272)라고 해석하고 있다.

**286** 레이전(雷震: 1897~1979): 중국의 정치가이자 출판가. 자는 창환(儆寰)이며 저쟝 성 창싱(長興) 사람이다. 청년 시절에 일본으로 건너가 교토제국대에서 수학하면서 1917년 중화혁명당(中華革命黨)에 가입했으며, 1926년 귀국한 후부터 공직생활을 시작하여 항일전쟁 기간 동안에는 쟝제스의 신임으로 국민참정회(國民參政會) 부비서장에 임명되기도 하였다. 중국의 공산화로 타이완으로 건너간 후 1960년 쟝제스의 총통 연임에 반대하다가 10년 징역형을 선고받았으며 1979년 병사하였다.

287 《후스전집》, 제26권, pp.15-16.

288 양롄성(楊聯陞: 1914-1990): 중국의 역사학자. 본명은 롄성(蓮生)이며 허베이 성 바오딩(保定) 태생이다. 1937년 칭화대를 졸업하고 1940년 미국 하버드대에서 수학한 후 1942년 석사, 1946년 박사 학위를 취득하였다. 그 후 후스가 베이징대 교수로 초빙하려 했으나 당시 중국의 혼란한 정세로 인하여 미국에 그대로 정착하여 하버드대 극동어문학과에서 교편을 잡고 미시적인 접근을 통하여 중국 고대사를 연구함으로써 중국경제사 연구 분야에서 세계적인 명성을 얻었다.

289 《후스전집》, 제26권, p.31. '저우샤서우(周遐壽)'는 저우쭤런이 일본이 패망한 후에 사용한 이름이다.

290 바오야오밍(鮑耀明: 1920- ): 홍콩의 번역가. 필명으로는 청중언(成仲恩)·깐뉴(甘牛)·제(傑)·깐중(甘中) 등이 있으며 광동 성 중산(中山) 사람이다. 일본에서 중학교를 마친 후 한동안 마카오에 머물다가 다시 일본으로 건너가 게이오대에서 수학하였다. 졸업한 후에는 1960년부터 홍콩《공상일보(工商日報)》·싱가포르《남양상보(南洋商報)》의 일본 특파원으로 활동하였다.

291 번번이 좌절되어 기량을 펼칠 데가 없었다(溫溫無所試): 사마천《사기(史記)》의〈공자세가(孔子世家)〉에 나오는 말. 계손씨(季孫氏)의 가신으로 비읍(費邑)의 읍재(邑宰)로 있던 공산불뉴(公山不狃)가 계손씨에 반기를 들고자 사람을 보내 공자를 부를 때 공자가 처해 있던 고단한 처지를 설명한 말. 당시 쉰 남짓 된 공자는 주나라의 도를 추구한 지가 오래되었지만 당시의 제후들은 누구 하나 공자의 주장에 귀를 기울이는 이가 없어서 그 도를 현실 정치에 실천하여 자신의 기량을 발휘할 방법이 없었다. 그러던 차에 공산불뉴가 자신을 초빙하자 기다렸다는 듯이 비읍으로 가려 했으나 애제자인 자로(子路)는 반란을 일으킨 공산불뉴의 부름에 선뜻 응하려고 하는 공자의 그 같은 결정에 한사코 반대하면서 몇 번이나 그를 만류하는 것이었다. 그러자 출사하기를 그토록 고대하던 공자는 "나를 초빙하는 것이 어찌 부질없는 일이겠느냐? 나를 쓰기만 하면 동방에 주나라같이 훌륭한 나라를 세울 수 있지 않겠느냐?" 하고 말하면서도 초연한 마음으로 결국 가기를 포기하였다. 공자로서는 이것이 현실정치 참여에 있어 세 번째 좌절이었다. 그 후 공산불뉴는 비읍에서 반란을 일으켰으나 결국 실패하고 오나라로 도망쳐 버리고 만다.

292 《저우쭤런과 바오야오밍 통신집》, 허난(河南)대학출판사, 2004, p.157.

293 린위탕(林語堂: 1895-1976): 중국의 문학가·번역가이자 세계적인 문명비평가. 푸젠 성 룽시(龍溪)의 기독교 가정에서 태어났으며 본명은 허러(和樂)이며 나중에 위탕(玉堂), 다시 위탕(語堂)으로 개명하였다. 1919년 미국으로 건너가 하버드대 문학과에서 1년 동안 수학한 후 장학금 지원이 끊기자 학비를 벌기 위하여 프랑스로 건너간 길에 독일의 예나대에서 수학하였다. 1922년 하버드대에서 석사학위를 취득한 후 다시 독일로 건너가 1923년 라이프지히대에서 비교언어학으로 박사학위를 취득하였다. 귀국 후에는 칭화·베이징·베이징 여자사범·샤먼 등의 대학에서 차례로 교편을 잡았다. 1924년 이래로 문예지《어사(語絲)》의 주요한 기고가로 활동했고 1925년에는 교육부의 '국어-로마자 병음연구위원회'의 위원을 맡기도 하였다. 1928년 문제작인 단막희곡《선생님이 남자를 만나다(子見南子)》를 발표하고 1930년에는 상하이에 국제 펜클럽이 창설되자 발기인의 한 사람으로 참여하였다. 1932년에는 반월간지인《논어(論語)》를 창간하고 "두 발로 동서양 문화를 디디고 한마음으로 전 우주의 글들을 평론한다.(兩脚踏東西文化, 一心評宇宙文章)"라는 모토로 '유머문학(幽默文學)'을 제창했으며, 1934년에는《인간세(人間世)》, 1935년에는《우주풍(宇宙風)》을 창간하였다. 1935년부터 첫 번째 영문 저서인《우리나라와 우리 국민(吾國與吾民)》, 1937년《생활의 예술(生活的藝術)》등, 다년간 다수의 영문·중문 저술을 발표한 후 1945년 싱가포르로 건너가 난양(南洋)대를 설립하고 총장을 맡았다. 1948년에는 유네스코 예술문학부 부장·국제 펜클럽 부회장 등을 역임했으며, 1940-1950년 사이에 노벨문학상 후보로 두 차례 이름을 올렸다. 1966년 타이완에 정착한 후 1967년 홍콩 중문(中

文)대의 연구교수로 초빙되었으며 1976년 홍콩에서 죽었다. 1968년 국내 최초의 국제학술대회인 세계대학총장회의, 1970년 국제 펜클럽 대회 때에는 우리나라를 방문하고 강연을 하기도 하였다.

294 린위탕, 《기독교도로부터 이교도로(從基督徒到異敎徒)》, 후난(湖南)문예출판사, 2012, p.213.

295 후스 파: 당시 후스의 주도로 '어사파'의 대척점에서 활동하면서 당국자들과 가깝게 지내던 《현대평론》의 동인들을 두고 한 말이다. 웨이린(蔚麟)이라는 필명의 글쓴이는 1925년 10월 2일 발행된 《맹진(猛進)》 제31기에 "《현대평론》은 돤치뤄이·장스자오로부터 몇천 원이나 받아 챙겼으니 ⋯ 돤치뤄이와 장스자오가 벌이는 온갖 비행들에 대해서는 절대로 한 마디도 할 수 없을 것이다."라면서 맹렬하게 공격하였다. 얼마 후인 1926년 3월 1일에는 루쉰의 제자이자 막역한 친구인 장촨따오(章川島) 역시 《어사》 제68기에서 비슷한 논리로 '후스 파'를 신랄하게 공격하였다. 이 무렵 중국 문단에서 후스가 주도하는 '현대평론파'에 대한 시각은 상당히 적대적이었던 셈이다.

296 린위탕, 앞의 책, p.261.

297 린위탕, 《전불집─대황집》, 인민문학출판사, 1988, p.57.

298 청군입옹(請君入甕): 자신이 정한 원칙에 거꾸로 자신이 걸려서 피해를 보는 경우를 두고 사용하는 고사성어로, "제 꾀에 자기가 속아 넘어가다." "제 도끼로 자기 발등을 찍다." 같은 속담과 비슷하게 사용된다. 당나라의 여황제 무측천(武則天: 624~705)은 자신의 측근으로 평소 온갖 형구와 고문을 개발하여 반대파 숙청에 앞장섰던 주흥(周興)이 뜻밖에도 대장군 구신훈(丘神勳)과 모반을 꾀한다는 투서를 입수하고 또 다른 측근인 내준신(來俊臣)에게 진상을 밝히라는 명령을 내린다. 내준신이 하루는 자신의 집에 술자리를 마련하고 모반 혐의자이자 자신의 동료인 주흥을 초대한 후 교활한 죄인을 쉽게 자백시키려면 어떻게 해야 하느냐고 물으니 그 쪽으로는 이력이 난 주흥이 자신만한 모습으로 대답하였다. "자백을 하지 않으면 숯불에 빨갛게 달궈진 큰 독 안에 쳐 넣으면 되지 않나!" 내준신은 그 대답을 기다렸다는 듯이 바로 자기 집에 불을 지피고 그 위에서 독을 달군 후 주흥에게 정중하게 이렇게 말하는 것이었다. "이제 독으로 들어가실까(請君入甕)?" 주흥은 그제야 영문을 알아차리고 허둥지둥 머리를 조아리며 자신의 죄를 인정했다고 한다.

299 법왕(法王): 원래는 로마 가톨릭 교회의 수장인 교황을 부르는 명칭이지만 여기서는 '통치자' '수반(首班)'의 의미로 사용되었다.

300 루쉰과 저우쩌런의 의절은 1923년 7월 19일에 발생하였다. 원래 두 사람과 그 가족들은 베이징의 바다오완(八道灣)에서 함께 지냈다. 그러나 그토록 두텁던 두 사람의 우애는 어느 순간 돌이킬 수 없을 정도로 틀어져 버리고 만다. 7월 19일 앞채의 루쉰 방을 찾은 저우쩌런은 다음과 같은 내용의 편지를 형에게 건넸다. "루쉰 선생께: 저는 어제서야 알았습니다. 그러나 지나간 일은 더 말하지 않겠습니다. 저는 기독교도가 아닙니다만 다행스럽게도 그런대로 감내할 수 있으며 그렇다고 남탓을 할 생각도 없습니다. 모두가 불쌍한 인간들이니까요. 저의 이전의 장밋빛 꿈은 죄다 헛된 것이었고 지금 보이는 것이야말로 진짜 인생이었습니다. 저는 제 생각을 정정하고 새로운 생활로 들어가려 합니다. 앞으로 다시는 뒷채에는 오지 말라는 말밖에 드릴 말씀이 없습니다. 안심하고 자중하시기 바랍니다. 7월 18일, 쩌런." 저우쩌런이 이 편지를 건네고 나가자 루쉰은 그날 밤부터 식사를 자기 방에서만 먹었다고 한다. 그 후로 두 사람은 평생 만나지 않았고 저우쩌런은 루쉰이 세상을 떠났을 때조차 철저하게 그를 외면하였다. 현재 다수의 학자는 이 두 사람이 의절한 결정적인 원인이 저우쩌런의 아내 하부토 노부코(羽太信子)의 헤픈 씀씀이에 있었다는 통설로 루쉰을 변호하고 있다. 그러나 저우쩌런이 나중에 노부코에게 확인한 결과 루쉰이 그녀가 목욕을 하는 모습을 훔쳐 보고 있었다고 대답한 것이나, 그 후 루쉰이 바다오완에 자신의 책을 찾으러 오자 저우쩌런이 그의 책과 물건들을 집어던지

고 멱살잡이까지 했다고 한다. 다소 황당한 주장이기는 하지만 최근 중국에서는 루쉰이 일본 유학 시절 자신의 시중을 들었던 노부코를 희롱하려 했다는 주장도 나오고 있다. 이 사건의 진실 여부를 확인할 길은 없으나 노부코와 루쉰의 모종의 관계가 두 형제를 의절로 이끈 결정적인 원인으로 작용한 것으로 보인다. 1931년 저우쭤런은 산문〈중년(中年)〉을 써서 루쉰과 쉬광핑의 동거를 완곡하게 비난하였다.

**301** 3.18 참사: 1926년 3월 18일 베이징의 학생과 군중이 일본 등 제국주의 열강의 중국 주권 침범에 항의하면서 돤치뤠이 집정부 앞에서 청원을 하자 돤치뤠이의 호위대가 무차별 사격을 하여 47명이 사살되고 200여 명이 부상당한 사건. 중국에서는 "3.18 참안(三一八慘案)"으로 일컬어진다.

**302** 추근(秋瑾: 1877-1907): 중국의 여성 혁명가. 자는 선경(璿卿), 호는 경웅(競雄), 별호는 감호여협(鑒湖女俠)으로 절강성 소흥 사람이다. 1904년 일본에 유학하여 광복회(光復會)·동맹회(同盟會)에 차례로 가입하는 등, 중국 유학생들의 혁명운동에 적극적으로 참가하였다. 1906년 봄 귀국하여 1907년 사오싱에서 대통 사범학당(大通師範學堂)을 주재하면서 광복군을 조직하여 서석린(徐錫麟)과 함께 절강·안휘 일대에서 동시에 거사할 계획을 세웠다. 그러나 서석린의 거사가 실패하면서 7월 13일 체포되어 14일 새벽 소흥에서 처형되었다.

**303** 린위탕, 《전불집(翦拂集)》〈대황집(大荒集)〉, pp.60-63.

**304** 《경보(京報)》: 1918년 10월 중국 베이징에서 창간된 일간지. 1924년 말부터 부간을 혁신하여 《경보부간》·《민중문예주간(民衆文藝週刊)》·《부녀주간(婦女週刊)》·《문학주간(文學週刊)》 등을 발행하는가 하면 1925년 4월부터는 루쉰을 초빙하여 《망원주간(莽原週刊)》을 내기도 하였다. 1926년 4월 24일 펑톈계 군벌 장쮀린의 탄압으로 정간되었다.

**305** 중아대(中俄大): 민국 시기인 1925년 장시만(張西曼)이 소련 정부가 포기한 경자년 배상금(의화단의 난으로 피해를 본 서구 열강에게 위자료 조로 지불한 배상금)으로 베이징에 설립한 국립 베이징 중아대학을 말한다. 모든 수업과 연구가 중국어와 러시아어 두 언어로만 이루어졌으며, 당시 중국공산당의 중요 기관의 하나로 간주되었다.

**306** 중법대(中法大): 민국 초기에 일하면서 배운다는 "근공검학(勤工儉學)"의 교육철학에 따라 차이위안페이 등이 조직한 프랑스 유학 검학회(留法儉學會)와 프랑스어 예비학교(法文豫備學校)와 콩더학교(孔德學校)를 근간으로 하여 설립한 사립대학. 중국과 프랑스의 인재 교류 및 중국과 서구의 문화 교류의 중요한 창구 역할을 하였다.

**307** 《경보부간(京報副刊)》: 베이징에서 발행되던 일간지 《경보》의 부간의 하나. 1924년 12월에 창간되었으며, 루쉰은 쑨푸위안이 편집인을 맡고 있던 1924년 12월부터 장쮀린에게 강제로 정간당한 1926년 4월까지 여러 편의 글을 발표하였다.

**308** 《루쉰전집》, 제4권, p.604.

**309** "특정 지역", "특정 파벌": 여기서 "특정 지역"은 저장 성 특히 사오싱을, "특정 파벌"은 장타이옌의 문파를 가리킨다. 천위안이 루쉰·저우쭤런과 설전을 벌일 당시 베이징대의 국문계에는 저장 성 출신의 장타이옌 문하생들이 다수를 차지하고 있었다고 하는데 이들 중 대표적인 인물로는 같은 저장 사오싱 출신의 총장 차이위안페이는 논외로 치더라도 루쉰·저우쭤런 형제를 위시하여 마여우위(馬幼漁)·마수핑(馬叔平) 형제, 선인뭐(沈尹黙)·선젠스(沈兼士) 형제, 첸쉬안통(錢玄同)·류반농(劉半農) 등이 포함되어 있었다. "특정 지역"(저장)·"특정 파벌"(장타이옌 문파)의 결속은 필연적으로 거기에 속하지 않는 천위안·구제강 사람들에게 위화감이나 상대적 박탈감을 줄 수밖에 없었을 것이다. 중국의 유명한 소설가이자 학자인 첸중수(錢鍾書: 1910-1998) 역시 1946년에 쓴 소설 《고양이(猫)》에서 "특정 지역"

과 "특정 파벌"과 함께 루쉰·저우쩌런 형제를 간접적으로 풍자하고 있다. 쳰중수는 1956년 〈아Q를 논한다(論阿Q)〉라는 글을 통하여 "아Q정신"은 루쉰의 발명품이 아니라 동서고금의 여러 문학작품에서 늘 존재했던 캐릭터라고 주장한 시인 허치팡(何其芳)의 견해에도 찬동하는 한편 자신도 여러 가지 고증을 통하여 이를 입증하려 하였다. 그의 부인 양쟝(楊絳: 1911-2016)은 1924년 베이징 여자사범대 풍파로 루쉰으로부터 "물에 빠진 개(落水狗)"의 한 사람으로 맹공격을 당했던 양인위의 질녀이다.

310 《루쉰전집》, 제4권, p.605.

311 조요경(照妖鏡): 귀신이나 요정에게 비추면 본래의 모습이 드러난다는 전통소설 속의 영험한 거울.

312 《갑인(甲寅)》: 1914년 5월 일본 도쿄에서 장스자오(章士釗) 등이 창간한 주간지. 일본에서는 제10기를 끝으로 2년만에 정간되었으나 편집장을 맡았던 장스자오가 귀국 후 교육부총장이 되면서 1925년 7월 베이징에서 복간되어 1927년 2월 정간될 때까지 총 45기를 발행하였다. 문언체로 지어진 공문·동정을 주로 실었으나 루쉰은 이를 "자기 홍보식의 반 관보(自己廣告性的半官報)"라고 평가절하 하였다.

313 린위탕, 《전불집》〈대황집〉, p.86.

314 샤먼대(厦門大): 화교인 천화껑(陳華庚)이 중국 푸젠 성(福建省) 샤먼에 설립한 대학교. 1926년 9월에 샤먼에 온 루쉰은 여기서 국문계 교수 겸 국학연구원 연구교수로 있다가 이듬해인 1927년 4개월만에 샤먼을 떠난다.

315 《루쉰전집》, 제8권, p.343.

316 같은 책, 제8권, p.343.

317 쉬광핑, 〈삼십년집 교열을 계기로 떠올린 과거사(因校對三十年集而引起的話舊)〉.

318 《루쉰전집》, 제11권, p.541.

319 류수치(劉樹杞: 1893-?): 중국의 교육자. 자는 추칭(楚靑)이며 후베이 성 신푸(新埔) 사람이다. 미국 콜롬비아대 화학박사 출신으로 당시 샤먼대의 비서 겸 이과 주임을 맡고 있었다. 당시 샤먼대 국학연구원이 잠시 국학원 부설 도서 또는 문물 진열소로 사용하고 있던 생물학원의 3층을 반환해 줄 것을 타인에게 위임하였다. 그 일이 있은 후 루쉰이 사직하자 사람들은 류수치가 그를 몰아낸 것으로 오해하여 학생들의 항의가 잇따랐다. 그러나 《루쉰전집》의 주석에 따르면, 루쉰의 사직은 대학 당국의 처사에 불만을 품은 것이 주된 원인이었으며 류수치와는 무관한 것이었다고 한다.

320 진화 식 족발(金華火腿): 중국 저쟝 성 진화(金華) 일대에서 주로 생산되는 돼지 햄. 돼지의 뒷다리를 소금에 절여 건조시킨 후 조금씩 썰어 요리해 먹는데 그 사용 부위와 저장 방법이 대체로 스페인의 하몽(Jamon)과 유사하다.

321 린위탕, 《전불집》〈대황집〉, pp.263-264.

322 《루쉰전집》, 제11권, p.563.

323 같은 책, 제11권, p.659.

324 4.15 정변(四一五政變): 1927년 국민당의 쟝졔스가 4월 2일 상하이에서 비밀 반공회의를 소집한 후 광저우 지역의 노동자와 공산당원들을 대규모로 학살한 사건. 중국에서는 "4.15 반혁명 정변" 또는 "4.15 반공 정변"으로 부르기도 한다.

325 《루쉰전집》, 제3권, pp.535-536.

326 위따푸(郁達夫: 1896-1945): 중국의 작가이자 혁명가. 저쟝 성 푸양(富陽) 사람으로 본명은 위원

(郁文)이고 '따푸(達夫)'는 자이다. 1910년 쉬즈뭐와 함께 항저우 부 중학당(杭州府中學堂)에 입학하고 1914년에는 일본으로 건너가 도쿄 제1고등학교 의과부에 진학하였다. 1917년에는 도쿄제국대 경제학부에서 수학하면서 러시아·독일 등 외국의 소설을 대량으로 탐독하였다. 1921년에는 같은 유학생인 궈뭐뤄(郭沫若)·청팡우(成仿吾)·장즈핑(張資平)·정붜치(鄭伯奇) 등과 함께 신문학단체인 '창조사(創造社)'를 결성하고 소설을 창작하는 동시에 상하이·우한·푸저우 등지에서 결성된 각종 반제-항일 조직에도 적극적으로 참여하였다. 귀국 후에는 베이징·우창 사범·중산 등의 대학에서 교편을 잡았고 1928년에는 '태양사(太陽社)'에 가입한 후 루쉰의 도움으로 《대중문예》의 편집장을 맡기도 하였다. 1930년 중국좌익작가연맹이 결성되자 발기인의 한 사람으로 참여했으나 얼마 후 탈퇴하고 안훼이대 교수가 되었다. 그 후로 창작활동과 함께 항일투쟁을 병행했으며 1941년 태평양전쟁이 발발하자 동남아로 가서 화교들의 항일운동을 이끌다가 1945년 8월 29일 인도네시아 수마트라에서 일본군에게 살해당하였다.

327 《분류(奔流)》: 1928년 6월 20일 중국 상하이에서 창간된 문예월간지. 루쉰과 위따푸가 편집을 맡았고 베이신 서국(北新書局)을 통하여 발행되었는데 1929년 12월 20일 제2권 제5기를 끝으로 정간되었다. 루쉰이 쓴 〈편교후기(編校後記)〉 열두 편은 나중에 《집외집(集外集)》에 수록되었다.

328 《루쉰전집》, 제8권, p.336.

329 같은 책, 제6권, p.329.

330 리샤오펑(李小峰: 1897-1971): 중국의 출판가이자 번역가. 자는 룽디(榮弟), 필명은 린란(林蘭)으로 쟝쑤 성 쟝인(江陰) 사람이다. 베이징대 철학과를 졸업하고 신조사와 어사사의 활동에 참가하였다. 1925년 루쉰의 도움으로 큰형 리즈윈(李志雲)·부인 차이수류(蔡漱六)·쑨푸위안이 공동 출자하여 베이징에서 베이신 서국을 설립하고 루쉰의 작품들을 위시한 다양한 도서들을 출판·소개하였다. 1927년 4월 펑톈계 군벌 장쭤린이 베이신 서국을 폐쇄하고 체포령을 내리자 소련대사관에 피신했다가 따롄(大連)을 거쳐 상하이로 남하하였다. 베이징의 베이신 서국 본점이 폐쇄된 후로는 분점이던 상하이 베이신 서국을 본점으로 승격시키고 형인 리중딴(李仲丹)에게 대표를 맡기고 자신은 편집과 출판 업무를 총괄하였다.

331 《루쉰전집》, 제12권, p.216.

332 웨이총우(韋叢蕪: 1905-1978): 중국의 소설가. 안훼이 성 휘츄(霍邱) 사람으로 본명은 웨이충우(韋崇武)이며 웨이리런(韋立人)·웨이뤄위(韋若愚)라는 이름으로 부르기도 하였다. 옌징대를 졸업하고 톈진의 허베이 여자사범학원에서 교편을 잡았다. 루쉰이 주도한 미명사(未名社)의 활동에 참가했으며 《망원(莽原)》의 주요 기고자의 한 사람이기도 하였다.

333 《루쉰전집》, 제12권, p.199.

334 장팅첸(章廷謙: 1901-1981): 중국의 문학가. 자는 마오천(矛塵), 필명은 '촨따오(川島)'로 저쟝 성 사오싱 사람이다. 베이징대 철학과를 졸업하고 《어사》의 주요 기고자의 한 사람이었다. 베이징·샤먼 등의 대학에서 교편을 잡기도 하였다.

335 판즈녠(潘梓年: 1893-1972): 중국의 철학자이자 저널리스트. 쟝쑤 성 이싱(宜興) 사람이다. 1923년 베이징대를 졸업한 후 바오딩중학(保定中學)에서 교편을 잡았다. 1927년 중국공산당에 가입하면서 혁명운동에 투신하였다. 1928년 4월 《전선(戰線)》 창간호에서 '뤄쉐이(弱水)'라는 필명으로 루쉰을 "포용력이 너무도 부족하다." "신랄하면서 인정머리가 없다." 식으로 신랄하게 공격한 바 있다. 《신화일보(新華日報)》를 창간하고 마오쩌둥의 지시로 초대 사장을 맡기도 했으나 문화대혁명 기간에는 정치적으로 박해를 받아 감옥에 수감되었다가 1972년 4월 10일 친청(秦城) 감옥에서 병사하였다.

336 《루쉰전집》, 제12권, p.201.

337 같은 책, 제16권, p.149.

338 장여우쏭(張友松: 1903-1995): 중국의 번역가. 본명은 장펑(張鵬), 필명은 창젠(常健), 장허(張鶴)이며 후난 성 리링(醴陵) 사람이다. 12세 때 큰누이를 따라 베이징으로 이사한 후 1922년 베이징 대에 진학하여 공부를 하면서 여가에는 영문소설을 번역하여 학비를 대었다. 그러나 누이가 죽고 가정형편이 날로 열악해지자 학업을 포기하였다. 평소 부지런하고 학구열이 남달라 재학 기간 동안 여러 편의 영문소설을 번역한 것이 대학 시절의 스승인 루쉰의 눈에 들어 베이신 서국의 편집인으로 추천되었다. 베이신 서국에서 편집을 맡은 후 루쉰과 사장 리샤오펑 사이에 인세 문제로 분쟁이 발생하자 변호사를 소개하여 밀린 인세를 받을 수 있게 해 주었다. 나중에는 루쉰이 빌려 준 500원으로 춘차오 서국(春潮書局)을 설립하고 대표 겸 편집인을 맡아 루쉰 등의 저술을 출판하는 한편 체호프·도스토예프스키 등의 러시아 작가들의 작품도 번역 출판하였다. 그러나 경영 경험이 부족한 탓에 1930년 서국이 도산하자 청따오·지난·헝양·창사·충칭 등지의 중학교에서 10여 년 간 차례로 교편을 잡았다. 루쉰의 일기에는 장여우쏭이 모두 114번 언급되고 있는데 그 중 89번이 1929년 그가 루쉰의 송사를 도와 준 일에 관한 내용이어서 사제지간에 사이가 대단히 돈독했음을 엿볼 수 있다. 이런 상황에서 린위탕이 영문을 모르고 중간에 끼어들어 장여우쏭을 비난한 일은 루쉰과 린위탕의 관계가 틀어지는 데에 결정적인 역할을 한 것으로 보인다.

339 이 무렵 루쉰·위따푸 등은 베이신 서국 측과의 저작권료 분쟁을 해결하기 위하여 변호사로 위촉한 양컹의 사무소에서 베이신 서국이 《분류》의 원고료를 지불할 것과, 루쉰의 기존의 인세를 상환해 줄 것 등의 조건과 방법을 상의하였다. 이 회의를 통하여 합의를 본 쌍방은 더 이상 소송을 제기하지 않는다. 《루쉰전집》의 주석에 따르면, 베이신 서국 측은 9월 21부터 12월 23일까지 네 차례에 걸쳐 루쉰에게 8천여 원의 인세를 지불했고, 다음해까지 지불한 액수까지 합치면 약 2만여 원을 상환했다고 한다.

340 《신조(新潮)》: 1918년 말 베이징대 도서관의 한 방에서 당시 5.4 신문화운동의 영향을 받은 베이징대 학생이던 푸쓰녠·뤄쟈룬·쉬옌즈(徐彦之)·구제강·위핑붜 등이 당시 스승이던 차이위안페이·천두슈·후스·쳰쉬안퉁·리따자오 등의 지도와 도움으로 교내에서 결성한 최초의 학생 문예단체 신조사(新潮社)의 간행물. 1919년 1월 1일 월간지의 형식으로 정식 창간되어 구어문학과 학술사상의 해방을 적극적으로 제창하고 봉건적인 예교사상에 저항하면서 "윤리의 혁명"을 주장하였다.

341 《루쉰회고록 산편(魯迅回憶錄散篇)》, 중권, 베이징출판사, 1999, pp.564-565.

342 양컹(楊鏗): 중국의 변호사. 자는 진쩬(金堅)이며 쟝쑤 성 우진(武進) 사람이다. 장여우쏭의 소개로 베이신 서국 사장 리샤오펑이 루쉰의 《분류》 원고료와 인세를 지급하지 않은 일에 대한 소송을 담당하였다.

343 메이란팡(梅蘭芳)과 문답: 1933년 2월 18일 《신보》가 기사화 한 내용을 말하는 것으로 보인다. 버나드 쇼는 상하이의 펜클럽이 주최한 환영회에서 당시 경극(京劇)의 명인으로 명성을 날리던 메이란팡과 대화를 나누면서 중국 연극에서는 징과 북을 많이 쓰는 바람에 너무 시끄러워서 연극을 보는 관중의 집중력을 흩뜨리는 경향이 있다고 지적했고, 메이란팡은 "중국 연극에는 두 가지가 있는데 곤곡(崑曲)은 시끄럽지 않은 쪽이다."라고 답변했다고 한다. 타이징눙에게 보낸 이 편지나 《레이스문학(花邊文學)》〈메이란팡과 그 밖의 것들을 간단히 논한다(略論梅蘭芳及其他)〉 등의 일련의 글들은 중국 전통극과 배우 특히 메이란팡에 대한 그의 인식과 평가가 얼마나 부정적이었는지 잘 보여 준다.

344 《논어(論語)》: 1932년 9월 중국 상하이에서 창간된 반월간 문예지. 린위탕 등이 편집인을 맡아

"유머와 한적함"을 제창하고 "성령(性靈)"을 다룬 소품문을 싣는 것을 종지로 삼았다. 1937년 8월 제 117기를 끝으로 정간되었다.

345 후스는 1933년 2월 20일 로이터 통신사에 버나드 쇼의 중국 방문과 관련하여 "나는 버나드 쇼 같은 특별한 손님에 대한 가장 고상한 환대로는 그가 혼자서 다니면서 그가 만나고 싶은 사람을 만 나고 보고 싶은 것을 볼 수 있도록 해 주는 것이 최고라고 생각한다."라는 입장의 기사를 보내었다. 루쉰의 말은 아마 중국에서의 버나드 쇼의 자유로운 활동을 호소한 후스의 이 같은 주장을 비꼰 것 이었을 것이다.

346 《루쉰전집》, 제12권, p.375.

347 천한성(陳翰笙: 1897-2004): 중국의 경제학자·사회학자·역사학자·사회활동가. 본명은 천수(陳 樞)이며 쟝쑤 성 우시 사람이다. 초기에 미국·독일에 유학하여 1921년 시카고대에서 석사, 1924년 베 를린대에서 박사를 취득한 후 귀국하여 베이징대 교수가 되었다. 재직 기간에 리따자오의 소개로 공 산혁명에 참가하여 1925년 공산당원이 되었으며 1927년 리따자오가 체포되자 소련으로 피신하였다. 1928년 귀국한 후에는 중앙연구원 사회과학연구소에 재직했으며 1933년에는 중국농촌경제연구소 를 출범시키고 마르크스주의적 입장·시각·방법에 입각하여 중국의 농업·농민·농촌의 제반 문제들을 연구하였다. 1934년부터 일본·소련·미국 등지에서 학술활동을 하다가 1939년 중국공산당의 지시에 따라 홍콩으로 가서 쑹칭링·에드가 스노 부인 등을 도와 공업합작 국제위원회를 창설하고 선전공작 에 나서기도 하였다. 중국이 공산화 된 후인 1952년 3월 다시 쑹칭링과 영어 잡지인 《중국건설》을 창 간하고 편집인을 맡아 '신중국'을 대외적으로 홍보하는 데에 매진하였다. 그러나 문화대혁명 기간에 는 정치적 박해를 당하여 1968년 부인이 병사하고 자신은 9개월 동안 감금되었다가 후난 성의 "5.7" 간부학교에 하방(下放)되어 노역에 동원되다가 1971년 다시 베이징으로 돌아왔다. 문화대혁명의 광 풍이 지나간 후에도 베이징대·외교학원 등에서 교편을 잡는 한편 각종 공직을 맡고 다양한 활동에 적극 참여하였다.

348 《쑹칭링이 천한성에게 보낸 서신들(宋慶齡致陳翰笙書信)》, 동방출판센터, 2013, pp.122-123.

349 에비트: 당시 소련의 코민테른 주중국대표이자 극동국 서기. 1933년 국민당 제19로군(第十九路 軍)과 중국공산당 홍군 사이의 비밀담판 내용을 상하이의 《차이나 포럼》 등에 누설하여 중국공산당 과 갈등을 빚기도 하였다.

350 《코민테른, 소련공산당(볼셰비키)과 중국혁명 문서자료총서》, 제13권, 중공당사(中共黨史)출판사, 2007, p.345.

351 《루쉰연구자료》, 제12집, p.81.

352 《차이안페이 서신집》, 하권, 저쟝(浙江)교육출판사, 2000, p.1487.

353 《차이나 포럼(China Forum)》: 유태계 미국인 기자 아이삭스(중국식 이름 이뤄성(伊羅生))가 소련 공산당의 지령에 따라 1932년 상하이에서 창간한 영어 잡지. 중국인들 사이에서는 '중국논단(中國論 壇)'이라는 이름으로 불려졌다. 운영비는 상하이의 중국공산당 조직이 대고 있었으며, 창간사에서는 어떠한 정당이나 단체의 대변자도 되지 않겠다고 언명했으나 전적으로 좌익 작가들의 작품과 중국공 산당의 지하조직이 제공하는 글만 게재하였다. 나중에는 스탈린의 정책에 반대하던 아이삭스가 트 로츠키 파 반당 종파 분자로 몰리면서 정간되었다.

354 《쑹칭링이 천한성에게 보낸 서신들》, p.129.

355 《루쉰전집》의 주석에 따르면, 당시 상하이에는 루쉰도 암살 블랙리스트에 올라 있어서 양싱포의

발인식에 참석하면 살해를 당할지도 모른다는 소문이 돌았다고 한다. 그러나 루쉰은 쉬서우창과 함께 쟈오저우 로(膠州路)에 위치한 만국빈의관(萬國殯儀館)으로 달려가 입관을 지켜 보았으며 귀가 후에는 〈양취안을 애도하며(悼楊銓)〉라는 시를 썼다.

**356** 《대만보(大晚報, Evening News)》: 1932년 중국 상하이에서 창간된 일간지. 장주핑(張竹平)이 창간하고 쩡쉬바이(曾虛白)이 대표 겸 주필을 맡아 몇 주일도 되지 않아 판매량이 8만 부에 이르러 당시 상하이의 저명한 신문이던 《신보(申報)》·《신문보(新聞報)》의 인기를 능가할 정도였다고 한다.

**357** 《루쉰전집》, 제4권, p.522.

**358** 같은 책, 제5권, p.582.

**359** 타오항더(陶亢德: 1908–1983): 중국의 출판가. 저장 성 사오싱 사람으로 자는 저안(哲庵)이며 필명으로는 투란(徒然)·스안(室暗) 등이 있다. 가난한 집안 출신으로 일찍부터 쑤저우(蘇州)·'동삼성' 등지를 전전한 탓에 정규교육을 제대로 받지는 못했으나 5~6개 국어에 통달할 정도의 수재였다. 린위탕과의 관계가 막역하여 《논어》의 편집장을 맡았고 1935년에는 린위탕과 공동 출자로 반월간지 《우주풍(宇宙風)》을 창간하는가 하면 《인간세》의 편집을 맡기도 하였다. 저우쭤런·라오서(老舍)·위따푸·주즈칭(朱自淸)·궈뭐뤄(郭沫若) 등의 작가들과도 긴밀한 관계를 유지하였다.

**360** 《루쉰전집》, 제13권, p.67.

**361** 건륭지(乾隆紙): 중국 청대 중기 건륭 연간에 한지를 모방하여 만들어진 종이. 한지는 '계림지(鷄林紙)' '고려지(高麗紙)' 등으로 불리기도 했는데 이미 당송대부터 중국에 수출되어 "천하제일"이라는 명성을 얻었다. 12–13세기 북송의 서예가인 진유(陳槱)는 《부훤야록(負暄野錄)》에서 "고려지는 솜·누에고치로 만드는데 색깔이 능라처럼 하얗고 비단만큼 질겨서 글을 쓰는 데에 먹이 번져 만들어내는 무늬가 사랑스럽다. 이는 중국에는 없는 것이니 훌륭한 상품이라 할 것이다."라면서 찬사를 아끼지 않았다. 길이 4척, 너비 2.5척의 고정된 규격으로 제작된 한지는 당송대에 중국 문인·서화가들에게서 큰 인기를 모았고 가격도 무척 비쌌다. 품질이 좋지 않은 것은 질겨서 창가의 발, 비가 내릴 때 쓰는 모자, 책갈피를 만드는 재료로 썼다. 반면에 고급품은 대부분 서화에 사용했는데 색깔이 주단처럼 희게 반들거리고 지질은 면처럼 부드러우면서도 질겨서 종이에서 붓을 놀리면 기름 위를 미끄러지듯이 조금도 거침이 없었다고 한다. 청대 건륭 연간에서 중국에서 '고려지'를 모방해 제작한 종이가 유통되기도 했다고 하며, 2005년에는 중국에서 건륭 연간의 '고려지'를 복원하는 데에 성공하기도 하였다.

**362** 《루쉰전집》, 제13권, p.74.

**363** 장저(長沮)와 걸닉(桀溺): 《논어》〈미자(微子)〉와 《사기》〈공자세가〉에 등장하는 중국 춘추전국시대의 은둔자. 노나라 애공(魯哀公) 4년(기원전 491) 공자가 제자들을 거느리고 자신을 써 줄 군주를 찾아 헤매는 모습을 본 두 사람이 "거침없이 흘러가는 강물 같은 것이 이 세상인데 누가 그 이치를 바꿀 수 있겠소!" 하면서 공자 일행을 딱하게 여겼다고 한다.

**364** 장훤(張萱: 1553~1636?): 명대의 장서가이자 서예가. 자는 맹기(孟奇), 호는 구악산인(九岳山人)·청진거사(靑眞居士)로 광동성 박라(博羅) 사람이다. '유충천'은 같은 시대의 학자로 자가 '충천', 호가 정주(靜主)인 유각(劉埼: 1566–1626)을 말한다.

**365** 《레이스문학(花邊文學)》: 루쉰이 1934년에 지은 잡문 61편이 수록된 잡문집. 1936년 6월 상하이의 롄화 서국(聯華書局)을 통하여 초판이 출판되었다. '레이스문학'은 원래 당시 사람이 루쉰의 글을 공격하기 위하여 동원한 표현이었는데 루쉰은 거꾸로 이를 자신의 작품집 제목으로 붙이고 직접 표지까지 도안하는 여유를 보였다.

366 장커뱌오(章克標: 1900~2007): 중국의 작가. 본명은 장카이지(章愷熙)이며 저장 성 하이닝(海寧) 사람이다. 20세 때 국비로 일본으로 유학 가서 교토제국대에서 수학을 전공하였다. 귀국 후에는 한동안 교사로 있다가 문단으로 나와 1926년 상하이에서 후위즈(胡愈之)·펑즈카이(豊子愷)·예성타오(葉聖陶) 등과 함께 문예월간지 《일반(一般)》을 발행하는 한편 텅구(滕固)·팡광타오(方光燾) 등과 함께 초기의 저명한 문학단체의 하나인 사후사(獅吼社)를 결성하였다. 1928년에는 개명서점(開明書店)의 편집장을 맡고, 1929년에는 30년대 중국에서 규모가 가장 큰 출판사였던 시대도서공사(時代圖書公司)의 설립에 참여하고 순간지인 《십일담(十日談)》의 편집장을 맡기도 하였다. 중국 무협소설의 대가인 진융(金庸)의 스승이기도 하다. 1930년대에 사오쉰메이(邵洵美)와 함께 월간지 《금옥(金屋)》 편집인을 맡았을 때에는 "보통 위대한 작가는 다들 정신병을 좀 가지고 있다."라면서 당시 새로 중국에 소개된 프로이트의 정신분석법에 근거하여 루쉰의 《눌함(吶喊)》에 대한 비판을 시도하기도 하였다. 이때 그에게 나쁜 감정을 가지게 된 루쉰은 《문단 등룡술》을 발표하자 '웨이쒀(葦素)'라는 필명으로 《신보》 '자유담'에 〈등룡술습유(登龍術拾遺)〉라는 글을 써서 그와 그 동료 사오쉰메이를 비난하게 된다.

367 이상한 이름을 사용하는 아무개: 중국의 철학자·번역가·평론가·서화가이자 인도 전문가였던 쉬판청(徐梵澄: 1909~2000)을 말한다. 쉬판청은 본명이 쉬후(徐琥), 자가 지하이(季海)으로 후난 성 창사 사람이다. 1926년 우한의 중산(中山)대 역사사회학계, 1927년 상하이의 푸딴(復旦)대 서양문학계에 진학하고 1928년 5월 15일에는 루쉰의 강연에 감명을 받아 서로 연락을 주고 받기 시작하였다. 1929년 8월에는 독일로 건너가 하이델베르크대 철학계에서 예술사를 전공했고 1932년 박사논문을 준비하던 중 부친상을 당하여 귀국한 후로는 상하이에서 글쓰기에 종사하다가 루쉰의 추천으로 《신보》 부간에 잡문을 기고하는 한편 《이사 잡습》을 내었다. 1934년에는 니체의 저술과 자서전들을 출판함으로써 중국 최초의 니체 전문가가 되었다. 1945년 국민정부 교육부의 위촉으로 인도로 건너가 타고르 국제대에서 교편을 잡고 저술·번역에 힘쓰다가 1978년 귀국하여 중국사회과학원 세계종교연구소에서 연구원으로 재직하였다.

368 영치기 영차 파(杭育杭育派): 루쉰은 시가의 기원을 논할 때 상고시대에 노동에 참여한 사람이 동작과 리듬을 맞추려고 '영치기 영차' 하는 추임새를 넣었는데 이것이 피로를 해소하는 부대적인 역할을 했고 이때 처음으로 추임새를 넣은 사람이 최초의 문학가였다고 하면서 이들을 '영치기 영차 파'로 정의한 바 있다.

369 《루쉰전집》, 제13권, pp.90~91.

370 정전둬(鄭振鐸: 1898~1958): 중국의 문학가·문학사가·문학비평가이자 예술사가·훈고학자. 저장 성 원저우(溫州) 태생으로 시디(西諦)·궈위안신(郭源新)·뤄쉬에(落雪) 등의 가명을 사용하였다. 1919년 5.4 신문화운동에 참가하여 작품을 발표하기 시작했으며, 1932년에는 《삽도본 중국문학사(插圖本中國文學史)》를 출판하였다.

371 《루쉰전집》, 제13권, p.122.

372 원굉도(袁宏道)나 이일화(李日華): 명대 말기의 문학가. 두 사람 모두 소품문에 뛰어났으며 원굉도(1568~1610)는 "산문은 진·한을 따르고 시는 성당을 따라야 한다[文必秦漢, 詩必盛唐]"라는 당시의 문학관에 반대하면서 "홀로 본성을 표현하면서 격식에 구애받지 않는[獨抒性靈, 不拘格套]" '성령설(性靈說)'을 주장하였다.

373 《루쉰전집》, 제13권, p.134.

374 같은 책, 제13권, p.158.

375 양지윈(楊霽雲: 1910~1996): 중국의 출판가. 쟝쑤 성 창저우 사람으로 상하이 푸딴중학(復旦中

學)·정풍문학원(正風文學院)에서 학생들을 가르쳤다. 루쉰·쉬광핑과 가까운 친구 사이로 1934년 루쉰의 문집에 수록되지 못한 작품들을 별도로 수집·정리하여 《집외집(集外集)》을 엮었다.

376 어록(語錄): 중국 송대에 유행한 문체의 일종. 당나라 때까지만 해도 중국에서 글을 쓸 때에는 본질적으로 우리가 '한문'이라고 부르는 문언체 언어를 사용하였다. 그러나 5대 10국의 혼란기를 거치면서 문언체의 주요 사용자인 귀족계급이 몰락한 반면, 송대에는 사회가 안정되고 경제가 발전하면서 지금의 '중산층'에 해당하는 시민계층이 사회적으로 늘어나면서 그들이 일상에서 주로 사용하는 구어체 언어가 글쓰기에까지 빈번하게 사용되기 시작했는데, 이처럼 문언과 구어가 혼재하는 문체는 일반적으로 '어록체(語錄體)'로 불린다. 린위탕은 문언파와 구어파가 '기름과 물'처럼 각자 따로 노는 당시의 문단 상황에 문제의식을 가지고 "문언에도 속어를 꺼리지 말고 구어에는 더 많이 쓰자"라는 일종의 절충안으로서 '어록체'를 제안했던 것으로 보인다. 그러나 루쉰은 린위탕의 이 같은 주장이 다른 꿍꿍이 속이 있는 것으로 여겼던지 그다지 호의적으로 받아들이지 않았다.

377 《루쉰전집》, 제13권, pp.92–93.

378 같은 책, 제13권, p.198.

379 '루블' 운운: 루쉰 당시 우파 진영의 일부 신문들은 좌익 작가 등 진보 성향의 문화계 인사들의 발언이나 행위들을 문제 삼아 이들이 소련 당국이 뿌리는 루블 화에 매수 당했다고 공격하는 경우가 많았다. 신월파(新月派)의 일원인 량스츄(梁實秋)도 이 같은 논리로 좌익 작가들을 공격한 적이 있었다.

380 《루쉰전집》, 제6권, pp.212–213.

381 같은 책, 제2권, pp.390–391.

382 서새(西崽): 근대에 서양인이 고용한 중국인 하인이나 그들에게 우호적인 사람들을 비하해서 부르던 말.

383 《루쉰전집》, 제6권, pp.366–367.

384 주정이 여기에 소개하고 있는 루쉰에 대한 린위탕의 평가를 일방적인 존경으로 이해하면 곤란하다. 이 회고에서 그는 인격적으로는 루쉰의 입장을 이해하고 인정하는 모습을 보이고 있지만, 사상적인 측면에서는 루쉰이 좌련의 맹주로 추대되면서 평소에 강조해 마지않던 "독립정신"을 버리고 특정한 당색을 띠고 중국공산당에게 이용당한 일에 대해서는 완곡하게 비판하고 있다. 즉, 이 발언의 요지는 린위탕이 루쉰에 대하여 인간적으로는 선배로 예우했지만 사상적으로는 서로 전혀 노선이 달랐다는 의미인 것이다.

385 《전초(前哨)》: 1931년 중국좌익작가연맹(좌련)이 발행한 잡지. 좌련이 결성된 지 5개월 후에 "중국 프롤레타리아 문학운동의 총체적인 영도를 위한 기관잡지"로서 발행하기 시작했으며 루쉰을 필두로 마오뚠(茅盾)·펑쉐에펑·샤옌·양한성(陽翰笙)·딩링(丁玲) 등이 편집위원으로 참여하였다. 제2기부터는 제호를 《문학도보(文學導報)》로 변경하였다.

386 백구(白區): 제2차 국공 내전 당시 '국통구(國統區)' 즉 국민당 통치지역을 일컫던 명칭. 반면에 중국공산당의 통치 하에 있는 지역은 홍군이 점령한 지역이라는 의미에서 '홍구(紅區)' 또는 소비에트 지구 즉 '소구(蘇區)'로 불려졌다.

387 미프(Pavel Mif): 소련의 정치가이자 역사학자. 유태계 우크라이나 인으로 1917년 러시아 사회민주노동당(볼셰비키)에 가입하였다. 1927년 소련공산당(볼셰비키) 선전가 대표단을 인솔하여 중국을 방문하고 1928년 코민테른 대표 자격으로 중국공산당 6중전회에 참석하였다. 1930년에는 상하이로 가서 코민테른 주중국대표단 단장을 맡았고 1931년에는 중국공산당 6차 사중전회에서 왕밍 등을

중앙정치국 위원으로 추대하여 한동안 왕밍의 극좌 모험주의가 횡행하게 만들었다. 1935년 이후로 모스크바 동방노동대 총장·소련 민족식민지 문제연구소 소장 등을 역임했으나 1938년 스탈린의 대숙청 기간에 피살되었다.

**388** 왕밍(王明: 1904~1974): 중국의 혁명가이자 정치가. 본명은 천사오위(陳紹禹), 자는 루칭(露淸)이며 안훼이 성 진자이(金寨) 사람이다. 1925년 중국공산당에 가입하고 중앙정치국 위원·장강국(長江局) 서기 등에 임명되었다. 1930년 소련에서 귀국한 후로는 리리싼(李立三) 노선과 대립하면서 코민테른의 지원으로 제6차 사중전회에서 당 중앙의 영도권을 장악하였다. 그 후로 1934년까지 교조적·친소적인 극좌 모험주의 정책을 시도하다가 실각하였다. 1955년 지병 치료를 이유로 소련으로 건너가 저술활동을 통하여 마오쩌둥을 공격했으며 1974년 3월 27일 모스크바에서 죽었다.

**389** 리리싼(李立三: 1899~1967): 중국의 혁명가이자 정치가. 후난 성 리링 사람으로 본명은 리룽즈(李隆郅)이며 리넝즈(李能至)·리청(李成)·뷔산(柏山)·리밍(李明)·리민란(李敏然) 등의 가명을 사용하였다. 1919년 9월 '근공검학(勤工儉學)' 유학생의 일원으로 프랑스에 유학한 후 1921년 귀국과 함께 중국공산당에 가입하고 노동운동의 지도자로 활동하였다. 중화인민공화국이 수립된 후에는 중국공산당 중앙 공작위원회 서기·중화전국총공회 부주석 등을 역임했으나 문화대혁명 기간 동안 잔혹한 박해를 당하고 1967년 6월 22일 베이징에서 억울하게 죽음을 당하였다. 1980년 3월 20일 중국공산당의 결의에 따라 명예를 회복하였다.

**390** 《중국공산당사 대사연표》, 인민출판사, 1987, pp.80~81.

**391** 《중국공산당 중앙문서선집(中共中央文件選集)》, 중앙당안관(中央檔案館) 엮음, 제7권, 중공중앙당교(中共中央黨校)출판사, 1991, p.75.

**392** 천슈량(陳修良: 1907~1998): 중국의 여성 혁명가이자 정치가. 저장 성 닝뷔(寧波) 사람이다. 1926년 중국공산주의청년단(中國共産主義靑年團, 약칭 '공청단')을 거쳐 다음해에 중국공산당에 가입하였다. 소련 모스크바 중국노동자 공산주의대학교를 졸업하고 크고 작은 직책을 두루 역임하였다.

**393** 《판한녠의 비범한 일생》, 상하이사회과학원출판사, 1989, p.16.

**394** 《코민테른, 소련공산당(볼셰비키)과 중국혁명 문서자료총서》, 제10권, 중국문헌출판사, 2002, p.42.

**395** 인푸(殷夫: 1910~1931): 중국의 시인이자 혁명가. 저장 성 샹산(象山) 사람으로 본명은 쉬바이(徐白), 어릴 때 이름은 뷔팅, 학생 시절 이름은 쭈화·원슝(文雄)이며 '바이망(白莽)'으로 불리기도 하였다. 이 밖에 필명으로는 쉬인푸(徐殷夫)·바이망(白莽)·원슝바이(文雄白)·런푸(任夫)·인푸(殷孚)·사페이(沙菲)·사뤄(沙洛)·뤄푸(洛夫)·Lven 등을 사용하였다. 중국공산당원으로 리웨이썬과 마찬가지로 룽화 경비사령부에서 처형당하여 "좌련의 다섯 열사"로 일컬어진다.

**396** 아잉(阿英): 중국의 작가이자 문예이론가인 첸싱춘(錢杏邨: 1900~1977)을 말한다. 안훼이 성 우후(蕪湖) 사람으로 본명은 첸더푸(錢德富)이며 첸첸우(錢謙吾)·장뤄잉(張若英)·롼우밍(阮無名)·잉준(鷹隼)·웨이루훼이(魏如晦) 등의 필명을 사용하였다. 1926년 중국공산당에 가입한 후 상하이에서 혁명문예활동에 투신하여 장광츠(蔣光慈) 등과 함께 태양사를 결성하고 《태양월간》·《해풍주보(海風週報)》 등의 편집에 참여하였다. 항일전쟁 기간 동안에는 《구망일보(救亡日報)》의 편집위원·《문헌(文獻)》의 편집장을 맡기도 하였다.

**397** 태양사(太陽社): 중국의 현대문학 동인단체. 1927년 가을 좌익 성향의 장광츠(蔣光慈)·첸싱춘·홍링페이(洪靈菲) 등의 주도로 상하이에서 결성되었다. 1928년 1월부터 동인지인 《태양 월간(太陽月刊)》을 발행하여 혁명문학을 제창했으며 1930년 중국좌익작가연맹이 결성되면서 자진 해산하였다.

**398 페퇴피**(Petőfi Sándor: 1823~1849): 헝가리의 국민 시인. 소도시인 키슈쾨뢰시에서 소상인의 아들로 태어났다. 15세 때 부친의 사업 실패로 형편이 어려워지자 국립극장의 단역 배우가 되었다가 군대에 지원했고 군 복무 후에는 귀국하여 파퍼의 친구 집에서 기숙하면서 대학에 진학하였다. 1844년 발표한 첫 시집이 큰 반향을 불러일으켰으며, 자유를 갈구하는 그의 열정이 당시 헝가리 사회에 유행하던 내셔널리즘과 결합되면서 잇달아 발표된 시집들도 차례로 성공하면서 국민적인 시인으로 부상하였다. 1848년의 페슈트 봉기 때 〈궐기하라, 마자르 인들이여〉라는 자작시를 낭독하고 헝가리 독립을 위한 전쟁에 투신해 싸우다가 이듬해에 전사하였다.

**399 레클람 세계문고**(Reclam's Universal-Bibliothek): 세계적인 명성을 가진 독일의 문고판 총서. 1828년 레클람(Reclam)이 독일의 라이프치히에 레클람 출판사를 설립하고 1867년부터 아들과 함께 출판하기 시작하였다. 독일을 위시하여 세계 각국의 문학·철학·종교·미술·음악·정치·법학·경제·역사·지리·자연과학 등 다양한 분야의 명작들을 염가로 공급하겠다는 경영 방침이 큰 인기를 얻으면서 제2차 세계대전 이전에 이미 약 7,500종의 책을 출판하여 세계 최고 기록을 세웠다. 현재까지 동서 고금의 명저를 9,000종 이상을 소개했다고 한다.

**400 《체제팅 잡문 말편**(且介亭雜文末編)》: 루쉰의 잡문집. 상하이의 싼셴 서옥(三閑書屋)이 1936년도에 지어진 루쉰의 잡문 35편을 엮어 출판하였다. '체제(且介)'는 '조계(租界)'의 두 글자에서 각각 '화(禾)'와 '전(田)'을 없앰으로써 루쉰이 암울한 반식민(열강)·반봉건(국민당) 상태의 중국을 나타내는 상징적인 영역인 조계의 존재를 거부하면서 중국의 '쌀'과 '땅'을 제국주의에게 빼앗기기를 원하지 않는 자신의 민족주의 정신을 표방하기 위하여 사용했다고 알려져 있다. "체제팅"은 해당 잡문들이 이같은 상징성을 가진 조계의 정자에서 지어진 것임을 나타낸다.

**401 러우스**(柔石: 1902~1931): 중국의 문학가이자 혁명가. 저장 성 닝하이(寧海) 사람으로 본명은 자오핑푸(趙平復)이다. 1923년 항저우 제1사범학교를 졸업한 후 가정형편 때문에 이듬해에 츠시(慈溪) 현내의 푸디(譜迪) 소학의 교사가 되었다. 1925년 베이징대 강의를 청강하다가 1927년 여름 귀향하여 중학교 교사로 있다가 나중에 닝하이 현 교육국의 국장에 임명되었다. 1928년 닝하이의 군중폭동의 실패로 닝하이 중학이 폐교되자 단신으로 상하이에 머물면서 문학활동에 종사하다가 루쉰과 인연을 맺었다. 같은 해 12월 루쉰과 조화사(朝華社)를 결성하고 《어사》의 편집작업에 참여하면서 《세자매(三姉妹)》·《2월(二月)》 등, 혁명 전후의 젊은이들의 고민과 희망을 다룬 소설들을 차례로 발표하였다. 1930년 좌련에 가입하고 집행위원에 임명된 후 5월에 중국공산당에 가입하였다. 그 후 좌련 대표의 자격으로 전국 소비에트 구역 대표대회에 참석했으나 1931년 1월 17일 국민당 당국에 체포되고 2월 7일 처형되었다.

**402 방효유**(方孝儒: 1357~1402): 중국 명대 초기의 학자이자 정치가. 자는 희직(希直)·희고(希古)이며 호는 손지(遜志)로 절강성 영해(寧海) 사람이다. 어릴 때부터 총명하여 하루에 읽는 책의 두께가 한 치나 되어서 고향 사람들이 그를 '어린 한유(小韓愈)'라고 불렀다고 한다. 평소 왕도(王道)를 밝히고 태평성대를 이룩하는 것을 자신의 소임으로 여기고 시강학사(侍講學士)로 있으면서 충심을 다하여 황제로부터 두터운 신임을 받았다. 1402년 나중에 제3대 황제 영락제(永樂帝)가 되는 연왕(燕王) 주체(朱棣)가 조카인 건문제(建文帝)의 황위를 찬탈한 후 황제로 즉위한 후 천하에 내리는 조서(詔書)를 작성하게 하자 붓을 내던지며 거부하였다. 노한 주체는 그는 물론이고 그의 9족, 나아가 그 지인과 제자까지 10족 870여 명을 주살하고 여자들은 모두 종으로 만들었다. 생전에 한중부(漢中府)에서 교수(教授)에 임명되었을 때 그 지역을 다스리던 헌왕(獻王)이 그의 서재에 '정학(正學)'이라는 이름을 내려서 '정학 선생'으로 불리기도 하였다.

**403 징헝이**(經亨頤: 1877~1938): 중국 근대의 교육자이자 서화가. 자는 즈위안(子淵), 호는 스찬(石

禪·이위안(頤淵)으로 저쟝 성 상위(上虞) 사람이다. 1902년 일본에 유학한 후 귀국하여 저쟝 관립 량지 사범학당(兩級師範學堂) 설립에 참여하였다. 신해혁명 후 교장을 맡는 한편 저쟝 성 교육회의 회장을 맡았다. 5.4 운동이 일어나자 애국민주투쟁에 나선 학생들 편에 서서 신문화운동을 창도하고 교육제도를 대담하게 개혁하다가 기득권 세력의 방해와 압력으로 교장직을 사퇴하였다. 1925년부터는 국민혁명에 참여하여 국민정부의 상무위원 등의 공직을 두루 역임했으나 쟝졔스에게는 비판적이었다.

**404** 쿠리야가와 하쿠손(廚川白村: 1880-1923): 일본의 문학평론가. 일본 교토에서 태어나 1904년 도교제국대 영문과를 졸업하고 1912년《근대문학 10강(近代文學十講)》을 저술하여 이름이 알려졌다. 1915년 일본 문부성(文部省)의 지원으로 해외에 유학을 다녀온 후 1919년 박사학위를 받고 도교제국대 교수가 되었다. 1923년 관동대지진으로 가마쿠라(鎌倉)에서 죽었다. 저서로는《상아탑을 나와서》·《근대연애관》·《고민의 상징》등이 널리 알려져 있다.

**405** 조화사(朝華社): 중국의 현대문학단체. 1928년 러우스·왕팡런(王方仁)·췌이전우(崔眞吾) 등의 문학청년들이 루쉰의 도움으로 결성했으며 1928년 2월 6일부터《조화주간(朝華週刊)》을 발행하였다. 루쉰이〈잊었던 기념을 위하여〉에서 밝힌 바에 의하면 조화사는 강인하면서도 소박한 "동유럽과 북유럽의 문학을 소개하고 외국의 판화를 수용하는 데에 그 목적이 있었다."

**406** 리지예(李霽野: 1904-1997): 중국의 작가·번역가이자 정치가. 루쉰의 제자로 안훼이 성 훠츄(霍邱) 사람이다. 1925년 미명사에 가입해서 활동하면서 루쉰과 인연을 맺어 1927년 옌징대에서 수학할 때에는 루쉰이 학비를 도와주기도 하였다. 콩더학원·허베이 여자사범학원·푸런(輔仁)대·타이완대 등에서 교편을 잡았으며 중화인민공화국 수립 후에는 난카이(南開)대 교수·톈진시 문화국 국장 등을 역임하였다.

**407**《삼한집(三閑集)》: 루쉰의 잡문집. 루쉰이 1927-1929년 사이에 지은 잡문 34편을 책으로 엮은 것이다. 창조사·태양사가 루쉰과 격렬한 논쟁을 벌이고 있던 1928년 창조사의 회원이던 청팡우(成仿吾)가 루쉰을 두고 "화려한 양산 아래에 앉아서 자신의 소설이나 옛 이야기 따위나 깨작거리고 있다."라는 비아냥과 함께 그 잡문들을 "그것이 긍지로 삼는 것은 한가하고 한가하고 또 한가하다는 것 뿐"이라며 그 가치를 평가절하하였다. 그러자 루쉰은 그의 독설을 보란 듯이 자신의 문집 제목으로 활용하였다.

**408**《루쉰 연구자료》, 제7집, 톈진인민출판사, 1980, p.51.

**409** 같은 책, 제7집, p.52.

**410**《쉬에평문집》, 제4권, 인민문학출판사, 1985, p.533.

**411** 같은 책, 제4권, p.534.

**412** 펑컹(馮鏗: 1907-1931): 중국의 작가이자 혁명가. 광둥 성 차오저우(潮州) 사람으로 '링메이(嶺梅)'라는 이름으로도 불렸다. 가난한 교사 부모의 딸로 태어나 1926년 산터우 좌련중학(汕頭左聯中學)을 졸업하고 시골 소학교에서 교사로 있다가 1929년 봄 상하이로 가서 5월 중국공산당에 가입하면서 직업 혁명가의 길을 가게 된다. 1930년 좌련에 가입한 후 5월 러우스 등의 대표와 함께 중국 소비에트 구역 대표대회에 참석했으나 1931년 러우스·후예핀·리웨이썬·인푸 등과 체포된 후 2월 7일 함께 처형되었다.

**413**《중국의 군가(Battle Hymn of China)》: 아그네스 스메들리가 지은 르포문학 작품. 자서전의 형식으로 그녀가 중국 대륙에서 진행되고 있는 항일전쟁과 새로운 소비에트 정권에 관한 견문과 생각들을 생생하게 기술하고 있다. 영문판은 이미 1943년에 출판되었으나 중국어판은 여러 가지 정치적인 문제 때문에 1985년에 비로소 출판되었다.

414 아그네스 스메들리 저, 쟝펑(江楓) 역, 《중국의 군가》, 작가출판사, 1986, p.88.

415 리웨이썬(李偉森: 1903~1931): 중국의 문학가이자 혁명가. 후베이 성 우창(武昌) 사람으로 학생 시절 이름은 궈웨이(國緯), 자는 베이핑(北平)이며 '리츄스(李求實)'는 필명이다. 1922년 중국공산당에 가입하여 《일일신문(日日新聞)》의 편집장을 맡았다. 1924년 소련으로 건너가 수학한 후 1925년 귀국하여 공산주의청년단 광둥지구 선전부장·동 청년단 후난 성위원회 서기·동 청년단 중앙선전부장 및 남방국 서기 등을 역임하였다. 1931년 1월 17일 둥팡호텔에서 국민당 당국에 체포된 후 1931년 2월 7일 상하이 룽화 경비사령부에서 처형되었다. 보통 "좌련의 다섯 열사" 중 한 사람으로 일컬어지지만 실제로는 유일하게 정식으로 가입한 일이 없다.

416 윈다이잉(惲代英: 1895~1931): 중국의 혁명가이자 정치가. 후베이 성 우창(武昌) 태생으로 학생 시절부터 우한 지역 5.4 운동의 주요 지도자의 한 사람으로 꼽힐 정도로 혁명운동에 적극적으로 참가하였다. 1920년 이군 서사와 공존사(共存社)를 설립하고 새로운 사상·문화 및 마르크스주의를 전파하는 데에 노력하였다. 1921년 중국공산당에 가입하고 1923년 상하이대 교수를 지냈으며 같은 해 8월에는 중국사회주의청년단 중앙위원·선전부 부장 등을 역임하기도 하였다. 1931년 2월 변절자의 밀고로 국민당 당국에 체포되어 난징 감옥에서 살해당하였다.

417 추수 봉기(秋收起義): 중국 민국시기에 중국공산당이 일으킨 3대 봉기 중의 하나. 1927년 8월 18일 개편을 마친 중국공산당 후난 성 위원회는 창사 교외에서 회의를 소집하고 토론을 거쳐 추수 봉기를 모의하였다. 이 자리에서 마오쩌둥은 그 유명한 "총구에서 정권이 만들어진다[槍杆子裏頭出政權]"라는 말을 하면서 이 회의에서는 국민당과 철저하게 결별하고 중국공산당의 이름으로 대중을 끌어모으고 그 역량을 창사를 거점으로 한 이 지역에서의 무장봉기에 집중시키기로 결의하였다. 9월 초에 작전회의를 마치고 봉기 준비를 마친 마오쩌둥은 9월 9일 당초의 계획대로 후난 성과 쟝시 성의 경계지역에서 노동자·농민·그리고 일단의 비적들로 구성된 혁명군(홍군)을 이끌고 무장봉기를 일으키는 데에 성공한다.

418 아그네스 스메들리, 《중국의 군가》, p.88.

419 후예핀(胡也頻: 1903~1931): 중국의 작가이자 혁명가. 푸젠 성 푸저우(福州) 사람으로 본명은 후충쉬안(胡崇軒)이다. 어려서 사숙에서 수학한 후 금은방 도제로 있다가 가족에 의하여 톈진 따구커우(大沽口)의 해군학교로 보내져 기기 제작을 배운 후 다시 베이징으로 가서 대학시험을 보았으나 불합격하자 베이징·옌타이(烟臺) 등지를 3~4년 동안 유랑하면서 소설을 창작하기 시작하였다. 1924년 여성 작가 딩링(丁玲)과 결혼하고 1928년 상하이에서 잡지 《홍과 흑(紅與黑)》의 편집장을 맡았으며 이듬해에 선총원(沈從文)과 함께 월간지인 《홍흑(紅黑)》과 《인간(人間)》을 발간하였다. 1930년 좌련에 가입하여 집행위원으로 피선되었으나 1931년 1월 17일 국민당 당국에 체포되어 2월 8일 처형되었다.

420 《유학경림(幼學瓊林)》: 아동의 한자 교육을 위하여 명대 말기에 정등길(程登吉)이 지은 책. 전체 문장이 대구로 된 변려문으로 구성되어서 암기가 용이한 데다가 내용도 다양한 분야의 사물들을 다루고 있어서 중국 고대의 백과전서로 일컬어졌다.

421 딩링(丁玲: 1904~1986): 중국의 현대 작가이자 사회운동가. 본명은 쟝웨이(蔣偉·蔣煒·蔣瑋), 자는 빙즈(冰之), 필명은 빈즈(彬芷)·총쉬안(從喧) 등이며 후난 성 린리(臨澧) 사람이다. 1936년 11월 문인으로서는 최초로 홍군의 근거지인 옌안(延安)으로 들어감으로써 당시까지 상당히 미미했던 문예운동에 새로운 바람을 불러일으켰다. 그 후로 《태양은 쌍첸 하에 비친다(太陽照在桑乾河上)》·《사페이 여사의 일기(莎菲女士的日記)》 등 중량 있는 소설들을 차례로 발표하면서 중국현대문학사에 큰 공헌을 하였다.

**422** 선충원(沈從文: 1902~1988): 중국의 작가이자 학자. 본명은 선위에환(沈岳煥), 필명은 슈윈윈(休芸芸)·쟈천(甲辰)·쉬안뤄(璇若) 등이 있으며 후난 성 펑황(鳳凰) 사람이다. 조부는 한족, 조모는 묘족(苗族), 생모는 토가족(土家族)인 가정환경의 영향으로 《변성(邊城)》 등 묘족의 문화정서를 반영하는 작품을 많이 창작해내었다. 14세 때 입대하여 후난·쓰촨·궤이저우(貴州) 등지를 전전하다가 1922년 베이징의 도서관에서 근무하던 중 지은 소설이 후스에게 인정을 받으면서 1924년에 등단하였다. 1931~1946년까지 칭따오(靑島)·시난 연합·베이징 등의 대학에서 교편을 잡았으며 중화인민공화국 수립 후로는 중국역사박물관 등에 재직하면서 중국고대사와 문물을 연구하는 데에 매진하였다.

**423** 《쉬에펑문집》, 제4권, p.201.

**424** 2월 4일 리빙중(李秉中)에게 보낸 편지.

**425** 《시멘트 그림》: 루쉰이 1930년 9월 싼셴서옥(三閑書屋)을 통하여 자비로 출판한 《메페르트 목각 시멘트 그림(梅斐爾德木刻士敏土之圖)》을 말한다. 독일의 현대 판화가인 카를 메페르트(Carl Meffert)가 사회주의 국가 소련의 건설을 다룬 소련 작가 글랏코프(F. Gladkov: 1883~1958)의 장편소설 《시멘트(Zement)》의 내용에 맞추어 제작한 판화 형식의 삽화로, 모두 10장으로 구성되어 있다.

**426** 《이심집(二心集)》: 루쉰의 잡문집. 루쉰이 1930~1931년도에 지은 잡문 37편을 엮고 끝에는 번역문인 〈현대 영화와 유산단계(現代電影與現有産階段)〉가 부록되어 있다. 1932년 10월 상하이의 합중서점(合衆書店)을 통하여 출판되었다.

**427** 쑹칭링(宋慶齡: 1893~1981): 중국의 정치가이자 인권운동가. 상하이의 목사 출신 사업가 집안에서 태어나 7세 때 상하이 중서여숙(中西女塾)에서 수학한 후 1907년 동생 쑹메이링(宋美齡)을 데리고 미국 유학을 떠나 뉴저지 주의 스미스시티 사립학교에서 영어를 배우고 다음해에 조지아 주 웨슬리언 여자대학에서 수학하였다. 1913년 졸업 후 귀국하는 길에 일본에 들러 아버지의 친구로 평소 존경하던 쑨원(孫文)을 예방하고 그의 비서를 맡으면서 본격적으로 혁명에 투신했으며, 얼마 후 가족의 반대에도 불구하고 일본으로 되돌아와 1915년 10월 25일 쑨원과 결혼하였다. 쑨원 사후에는 국민당 내 좌파의 정신적 지주가 되어 "소련과 연합하고 공산당과 연합하고 농민·노동자를 돕는다."라는 3대 정책을 고수하면서 '반공'을 표방한 매형 쟝제스와 대립하였다. 1927년 국민당 우파가 공산당원들을 대거 학살하자 이에 항거하면서 정계에서 은퇴하였다. 같은 해에 중국공산당이 난창(南昌)에서 무장봉기를 일으킨 후 저우언라이(周恩來) 등 25명과 함께 혁명위원회를 구성하고 '7인 주석단'의 한 사람으로 추대되었다. 1927년 12월, 1929년 8월 각각 국제 반제동맹(國際反帝同盟)의 명예주석으로 선출되고 세계 반파시스트위원회의 영도자들 중 한 사람이 되었다. 9.18 사변 후 유럽에서 귀국하여 쟝제스의 부저항정책을 비난하는가 하면 1932년 12월에는 차이위안페이·루쉰·양싱포·린위탕·후스 등과 함께 '중국민권보호동맹(中國民權保護同盟)'을 결성하고, 이어서 1938년에는 홍콩에서 '보위중국동맹(保衛中國同盟)'을 결성하는 등, 중국의 인권 신장과 항일투쟁·민주혁명을 위하여 헌신하였다. 일본이 패망한 후에는 '보위중국동맹'을 '중국복리기금회(中國福利基金會)'로 개편하고 문화교육 및 사회복지 사업에 종사하면서 한편으로는 중국공산당의 해방전쟁을 지원하였다. 1949년 6월에는 마오쩌둥의 친서를 받자 패색이 짙어진 국민당을 버리고 홍군이 점령한 베이징으로 가 중화인민공화국의 수립을 실현시켰다. 1951년부터 부녀연합회 명예회장, 1954년 중·소협회 회장, 인민대표대회 상임위원회 부회장 등을 역임하고, 1959년 중화인민공화국의 국가 부주석이 되었다. 그러나 쟝제스의 정책에 매번 반대로 일관한 일로 동생 쑹메이링과의 관계가 악화되어 죽을 때까지 재회하지 못하였다.

**428** 이스라엘 엡스타인(Israel Epstein: 1915~2005): 중국의 기자·저널리스트. 폴란드 바르샤바 태생의 유태인으로 어린 시절부터 중국 텐진에서 살았다. 1931년부터 영국계 신문인 《텐진 타임즈(Tienchin Times)》의 기자로 활동했고 1937년 미국 UP 통신사 기자로 국민당 종군기자가 되었으나

일본이 중국과의 전쟁에서 승리할 것으로 판단한 UP 통신사에 의하여 다른 중국 담당 기자들과 함께 해고되었다. 얼마 후 쑹칭링의 추천으로 영자신문인 홍콩일간신문사에서 편집작업을 맡는가 하면 《보위중국동맹 신문통신(China Defence League Newsletter)》을 발행하여 그녀가 주도하는 보위중국동맹 홍보에 나서기도 하였다. 1951년에는 쑹칭링의 요청으로 6년간 머물던 미국에서 중국으로 돌아와 그녀가 창간한 《중국 건설(China Reconstruction)》의 편집인을 맡았다.

**429** 이스라엘 엡스타인, 《쑹칭링-20세기의 위대한 여성》, 인민출판사, 1992, p.290.

**430** 같은 책, p.292.

**431** 같은 책, p.292.

**432** 《코민테른, 소련공산당(볼셰비키)과 중국혁명 문서자료총서》 제14권, pp.158-159.

**433** 양톈스(楊天石: 1936- ): 중국의 학자. 쟝쑤 성 둥타이(東台) 사람으로 필명으로는 쑤런(蘇人)·쟝둥양(江東陽)·우즈민(吳之民)·랑즈옌(梁之彦) 등이 있다. 1960년 베이징대 중문계를 졸업한 후 지금은 중국사회과학원의 영예학부위원(榮譽學部委員)·대학원 교수·중국사회과학원 근대사연구소 연구원·난징대 민국사 연구센터 객원교수·중국사학회 이사 등의 공직을 맡고 중국근대사·국민당사·중국문화사 관련 연구에 종사하고 있다.

**434** 사회과학문헌출판사, 2002, p.371.

**435** 《루쉰회고록 산편(魯迅回憶錄散篇)》, 하권, p.1039.

**436** 《쑹칭링이 천한성에게 보낸 서신》, 동방출판중심, 2013, p.124.

**437** 《중국공산당 역대 중앙위원 대사전》, 중공당사(中共黨史)출판사, 2004, pp.239-240.

**438** 인민출판사, 1981, pp.91-92.

**439** 사오쉰메이(邵洵美: 1906-1968): 중국의 작가·번역가이자 출판가. 상하이의 명문 집안 출신으로 1923년 초 상하이 난양 노광학교(南洋路礦學校)를 졸업한 후 유럽으로 건너가 영국 케임브리지대에서 영국문학을 전공하고 1927년 귀국하였다. 신월파(新月派) 시인으로 활동하면서 유미주의적인 시를 많이 지었으며, 1928년 금옥서점(金屋書店)을 설립하고 《금옥월간(金屋月刊)》을 발행하는가 하면, 1930년 11월에는 국제 펜클럽 중국 분회가 개설되자 이사로 당선되었다. 1933년부터 각종 잡지의 편집과 함께 창작에 매진했으며, 1936-1937년에는 반월간 《논어》의 편집을 지휘하기도 하였다. 루쉰은 신월파와의 논쟁 과정에서 "사오 공자께서는 부유한 장인도 있고 부유한 사모님도 있어서 결혼 지참금을 문학활동을 위한 종잣돈으로 쓰신다."는 식으로 여러 차례 그를 공격한 바 있다.

**440** 염보(臉譜): 중국 전통극에 등장하는 극중인물들의 무대화장을 그림으로 표현한 것. 국내에서 '경극(京劇)' 등 중국 전통극을 소개하는 도서나 학자들은 거의 99%가 '염보'를 '검보'라고 표기하는 경향이 있는데 무지의 소치이다. '검(臉)'은 부수가 '눈 목(目)'으로 '하안검(下眼瞼, 아랫눈꺼풀)·상안검(上眼瞼, 윗눈꺼풀)' 식으로 '눈꺼풀(eyelid)'을 뜻하는 반면, '염(臉)'은 부수가 '고기 육(肉, 즉 月)'으로 '얼굴(face)'을 뜻하기 때문에 엄연히 다른 글자·다른 의미이다.

**441** 장뤄구(張若谷): 중국 근대의 문학평론가. 벨기에에 유학하여 정통 서양식 고등교육을 받았으며 귀국 후에는 상하이에서 활동하면서 《이국정조(異國情調)》·《문학생활(文學生活)》 등을 저술하여 유럽 특히 프랑스의 현대문학과 일상을 적극적으로 소개하였다.

**442** 키무라 키(木村毅: 1894-1979): 일본의 저명한 작가이자 기자·평론가. 1933년 2월과 1937년에 취재 차 상하이를 방문하였다. 메이지(明治) 시대 문화사 연구가로도 유명하다.

**443** 《루쉰전집》, 제4권, pp.508-511.

444 《쑹칭링이 천한성에게 보낸 서신들》, pp.122-123.

445 《인민중국(人民中國)》: 중국 정부기관이 대외 홍보를 위하여 발행하는 종합 정간물. 1953년 6월 베이징에서 창간되었으며 일본어로 발행되고 있다.

446 같은 책, p.129.

447 《루쉰연구자료》, 제12집, p.81.

448 《루쉰전집》, 제5권, p.69.

449 같은 책, 제4권, p.522.

450 세 번째 부류의 인간(第三種人): 중국현대문학사에서 신월파(新月派)에 이어 출현한 1930년대의 문예 유파. 1931년 《문화평론(文化評論)》에 〈아꺼우 문예기(阿狗文藝記)〉를 발표하고 예술지상주의를 표방한 후츄위안(胡秋原: 1910-2004)은 "예술을 정치에 종속된 일종의 축음기로 타락하게 만든다면 그런 자들은 예술의 반역자들"이라면서 문예를 프롤레타리아라는 특정 계급이 지배하거나 문예가 프롤레타리아 계급혁명을 위하여 봉사해야 한다는 당시 문단의 논리에 반대하고 나섰다. 그러자 얼마 후 그 주장을 지지하고 나선 쑤원(蘇汶: 1907-1964)은 "문학을 끌어안고 죽어도 손을 놓지 않겠다."면서 스스로 "세번째 부류의 인간"으로 자처하였다. 즉, 당시 국민당을 지지하는 우파와 공산당을 지지하는 좌파가 자신들의 주장만 내세우고 반대파를 공격하기에만 급급하던 당시의 문단 풍토를 거부하고 계급을 초월하여 철저하게 순수 문예를 추구하겠다고 선언한 것이다. 그러나 쑤원의 이 같은 주장은 루쉰을 위시하여 펑쉬에펑·취츄바이·저우양(周揚) 등의 좌파 혁명작가들로부터 "부르주아 우파를 대변하고 있다."는 공격을 받아야 하였다. 당시 루쉰은 〈"세번째 부류의 인간"을 논한다〉 등의 글을 통하여 쑤원을 겨냥하여 "계급이 존재하는 사회에서 계급을 초월한 작가가 되려고 들고, 전투가 벌어지고 있는 시대에 살면서 전투를 떠나 홀로 있으려고 든다면, … 이런 자들은 사실상 마음이 만들어낸 환영일 뿐 현실세계에는 존재하지 않는 자들이다."라면서 신랄한 비판을 퍼부었다.

451 《루쉰전집》, 제4권, p.546.

452 《루쉰전집》, 제5권, p.236.

453 《쑹칭링이 천한성에게 보낸 서신들》, p.129.

454 《쑹칭링 서신집》, 상권, 인민출판사, 1999, pp.79-80.

455 《쉬에펑문집(雪峰文集)》, 제4권, 인민문학출판사, 1985, p.504.

456 《위마니떼(Humanite)》: 프랑스 공산당 기관지. 그 이름은 영어로는 '휴머니티(humanity)'이므로 '인류애' 또는 '인도주의'로 풀이된다.

457 바양 꾸뛰리예(Vaillant-Couturier: 1892-1937): 프랑스의 시인·소설가이자 정치가. 1919년 전쟁에 반대하는 참전군인회를 설립하고 참전 경험을 가진 동료 앙리 바르뷔스(Henri Barbusse)와 함께 《클라르테(Clarté)》를 창간하였다. 얼마 후 사회당 국회의원으로 선출된 후 1920년 수바린·롱게와 함께 프랑스 공산당을 창건하였다. 1924년 공산당 소속으로 국회의원에 재선되었다.

458 《쉬에펑문집》, 제4권, p.503.

459 카타야마 센(片山潛: 1859-1933): 일본의 노동운동가. 빈농의 아들로 태어나 초등학교 교사·인쇄공 등으로 일하다가 1884년 미국으로 건너가 고학으로 존스홉킨스대·예일대에서 수학하였다. 그 과정에서 미국 노동총동맹(AFL)의 활동을 직접 지켜보고, 독일 사회주의자 F.라살의 전기를 읽으면서 노동운동과 사회주의에 관심을 갖게 되었다. 귀국 후에는 '직공의용회(職工義勇會)'를 조직하여 노조

운동을 이끌다가 도쿄 시전(市電) 파업의 배후인물로 지목되어 체포되었다가, 미국에 망명한 후 1917년 10월 러시아 혁명의 영향으로 공산주의자가 되었다. 1919년 뉴욕에서 일본 공산주의자 그룹을 결성한 후 1921년 모스크바로 건너가 1922년 제1회 극동 제민족대회에 참석하고 코민테른 상임 집행위원으로 선출되어 아시아 각국의 공산주의 운동과 일본공산당의 결성을 간여하였다. 1927년에는 코민테른의 전위조직인 국제반제동맹(國際反帝同盟)을 조직하고 국제혁명운동 희생자 구원회의 부위원장을 맡았으며 사후에는 레닌의 유해와 함께 크렘린 벽에 안장되었다.

**460** 앙리 바르뷔스(Henri Barbusse: 1873-1935): 프랑스의 소설가. 처음에는 저널리스트로 활동하다가 1908년 사회에서 소외된 사람들의 비참한 모습을 사실적으로 그린 《지옥》이 인기를 모으면서 세인들의 주목을 받았다. 제1차 세계대전이 발발하자 병든 몸을 무릅쓰고 참전한 후 인도주의적인 입장에서 《포화(砲火)》를 지어 1916년 공쿠르 상을 수상하였다. 나중에는 소련의 공산혁명을 지지하면서 《레닌》(1934)·《스탈린》(1935) 등 일련의 정치색이 강한 저서를 내었다. 그 후 소련 방문 도중에 모스크바에서 객사하였다.

**461** 《쉬에펑문집》, 제4권, p.504-505.

**462** 같은 책, 제4권, p.505.

**463** 우치야마 간조(內山完造: 1885-1959): 루쉰과 관계가 막역했던 일본인 출판가. 일본 오카야마(岡山) 출신으로 12세 때부터 오사카·교토의 상점에서 점원으로 일하다가 1913년 "대학 안약" 본점인 산텐도(參天堂)의 상하이 지점 직원으로 파견되었다가 1916년 결혼과 함께 중국으로 건너와 1916-1947년까지 중국에 거주하면서 우치야마 서점(內山書店)을 경영하였다. 중국인이 경영하는 서점에서는 구할 수 없는 공산주의 관련서들도 함께 취급하여 일본인뿐만 아니라 중국의 지식인·청년들도 중요한 고객층을 이루었다. 1927년 10월 루쉰이 상하이에 정착한 후로는 그와 막역한 사이가 되어 그가 저술하거나 출판하는 책을 대리판매 하는가 하면 그가 정치적으로 위기에 처했을 때에는 은신처를 마련해 주기도 하였다. 루쉰 사망 후 장례위원회 위원을 맡았고 《대루쉰전집(大魯迅全集)》의 편집고문으로 위촉되기도 하였다. 일본이 패망한 후에는 국민당 당국에 의하여 '적국 교민'으로 분류되어 강제 추방되고 서점은 '적산'으로 간주되어 몰수 당하였다. 말년에는 도쿄에서 중일 양국의 우호를 위하여 노력하다가 베이징 방문 도중 병사하여 상하이 만국공묘(萬國公墓)에 묻혔다. 중국식 이름은 '우치산(鄔其山)'이다. 과거에는 그가 일본의 간첩이었다는 주장이 제기되기도 하였다.

**464** 《루쉰전집》, 제5권, p.287.

**465** 샤오쥔(蕭軍: 1907-1988): 중국의 작가. 본명은 류홍린(劉鴻霖), 필명은 싼랑(三郎)·톈쥔(田軍)이며 랴오닝 성 이셴(義縣) 사람이다. 가정형편 때문에 소학교를 다니다가 1925년 입대하여 견습관·무술조교 등을 맡다가 1932년 하얼빈에서 '싼랑'이라는 가명으로 정식으로 등단하였다. 창작활동과 동시에 중국공산당의 지하당원·진보 성향의 청년들과 함께 문예활동에 참가하였다. 1940년부터 5년간 옌안에서 중화전국문예계 항전협회(옌안 분회)의 이사·루쉰 연구회의 주임간사·루쉰 예술학원 교원·《문예일보》 편집장 등을 지냈으며, 일본 패망 후에는 문예 연구 및 창작에 종사하였다. 문화대혁명 기간에는 정치적으로 박해를 당하여 8년간 옥중생활을 한 후 '4인방'이 실각한 후 다시 문단으로 돌아왔다.

**466** 샤오훙(蕭紅: 1911-1942): 중국의 여성 작가. 본명은 장슈환(張秀環)·장나이잉(張廼瑩), 필명은 샤오훙·챠오인(悄吟)·링링(玲玲)·톈디(田娣)이며 헤이룽장 성 하얼빈 사람이다. 지주 집안에서 태어나 어려서 생모를 여의고 1932년 샤오쥔과 인연을 맺었다. 1933년 '챠오인'이라는 필명으로 등단한 후 1935년 루쉰의 도움으로 《생사의 현장(生死場)》을 발표하면서 '샤오훙'을 필명으로 쓰기 시작하였다.

폐결핵과 악성 기관지 확장으로 홍콩에서 31세의 나이로 병사하였다.

**467** 마오뚠(茅盾: 1896-1981): 중국의 작가·평론가이자 사회활동가. 저쟝 성 쟈싱(嘉興) 사람으로 본명은 선더홍(沈德鴻), 자는 옌빙(雁冰)이며, 필명으로는 가장 유명한 '마오뚠'과 함께 랑쑨(郎損)·쉬안주(玄珠)·팡비(方璧)·즈징(止敬)·푸라오(蒲牢)·웨이밍(微明)·중팡(仲方)·밍푸(明甫) 등이 있다. 개명된 가정에서 태어나 어려서부터 신식교육을 받아 베이징대 예과에 진학하였다. 졸업 후에는 상무인서관으로 들어가 5.4 신문화운동 기간 동안 중국 문예개혁과 혁명문예운동에 적극적으로 참가하였다. 1981년 3월 14일 지병이 위중해지자 원고료 25만 위안을 출연하여 '마오뚠 문학상'을 만들고 후배 작가들의 장편소설창작을 장려하였다.

**468** 《루쉰회고록 산편》, 중권, p.702.

**469** 리례원(黎烈文: 1904-1972): 중국의 작가·번역가이자 교육자. 리웨이커(李維克)·린취(林取)·류쩡(六曾)·이쩡(亦曾)·주루밍(朱露明) 등의 필명이 있으며 후난 성 샹탄(湘潭) 사람이다. 1922년 상무인서관에 입사하고 1926년 첫 번째 소설집을 출판하였다. 같은 해에 일본에 유학하여 외국문학작품을 번역하다가 이듬해에 프랑스로 건너가 파리대 대학원에서 석사학위를 취득하였다. 1932년 귀국 후에는 《신보》 '자유담'의 편집장을 맡아 루쉰·마오뚠 등 좌익 작가들이 당시의 병폐를 고발한 잡문들을 발표하게 해 주었으며 1935년에는 루쉰 등과 함께 역문사(譯文社)를 결성하기도 하였다. 1936년에는 《중류(中流)》 잡지의 편집장을 맡아 문예계에서 항일민주통일전선을 구축하는 데에 적극 협력하였다. 중국이 공산화 된 후에는 타이완대 외문계(外文系)에서 교편을 잡았다.

**470** 쉬광핑, 《루쉰회고록 전문저술(魯迅回憶錄 專著)》, 상권, pp.392-393.

**471** 《루쉰회고록 산편》, 하권, pp.1039-1040.

**472** 《쑹칭링이 천한성에게 보낸 서신들》, p.122.

**473** 《루쉰·쉬광핑 소장서신선집》, 후난문예출판사, p.193, 1987.

**474** 선쥔루(沈鈞儒: 1875-1963): 중국 근현대의 정치가. 쟝쑤 성 쑤저우(蘇州) 태생으로 자는 빙푸(秉甫), 호는 헝산(衡山)이다. 청나라 말기 진사 출신으로 1905년 일본으로 유학 가서 호세이대(法政大)에서 수학하고 1908년 귀국한 후 신해혁명에 가담하였다. 1912년 중국동맹회에 가입한 후에는 새로운 도덕과 문화를 제창하는 글을 써서 5.4 운동을 지지하였다. 1930-40년대에는 애국항일운동에 적극적으로 참여하면서 한편으로는 쟝제스의 독재에 반대하고 공산당을 포용하는 입장을 견지하였다. 1945년 일본이 패망하자 중국인민구국회(中國人民救國會)의 주석으로 추대되었고 중화인민공화국 수립 후에는 중앙인민정부의 최고법원 원장 등의 요직을 역임하면서 법제 정비에 기여하였다.

**475** 《쑹칭링이 천한성에게 보낸 서신들》, p.124.

**476** 《요재지이(聊齋志異)》: 중국 청대의 소설가 포송령(蒲松齡: 1640-1715)이 문언으로 지은 단편소설집. 괴담을 위주로 한 491편의 단편소설을 수록하고 있는데 소재가 광범하고 구성이 치밀하여 문언체 단편소설의 최고봉으로 일컬어진다.

**477** 차오징화(曹靖華: 1897-1987): 중국의 작가·번역가이자 교육자. 본명은 차오롄야(曹聯亞)로 허난 성 루즈(盧氏) 사람이다. 1919년 카이펑(開封) 성립 제2중학교 재학 중에 5.4 운동에 참가하고 1920년 상하이 외국어학사(外國語學社)에서 러시아어를 배운 후 1924년 중국 사회주의 청년단의 일원으로 모스크바로 파견되어 동방대에서 수학하였다. 1925년 귀국한 후에는 루쉰이 주도하는 미명사에서 활동했으며 1933년부터 대학에서 교편을 잡으면서 창작활동에 나섰다. 1987년 3월 10일 소련 레닌그라드대에서 명예 박사학위를 받았다.

**478** 차오징화, 《꽃(花)》, 작가출판사, 1962, p.135.

**479** 무한(目寒): 중국의 작가 장무한(張目寒: 1902-1980)을 말한다. 안훼이 성 훠츄(霍邱) 사람으로 일찍이 루쉰이 교편을 잡고 있던 베이징 에스페란토어 전문학교에서 수학하는 한편 루쉰이 주도한 미명사의 결성 준비작업에 참여하기도 하였다. 난징 국민당 정부에서 두루 공직을 지냈고 국민당은 물론 공산당으로부터도 존경을 받았다. 저명한 서화가인 위여우런(于右任)의 막료를 지냈으며 역시 서화로 유명한 장따첸(張大千)·황쥔비(黃君壁)·타이징농 등과도 가깝게 지냈다고 한다.

**480** 저우하이잉(周海嬰) 편, 《루쉰과 쉬광핑 소장의 서신선집》, 후난문예출판사, 1987, p.40.

**481** 베이징도서관출판사, 1988, p.609.

**482** 《루쉰전집》, 제12권, 2005, p.19.

**483** 같은 책, p.29.

**484** 같은 책, p.154.

**485** 그리고리 보이틴스키(Grigori Voitinsky: 1893-1953): 소련의 정치가. 1913년 미국에 이주한 후 사회당에 가입하고 1918년 소련으로 돌아가 러시아 공산당(볼셰비키)에 가입하였다. 1920년 1월 블라디보스토크에서 코민테른 업무를 담당했으며, 같은 해 3월 코민테른의 명령에 따라 중국에 밀사로 파견되어 4월에 베이징에서 리따자오와 접촉하였다. 이어서 상하이로 가서 당시 《신청년》 편집장을 맡고 있던 천두슈 등을 접견하고 러시아 10월 혁명의 정치적 의의와 소비에트의 상황에 대하여 자세하게 소개하는가 하면, 11월에는 쑨원과 접촉하여 중소 관계와 소비에트 제도에 관한 대화를 나누는 등 중국에서 공산당 탄생에 산파 역할을 하였다. 1921년 7월 중국공산당 창당 후에도 여러 차례 소련과 중국을 오가며 코민테른과 중국공산당의 긴밀한 협력관계를 구축하는 데에 노력했으며 중국에서는 우팅캉(吳廷康)이라는 가명과 웨이친(魏琴)·웨이진(衛金) 등의 필명으로 활동하면서 공산당과 중소 관계에 관한 글을 다수 발표하였다.

**486** 장선푸(張申府: 1893-1986): 중국의 철학자·교육자이자 정치가. 본명은 장쑹녠(張崧年)이며 허베이 성 창셴(滄縣) 사람이다. 베이징대·칭화대에 교수로 재직할 때에는 강단에서 수시로 항일운동과 공산주의를 선전할 정도로 정치적 색채가 강하였다. 중국공산당 창시자의 한 사람으로 장궈타오·저우언라이·주더(朱德) 등을 공산당에 가입시켰으며 마오쩌둥의 직속 상사였으나 나중에 정치적 견해가 달라서 탈당하였다. 1957년과 문화대혁명 기간 동안 '우파 분자'로 몰려 박해를 받다가 1979년 복권되었다.

**487** 장선푸, 《기억하는 것들(所憶)》, 중국문사(中國文史)출판사, 1993, p.17.

**488** 장궈타오(張國燾: 1897-1979): 중국의 정치가이자 중국공산당 창시자의 한 사람. 자는 카이인(愷蔭)으로 쟝시 성 핑샹(萍鄉) 사람이다. 1916년 베이징대에 진학한 후 5.4 운동에 적극적으로 참가했으며, 1920년 10월 베이징에서 공산당 창당을 위한 조직을 구축하였다. 1932년에는 후베이·후난·안훼이의 소비에트 지구로 들어가 공산당 치하의 사실상의 영도자가 되었다. 1935년 4월 쓰촨·산시(陝西)의 혁명 근거지를 포기하고 장정(長征)을 시작했으나 북상하라는 중국공산당 중앙의 결정에 반대하면서 10월 촨캉(川康)까지 남하하여 별도의 '당 중앙'을 건설하였다. 이 일로 1937년 3월 정치국 확대회의에서 비판을 받자 1938년 4월 산(시)-깐(쑤)-닝(샤) 변구(陝甘寧邊區)를 탈출하여 국민당에 투항하였다. 공산당과 결별한 후로는 국민당 편에서 반공특무활동에 참여하면서 중국공산당을 신랄하게 공격했으며 중국이 공산화 된 후에는 타이완·홍콩·미국을 거쳐 캐나다에서 일생을 마쳤다. 1966년 홍콩의 《명보월간(明報月刊)》을 통하여 1971-1974년까지 《나의 회고》를 연재하고 중국공산당 이면사를 폭로하였다.

489 동방출판사, 2004, p.81.

490 장시만(張西曼: 1895~1949): 중국의 정치가. '장바이루(張百祿)'로 부르기도 했으며 후난 성 창사 사람이다. 국민당 정부의 정치고문·입법위원 등의 공직을 두루 지내면서도 초기에 마르크스주의를 중국에 전파하는 데에도 큰 역할을 하였다. 1918년 러시아 10월 혁명의 영향을 받아 중국어로 번역한 레닌의《러시아 공산당 강령》은 1921년 중국공산당 창당 및 1924년 국민당 개각 과정에서 중요한 역할을 하기도 하였다. 1945년 일본이 패망한 후 국민당 정부로부터 "승리 훈장"을 받았고 1995년에는 중국공산당에 의하여 "항일민족영웅"으로 인정 받았다.《역사회고》는 1949년에 산둥 성 지난(濟南)의 동방서사(東方書社)를 통하여 출판되었다.

491 이펑거(伊鳳閣: 1877~1937): 소련의 중국학자. 본명은 이바노프 알렉세이 이바노비치(Иванов Алексей Иванович)이며 페테르부르크 황실 극장 배우의 아들로 태어났다. 1897년 페테르부르크대 동방학과에서 중국어-만주어를 배웠으며 1902년 중국에서 2년 동안 학업을 계속한 후 유럽으로 건너가 영국·프랑스·독일에서 학술 고찰을 한 후 귀국하여 같은 대학교에서 교편을 잡았다. 소련 외교부의 요청으로 1923년 중국으로 가서 베이징대에서 학생들을 가르치다가 1927년 귀국하였다.

492 톄제커(鐵捷克: 1892~1939): 소련의 작가 트롓야코프(С. М. Третьяков)를 말한다. 한때 베이징대에 교편을 잡고 러시아어를 가르치기도 하였다.

493 이원(伊文: 1885~1942): 소련의 문학가인 이븐(А. А. Ивин)을 말한다. 한때 베이징대에서 프랑스어·러시아어를 가르쳤으며 청대의 소설인《유림외사(儒林外史)》의 일부와 펑파이(彭湃)의《붉은 하이펑[紅色的海豐]》등을 러시아어로 번역하기도 하였다.

494《장시만 기념문집》, 중국문사출판사, 1995, p.311.

495《맹아월간(萌芽月刊)》: 중국의 현대문학 월간지. 1930년 1월 상하이에서 창간되어 광화서국(光華書局)을 통하여 발행되었으며 루쉰과 펑쉐에펑이 편집을 맡았다. 같은 해 3월 2일 좌련이 결성된 후 그 기관지의 하나로서 좌익 작가들의 글과 작품을 주로 소개하였다. 제1권 제5기까지 발행했을 때 당국으로부터 발행을 금지당했고 제6기는 제호를《신지월간(新地月刊)》으로 바꾸어 발행했으나 다시 발행을 금지당하고 만다.

496 케테 콜비츠(Kathe S. Kollwitz: 1867~1945): 독일의 여성 화가·판화가·조각가. 그림·에칭·리소그래피·목판화 등 다양한 미술 기법으로 불행한 인간들, 특히 가난과 전쟁의 피해자들을 사실적이고 애틋하게 묘사해내어 '참여예술의 선각자'로 일컬어진다. 그녀의 작품은 자연주의를 근간으로 삼고 있지만 후기에는 표현주의적 특징도 발견할 수 있다. 1930년대에 판화예술이 지닌 대중적 힘에 주목한 루쉰은 콜비츠의 작품들을 모아 자비로 작품집을 내고 평론을 써서 중국에 널리 소개하고자 애썼다. 게다가 중국의 전통적인 목판화를 부흥시키기 위하여 일본인 강사를 초청하여 강습회를 열고 자신이 직접 통역과 부연설명을 하기도 하였다.

497《루쉰전집》, 제17권, p.40.

498 장펑(江楓) 역,《중국의 군가》, 작가출판사, 1986, p.89.

499 같은 책, pp.92~93.

500《새로운 대중(The New Masses)》: 미국의 마르크스주의자들을 주요 대상으로 한 잡지. 1926~1948년까지 발행되었으며 정치적으로는 미국의 공산당과 가까운 성향을 보였다. 1929년 대공황의 도래로 미국의 사회적 분위기가 좌경화 되면서 지식인 사회에 상당한 영향을 주었다.

501《코민테른, 소련공산당(볼셰비키)과 중국혁명 문서자료총서》, 제13권, 중공당사출판사, 2007,

p.159.

502《후스내왕서신선집》, 중권, 중화서국, 1979, p.185.

503《코민테른, 소련공산당(볼셰비키)과 중국혁명 문서자료총서》, 제13권, p.345.

504《루쉰 연구자료》, 제12집, 톈진인민출판사, 1983, p.81.

505《위자유서(僞自由書)》: 루쉰의 평론집. 루쉰이 1933년 1월 말부터 5월 중순까지《신보》'자유담'에 부쳐 준 총 43편의 잡문을 책으로 엮은 것으로, 상하이의 베이신 서국이 '청광서국(靑光書局)'의 명의로 출판하였다. 루쉰은 당시 표지를 직접 디자인하고 제목 "위자유서" 아래에 "일명 '이도 저도 아닌 문집(不三不四集)'"이라고 부기하였다. 그러나 이 문집은 이듬해 2월 당국에 의하여 출판을 금지당했으며, 1936년 11월 상하이의 롄화서국(聯華書局)이 제목을《이도 저도 아닌 문집》으로 변경하여 새로 출판하였다.

506《루쉰회상록》육필본, 장강문예(長江文藝)출판사, 2010, p.123.

507《코민테른, 소련공산당(볼셰비키)과 중국혁명 문서자료총서》, 제14권, p.34.

508 같은 책, p.102.

509 캉성(康生: 1898~1975): 중국의 정치가. 산둥 성 주청(諸城) 사람으로 본명은 장쭝커(張宗可), 자는 사오칭(少卿)이며 자오룽(趙溶)·장룽(張溶)·장윈(張耘) 등의 이름을 썼다. 1925년 중국공산당에 가입한 후 장기간에 걸쳐 비밀전선 공작을 이끌었다. 1966년 후로는 린뱌오(林彪)·장칭(江靑) 등과 결탁하여 문화대혁명에 앞장섰다. 사후에 떵샤오핑 집권하면서 1980년 당적을 박탈당하고 반혁명집단의 주동자로 폄하되었다.

510 같은 책, pp.114~115.

511 같은 책, p.407.

512 스토(須藤): 루쉰의 마지막 주치의였던 스토 고하쿠싼(須藤五百三)을 말한다. 일본 제3고등의학교를 졸업한 후 일본 육군에 지원하여 조선에서 군의관으로 복무하고 1918년 중좌로 퇴역한 후 당형이 사업을 하는 상하이로 건너가 병원을 개업하였다. 루쉰의 지인이 루쉰과 알게 된 것은 동향인 우치야마 간조의 소개가 계기가 되었을 가능성이 있는데, 흥미로운 것은 스토는 동향에 우치야마 서점에서 책을 많을 때는 1달에 700~800엔 어치나 살 정도의 고객이었음에도 불구하고 정작 우치야마의 제수는 그의 병원에 가서 진료를 받는 일이 없었다고 한다. 1932년에 스토가 조선·중국 침략전쟁에 종군한 일본 퇴역군인들의 조직 "흑룡회(黑龍會)"의 상하이 지부 부회장을 맡고 있다는 사실을 지적했고 동생 저우젠런도 의사를 바꿀 것을 건의했지만 루쉰은 이를 대수롭지 않게 넘겼다고 한다. 1936년 10월 19일 55세의 루쉰이 상하이에서 사망했을 때 그는 기관지 천식과 윗병(소화불량)을 사인으로 보았다. 그러나 미국인 의사 던은 말기 폐결핵이 사인이며 만일 제때에 치료했다면 몇 년은 더 살 수 있거나 완치될 수 있었을 것이라는 의견을 제시하였다. 몇 년 전 루쉰의 아들 저우하이잉(周海嬰)은 스토가 진단 결과와 관련하여《양성만보(羊城晩報)》등에 장문의 글의 써서 일본인들의 음모로 루쉰이 죽었을 가능성이 있다고 문제를 제기한 바 있다. 반면에《루쉰의 사람들》의 저자 주정은 〈루쉰 사인 정반합(魯迅死因正反合)〉등의 글을 통하여 그보다 이전에 스토가 암살은 둘째치고 최소한 오진을 했을 가능성이 높다고 밝힌 바 있다. 실제로 스토는 조선에서 일본 육군에 복무할 때 군의관으로 있었으므로 당시 유행하던 폐결핵에 관해서는 풍부한 임상 경험을 갖고 있었을 것이다. 그런 그가 폐결핵을 기흉으로 의대 신입생도 범하지 않을 어이 없는 오진을 내렸다는 것은 그가 돌팔이 의사였거나 모종의 의도를 가지고 있지 않은 이상 도저히 이해가 되지 않는 일이다.

513 산베이(陝北): 중국 산시 성(陝西省) 북부지역.

514 《코민테른, 소련공산당(볼셰비키)과 중국혁명 문서자료총서》, 제15권, pp.271-272.

515 쑹즈원(宋子文: 1894-1971): 중국의 정치가·외교가이자 금융가. 상하이 태생으로 쑨원의 부인 쑹칭링·쟝졔스의 부인 쑹메이링(宋美齡)·콩샹지(孔祥熙)의 부인 쑹아이링(宋靄齡)의 동생이다. 일찍이 상하이의 성 요한대를 졸업하고 미국으로 건너가 하버드대에서 석사·콜롬비아대에서 박사학위를 취득하였다. 귀국한 후 1925년 국민 정부의 재정부장 등의 요직을 역임하면서 일본의 침략을 저지하고 국제사회의 경제원조를 받아내는 데에 공로를 세웠다. 1945년에는 UN에 중국 수석대표로 파견되었고 6월에는 모스크바에서 스탈린과 회담을 가지고 8월 14일 불평등한 중소우호동맹조약을 체결하였다. 1949년 홍콩을 거쳐 미국으로 이주하였다.

516 양후청(楊虎城: 1893-1949): 중국의 군인. 산시 성 푸청(蒲城)에서 농민의 아들로 태어나 1917년 쑨원이 광저우에서 '호법(護法)'을 표방하고 위안스카이의 북양 정부와 대립하자 쑨원 편에 서서 호법 전쟁에 참가하였다. 그 후에도 크고 작은 전투에 참가하여 큰 공을 세우고 17로군 총지휘(十七路軍總指揮)·육군 2급 상장(二級上將)·산시 성 주석(陝西省主席) 등을 역임하면서 산시·깐쑤 일대에서 세력을 떨쳤다. 그러나 나중에는 중앙 정부와 갈등을 빚어 비밀리에 홍군과 내통하여 쟝쉐량과 공모하여 쟝졔스를 연금한 '시안사변'을 일으켰다. 그 일로 12년 동안 감옥에 수감되었다가 1949년 9월 6일 충칭에서 피살되었다.

517 같은 책, pp.275-277.

518 《대미만보(大美晩報, Shanghai Evening Post and Mercury)》: 중국 민국시기에 발행된 영자신문. 1929년 4월 16일 미국계 신문사가 중국에 있는 미국 교민들을 대상으로 상하이에서 창간하여 서구 각국 교민들의 중국 내 활동들을 주로 보도하면서 1920-1940년대에 상당한 영향력을 행사하였다. 일본의 중국 침략이 이루어진 1930년대에는 항일 관련 글을 수시로 싣다가 집필자가 암살되기도 했고 1941년 12월 일본군이 상하이 조계를 점령한 후에는 일본군에 의하여 정간당하였다. 일본이 패망한 후 잠시 복간되었으나 1949년 5월 상하이가 홍군에게 함락된 후 반공 성향의 논조 때문에 6월에 최종 폐간되었다.

519 《짚신다리(草鞋脚)》: 루쉰이 미국인 지인 이뤄성(아이삭스)의 요청으로 마오뚠과 함께 엮은 중국 현대 단편소설집. 수록된 26편의 작품은 이뤄성 등이 영어로 번역했으나 당시에는 출판을 하지 못하고 있다가 나중에 재편집을 거쳐 1974년 미국 매사추세츠 주 이공대(MIT) 출판사를 통하여 출판되었다. 영문판의 제목은 《짚신(StrawSandals)》이다.

520 《코민테른, 소련공산당(볼셰비키)과 중국혁명 문서자료총서》, 제13권, p.135.

521 쑨이셴(孫逸仙) 부인: 쑹칭링을 말한다. '쑨이셴'은 중화민국의 국부 쑨원이며 '이셴'은 그의 자이다.

522 《코민테른, 소련공산당(볼셰비키)과 중국혁명 문서자료총서》, pp.192-193.

523 같은 책, p.345.

524 같은 책, 제14권, pp.19-23.

525 같은 책, p.26.

526 같은 책, p.34.

527 같은 책, pp.158-159.

528 같은 책, p.159.

**529** 같은 책, p.303.

**530** 같은 책, 제15권, pp.248-249.

**531** 즈웨이관(知味觀): 중국 상하이의 요릿집. 쑨이자이(孫翼齋)와 아얼(阿二)이 공동으로 출자하여 1913년 항저우에서 '즈웨이관(知味館)'이라는 상호로 처음으로 개점했는데, 나중에 입소문을 타고 유명해지자 상하이 창서우 로(長壽路)에도 분점을 열었다. 루쉰의 일기에 따르면 즈웨이관의 요리를 배달시키거나 요리사를 불러 송별연을 준비한 것으로 보인다.

**532** 잉슈런(應修人: 1900-1933): 중국의 작가. 저쟝 성 츠시(慈溪) 사람으로 자는 슈스(修士)이고 필명으로는 딩쥬(丁九)·딩슈런(丁修人) 등을 사용하였다. 5.4 운동 때부터 신체시를 창작하기 시작했으며 1922년 판뭐화(潘漠華) 등과 함께 시집《호반(湖畔)》을 출판하는 한편 소형 문학잡지의 편집장을 맡았다. 1925년 중국공산당에 가입하고 광저우 황푸(黃埔) 군관학교와 우한 국민정부 노공부(勞工部)에서 일하다가 1927년 소련으로 유학을 갔다. 1930년 귀국한 후에는 혁명문화공작에 종사하면서 "좌련" 활동에도 참여하였다. 1933년 상하이에서 국민당 특무와 격투 끝에 살해되었다.

**533** 러우스이(樓適夷: 1905-2001): 중국의 작가·번역가이자 혁명가. 본명은 러우시춘(樓錫春)이며 저쟝 성 위야오 사람이다. 일찍이 태양사(太陽社)에 가입하고 일본에 유학했다가 1931년 귀국하여 좌련 등의 문화공작에 참여하여《전초(前哨)》의 편집을 맡다가 반제동맹에 참가하였다. 1933년 체포되었고 1937년 출옥한 후로는 각종 간행물과 단체에 두루 관계하였다.

**534** 류런징(劉仁靜: 1902-1987): 중국의 번역가이자 중국공산당 초기 영도자. 후베이 성 잉청(應城) 사람으로, 자는 양추(養初)이며 '이위(亦宇)·징윈(敬雲)' 등의 이름으로도 불렸다. 1951년에는 인민출판사에서 편역작업에 종사하면서《플레하노프 철학저작》등을 저술하기도 하였다. 문화대혁명 기간에 체포되어 1966-1978년까지 감옥생활을 하였다.

**535** 리우하이성(劉海生) 역,《중국혁명의 비극》, 상하이향도서국(上海嚮導書局), 1947.

**536** 왕쮜루(王作如)·리샹둥(李向東) 편저,《딩링연보장편》, 톈진인민출판사, 2006, p.570.

**537** 야오커(姚克: 1905-1991): 중국의 저명한 번역가이자 극작가. 푸젠 성 샤먼 태생으로 본명은 야오즈이(姚志伊)·야오선농(姚莘農)이며 '야오커'는 필명이다. 동우(東吳)대를 졸업하고 1930년대 초부터 우수한 외국문학작품을 번역·소개하는 데에 전념하였다. 1932년 중국의 작가들을 세계에 소개하기 위하여 루쉰의《단편소설선집》(영역본)을 번역하면서 루쉰과 막역한 사이가 되었다. 루쉰은 야오커가 "서양 문자로 중국의 현황을 소개하고 있다."면서 그의 작업을 매우 높이 평가한 바 있다.

**538**《스노문집》, 제1권, 신화(新華)출판사, 1984, p.159.

**539** 같은 책, p.157.

**540** 같은 책, p.158.

**541** 칼튼 극장(Carlton Theater): 1922년 영국인의 투자로 상하이 황허 로(黃河路)에 건설된 극장으로 중국식으로는 '짜얼덩 대희원(卡爾登大戱院)' 또는 '짜얼덩 영시원(卡爾登影視院)'으로 불렸다. 초기에는 외국영화만 상영했으나 1935-1937년에는 '화극(話劇)'으로 불리는 신식 연극의 공연도 수시로 이루어졌다. 루쉰도 처자나 지인들과 함께 수시로 이곳을 찾아 외국영화를 즐겨 보았다고 한다.

**542** 천두슈(陳獨秀: 1879-1942): 중국의 정치가·혁명가이자 5.4 신문화운동의 창도자·중국공산당 창당의 주역. 안훼이 성 화이닝(懷寧) 사람으로 본명은 칭퉁(慶同)·첸성(乾生)이며 자는 중푸(仲甫), 호는 스안(實庵)이다. 1896년 수재(秀才)가 된 후 1897년 저쟝대(浙江大)의 전신인 항저우 구시서원(求是書院)에 진학하여 근대 서양사상문화를 접하던 중 1899년 반청 발언을 했다는 이유로 서원에

서 제명되었다. 1901년에는 반청운동을 벌이다가 검거령이 떨어지자 일본으로 망명하여 도쿄 고등사범학교 속성반에 진학하고 1903년 7월 상하이에서 장스자오를 도와 《국민일보(國民日報)》편집장을 맡았다. 1905년 다시 반청 비밀혁명조직인 악왕회(岳王會)의 총회장을 맡았으며, 1907년에는 일본 와세다대에서 수학하고 1909년 귀국한 후 저장 육군학당에서 교편을 잡았다. 1911년 신해혁명이 일어나자 안훼이 성 도독부(都督府) 비서장을 맡고 1913년에는 위안스카이 토벌을 위한 "2차 혁명"에 참여했다가 투옥되었다. 출옥 후에는 1914년 일본으로 건너가 다시 장스자오를 도와 《갑인(甲寅)》 잡지를 창간했으며, 1916년에는 베이징대 문과대학 학장을 맡았다. 1918년 리따자오와 함께 《매주평론(每週評論)》을 창간하고 신문화를 제창하고 마르크시즘을 전파하다가 1919년 6월 11일 가두시위에서 〈베이징시민께 고함(北京市民宣言)〉 전단지를 배포하다가 투옥되었다가 각계의 구명운동으로 석방되었다. 1920년에는 코민테른의 도움으로 상하이에서 공산당 발기조직을 결성하고 1921년 3월 24일 광둥에서 중국공산당을 창당했으며, 7월에는 상하이에서 개최된 중국공산당 제1차 대회에서 중앙국(中央局) 서기에 선임되고 이어서 중앙국 집행위원회 위원장·중앙 총서기 등을 역임하였다. 1927년에는 국민당에 대하여 온건한 우경화된 정책을 펼쳤다는 비판을 받고 7월 중앙국 영도자 자리를 떠났다. 그 후로는 트로츠키 파에 경도되어 당내에서 종파주의를 획책했다는 이유로 1929년 11월 "중동로 사건(中東路事件)"을 빌미로 당적을 박탈당했으며, 1931년 5월 중국 트로츠키 파 조직의 중앙 서기로 추대되었다. 1932년 10월 국민당 정부에 체포된 후에는 재판을 거쳐 난징 감옥에 수감되었다가 항일전쟁이 시작되면서 1937년 8월 출옥하여 우한·충칭을 거쳐 쓰촨 성 장진(江津)에 장기거주 하면서 문자학 등의 연구작업에 전념하다가 1942년 5월 병사하였다.

**543** 《저우쭤런 산문전집》, p.163.

**544** 〈문학개량추의(文學改良芻議)〉: 후스가 문학에서의 개혁을 호소한 글. 1916년 말 미국에 유학하고 있던 후스는 중국에서의 문학개혁의 당위성을 설파하면서 "①글에는 내용이 있어야 한다, ②옛 사람을 따라하지 마라, ③문법에 맞게 써라, ④병도 없으면서 지레 한숨 짓지 마라, ⑤판에 박힌 상투어를 없애라, ⑥전고를 쓰지 마라, ⑦대구에 집착하지 마라, ⑧속자나 속어를 쓰는 것을 꺼리지 마라"는 여덟 가지 원칙을 행동 강령으로 제시하였다. 후스가 보내온 글을 읽은 천두슈는 그 원고를 1917년 1월 당시 자신이 편집장을 맡고 있던 《신청년》 제2권 제5기에 정식으로 게재하였다. 이와 동시에 후스가 제안한 문학개혁에 동참하는 뜻에서 다음 호에 〈문학혁명론(文學革命論)〉을 발표하고 그 주장을 구체화 시켰다. 그리고 1918년 5월 루쉰이 제4권 제5기에 소설 《광인일기(狂人日記)》를 발표함으로써 중국에서의 문학혁명은 드디어 본 궤도에 오르게 된다.

**545** 〈문학혁명론(文學革命論)〉: 천두슈가 후스가 제안한 문학개혁을 성원하기 위하여 지은 글. 1917년 2월 1일 천두슈는 《신청년》 제2권 제6기에 발표한 이 글에서 후스가 〈문학개량추의〉에서 제안한 문학개혁을 서구 정치혁명사와 결부시켜 '문학혁명'으로 정의하면서 그 혁명을 효과적으로 수행하기 위하여 "①말장난·아부나 하는 귀족문학을 타도하고 평이하고 서정적인 국민문학을 건설하자, ②진부하고 나열에만 매달리는 고전문학을 타도하고 신선하고 진심어린 사실주의 문학을 건설하자, ③어렵고 난해한 산림문학을 타도하고 명료하고 대중적인 사회문학을 건설하자"고 호소하였다. 그는 이를 통하여 봉건적인 전통문학을 내용으로부터 형식에 이르기까지 철두철미하게 부정하면서 문학혁명을 정치를 혁신하고 사회를 개조하는 수단으로 활용하고자 하였다.

**546** 첸쉬안퉁, 〈저우위차이 씨에 대한 나의 추억과 평가〉.

**547** 당시 그는 린친난(林琴南)이 풍자소설 《형생(荊生)》에서 자신을 조롱하기 위하여 사용한 이름인 '진신이(金心異)'를 필명으로 사용하고 있었다.

**548** 《신청년》, 제4권 제3호.

**549** 루쉰의 이 발언은 자신은 언제나 자신의 의지에 따라 행동했으며 권력("황제의 칙명")이나 금력("금화")·폭력("진짜 지휘도")에 굴종한 적은 한번도 없었다는 뜻으로 한 것으로 이해할 수 있을 것이다.

**550** 《저우쮀런 산문전집》, 제13권, pp.11-12.

**551** 에마 나카시(江馬修: 1889-1975): 일본의 작가. 기후(岐阜) 현 다카야마(高山) 출신으로 본명 나카시(修)는 필명으로 쓸 때는 '슈(修)'로 읽는다. 초등학교 임시직 교사·구청 임시직 고용인을 거쳐 1911년 《와세다 분가쿠(早稻田文学)》에 〈술(酒)〉을 발표하면서 문단에 데뷔한 후 1916년 장편소설 《수난자(受難者)》가 베스트셀러가 되면서 명성을 얻었다. 1926년 이후로는 유럽을 다녀 온 후 《전기(戰旗)》 소속의 프롤레타리아 작가로 활동하였다. 1946년 일본 공산당에 가입했으나 1966년 탈당하였다. 한때 공산당 치하의 중국에서 가장 유명한 일본 작가였다.

**552** 《매주평론(每週評論)》: 5.4 신문화운동 시기에 《신청년》과 상호보완작용을 한 중국의 정치시사 주간지. 천두슈·리따자오가 1918년 11월 27일 장선푸·저우쮀런·까오이한 등을 불러 회의를 열고 참석자들의 지지를 얻어 1918년 12월 22일 베이징에서 창간되었다. 신문의 형태로 매주 일요일에 매주평론사를 통하여 발행했는데 제26기부터는 후스가 편집을 맡았으며 첸쉬안퉁·류반농·마위자오·선인뭐 등도 여기에 합류하였다. 제26기 이후에는 마르크스주의에 반대하고 실용주의를 선양하는 쪽으로 논조가 바뀌었으며 1919년 8월 31일 북양 군벌정부에 의하여 폐간되었다.

**553** 《저우쮀런 산문전집》, 제13권, p.535.

**554** 같은 책, 제9권, pp.608-613.

**555** 《남강북조집(南腔北調集)》: 루쉰의 잡문집. 1934년 상하이의 동문 서국(同文書局)에서 루쉰이 1932-1933년 사이에 지은 51편의 잡문을 엮어 단행본으로 출판하였다. 당시 상하이에서는 마침 '미자(美子)'라는 필명의 문인이 〈작가소묘(作家素描)〉라는 글에서 "루쉰은 연설하는 것을 무척 좋아한다. 유감스러운 점은 말을 좀 더듬는 데다가 '남쪽 사투리에 북쪽 억양(남강북조)'이라는 것이다."라고 우회적으로 공격하였다. 루쉰은 그 같은 공격에 대하여 "나는 살살 녹는 쑤저우 말도 할 줄 모르고 우렁찬 베이징 말도 할 줄 모르니 억양에도 맞지 않고 근본도 없으니 '남쪽 사투리에 북쪽 억양'이라는 건 맞는 말씀이다."라고 맞받아친 후 논적들이 보란 듯이 잡문집의 제목을 《남강북조집》이라고 지었다고 한다.

**556** 《우주풍(宇宙風)》: 《논어》·《인간세》를 이어서 등장한 중국의 소품문 전문 잡지. 1935년 상하이에서 창간되었으며 린위탕 등이 편집장을 맡았다. 처음에는 보름마다 한번씩 발행하는 반월간지였으나 나중에 열흘마다 발행하는 순간지로 바뀌었다. 항전기간에는 발행지를 광저우·충칭 등지로 이전하면서 발행을 계속하다가 1947년에 정간되었다.

**557** 정당: 좌련 즉 좌익작가연맹을 가리킨다. 정당에 가까워졌다는 것은 루쉰이 좌련에 가입하고 맹주로 활동하기 시작한 일을 두고 한 말이다. 이 글은 1937년 8월에 난징 감옥에서 출소한 천두슈는 11월 그에 대한 추도사를 대신하여 작성된 것이었다. 천두슈는 이보다 1년 전에도 이와 비슷한 취지의 발언을 한 것으로 전해진다. 천두슈는 1932년에 국민당 당국에 의하여 체포된 후 감옥에 수감되었는데 그가 십이지장염과 위궤양을 심하게 앓을 때 당국이 그의 간호를 위하여 몇 사람의 출입을 허용했다고 한다. 그 간호 요원의 한 사람인 쉬푸칭(許濮淸)의 회고에 따르면, 천두슈는 "나는 루쉰을 경외감을 갖게 만드는 친구로 여기고 있다. 그의 글은 날카롭고 깊이가 있으며 … 남들은 그의 단문이 비수와도 같다고 하지만 나는 그의 글이 큰 칼보다 더 뛰어나다고 생각한다. 그런 그가 말년에 문학을 포기하고 정치평론에 매달린 것은 일종의 손실이라고 하지 않을 수 없다."라고 안타까워 했다고 한다.

**558** 《천두슈 저작선편》, 제5권, p.215.

559 푸쓰녠(傅斯年: 1896~1950): 중국의 작가·교육자이자 저명한 역사학자. 산둥 성(山東省) 랴오청(聊城) 사람으로 자는 멍짠(夢簪)·멍전(孟眞)이다. 6세 때 사숙에서 공부하고 10세 때 동창부(東昌府) 부립학당에 진학한 후 11세 때 "13경(十三經)"을 모두 독파하였다. 1909년 톈진의 부립중학당에 입학하고 1913년 베이징대 예과에 합격한 후 1916년 본과 국문문(國文門)에 들어간 후에는 〈문학혁명 신신의(文學革命新申義)〉를 저술하고 후스의 〈문학개량추의〉에 호응하여 구어체의 사용을 제창하였다. 1918년 동창인 뤄자룬(羅家倫)·마오준(毛准) 등과 함께 문학단체인 신조사(新潮社)를 결성하고 《신조월간(新潮月刊)》을 발간했으며 1919년에는 학생 신분으로 5.4 신문화운동에 동참하였다. 1919년 말에는 유럽으로 건너가 영국 에딘버러대·런던대에서 실험심리학·물리학·화학·고등수학을 연구하고 1923년 베를린대 철학원에 진학하여 비교언어학 등을 전공하였다. 1926년 겨울 중산대의 초빙으로 귀국한 후 1927년 교수·문학원장과 함께 중국문학 및 역사학 두 과의 주임으로 있다가 1928년 차이위안페이의 초빙으로 중앙연구원 역사어언연구소(歷史語言研究所)를 개소하고 전임 연구원 및 소장으로 임명되었다. 1929년에는 베이징대 교수를 겸임하고 "중국상고사 주제 연구" "중국고대문학사" 등을 강의하면서 사회과학연구소 소장·중앙박물원 주비주임(籌備主任)·국민참정회(國民參政院) 참정원·정치협상회의 위원·베이징대 총장대리 등의 공직을 역임하였다. 1948년에는 중앙연구원의 원사(院士)로 선임되었으며 1949년 중국이 공산화 되자 타이완으로 가서 타이완대 총장으로 있다가 1950년 12월 20일 병사하였다. 23년 동안 역사어언연구소 소장으로 있으면서 역사학·언어학·고고학·인류학 분야의 전문 연구인력을 대거 육성하는 한편 70여 종의 학술서를 출판하였다. 주요 저술로는 《동북사강(東北史綱)》·《고대중국과 민족(古代中國與民族)》·《고대문학사(古代文學史)》·《이하동서설(夷夏東西說)》 등이 있다.

560 《푸쓰녠전집》, 제1권, 후난(湖南)교육출판사, 2003, p.136.

561 《저우쭤런 산문전집》, 제2권, p.132.

562 《푸쓰녠전집》, 제1권, p.245.

563 같은 책, 제1권, p.246.

564 같은 책, 제2권, p.248.

565 《저우쭤런 산문전집》, 제2권, p.85.

566 같은 책, 제2권, p.249.

567 같은 책, 제2권, p.283.

568 같은 책 제2권, p.174.

569 《푸쓰녠전집》, 제1권, p.214.

570 같은 책, 제1권, p.73.

571 량치차오, 《음빙실 합집(飲冰室合集)》, 제4책, 문집34, p.14.

572 《루쉰전집》, 제1권, pp.334~335.

573 선뷔천(沈泊塵: 1889~1920): 중국 근대의 만화가이자 중국 현대만화의 선구자. 본명은 쉬에밍(學明)이며 저장 성 퉁샹(桐鄕) 사람이다. 어려서부터 그림 그리기를 좋아했으나 병치레를 많이 하여 진학 시기를 놓친 후로는 독학으로 교양지식과 회화기법을 익혔다. 1909년 상하이로 가서 포목가게 점원으로 일하다가 그림 그리는 일에 뛰어 들었다. 회화에 천부적인 재능이 있어서 중국화·유화·수채화·만화에 두루 통달했는데 그 중에서도 만화에 특출하여 《대공화일보(大共和日報)》·《민권화보(民權畫報)》·《신보(申報)》·《신주화보(神州畫報)》·《신신보(新申報)》·《시사신보(時事新報)》 등 민국 초기

상하이에서 발행된 각종 신문에 작품을 발표하여 사회적으로 강렬한 반향을 일으켰다. 5.4 운동 시기에는 반제·반봉건을 주제로 한 만화를 다수 창작하여 민국 초기와 5.4 시기에 가장 특출한 만화가로 꼽혔다. 당시 선뷔천의 또 하나의 업적은 1918년 9월 1일 동생인 선쉬에런(沈學仁)·선쉬에롄(沈學廉)과 함께 중국에서 최초로 만화전문잡지인 《상하이 뷔커(上海潑克)》를 창간했다는 데에 있다. '뷔커'는 원래 영어에서 장난꾸러기 요정을 뜻하는 '퍽(puck)'을 발음대로 적은 것으로 '골계·풍자'의 의미를 내포했고 당시 영국·미국·일본 등 세계적으로 이 단어를 풍자 또는 유머잡지의 제호로 사용하는 것이 유행이었다. '상하이 퍽' 즉 《상하이 뷔커》가 《뷔천 골계화보(泊塵滑稽畵報)》라는 이름으로 불려지기도 한 것도 이 같은 이유 때문이었다. 이 잡지에 발표된 만화의 대부분은 선뷔천의 작품이 차지할 정도였는데 한번 발행되는 부수가 1만 수천 부에 이를 정도로 인기가 높았다. 《상하이 뷔커》 창간 당시 선뷔천이 ①군벌이 할거하던 당시에 국민정부와 북양정부가 협력하여 강한 통일정부를 건설할 것을 촉구하고, ②당시 국제사회에서 놀림감이 되고 있던 중국도 서구 선진국에 손색없는 훌륭한 나라임을 알리고, ③당시 부패한 중국 사회에 대해서는 신문화와 구문화를 조화시키면서 나쁜 습속에 대해서는 비판을 아끼지 않는다는 등의 3대 원칙을 제시한 것을 보면 그 역시 나름대로의 철학에 따라 창작에 임했음을 알 수 있다. 선뷔천이 《시사신보》에 푸쓰녠을 풍자한 만화를 그린 것도 엄밀하게 말하자면 신문화운동 자체를 반대해서라기보다는 너무 과격하게 전통문화를 부정하면서 급진적으로 서구문화를 도입하려는 5.4 주도자들의 행태에 일침을 가하려는 의도였을 것이다. 《상하이 뷔커》는 제4기까지 발행된 후 선뷔천이 세상을 떠나면서 경비 문제로 1918년 12월에 정간되고 만다.

574 《저우쭤런 산문전집》 제11권, p.432.

575 《루쉰전집》 제1권, p.348.

576 온장군(瘟將軍): 역병을 관장한다고 전해지는 중국의 전설상의 신. '온신(瘟神)' '온귀(瘟鬼)' '오온사자(五瘟使者)' 등으로도 불린다.

577 오도신(五道神): 인간의 생사를 관장한다고 전해지는 중국의 전설상의 신. '오도장군(五道將軍)'으로 부르기도 하며 동악(東岳)에 속한 신이다.

578 공민단(公民團): 민국 초기 위안스카이의 전위 조직. 1913년 10월 위안스카이는 자신의 측근들로 구성된 '공민단'을 보내 국회를 포위하고 의원들이 자신을 중화민국 대총통으로 선출하도록 압력을 행사하였다. 또 베이징의 《성화보(醒華報)》의 보도에 따르면 1917년 위안스카이의 측근 출신으로 당시 북양 정부의 수반이던 돤치레이 역시 '공민단'을 조직하여 국회를 포위하고 대독일 참전 의안을 통과시키도록 압력을 행사했다고 한다. 여기서는 일종의 '어용조직'이나 '선동세력'의 의미로 이해해도 좋을 것 같다.

579 《루쉰전집》 제1권, p.346.

580 《푸쓰녠전집》 제1권, p.258.

581 같은 책, 제1권, p.211.

582 같은 책, 제1권, p.273.

583 뤄자룬(羅家倫: 1897~1969): 중국의 교육자·사상가이자 사회운동가. 자는 즈시(志希), 필명은 이(毅)이며 저장 성 사오싱 사람이다. 일찍이 부친의 영향으로 푸단 공학(復旦公學), 베이징대에서 수학하면서 차이위안페이의 제자가 되었다. 1919년에는 천두슈·후스의 지지로 푸쓰녠, 쉬옌즈와 함께 신조사(新調社)를 결성하고 《신조(新潮)》 월간을 발행하면서 본격적으로 5.4 신문화운동에 투신하였다. 같은 해에 베이징 학생대표로 당선된 후 상하이의 전국 학생연합 출범대회에 참가하고 신문화운동을 지지하였다. 1919년 5월 26일에는 《매주평론(每週評論)》에서 최초로 운동의 명칭을 "5.4 운동

(五四運動)"으로 정하고 전단의 초안을 작성하는 한편 "밖으로는 나라의 이권을 되찾고 안으로는 나라의 도적을 제거하자(外爭國權, 內除國賊)"라는 구호를 제안하기도 하였다. 1920년 가을 미국의 프린스턴대·콜롬비아대, 나중에는 영국 런던대·독일 베를린대에서 수학한 후 귀국하였다. 4.12 반혁명정변이 발생한 후로는 쟝졔스의 정책을 지지하면서 국립 중앙(中央)대·칭화(淸華)대의 총장을 지냈다. 1949년 중국이 공산화 된 후에는 타이완으로 건너가 중화민국 총통부의 국책고문(國策顧問)·국민당 중앙평의위원·국민당사회(國民黨史會) 주임위원·중국 펜클럽 회장·고시원 부원장·국사관(國史館) 관장 등의 공직을 두루 역임하였다.

584 오학구(吳學究): 중국 "4대 기서(四大奇書)" 중의 하나인 《수호전(水滸傳)》에 등장하는 양산박(梁山泊)의 군사(軍師) 소설에서는 산동성 운성현(鄆城縣) 동계촌(東溪村) 출신으로 소개된다. 경륜이 풍부하고 문무에 통달하여 늘 자신을 제갈량(諸葛亮)과 견주어 스스로 '가량 선생(加亮先生)'으로 일컬었으며 사람들도 그를 "지다성(智多星)"이라고 불렀다고 소개하고 있다. 양산박에 투신한 후로 매번 군사행동을 전개할 때마다 모든 계략이 그에게서 나올 정도였다.

585 《푸쓰녠전집》, 제7권, p.31.

586 주자화(朱家驊: 1893-1963): 중국의 교육자·정치가이자 근대지질학의 선구자. 자는 류센(騮先)이며 저쟝 성 우싱(吳興) 사람이다. 1914년 3월 시베리아 횡단철도로 독일에 유학한 후 국민당내의 '독일통'으로 1920-1940년대에 중·독 협력관계를 구축하는 데에 기여하였다. 중화민국 중앙연구원 총간사 및 원장 대리·행정원 및 고시원 부원장·교육부 부장·교통부 부장·저쟝 성 정부 주석·중앙집행위원회 조사통계국 국장 등의 공직을 두루 역임하였다.

587 쟝사오위안(江紹原: 1898-1983): 중국의 민속학자·비교종교학자. 베이징 태생으로 청년기에 상하이 후쟝(滬江)대 예과에서 수학한 후 미국에 유학했으나 병으로 도중에 귀국하였다. 1927년 루쉰의 초청으로 광저우의 중산대에서 문학원 영국 어문학계 교수 겸 주임을 맡았으며, 그 후로 베이징·우창·베이핑·중파·푸런·허난·시베이 등 대학에서 교편을 잡았다. 중화인민공화국 수립 후에는 산시(山西)대 영어계 교수·중국과학출판사 편집위원·상무인서관 편집위원 등을 역임하고 1983년에는 중국민속학회 고문으로 위촉되었다. 구제강·저우쭤런·중징원(鍾敬文)·러우즈광(婁子匡)과 함께 "20세기 중국민속학계의 5대 핵심 영도자" 중의 한 사람이며, 민속학 연구 분야에서 업적이 가장 두드러진 학자이기도 하였다.

588 구제강(顧頡剛: 1893-1980): 중국의 역사학자·민속학자이자 현대역사지리학과 민속학의 개척자. 쟝쑤 성 쑤저우 사람으로 본명은 쏭쿤(誦坤), 자는 밍젠(銘堅)이며 '제강'은 호이다. 1920년 베이징대를 졸업한 후 샤먼·중산·옌징·베이징·윈난(雲南)·란저우(蘭州) 등의 대학에서 교편을 잡았다. 1920-1930년대에 "고사변파(古史辨派)"를 이끌면서 역사는 발전하며, 역사기록에는 전설·설화적 요소들이 혼재하므로 그 기록들을 100% 다 믿어서는 안 된다고 보고 역사 연구에 서양 근대사회학·고고학 방법론을 수용할 것을 주장하였다. 중화인민공화국이 수립된 후로는 중국과학원 역사연구소 연구원·중국민간문예연구소 부주석·민족촉진회(民族促進會) 중앙위원 등의 공직을 역임하였다. 그의 사숙(私淑) 제자인 황셴판(黃現璠)의 증언에 따르면 1940년대만 해도 일본 도쿄제국대·교토제국대 교수 등의 학자들은 중국 학자들을 경시했지만 유독 구제강과 천위안(陳垣)에 대해서는 석학으로 인정했다고 한다. 구제강은 일생 동안 당시의 학자·작가들과도 교분이 두터웠으나 루쉰과의 관계는 그다지 원만하지 못하였다. 학계에서는 1910년대에 루쉰이 저술한 《중국소설사략》을 본 그가 루쉰이 일본 학자 시오노야 아쯔시(鹽谷溫)의 저서 《지나문학개론강화(支那文學槪論講話)》를 베꼈을 개연성을 제기한 것이 악연의 시작이었다고 보고 있다. 이때 구제강에게 나쁜 감정을 갖게 된 루쉰은 1926년 샤먼대 재직 시절 그와 동료로 지내면서 이런저런 불미스러운 이유 때문에 원수지간이 되

었다는 것이다. 얼마 후 샤먼대를 떠나 중산대에서 교편을 잡은 루쉰은 이번에는 그가 푸쓰녠의 초빙으로 중산대로 온다는 소식을 듣고 샤먼대 시절을 떠올리고 불만을 토로하면서 중산대를 떠났기 때문이다. 구졔강은 훗날 자신의 자서전에서 "내 일생에서 처음으로 큰 낭패를 당한 것은 루쉰이 나를 못 살게 굴었을 때였다."라고 술회한 바 있다. 구졔강은 자신의 회고록에서 루쉰이 자신을 미워하게 된 원인을 몇 가지 들었는데 ①자신이 천위안에게 《중국소설사략》의 표절 의혹을 제기한 일, ②자신이 후스의 제자라는 점, ③샤먼대 동료 시절 선배(루쉰)의 말을 듣지 않은 일, ④루쉰은 허황된 말을 하지만 자신은 그렇지 않았던 점 등이 그것이다. 여기서 시간적 순서나 가능성이 가장 큰 것은 구졔강이 후스의 애제자였기 때문일 것이다. 구졔강의 회고에 따르면, 후스가 베이징대에 막 자리잡아 입지가 약할 때 자신이 고전문학 연구에 필요한 자료를 많이 조사·분석해 주는 등, 후스를 적극적으로 도와 주었는데 당시 베이징대에서 총장 차이위안페이의 후광으로 기득권을 가지고 있던 '사오싱 파'의 대표 인물이자 후스와 경쟁 관계에 있던 루쉰이 그 일을 고깝게 여겼다고 한다. 루쉰과 구졔강의 악연·루쉰과 후스의 애증관계에 관하여 향후 보다 심층적인 연구가 이루어지기 위해서는 이 방면에 대한 보다 많은 조사와 분석이 필요할 것 같다.

589 《후스내왕서신선(胡適來往書信選)》, 상권, p.429.

590 《루쉰전집》, 제12권, pp.29-30.

591 《푸쓰녠전집》, 제1권, p.447.

592 루쉰이 구졔강과 원수가 된 데에는 베이징 여자사범대 학내문제로 천위안과 논쟁을 벌일 때 제기된 표절 논란이 결정적인 계기가 되었다고 한다. 당시 천위안의 어떤 지인과 구졔강이 루쉰은 《중국소설사략》을 집필하는 과정에서 시오노야 아쯔시의 《지나문학개론강화》를 참고하고 그 내용을 베끼면서도 전혀 출처를 밝히지 않았다고 문제를 제기했고, 그로부터 얼마 지나지 않아 천위안이 표절 의혹을 공론화 해서 루쉰을 공격했다는 것이다. 그러나 일설에 따르면 두 사람의 악연은 이보다 훨씬 전에 시작되었다고 한다.

593 《루쉰전집》, 제12권, pp.32-33.

594 《후스내왕서신선》, 상권, p.430.

595 《루쉰전집》, 제12권, p.34.

596 《전기문학(傳記文學)》, 제5권 제6기, 1964년 12월호, 타이완: 타이베이.

597 국민참정회(國民參政會): 중화민국 국민정부가 항일전쟁 시기에 항일전쟁을 위한 초당적인 협력을 위하여 설립한 전국 최고자문기관. 구성원으로는 중국 국민당·중국공산당과 그 밖의 항일 당파·무당파가 두루 포함되었으며, 1938년 7월부터 1948년 3월까지 운영되었다.

598 당나귀 우는 소리: 중국에서 당나귀는 늘 말과 대비되는 동물이다. 말과 당나귀는 같은 과에 속하지만 당나귀는 늠름한 모습·센 기운·빠른 속도·높은 지능을 가진 말과 비교할 때 너무도 현격한 차이를 보인다. 그래서 중국에서 당나귀는 허약하고 무력하고 굼뜨고 어리석은 동물로 묘사되는 경우가 많다. 울음소리 역시 불쾌감을 느낄 정도의 불협화음의 연속이어서 '당나귀 우는 소리'는 차마 들어주기 어려운 '실 없는 소리' '개 풀 뜯는 소리' '말도 되지 않는 소리'라는 의미를 내포하는 경우가 많다.

599 《푸쓰녠전집》 제7권, p.313.

600 같은 책, 제7권, p.317.

601 《역보(亦報)》: 상하이가 인민해방군에게 함락당한 직후 창간된 타블렛판 신문. 탕윈징(唐雲旌)·궁즈팡(龔之方)이 공동 출자하여 1949년 7월 25일 창간하였다. 창간 초기에는 타오항더(陶亢德)·쉬

깐(徐淦) 등이 편집을 맡았으며 중화인민공화국이 수립되고 몇 년 후인 1952년에 정간되었다.

602 《저우쭤런 산문전집》 제10권, p.764.

603 같은 책, 제11권, p.432.

604 황칸(黃侃: 1886-1935): 중국의 경학자·언어문자학자이자 철학가·문학가. 쓰촨 성 청두(成都) 태생으로 본명은 챠오나이(喬鼐)였으며 나중에 챠오싱(喬馨)을 거쳐 마지막에 '칸(侃)'으로 개명하였다. 자는 지강(季剛)·지즈(季子)이며 말년에는 스스로 '량서우 거사(量守居士)'로 일컬었다. 1905년 일본 유학 시절 도쿄에서 장타이이옌(章太炎)에게서 소학·경학을 배우고 그의 수제자가 되었다. 귀국 후에는 베이징·중양·진링(金陵)·산시(山西) 등의 대학에서 교편을 잡았다. 베이징대 시절에는 류스페이(劉師培)에게서 배워서 당시 사람들이 장타이이옌·류스페이·황칸을 모두 "국학계의 대스승(國學大師)"으로 추앙하였다. 현재 중국에서 국학의 대가로 일컬어지는 양뷔쥔(楊伯峻)·청첸판(程千帆)·판중꿰이(潘重規)·루쫑다.(陸宗達) 등이 모두 그의 문하에서 배출되었다.

605 같은 책, 제13권, p.556.

606 마오쩌둥, 〈신민주주의론(新民主主義論)〉, 1940.

607 주정, 〈부록: 루쉰 사료 속의 진위 문제[附: 魯迅史料中的眞僞問題]〉, 《허구된 루쉰[被虛構的魯迅]》, 하이난(海南) 출판사, 2013, p.271.

608 《루쉰전집》, 제13권, p.682.

609 같은 책, 제10권, pp.243-244.

610 가오위안둥(高遠東)-쑨위(孫郁)-장멍양(張夢陽), 〈젊은이들은 이제 정말 루쉰은 연구하지 않는 것인가?[年輕人眞的不研究魯迅了嗎]〉, 《베이징 청년보(北京靑年報)》(인터넷 판), 2016.9.27.

611 왕시룽(王錫榮), 〈쉬광핑 루쉰회고록 원고 해독(許廣平魯迅回憶錄原稿解讀)〉, 《중국을 이해하는 창문[認識中國的一扇窗]》, 리쟝(漓江) 출판사, 2014, pp.155-160.

612 장멍양, 〈한국의 루쉰 연구에 대한 나의 견해[韓國魯迅研究之我觀]〉, 《루쉰 연구월간(魯迅研究月刊)》, 2005. 제12기, p.85.

613 쑨린수(孫麟淑), 〈동아시아 인의 마음 속의 루쉰[東亞人心目中的魯迅]〉, 《따롄 민족학원학보(大連民族學院學報)》, 2010. 제6기, p.542.

614 췌이윈웨이(崔雲偉)-류쩡런(劉增人), 〈2011년 루쉰 연구 종술(2011年 魯迅研究綜述)〉, 《동방논단(東方論壇)》, 2012. 제6기, p.72.

615 〈편집장 주정: 나는 루쉰의 팬이지만 맹목적으로 숭배하지는 않는다[總編輯朱正: 我是魯迅的粉絲, 但不盲目崇拜]〉, 《서우후 문화빈도(搜狐文化頻道)》, 2012.8.9.

616 리아오, 〈누구 뼈가 더 단단한가[誰的骨頭更硬]〉, 《리아오 할 말을 하다[李敖有話說]》, 제156집, 봉황망(鳳凰網), 2005.8.8.

617 주정, 〈출판자의 말[出版者的話]〉, 《루쉰의 인맥[魯迅的人脈]》, 동방출판중심(東方出版中心): 상해, 2010.

618 저우쭤런, 〈일기와 서신[日記與尺牘]〉, 《비오는 날의 서신[雨天的書]》, 화하(華夏)출판사, 2008, p.6.

619 《루쉰전집》, 제6권, 2005, p.428-429.

# 루쉰의 사람들

원저 주정 | 역자 문성재 | 발행인 김윤태 | 발행처 도서출판 선 | 편집·교정 김창현 | 북디자인 디자인이즈
등록번호 제15-201 | 등록일자 1995년 3월 27일 | 초판 1쇄 발행 2017년 3월 30일
주소 서울시 종로구 삼일대로 30길 21 종로오피스텔 1218호 | 전화 02-762-3335 | 전송 02-762-3371

값 23,000원
ISBN 978-89-6312-561-9 03820